Ordem no Caos

Ordem no Caos

Jack Whyte

TRILOGIA DOS
TEMPLÁRIOS
LIVRO 3

Tradução
Francisco Innocêncio

EDITORA RECORD
RIO DE JANEIRO • SÃO PAULO
2013

CIP-Brasil. Catalogação na fonte
Sindicato Nacional dos Editores de Livros, RJ

Whyte, Jack, 1940-
W618o   Ordem no caos / Jack Whyte; ilustração Igor Campos Leite; tradução de Francisco Innocêncio. – Rio de Janeiro: Record, 2013.
    il. (Trilogia dos Templários ; 3)

    Tradução de: Order in Chaos
    Continuação de: Estandarte da honra
    ISBN 978-85-01-09218-2

    1. Ficção escocesa. I. Leite, Igor Campos. II. Innocêncio, Francisco. III. Título. IV. Série.

12-8954   CDD: 828.99113
                                                      CDU: 821.111(411)-3

Título original em inglês:
Order in Chaos

Copyright © 2005 by Jack Whyte

Editoração eletrônica: Abreu's System

Texto revisado segundo o Novo Acordo Ortográfico da Língua Portuguesa

Todos os direitos reservados. Proibida a reprodução, no todo ou em parte, através de quaisquer meios. Os direitos morais do autor foram assegurados.

Direitos exclusivos de publicação em língua portuguesa somente para o Brasil adquiridos pela
EDITORA RECORD LTDA.
Rua Argentina 171 – Rio de Janeiro, RJ – 20921-380 – Tel.: 2585-2000
que se reserva a propriedade literária desta tradução

Impresso no Brasil

ISBN 978-85-01-09218-2

EDITORA AFILIADA

Seja um leitor preferencial Record.
Cadastre-se e receba informações sobre nossos lançamentos e nossas promoções.

Atendimento e venda direta ao leitor:
mdireto@record.com.br ou (21) 2585-2002.

À minha esposa, Beverley, conselheira e protetora, que sabe, invariavelmente, quando me deixar só e quando me tirar de meu eremitério e devolver-me à luz da vida... Agradeço mais uma vez a você.

Entregá-los-ei, digo, na mão de seus inimigos... e [os] porei em assolação.

Jeremias 34; 20-22

É difícil distinguir fato de lenda. Não encontrei nenhum consenso sobre o que seja o fato; ele depende do ponto de vista. De um modo muito curioso, a lenda — que é, por definição, distorcida — fornece uma visão muito mais aceitável dos eventos. Todos concordam sobre a lenda, mas ninguém concorda sobre os fatos.

MICHAEL CONEY, *The Celestial Steam Locomotive*

França

A MULHER NOS PORTÕES

Até mesmo um homem sem olhos poderia ver que havia algo errado mais à frente. E os olhos de Tam Sinclair eram perfeitos. Sua paciência, porém, nem tanto. A luz da tarde diminuía com a aproximação do crepúsculo, e Tam foi reduzido à imobilidade após três duros dias de viagem e a quase 1 quilômetro do seu destino. As rédeas dos seus cavalos cansados pendiam inutilmente em suas mãos e uma multidão crescente recuava diante dele, impedindo o caminho e se aglomerando perto dos animais, fazendo-os resfolegar, bater os cascos e agitar as cabeças com nervosismo. Tam se sentia cada vez mais agitado com a turba à sua volta. Ele não gostava de estar em meio a um grande número de pessoas mesmo nos melhores dias, mas, quando elas se comprimiam formando uma multidão maciça como naquele momento, o fedor de seus corpos sem asseio o privava até mesmo do simples prazer de respirar fundo.

— Ewan!

— Sim! — Um dos dois jovens que estavam vadiando e conversando em meio aos volumes cobertos do carroção de carga ficou de pé, de modo a se debruçar com os braços apoiados no alto banco do cocheiro. — Uau! O que está acontecendo? De onde essa gente toda veio tão de repente?

— Se eu soubesse, não teria interrompido o debate com seu amigo. — Tam olhou de lado para o outro homem, repuxando a boca, quase escondida por sua barba grisalha, no que poderia ser tanto um sorriso quanto uma careta de desagrado. — Vá até os portões e descubra o que está acontecendo e quanto tempo ficaremos emperrados aqui. Talvez alguém tenha sofrido um ataque ou caído morto. Se for isso, ficarei agradecido se encontrar outro portão perto o suficiente para que cheguemos lá antes do toque de recolher. Minha bunda está doendo e cheia de farpas deste maldito assento, e eu estou louco para ouvir o barulho que esta carga de entulho enferrujado vai fazer quando a despejarmos no pátio do fundidor. E rápido. Eu não quero dormir fora dos muros esta noite. Agora vá.

— Certo.

O jovem Ewan apoiou uma das mãos na lateral alta do carroção e saltou por sobre ela, caindo sem esforço na estrada de pedras arredondadas. Então forçou seu caminho rapidamente pelo meio da multidão. La Rochelle era o maior e mais movimentado porto da França, e os portões altos e estreitos de sua entrada ao sul, diretamente à frente do ancoradouro, estavam diante daquela larga via de acesso que se afunilava bruscamente ao se aproximar dos postos de identificação guarnecidos pelos guardas da cidade.

Tam observou o rapaz se afastar e depois ele próprio desceu com um impulso, ainda que com menos flexibilidade. O cocheiro do carroção era uma homem vigoroso, ainda na plenitude da vida, mas a habilidade de fazer tudo o que seus aprendizes realizavam fisicamente fora abandonada de bom grado anos antes. Lançando agora um olhar intolerante para as pessoas mais próximas dele, dirigiu-se a um pequeno barril de carvalho firmemente atado por uma corda de cânhamo à lateral do carroção. Ele apanhou a concha pendurada ali e levantou sua tampa frouxa, depois conduziu o recipiente transbordando de água fresca até os lábios e o manteve ali enquanto olhava em volta, sem ver nada fora do comum que pudesse explicar o bloqueio à frente. Notou uma maciça presença de guardas armados de bestas e perfilados nas ameias no alto dos muros e de cada lado dos altos portões, mas nenhum parecia particularmente interessado em qualquer coisa que estivesse acontecendo embaixo.

Nesse meio-tempo, o jovem Ewan havia avançado de maneira agressiva, anônimo em meio à multidão. Logo se deu conta de que não era o único tentando descobrir o que acontecia, e, à medida que se aproximava dos portões, achava mais difícil penetrar na turba ruidosa e de pescoços espichados. Acabou forçado a usar seus ombros largos para desbravar uma passagem, abrindo caminho a cotoveladas firmes, ignorando a ensurdecedora algaravia de vozes que gritavam por toda a sua volta. Estava quase lá — se ficasse nas pontas dos pés, poderia ver o elmo emplumado do cabo da guarda —, quando notou falas mais altas e agudas diretamente à sua frente. Três homens vinham à toda em sua direção, abrindo um sulco na multidão, arrastando as pessoas ao passarem, dando empurrões e encontrões e tentando correr, com os olhos arregalados de medo. Um deles empurrou Ewan para o lado com o ombro ao passar em disparada, mas o jovem recuperou facilmente o equilíbrio e girou o corpo para observar os três atravessarem a custo a turba, esquivando-se e contorcendo-se enquanto tentavam se desvencilhar da aglomeração.

A multidão, como um corpo vivo sentindo o terror dos homens em fuga, afastava-se rapidamente. Pessoas empurrando e puxando seus vizinhos enquanto lutavam para evitar os fugitivos, e, ao fazer isso, expunham-nos aos guardas em frente ao portão e no alto das suas torres.

O único grito do cabo da guarda, ordenando que os homens em fuga se detivessem, passou despercebido, e, quase antes de a palavra deixar seus lábios, a primeira seta de besta atingiu as pedras do pavimento com um clangor que espantou a multidão, fazendo-a cair em instantâneo silêncio. Disparado muito acima dos portões e lançado apressadamente, o projétil de aço quicou nas rochas gastas e ricocheteou para cima, chocando sua ponta contra o barril de madeira cheio d'água do qual Tam Sinclair bebia, estilhaçando as tábuas e ensopando o homem num dilúvio do líquido frio que encharcou seu traseiro e se derramou com um alto ruído aos seus pés.

Praguejando, Tam se jogou sobre as pedras molhadas, caindo de gatinhas e rolando de lado para a segurança sob a plataforma do carroção, enquanto o ar era tomado pelo assobio de soltar as tripas e o baque de causar náuseas dos projéteis de besta. Seu outro aprendiz, Hamish, saltou de cima do leito do transporte e mergulhou para trás da proteção do cubo de uma roda, repelindo outros que buscavam o mesmo abrigo.

Nenhum dos três fugitivos sobreviveu por muito tempo. O primeiro foi derrubado por três setas que o atingiram ao mesmo tempo no ombro, no pescoço e no joelho direito. Ele voou e rodopiou como um mímico itinerante, seu sangue descrevendo um arco muito acima dele, partindo de um rasgo em seu pescoço e chovendo por toda a sua volta enquanto o homem caía e se esparramava a menos de dez passos de onde havia começado sua fuga. O segundo parou de correr, quase na metade de um passo, oscilando para recuperar o equilíbrio, com os braços se agitando como as pás de um moinho, e se virou de frente para os portões da cidade, levantando as mãos sobre a cabeça num gesto de rendição. Pelo intervalo de um único segundo, ficou ali parado, e então um virote se chocou contra seu esterno. O impacto com a carne o atirou para trás, levantando seus pés acima do chão para então aterrissar duramente sobre as costas antes que seu corpo sem vida tombasse para o lado.

O terceiro homem caiu com o rosto voltado para baixo, aos pés de um monge alto e encurvado, agarrando, com uma das mãos estendida em seus últimos espasmos, a sandália do mendicante sob a barra esfarrapada da sua longa batina preta puída. O monge parou de se mover assim que foi tocado e permaneceu imóvel como uma estátua de madeira, olhando estupefato para os projéteis metálicos ensanguentados que tiraram a vida do fugitivo de maneira tão brutal. No entanto, ninguém deu atenção ao seu choque; todo o fascinado interesse dos outros se concentrava no homem morto aos seus pés. O monge em si mal foi percebido, não passando de apenas um dos milhares errantes anônimos de sua categoria que podiam ser encontrados esmolando seu sustento por toda a extensão da Cristandade.

Tão profundo foi o silêncio que se abateu em consequência daquela violência perturbadora que, ao se abrir uma porta, o som da dobradiça de ferro rangendo pôde ser ouvido a uma boa distância, seguido do passo calculado de pés calçados com pesadas botas, quando alguma autoridade caminhou para fora da torre à esquerda dos portões da cidade.

Mas ninguém ainda se mexia no abarrotado acesso aos portões. Viajantes e guardas pareciam igualmente petrificados pela rapidez com que a morte chegara àquele agradável começo de anoitecer.

— Vocês todos perderam o juízo?

A voz era severa, roufenha e, ao soar, quebrou o encanto. As pessoas recomeçaram a se mover. Vozes brotaram, inicialmente vacilantes, incertas sobre como começar a falar sobre o que havia acontecido ali. Os guardas também se agitaram e se puseram em movimento; vários se dirigiram aos três corpos sem vida.

Tam Sinclair já havia se arrastado para fora de seu esconderijo e se preparava para subir no alto assento, com um dos pés erguido até o cubo da roda da frente e uma das mãos apoiada suavemente sobre o estribo da boleia, quando ouviu um sussurro atrás de si.

— Por favor, ouvi você falando com o jovem. Você veio da Escócia.

Sinclair congelou, depois se virou vagarosamente, mantendo sua face inexpressiva. A mulher estava parada junto à traseira do carroção, com os nós dos dedos esbranquiçados de apertar a grossa alça de uma volumosa sacola de pano suspensa no ombro. Suas formas estavam encobertas por um longo traje de lã verde-escuro que a envolvia por completo, com uma das pontas lhe cobrindo a cabeça como um capuz, expondo apenas sua boca e seu queixo. Parecia jovem, mas não uma adolescente, julgou Tam pelos poucos centímetros visíveis daquele rosto. A pele de sua face era clara e livre de sujeira evidente. Ele a encarou de novo. Seu olhar a percorreu lenta e deliberadamente, mas sem qualquer sinal de lascívia, da cabeça até os pés.

— Eu venho da Escócia. E daí?

— Eu também. E preciso de ajuda. Muito. Posso recompensá-lo.

Essa mulher não era uma camponesa. Seu sussurro fora substituído por uma voz calma e de tom baixo. Sua dicção era clara e precisa, e suas palavras, apesar do tremor na pronúncia, possuíam a confiança proveniente de uma elevada educação. Tam apertou os lábios, olhando instintivamente à sua volta, mas ninguém parecia prestar qualquer atenção neles; todos os olhos estavam dirigidos para o drama em campo aberto nas proximidades. Ele sentiu, embora não soubesse como, que aquela mulher estava envolvida no que ocorrera ali, e ficou favoravelmente impressionado pelas maneiras dela, a despeito da cautela. Ela estava constrita pelo medo, Tam podia perceber, mas ainda assim possuía presença de espírito suficiente para aparentar calma a um observador eventual. A resposta dele foi serena, porém cortês.

— Que problemas a afligem, lady? O que deseja de mim, um simples carroceiro?

— Eu preciso atravessar os portões. Eles estão... Há pessoas à minha procura, e elas querem me fazer mal.

Sinclair a observou com cuidado, os olhos fixos na boca de lábios largos, a única coisa dela que realmente podia ver.

— Verdade? — perguntou ele, com o sotaque escocês subitamente manifesto e carregado na pergunta retórica. — E quem são essas pessoas que perseguem e assustam mulheres bem-nascidas?

Ela mordeu o lábio, e Tam pôde vê-la debatendo consigo mesma se deveria responder, mas então se empertigou ainda mais.

— Os homens do rei. Os homens de Guilherme de Nogaret.

Sinclair ainda a examinava; seu rosto não traía seus pensamentos, embora as palavras o tivessem alarmado. Guilherme de Nogaret: principal jurisconsulto do rei Filipe IV, era o homem mais temido e odiado em toda a França. A confissão da mulher, claramente advinda da decisão desesperada de confiar em Tam unicamente com base no local de nascimento comum, convidava-o instantaneamente a traí-la ou a ser cúmplice em algo — e a cumplicidade em qualquer coisa que envolvesse frustrar o braço direito do rei certamente o conduziria à tortura e à morte. Ele permaneceu imóvel por mais um momento, com seus pensamentos agitados, e então o rosto se abriu por baixo da barba curta e cuidadosamente aparada, no que poderia ser considerado o início de um sorriso.

— Você está fugindo de Nogaret? Bom Deus, moça, você não poderia nomear uma razão melhor para procurar ajuda. Fique aqui mesmo. Você está escondida. Eu preciso ver o que está acontecendo lá adiante.

Algo, um pouco da tensão, libertou-se visivelmente da mulher, e ela recuou de forma ligeira, ocultando-se por trás da traseira do carroção. Sinclair começou a subir no cubo da roda da frente. Ainda estava apreensivo e curioso a respeito da mulher, mas sentia de algum modo que fazia o certo. Parou por um momento com um dos pés apoiado no cubo para olhar acima das cabeças da multidão e para o outro lado do espaço aberto onde o monge ainda se encontrava parado diante do homem morto, encolhido como se fosse de pedra. Após um momento, Sinclair bufou brevemente e saltou para o seu banco.

Ali, acomodado no assento acima da multidão, tomou as rédeas da parelha nas mãos, procurou o chicote aos seus pés e deu um assobio agudo. Seus dois aprendizes magricelas, mas de aparência forte, vieram correndo ao chamado, saltando com movimentos ágeis para dentro do veículo. O que se chamava Ewan se sentou ao lado de Tam, e o outro novamente se instalou confortavelmente entre as formas cobertas da carga, no leito do carroção. Porém, com o chicote na mão, Tam Sinclair não fez nenhum movimento para atiçar os animais. Não tinha para onde ir. A multidão se esbarrava e arrastava os pés, circulando em torno dos homens abatidos, mas não seguia em frente. Os guardas ainda estavam dispostos a descobrir o que quer que houvesse iniciado o distúrbio, e nenhum deles pensava em impor ordem no trânsito à espera.

Os três homens mortos aparentemente traziam com eles um carrinho de mão, e, a julgar pelos comentários entreouvidos das pessoas à sua volta, Tam concluíra que, quando os guardas, com suas suspeitas despertadas por algum motivo, começaram a vasculhar o carrinho e, em seguida, tentaram deter um deles, o trio se separou e fugiu. Observando um grupo de guardas cair como um enxame sobre a grande pilha de objetos no carrinho de mão, Tam também se perguntou de maneira casual o que poderia haver ali que valesse a própria morte. Jamais descobriria, pois, ainda que sua curiosidade tivesse sido atiçada, o cabo ordenou que o carrinho fosse levado à casa da guarda e revistado lá. Tam manteve o olhar sobre os homens que arrastavam o veículo para fora das vistas, depois dirigiu sua atenção à figura afetada do cavaleiro de voz rouca que emergira da torre e que naquele momento caminhava pelo espaço aberto onde jaziam os três corpos.

Não era um homem alto, mas sua meia-armadura polida, vestida sobre um conjunto de cota de malha e encimada por um elmo de metal em forma de cúpula, aumentava sua estatura à luz do fim de tarde, e a libré real, semelhante a um escapulário – uma sobrecota branca encardida de frente estreita, orlada de azul-real, o bordado com o emblema da flor-de-lis da casa dos Capeto no centro do peito –, contribuiu para o ar de autoridade que o distinguia de todos os outros ao redor.

Assistindo apaticamente de seu lugar no alto da boleia, Tam Sinclair não ficou impressionado com o que viu no cavaleiro. Ele próprio fora um soldado por tempo demasiado, viajara para lugares longínquos demais e vira homens demais em horríveis e fatídicas situações de risco para se deixar influenciar por uma mera exibição de garbo exterior. A pompa superficial, havia aprendido muitos anos antes, com grande frequência tinha pouca relação com a substância que adornava. O homem para quem olhava era um cavaleiro do rei, mas aos olhos do cocheiro isso em si não era indicação de hombridade ou valor. As pessoas chamavam o rei da França de Filipe, o Belo, porque era agradável, quase impecável, de se contemplar, mas a beleza, Tam sabia melhor do que qualquer um, limitava-se à superfície da pele. Ninguém que soubesse qualquer coisa sobre o pujante monarca jamais pensaria em se referir a ele como Filipe, o Justo, ou mesmo o Compassivo. Filipe Capeto, o quarto a usar esse nome e neto do santificado rei Luís IX, havia se mostrado, repetidamente, de um egocentrismo desumano, um tirano frio e ambicioso. Aos olhos de Tam Sinclair, a maioria dos cavaleiros e familiares dos quais o rei havia se cercado era farinha do mesmo saco. Aquele exemplo em particular da raça em questão tinha desembainhado sua espada longa vagarosamente e com ostentação, e agora caminhava com a lâmina exposta batendo levemente sobre o ombro direito enquanto se dirigia ao monge alto que permanecia isolado à margem da multidão, ainda inclinado sobre o homem que morrera agarrado ao seu pé.

— Ewan — chamou Tam sem levantar a voz, com os olhos fixos nos movimentos do cavaleiro. — Há uma mulher atrás da carroça. Vá ajudá-la a subir aqui enquanto todos estão observando o capitão do rei ali adiante. Mas tranquilamente, como se ela fosse uma de nós, e vá pelo lado mais afastado, onde você não será facilmente notado. Hamish, sente-se aqui comigo e não preste atenção em Ewan e na mulher.

Ewan saltou do carroção, e, enquanto Hamish subia para tomar seu lugar no banco, Tam inclinou sua cabeça para o lado, dirigindo a atenção do jovem para o quadro que se desenvolvia à sua esquerda.

— A julgar pela carranca na cara daquele outro sujeito, acho que o monge está encrencado.

Hamish se inclinou para ver e observou com atenção.

Enquanto o cavaleiro se aproximava, o monge se ajoelhou lentamente e estendeu uma das mãos até pousar a palma sobre a testa do homem morto, depois ficou imóvel, de cabeça baixa, obviamente rezando pela alma do falecido. O cavaleiro continuou caminhando até chegar a dois passos do monge ajoelhado e então voltou a falar com sua voz rouca e desagradável:

— Esse está nas profundezas do inferno, padre, portanto, pode parar de rezar por ele.

O monge não demonstrou ter ouvido, e o cavaleiro franziu o cenho, desabituado a ser ignorado. Ele fez um rápido movimento com a mão direita, tirando a espada longa de cima de seu ombro, e estendeu o braço até que a ponta da lâmina enroscasse o topo do capuz pontudo do monge e o puxasse para trás, expondo o couro cabeludo sob ele, cuja moleira era raspada com a tonsura quadrada da Ordem dos Dominicanos e os lados, cobertos por espessos cabelos platinados, aparados curtos. Quando o braço do cavaleiro se estendeu mais, o queixo do monge foi puxado para cima e inclinado para trás pela tração do capuz, deixando ver um rosto bem-barbeado e pálido. O cavaleiro se curvou para a frente até que as faces de ambos estivessem no mesmo nível, e sua voz não estava nem um pouco mais calma ou gentil do que antes, soando áspera no silêncio absoluto que caíra após as primeiras palavras.

— Padre, escute quando eu falar com você e responda quando eu ordenar. Ouviu? — Ele recuou até ficar novamente ereto, com a ponta da espada pousada no chão. — Eu o conheço.

O monge balançou a cabeça, calado, e o cavaleiro ergueu ainda mais a voz.

— Não minta para mim, padre! Eu nunca esqueço um rosto. Eu *conheço* você. Já o vi em algum lugar antes. Onde foi? Fale.

O monge meneou a cabeça.

— Não, senhor cavaleiro — lamuriou-se ele. A voz era surpreendentemente aguda para um homem tão alto. Aguda o bastante para Tam Sinclair, que havia se virado para ver como o jovem Ewan se saía com a missão da qual, havia incumbido, mover-se rapidamente em seu assento para assistir à interlocução entre o cavaleiro e o monge.

"O senhor está enganado — disse o monge. — Eu acabei de chegar aqui e nunca estive nesta parte do mundo antes. Meu lar é no norte, longe daqui, na Alsácia, no monastério do abençoado são Domingos. Portanto, a não ser que o senhor tenha estado lá recentemente, não poderia me conhecer. E, além disso — seus olhos, reluzentes na iluminação do crepúsculo, eram de um azul pálido, porém brilhante, que continham mais do que apenas um indício de fanatismo —, eu não esqueceria um homem como o senhor."

O cavaleiro franziu as sobrancelhas, hesitando, depois moveu a lâmina de sua espada até pousá-la no seu ombro novamente, com o rosto demonstrando desagrado.

— É, basta. Nem eu esqueceria uma voz como a sua. Qual o seu propósito aqui em La Rochelle?

— O trabalho de Deus, mestre cavaleiro. Trago mensagens do prior do monastério de são Domingos para serem entregues além dos portões.

O cavaleiro já dispensava o importuno dominicano com um gesto, e a mudança em seus modos indicava sua relutância em interferir em qualquer coisa que dissesse respeito à Ordem de São Domingos: os sagrados, ávidos e sempre zelosos inquisidores do papa.

— É, está bem, siga em frente e cumpra sua tarefa. Sabe onde fica o monastério?

— Sim, senhor cavaleiro. Tenho comigo instruções por escrito sobre como proceder após atravessar os portões. Deixe-me mostrá-las.

Mas, quando ele começou a procurar em sua batina, o cavaleiro se afastou e gesticulou novamente.

— Siga em frente. Eu não preciso ver. Siga em frente, siga em frente, fora daqui.

— Obrigado, senhor cavaleiro.

O monge alto fez um obsequioso cumprimento de cabeça e se afastou rumo aos portões da cidade. Sua passagem aparentemente foi o sinal para uma admissão generalizada pelos portões. A multidão se apressou a seguir ordenadamente em frente, enquanto Ewan e a mulher misteriosa subiam pelo lado direito do carroção e os guardas examinavam despreocupadamente o aglomerado de passantes. Sinclair notou, porém, que eles questionavam todas as mulheres que atravessavam os portões, enquanto permitiam que os homens seguissem sem serem abordados. Ele se endireitou no assento e massageou os rins com a mão livre.

— Rapazes — disse ele, falando o gaélico escocês num tom de conversa normal —, vocês acabam de ser promovidos à nobreza. Nos próximos minutos, serão meus filhos. Ewan, quando falar com qualquer um daqueles palhaços, carregue seu francês com seu sotaque escocês, como se você fosse mais estrangeiro do que é. Hamish, hoje você só fala gaélico, nada de francês. Você acabou de chegar aqui na França com sua mãe para se juntar a mim e seu irmão, e ainda não teve tempo de aprender a língua e a falar do jeito deles. Agora vá para trás e deixe sua mãe se sentar aqui.

Tam se virou casualmente e falou com a mulher atrás dele.

— Mary, venha aqui e se sente ao meu lado. Jogue o capuz para trás e descubra o rosto, a não ser que tenha medo de ser reconhecida.

Ela puxou o capuz para trás sem dizer uma palavra, revelando um rosto belo e delicadamente delineado, com grandes e surpreendentemente brilhantes olhos de um azul-acinzentado, e cabelos escuros bem-penteados. Sinclair fez um movimento de aprovação com a cabeça quando ela tomou lugar ao seu lado. Agitou as rédeas e fez com que o carroção se movesse vagarosamente em frente.

— Agora se segure firme e tenha cuidado. Por enquanto, você é minha esposa, Mary Sinclair, mãe destes meus dois filhos, Ewan e Hamish. Você é graciosa o bastante para que eu seja ao mesmo tempo orgulhoso e cioso da sua virtude. E você não fala francês. Se algum deles lhe perguntar algo, e eles farão isso, olhe para mim esperando que eu traduza e depois fale em escocês. E tente soar como uma criada doméstica, não como a lady que você é. Eles estão procurando uma lady, não estão?

A mulher olhou-o nos olhos com franqueza e fez que sim.

— Hmm. Então tente não mostrar uma a eles ou seremos todos enforcados. Venha pela ponta do banco, mas cuidado onde pisa. Hamish, ajude-a, e depois fique de pé atrás dela, junto ao ombro. Ambos têm os mesmos olhos, graças a Deus, portanto não se intimidem em mostrá-los, vocês dois.

Sinclair puxou as rédeas da parelha.

— Certo, então. Aí vamos nós. Lá vem o almofadinha que se julga um cavaleiro. Apenas fiquem calmos, todos vocês, e deixem que eu fale.

Ele fez com que o carroção parasse pouco antes do local onde os guardas estavam postados à espera.

O cavaleiro chegou no exato momento em que o cabo da guarda se adiantava para abordar Tam e ficou observando, sem fazer qualquer tentativa de interferir enquanto o guardião fazia perguntas a Tam.

— Nome?

— Tam Sinclair — respondeu Tam com truculência. Ele pronunciou seu nome à maneira escocesa, *Singclir*, em vez da pronúncia francesa, *San-Clerr*.

— O que você é? — perguntou o guarda com um violento franzir de sobrancelhas em resposta ao nome estrangeiro e sua interação concisa.

Sinclair respondeu num fluente francês das sarjetas que foi contaminado por entonações escocesas.

— Como assim o que eu sou? Sou um escocês, da Escócia. E também um carroceiro, como pode ver.

A carranca se aprofundou ainda mais.

— O que eu quero saber é o que você está fazendo aqui na França, camarada?

Sinclair coçou levemente o queixo com a ponta de um dos dedos e olhou para o guarda por um momento antes de encolher os ombros e responder lenta e pacientemente, com grande clareza, como se o fizesse para uma criança tola.

— Não sei onde você tem passado sua vida, cabo, mas onde eu vivo todos sabem que, quando se trata da nobreza, não há diferença entre Escócia e França ou qualquer outro lugar. Dinheiro e poder não conhecem fronteiras. Há uma aliança em vigor entre os dois reinos, e isso é antigo.

"O que eu faço aqui? Eu estou fazendo na França a mesma coisa que centenas de franceses estão fazendo na Escócia. Estou cumprindo as ordens do meu patrão, cuidando dos seus interesses. A família St. Clair possui terras e empreendimentos em ambos os países, e eu sou um de seus feitores. Vou aonde me mandam. Faço tudo aquilo que me dizem para fazer. Hoje, conduzo uma carroça."

A resposta pareceu amolecer o homem, mas este lançou um olhar de soslaio para o superior parado ao lado.

— E o que há na sua carroça?

— Ferro-velho para os fundidores do lado de dentro dos muros. Correntes de ferro velhas e enferrujadas e espadas quebradas para serem derretidas.

— Mostre-me.

— Ewan, mostre ao homem.

Ewan foi até o fundo do carroção, onde baixou a porta traseira e jogou para trás a velha lona que cobria a carga. O cabo olhou, remexeu parte dos objetos com uma série de tinidos pesados e metálicos, depois caminhou novamente para a frente da carroça, limpando seus dedos manchados de ferrugem na sobrecota. Ewan continuou de pé ao lado deles enquanto o guarda apontava para a mulher.

— Quem é ela?

— Minha esposa, mãe dos meus dois filhos aqui.

— Sua esposa. Como eu posso saber que isso é verdade?

— Por que eu mentiria? Ela parece alguma meretriz? Se tem olhos na sua cara, pode ver os olhos dela e os de meu filho ao lado dela.

O guarda pareceu ficar ofendido com o azedume no tom de Sinclair, mas então percebeu os ombros largos do homem no carroção e a sua constituição geral e simplesmente se aproximou para que pudesse ver a mulher e o jovem atrás dela. Olhou cuidadosamente cada um deles, comparando os olhos.

— Hmm. E este outro, quem é? — O guarda apontou para Ewan, ainda parado junto dele.

— Meu outro filho. Pergunte para ele. Ele fala a sua língua.

— E se eu perguntar para a sua... esposa?

— Pergunte à vontade. Você não vai conseguir nada além de um olhar parvo. Ela não entende uma palavra do que você diz.

O cabo olhou diretamente para a mulher.

— Diga-me o seu nome.

A mulher se virou, de olhos arregalados, para olhar Tam, que se recostou no assento e disse em escocês:

— Ele quer saber o seu nome, mulher.

Ela se inclinou para a frente a fim de olhar para o cabo e o atento cavaleiro, voltando-se em seguida novamente para Tam com ar incerto.

— Diga seu nome ao homem — repetiu ele.

— Mary. Mary Sinclair.

A voz dela era alta e fina, com a entonação cantarolada do campesinato escocês.

— E de onde você vem? — perguntou o cabo a ela.

De novo o olhar impotente para Tam, que respondeu:

— Isto é estúpido. O idiota quer saber de onde você vem. Eu disse a ele que você não fala sua língua, mas isso ainda não entrou na cabeça dura dele. Diga logo de onde você veio.

Tam não ousava olhar para o cavaleiro que os observava, mas teve certeza de que o homem ouvia com atenção e entendia o que eles diziam.

— *Diga* a ele, Mary. De onde você veio.

Ela olhou novamente para o cabo e piscou os olhos.

— Inverness — entoou. — Inverness, na Escócia.

O guarda encarou-a por algum tempo mais, depois olhou, sem dizer uma palavra, para o cavaleiro de capa azul e branca, que finalmente deu um passo à frente e fixou o olhar na mulher e no jovem parado ao lado dela. Ele comprimiu os lábios, seus olhos se apertaram enquanto ele olhava cada um deles alternadamente, então recuou e fez um breve gesto de mão, dispensando-os.

— Mexam-se — disse o cabo. — Sigam seu caminho.

Poucos minutos depois, no anoitecer que avançava rapidamente, após ter atravessado os portões da cidade e saído do campo de visão dos guardas, Tam parou o carroção e se virou para a mulher atrás dele.

— Para onde vai a partir daqui, lady?

— Não muito longe. Se o seu jovem aqui me ajudar a descer, eu posso caminhar até lá com facilidade. Tenho familiares que me darão abrigo. Qual o seu verdadeiro nome? Eu mandarei uma recompensa, como sinal da minha gratidão ao Comando templário da cidade, junto ao porto. Você pode reclamá-lo se apresentando lá e lhes dizendo seu nome.

Sinclair meneou a cabeça:

— Não, lady, eu não aceitarei dinheiro de você. O som de sua voz escocesa foi recompensa suficiente, pois estou há muito tempo longe de minha terra. Meu nome é o que você ouviu, Tam Sinclair, e não tenho necessidade das suas moedas. Agora vá em paz, e rápido, pois Guilherme de Nogaret possui espiões por toda parte. E dê graças a Deus por tê-la abençoado com esses seus olhos, minha dama, pois ao lado dos do jovem Hamish aqui, eles salvaram nossas vidas neste dia. Ewan, vá com ela. Carregue sua mala e tome cuidado para que a lady não corra nenhum risco, depois siga seu caminho até o lugar para onde estamos indo. Nós nos encontraremos lá.

A mulher se adiantou um passo e pousou sua mão no braço de Tam.

— Que Deus o abençoe então, Tam Sinclair, e o guarde bem. Você tem minha gratidão e de toda a minha família.

Estava na ponta da língua de Sinclair a pergunta sobre que família seria essa, mas algo o alertou para não a fazer, e ele se contentou em balançar a cabeça.

— Que Deus a abençoe também, milady — murmurou.

A julgar apenas pelo que vira de seu rosto, sabia que era uma mulher de bela aparência, e, enquanto ela descia do carroção com a ajuda de Ewan, Tam observou o corpo dela se movendo sob as restrições das vestes e tentou visualizar qual seria seu aspecto sem o embrulho daquele cobertor que a envolvia. Deteve-se, porém, tão logo se deu conta do que estava fazendo. Beleza à parte, a mulher tinha coragem e uma mente ágil, e ele se sentia satisfeito por ter feito o que fez.

Ele a observou se afastar com Ewan até que ambos sumissem de vista, e depois conduziu sua parelha laboriosamente da via principal para uma rua secundária, escura e deserta. Ele percorreu metade daquela via estreita até puxar as rédeas novamente ao dar com o curvado monge dominicano da Alsácia saindo de um umbral de porta à sua frente. O jovem Hamish saltou para o solo, e então se juntaram a ele outros três homens que haviam testemunhado os assassinatos diante dos portões da cidade e depois caminhado a distâncias variadas atrás do carroção. Eles se reuniram na traseira e começaram a vistoriar a carga que havia ali, deslocando o objetos de metal com muitos gemidos e resfôlegos. Sinclair enfiou o chicote no receptáculo ao lado do seu pé direito, enquanto o monge falava com ele, mantendo sua voz baixa para que os outros não ouvissem.

— Quem era aquela mulher, Tam, e o que você tinha na cabeça? Vi Ewan ajudá-la a entrar na sua carroça enquanto eu deixava a área e mal pude acreditar nos meus olhos. Você deveria ter pensado melhor.

Já não havia o menor vestígio daquele tom agudo na voz do monge. Ela estava grave e ressoante.

Ouviu-se um grunhido, um palavrão de susto e um arrastar de pés quando uma extensão de pesadas correntes escorregou tilintando para o pavimento detrás do carroção. Sinclair olhou na direção do ruído e depois se voltou novamente para o monge, olhos cintilando e um pequeno sorriso no rosto.

— De que mulher você está falando? Ah, *aquela* mulher. Ela era apenas alguém que necessitava de uma ajudinha. Uma moça escocesa que fala como eu, e uma lady, ou eu errei meu palpite.

— Uma lady viajando sozinha? — A pergunta era zombeteira.

— Não, acho que não. Duvido que ela estivesse sozinha inicialmente. Acho que aqueles três pobres filhos da puta que foram mortos deveriam ser seus guardas. Ela me disse que estava fugindo dos homens de Nogaret, e eu acreditei.

— De Nogaret? Pior ainda. Você nos pôs em risco, homem.

— Não, senhor, eu não pus. — Tam abaixou os ombros e projetou o queixo. — O que você queria que eu fizesse? Que entregasse ao cavaleiro almofadinha e assistisse enquanto fosse arrastada para a cadeia e quem sabe mais o quê?

O outro homem suspirou e se endireitou de sua posição corcovada, arrumando os ombros largos que a inclinação do corpo ocultava com eficiência.

— Não. Não, Tam, creio que não. — Ele ficou em silêncio por um curto tempo, depois perguntou: — Qual foi o crime dela, eu me pergunto? Não que Nogaret precisasse de um. — Ele olhou à sua volta. — Onde ela está agora, então?

— A caminho de se juntar à família, em algum lugar da cidade. Eu mandei Ewan acompanhá-la. Ela deve estar bem agora.

— Ótimo. Esperemos que ela fique a salvo. Mas aquilo *foi* perigoso, ajudá-la daquele jeito, não importa o motivo. Nossos assuntos aqui não nos deixam tempo para gestos cavalheirescos, Tam, e por mais que argumente, você correu um risco desnecessário.

Sinclair deu de ombros.

— Talvez, mas me pareceu a coisa certa a fazer naquele momento. Você já havia atravessado os portões e estava em segurança quando eu a recolhi, e era você quem estava a cargo da nossa tarefa. O restante de nós somos apenas sua guarda. — Sinclair abaixou sua voz até que fosse pouco mais do que um sussurro gutural. — Ouça, Will, a mulher precisava de ajuda. Eu vi que você ficaria bem, então avaliei tudo o mais e tomei uma decisão. Do tipo que você toma o tempo todo. Qual é palavra que usa? Uma decisão *arbitrária*. Uma decisão de campo de batalha. Tinha de ser tomada, sim ou não, e não havia ninguém mais por ali para me dizer o que fazer.

O monge resmungou.

— Bem, agora está feito, e nossa situação não está pior por causa disso, pela graça de Deus. Que seja. Vamos seguir em frente. Ah! Minha espada. Obrigado, Hamish.

Hamish e seus ajudantes, trabalhando muito engenhosamente no fundo do carroção, haviam exposto um esconderijo de armas cuidadosamente embrulhadas no fundo da pilha de sucata enferrujada que preenchia o leito do veículo. Rapidamente, despiram-nas dos envoltórios protetores antes que o rapaz levasse ao monge uma espada que era claramente de sua propriedade. O monge de pronto agarrou a empunhadura com uma familiaridade segura e tirou a arma de sua bainha com um movimento suave, segurando sua lâmina verticalmente para refletir o que ainda restava da luz do dia que se findava. Enquanto fazia isso, ouviram sons de pés correndo, e o último dos membros de seu grupo veio precipitadamente na direção deles.

— Eles estão chegando, Sir William — falou ele, ofegando e se esforçando para respirar. — O cavaleiro se lembrou de você. Levou algum tempo, mas com toda certeza ele se endireitou de súbito, bem na minha frente, e seu rosto era algo que vocês tinham de ver. "Templário!", ele gritou e incitou os guardas novamente. Ralhou e esbravejou com eles, depois os mandou em seu encalço. Ele reuniu pelo menos dez homens, isso foi o que eu vi antes de partir, mas pode haver mais. Porém, ele acha que está sozinho. Ele os mandou para encontrar *você*, ninguém mais, portanto, não estarão esperando oposição. Eles partiram inicialmente na direção errada, pela rua principal.

— Certo, rumo ao monastério, porque estão procurando um monge, não a mim.

O homem a quem chamavam Sir William se desfazia velozmente de seu hábito preto esfarrapado. Ele o arrancou por sobre a cabeça, depois o enrolou formando uma bola e o atirou no leito do carroção.

— Agora rápido, Watt — ordenou ele, gesticulando para o recém-chegado. — Arme-se o mais rápido que puder e vamos sair daqui. Tam, nós deixaremos o carroção. Agora que estamos dentro da cidade, não precisamos mais dele.

Então deu as costas para todos os outros, puxando e repuxando com frustração a túnica que estivera vestindo por baixo do hábito de monge. Ele a havia enrolado em torno da cintura mais cedo, para evitar que fosse vista através de seu hábito rasgado e andrajoso, e agora formava um grosso aglomerado, em camadas obstinadas ao redor de sua cintura e virilhas. Fazia caretas e xingava entre dentes, contorcendo-se e remexen-do-se, até que por fim desenredou as vestes emboladas de suas dobras e pregas apertadas e conseguiu se vestir confortavelmente nelas.

— Minha armadura, Tam — disse ele, então —, mas guarde as per-neiras com você. Não há tempo para vestir essas coisas malditas agora. Eu farei isso mais tarde.

Do leito do carroção, antes de pular sobre as pedras do calçamento, Tam lhe entregou outra veste, mais longa, essa uma cota completa de fustão descendo até as canelas, separada na frente e atrás à altura das virilhas e coberta por aros de uma forte malha de ferro.

— E quanto aos cavalos? — perguntou Tam, saltando para o chão com um elmo e um capuz de cota de malha em suas mãos.

— Deixe-os aqui. Alguém se julgará abençoado por achá-los e to-má-los para si. Venha, ajude-me com isto.

O cavaleiro vestira imediatamente a cota de malha, mas sua impa-ciência frustrava seus esforços para juntar as tiras de couro que a man-teriam presa sob os braços, e então um dos outros homens se adiantou para auxiliá-lo, concentrando-se atentamente em introduzir as tiras nas fivelas debaixo dos braços de Sir William. O cavaleiro sentiu a última delas ser cingida e levantou alto os seus membros e flexionou os ombros, conferindo se estavam firmes, porém não apertados demais a ponto de atrapalhar os movimentos da espada. Então tomou o capuz de cota de malha das mãos de Tam Sinclair e o vestiu sobre sua cabeça, estendendo as extremidades por cima dos ombros e puxando as abas, que amarraria mais tarde, sob o queixo. Quando se sentiu satisfeito com o ajuste do capuz, tomou o elmo de topo chato das mãos de Tam e o assentou sobre a testa.

— Muito obrigado, Tam. — Ele fez um breve cumprimento de cabe-ça para o outro homem que o havia ajudado. — E também a você, Iain. Agora minha espada, se lhes apraz.

Ele ergueu a espada larga e comprida de empunhadura em cruz e a segurou junto à parte de cima da bainha de couro, depois cingiu o cinto em diagonal sobre seu peito, de forma que a espada pendesse por sobre as costas, com seu longo cabo projetando-se acima do ombro.

— Agora, rápido, rapazes. Já ficamos tempo demais aqui, e eles estarão nos nossos calcanhares assim que descobrirem que não estou à frente deles na estrada do Lar Dominicano. Pegue a sacola, Thomas, e você, Hamish, traga as capas e as distribua no caminho. O restante: mantenha-se junto e apresse-se, mas fique em silêncio e prepare-se para o que vier. Mantenham as armas nas bainhas e as mãos livres, mas, se alguém tentar nos deter ou contestar nossa passagem, seja guarda ou cidadão, não importa, cortem-no ao meio antes que possa dar o alarme. Venham!

Eles partiram imediatamente, o ex-monge e seu auxiliar cocheiro marchando à frente do grupo, e seus companheiros distribuídos defensivamente ao redor e atrás. Enquanto seguiam, o alto aprendiz chamado Hamish segurava uma grande sacola de couro aberta à sua frente, da qual um dos outros tirava e distribuía fardos bem-amarrados de roupa, todas, com exceção de uma, de uma cor marrom meio amarelada e pálida. Cada homem que recebia a sua segurava uma das abas do tecido e abria seu fardo com um safanão, sacudindo-o até estar solto, e depois o atirava por sobre a cabeça, transformando-se instantaneamente de um corriqueiro, ainda que fortemente armado, pedestre num inconfundível sargento da Ordem da Irmandade do Templo, com sua sobrecota marrom à altura dos tornozelos, estampada na frente e atrás com a cruz vermelha de braços do mesmo tamanho dos cruzados templários. A sobrecota de seu líder, a única branca, distinguia-o claramente como um cavaleiro da Ordem. Ele agora caminhava à frente dos outros, com os tornozelos expostos e os pés calçados em sandálias parecendo pálidos e chamando impressionantemente a atenção sob a barra pesada da túnica couraçada por baixo do manto branco.

Tam Sinclair moveu sem esforço um volumoso saco sobre seu ombro.

— Então, Sir Willie, não vai me contar? Quem era aquele cavaleiro almofadinha? Ele o conhecia, isso é óbvio, mas de onde?

Sir William Sinclair sorriu pela primeira vez.

— Bem, ele conhecia e não conhecia, Tam, mas fico surpreso que você tenha de perguntar. De todas as pessoas que poderiam estar aqui, ele era a última que eu esperava encontrar. Você realmente não o conhece?

— Não, mas eu soube que havia algo muitíssimo errado quando você começou a zurrar como um jumento. De onde veio *aquilo*?

— Da necessidade, Thomas, da necessidade. Acho inacreditável que você não reconheça o homem. Como pode esquecer um dedo-duro tão irritante e imundo? Há menos de um ano, você queria estripá-lo, e foi difícil detê-lo. Aquele era Geoffrey, o Carcereiro. Ele cruzou o nosso caminho quando viajamos a Paris pela última vez. Estava em Orléans na época, encarregado da prisão real.

Ao ouvir tais palavras, a ruga entre as sobrancelhas do outro homem desapareceu.

— É claro! Pelo mijo santo da Virgem, agora eu me lembro. Foi a armadura que me confundiu. O torturador! Ele já era um filho da puta desprezível naquela época, sem a sobrecota do rei. Satisfeito demais em causar dor às pessoas em seu poder. Mas não fui só eu que quis estripar o homem. Ele fez com que você puxasse sua adaga também, em certo momento. Pensei que você fosse fatiar o carcereiro ali mesmo, em sua própria cadeia.

— Sim, esse é o homem. Geoffrey de alguma coisa... *Martinsville*, esse é o nome dele! Eu tinha certeza de que sabia. Mas foi o maior dos azares encontrá-lo aqui. Ele não me reconheceu porque tirei a barba e raspei minha cabeça, mas é óbvio que o homem tem boa memória para rostos, como pôde confirmar.

— Aí vêm eles. — A voz partiu da retaguarda.

— Quantos são e onde estão? — Sir William nem mesmo olhou para trás, e foi Tam Sinclair quem respondeu, numa voz tensa:

— Meia dúzia. Uns cem passos atrás de nós, talvez mais. No final da rua.

— Eles podem nos ver com clareza?

— Não, não mais do que eu posso vê-los, e mal consigo distingui-los.

— Ótimo, sigam em frente, então, não olhem para trás a não ser que os ouçam correr. Eles estão à procura de um monge, um homem sozinho. Tenham isso em mente. Eles não prestarão atenção ao nosso grupo, não quando estamos usando nossas capas e nos encontramos tão perto do Comando.

Os sete homens continuaram caminhando como um grupo esparso e sem aparentar muita pressa, embora conseguissem, ainda assim, avançar rapidamente em seu caminho pelas ruas tortuosas da antiga cidade rumo ao destino na orla marítima: o aglomerado fortificado de edifícios que compunham o quartel-general regional dos templários, conhecido simplesmente como o Comando. Cinco deles eram estranhos na cidade — apenas Sir William e Tam Sinclair estiveram ali antes — e olhavam em volta ao caminhar, forçando os olhos para ver os edifícios de pedra cinzenta que agora estavam imersos na escuridão que caía rapidamente, enquanto mantinham seus ouvidos atentos a sons de pés correndo ou vozes se erguendo. Nenhuma luz ainda havia sido acesa nas construções pelas quais passaram, e parecia que eles eram as únicas pessoas vivas e ativas em toda a cidade de La Rochelle.

O cavaleiro de capa branca não olhava ao seu redor. Caminhava de cabeça erguida, olhando diretamente em frente, as sandálias monacais em seus pés expostos não faziam ruído sobre as pedras, e sua mente se distraiu com a imagem daquela mulher. Uma mulher de beleza assombrosa, com olhos enormes. Nunca a havia encontrado antes, pois não conhecera mulheres em sua vida adulta, mantendo o celibato por tanto tempo que tal condição era tão normal a ele quanto respirar. E, quando tentou se prender à imagem do rosto daquele ser feminino, não conseguiu. Via unicamente aqueles olhos extraordinários.

Enraivecido por sua própria tolice ao perder tempo com devaneios tão ridículos, sacudiu a cabeça como se quisesse expulsar os pensamentos traiçoeiros e alongou as passadas, forçando-se a se concentrar na missão que o aguardava. O Comando de La Rochelle estava a poucos minutos à sua frente, e sua cabeça então se encheu do que teria de dizer aos homens com quem se encontraria muito em breve. Esforçava-se para reformular, talvez pela centésima vez, os argumentos que iria articular. Sabia que, por mais circunspecta que fosse a abordagem adotada em sua explanação, e independentemente do tato e da perícia que pudesse recorrer ao expor suas informações, seu relato, o simples fato de narrá-lo, inspiraria raiva, descrença, angústia e dúvidas acerca da sua sanidade.

Sir William Sinclair passara a vida adquirindo uma reputação de bom serviço e dedicação aos ideais da Ordem do Templo, viajando extensamente e por tanto tempo para tratar dos interesses templários que agora tinha mais familiaridade com a França e a Itália do que com sua Escócia natal. E então, um homem no início da meia-idade, prematuramente grisalho, ainda que vigoroso e forte, sentia enorme orgulho de sua posição recentemente adquirida como membro do Círculo Interno, o Conselho Governante da Ordem. A última coisa de que precisava naquele momento era da mais leve sugestão de que pudesse estar perdendo o juízo. No entanto, sabia que a informação que portava seria inacreditável até mesmo para ele próprio, caso lhe fosse apresentada cruamente por alguma outra pessoa. Seu histórico de serviço, ele sabia, evitaria que rissem descontroladamente quando comunicasse as notícias inimagináveis que trazia naquele dia, mas a verdade era que a história que tinha para contar desafiava a crença, e, se havia algo que distinguia seus colegas cavaleiros, era o fato de serem pragmáticos, e não associados à ingenuidade nem à credulidade fútil. Aos ouvidos deles, sua história *deveria*, e certamente iria, soar a delírio e tolice completa. O obstinado senso comum deles e a proverbial integridade dos superiores veteranos estavam firmemente enraizados numa tradição de duzentos anos de probidade e serviços prestados à Igreja e à Cristandade.

A incumbência de Sir William nas horas que se seguiriam seria convencer o comandante dos cavaleiros da preceptoria de La Rochelle de que o mundo deles — o poder e a influência absolutos dos quais os templários gozavam por toda a Cristandade e além dela — cessaria de existir dentro de uma semana.

Ele sabia, embora encontrasse pouco consolo nisso, que realmente não teria necessidade de os convencer sobre a veracidade da sua mensagem consternadora. Tinha autoridade suficiente para impor seu mandado, para exigir a plena colaboração e assistência do Comando de La Rochelle no cumprimento do dever oficial que lhe fora incumbido pessoalmente pelo grão-mestre da Ordem, Jacques de Molay. A única coisa que tinha a fazer era ordenar-lhes que recolhessem todo o seu contingente e suas posses para dentro da segurança temporária de seus muros e permanecessem ali, guarnecidos contra as mortais e traiçoeiras investidas do rei da França.

Perdido em suas ponderações, Sinclair mesmo assim se mantinha atento ao que acontecia nos arredores e teve um súbito sentimento de identificação ao dobrar a última curva da rua estreita e ver derramarem-se as luzes que demarcavam o fim da sua jornada e a ampla praça pavimentada em frente à entrada principal do complexo templário.

Os edifícios da preceptoria do Comando foram construídos ao lado do porto, ao longo da margem, para acomodar as partidas e chegadas de embarcações e da fervilhante tripulação da imponente frota de galés da Ordem, em sua maioria navios de carga que singravam todos os mares do mundo mercante. Mas um contingente significativo da frota se compunha de galés de guerra de uma eficiência feroz, tripuladas e comandadas por confrades da Ordem. Essa armada, a Frota de Batalha, existia com o único propósito de impedir qualquer possibilidade de roubo dos patrimônios da Ordem no mar.

Sir William Sinclair movimentou os ombros e com ambas as mãos soltou a espada da bainha, um hábito tão arraigado nele que já não se dava conta de fazê-lo. Mas não esperava nenhum problema agora que conseguia ver a praça iluminada à frente. Os guardas que havia pouco vinham atrás deles tinham desaparecido para procurar em algum outro local, sem lhes dar atenção alguma, claramente tomando-os pelo que de fato eram. Ele flexionou os dedos e segurou a bainha da espada com mais firmeza, endireitando os ombros e repassando uma vez mais o que iria dizer ao preceptor. Enquanto isso, tomou consciência de uma passagem escura e estreita, uma travessa ou beco entre os altos edifícios à sua esquerda, apenas alguns passos à sua frente. Não prestou muita atenção e continuou caminhando, seguido por seus companheiros, mas, ao passar pelo local, ouviu um clamor de vozes brotar da escuridão no fundo do beco sombrio.

— Continuem andando — resmungou Sir William. — Não deem atenção.

— Alto! — O grito ecoou na profunda obscuridade do beco. — Vocês aí! Alto em nome do rei Filipe.

Eles ouviram um tropel de pés correndo.

William Sinclair continuou caminhando, alongando as passadas enquanto falava por cima do ombro.

— Enfrente-os, Tam. Detenha-os, mas não lute se isso puder ser evitado. Apenas os mantenha longe o suficiente de mim para evitar que vejam o que estou vestindo. Se eles virem que não estou usando perneiras e calço apenas as sandálias monásticas, talvez um seja esperto o bastante para concluir que sou o monge que estão procurando, e então teremos de derramar sangue. E eles são homens do rei, portanto, isso pode não ser a coisa mais sábia a fazer sob nossas atuais circunstâncias.

Ele continuou andando, seguindo diretamente para o ponto onde a rua se abria, a menos de trinta passos de distância, e logo entrou na praça vazia que se estendia até os portões principais do Comando. Ali, virou o rosto para o local onde seus seis homens haviam se espalhado numa fileira que atravessava a rua com suas costas voltadas para ele, encarando o cruzamento com a travessa e segurando suas espadas desembainhadas com a ponta para baixo sobre as pedras do calçamento. Enquanto se detinham ali, cada um com espaço de combate suficiente para se defender com facilidade, um grupo de desleixados soldados de guarnição fluiu beco afora e de súbito se deteve, seus gritos clamorosos caindo num instantâneo silêncio. Havia apenas dez deles, e claramente não esperavam encontrar uma fileira de seis templários os esperando com as espadas à mostra.

Enquanto assistia ao confronto tomar forma, Sir William ouviu o som de passos vindo da direção do Comando. Quando olhou para ver quem se aproximava, reconheceu o jovem sargento, Ewan, que havia saído para escoltar a dama.

— Sir William!

Sir William deu meia-volta para encarar o jovem, agitando as mãos para silenciá-lo, mas Ewan já estava ao seu lado e ansioso para contar algo.

— Sir William! Eu...

— Shh! Silêncio, rapaz!

— Mas...

— Silêncio! E preste atenção ao que está acontecendo ali. — Ele apontou o braço na direção da rua da qual havia acabado de emergir.

Tam Sinclair não dera tempo para que os guardas do rei se recuperassem do susto, pois saltara logo para o conflito, dirigindo-se ao homem grosseiro que parecia ser o líder deles. A voz alta e intimidadora que assumiu, falando um francês coloquial impecável e sem trair qualquer sinal de sua verdadeira nacionalidade, propagou-se nitidamente pelo túnel da rua até os ouvidos de Sir William.

— Ora, seus imundos, o que vocês querem de nós? Hein? O quê? Com que direito imaginário vocês ousam intimar a Irmandade do Templo? Vocês nos abordaram, ordenaram que parássemos em nome do rei. Por quê?

Nenhum dos guardas fez qualquer tentativa de responder. A ignorância sobre o que fazer em seguida se traía pela forma como se olhavam, evitando dirigir os olhares a qualquer um dos templários.

Tam elevou a voz ainda mais:

— Vamos, é uma pergunta simples. E demanda uma resposta simples. Por que vocês gritaram para que parássemos? Somos criminosos? *Vocês* sabiam o que estavam fazendo ao impor exigências aos da nossa Ordem sem a devida autoridade? Onde encontraram tamanha estupidez para tentar interferir nos assuntos do Templo?

Continuaram sem resposta, apesar da afronta declarada em suas palavras, e ele não lhes deu sossego:

— Ficaram todos mudos? Ou são simplesmente ainda mais estúpidos do que parecem? Vocês são homens do rei, ou pelo menos vestem o uniforme, portanto devem saber quem somos. E devem saber também que não têm direito nem capacidade de exigir satisfações de nós, pelo que quer que seja. Nós somos sargentos do Templo e respondemos unicamente ao nosso grão-mestre, que responde, por sua vez, ao papa. Seu rei não tem poder para ordenar que paremos nem para se intrometer nos nossos assuntos. Nenhum rei da Cristandade tem tal direito.

Ele fez uma pausa, como se avaliasse os estupefatos oponentes.

— Então, o que vai ser? Vocês irão nos revistar e morrer, ou simplesmente nos questionar e morrer, ou ainda lutar e morrer? A escolha é de vocês. Falem.

O líder dos guardas reais finalmente recuperou a voz:

— Vocês não podem nos ameaçar — afirmou, num tom mais de lamento que de acusação. — Nós somos homens do rei. Vestimos o uniforme real.

Tam Sinclair falou como se nada tivesse sido dito:

— Por outro lado, vocês têm uma quarta opção. Podem ficar aqui parados, como estão, e sem argumentar, e observar enquanto nós nos afastamos sem derramar seu sangue. Então, uma vez que tenhamos ido, também estarão livres para partir, e nenhum de nós, de qualquer um dos lados, sussurrará uma só palavra sobre este encontro. Estamos de acordo?

Ele se dirigiu ao homem que havia pronunciado a queixa, e estava se impacientando pelo tempo que levava para receber uma resposta.

— Bem, estamos de acordo ou não? Nós vamos embora ou lutamos? — Ele levantou a ponta de sua espada até a altura da cintura, não ameaçadora, porém enfaticamente.

O outro homem fez que sim.

— Vamos embora.

— Excelente. Fiquem aí, então, até que tenhamos ido.

Os homens de Sir William deram as costas aos seus desafortunados desafiadores e, com as espadas ainda desembainhadas, caminharam pela rua agora às escuras a fim de se juntar a ele. Somente então Sir William se virou para o jovem que estava ao seu lado, e Ewan começou a falar imediatamente:

— Meu senhor, eu tenho...

— Silêncio. Eu sei que você tem algo a dizer, mas precisa esperar até mais tarde. Eu possuo assuntos urgentes em mente. Agora, junte-se aos outros e vista sua sobrecota.

Enquanto o sargento se afastava, cabisbaixo, Sir William seguiu novamente em direção ao Comando, sabendo que fora visto dos portões assim que emergiu para o espaço aberto da praça, e que o mais graduado dos guardas em serviço teria imediatamente chamado o comandante.

Então, caminhando decididamente rumo ao portão principal, sorriu em cumprimento quando um sargento veterano saiu rapidamente da casa da guarda, seguido por quatro homens, e depois se deteve, franzindo as sobrancelhas ao ver os tornozelos despidos do homem sem barba que se aproximava dele, vestindo a sobrecota branca de um cavaleiro e seguido por uma escolta de sargentos. Ergueu uma das mãos ligeiramente num gesto de contenção aos seus homens, até que o indivíduo que usava a sobrecota de cavaleiro tivesse alcançado o portão.

— Tescar, que bom vê-lo. Você parece desconfiado. Não me reconhece? Ou vai barrar minha entrada no Comando por causa do queixo raspado?

A ruga entre as sobrancelhas do sargento se desfez num assombro.

— Sinclair? Sir William, é você? Pelo santo nome de Deus, o que aconteceu?

— É uma longa história, velho amigo, mas eu tenho notícias urgentes de Paris para o preceptor. Ele se encontra entre os muros?

— Você também? É, ele está, mas talvez tenha de esperar na fila. Esta noite, o primeiro a chegar é o primeiro a ser atendido, ao que parece, e você é o terceiro a procurá-lo num intervalo de meia hora.

— Então eu devo reclamar prioridade, sargento. Como eu disse, trago notícias urgentes de Paris, do mestre De Molay em pessoa. O almirante também está aqui?

Tescar sorriu.

— Sim, ele está, e as notícias do mestre estão em boa companhia. Seu irmão cavaleiro chegou há menos de dez minutos, diretamente pelo portão sul, sem dúvida com a mesma mensagem.

— Que irmão cavaleiro? Nós entramos pelo portão sul exatamente quando ele se fechava e tivemos de esperar. Não havia outro cavaleiro templário ali. Nós o teríamos visto. Tem certeza de que ele disse ter chegado pelo portão ao *sul*? Quem é ele?

O sargento da guarda encolheu os ombros largos.

— Foi o que ele falou, o portão sul. Quanto a quem é, ele é novo para mim. Nunca vi o homem antes. Mas ele e um outro vieram de Paris trazendo notícias do mestre para o preceptor e o almirante.

As mãos de Sir William Sinclair desceram até sua espada, uma no cabo, outra na bainha, quando lhe ocorreu que essa devia ser a mensagem urgente que havia deixado o jovem sargento Ewan tão agitado. Ele puxou Tescar pela manga, afastando-o do alcance dos ouvidos dos outros, e falou em voz baixa:

— Ouça-me, Tescar. Há alguma coisa errada aqui. Não há outra mensagem. Eu sou o único mensageiro enviado por De Molay a La Rochelle. Como esse sujeito se parece?

— Como você, porém mais bem-vestido. — Tescar agora franzia o cenho, começando a parecer zangado. — Manto branco, sobrecota branca, barba cheia e bifurcada. Disse que veio de Paris com mensagens urgentes do grão-mestre. Eu o recolhi. Por que não deveria tê-lo feito?

— Você perguntou o nome dele?

— Sim. Era inglês. Godwinson ou Goodwinson, algo assim. Mas ele é um templário, sem dúvida.

— Nada está além da dúvida, Tescar. Não nestes dias. — Sinclair havia começado a se dirigir à entrada, acenando para que Tam e os outros sargentos fossem atrás dele. — Como esse sujeito se parece?

— Eu já disse. Como você, um cavaleiro templário. — Tescar se apressou para acompanhar o passo de Sinclair, e os outros os seguiram. — Grande, barba longa, de um ruivo vivo com uma mecha totalmente branca num dos lados.

— O quê? — Sinclair interrompeu sua marcha, girando para olhar o sargento e o detendo com um dos braços estendidos. — Uma barba bem ruiva com uma mecha branca? Do lado esquerdo?

— É, esse mesmo. — O sargento Tescar, um veterano de muitos anos, havia aprendido a reconhecer o tom de urgência e não perdeu tempo com perguntas inúteis. — Eu o levarei diretamente para lá. Venha. Seus companheiros podem se dirigir ao refeitório. Eles ainda terão tempo para jantar.

— Não, eles virão comigo e eu entrarei por conta própria. Fique aqui e barre os portões. Tranque este lugar agora mesmo. Ninguém deve sair ou entrar até que eu diga, está claro?

— Sim, mas...

— Sem tempo para senões, Tescar. Tranque bem este lugar e reze para que não seja tarde demais para nós. Tam, rápido, venha comigo e traga os outros.

HOMENS DE BOA VONTADE

Sir William Sinclair atravessou a passos largos a torre do portão principal e emergiu no espaçoso quadrilátero do complexo do quartel-general, circundado por quatro edifícios, cada um deles com três andares. O cavaleiro dobrou imediatamente à esquerda, rumo à pesada porta dupla na fachada do principal edifício administrativo que abrigava os escritórios e dependências das mais altas patentes da guarnição. Tam Sinclair quase teve de correr para alcançá-lo, mas, quando conseguiu, agarrou seu primo mais alto pela manga e o puxou de lado.

— Espere, maldição, espere agora! Pare aí um minuto. Para onde nós estamos indo com tanta pressa? O que há de errado? Por que você está correndo?

— Porque não estou gostando disto. Algo aqui não cheira bem, Tam. Você não ouviu o que Tescar falou?

— Sim, uma parte, mas não tudo. Vocês dois estavam cochichando como amantes. Quem é esse outro cavaleiro, esse Godwinson?

— Eu não sei, mas seja quem for, é um mentiroso. Não há irmão cavaleiro envolvido nisto, com notícias enviadas por De Molay. Você sabe muito bem que ele não mandou outros mensageiros além de nós. E não havia outro templário esperando para entrar pelo portão sul enquanto estivemos lá.

Eles haviam parado ao pé do estreito lance de escadas que conduzia até a porta.

— Então — continuou Sir William —, quem é esse Godwinson e de onde ele veio? Não foi pelo portão sul, você sabe disso. Lembra-se de ter visto Nogaret em Paris, duas semanas atrás?

Tam fez que sim, com uma expressão perturbada, e Sir William prosseguiu, subindo os degraus.

— É, você viu sim, mas obviamente não tão bem quanto eu. Lembra-se de quem estava com ele na época? Faça um esforço. Eles haviam acabado de sair da residência real e esperavam uma carruagem.

— Sim, eu me lembro de ter visto o sujeito, mas não sei quem era. Estava ocupado demais olhando para Nogaret, que a má fortuna recaia sobre ele. Mas o outro era grande e de barba ruiva... Por Deus!

— É, grande e de barba ruiva, com uma mecha branca. Mas ele era um templário? Acho que não. Nem se vestia como um. Não, Tam, Deus não tem nada a ver com ele, não se Nogaret estiver envolvido.

Eles haviam alcançado o alto dos degraus estreitos defronte a entrada do prédio administrativo. Sir William abriu bem as portas antes de atravessá-las, e seus homens o seguiram e se espalharam olhando em volta, claramente sem saber o que estavam procurando.

— Fiquem atentos, rapazes — disse Sir William em tom calmo —, e caminhem com cuidado. Eu não sei o que podemos encontrar aqui, mas esta não é a hora de sair batendo os pés por aí, por isso andem em silêncio. E estejam preparados para o pior.

Ele os conduziu até um corredor que levava para a direita partindo do final do vestíbulo cavernoso, mas subitamente se deteve. Tam Sinclair esbarrou nele.

— O que foi? — A voz de Tam era um sussurro rouco.

— Não há guardas.

Outro par de portas duplas se abria na parede diante deles, e Sir William desembainhou a espada com um prolongado deslizar de aço.

— Eu estive aqui dezenas de vezes, Tam, e nunca vi essas portas desprotegidas. Espere! Vem vindo alguém...

Então ouviram com clareza os sons de passos vindo do final do corredor, aumentando rapidamente de intensidade, e logo depois um cavaleiro de manto branco apareceu no campo de visão. Ele os viu de imediato e engasgou de sobressalto ao fitar a lâmina exposta de Sir William, mas Sinclair já se aproximava dele, levando o dedo aos lábios num pedido de silêncio.

— Almirante — sussurrou ele em tom de urgência —, fique aí. Sou eu, William Sinclair.

O almirante Charles de St. Valéry estava claramente surpreso, porém permaneceu onde se encontrava.

— Onde está Thierry? — perguntou Sinclair.

Pareceu que St. Valéry iria responder com raiva, mas então simplesmente deu de ombros.

— Não tenho a menor ideia. Ele estava na sala de reuniões quando o vi pela última vez, mas isso foi meia hora atrás. Fiquei no andar de cima depois disso. Que necessidade você e seus homens têm de manter as espadas desembainhadas nas dependências do Comando, Sir William?

Sinclair olhou ao redor, mas o corredor estava desocupado de ambos os lados, exceto pela presença de seus homens.

St. Valéry perguntou novamente, conservando a suavidade da sua voz, porém com um certo nervosismo:

— Não pretende me responder?

— Sim, eu responderei, meu senhor almirante.

Sinclair lhe lançou um rápido olhar, mas depois se voltou de novo para as portas fechadas da sala de reuniões, onde os assuntos do Comando eram decididos.

— Daqui a algum tempo, espero poder responder que não, não temos necessidade alguma de manter nossas lâminas desembainhadas aqui, mas, no momento, isso não está claro. Onde estão os seus guardas?

— Meus...? — St. Valéry olhou para trás de Sir William, onde seus guardas deveriam estar. — Onde *estão* meus guardas?

— E esse tal Godwinson, onde está ele?

— Do que você está falando? Quem é Godwinson?

— Certo. Você esteve no andar de cima durante meia hora, foi o que disse?

— Estive.

— Então não estava aqui quando Godwinson chegou. E vejo que não está portando armas nem vestindo armadura.

— Não, não estou. Que necessidade tenho de armas ou armadura na minha própria casa?

— Venha comigo, almirante, e faça o que eu disser.

Ele girou nos calcanhares e conduziu o almirante até o local onde Tam Sinclair e seus sargentos esperavam.

— Tam, faça com que dois de seus homens protejam o almirante e o mantenham a salvo de qualquer ameaça.

Enquanto Tam gesticulava para que dois sargentos se adiantassem, Sir William dirigiu-se novamente a St. Valéry:

— Tenho motivos para crer que há inimigos à sua espera do outro lado daquela porta, almirante, e que qualquer um que atravessá-la será prudente em ir bem armado. Espero que eu esteja errado, mas temo estar certo. Por isso, fique aqui, junto à parede, até descobrirmos o que há lá dentro. Tam!

— Sim, Will?

— Mande quatro de seus homens lá para fora, rápido, para procurar Tescar nos portões. Diga-lhe que precisamos de bestas. Façam isso de maneira ligeira, mas sem chamar atenção.

— Certo.

Enquanto esperavam que os quatro sargentos retornassem, o almirante St. Valéry observou Sinclair, que, por sua vez, continuou olhando em silêncio para as portas fechadas da sala de reuniões.

— Em que está pensando, Sir William?

— Em armaduras, meu senhor almirante. Você tem uma em seus aposentos?

— É claro.

— E possui uma couraça metálica?

— Sim.

— Então vá até lá, se lhe apraz, e vista ambas, o mais rápido que puder.

O almirante sorriu ironicamente.

— Vestir ambas? Eu também tenho uma túnica extra da mais fina cota de malha muçulmana, a mais forte e mais leve armadura jamais feita. Devo colocá-la também?

Ele estava brincando, mas Sinclair, não.

— Sim, você deve. — Ele viu os olhos do almirante se arregalarem e ergueu uma das mãos. — O primeiro homem que atravessar aquela porta, Sir Charles, pode muito bem receber uma seta de besta no peito, por isso uma tripla camada de proteção não seria excessiva. Eu mesmo vestiria o seu manto e faria seu papel, mas hoje estou sem barba e fui recentemente tonsurado, enquanto sua aparência... distingue-se de outra maneira. Por isso deve entrar primeiro. Eu estarei ao seu lado, e nós teremos quatro de nossas próprias bestas apontadas para seja lá o que estiver dentro daquela sala.

— Hmm. Quem *está* ali?

Ninguém jamais acusou St. Valéry de ser agitado ou de carecer de coragem. Naquele momento, sua voz revelava apenas curiosidade, sem qualquer vestígio de alarme.

O menear de cabeça de Sir William foi breve.

— Eu não sei, mas suspeito que encontraremos dois guardas mortos e o preceptor, Sir Arnold de Thierry, também assassinado ou mantido como prisioneiro. Infiltraram o Comando, almirante. Nossas defesas foram rompidas, e a única coisa que sei sobre nosso visitante é que o vi pela última vez em companhia do jurisconsulto-chefe do rei, Guilherme de Nogaret, menos de duas semanas atrás, em Paris. Não sei seu nome, mas ele forneceu o nome inglês de Godwinson ao sargento Tescar, nos portões, e foi admitido. Está vestido como um Cavaleiro do Templo, mas não é templário nem amigo da nossa Ordem.

— Você o reconheceu?

— Não, ainda não pus meus olhos nele, mas o associei à descrição do sargento Tescar.

St. Valéry franziu o cenho.

— Então como sabe que se trata da mesma pessoa? Descrições são, no mínimo, vagas. Esse homem pode muito bem ser um irmão visitante vindo da Inglaterra.

— Então, onde estão os seus guardas, almirante? Ou esse Godwinson simplesmente achou por bem dispensá-los? A descrição de Tescar deixou pouca margem para dúvida. Um homem grande, de barba ruiva cerrada com uma chamativa mecha branca do lado esquerdo. Agora, pode haver dois homens na França com longas barbas ruivas tão singularmente marcadas, mas até que eu saiba que estou errado, agirei como se estivesse certo. Por favor, vá vestir sua armadura. Nós esperaremos até que volte. Seja lá o que ocorreu dentro daquela sala, está há muito consumado, e é óbvio que ninguém se sente ansioso para sair.

Os quatro sargentos de Tam Sinclair retornaram momentos depois que St. Valéry se retirou para pôr sua armadura. Sir William os puxou de lado e explicou o que queria que fizessem. Dois deles, então, tomaram posição de cada lado das portas duplas, com o dorso contra a parede, enquanto os outros deitaram de bruços no chão, com seus corpos formando um ângulo com a entrada e suas armas carregadas apontadas para as portas. Sir William entraria primeiro com o almirante, disse-lhes, e empurraria o homem mais velho para o lado ao invadirem, na esperança de salvá-lo do ataque. Ele próprio mergulharia para o lado oposto, deixando os besteiros livres para dispararem do chão para dentro da sala aberta. Pelo que sabia, havia apenas dois homens lá dentro, falou o cavaleiro, mas não podia ter certeza disso. A traição se espalhava pela França como carunchos na madeira, disse ele, ressaltando que Guilherme de Nogaret tinha espiões e empregados por toda parte. Na melhor das hipóteses, era provável que houvesse apenas uma besta dentro da sala, e uma vez disparada, o homem que a manejava teria de recarregá-la. Se os dois homens no chão não conseguissem abatê-lo, seria a vez dos dois que estavam junto à porta. Eles penetrariam na sala imediatamente, ambos correndo, e trocariam de lado. Em um quatro, estavam certos de poder lidar com um só arqueiro. Sinclair pessoalmente cuidaria do impostor de barba ruiva.

O almirante St. Valéry retornou, parecendo distintamente maior e caminhando com muito menos facilidade, sua espada pendia do ombro. Sir William fez sua arma zunir no ar e depois a ocultou atrás das costas.

— Junto a mim, se lhe apraz, almirante, à minha esquerda, e vamos descobrir o que nos espera. Estas portas se *abrem* para dentro, não é?

— Sim... Pronto? — St. Valéry avançou calmamente até que estivessem parados de frente para a entrada, lado a lado. Ele segurou os aros de ferro das maçanetas, levantando-os gentilmente, um em cada mão, depois respirou fundo, girou as mãos, empurrou as portas bem abertas e entrou.

De início, Sinclair não pôde enxergar absolutamente nada. A grande sala parecia estar vazia. Mas então viu a larga mancha de sangue no chão à sua esquerda, onde alguém devia ter arrastado um corpo para o lado e ao mesmo tempo enxergou um lampejo de movimento à direita.

Ele reagiu instantaneamente, lançando seu braço, num movimento direto e decidido, contra o ombro do almirante. O homem mais velho estava tenso, e o empurrão inesperado fez com que girasse, quase no momento exato em que um projétil disparado sem piedade se chocou contra ele, levantando seus pés e atirando seu corpo de lado até se estatelar no chão próximo à parede. Sinclair havia usado o forte golpe com o braço esticado para se impelir para o lado, na direção oposta, e, no momento em que seus ombros se chocaram contra a porta aberta, viu outro vulto se movimentar na esquerda e uma segunda seta de aço, dirigida a ele, enterrar-se parcialmente no carvalho sólido ao lado de sua cabeça.

Debaixo dele, ouviu o harpear de uma besta e depois olhou para o homem que havia tentado matá-lo, com sua besta ainda ao ombro, transpassado pela seta de um dos sargentos no chão do corredor. No ângulo ascendente em que o havia atingido, o projétil passou diretamente através do pescoço do homem, logo abaixo do queixo, e saiu pela base do crânio, para então se cravar na fissura entre dois blocos de pedra na parede.

Sir William impeliu seu corpo adiante, afastando-se da porta e rodopiando, com a espada em punho, enquanto o restante de seus homens irrompia para dentro da sala.

Um homem de barba ruiva vestindo manto de cavaleiro apoiou as costas contra a parede, ainda segurando a besta que havia derrubado St. Valéry, e, enquanto olhava para Sinclair e os homens que fluíam pela porta, abriu as mãos e largou a arma inútil, depois arrancou dos ombros seu grande manto templário e o deixou cair no chão atrás de si ao mesmo tempo que sacava sua espada e adotava uma posição de ataque. Por baixo da barba, sua boca tinha um ricto rosnador.

— É meu — disse Sinclair.

O homem de barba ruiva descreveu um círculo se afastando dele, e Sinclair o acompanhou, esperando que ele fizesse o primeiro movimento.

Então seguiu-se um rodopiar indistinto, um baque alto de sonoridade intensa, e o estranho caiu de joelhos e se lançou de borco enquanto o punhal de Tam Sinclair retinia no chão de pedras ao seu lado.

Sir William se levantou vagarosamente de sua posição agachada.

— Isso foi eficiente, Tam?

— Sim, senhor, foi. Um arremesso perfeito, acertando-o com o cabo. A não ser, é claro, que você realmente quisesse dar ao filho da puta uma segunda chance de matá-lo.

— Ele não teria me matado, Tam.

— Não, provavelmente não. Mas você o teria matado, e seria fim de conversa. Mas agora ele ainda está vivo, eu acho, e nós vamos ter uma chance de descobrir o que veio fazer aqui.

— Eu sei o que ele veio fazer, e teve sucesso. Ele veio matar o almirante e o preceptor.

— Merda, eu sei, mas por quê?

— Para causar o caos esta noite. Em preparação para amanhã.

— Então ele errou o alvo. O almirante está vivo. O projétil passou raspando por sua armadura e o atirou longe, mas não o acertou. Ele ficará bem. Um pouco machucado, mas não está nem mesmo sangrando.

Sir William se voltou rapidamente para ver dois de seus homens levantando a forma inerte do almirante do chão.

— Graças a Deus por isso. Eu achei que tinha sido muito lento. Mande alguém à enfermaria para trazer um cirurgião ou um médico, e faça com que alguém mais remova a armadura do almirante antes que o sujeito chegue. Onde está o preceptor?

— Ali, senhor. — A voz partiu da extremidade oposta da sala, onde outro sargento se encontrava de pé, olhando para o chão atrás de uma das longas mesas da sala. — Ele e os dois guardas. Todos mortos.

— Ah, Deus! — Sir William caminhou lentamente pela extensão da grande sala até parar e olhar para os três corpos que haviam sido arrastados para trás da mesa, fora do alcance da vista. Dois deles eram sargentos da Ordem, suas sobrecotas castanhas agora enegrecidas de sangue. O terceiro homem era muito mais velho, vestido com o manto branco dos cavaleiros, com a cruz do Templo bordada do lado esquerdo do peito. Ele também havia sido morto por uma seta de besta, atirada de uma distância curta o bastante para que o projétil letal lhe atravessasse o peito por inteiro, fazendo com que metade do seu comprimento se projetasse pelas costas do homem. Havia pouco sangue, tirando o da própria ferida por onde saíra o projétil, portanto a morte do ancião devia ter sido instantânea.

Sir William conhecia a história do velho preceptor tão bem quanto a sua própria. Arnold de Thierry, um viúvo sem filhos de 21 anos, havia se juntado à Ordem na ilha de Chipre, 31 anos antes, no dia quatro de julho de 1276, e se tornara um dos mais honrados templários em 15 anos de campanhas na Terra Santa. Sua carreira lá se encerrou quando foi ferido nos primeiros estágios do cerco final a Acre, no ano de 1291, e foi embarcado por mar e entregue aos cuidados dos cavaleiros hospitalários em Rodes. Na ilha, acreditava-se que ele não resistiria, mas, em vez disso, lutou por sua vida, ganhando para si uma reputação permanente de bravura fútil ao recusar que os cirurgiões amputassem seu braço ferido quando este foi declarado gangrenoso. A ferida, revelou-se, estava meramente infeccionada, não putrefata, e Thierry, com o tempo, recuperou o uso quase total do membro. Mas, enquanto ele passava por sua longa e vagarosa recuperação, seus camaradas em Acre foram derrotados e massacrados pelos mamelucos do sultão seljúcida.

Impedido de manejar a espada por seu braço afetado, Thierry retornou ao dever e foi recompensado por seus anos de fiel serviço com o posto de preceptor do Comando de La Rochelle, uma designação que havia considerado como a mais alta honra que poderia ter recebido.

A preceptoria de um Comando era um posto militar, em oposição ao cargo administrativo — algo como um cruzamento entre um abade e um prefeito de cidade pequena — mantido pelo preceptor de um Templo. Por toda a Cristandade, os Templos mantidos pela Ordem eram instituições civis, postos financeiros e administrativos, e seus membros, todos nominalmente templários, eram artesãos e comerciantes. Comandos, por outro lado, eram guarnições, compostas pelos membros combatentes da Ordem, os cavaleiros e os sargentos, e seu propósito era puramente militar: a proteção e a guarda dos interesses da Ordem. O preceptor de um Comando era o primeiro oficial, responsável por todos os aspectos da instalação, e em nenhum outro lugar essa responsabilidade era mais onerosa ou honrada do que em La Rochelle, a mais importante locação na França para as atividades mercantes da Ordem.

O Comando em La Rochelle, em frente ao porto com seu extenso e facilmente defensável ancoradouro para navios de todos os tamanhos e tipos, era a guarnição mais importante de todo o país, absolutamente essencial para a prosperidade mundial da Ordem e de seus negócios. Todas as indústrias e atividades que os templários desempenhavam por toda a Cristandade e além dela — manufaturas, plantações, pomares e fazendas; depósitos e instalações de armazenamento para o comércio de bens; canais de distribuição para artigos de todos os tipos; bens imóveis e atividades bancárias internacionais — passavam em algum momento pelo Comando de La Rochelle, pelos cais e píeres do porto, ou por seus armazéns e trapiches.

Contemplando a forma imóvel do preceptor, ocorreu a Will que presenciar aquela morte era testemunhar o fim de uma era. Thierry se fora, e com ele uma época de inabalável integridade, honra absoluta e pureza de um ideal.

"Não mais", pensou Sinclair. "Não mais honrados aos olhos da lei. Não mais destemidos no leal desempenho do dever. E não mais confiantes na integridade dos reis entre os homens de boa vontade. Adeus, velho amigo. Sua falta será sentida dolorosamente, mas você nada sofrerá por perder o que virá amanhã."

Ele se virou com um suspiro e olhou para Tam Sinclair, parado no lado oposto dos três cadáveres.

— Tam, mande alguém trazer Tescar. Diga à pessoa que você enviar para não contar nada a ele, mas trazê-lo diretamente a mim.

— O que, pelo santo nome de Deus, aconteceu aqui?

A voz era alta, e Sir William se voltou para olhar o homem no umbral, depois levantou sua mão para atrair a atenção dele. Quando o irmão vestido de branco o olhou com ultraje, o cavaleiro ergueu um dedo, pedindo-lhe que esperasse, depois se virou novamente para Tam.

— Lembre-se, seu homem não deve dizer nenhuma palavra a Tescar.

— Certo, eu mandarei Ewan. Ele sabe manter a boca fechada.

Sir William seguiu até o recém-chegado.

— Qual é o seu nome, irmão? — perguntou.

O outro homem pestanejou, claramente se questionando quem era aquele rosto pálido e bem-barbeado vestindo a sobrecota de um Cavaleiro do Templo.

— Sou o irmão Thomas — disse ele. — Chefio a enfermaria. O que aconteceu aqui?

— Você é cirurgião ou médico, irmão Thomas?

— Sou ambos, mas...

— Excelente. Agora, ouça com atenção. Eu sou William Sinclair, recentemente designado como membro do Conselho Governante. Estou sem barba porque vim até aqui esta noite sob disfarce, trazendo instruções de nosso grão-mestre em Paris para o preceptor e o almirante em La Rochelle. E o que aconteceu aqui foi um assassinato. O preceptor foi morto, e o almirante escapou por pouco. Ele está inconsciente, porém ileso, ao que parece. Ouça com cuidado, portanto, o que eu preciso de você, e o faça sob seu voto de obediência. Há quatro homens mortos nesta sala. Aquele ali, junto à parede, era um dos assassinos. Atrás da mesa do fundo você encontrará os corpos de dois membros da sua guarnição que foram posicionados aqui esta noite como guardas, e o próprio irmão preceptor.

"Você trará seus homens aqui imediatamente, impondo-lhes silêncio e obediência como eu impus a você, e levará os corpos para o hospital. E então fará com que limpem este local, removam as manchas de sangue e restituam a sala às suas condições anteriores. Assim que tiver dado suas instruções, eu preciso que traga o almirante St. Valéry de volta à consciência. Tenho ordens para ele do grão-mestre, e a gravidade delas não permite mais perda de tempo. Eu preciso dele, nossa Ordem precisa dele, acordado e alerta. Você me entendeu, irmão Thomas?"

O irmão Thomas fez que sim, mas seus olhos foram atraídos para o homem de barba ruiva caído inconsciente sobre uma mesa, vigiado de perto por dois dos sargentos de Tam Sinclair.

— Quem é aquele? — perguntou.

— Um prisioneiro. O segundo assassino. Nós cuidaremos dele. Ele ainda não precisa da sua assistência por algum tempo.

— Ainda?

— Apresse-se, irmão Thomas.

Tescar e o irmão Thomas se cruzaram no umbral da porta, e o primeiro parou, com a boca escancarada ao olhar para o inconsciente Godwinson. Sem desperdiçar palavras, o cavaleiro contou rapidamente ao sargento o que acontecera, e depois perguntou os nomes dos dois comandantes delegados, o naval e o da guarnição. Lembrou-se de ambos os nomes e mandou Tescar os convocar, novamente com um alerta para não dizer nada do que sabia.

DOIS

Uma hora mais tarde, depois de ter feito tudo o que podia para reparar a devastação causada pelo homem chamado Godwinson e seu mortal comparsa, Sir William finalmente voltou à sala de reuniões, sem nada a fazer a não ser esperar por eventos sobre os quais não tinha qualquer controle. Ele cruzou as pernas, mudando a posição de seu traseiro enquanto procurava uma posição confortável na poltrona de madeira junto à lareira da grande sala recém-limpa, que era o centro dos afazeres diários do Comando. Ele não vestia mais sua armadura de malha e sobrecota, tendo-as trocado por um singelo hábito branco de monge, coberto pelo simples porém ricamente confeccionado manto branco de um cavaleiro templário, com a cruz bordada do lado esquerdo do peito. Não havia, porém, posto de lado sua espada, e agora se sentava contemplando as chamas de cenho franzido, com uma das mãos apoiada no cabo em cruz de sua arma posicionada verticalmente, como se fosse um bastão. Toda a sala recendia a sabão de barrela, e seus olhos ardiam pelo mau cheiro que exalava, mas notava que o odor se dissipava, ainda que lentamente. Mesmo assim, sua cabeça doía em consequência do fedor. Ele havia passado a maior parte da hora anterior do lado de fora, conduzindo os assuntos da guarnição ao ar livre.

Godwinson, fosse qual fosse o seu nome verdadeiro, estava trancado em segurança numa cela fortemente guardada. Ele havia recuperado a consciência por fim, mas se recusara a dizer uma só palavra quando o interrogaram, e Sinclair, percebendo que estava ficando perigosamente enraivecido, ordenara que o homem fosse retirado e confinado. Depois, instruíra os dois comandantes delegados sobre como pacificar a guarnição ultrajada e humilhada, embora não tivesse dito nada a nenhum deles sobre o propósito de sua missão ali. Eles haviam aceitado suas credenciais e cumprido suas determinações com obediência, aceitando-as como seu dever.

Ele não podia lhes dizer a verdade antes de informar St. Valéry sobre suas razões para ir a La Rochelle. Havia retornado pouco antes da enfermaria, onde o irmão Thomas havia assegurado que o almirante estava dando sinais de que retornaria à consciência e que não esperava nenhuma complicação como resultado da violenta queda. O projétil da besta errara o corpo do almirante por muito pouco, atingindo sua couraça e passando de raspão para se alojar na malha metálica da armadura. A violência do choque atirou o velho homem ao chão.

Ainda faltavam três horas para a meia-noite, e a única coisa que o cavaleiro escocês podia fazer era tentar manter a paciência até que St. Valéry estivesse bem o bastante para conversar e ouvir suas notícias. Uma vez que elas fossem formalmente entregues, Sir William poderia assumir o comando das mãos do almirante, pelo menos até que o homem estivesse apto a retomar o seu posto. Sinclair tinha autoridade para tomar essas decisões numa emergência, ambas concedidas a ele pelo grão-mestre em pessoa.

Do lado oposto da sala, Tam estava encostado na parede, com os olhos voltados para baixo e as mãos entrecruzadas calmamente diante dele. Haviam discutido extensamente os eventos da tarde, mas Sir William estivera mal-humorado e tinha plena consciência de que havia maltratado o amigo várias vezes, depositando grande parte de sua raiva e frustração sobre os ombros complacentes do parente. Agora sentia pontadas de remorso e procurou reparação.

— Você está muito calado, Thomas. Por quê?

Tam levantou a cabeça e olhou para ele, com uma das sobrancelhas negras bem erguida, depois deu as costas e se inclinou para atirar três grandes achas na lareira, firmando-as no lugar com a sola de sua bota até garantir que o novo combustível se acenderia rapidamente. Tornou a se erguer, esfregando a poeira das mãos com uma ponta de sua sobrecota, e finalmente se voltou para Will, apoiando-se na cornija da lareira:

— Você ainda está irritado comigo por causa da mulher desta tarde?

Will se endireitou na cadeira e encarou o primo e sargento com os olhos bem abertos.

— Irritado com você? Por causa de uma mulher? Espero que eu não precise ter tais preocupações, Thomas.

— Não. Bem, você não precisa, mas essa foi a décima vez que me chamou de Thomas esta noite, e isso geralmente significa que não está muito satisfeito comigo. E quando diz coisas do modo como disse naquela hora, muito correto e afetado, significa o mesmo. Mas eu me expressei mal. Não me referi a mim *e* à mulher, da maneira como você entendeu. Eu quis dizer pelo fato de eu tê-la *ajudado*.

— Eu sei o que você quis dizer, e *estive* mesmo pensando nisso. O que você fez foi errado.

Tam desviou rapidamente a cabeça para baixo e para o outro lado, como se fosse cuspir no fogo, mas depois, com igual rapidez, virou-a novamente para encarar o primo, a voz tensa de aborrecimento.

— Por que foi errado, em nome de Deus? Eu já lhe disse: apenas ajudei uma conterrânea escocesa a escapar de um homem que desprezamos. Mulher ou não, não faz a menor diferença. Ela precisava de ajuda, Will, e eu estava ali para providenciá-la, e tudo correu bem. Se tivesse sido um homem, você não teria nenhuma objeção.

— Não é verdade. Isso poderia ter posto nossa missão em risco de qualquer modo, Tam.

— Ora, Will, isso é besteira, e você sabe muito bem. Está sendo teimoso por puro prazer. Nossa missão nunca esteve em perigo. Se fosse você que estivesse lá, defrontado com a situação dela e com sua súplica, e não eu, teria feito a mesma coisa. Você sabe que teria.

— Não, eu não teria. Eu teria me afastado dela.

— Você teria...? Você teria *se afastado dela*? *Por quê*, em nome de Deus? Porque ela era uma mulher? Meu bom Jesus, Will, e se fosse a sua mãe ou uma de suas irmãs? Você não iria querer que alguém lhes oferecesse ajuda?

— Não era a minha mãe, Tam. Não era nenhuma das minhas irmãs.

— Bem, mas ela *era* a mãe ou a irmã de alguém, ou as duas coisas.

— Não. Ela era uma mulher solteira, desacompanhada, viajando sozinha. Um ensejo para o pecado, esperando que uma oportunidade se apresentasse.

— Ora, pelo amor de Deus! — A contrariedade na voz de Tam Sinclair era intensa e sem disfarces. — Há quanto tempo nós nos conhecemos, Will Sinclair?

Will levantou uma das sobrancelhas.

— Trinta anos?

— Sim, até mais do que isso, e eu juro que você virou outra pessoa ao longo desse tempo.

O cavaleiro inclinou a cabeça para o lado.

— Não sei o que você quer dizer.

— Eu sei que não, e é aí que está a desgraça. O rapaz que eu conheci no passado jamais cuspiria uma ladainha canônica e hipócrita como essa. Mas desde que voltou de Outremer e começou a se envolver com o Círculo Interno, você mudou, meu rapaz, e não foi para melhor.

Will enrijeceu-se.

— Isso é uma insolência.

Tam cruzou os braços sobre o peito.

— Ah, é mesmo? Trinta anos depois eu fiquei insolente, não é? Trinta anos de encorajamento vindo de você para que eu falasse à vontade e dissesse o que me viesse à cabeça, que lhe contasse a verdade quando outros poderiam não querer fazê-lo, que me sentisse à vontade para ser seu igual quando estivéssemos a sós, e de uma hora para outra eu sou insolente?

As orelhas de Will enrubesceram e ele se afundou em sua cadeira.

— Você está certo — concordou. — Isso foi indigno. Perdoe-me.

— Com prazer. Mas o que o está devorando, Will? Isso não parece coisa sua.

Will se retesou e depois se inclinou para a frente, apertando as guardas de sua espada e estreitando os olhos enquanto contemplava diretamente o coração das chamas.

— Eu não sei, Tam. Simplesmente não sei. Foi isso que aconteceu esta noite, eu suponho: a malícia, a pura maldade. Um ministro do rei, seu principal jurisconsulto, arranjando assassinatos. É insano, impensável. E, no entanto, aconteceu... E eu estive pensando sobre a vontade de Deus durante a última meia hora. Você acha que foi a vontade Dele que estivéssemos naquela parte de Paris, naquele dia, naquele momento particular em que Nogaret e esse canalha do Godwinson saíam daquela residência? Se não estivéssemos lá para vê-los, ele com sua barba ruiva raiada de branco, eu jamais teria reagido de tal forma quando Tescar nos contou sobre a chegada dele, e St. Valéry agora também estaria morto.

— Ora, você teria reagido de qualquer forma assim que ouvisse aquela merda sobre ele ter vindo de Paris com um recado mandado por De Molay. Você saberia que era uma mentira deslavada assim que a ouvisse, e teria agido do mesmo jeito, ainda que não tivesse visto o filho da puta em Paris e reconhecido a descrição. Não há vontade de Deus nisso.

— Bem, então, foi pela vontade Dele que esta criatura teve sucesso e tirou a vida de Arnold de Thierry? Ele foi um homem que jamais ofendeu a Deus em toda a sua vida.

— Opa, devagar com isso. — Tam atirou as mãos para o alto como se reconhecesse uma derrota. — Você está indo fundo demais nessas coisas para a minha pobre cabeça. Eu não sei dizer nada sobre isso, nem você. Assim, vai acabar ficando louco. Mestre Thierry teve uma morte lamentável, isso eu admito, mas morreu em seu posto e cumprindo seu dever, o que significa que morreu a serviço de Deus, portanto, estará com todos os outros agora, desfrutando da sua recompensa.

— *Que* outros todos são esses?

— Que outros? — Tam olhou-o com surpresa. — Os outros milhares que, como ele, morreram sem mácula, cumprindo seus deveres. Você certamente não acha que ele é o primeiro homem a morrer como morreu, acha? Veja sua própria família. Os Sinclair estão envolvidos com o Templo desde o início. Não sabemos dizer quantos morreram em vão a serviço de Deus e de Sua Igreja, mas morreram mesmo assim. Três dos seus ancestrais de uma vez só, e, há não muito tempo, tios e primos de sangue, franceses e escoceses, St. Clair e Sinclair, os três em Outremer ao mesmo tempo, sob as ordens daquele filho da puta do Ricardo Coração de Leão, lutando a Guerra Santa de Deus contra o sarraceno Saladino e seus muçulmanos... Você acha que Deus em Sua sabedoria decretou as mortes deles por terem combatido ao lado do Plantageneta, um homem bem conhecido por sua depravação e hábitos sórdidos? — Tam meneou a cabeça. — Não cabe a nós julgar as razões de Deus, Will. Deus sabe que temos o suficiente das nossas próprias falhas com que conviver...

— Eu mudei tanto assim, Tam? Sou realmente o pedante que você descreveu, cuspindo hipocrisia e insensatez?

— É, você pode ser, às vezes, um pouquinho. — Tam de repente sorriu, e todo o seu rosto se iluminou. — Mas não com frequência, graças sejam dadas a Deus.

Will contemplou o fogo novamente, e, quando Tam já começava a pensar que o primo não diria mais nada, ele falou:

— Eu estive pensando naquela mulher, Tam.

— É? Bem, ela era uma mulher de boa aparência. Não acho que haja nada errado nisso.

— Mas há! — Will virou rapidamente a cabeça para olhar nos olhos do sargento. — Eu jurei evitar as mulheres.

— Ah, vamos, Will, isso não é verdade, e o jovem Will St. Clair que eu conheci também sabia disso.

— Isso é verdade. Eu assumi um voto de castidade.

— É, você assumiu, isso é verdade. Um voto de *castidade*. Você jurou não fornicar, com mulheres ou homens. Dito e feito, um voto é um voto, e eu mesmo fiz alguns. Mas me diga uma coisa: a fornicação com um homem é mais pecaminosa que a fornicação com uma mulher?

Will pareceu chocado.

— A luxúria entre homens é inatural, o mais vil dos pecados mortais.

— Sim, é mesmo, isso eu admito. É revoltante até mesmo pensar nisso, mas, ainda assim, acontece. Mas é pior do que fornicar com uma mulher?

— Por que estamos falando sobre isso?

— Foi você quem começou. É pior?

— É claro que é pior.

— Porque é antinatural.

— Sim.

— Certo. Portanto o outro jeito, com uma mulher, é, então, natural? Não fique zangado, só estou perguntando, pois me indago por que é que você nunca tenta evitar os homens.

— Evitar os homens? Do que é que você está falando?

— Achei que estava sendo claro. Se a fornicação entre homens é antinatural e pior do que a outra, do tipo natural, então por que você não evita conviver com homens? Um homem com o desejo de fazer coisas como essas poderia corrompê-lo a pecar.

Will recuou em sua cadeira.

— Isso é ridículo. Nem um homem em 10 mil sequer sonharia em pensar tal coisa. A simples ideia é risível.

Tam fez que sim com a cabeça.

— Concordo. Ela é. Mas o seu pensamento que amontoa todas as mulheres numa só massa de pecado, como se elas ameaçassem a sua castidade, também é

— É diferente. Não é exatamente a mesma coisa. Eu não sinto atração por homens. Mas posso achar uma mulher atraente. E isso poderia confundir meu voto.

— Que voto? Ah, sim, a sua castidade. Certo. Mas, diga-me, quando você jurou negar a uma mulher o direito de viver, o direito de buscar a liberdade ou de escapar de um inimigo da laia de Nogaret e seus animais? Quando você jurou se afastar de todas elas como pessoas?

— Eu nunca fiz nenhuma dessas coisas.

A expressão de Tam era sombria.

— Você deve ter feito isso, Will, lá no fundo. E está fazendo isso agora. Todo esse resmungo e reclamação só começou quando viu aquela mulher conosco hoje.

— Isso não é verdade. Eu nem mesmo a vi de perto o suficiente para tomar consciência dela como pessoa.

— E mesmo assim ela ficou na sua cabeça desde então?

Um breve silêncio caiu entre eles, e Tam foi se sentar na poltrona ao lado de Sir William.

— Alguma vez você conheceu realmente uma mulher, Will?

— Essa é uma pergunta asinina. É claro que eu conheci mulheres.

— Quem? Nomeie-me uma.

— Minha mãe. Várias tias. Minhas irmãs, Joan, Mary e Peggy.

Tam meneou a cabeça.

— Essas são todas parentes, Will. Eu estou perguntando sobre mulheres, pessoas de carne e osso e que não sejam da família. Você conheceu?

Sir William encarou o primo novamente.

— Não, não conheci, e você sabe disso. Você esteve ao meu lado nesses trinta anos.

— É, eu temia que você dissesse isso. A parte triste é que eu acredito em você. Mas tinha esperança de estar errado. Como você diz, eu estive com você nesses trinta anos. Mas tive mulheres, de quando em quando, e você nunca ficou sabendo.

Tam viu o mais jovem se enrijecer, horrorizado.

— O que posso dizer, rapaz? Eu sou um pecador. Sou um sargento templário, mas também sou um homem antes de mais nada. Senti a tentação e cedi a ela, não com frequência, veja bem, não sou nenhum bode, e na maior parte das vezes eu gostei. E depois me confessei e fui absolvido. Perdoado por um Deus que tudo perdoa. Lembra-se Dele, o Piedoso? — Ele se inclinou para a frente com ansiedade. — Diga alguma coisa, homem, e respire, pois parece que você vai sufocar. — Os olhos de Will estavam enormes, seus lábios se moviam sem emitir som, e Tam Sinclair riu. — O que é isso, homem? Fale algo, em nome de Deus!

O pedido deu resultado, pois a boca do cavaleiro se fechou, e então ele encontrou a voz, ainda que fosse um mero sussurro.

— Em nome de Deus? Você ousa invocar o nome de Deus em relação a isso? Você assumiu um voto sagrado, Tam.

A boca de Tam se contorceu.

— É, eu sei disso. E o quebrei algumas vezes. Mas, como disse, eu me confessei e fui absolvido, e fiz penitência, como todos os homens fazem. Nós somos homens, Will, não deuses.

— Nós somos monges templários.

— Sim, mas somos homens antes de mais nada e além de tudo o mais. E temos padres e bispos templários que se equiparam a outros padres e bispos de Deus por toda parte, e não há um só deles que eu conheça que não tenha uma puta escondida em algum lugar. Que mundo você construiu para si, Will, por trás desses seus olhos? Você é surdo e cego para tais coisas? Deve ser, pois elas estão aí para serem ouvidas e vistas.

Os nós dos dedos de William Sinclair ficaram brancos pela pressão que ele exercia sobre o cabo de sua espada, e, quando falou novamente, sua voz era glacial.

— Nós... não... falaremos... mais... disso.

E não falaram, pois naquele momento as portas atrás deles se abriram, e os dois se voltaram para ver Sir Charles de St. Valéry os observando do umbral.

TRÊS

Sir William se levantou no mesmo instante e atravessou a sala em direção ao cavaleiro mais velho, mas o almirante ergueu uma das mãos num sinal de que não necessitava de ajuda. Enquanto os outros o observavam, St. Valéry olhou vagarosamente em volta do cômodo, até que seus olhos foram pousar na cicatriz exposta na parede, onde a seta que matara o parceiro de Godwinson no assassinato havia talhado uma grande lasca.

— Isto aqui está cheirando a barrela.

— Sim, almirante, eu estava pensando o mesmo. Mas já está melhorando. Uma hora atrás, mal se podia respirar aqui dentro sem engasgar.

St. Valéry balançou a cabeça distraidamente e avançou em direção à lareira. Sir William se pôs de lado para deixá-lo passar, mas, em vez de se sentar, o almirante se apoiou no alto espaldar de uma das poltronas em frente ao fogo. Parecia ter envelhecido muito nas poucas horas desde que se encontraram pela última vez. Seu rosto estava pálido, seus olhos fundos, e a pele sob eles era de um roxo hepático.

— Eu vi Arnold — disse ele numa voz calma e monótona. — Os cirurgiões disseram que havia pouco sangue, que sua morte foi instantânea, o que significa que ele não sofreu. Na verdade, talvez ele nem mesmo tenha percebido a morte se aproximar. Gostaria de pensar que ele morreu assim, sem se sentir traído, pois, caso tenha visto os assassinos, deve ter pensado que fossem irmãos da Ordem. Tamanha traição, mesmo que apenas aparente, teria provocado grande dor a Arnold. Seu falecimento me causa pesar. Nós éramos amigos de muitos anos... mais anos do que é permitido viver à maioria dos homens. Sentirei sua falta.

Enrijeceu os ombros e respirou fundo, depois se voltou para olhar Sir William, assumindo por inteiro as feições de almirante da frota, cujas preocupações pessoais devem sempre se sujeitar aos ditames do dever.

— Mas temo que deva ser forçado a adiar meu pranto até mais tarde. Fui informado de que você traz notícias urgentes, Sir William. Notícias do mestre De Molay em pessoa.

— É verdade, almirante.

St. Valéry fez um amplo gesto para indicar a sala onde estavam.

— Elas têm alguma relação com essa obscenidade que teve lugar aqui?

Sir William olhou para Tam Sinclair, que simplesmente balançou a cabeça, com os lábios tensos.

— Sim e não, almirante. Creio que haja uma conexão muito direta entre o que aconteceu aqui e as notícias que trago, mas ainda não posso ter certeza. Não tenho provas, apenas suspeitas. Tam concorda comigo.

— Hmm. — St. Valéry agarrou o espaldar da cadeira e a puxou para longe do fogo crepitante. — Então é melhor sentarmos para que você possa cumprir sua incumbência confortavelmente.

Os outros dois homens ocuparam as cadeiras que flanqueavam o almirante, embora, em circunstâncias normais, Tam jamais tivesse pensado em fazer tal coisa. Como um mero sargento, raramente se imiscuía com a irmandade dos cavaleiros, mas conhecia Charles de St. Valéry havia tanto tempo que sua conduta conquistara o direito de sentar e se manifestar em presença do almirante, por insistência do próprio St. Valéry.

— Há pouco conforto no que eu tenho a dizer esta noite, meu senhor almirante — falou Will Sinclair ao se sentar.

— Sim, bem, isso é verdade, Sir William. Não há muito conforto em lugar algum esta noite. Diga-me o que você traz. Presumo que esteja por escrito.

— Sim, almirante, nas próprias palavras do mestre. Tam?

Tam Sinclair removeu o pesado bornal de couro atravessado no peito. Depois, segurando-o sobre os joelhos, desafivelou-o e retirou dois grossos embrulhos em pergaminho, um dos quais entregou a St. Valéry, que o pesou pensativamente em uma das mãos enquanto olhava o outro pacote que Tam devolvia à mochila.

— O mestre tinha muito a dizer, ao que parece. A quem se destina o outro, se me é permitido perguntar?

— Claro, almirante.

Sir William acenou uma das mãos e Tam passou o segundo pacote para o homem. St. Valéry olhou a inscrição e suas sobrancelhas se ergueram muito alto na testa.

— Para Sir William Sinclair. A ser aberto na comemoração da Epifania, *Anno Domini* 1308. Jacques de Molay, mestre. — St. Valéry olhou para Sir William. — A Epifania?

Will Sinclair encolheu os ombros, espalmando as mãos para indicar ignorância. St. Valéry deu um grunhido ao entregar o volumoso pacote de volta a Tam e tomar novamente o seu entre as mãos, sem fazer qualquer tentativa de romper o lacre.

— Você tem ciência do que isto contém? — perguntou o almirante. Will Sinclair fez que sim. — E o seu?

— Não faço ideia, senhor. O mestre não fez questão de me contar. Ele meramente apontou a inscrição. Devo descobrir na Epifania.

— Isso soa fatídico. Assustador, até, uma vez que estamos em outubro. Três meses de espera para você, um tempo em que muita coisa poderia acontecer para afetar as instruções, se é que se trata de instruções. Faça-me um resumo, se lhe apraz, do que este meu contém. Eu o lerei mais tarde.

Sir William respirou profundamente e se levantou, indo se posicionar ao lado da lareira, de onde poderia olhar diretamente para o almirante.

— Como sabe, o papa em pessoa convocou, há mais de oito meses, o grão-mestre para ir de Chipre até a França, sem dar ao Sr. De Molay qualquer indício do motivo pelo qual foi chamado ou o que se esperava dele, a não ser que iria se encontrar com Sua Santidade e o rei para tratar de assuntos pertinentes ao bem-estar futuro da Ordem e da proposta de amálgama entre as Ordens do Templo e dos Hospitalários, à qual mestre De Molay sempre se opôs com veemência em várias circunstâncias.

St. Valéry grunhiu.

— Estou inteirado das objeções do mestre. Você se opõe?

Sinclair assentiu com a cabeça.

— Sim, almirante. O mestre teme a perda de nossa identidade caso nos unamos aos hospitalários. Todos nós tememos, em alguma medida.

— Conte-me mais, então.

O cavaleiro mais jovem juntou as mãos diante de si.

— Bem, antes de mais nada, o Hospital é muito maior e mais complexo do que a nossa Ordem: mais diversificado em suas atividades e menos restrito na interpretação de seu papel e de seus deveres. Em primeiro lugar, os hospitalários nunca foram guerreiros, e o mestre receia que, em consequência disso, percamos nossa necessidade imperativa de recuperar a Terra Santa. Também teme a duplicação das instalações nas cidades. Quem nelas sobreviveria ao amálgama, o Templo ou o Hospital? E quem, ou melhor, qual administração, prevaleceria após a consolidação? Todos esses aspectos o preocupam, e ele tem encontrado poucos motivos de satisfação no decorrer dos vários encontros com o papa Clemente em Poitiers e com o rei Filipe em Paris, mas nada de concreto resultou em qualquer um dos casos. E por isso o nosso mestre ficou à espera, em Paris, nestes últimos dois meses, indagando-se o que estaria por vir, mas obediente à vontade do rei. Porém, menos de um mês atrás, mestre De Molay recebeu o alerta de um complô contra a Ordem, que tratou com a máxima urgência. Não faço ideia de onde veio, mas tive a forte impressão, unicamente por ouvir o que foi dito e o que não foi, de que brotou de uma fonte confiável próxima ao próprio rei Filipe, ou ao seu ministro e jurisconsulto-chefe, Nogaret.

St. Valéry balançou a cabeça, mantendo a expressão serena.

— Entendo. E com que objetivo esse complô existe? Nosso dinheiro, obviamente, e um modo de confiscá-lo, uma vez que Nogaret é o responsável. O que mais está envolvido, e em que extensão?

— Mais do que você poderia imaginar, Sir Charles. Quando eu me vi sentado diante do mestre De Molay e tendo esse segredo confiado a mim, a amplitude dele me consternou a ponto de pensar que o mestre havia enlouquecido e estava vendo demônios por toda parte. Mas, na verdade, ele já sabia sobre a trama havia dez dias e também tivera suas dúvidas. A fonte, disse-me ele, era irrepreensível, e isso lhe havia causado preocupação suficiente para que começasse a fazer arranjos, caso a ameaça se provasse real.

"Um alerta se confirmou na própria manhã do dia em que vi o mestre, menos de duas semanas atrás. Um segundo comunicado, com mais detalhes, chegara da mesma fonte de confiança. Quando o mestre me chamou à sua presença, os planos já estavam estruturados, e eu venho trabalhando neles desde então."

St. Valéry franziu o cenho.

— Você faz com que isso pareça o fim do mundo.

— E é, pelo menos no que diz respeito a nós. — A resposta de Sir William foi a de um comandante a um subordinado, e St. Valéry notou isso. — É o fim do nosso mundo, aqui na França. Os exércitos de Filipe Capeto, nosso amado rei, estão de prontidão para nos atacar. Os *exércitos* dele, Sir Charles. E seus asseclas. Todos os poderes reunidos do reino da França estão se mobilizando para cair sobre nós, num único e inédito golpe. A cria dele, Guilherme de Nogaret, transmitiu instruções do monarca ao Exército para, ao raiar da manhã de sexta-feira, 13 de outubro, apreender cada templário no reino da França.

St. Valéry ficou rígido.

— Isso... isso é simplesmente inacreditável!

— Sim, é. E também é amanhã.

— É absurdo.

— Concordo. Não tenho nenhum argumento contra isso. Mas, ainda assim, é verdade. Os homens do rei estarão esmurrando estas portas às primeiras luzes de amanhã.

St. Valéry ficou emudecido. Sir William podia adivinhar os pensamentos que deviam estar passando pela sua cabeça. Cada templário do reino da França detido e aprisionado num único dia? Isso *era* absurdo. Havia milhares de irmãos templários na França, de um canto a outro, e poucos eram soldados. Durante os cem anos que os antecederam, a vasta maioria dos chamados templários jamais portara armas de qualquer tipo. Na verdade, eram irmãos honorários ou associados: mercadores e banqueiros, clérigos e lojistas, mascates e artesãos, membros de guildas e governantes locais — os homens que faziam o imponente império do Templo funcionar em harmonia. A Ordem do Templo era a mais rica instituição civil no mundo, e, por duzentos anos, seu braço militar havia sido o Exército permanente da Igreja, a única força combatente regular em toda a Cristandade, sem qualquer mácula no histórico de probidade e bons serviços. Os pedantes hospitalários eram rivais naqueles dias, mas comparados aos templários, a ordem militar original, seus registros eram medíocres. Não era de admirar que o almirante ficasse sem palavras frente à simples ideia de que uma instituição como o Templo pudesse sequer ser ameaçada, que dirá destruída, por um simples e ganancioso rei.

St. Valéry, porém, demonstrava sua têmpera. Em vez de ser fulminado pela descrença, concentrou-se em lidar com a situação de conflito iminente. Ele olhou para Sir William, com o maxilar rígido.

— Então — perguntou —, quais são as minhas instruções? Devo render minha frota?

Will Sinclair, ao contrário do que se esperava, sorriu.

— Nunca. Você deve trabalhar esta noite inteira em preparativos para amanhã, e então retirar as embarcações carregadas até estarem em segurança, longe da costa, onde não poderão ser alcançadas. O mestre ainda possui certas dúvidas se o alerta é real ou não, mas eu não.

"Se o amanhã trouxer o desastre, como creio que trará, você deve levar a frota para fora da França até um local seguro, a fim de aguardar a resolução do caso, pois a razão exige que ele seja resolvido em algum momento. Mas, até que isso ocorra e que reparações tenham sido feitas por qualquer um dos lados, você permanecerá no mar se necessário, poupando seus recursos. E me levará junto, como escolta ao Tesouro da nossa Ordem."

O queixo do almirante despencou.

— Você tem o Tesouro aqui? O Tesouro templário?

— Não aqui em La Rochelle, mas perto.

— Como você o tirou de Paris?

— Ele não estava em Paris, não esteve por lá nos últimos dez anos. Estava enterrado na segurança de uma caverna na floresta de Fontainebleau. O mestre ordenou que ele fosse secretamente transferido na época, para mantê-lo a salvo.

— Há dez anos? A salvo de quem, em nome do santo Deus?

— Dos homens que agora estão atrás dele, Sir Charles. De Filipe Capeto e Guilherme de Nogaret. Não havia ameaça naquela época. O mestre De Molay estava apenas sendo um administrador cuidadoso, como manda seu dever.

— Então... — St. Valéry pigarreou. — Devo crer que vocês dois, acompanhados por um pequeno grupo de irmãos sargentos, transportaram todo o Tesouro do Templo por metade da França sem qualquer ajuda? Qual o tamanho desse tesouro? Ele cresceu muito desde a última vez que o viu?

Sir William balançou a cabeça.

— De modo algum, comandante. O Tesouro templário não é composto pelas riquezas mundanas de nossa Ordem. Trata-se de duas coisas diferentes. Eu vi os mesmos quatro baús que foram embarcados para fora do cerco de Acre e, pelo que pude calcular, eles contêm o mesmo peso esmagador que possuíam anteriormente.

St. Valéry olhou diretamente para o cavaleiro mais jovem e formulou a principal pergunta que estava em sua mente:

— *O que* eles contêm? Alguma vez você descobriu?

Sir William sorriu.

— Você sabe que estou impedido por um juramento de falar sobre o assunto com qualquer pessoa, Sir Charles. De qualquer forma, não sei mais do que você.

St. Valéry fez que sim.

— É claro. No entanto, nem eu nem meu querido amigo Arnold, que sua alma repouse com Deus, após uma vida inteira de serviços prestados, jamais pusemos nossos olhos sobre o Tesouro, ao passo que você já foi incumbido de sua segurança duas vezes.

— Não exatamente, almirante. Eu *acompanhei* o Tesouro duas vezes e vi os baús que o contêm em ambas as ocasiões. Mas a responsabilidade por sua segurança na primeira ocasião cabia ao nosso falecido mestre Thibaud Gaudin. Dele era o encargo de transportá-lo a salvo para o norte, de Acre a Sídon. Eu apenas naveguei com ele.

— Mas desta vez o encargo é seu. *Como* você o transportou até aqui?

— Sob forte escolta. Eu lhe disse que o mestre esteve planejando isto desde que soube pela primeira vez da conspiração. Ele me convocou a Paris assim que recebeu o primeiro alerta, e ao mesmo tempo começou a reunir uma força militar substancial com o dever de proteger o Tesouro.

St. Valéry se curvou em sua poltrona com atenção.

— Substancial? Quantos homens?

— Uma centena, cem membros de nossa irmandade, totalmente equipados e supridos: cavalos, armaduras, armas, escudeiros, cavalariços, ferreiros, tudo.

— Cem cavaleiros? Onde vocês encontraram tantos de uma só vez?

— Num só lugar, você pergunta? Não encontramos. Quarenta desses cem são cavaleiros, almirante. Os sessenta restantes são sargentos, e a tropa foi convocada em segredo por todo o país. Mestre De Molay enviou a ordem um mês atrás para que voluntários se reunissem imediatamente, mas com discrição e em pequenos números, em vários pontos de encontro. A partir desses pontos, seguiram caminho até a floresta de Fontainebleau, onde meu irmão Kenneth estava à espera para guiá-los. Tam e eu nos juntamos a Kenneth na floresta e resgatamos o Tesouro, e, quando os homens que esperávamos estavam todos reunidos, nós os conduzimos até esta costa por rotas que nos mantiveram ao abrigo de olhos hostis.

— E o Tesouro está a salvo agora?

— Completamente, almirante. Caso contrário, eu não estaria aqui. Ele está a salvo, e meu irmão e seus homens o mantêm seguro.

— E se eles forem traídos? Tais coisas podem acontecer.

Sir William Sinclair assentiu.

— É verdade, elas acontecem. É por isso que estamos aqui hoje, com estas notícias alarmantes. A deslealdade nasce da cobiça. Mas uma traição dificilmente seria possível nesse caso. Um ladrão teria de saber com antecedência onde o Tesouro estava escondido, porém, assim sendo, ele já teria desaparecido quando chegássemos para desenterrá-lo. Fracassando nisso, ele teria de saber que tínhamos o Tesouro em nosso poder, que o havíamos retirado de Fontainebleau e que então iríamos para onde fomos a fim de escondê-lo novamente. Nós mesmos pouco sabíamos disso até o último momento.

— Entendo. E o que será dos seus cem irmãos caso os eventos venham a ocorrer conforme o previsto amanhã?

— Eles escaparão para combater outro dia.

— Nas minhas galés. — A voz de St. Valéry era amarga. — Há suficiente delas para transportar uma centena de homens armados e suas montarias.

— Sim, e todos os seus apetrechos, cavalariços e ferreiros, juntamente com o Tesouro templário. É claro, almirante. Essas são as instruções específicas do mestre.

St. Valéry deu um grunhido, depois sorriu.

— Óbvio. Então, se tivermos de partir, levaremos mais de um tesouro em nossa frota...

— Isso é verdade, Sir Charles. Mas qualquer um dos seus navios que deixarmos para trás será rapidamente posto a serviço do rei da França, e isso, creio eu, não agradaria a nenhum de nós.

O almirante fez que sim e depois sacudiu o embrulho que ainda segurava.

— Sabe, se tivesse me procurado ontem com essa história, eu o teria achado tão louco quanto você achou que De Molay estivesse. Mas, com o assassinato do meu amigo Arnold esta noite, e o fato de que alguém enviou criminosos para dentro deste Comando, eu acredito plenamente em sua história. E agora devo ler estes documentos.

— Não *alguém*, Sir Charles. Não há identidade posta em questão aqui, nenhuma dúvida concernente a quem é o responsável por isso. Foi Guilherme de Nogaret em pessoa quem mandou essa gente. Tam e eu o vimos conversando com o inglês Godwinson em Paris, há menos de duas semanas.

— Então que Deus condene seu coração negro e ganancioso ao inferno. Mas isso não faz sentido. Por que ele faria tal coisa? Ele teria prendido Thierry e eu pela manhã de qualquer forma, se o que você diz é verdade.

Sir William retornou à sua cadeira.

— É verdade. Mas faz um sentido irônico e assustador para mim quando considero o fato de que o Comando de La Rochelle é o mais forte da França e abriga a frota. E considere que nenhum plano de batalha já concebido permaneceu sem mudanças após o combate começar. Coisas saem errado. Mas, se você e o preceptor tivessem sido mortos esta noite, o caos reinaria aqui neste Comando. A disciplina teria naufragado, a confusão, o medo e as especulações seriam desmedidos, e não haveria resistência organizada ao golpe de amanhã.

— Sim, entendo o seu argumento. Perdoe-me então, por um momento, enquanto leio minhas ordens.

Durante o quarto de hora seguinte, os únicos sons na ampla sala foram os estalos crepitantes da lareira e o ocasional deslizar de papel enquanto St. Valéry folheava as páginas que tinha em mãos. Por fim, endireitou-se em seu lugar novamente e brandiu os papéis no ar, olhando para William Sinclair com uma expressão especulativa no rosto.

— Você sabe de todo o conteúdo disto?

O cavaleiro mais jovem meneou a cabeça.

— Não, senhor. O mestre me contou o que acreditava que eu precisava saber, não mais do que isso.

— Sim, certo... Você poderá saber mais amanhã, mas vamos esperar que isto não seja necessário. — Ele agitou os papéis na mão novamente. — Em todo caso, devo levar este comunicado aos meus delegados, Berenger e Montrichard. Guarda!

Quando o guarda convocado entrou na sala, o almirante mandou que encontrasse os dois delegados imediatamente. Depois que o homem fechou as portas atrás de si, St. Valéry hesitou, depois se dirigiu novamente a Sir William:

— O que você faria se eu tivesse sido morto esta noite? Entregaria as instruções do mestre para Berenger?

Sir William fez que sim.

— É claro. E para o outro homem, o delegado de Sir Arnold, Montrichard. Os dois teriam assumido o comando imediatamente, portanto as ordens se aplicariam a eles.

— Você tem usado de muito tato, Sir William, mas está claro que agora eu sou seu subordinado. Somente um membro do Conselho Governante teria recebido a incumbência de cuidar da segurança do Tesouro.

Em resposta, Sir William simplesmente inclinou a cabeça.

St. Valéry apertou ligeiramente os lábios.

— Posso ser curioso, então, enquanto esperamos a chegada dos outros? Para onde você pretende ir quando partirmos daqui? Para onde levará o Tesouro em busca de segurança? Você tem ordens do mestre De Molay?

— Não, Sir Charles. Neste momento, a única coisa que eu sei é que iremos ao mar, e ainda desejo contra toda a esperança que isso tudo seja uma espécie de uma troça elaborada. — Ele ergueu as mãos para indicar que não sabia de mais nada. — Ao mar. Isso é tudo o que sei. Mestre De Molay originalmente desejava que eu navegasse para a Inglaterra, à corte de Eduardo Plantageneta, mas nos chegou a notícia, enquanto eu estava em Paris, de que o rei Eduardo morreu vários meses atrás, a caminho de invadir novamente minha terra natal. Isso mudou tudo, uma vez que o filho de Eduardo claramente não merece confiança.

— O rei da Inglaterra não merece confiança, mesmo antes de assumir a coroa? Como pode ser isso? E como posso eu não saber nada sobre essas coisas? Estou tão isolado, aqui em La Rochelle, que não sei nada sobre o mundo exterior? — A voz de St. Valéry traía uma genuína surpresa.

Sir William olhou diretamente para o cavaleiro veterano e encolheu os ombros largos.

— A Ordem é o seu mundo, almirante. Você não tem tempo a perder com assuntos menores, e a natureza do novo rei da Inglaterra não é algo que lhe interessaria na melhor das situações. O sujeito é inatural, senhor. Um pederasta que prefere o papel de mulher ao de um homem. Ele ostenta o desvio abertamente diante de seus barões, sem se importar com o que eles possam pensar, e é notoriamente indiscreto em assuntos de Estado. Ele desfila desavergonhadamente com seus amantes, cobrindo-os de presentes e privilégios e concedendo-lhes cargos que não estão qualificados para exercer. Seus barões não têm respeito nem tolerância pelo homem, e já se sabe que ele não terá vida longa, a não ser que corrija seus modos. Antes que isso aconteça, ele certamente não é de valia neste nosso caso.

— Entendo. Então, seja também direto sobre isto, se lhe apraz: para onde você *irá*, caso as coisas ocorram como predisse? Você deve ter alguma ideia.

Sinclair endireitou os ombros e se levantou da cadeira, erguendo-se em toda a sua imponente altura.

— Para a Escócia — respondeu, como se lançasse um desafio.

Um longo silêncio se seguiu ao seu pronunciamento enquanto o almirante absorvia o que ele dissera, pesando suas palavras em comparação àquelas que havia proferido sobre a Inglaterra, pouco antes. Por fim, St. Valéry suspirou alto e trocou um olhar inexpressivo com Tam, antes de voltar o rosto para Sir William.

— A Escócia... Sim, de fato. Nós temos uma irmandade forte na Escócia.

Não havia hesitação ou incerteza discerníveis na voz do cavaleiro mais velho, e, no entanto, suas palavras de algum modo expressavam ambas as coisas.

— Sim, nós temos — confirmou Sir William —, e ela tem florescido nestes duzentos anos. Nosso gonfalão preto e branco tem sido uma visão comum por todos os recantos daquela terra, ultimamente engajado contra a Inglaterra Plantageneta por interesse do povo da Escócia. Nós seremos bem-vindos lá.

— Sim, por nossos irmãos da Ordem, certamente. Mas e quanto a esse novo rei deles, esse Robert...?

— Robert Bruce, rei dos escoceses. Eu o conheço. Ele não nos rejeitará.

— Você o conhece? — St. Valéry franziu o cenho. — De que maneira, como amigo, ou como rei?

— Precisa haver uma diferença?

A ruga entre as sobrancelhas do almirante se aprofundou em contrariedade.

— Não, meu senhor Sinclair, não há essa necessidade, mas com muita frequência ela existe. Reis não são homens comuns, e até mesmo eu, confinado em minha ignorância, ouvi falar que esse novo rei da Escócia é um selvagem, intempestivo e obstinado, e um assassino sacrílego: matou um homem nos degraus do próprio altar de Deus.

— Sim, almirante, eu sei de tudo isso, e grande parte desses fatos, embora não todos, ocorreu como você diz. Mas sei de quem estou falando. A provocação foi terrível, e duvido que Bruce sequer tivesse consciência de onde estava naquele momento. Eu ouso dizer que o golpe já havia sido desferido e era impossível de desfazer antes mesmo que ele prestasse atenção nos seus arredores. Ademais, não foi um golpe mortal, e não foi Robert Bruce quem matou Comyn, senhor de Badenoch. Ele o apunhalou, certamente; golpeou-o com uma adaga e depois fugiu da igreja, perturbado com o que havia acontecido. Mas foram seus homens que, ouvindo-o contar o que fizera, correram para dentro do edifício e terminaram de matar Comyn. O assassinato foi cometido ali, e não há como negar isso, mas eu hesitaria em chamar Bruce de assassino.

— Hesitaria? Pela morte de um homem nos degraus do altar? Como pode dizer tal coisa?

Sir William levantou uma das sobrancelhas.

— Não fui eu quem disse isso, meu senhor almirante. Foi a Igreja da Escócia, na pessoa de Robert Wishart, o bispo de Glasgow, com o total apoio de William Lamberton, bispo de St. Andrews e primaz do reino, que absolveu Robert Bruce da mácula do assassinato, menos de uma semana depois do evento, e posteriormente o coroou rei da Escócia. Os Bruce tinham poucas posses na época, e as vestimentas eram o que havia de mais escasso. Ele foi coroado rei trajando os hábitos cerimoniais do próprio bispo Wishart, que lhe foram emprestados pelo prelado para a ocasião.

Ele fez uma pausa para deixar que a informação fosse absorvida.

— Eu alegaria — prosseguiu — que nenhum clérigo, nem mesmo o mais venal e corrupto, ousaria se aproximar tão aberta e publicamente de um homem de quem verdadeiramente suspeitasse ter cometido o crime de assassinato, numa igreja ou em qualquer outro lugar.

"Gostaria de recordá-lo de suas próprias palavras, Sir Charles — comentou Sir William enquanto cruzava a sala para se sentar novamente na poltrona. — 'Reis não são homens comuns...' Nem esse assassinato foi uma questão trivial. Não foi um desentendimento mesquinho, uma briga malsucedida. Foi um confronto entre dois homens fortes, orgulhosos e ambiciosos, ambos ocupando em colaboração o título de lorde protetor do reino da Escócia, cada um deles acreditando que a coroa pertencia por direito unicamente a si. Palavras amargas e raivosas levam a golpes súbitos. Um homem deixou a capela, e, posteriormente, o outro morreu.

"Foram os apoiadores de John Comyn, um deles o papa Clemente em pessoa, que imputaram o assassinato resultante à mão de Bruce. O que, eu me pergunto, eles teriam alegado se tivesse sido Bruce a morrer nos degraus do altar? Estaria John Comyn, senhor de Badenoch e o favorito do papa, agora condenado? Tenha em mente que esse é o mesmo papa que agora é conivente com Filipe Capeto e Nogaret, permitindo que eles destruam nossa irmandade. Era esse papa, eu pergunto, menos ganancioso e mais honesto ro ano passado do que é hoje?"

St. Valéry limpou a garganta.

— Como você mesmo admitiu, nós não sabemos com certeza se isso é verdade ou não, Sir William. Quero dizer, a destruição de nossa irmandade. É meramente o que nos disseram, e pode ainda se demonstrar falso.

— Sim. Bem, nós saberemos amanhã, sem qualquer dúvida, mas eu sei em que acredito esta noite. — Sir William tornou a se levantar de súbito, batendo as mãos num gesto decidido. — Robert Bruce é um homem de verdade, Sir Charles. Ele é jovem, eu admito. É também intempestivo e tende a perder a cabeça quando provocado, o que não é o melhor atributo para um rei, mas aprende rápido e nunca comete um erro duas vezes. Fundamentalmente, eu confio no homem e deposito grandes esperanças nele. E acredito com firmeza que nós, a nossa Ordem, podemos confiar nele. Estivemos fortes na Escócia nos últimos duzentos anos, porém, mais recentemente ficamos mais poderosos do que nunca, pela causa escocesa e apoiando o próprio rei contra a Inglaterra. Bruce reconhecerá isso e nos dará refúgio.

St. Valéry resmungou.

— Jacques de Molay sabe de sua intenção de ir para a Escócia?

O cavaleiro escocês hesitou.

— Não, senhor, ele não sabe, embora, para ser honesto, suspeito que possa ter previsto minha ida para lá. Mas nós não conversamos sobre isso, e o nome da Escócia nunca foi mencionado. Mestre De Molay me deixou a decisão de encontrar um refúgio e não fez qualquer tentativa de influenciar meu julgamento. Minha crença é de que ele próprio não está realmente convencido de que os eventos para os quais estamos nos preparando irão suceder. Ele tem esperança de que os alertas que chegaram até nós sejam falsos, porém, como um guardião prudente, tomou as medidas necessárias para evitar o pior dos resultados. Na eventualidade de que amanhã se confirme como o dia contra o qual fomos alertados, ele me disse que Deus deixará claro a mim para onde deveremos ir quando o momento chegar, e me instruiu para que requisitasse a você, como agora fiz, que se preparasse com toda a sua frota para salvaguardar minha fuga.

— Mas...? Eu ouvi um "mas" no seu tom.

— Sim, você ouviu. Eu creio particularmente que o mestre não deseja saber do meu destino. Ignorando isso, ele acredita, penso eu, que não poderia entregá-lo sob tortura.

— Tortura! Torturar o grão-mestre da Ordem do Templo? Eles jamais ousariam cometer tamanho ultraje. O papa os condenaria publicamente.

A expressão de Sir William não se alterou.

— O papa, Sir Charles, fará qualquer coisa que Filipe Capeto exigir. Filipe fez dele o Santo Padre. Pode removê-lo da posição tão rápido quanto o colocou. E quanto a ultrajes e condenação, Nogaret já é excomungado por ter raptado o último papa a mando do rei. Um velho papa morreu em consequência dessa afronta, mas Nogaret não parece se incomodar muito com consequências.

Eles ficaram sentados em silêncio por um momento, depois Sir William tornou a falar:

— O que fará com o inglês, almirante? O assassino Godwinson.

— O que farei com ele? Ele será levado à justiça, condenado por assassinato.

— Quando? E por quem, senhor? Ao amanhecer, Nogaret o libertará, e Godwinson rirá enquanto nossos próprios homens fazem fila para entrar na cela que ele agora ocupa. Há pouca justiça nisso, ao que me parece.

O almirante empalideceu um pouco. Ficou sentado, piscando repetidamente por um instante, depois sacudiu a cabeça de maneira confusa.

— O que você gostaria que eu fizesse, então? Matá-lo a sangue-frio? Isso seria homicídio.

— Não, Sir Charles, eu apenas o recordaria das suas próprias palavras, ditas anteriormente. Como membro do Conselho Governante, eu detenho uma patente mais alta do que a sua. Portanto, a responsabilidade por tais decisões cabe a mim, não a você.

— E o que você fará?

— Eu farei com que a justiça se cumpra. E farei isso agora, esta noite. Deveria ter feito antes. Godwinson perdeu sua vida quando deixou Paris com essa ação em mente, e permitir que ele escape à justa punição seria ridículo. Tam, reúna nossos homens que testemunharam o que ocorreu aqui e os leve até as celas. Eu me juntarei a vocês lá.

Tam acenou a cabeça em concordância e saiu sem dizer uma palavra, deixando os dois superiores a sós.

— Você pretende realmente fazer isso? Matar o homem? — A pergunta de St. Valéry foi feita num tom prosaico.

— Que opção eu tenho, Sir Charles? Deixá-lo viver para se vangloriar do triunfo? Você pode esperar aqui, se desejar. Não há necessidade de que assista a isso. Temos testemunhas suficientes para depor sobre os crimes do homem.

O almirante ficou de pé e arrumou o manto com cuidado, depois se adiantou até Sir William e fez o mesmo pelo cavaleiro mais jovem, ajustando o manto branco para que lhe assentasse perfeitamente, com o emblema da Ordem colocado impecavelmente sobre o lado esquerdo do peito. Recuou um passo e examinou seus esforços com olhar crítico, e então fez que sim, satisfeito.

— Ótimo. E agora prestarei meu testemunho com o restante do tribunal. Devo isso à memória de Arnold e à sua alma duradoura. Siga em frente, Sir William.

QUATRO

Os procedimentos jurídicos não tomaram muito tempo. Tam Sinclair e seus sargentos estavam esperando na entrada que dava para as celas quando Sir William e o almirante chegaram. Tam os conduziu pela galeria perfilada de celas individuais, as da esquerda equipadas com portas maciças, com chapas de ferro fixadas por cravos, dotadas de pequenas grades, e as da direita, jaulas abertas, com grossas barras de ferro em três de seus lados e uma sólida parede de pedra no fundo. Godwinson estava numa das últimas, sentado nas densas sombras à beira de um catre estreito de madeira com mãos e pés acorrentados. Seus dois guardas saltaram em posição de sentido e se puseram de lado quando Sir William, St. Valéry e os acompanhantes entraram e depois se agruparam, olhando para a jaula gradeada do prisioneiro. O inglês riu ao vê-los e cuspiu rudemente.

— Vieram tripudiar, não é? Pois tripudiem, então, e malditos sejam. Mas não demorem muito, pois eu não ficarei aqui muito tempo.

Ele falou em francês, mas era inconfundivelmente inglês, com seu sotaque de vogais prolongadas massacrando as palavras do idioma.

Sir William ignorou o homem após o primeiro olhar e examinou o espaço entre as celas. O lugar era um caixão estreito, escuro e sem janelas, com um telhado alto e pontudo de telhas vermelhas de argila sobre as vigas expostas, com correntes de ar gelado que, Sir William sabia, conservavam-no frio e úmido até mesmo no calor do verão. As paredes eram de pedras nuas e irregulares, cimentadas com gesso ou barro seco, e a única mobília era uma mesa longa e estreita de madeira plana, com três cadeiras. Também se encontrava um braseiro de carvão fumegante posicionado numa laje de pedra junto à parede ao lado de uma das extremidades da mesa.

Ele foi até o braseiro e o examinou, sem se importar com o silêncio temeroso dos dois guardas em serviço. A maior parte do carvão já havia queimado, e uma camada densa e quebradiça de cinzas cobria as brasas reluzentes no fundo. Atrás dele, Godwinson ainda esbravejava, e sua voz rouca soava cada vez mais gutural à medida que sua diatribe se intensificava. Sir William apanhou um dos atiçadores de ferro de seu lugar ao lado do braseiro e o enfiou através da camada de resíduos, rompendo a carapaça que se formara e levantando uma chuva de fagulhas. Ele atiçou as brasas com intensidade, remexendo-as até formarem um aglomerado tristonho de labaredas, depois largou o atiçador no fogo e apanhou o outro, forçando-o para o meio das brasas incandescentes ao lado de seu par. Feito isso, levantou o balde de carvão novo dos guardas, usando as mãos para virá-lo e preencher o braseiro com combustível renovado, e, enquanto o fazia, o almirante St.Valéry caminhou para o seu lado.

— O que está fazendo, Sir William?

— Estou reacendendo o fogo, Sir Charles. Esta noite está fria, e venta muito neste lugar. Você não sentiu?

Ele se afastou até a entrada da cela de Godwinson, onde cruzou os braços sobre o peito, afundando nele o queixo. Depois ficou em silêncio, contemplando o homem enraivecido do outro lado das grades da jaula.

Pareceu ter passado um longo tempo até que Godwinson se desse conta de que sua raiva e seu desprezo não causavam impressão alguma no cavaleiro alto de manto branco, obviamente o líder daquela comitiva. Por fim, o esbravejar cessou, e ele ficou olhando com desdém para Sir William, que lhe devolveu um olhar pétreo, sem revelar nada de seus pensamentos. Então. quando o silêncio na câmara alta e obscura se aproximou do absoluto, ele se afastou novamente em direção à mesa.

— Tragam-no até aqui.

Godwinson se debateu com força quando puseram as mãos nele, mas estava acorrentado, e sua luta contra os seis homèns que o agarraram ao mesmo tempo e o carregaram até o local onde Sir William agora estava sentado, na extremidade da longa mesa, com as mãos espalmadas na madeira diante de si, foi inútil.

— Façam-no sentar ali — disse o cavaleiro, apontando para a cadeira do outro lado da mesa. — Passem as correntes em volta das pernas da cadeira para que ele não tente se levantar.

Novamente, Godwinson se viu impotente para resistir e logo aceitou que os dois sargentos ajoelhados enrolassem as correntes de suas pernas ao redor dos apoios da cadeira. Assim que terminaram, porém, ele se dirigiu a Sir William, com sua voz grave cheia de desdém:

— Quem é você, filho da puta? Eu lhe prometo que...

— Amordacem-no.

Tam estava parado ali perto com um pedaço de tecido imundo e amarrotado nas mãos, já à espera desse comando, e então rasgou o tecido em dois, enchumaçando um deles e o forçando para dentro da boca do inglês, e então atou-o no lugar com a outra metade.

William Sinclair se inclinou para a frente, apoiando seu peso sobre os cotovelos, com o queixo sobre os punhos levantados.

— Agora, inglês, ouça-me. Aquele homem ali — disse ele, apontando para St. Valéry — é o outro que você foi encarregado de matar esta noite. Sir Charles de St. Valéry, almirante da frota do Templo. Você fracassou, falhou até mesmo em feri-lo, e seu patrão não ficará satisfeito com isso. Mas teve sucesso em matar o mais antigo amigo dele, o preceptor deste Comando, um homem que era uma centena de vezes mais merecedor de viver do que você jamais foi. Você o assassinou, e todos os homens aqui presentes irão prestar testemunho disso. E você também abateu dois homens da guarnição, também irmãos do Templo. Para cada um desses crimes, você merece a morte, e, se fosse eu o único a julgá-lo, você morreria aqui e agora.

Fez uma breve pausa e prosseguiu:

— No entanto, por razões pessoais, o almirante St. Valéry não deseja que eu o mate sumariamente.

Ele observava Godwinson com atenção e viu os olhos do homem se acenderem involuntariamente quando a esperança brotou neles ao compreender que não morreria naquela noite, e, se conseguisse sobreviver a ela, sabia que sairia em liberdade ao amanhecer. Sir William encontrou uma satisfação cruel em esmagar essa esperança recém-nascida antes que pudesse florescer. Recostou-se em sua cadeira e cruzou os braços novamente sobre o peito.

— Eu combati homens entre os mamelucos do sultão turco que sabiam mais de honra que você, inglês. Podiam ser pagãos, sem possibilidade de redenção, mas pelo menos lutavam em defesa da fé no Deus deles e seu falso profeta. Quanto a você, sua única inspiração é a ganância.

Sinclair viu os olhos do assassino se apertarem até se tornarem fendas.

— Você realmente pensa que Nogaret acreditava na sua sobrevivência após os eventos de hoje? Isso faria de você um tolo, além de assassino. E acha que ele o acolherá de volta, sabendo que fracassou no que lhe ordenou fazer? Guilherme de Nogaret é um homem duro, inglês. Ele não moverá uma palha para ajudá-lo agora.

Sinclair levantou uma das mãos, com a palma voltada para fora.

— Ah, e eu sei... Eu sei que ele estará aqui amanhã. Ao alvorecer. Eu sei disso.

Ele viu a consternação brotar nos olhos do inglês, mas continuou falando, expressando suas palavras de maneira uniforme e permitindo que cada coisa que dissesse fosse assimilada antes de prosseguir.

— Mas como você acha que ele reagirá quando descobrir que o almirante ainda vive, e que a frota está ancorada além da costa, longe do alcance das suas garras? Ele ficará feliz com você?

"É claro, você pode contar a ele que eu cheguei aqui a tempo de impedi-lo, e que eu estava ciente da trama pestilenta que ele concebeu com o rei Capeto e vim para afastar a frota das mãos sebentas dele. Mas ele reservará tempo para ouvi-lo, Godwinson? Deixará você falar?

"Se deixar, então eu gostaria que você lhe dissesse que eu, William Sinclair, cavaleiro do Templo e membro do Círculo Interno da Ordem, retirei a frota da França, e com ela o célebre Tesouro templário que ele e seu mestre malevolente cobiçam com tanta avidez. Eu gostaria que você dissesse isso a ele por mim, e também desejaria que você se rejubilasse com a recompensa que ele lhe dará por seus devotados serviços."

Sir William se levantou então, ciente de que, sobre a mordaça que o calava, os olhos de Godwinson estavam agora muito diferentes, e inclinou a cadeira para a frente, de modo que o encosto se apoiasse na extremidade da mesa.

— É claro que isso é apenas o que eu *desejaria*, caso acreditasse que você seria capaz de contar algo a ele. Agora, ouça-me, assassino, pois estou proferindo uma sentença contra você, na minha qualidade de membro superior da nossa nobre Ordem e com o devido testemunho dos que estão reunidos aqui. Você é triplamente condenado por um assassinato torpe e covarde, cometido sob o encobrimento dos trajes da nossa Ordem, o que acrescenta blasfêmia aos crimes. Por solicitação de Sir Charles de St. Valéry você pode continuar vivendo, mas jamais se sentirá agradecido a nós por isso. Você nunca tornará a matar um homem, Godwinson, a não ser que opte pelo suicídio. E jamais falará a ninguém, em tempo algum, sobre o que fez neste dia.

Ele se dirigiu a Tam:

— Segure-o firme. Agora, vocês dois peguem as correntes e estiquem os braços dele na minha direção. Ótimo. Agora amarrem a ponta solta em volta do encosto desta cadeira. Mantenham as correntes firmes.

Em questão de segundos, Godwinson estava estendido ao longo da mesa com a face para baixo, incapaz de se debater, com as mãos atadas junto à cadeira numa das extremidades e os pés imobilizados pela cadeira em que estava. O rosto de Sinclair continuou inexpressivo quando se dirigiu a um dos sargentos veteranos, apontando para o pesado machado de batalha que, como sempre, pendia do cinturão do homem. Sinclair depois estendeu uma de suas mãos para receber o objeto.

O sargento apalpou o cinturão e desprendeu a arma. Sinclair a tomou com um aceno de cabeça, testando a lâmina com a ponta do polegar. Na mesa, Godwinson começou a gemer, calado pela mordaça e sabendo o que estava por vir. Sinclair apertou os lábios e depois entoou a sentença:

— Pelo tríplice crime de assassinato, você perderá as mãos que mataram. Pelo pecado abominável de tramar esses mesmos assassinatos, você perderá a língua que aceitou a incumbência e com isso selou seu destino. Que assim seja.

Os dois pesados golpes cortantes do machado afiado silenciaram os gritos abafados de Godwinson.

— Há ferros na lareira. Cauterize os cotos. Rápido. Agora retirem a mordaça.

Ele largou o machado e tirou a adaga do cinto, depois curvou-se para abrir a boca do homem inconsciente e introduzir nela a ponta da lâmina.

Um momento depois, ficou ereto novamente, com a face pálida, a boca uma linha sem lábios.

— Levem-no aos cirurgiões o mais rápido que puderem. E o carreguem com o rosto para baixo para que ele não sufoque com o próprio sangue.

Ele largou a adaga no meio do fogo do braseiro, depois enxugou os dedos ensanguentados no pano que servira de mordaça ao homem mutilado.

— Que assim seja — disse ele novamente, pronunciando a antiga invocação dos templários, e depois se virou e caminhou para fora do bloco de celas.

CINCO

— Sir William!

Sir William parou no umbral da sala de reuniões.

— Eu convoquei Berenger e Montrichard — avisou o almirante, caminhando apressado na direção dele —, mas quero conversar com você antes que eles cheguem. Por isso, se quiser esperar por mim na sala de reuniões, estarei de volta num momento.

St. Valéry desapareceu por outra porta. No entanto, antes que Sinclair sequer tivesse tempo de se acomodar numa cadeira junto à lareira da sala de reuniões, o almirante retornou, agarrado a uma reluzente garrafa preta e um par de copinhos de vidro. Ele os pousou na mesa e neles serviu duas medidas de líquido, calculando-as a olho.

— Tome, eu quero que você prove isto... É um elixir maravilhoso, mas eu tenho de escondê-lo com cuidado, para não tentar meus irmãos. Deus sabe que eu próprio me senti tentado em algumas ocasiões, e Arnold, que Deus dê repouso à sua nobre alma, tinha uma inclinação pronunciada para isto. Sente-se. Sente-se em qualquer lugar, mas escolha uma cadeira macia. Temos poucas delas, mas aquela ali, pelo que me disseram, é muito confortável. Puxe-a para junto da lareira.

Ele apanhou os copos transbordantes e os levou até Sinclair.

— Tome, beba. Você vai achar interessante.

Sir William, sem dizer uma palavra, apanhou o copo que lhe era oferecido e o levou aos lábios, mas, ao primeiro gole, rompeu num acesso de tosse.

O almirante riu.

— Certo. Agora tome cuidado, não vá derramar! É uma poção forte, não é? É feita pelos beneditinos, na abadia deles, não muito longe daqui, no leste. Mas não se entregue. O ardor não dura muito, e eu descobri que essa essência é calmante em tempos de pressão intensa. E com Deus por testemunha, Sir William, eu raramente vi outra pessoa mais necessitada de um calmante que você neste momento. Você está mais tenso que uma corda num sarilho. Beba, beba mais.

Enquanto Sinclair tomava outro gole, dessa vez com mais cuidado, o almirante bebeu do próprio copo, observando-o por sobre a borda. O cavaleiro mais jovem estava mortalmente pálido; faces contraídas de nervosismo, rugas visíveis ao redor da boca. Era claro que a justiça que administrara lhe havia custado caro, e o coração de St. Valéry estava com ele. A verdadeira liderança pelo exemplo nunca era fácil, o velho sabia disso pela experiência de toda uma vida, mas, em tempos como aquele, o ato de assumir a responsabilidade pessoal para demonstrar liderança podia gerar uma dor lancinante.

— Mais, Sir William. Beba novamente. Vai ficar mais fácil, eu prometo.

Sinclair tomou mais um gole, dessa vez maior, e fechou os olhos, conservando o líquido doce e ardente na boca por um instante antes de permitir que escorresse garganta abaixo. St. Valéry o observou e balançou lentamente a cabeça.

— Agora, conte-me, como se sente?

Os olhos se arregalaram.

— Como eu me sinto? Como deveria me sentir? Eu acabei de mutilar um homem. Decepei suas mãos e cortei sua língua fora com meu próprio punho. Como você se sentiria, almirante, depois de uma exibição de força tão ostensiva? Eu me sinto maculado e sujo, tão desumano quanto a escória que acabei de destruir.

— Você administrou a justiça, e do modo mais admirável, meu Sr. Sinclair. Não tem razão para se sentir maculado de modo algum. Se não tivesse feito nada, o sujeito sairia livre amanhã, incólume e às gargalhadas, como você tão corretamente disse. Agora ele terá o resto da vida para se arrepender dos seus pecados.

— Arrepender? Hmm. Não aquele, almirante. Duvido que ele se arrependa de qualquer coisa, a não ser de não ter me matado quando cruzamos espadas pela primeira vez.

— Mas ele jamais empunhará uma espada novamente. Nem uma besta. Apesar de ainda estar vivo.

— Talvez. Ou talvez ele morra dessas feridas.

— Não enquanto estiver nas mãos de nossos irmãos cirurgiões. Eles são altamente capacitados.

— É, mas amanhã serão presos, e sua capacitação pode se provar inútil para protegê-los.

Isso fez com que o almirante ficasse pensativo.

— Sir William, em tudo o que me contou, você não disse uma só palavra sobre a guarnição daqui, sobre o que deseja que façam.

— Estou consciente disso. Mas você leu as instruções do mestre, Sir Charles. Eles não devem fazer nada além de se submeter ao que quer que aconteça amanhã. Resistência traria o caos e daria rédeas a Nogaret para espalhar a destruição. Ele alegaria insurreição e rebelião, e cabeças rolariam. Sua guarnição irá se render quando isso for exigido. Serão levados sob custódia, mas pouca coisa mais lhes acontecerá. O principal propósito deles será inicialmente apresentar uma aparência de normalidade, proporcionando-nos assim tempo para seguir nosso caminho mar afora sem obstáculos. E a vitória consistirá na salvação da frota e do nosso Tesouro, embora não venham a saber nada sobre o último. — Ele sorveu mais um gole da bebida. — Este fermentado é excelente. Como se chama?

O almirante deu de ombros.

— Não tem nenhum nome, que eu saiba. É meramente uma bebida desenvolvida pelos beneditinos, destilada de vinho e aromatizada com ervas e especiarias picantes e de sabor agradável. Posso lhe fazer uma pergunta pessoal, Sir William?

— Sim, pode perguntar. — A face de Sinclair estava recuperando um pouco da cor, e as linhas ao redor da boca estavam menos evidentes do que pouco tempo antes.

St. Valéry pigarreou, sentindo o sabor da bebida no fundo da língua.

— É sobre essa história da Escócia. Quanto tempo faz que você esteve lá pela última vez?

Sinclair esvaziou o copo, depois o depositou no chão e se levantou. Apoiou sua espada inseparável no encosto de sua cadeira, depois cobriu o rosto com as mãos, passando as pontas dos dedos pela face, como se pretendesse remover a fadiga.

— Tempo demais, eu temo, almirante. Não ponho meus pés na Escócia há mais de 12 anos. Por que pergunta?

— Eu imaginava que sua resposta deveria ser algo dessa natureza, e, no entanto, você tem notável ciência do que está acontecendo lá, suas informações são recentes. De onde elas provêm?

— Eu tenho uma irmã lá, almirante. Uma irmã mais jovem, Margaret, que insiste, apesar de não conhecer seu irmão mais velho muito bem, em mantê-lo informado sobre tudo o que acontece na família. Ela vê como um dever instituído por Deus me informar sobre os destinos de todo o meu clã, e eu tenho me sentido grato por isso ao longo dos últimos cinco anos, pois ela é inteligente e sagaz, suas cartas são fáceis de ler e cheias de histórias agradáveis e engraçadas sobre a vida na minha terra natal.

— Entendo. E como você recebe essas cartas?

— Por intermédio de nossa Ordem. Ela as manda regularmente do Templo de Edimburgo para o de Paris. Recebi o último pacote, 11 cartas, quando o mestre De Molay me chamou a Paris para me instruir sobre este assunto em curso. A mais recente delas tinha menos de três meses.

— E essa é a fonte dos seus conhecimentos sobre o rei da Escócia? Sua irmã está inteirada de tais temas?

— Sim, ela está, até certo grau. Em algumas das cartas, Peggy, que é como nós a chamamos, contou sobre o rei Robert e seus problemas, e como eles estão afetando a ela e a Edward. É por isso que eu sei sobre os eventos e os rumores que cercaram a ascensão do rei ao trono no último ano.

— Esse Edward, então, é seu irmão?

— Não, almirante, ele é meu cunhado, casado com minha irmã. Seu nome é Edward Randolph. *Sir* Edward Randolph.

St. Valéry levantou o queixo, surpreso.

— Sir Edward *Randolph*? Ele é parente em algum grau de Sir Thomas Randolph?

— Sim, é seu irmão.

— Bom Deus! Então sua... sua irmã...

— Minha irmã é Lady Margaret Randolph. O que tem ela?

— Ela deve, então, ser irmã por parte de casamento de Lady Jessica Randolph.

Sinclair deu de ombros.

— Não conheço nenhuma Lady Jessica Randolph. Peggy nunca mencionou esse nome. Mas também não conheço Sir Edward, tampouco. Eu e o irmão mais velho dele, Tom, fomos amigos de juventude, ou, seria mais exato afirmar, amigos de infância, e o segundo irmão, James, não passava de uma criança na época, com não mais do que 7 ou 8 anos. Edward nasceu depois que eu parti, portanto suponho que possa haver uma ou duas irmãs que nunca conheci.

— Não, você não teria conhecido Lady Jessica, nem sua irmã, eu suspeito, embora ambas certamente saibam da existência uma da outra. — St. Valéry falava em tom baixo e franzia o cenho de forma estranha. — Lady Jessica é, como você diz, muito mais jovem, e raramente visita a Escócia. É uma viúva que viveu a maior parte da vida aqui na França e depois na Inglaterra, onde o marido foi agente do rei Filipe. O nome dele era Etienne de St. Valéry, barão Etienne de St. Valéry. Ele era meu irmão mais jovem. Lady Jessica é *la baronne* Jessica de St. Valéry. Portanto, parece que temos algum parentesco por certa complexidade de casamentos, você e eu.

Sir William o olhou com surpresa, sem saber o que responder.

— Então eu me sinto feliz por chamá-lo de primo, almirante. Às vezes parece que Deus nos pôs num mundo pequeno, apesar de todo o seu tamanho. Então será improvável encontrar essa Lady Jessica na Escócia?

— Não. Ela está aqui.

— O que está querendo dizer, senhor? Ela está aqui?

— Foi o que eu disse. Lady Jessica Randolph está aqui.

— Aqui na França?

— Aqui em La Rochelle, neste Comando, e ela corre risco de vida. Ela pediu asilo contra Guilherme de Nogaret. Tam Sinclair salvou a vida dela hoje.

Vendo a completa incompreensão estampada na face do companheiro, St. Valéry assentiu.

— Sim, você ouviu bem. A mulher que Tam introduziu pelos portões da cidade nesta tarde é esposa do meu irmão... A viúva do meu irmão. Ela está dormindo no andar de cima desde pouco antes de você chegar. Esteve na estrada, sendo perseguida durante dias, e sentia-se exausta. Eu decidi que estaria melhor adormecida que acordada nesta noite. Mas tudo mudou desde então. Eu queria ter contado antes sobre a presença dela aqui, e o porquê. Em que hora estamos?

Sinclair encolheu os ombros.

— Perto da meia-noite a esta altura, eu diria.

— É, deve ser. E desse modo hoje foi a primeira vez na história desta preceptoria que as vésperas não foram celebradas sob este teto. Como eu disse, essas notícias que você trouxe mudaram tudo. E Lady Jessica não faz ideia disso.

— Por que ela deveria fazer alguma ideia, almirante? Ela é uma mulher, e nós estamos falando dos assuntos do Templo. Desde quando isso tem algum significado para qualquer mulher?

O almirante lhe lançou um olhar duro, como se estivesse a ponto de repreendê-lo.

— Esse aspecto particular de nossa situação não tem relevância para ela, obviamente, mas há outros relativos às circunstâncias em que nos encontramos aqui que dizem respeito a ela, diretamente. Ela depositou sua confiança, sua missão e sua própria vida em nossas mãos, nas mãos do Templo, que vem protegendo os interesses dela há um longo tempo.

Ele olhou na direção da porta que dava para o corredor do lado de fora, e o gesto recordou a Sinclair que os dois delegados logo viriam se juntar a eles.

O almirante girou o copo para sorver as últimas preciosas gotas, depois olhou para dentro dele com os olhos apertados, passando a língua meticulosamente nos lábios antes de prosseguir.

— A história de Jessica é longa, mas não diretamente ligada à nossa situação presente, embora haja alguns pontos em comum... — Novamente ele olhou para a porta, depois se voltou para Sinclair, afastando pela segunda vez o que havia passado por sua cabeça. — Ela deve estar descansada a esta altura. Está dormindo há horas. Gostaria de outro pequeno trago antes que Berenger e Montrichard cheguem?

— Sim, gostaria.

— Excelente. Eu também. Mas apenas um pequeno gole. A bebida, por mais deliciosa que seja, é inacreditavelmente forte.

Ele retornou até a mesa e serviu mais uma pequena quantidade do líquido âmbar em cada um dos copos. Depois arrolhou a garrafa com cuidado para então retornar e tocar o copo de Sinclair com o seu.

— Desde que descobri esta poção, Sir William, passei a estimar que não mais derramássemos um gole de nossos copos em libação. Isso seria verdadeiramente um desperdício do néctar do Paraíso. Vamos beber ao amanhã e à danação de Nogaret.

— Com prazer. Danação para Nogaret. Mas me conte mais sobre sua cunhada, pois a situação dela me intriga. Por que está aqui, afinal, e por que Nogaret está à sua caça? Você não disse que ela mora na Inglaterra?

— Morava. E, como a história dela envolve Guilherme de Nogaret, se esse alerta que você nos trouxe se demonstrar correto, a vida dela estará em grave perigo, pois aquele demônio a submeterá a tortura para conseguir aquilo que busca.

Sinclair não tinha ilusões sobre a maldade de Nogaret.

— De fato ele fará isso, se a pegar. Disso não há dúvida. Mas o que ele procura? E por que ela *está* aqui na França se figura na lista negra de Nogaret?

— Dinheiro, Sir William. O ministro do rei fareja dinheiro. O que mais motiva aquele homem algum dia, além do ódio? — St. Valéry suspirou. — Eu lhe contei que meu irmão Etienne era um agente do rei, enviado à Inglaterra para administrar os interesses de Filipe na corte inglesa de Eduardo Plantageneta.

O almirante se sentou na cadeira mais próxima e se recostou, com os dedos entrelaçados sobre a barriga.

— Ele encontrou oportunidades para si, lá na Inglaterra, oportunidades de negócios legítimos e de um tipo que ele julgou não serem de interesse para o patrão. E numa das primeiras visitas de regresso à França, ele viajou para o sul rumo a Languedoc antes de retornar à Inglaterra, especificamente, como eu descobri, para firmar ali um acordo comercial com um homem de quem se tornara amigo anos antes, um mercador judeu da cidade costeira de Béziers, chamado Yeshua Bar Simeon.

"Etienne não comentou nada sobre isso a ninguém na época, nem mesmo a nós, sua própria família, preferindo, como sempre, manter seus assuntos em segredo e seguramente abrigado dos olhos alheios. Então voltou à Inglaterra, deixando a administração das atividades deles nas mãos desse Bar Simeon. Os negócios prosperaram inacreditavelmente, ao que parece, por quase vinte anos, até que Bar Simeon adoeceu há dois anos. Ele já estava muito velho, e a natureza do acordo com meu irmão o proibia de delegar o trabalho ou passá-lo a outra pessoa que o executasse.

"Por isso o velho vendeu todas as posses que tinham em todos os lugares e depositou a totalidade dos lucros com a nossa irmandade na preceptoria de Marselha. O preceptor de lá na época, um homem agradável chamado Theodoric de Champagne, emitiu todos os papéis oficiais da transação, mas, em vez de tomá-los em sua própria posse, Yeshua Bar

Simeon solicitou que os documentos, sendo o principal deles uma carta de crédito resgatável na preceptoria de Marselha, fossem enviados diretamente a Etienne em Londres."

St. Valéry pousou cuidadosamente o copo ao seu lado no chão e então se levantou e começou a caminhar pela sala com as mãos agora entrelaçadas nas costas e a cabeça inclinada de modo a espalhar sua barba longa e bifurcada em leque sobre o peito.

— Infelizmente, essa foi uma solicitação que não pôde ser atendida, pois violava as nossas regras... as regras do nosso sistema.

Ele parou de andar e olhou de soslaio para Sir William.

— Você é um homem de ação, Sir William, um cavaleiro e membro do Conselho Governante, mas suspeito que possa ter pouca experiência no lado comercial dos nossos empreendimentos, por isso não sei se está familiarizado com a precisão com que essas coisas funcionam.

O almirante parou, esperando que Sinclair respondesse. Como o outro homem meneou a cabeça e acenou para que continuasse, retomou o passo, mantendo uma das mãos atrás das costas e gesticulando com a outra para enfatizar os argumentos que apresentava.

— Acima de tudo, e eu sei que você tem conhecimento disso, ele é fundamentalmente simples. O homem que se defrontará com uma longa e perigosa jornada leva seu dinheiro ao Templo ou Comando mais próximo. Nós assumimos a custódia do valor em espécie e emitimos um documento, uma carta formal de crédito atestando o montante do depósito feito. Então ele a carrega consigo e a leva à presença templária mais próxima quando chegar ao seu destino. Nesse meio-tempo, usando a nossa frota como correio direto, nós fornecemos o registro da transação, incluindo uma palavra-código cifrada para a identificação, à preceptoria que o homem tiver decidido usar ao final da sua jornada.

"Uma vez lá, nosso viajante apresenta sua *bona fides*, suas credenciais, e comprova sua identidade, uma precaução necessária contra fraudes, e fornece a palavra-código, com o que recebe a totalidade do valor expresso na carta de crédito, menos uma pequena taxa administrativa. Funciona muito bem como sistema, mas tem suas limitações. Um homem designado na carta de crédito deve carregá-la consigo e apresentá-la pessoalmente. A carta de crédito não pode ser transferida a ninguém mais, nenhum representante, nenhum procurador, pois, se isso fosse possível, o sistema ruiria, uma vez que não existiria ninguém verdadeiramente capaz de verificar os direitos de outrem para reclamar a quantia em questão.

"Por isso, nesse caso em particular, havia-se chegado a um impasse. Bar Simeon sabia que estava morrendo. Tinha sofrido algum tipo de ataque virulento aqui na preceptoria, e estava convencido de que não duraria mais do que alguns dias. Contou a Champagne que estava enfermo havia meses, piorando o tempo todo, e não esperava viver para tornar a ver sua terra. A julgar pela aparência dele, e pelas convulsões que havia testemunhado com seus próprios olhos, Champagne soube que era verdade. Assim, seria inútil para o velho que a carta fosse emitida em seu próprio nome, pois, com sua morte, o depósito não reclamado se perderia para sempre e seria confiscado e absorvido pelo nosso sistema. E, pela mesma razão, não estava em condições de sacar seus fundos novamente em Marselha e levá-los consigo. Isso deixou Theodoric num dilema moral."

— Sim, deve ter deixado. Então, o que ele fez?

St. Valéry cessara de caminhar de um lado a outro e agora estava parado, contemplando o braseiro da lareira.

— Ele rezou. Depois tomou uma decisão que ignorou as regras que o impediam, nesse caso, de fazer o que sabia ser moralmente correto...

"O velho Bar Simeon lhe havia contado toda a história, provavelmente em desespero, uma vez que se deu conta de que entrara involuntariamente num beco sem saída, por isso Champagne sabia que a soma pertencia por direito e pela lei a meu irmão Etienne. Por isso, agiu com base em sua própria autoridade, desafiando todas as nossas regras, e escreveu a carta de crédito em nome de Etienne. Depois mandou os documentos selados para mim, acompanhados de uma carta explicando a situação e me informando de que Bar Simeon lhe havia assegurado que Etienne saberia a palavra-código correspondente, porque era uma senha usada entre ambos desde que iniciaram sua colaboração. Champagne e eu nos conhecemos há muitos anos, e ele sabia que eu respeitaria o segredo. Yeshua Bar Simeon já estava morto a essa altura, é claro. Ele morreu dois dias depois de concluir a transação."

— Hmm. — Sir William estava curvado para a frente em sua cadeira, escutando-o com atenção, e agora se sentia impaciente para ouvir mais. — E o que você fez?

— Inicialmente, nada. Fui pego de surpresa, pois nunca havia tomado conhecimento, nem sequer suspeitava, dos negócios de Etienne com o judeu, a quem ele evidentemente, e com bons motivos, como demonstrado, tinha na mais elevada estima. Mas depois de pensar nisso por algum tempo, debati com meu amigo e colega neste Comando, Sir Arnold de Thierry, como preceptor de La Rochelle, porque, embora eu pensasse saber o que deveria ser feito, parecia-me que iria tomar o caminho da arrogância e da soberba, afastando-me muito dos confinamentos de nossas regras. Mas Arnold acreditou que eu estaria fazendo a coisa certa e me encorajou a prosseguir.

— Então você mandou a carta ao seu irmão na Inglaterra.

— Não. Isso eu não poderia fazer. Teria sido um desrespeito flagrante à nossa lei. Eu a mantive sob minha guarda, aqui, onde ele poderia resgatá-la pessoalmente. Mas escrevi para ele na Inglaterra, informando-o de que tinha os documentos em minha posse.

"Deve ter sido por essa época que Nogaret ficou sabendo disso, embora ainda o ignorássemos. Mas até que a transação fosse realizada e os documentos enviados a mim, ninguém, incluindo eu mesmo e o restante de nossa família, jamais soube que Bar Simeon e Etienne tivessem qualquer tipo de ligação. Nenhum de nós tinha conhecimento sequer da existência de Bar Simeon. Portanto, a traição deve ter partido de nossas próprias fileiras, de um de nossos irmãos em Marselha, um cavaleiro corrupto ou algum sargento pago por Nogaret. Isso é difícil de acreditar, e me aflige mais do que eu posso dizer, mas não consigo encontrar nenhuma outra explicação. Porém, seja como for, a notícia vazou: Nogaret foi informado, e a reputação de nossa Ordem acabou manchada."

— Como você sabe que a informação partiu de Marselha? O espião poderia ter se alojado aqui e lido sua carta antes mesmo de você mandá-la.

— Não é possível, Sir William, pois eu próprio escrevi e lacrei a carta, na minha própria mesa, e a mandei no mesmo dia a bordo de uma de nossas galés que seguia diretamente para Londres. E, quando ela chegou à Inglaterra, meu irmão já havia navegado para a França movido por uma convocação urgente do rei. De qualquer forma, ele já estava se preparando para voltar, trazendo Lady Jessica junto para visitar nossa mãe, que tem adoração por ela. Por isso, ele simplesmente antecipou os planos e partiu assim que recebeu a convocação do rei. Felizmente para a moça, e graças à urgência do chamado, ele a deixou no litoral ao desembarcar, aos cuidados do Templo em La Havre, e seguiu sozinho diretamente a Paris. Foi detido ao chegar, soubemos mais tarde, e atirado na prisão, onde foi torturado durante um longo tempo e acabou morrendo.

Sir William ficou em silêncio, refletindo sobre o que lhe havia sido contado, depois se lançou para trás, com a mão no queixo e o cotovelo apoiado no braço da cadeira.

— Então, por que Nogaret não pôs abaixo a nossa porta? Se eles mantiveram seu irmão sob tortura por um tempo tão prolongado, ele deve ter dito tudo o que sabia.

— Sim, é verdade, mas ele não sabia nada... pelo menos nada de valioso para Nogaret. Etienne deixou a Inglaterra antes que minha carta chegasse lá. Ele não a havia recebido; nem mesmo tinha conhecimento de que Bar Simeon havia adoecido, ou de que estava morto. Certamente não sabia que todos os seus ativos haviam sido vendidos e que a renda fora confiada a nós. A única coisa que pôde dizer aos torturadores foi o que sabia antes que o velho caísse enfermo. Nogaret havia cometido um erro terrível: agira cedo demais. Ele sabia que os fundos estavam nas nossas mãos, graças ao comunicado que recebera de seu espião entre nós, mas estava incapacitado de fazer qualquer coisa a respeito sem a carta que lhe daria tal direito, e não fazia ideia de onde ela estava. Graças sejam dadas a Deus em Sua sabedoria, pois nossas leis são claras a respeito de tais coisas. A carta de crédito vai para o depositante, e nenhuma cópia é feita. O Templo mantém os fundos em consignação; nenhum rei ou seus asseclas têm jurisdição sobre a nossa Ordem. Nunca ocorreria a Nogaret que um de nossos preceptores pudesse contrariar a lei do nosso sistema e fazer o que Champagne de fato fez ao mandar os documentos para mim.

"E portanto ele concluiu o óbvio: a carta ainda existia, e Bar Simeon a havia passado à guarda de alguém de sua raça."

— Um judeu, você quer dizer. Espere um pouco, só um minuto. — Sinclair franziu o cenho, com seus pensamentos em conflito. — Quando tudo isso aconteceu?

— Há mais de um ano, provavelmente quase dois.

— Antes do expurgo.

— Imediatamente antes dele. Os planos para isso já deviam estar em andamento, pois foi uma operação em massa.

— Sim, foi, e não há um só judeu vivo na França hoje em dia para denunciá-la, mesmo que houvesse alguém disposto a lhe dar ouvidos. Considerou-se como certo e apropriado que o dinheiro confiscado dos judeus, as riquezas dos assassinos de Cristo, deveria enriquecer o tesouro da França.

— Você parece discordar disso.

— Eu discordo. Está surpreso, mesmo sabendo que nossa antiga irmandade tem suas raízes no Sião? Eu não quero nada com o ódio antissemita. Considero-o desprezível e aviltante, envolvendo uma negação voluntária do fato de que o próprio Jesus era judeu.

— É verdade, ele era. — St. Valéry se sentou novamente e tornou a apanhar o copo ao lado da cadeira. — Mas nenhum dos judeus da França, exceto Yeshua Bar Simeon, é claro, tinha qualquer coisa a ver com o dinheiro de Etienne. Apenas nós, o Templo, sabíamos algo a respeito... — Ele tomou um gole de sua bebida. — Ocorreu-lhe que poderíamos discutivelmente ser considerados usurários?

Sinclair olhou o almirante de soslaio.

— Não, porque não somos tal coisa. Arrecadamos uma pequena taxa para cobrir os custos pelo que fazemos, salvaguardando e transferindo fundos, mas isso está longe de ser usura.

— Sim, isso é o que nós alegamos, mas será verdade? Tão pouco sobre nós é conhecido, mesmo entre nós próprios, que eu temo que grande parte da verdade possa ter se perdido desde que o Templo foi concebido pela primeira vez em Outremer. Você pode, por exemplo, citar para mim o verdadeiro significado do primeiro medalhão da Ordem, aquele com dois cavaleiros montados num só cavalo?

— *Sigillum Militum Christi?* Isso representa simplesmente o fato de que, em seus primeiros dias, os cavaleiros eram tão pobres que dois homens com frequência precisariam compartilhar o mesmo cavalo.

Os lábios de St. Valéry se contorceram de desdém.

— De novo, isso é o que se diz. Eu prefiro duvidar. Pense nisso, Sir William. Os nove membros originais do núcleo de Hugh de Payens eram todos membros da Ordem do Sião, a Ordem do Renascimento no Sião, como era então conhecida. Depois do que eles descobriram nas ruínas do Templo, o número inchou e o Templo nasceu, pleno de fogo cristão e fanatismo, escorado sobre a intolerância e a paixão sedenta por sangue. Agrada-me acreditar que o primeiro símbolo que eles adotaram, o medalhão com os dois homens, foi uma ironia, desenvolvida, acho eu, por Payens em pessoa, o fundador da Ordem do Templo. Para mim, ele retrata a dualidade fundamental da organização transformada: não dois homens sobre um cavalo, mas dois homens dentro de cada um dos cavaleiros fundadores. O primeiro, o cavaleiro do Monte do Templo, o outro, da muito mais antiga Irmandade do Sião. Pode ser bobagem, nascida da minha solidão e do hábito de pensar demais, mas eu encontro conforto nela.

O ouvinte do almirante balançou vagarosamente a cabeça.

— Isso nunca teria me ocorrido — disse ele por fim, com a voz tomada de admiração. — Nem se eu vivesse uma centena de anos. Mas depois de ter ouvido de sua boca, acredito que possa ser verdade.

Ele sorriu, depois se curvou para apanhar o copo, sorvendo todo o conteúdo e saboreando o poder inflamável da bebida por algum tempo, e, quando voltou a falar, sua voz estava mais baixa que antes:

— Nós nunca aprendemos realmente muita coisa de nada, não é? A maioria de nós mal pode esperar para esquecer tudo o que sabe. Mas sobre o que nós estávamos falando antes disso?

— Sobre o expurgo dos judeus, e como ele foi bem-sucedido.

— Ah, sim. — Ele pesou o copo vazio na mão em concha. — Esses monges beneditinos devem lidar com magia. Eu nunca provei nada parecido... minha cabeça está flutuando. — Ele fez um movimento de mão, dispensando o assunto. — E isso foi há quase dois anos. O que aconteceu à baronesa nesse meio-tempo?

— Sua gente a salvou.

— Que gente? Como?

— Ela e Etienne viajavam sempre com um corpo de guarda formado por escoceses, designados a eles por lorde Thomas Randolph em pessoa. Eram leais como cães de caça, e igualmente selvagens. Etienne levou metade dos homens consigo quando foi a Paris. Estavam com ele quando foi detido e foram abatidos pela guarda real ao tentar intervir. Mas, como não confiavam em ninguém, puseram um grupo para vigiar a retaguarda fora dos portões. As sentinelas viram o que aconteceu e retornaram diretamente a Le Havre, onde requisitaram um navio e conduziram sua senhora à segurança, para o lar dela na Escócia, não para a Inglaterra. Como eu disse, não confiavam em ninguém, e Eduardo da Inglaterra travava suas batalhas contra os escoceses havia anos, de forma que os guarda-costas da baronesa decidiram devolvê-la ao lar em vez de se arriscarem com a boa vontade dos ingleses. Eu não sabia de nada disso na época.

"Eventualmente, a carta que eu havia mandado a Etienne foi reenviada pelo Templo de Londres ao de Edimburgo, mas a essa altura uns seis meses já haviam se passado. E então, de maneira completamente inesperada, Lady Jessica navegou até La Rochelle, pouco mais de um mês atrás, a fim de reclamar o tesouro que mantemos em comodato para ela, como viúva de meu irmão.

— Deve ser um bom dinheiro. — O tom de Sinclair foi irônico, mas St. Valéry fez que sim.

— E é. Seis grandes baús de ouro, em barras e em moedas, e outros cinco de prata, também em barras e moedas. Suficiente para o resgate de um rei... ou para dar suporte a alguém numa época de desesperada necessidade...

"Lady Jessica não faz segredo sobre suas intenções. Ela pretende doar o ouro a Robert Bruce, o seu rei da Escócia. Esse é um direito absoluto dela, claro, mas acarreta outro problema que eu não havia previsto. Eu preciso de uma senha para liberar o dinheiro de maneira apropriada, e somente Etienne poderia saber a senha. Por isso, mandei outra carta a Theodoric de Champagne em Marselha, explicando meu dilema e solicitando a palavra em questão, uma vez que ele possuía a única duplicata. Ele a mandou sem comentários ou escrúpulos, o que foi um fator decisivo para pôr toda esta aventura em marcha. Porém, nesse ínterim, Lady Jessica decidiu que, enquanto esperava, iria visitar minha mãe em Tours. A viúva de meu irmão é uma mulher decidida e estava convencida de que não haveria nenhum perigo envolvido, uma vez que iria sozinha e apenas com a menor das escoltas por proteção.

— E então?

— Ela foi denunciada e traída. Um camareiro na casa de minha mãe estava a soldo de Nogaret. Ele enviou um mensageiro a Paris, mas foi tolo e arrogante o suficiente para exigir que Lady Jessica ficasse onde estava quando se preparava para partir. Meu irmão mais jovem, Gilbert, matou o homem e fugiu, deixando rastros e permitindo que ela fizesse sua fuga.

St. Valéry fez uma pausa e depois prosseguiu com voz firme:

— Não temos notícias de Gilbert desde que ele desapareceu, mas temos esperança de que ainda esteja vivo. Enquanto isso, Lady Jessica tem sido caçada por toda a França, e não fosse por seu parente, Tam Sinclair, e o auxílio que prestou hoje, ela teria sido capturada ao tentar entrar em La Rochelle. Os três homens que você viu serem mortos estavam com ela. Ela os havia contratado para ajudá-la a entrar escondida na cidade, mas se desesperaram quando os guardas começaram a revistar sua carroça uma segunda vez, pois perceberam que haviam sido descobertos.

— Então, agora você quer que eu escolte essa dama de volta à Escócia?

St. Valéry olhou diretamente para Sinclair.

— Sim, mas não sozinho. Eu irei com você, tenha isso em mente. E com ela você irá acompanhar e salvaguardar o tesouro destinado ao rei da Escócia. Ele pertence à minha cunhada, além de possuir um valor incalculável, e, se permanecer aqui, Nogaret irá tomá-lo e terá uma vitória considerável, ainda que fracasse em tudo o mais. — Hesitou. — Já foi carregado a bordo de minha galé, juntamente com um tesouro menor de nossa propriedade.

— Um tesouro menor? Posso perguntar do que se trata?

— Sim, não há nenhum segredo nisso. É nossa própria reserva em espécie, ouro e prata em barras e moedas, armazenada enquanto aguarda o resgate por cartas de crédito. Não posso deixá-la para Nogaret, tampouco, pois seria a primeira coisa que ele capturaria em nome do patrão, e Filipe Capeto já tem mais do que suficiente dos fundos do Templo.

— É claro, eu havia esquecido dos fundos que cada Comando possui em comodato. Qual é a soma?

— Não tanto quanto o tesouro da baronesa, porém muito para se deixar para trás. Seis grandes baús contendo 12 mil besantes de ouro.

Will assobiou.

— Nós seremos a frota mais carregada de tesouros sobre os mares.

— É, de fato seremos... desde que, é claro, os eventos de amanhã correspondam ao seu alerta.

— Sim. E eles corresponderão, meu senhor almirante. Essa atrocidade envolvendo Godwinson me convenceu disso.

— Concordo com você. Mas estou começando a me perguntar: o que está detendo Berenger e Montrichard? Esse copo está vazio? Ótimo. Entregue-o a mim, então, e eu os tirarei de vista, juntamente com a garrafa.

Mal St. Valéry acabou de fazer isso, ouviu-se uma batida na porta, e então um jovem monge introduziu os dois delegados do almirante. St. Valéry deu-lhes as boas-vindas e depois instruiu o jovem monge a subir ao andar de cima e despertar a hóspede, ordenando-lhe que não contasse nada sobre os eventos que haviam ocorrido enquanto ela dormia, e que pedisse à dama para ter a bondade de se juntar a ele tão logo se aprontasse.

Atrás dele, Sir William contemplava o fogo à sua frente, com a cabeça rodando de um modo estranho, e os pensamentos dominados pela imagem da mulher de grandes olhos nos portões da cidade.

A OBRA DO DEMÔNIO

Jessie Randolph despertou instantaneamente. Seu coração começou a disparar de medo no momento em que se deu conta de que não fazia ideia de onde estava. Onde quer que fosse, era um lugar frio e de um negror infernal, sem nem um vislumbre de luz para dissipar a escuridão ou delinear a mais tênue sombra, e a superfície em que se encontrava deitada era dura como rocha. Sua cabeça estava erguida, pois o pescoço se posicionava num ângulo desconfortável, por isso soube que havia algum tipo de travesseiro ali, porém também era rígido, completamente inflexível.

Estou no chão. Num calabouço. Eles me encontraram. Os homens de Nogaret.

Lutando contra o pânico, cerrando os dentes para conter a avassaladora urgência de gritar, apalpou com cautela os lados do corpo e quase soluçou de alívio ao descobrir, primeiro, que não havia algemas nos seus pulsos nem correntes, e depois um tecido rústico sob suas mãos. Apalpou mais e descobriu as bordas de um catre estreito.

Onde estou?

Então ouviu uma batida numa porta muito próxima e compreendeu que havia sido isso o que a acordara. Ainda assim, continuou rigidamente deitada, sem saber o que esperar, e sentiu o medo que a envolvia se assentar no estômago, gelado e pesado como uma bola de chumbo.

— Minha dama? Está acordada, minha dama?

A voz interrogativa era suave, porém premente, como se quem a pronunciava temesse fazer barulho demais. Não soou nem um pouco ameaçadora. Tocou com suas mãos seu vestido, explorando, sentindo o calor de seu corpo sob as vestes.

Ainda tenho minhas roupas e não sinto dor.

— Minha dama?

Mais uma batida, dessa vez mais forte. Jessie respirou fundo e tentou manter a voz firme:

— Eu estou aqui. O que é?

— O almirante St. Valéry solicita que se junte a ele no andar de baixo. Imediatamente, minha dama, se isso lhe apraz.

Charles! É claro, eu estou no Comando de La Rochelle.

A constatação envolveu-a instantaneamente, banindo todo o terror. Ela se pôs ereta, fazendo com que seus pés descrevessem uma curva por sobre a borda do catre até o chão de pedra e experimentassem um calafrio ao contato da frieza chocante da superfície contra suas solas. Tão grande foi o alívio que sentiu vontade de escancarar a porta e beijar o homem do lado de fora. Ela estava em La Rochelle! A salvo!

Sorriu consigo mesma ao imaginar a expressão na face do sujeito do lado de fora se ela *tivesse* escancarado a porta e lhe dado um beijo. Devia ser um monge. Podia até cair morto aos seus pés. Ela tentou conter a euforia e manter a voz calma ao responder.

— Agradecida. Diga ao almirante que irei diretamente para lá.

— Eu direi, minha dama.

Havia um traço de luz por baixo da porta invisível, e, quando o homem deu meia-volta para se retirar, a claridade foi obliterada.

— Espere! Por favor, espere. Fique onde está.

Ela foi às pressas até a porta, observando a linha de luminosidade para se orientar e tateando para encontrar a maçaneta. Quando a encontrou, deteve-se, passou as mãos rapidamente por sobre o seu corpo e sacudiu sua saia, certificando-se de que estava vestida de maneira decente antes de abrir a pesada porta.

O homem do lado de fora era jovem; o crânio tonsurado reluzia até mesmo na penumbra do corredor iluminado por tochas. Usava a sobrecota marrom de um sargento templário e ficou olhando para ela, segurando uma grossa vela de cera num candeeiro. Ao vê-la, os olhos do monge se arregalaram, e ela se deu conta de que seu cabelo devia estar em desalinho. O pobre sujeito provavelmente vira poucas mulheres em sua vida e naquele momento estava diante de uma com os cabelos no que devia parecer um desleixo escandalosamente íntimo. Ela estendeu a mão para ele.

— Perdoe-me se o alarmei, irmão, mas você me deixaria essa vela? Não há luz no meu aposento, e eu devo me pôr apresentável antes de me encontrar com meu cunhado.

O zeloso jovem deu um passo adiante, estendendo a vela.

— É claro, minha dama. Uma só basta? Eu posso trazer mais, se a senhora precisar.

— Deus o abençoe, irmão. Sim, se isso lhe apraz. Luz nunca é demais. Traga-me quantas puder e será merecedor de grande gratidão.

O jovem fez um breve aceno de cabeça e se afastou, apressado. Jessie voltou para dentro de sua câmara, examinando o entorno, agora que podia enxergar. O quarto era minúsculo, contendo nada mais que o estreito catre sobre o qual ela havia dormido, um crucifixo de madeira na parede sob uma pequena fenda que servia de janela e um genuflexório logo abaixo dele. Ela se aproximou do catre e se curvou para pressionar os dedos sobre ele. Não cedeu, e o travesseiro à cabeceira era um bloco de madeira entalhada, coberto de lona.

Deus! Pensei que estivesse num calabouço, mas é a cela de um monge. É claro que é. Mas há pouca diferença entre as duas coisas. Mesmo assim eu fiquei bastante satisfeita com ela quando cheguei, eu me lembro. Estes homens não têm confortos como nós, mortais comuns. Suas vidas consistem em orações e mais orações, miséria, privação e sacrifício. E combates, de tempos em tempos. Oh, bom Deus, qual será minha aparência? E não há espelhos neste lugar. Nem mesmo uma mesa. Onde está minha bolsa?

Encontrou-a onde a havia largado, atrás do catre, e logo a revirava até o fundo, auxiliada apenas pela luz da única vela. Encontrou a pequena bolsa de couro, que era sua posse mais importante, e a puxou para fora, depois afrouxou os cordões e despejou o conteúdo sobre a cama estreita: uma escova de cabelos, pentes, um retalho de camurça dobrado contendo redes de cabelo, outro, mais volumoso, abrigando pequenos artigos sólidos que se chocavam um contra o outro, e um retalho macio de lã que continha um espelho de mão retangular de prata polida. Ela usou primeiramente o espelho, polindo-o delicadamente com o pano, antes de erguê-lo para examinar o rosto e o cabelo à luz da vela que segurava na outra mão, e contorceu a boca ao ver o que vários dias sem sua criada podiam provocar. Então, pousou o espelho e a vela sobre a superfície dura da cama e se pôs a trabalhar para reparar a devastação que havia constatado sob uma avaliação tão rápida.

Ela esquadrinhou o cabelo embaraçado com as mãos, encontrando e removendo os alfinetes nele colocados para manter seus cachos espessos em ordem, e então, quando os dedos perscrutadores lhe informaram que nada mais havia para encontrar, curvou a cabeça e sacudiu as densas madeixas, arrumando-as e desembaraçando-as com as mãos, que procuravam nós e emaranhados. Não encontrou nada que não pudesse resolver rapidamente e de imediato apanhou sua escova, puxando-a em longas e suaves passadas para alisar o cabelo do topo da cabeça até a cintura, segurando mechas separadas numa das mãos enquanto forçava as cerdas por entre as pontas rebeldes, cerrando os dentes com impaciência e atacando sem piedade sempre que encontrava um nó mais resistente.

Ela havia erradicado tudo que estava emaranhado e escovava o cabelo com suavidade quando o jovem monge bateu de novo à porta. Ela abriu-a prontamente e gesticulou para que ele entrasse, ciente da maneira automática com que os olhos do rapaz se fixaram em seus cabelos soltos. Ele carregava uma braçada de velas pequenas e grossas na dobra do cotovelo e outra recém-acesa em sua mão livre. Atravessou a porta do aposento e parou, os olhos vagando pelo quarto minúsculo, à procura de algum lugar para depositar o fardo. Jessie gesticulou com um dos braços para indicar o espaço onde ambos se encontravam.

— Não há lugar para mais nada aqui. Existe por acaso algum quarto maior? Algum com uma mesa?

O jovem monge olhou para ela, surpreso, com olhos perdidos em pensamentos, e depois fez que sim.

— A cela do irmão preceptor é maior, minha dama, e tem uma mesa. E uma cadeira.

Jessie aguardou, mas o monge não disse mais nada, por isso ela o incitou:

— E fica perto? Você acha que eu poderia usá-la um pouquinho?

Ele franziu ligeiramente o cenho, sem saber como reagir ao pedido da dama, então ela o encorajou novamente:

— Não vou demorar muito. E você disse que meu cunhado pediu que eu me juntasse a ele logo, não foi?

— Sim, minha dama.

— Bem, então, quanto antes eu me tornar apresentável, mais rapidamente poderei me encontrar com ele. Onde fica a cela do irmão preceptor?

— Por aqui, minha dama.

Ele saiu para o corredor e esperou enquanto ela reunia o conteúdo de sua pequena bolsa e tornava a guardá-lo. Quando estava pronta, ele a conduziu pelo corredor à esquerda, e então parou junto a uma porta que permanecia entreaberta.

— É aqui, minha dama.

Ela segurou a vela no alto, espiando à volta da cela do preceptor. Era quase tão espartana quanto a outra, apenas ligeiramente maior, não mais que um terço mais longa, mas tinha duas pequenas mesas alinhadas junto à parede do fundo, em frente aos pés da cama estreita. Uma delas era larga apenas o suficiente para conter a bacia do lavatório e o alto jarro posicionado dentro dela, mas a outra era maior, com um pequeno tinteiro de chifre elaboradamente decorado e uma caneca do mesmo material contendo várias penas de ganso arrumadas com cuidado num dos lados, e com uma cadeira de madeira simples posicionada diante dela.

— Perfeito — elogiou Jessie, atravessando rapidamente o quarto até a mesa com o lavatório. — Oh, está vazio.

Ela se virou novamente para o monge, que deixara a vela acesa sobre a mesa, e arrumava com cuidado as outras seis que havia trazido lado a lado, erguidas.

— Seria possível que você me conseguisse um pouco d'água, irmão, e uma toalha? Eu gostaria muito de lavar o rosto.

O homem evidentemente começava a se acostumar com os pedidos dela, pois dessa vez apenas assentiu com um movimento de cabeça e estendeu uma de suas mãos para apanhar o jarro. Depois, hesitou.

— Eu terei de ir até a cozinha para buscar a água, minha dama. Gostaria que eu a esquentasse?

— Eu citaria o seu nome nas minhas orações durante um mês se você pudesse fazer isso para mim.

— Obrigado, minha dama. Meu nome é Giles. Eu retornarei em breve.

Quando a porta se fechou atrás dele, Jessie usou a vela acesa para acender as outras e, quando todas iluminavam o quarto, enfileirou-as no fundo da mesa, para só então se sentar e espalhar o conteúdo de sua pequena bolsa sobre o tampo. Examinou-se novamente no espelhinho, inclinando a superfície reluzente de um lado a outro para tirar plena vantagem da luminosidade crescente. Depois o apoiou sobre uma das velas e usou a escova para separar o cabelo com cuidado no topo da cabeça e puxá-lo para a frente, de forma a cair sobre o rosto. Feito isso, começou a trançá-lo, movendo os dedos rapidamente, com a confiança adquirida por anos de prática. Quando já havia completado a segunda trança, examinou-se com o auxílio do espelhinho e depois enrolou ambas para cima numa espiral plana, prendendo-as no lugar com longos grampos de cabelo que enfiou por entre as tranças enroladas. Por fim, fixou toda a cabeleira aos lados da cabeça com pentes de casco de tartaruga, longos, curvos e com entalhes intrincados. Sacudiu a cabeça testando o penteado, observando-se no espelhinho, e depois novamente com mais firmeza. Satisfeita ao ver que nada se movia, cobriu toda a cabeleira com uma delicada rede de fios de ouro salpicados de minúsculas contas de âmbar e a fixou no lugar com mais quatro pequenos grampos. O último exame ao espelho foi altamente crítico, mas não conseguiu encontrar nada de errado. Nem um só cacho solto maculava seu trabalho.

Então ela se levantou e começou a tarefa quase impossível de examinar a aparência das roupas. Dormira com o vestido e aceitava o fato de que não havia nada que pudesse fazer quanto às pregas do tecido, por isso se pôs a procurar manchas e marcas, esfregando o tecido com a escova de cabelos sempre que encontrava qualquer imperfeição que julgasse poder ser melhorada, e, enquanto fazia isso, o irmão Giles tornou a aparecer, carregando um jarro de água fervente envolvido numa toalha. Dessa vez, vinha acompanhado de um segundo irmão, que vestia um avental de cozinha e transportava um fardo similar, com a toalha enrolada sob um dos braços.

— Trouxe água quente e fria, minha dama, o que permitirá que as misture ao seu gosto.

— Que Deus o abençoe, irmão Giles, e também a você, irmão cozinheiro. E duas toalhas. E até sabão! Vocês dois salvaram minha vida e minha sanidade.

Ambos os homens se iluminaram de satisfação, mas nenhum dos dois fez qualquer movimento para se retirar, por isso Jessie sorriu para eles.

— Agora eu necessito de apenas mais dois favores de você, irmão Giles: alguns momentos de privacidade para que eu possa banhar minhas mãos e meu rosto, e depois o prazer de sua companhia quando for me reunir ao nobre irmão do meu marido, pois confesso que não tenho a mais leve noção de onde encontrar o almirante. Você esperará por mim e me auxiliará?

— Com toda a certeza, minha dama.

O irmão Giles olhou para o companheiro e fez um gesto brusco de cabeça na direção da porta. Ambos os homens deixaram o recinto, fechando a porta ao saírem.

Jessie verteu água quente na bacia e depois derramou um pouco da fria. Molhou uma das toalhas e esfregou nela um pouco do sabão áspero e cheirando a barrela, então torceu o tecido e lavou rosto, mãos e braços, deleitando-se com a sensação de limpeza e formigamento produzida pela água quente e adstringentemente ensaboada, assim como pelo tecido cálido de encontro à sua pele. Ela se secou com a segunda toalha, depois hesitou, e rapidamente desfez as amarras do corpete, puxando bem os laços e lutando para tirar a veste, que ficou pendurada na cintura. Os bicos dos seios palpitaram prazerosamente quando ela os esfregou com a toalha quente e ensaboada, e uma erupção de pelos arrepiados se espalhou por seus braços quando o tecido roçou os mamilos. Então ela se lembrou de onde estava, e que seu cunhado a esperava. Espremeu o sabão da toalha quente e a enrolou em torno do pescoço, suspirando ao estender as mãos para massagear a nuca sob a massa de cabelos bem presos. Ficou ali parada por alguns segundos; sua cabeça se inclinou para trás e os olhos se fecharam de prazer.

Mas se recordou pela segunda vez de onde estava, dando um meio sorriso ao pensar na impropriedade de se encontrar seminua na cela de um monge, e rapidamente enxugou-se e enfiou-se em suas roupas, apertando as laçadas com cuidado e decoro. De sua bolsa, selecionou uma caixinha preta plana e redonda e dela retirou um graveto curto e grosso com uma extremidade desfiada e a outra envolvida por tiras, deitado sobre uma camada de um pó cinza-esbranquiçado. Ela chupou a ponta desfiada, umedecendo-a com saliva, em seguida mergulhou-a no pó e usou-a para friccionar dentes e gengivas. Enxaguou a boca com a água tirada do jarro frio com a mão em concha e cuspiu na bacia, depois passou a língua sobre os dentes, removendo os resíduos arenosos para em seguida enxaguar e cuspir novamente. Feito isso, sentou-se uma última vez para se olhar no espelho.

Estou parecendo uma morta. Totalmente sem cor. Meu Deus, Marie, onde está você quando eu preciso dos seus dons? Rezo para que esteja a salvo, mas você não está aqui, por isso eu tenho de me arrumar sozinha. Rápido, mas com modéstia. Não seria bom parecer uma meretriz neste lugar.

Ela abriu a última das trouxas e tirou algumas pequenas caixas de madeira decoradas e com as tampas bem firmes. Abriu cada uma e organizou as diferentes pastas coloridas à sua frente. Segurando o espelho com uma das mãos, trabalhou rápida e destramente com a outra, esfregando a ponta do dedo médio suavemente na superfície de uma das pastas e depois aplicando o mais leve traço de cor azulada nas pálpebras, alisando a substância até que o único efeito perceptível fosse uma intensificação da cor e da luz refletida por seus olhos. Esfregou a ponta do dedo rapidamente na toalha úmida, escolheu outra caixa e aplicou a cor avermelhada sobre as bochechas, espalhando-a sobre o rosto até que não sobrasse nenhum sinal além da mais leve sugestão de rubor em sua face. De uma terceira caixa, acrescentou um tom de vermelho mais vivo aos lábios carnudos e largos, depois os pressionou um contra o outro, mordendo-os delicadamente. Por fim, apanhou o pequenino frasco de vidro que continha sua maior garantia de amor-próprio. Com cuidado, extraiu a pequena rolha de madeira do precioso vidrinho e virou o recipiente até que uma única gota do líquido viscoso pingasse na ponta do seu dedo médio. Levou-o às narinas, inalando a essência com sofreguidão e com plena consciência de que, uma vez que a aplicasse, não seria capaz de sentir novamente aquele cheiro. Esse era um sacrifício com o qual poderia viver, pois sabia que todos à sua volta o sentiriam. Ela colocou dois pequeninos pontos do líquido atrás de cada uma das orelhas e depois esfregou o que restava na base do pescoço, alisando a pele suave.

Finalmente estava pronta. Guardou todos os apetrechos em sua pequena sacola, soprou as velas e, segurando a bolsa debaixo do braço, abriu a porta.

O jovem irmão Giles levantou automaticamente a vela para lançar mais luz sobre a mulher, e seu queixo caiu ao mesmo tempo que seus olhos se arregalavam.

— Minha dama... — Ele engoliu em seco, fazendo um ruído. — Você parece... Você está... já está pronta?

Ela o premiou com seu mais doce sorriso.

— Estou, irmão Giles, e o mantive esperando por um tempo imperdoavelmente longo. Mas agora, graças à sua gentileza, eu me sinto renascida. Não sei o que eu faria se você não estivesse aqui para me ajudar. Nós mulheres, como deve saber, somos notoriamente diferentes dos homens. Atribuímos muita importância à aparência, muito particularmente à nossa, e por isso eu lhe agradeço novamente por ter tido tanta consideração pelas minhas necessidades. Eu tenho somente mais uma pergunta: nós devemos deixar as velas novas aqui?

O jovem monge sorriu, mas então o rosto rapidamente tornou a ficar sério.

— Não vejo necessidade disso, minha dama. O irmão preceptor ficaria muito perturbado ao encontrar tamanha profusão de luxos em sua cela. Poderia pensar que fomos visitados por entidades sobrenaturais. Mas... — Ele olhou para o corredor na direção das escadas, e então prosseguiu numa voz mais firme: — Agora devo levá-la até o almirante, se já estiver pronta.

Quando começaram a caminhar lado a lado pelo corredor, Jessie notou o profundo silêncio à volta deles.

— São que horas agora, irmão? Parece que estamos no meio da noite.

— E estamos, minha dama. É perto de meia-noite.

— E você ficará em serviço durante a noite inteira?

— Ah, não, minha dama. Eu devo ser substituído a qualquer momento. Talvez já tenha sido a esta altura. A guarda troca à meia-noite.

Jessie parou de andar, bem no topo da escada, e olhou para ele com o rosto cheio de preocupação.

— Oh! Então eu devo pedir o seu perdão por tê-lo atrasado. Você será punido por não estar no seu posto?

Ele sorriu novamente e meneou a cabeça.

— Não esta noite, minha dama. O almirante em pessoa me mandou vê-la. Foi a mais agradável das missões.

— Obrigada mais uma vez, irmão Giles, foi um elogio muito amável. Mas ainda estou preocupada com aquelas velas. Você poderia deixá-las no outro quarto para mim e acender uma delas? Temo que eu tenha de retornar em algum momento, antes de o dia raiar.

Um ar de preocupação passou pela face do jovem monge.

— Isso realmente não é necessário, minha dama. Ninguém se incomodará com elas. — Ele começou a descer as escadas à frente dela, falando por sobre o ombro enquanto ela o seguia: — O preceptor não procurará repouso esta noite. Muitas adversidades estão acontecendo. Sabe que nós perdemos as vésperas desta noite? Isso nunca aconteceu antes.

— Todos vocês, a fraternidade toda? Isso é muito incomum. O que está acontecendo, você sabe?

— Não, minha dama. Sou um simples irmão, nunca estou inteirado de nada importante. Há conversas, e eu ouvi algumas delas, mas nada que seja digno de crédito ou que valha ser repetido.

Eles alcançaram o final da escada.

— Aqui estamos. Eu lhe pedirei para esperar aqui, se isso lhe agrada, enquanto a anuncio.

O monge deixou Jessie parada ao pé do longo lance de degraus, num corredor alto e estreito que se estendia de ambos os lados, iluminado por tochas tremulantes fixadas na parede. Ele bateu num conjunto de altas portas duplas na parede oposta e entrou.

Jessie parou com as costas eretas e repuxou as roupas, certificando-se uma vez mais de que estava arrumada de maneira decente, depois ergueu as mãos para apalpar o cabelo sob a rede dourada. Sentia-se nervosa por alguma razão inexplicável, e atribuía isso à preocupação despertada pela informação do irmão Giles sobre as vésperas perdidas. Aquela era uma ordem monástica, e as vidas de seus membros eram governadas de maneira absoluta pela Regra dos Templários, que especificava orações em horários regulares e imutáveis, exceto em tempos de guerra. Nada além da guerra e da necessidade de lutar poderia alterar a agenda de orações diárias. No entanto, naquela noite, ele haviam perdido as vésperas. Algo de grave devia estar para acontecer.

DOIS

Charles St. Valéry atravessou a porta para recebê-la pessoalmente.

— Jessica, minha querida irmã, por favor, entre, entre. Espero que tenha dormido bem.

Ele segurou as pontas dos dedos dela entre seu polegar e seu indicador e a convidou a entrar na sala com uma mesura. Jessie cruzou a porta rapidamente, dando um sorriso largo ao passar pelo umbral, então parou de súbito ao ver que já havia um grupo de homens ali. Contou três vestes brancas, além das do almirante, e um sargento trajando castanho. Não reconheceu nenhum deles.

Oh, bom Deus, uma reunião de cavaleiros. Rigidez e pompa, corpos sem asseio e recendendo a hipocrisia. E que cheiro horrível é esse? Não é hipocrisia, por certo. Meu Deus, eles devem ter borrifado a sala toda com sabão de barrela! Eu não preciso disso, à meia-noite.

Ela girou nos calcanhares e olhou para o almirante.

— Perdoe-me, Charles, eu não sabia que vocês estavam em conferência. Entendi que você havia me chamado, mas temo que deveria ter esperado antes de perturbá-lo.

Ela não tinha meios de saber disso, mas o som de sua voz evocou para um dos ocupantes da sala o timbre amplo, grave e levemente vibrante dos címbalos sarracenos, o que o estremeceu, alarmando-o com a ideia, sem conseguir entender o motivo para que tal sensação lhe tivesse ocorrido.

O almirante St. Valéry riu.

— De modo algum, minha querida irmã.

Ele continuou segurando gentilmente a mão de Jessica enquanto se posicionava graciosamente à sua direita, fazendo com que ela se virasse junto a ele, e gesticulou com a outra mão para indicar os demais homens na sala.

— Permita que lhe apresente meus companheiros. Dois deles são a razão da minha necessidade de perturbar seu sono.

Jessie examinou os homens reunidos. Contemplou superficialmente Sir William antes que seus olhos se deslocassem para o sargento de hábito marrom ao lado dele. Os olhos dela se estreitaram brevemente, e então se acenderam ao reconhecê-lo.

— Tam Sinclair! — A face dela se iluminou com o brilho de um sorriso. — Este é o homem de quem lhe falei, Charles... — Então ela silenciou e se voltou novamente para Tam, franzindo o cenho ao notar a sobrecota com seu emblema templário. — Mas você era um carroceiro... eu não suspeitei que fosse alguém do Templo.

— Nem você nem ninguém mais, minha querida — disse seu cunhado. — Tam veio até nós sob disfarce, escoltando Sir William aqui presente, com notícias do nosso grão-mestre de Paris. Meus confrades, esta é a viúva do meu irmão, Lady Jessica Randolph, a baronesa St. Valéry.

A mulher fez um encantador cumprimento de cabeça ao grupo e depois olhou com mais atenção para Sir William.

Céus, ele é grande. Que ombros. E não tem barba. Pensei que todos os templários devessem usar barba. Eles consideram um pecado se barbear, embora só Deus Todo-poderoso possa saber o porquê. Um belo rosto, forte e limpo, mandíbula saliente e um furo no queixo. E olhos maravilhosos, tão vivos, embora muito claros. E zangado. Ele está com raiva de mim?

— Eu nunca tinha visto o queixo de um templário antes — disse ela, e então viu os olhos do cavaleiro chisparem. Alguém riu e rapidamente disfarçou o som com uma tosse. — Perdoe minha franqueza — continuou ela —, mas é verdade. Todos os templários que conheci eram barbudos. — Ela olhou novamente para Tam. — Tam é um Sinclair — disse ela, pronunciando o nome à maneira escocesa, e depois voltou a olhar para o cavaleiro. — E portanto você deve ser parente dele, o formidável Sir William Sinclair, cavaleiro do Templo de Salomão.

Sir William continuou a fitá-la, mas se sentiu completamente perdido pela constatação certa e indesejável de que os olhos fixados em sua mente jamais mudariam de cor e de que as feições sem forma às quais havia se apegado estavam agora gravadas na sua alma.

O que eu fiz para merecer a raiva dele? Ou será que é simplesmente um daqueles que odeiam mulheres?

— Você conhece Sir William, minha cara? — St. Valéry pareceu surpreso.

— Não, irmão querido, mas ouvi falar *dele*. As façanhas de Sir William são lendárias.

Jessica sorria, e havia um toque de deboche nos seus perturbadores olhos azul-acinzentados quando os voltou novamente para Sir William e viu o sangue quente do constrangimento e da humilhação fluir pela sua face e se espalhar até mesmo às pontas das orelhas.

Pelo santo nome de Deus, ele não está nada zangado comigo. O homem está com medo de mim. Mas por quê? Porque sou uma mulher? Pode ser algo assim, tão simples e tão triste? Ele não consegue nem mesmo encontrar palavras. Não... Deve ser algo mais profundo do que o simples medo.

De sua parte, Sir William maldizia a si próprio por corar como um camponezinho tímido e lutava para encontrar palavras adequadas com as quais retribuir o deboche, mas a única coisa em que conseguiu pensar foi uma única sentença curta que quase o sufocou ao sair, aos tropeções, rígida e grosseira, de seus lábios.

— Está zombando de mim, lady.

Jessie sentiu seus olhos se arregalarem, mas o sorriso continuou intacto.

— Não, Sir William, eu lhe dou minha palavra que não. — *Não estou mesmo, juro.* Mas então suavizou o rosto para desfazer tanto o sorriso quanto a sugestão de deboche, olhou-o diretamente nos olhos e falou na língua da Escócia natal de ambos: — Conheci sua irmã, Peggy, Sir William, quando eu era uma criancinha, morando em minha terra. Passamos muito tempo juntas e éramos muito próximas, e ela me presenteava o tempo todo com histórias sobre você: as coisas que fazia, os feitos que realizava. — Ela voltou a falar em francês sem esforço: — Peggy cantava louvores a você constantemente. Você é o seu modelo, seu irmão de armadura reluzente, Soldado do Templo e Defensor da Vera Cruz. E no entanto ela mal o conheceu, pois o encontrou apenas duas vezes, e muito brevemente em ambas as ocasiões. Ainda assim, não poderia ter uma ideia mais elevada de você.

O homem grande franziu o semblante; seus lábios se abriram, mas nada saiu. Tentou novamente em escocês:

— Ela não passava de uma mocinha na época, muito ingênua.

Isso lhe valeu uma imediata e mordaz réplica em francês:

— A tolice é *sempre* o modo de agir das mocinhas, Sir William? Peggy é uma mulher agora, e eu calculo que a opinião dela sobre você não tenha mudado. Você ainda a consideraria ingênua?

— Eu não saberia dizer.

Ele amaldiçoou a si próprio pela transparência da mentira, pois já havia admitido sua admiração pela irmã ao almirante, mas seguiu em frente, ampliando a estupidez, incapaz de agir de outro modo e soando mais hostil do que nunca.

— Eu não sei nada sobre mulheres, lady.

— Isso é evidente, Sir William. — A voz de Jessie estava perceptivelmente mais fria.

— Bem, ora. Eu sou um simples soldado...

— Sim, e um humilde monge. É verdade. Eu ouvi isso antes, mestre Sinclair. Mas me parece que há pouca simplicidade em você, e muito menos da humildade que alega.

Tome. Agora rumine isso, Sir Grosseirão.

Ela deu as costas para o cavaleiro de manto branco, dispensando-o com frieza ao dirigir sua atenção novamente ao almirante, que os contemplava em consternação. Jessica pousou as pontas dos dedos no braço dele, sorrindo-lhe enquanto indicava os outros dois homens na sala.

— Achei que o comandante Thierry estaria aqui. Eu vou vê-lo?

St. Valéry pigarreou e, quando falou, tomou o cuidado de não olhar para ninguém mais.

— Sir Arnold, eu receio, não está mais entre nós, minha irmã. Ele morreu há pouco tempo.

Ele fez uma pausa, permitindo que ela expressasse sua dor e preocupação, mas não realizou qualquer tentativa de explicar quão curto, na verdade, esse tempo havia sido. Havia pouco benefício em perturbar a mulher sem necessidade. Forçou seus lábios a produzirem um sorriso e prosseguiu com suavidade:

— Tenho certeza, porém, de que ele gostaria que eu me desculpasse em seu nome por não estar aqui para lhe dar as boas-vindas. — Ele fez uma nova pausa, em evidente conflito com alguma coisa, depois continuou: — Posso apresentá-la ao sucessor dele, Sir Richard de Montrichard, e a meu vice-almirante, Sir Edward de Berenger?

Ambos os homens abaixaram as cabeças, e Jessie lhes ofereceu o mais conquistador dos sorrisos, alheia ao fato de que William Sinclair continuava estupefato de raiva, fixando um olhar selvagem sobre ela, com sua pele formigando de constrangimento pelo modo como a lady o havia desprezado. A mente dele se agarrava a uma percepção aguda e assustadora, enquanto absorvia cada linha e movimento do corpo ágil e flexível daquela mulher, na qual observava a tentação em pessoa, a obra do Demônio personificada. A mulher era simplesmente mais linda e muito mais perturbadora do que qualquer outra pessoa que ele já tivesse conhecido em seus mais de 30 anos de existência.

Enquanto a observava e se encolerizava, viu como a mulher demonstrava domínio sobre homens simples. Berenger, cavaleiro intratável que era, parecia apatetado diante do sorriso radiante e da conversa dela, sorvendo cada palavra que ela dizia e rindo feito um bobo que não deveria ser solto sem um guardião a vigiá-lo. E mesmo o severo preceptor delegado, Richard de Montrichard, sorria e balançava a cabeça a cada frase, com os olhos se movendo dela para Berenger à medida que acompanhava a conversa de ambos com avidez. Will sentiu os olhos de Tam sobre ele e se virou para o amigo, fazendo uma carranca, mas Tam se recusou a enfrentar seu olhar, girando o rosto rapidamente antes que William pudesse decifrar a expressão em seus olhos.

Mas Will ainda queria dizer alguma coisa, dar um passo à frente, ainda que tarde demais, e pôr aquela mulher com firmeza em seu lugar com algumas palavras bem-escolhidas, fazê-la saber que suas manhas e artimanhas, sem importar quão indiretas ou maquiadas pela ternura, seriam em vão na companhia em que se encontrava. Mas nada lhe ocorreu — nenhum comentário afiado, nenhuma observação espirituosa e inspirada, absolutamente nada — e ele foi relegado a ficar ali de pé impotente, envergonhado e humilhado, ainda que não soubesse como nem por quê, olhando para a nuca e os ombros daquela mulher, notando o modo como as roupas dela aderiam displicentemente ao seu corpo, ajustando-se ao seu mais leve movimento.

Foi o almirante quem o resgatou de sua imobilidade agoniante ao chamá-lo a se aproximar e se sentar junto ao fogo. O homem puxou a cadeira para Lady Jessica e depois sentou-se à sua direita, acenando para que Sir William ocupasse o lugar do outro lado da visitante, enquanto os outros homens tomavam seus respectivos assentos. Sinclair avançou com relutância para se sentar onde o almirante havia indicado, na última cadeira ainda disponível, e perto o bastante da mulher para aspirar sua presença como a mais leve sugestão de algo cálido, doce e deliciosamente aromático. Por ter passado a infância na Escócia e o restante da vida em guarnições monásticas através da Cristandade e das Terras Santas, Sinclair nunca havia se deparado com perfumes, e por isso não suspeitava que estivesse sentindo algo além do aroma natural de Jessie Randolph. A despeito de sua desaprovação pela mulher, surpreendeu-se perversamente deleitado pelo tumulto que o sutil aroma provocava em seu peito.

Jessie Randolph não traiu absolutamente nenhum sinal de estar ciente da sua presença, mantendo-se de costas para ele enquanto conversava suavemente com o cunhado. Por fim, St. Valéry balançou a cabeça e afagou a mão dela de um modo tranquilizador, depois pigarreou e chamou a atenção de todos. Mas foram imediatamente interrompidos por uma forte batida na porta, que se abriu para revelar um guarda apreensivo.

Duas mulheres, o sujeito explicou com voz vacilante, quase servil em face das zangadas rugas entre as sobrancelhas do almirante, haviam chegado aos portões em algum momento logo depois do anoitecer, procurando pela baronesa St. Valéry.

Jessie se levantou de um salto. *Marie e Janette! Graças a ti, bom Jesus, por este alívio.*

O guarda disse que elas haviam se alojado na casa de guarda, numa das celas, porque o sargento Tescar ordenara que não se permitisse a entrada ou a saída de ninguém do Comando. Mas as duas mulheres insistiam cada vez mais que deveriam ser autorizadas a ver a baronesa, por isso o sargento da guarda o havia mandado para pedir instruções.

Jessie girou nos calcanhares para encarar St. Valéry e segurou o braço dele.

— São as minhas damas, Charles. Minhas criadas, Marie e Janette. Nós tivemos de nos separar na estrada quando fomos alertadas de que os soldados de Nogaret procuravam três mulheres. Eu as mandei na frente para aguardarem minha chegada aqui e depois me procurarem quando estivéssemos todas a salvo. Eu devo ir até elas. Você me dá licença?

Sir William havia notado o evidente entusiasmo da mulher ao ouvir a notícia e sentiu-se avivado, mesmo a contragosto, pela alegria nos olhos dela e pelo rubor de seus malares salientes, que assinalavam uma preocupação genuína pelas criadas, de forma que ficou surpreso quando St. Valéry meneou a cabeça.

— Não, minha querida, eu não posso liberá-la. — Ele olhou os outros homens à sua volta e moveu a mão num gesto de frustração. — Eu tenho informações urgentes que você deve ouvir agora... informações que mesmo meus delegados aqui presentes ignoram. Muita coisa aconteceu neste dia, e muito mais está para acontecer. Nosso tempo está se esgotando, por isso eu não posso me permitir contar esta história lamentável duas vezes.

Ele olhou para Berenger e Montrichard, vendo a incompreensão nos seus rostos.

— Suas mulheres estão a salvo, Lady Jessica. Elas estão em boas mãos e não irão sofrer por permanecerem onde estão por mais um pouco. Faremos com que se sintam aquecidas e mais confortáveis agora que sabemos quem são, mas não posso permitir que entrem no Comando sem sua presença. Isto é um monastério. Não temos lugar para alojá-las. A simples presença de duas mulheres desacompanhadas poderia causar alguma consternação entre nossos confrades. Eu lhe imploro, mande um recado para que esperem sua chegada.

Jessie o encarou com olhos semicerrados, mas apertou os lábios e fez que sim.

— Essas notícias devem ser de fato graves, irmão, para fazer com que vocês travem os portões e percam as vésperas. Mal posso esperar para ouvi-las. — E ela se dirigiu ao guarda: — Minhas criadas comeram algo esta noite?

O sujeito deu de ombros.

— Eu não sei, minha dama. Elas já estavam lá quando meu turno começou. Podem ter comido mais cedo.

— Alimente-as, então, por favor, e diga que estou feliz por saber de sua chegada. Explique-lhes que estou retida em conferência aqui, mas me juntarei a elas tão logo me for possível. E dê meus agradecimentos ao sargento da guarda por cuidar delas.

Tão logo o guarda se retirou, a baronesa retornou ao seu assento.

— Muito bem, almirante — disse ela, com grande dignidade —, conte-nos essas suas notícias excepcionais.

O almirante se levantou e se voltou para olhar os outros, de costas para a lareira.

— Notícias excepcionais elas são de fato, meus amigos. Graves, momentosas e beirando o inacreditável. Nosso mestre, Jacques de Molay, mandou-nos hoje um alerta e instruções por meio de Sir William, aqui presente. Ele foi avisado, segundo o que me conta, de que este dia que acaba de passar pode muito bem ter sido o nosso último de liberdade na França.

Ele olhou sucessivamente para todas as faces: sua cunhada, a baronesa, Edward de Berenger e Richard de Montrichard.

— Mestre De Molay acredita que o rei deseja se livrar de nós, e também de nossa Ordem. Não há um modo mais simples para me expressar. Uma mensagem chegou a ele no Comando de Paris, vinda de uma fonte em que ele confia de maneira irrestrita, dando conta de que o rei Filipe emitiu um mandado para que todos os templários no reino da França sejam detidos ao raiar do dia de amanhã, tomados sob custódia e aprisionados. Os planos foram postos em curso por William de Nogaret, jurisconsulto-chefe da França, agindo sob instruções pessoais do rei.

— Mas isso é ridículo! — Montrichard se levantou de um só pulo. — Por que o rei faria tal coisa? *Como* ele poderia fazer isso? Seria impossível! Isso não faz sentido!

— Poderia fazer, Sir Richard, vindo de Filipe Capeto.

Todos os cinco homens se voltaram para encarar Jessica Randolph, surpresos pelo fato de que ela falava com tanta firmeza para contradizer um homem em meio a uma reunião com outros homens. No entanto, a dama permaneceu inabalável e levantou a mão, ordenando-lhes que esperassem antes de retrucar.

— Filipe Capeto reina por direito divino, não é? É claro que sim. Todos os homens sabem disso, uma vez que ele não faz segredo de suas convicções sobre o assunto. Ele é rei pela vontade de Deus. E já reina sobre a França durante os últimos, o quê, 22 anos?

Ela deixou que o silêncio se estendesse, sabendo que tinha a atenção dos homens.

— Sim, já faz esse tempo que foi coroado. Vinte e dois anos. E agora ele tem 39, portanto passou mais de metade de sua vida como rei da França. Mas o que sabemos de fato sobre ele, após tanto tempo? — Ela os deixou à espera, depois perguntou novamente: — O que qualquer homem sabe sobre Filipe Capeto? Sabe-se qual é o seu título: Filipe IV. — Jessica olhou ao redor do grupo. — Sabe-se o seu nome extraoficial: Filipe, o Belo. Porém, o que mais se sabe além disso?

"E o que qualquer mulher sabe sobre ele, a propósito? Sua esposa, a rainha Joana, morreu há dois anos, depois de estar casada com ele por 21 anos, e a única coisa que teve a dizer sobre ele em seu leito de morte foi que um dia desejou que ele tivesse se interessado por ela. — Novamente ela deixou que o silêncio se prolongasse, depois acrescentou: — Um dia, meus senhores. *Um dia* ela desejou isso. Mas já não se importava."

Sir William se remexeu, como se estivesse se preparando para falar, mas Jessie fez um gesto para silenciá-lo quase inconscientemente.

— Eu sei que estão pensando que não passo de uma mulher e não tenho direito de falar aqui desta forma, dirigindo-me a vocês sobre assuntos masculinos. Bem, senhores, eu sei do que estou falando. O rei não conhece limites às suas vontades, nunca conheceu e nunca conhecerá. Ele não será contrariado, em nada do que se proponha a fazer. Ele reina, a seus próprios olhos, por direito divino, e se considera subordinado unicamente a Deus. Filipe Capeto, esse monarca desalmado, um rei sem consciência, executou meu marido simplesmente por este não o agradar mais. Filipe, o Belo... — Ela observou os ouvintes ao seu redor mais uma vez, seus olhos se movendo vagarosamente, sabendo que nenhum deles a interromperia naquele momento. — Eu pus meus olhos nele uma só vez, mas ele é belo. Muito mais belo de se olhar do que meu falecido marido. Belo como uma estátua do mais fino mármore.

Então a baronesa se levantou e foi até a frente da lareira, e, enquanto isso, St. Valéry se afastou e se sentou novamente. Ela agradeceu a cortesia com um breve aceno de cabeça, mas estava longe de terminar sua fala.

— Uma estátua, meus senhores. Essa é a extensão da humanidade do rei. Uma estátua reina sobre a França: bela de se olhar, talvez, mas fria como pedra e destituída de qualquer vestígio de vida. Distante em todos os aspectos, completamente inatingível e incognoscível, desprovida de fraquezas ou traços humanos. Esse homem se cercou de frieza e silêncio. Ele nunca sorri, nunca acolhe ou compartilha uma confidência, jamais permite uma aproximação casual à sua presença. Ninguém sabe o que pensa, ou em que acredita, exceto que vê a si próprio como o rei por ordenação divina da dinastia Capeto, como o próprio regente de Deus na Terra, superior ao papa e à Igreja, e a qualquer outro poder humano.

"E, entre os poucos atributos humanos que sabemos que possui, nenhum é admirável, nenhum é louvável. Ele é inconstante, cúpido, ardiloso e ambicioso. Vidas não significam nada para ele. E se cercou de criaturas que farão sua vontade, não importa qual seja.

"William de Nogaret reina sobre todos estes, os asseclas favorecidos pelo rei. Nogaret, que não se detém diante de nada para satisfazer os desejos do rei. Há quatro anos, vocês devem recordar, ele cavalgou com um bando de homens de Paris até Roma, 1.200 quilômetros, para sequestrar um papa em exercício, Bonifácio IV, às vésperas de um pronunciamento anunciando a excomunhão de toda a França. Foi o crime mais espalhafatoso contra o papado que já se cometeu, e ele fez isso com impunidade.

"O papa, como todos sabemos, morreu um mês depois, aos 80 anos, velho demais para sobreviver ao rapto e ao ultraje. E quando seu sucessor, o papa Bento, ousou condenar Nogaret publicamente e, através deste, o rei coroado da França, ele também morreu, com excruciantes dores abdominais, e também um mês depois. Ele foi envenenado, meus senhores. Todos sabemos, mas ninguém fala a respeito porque ninguém ousa se manifestar e não se pode provar nada. Na esteira disso, porém, graças à atuação de seu subordinado, Filipe teve 18 meses para arranjar a eleição de um papa francês de sua confiança, esse Clemente.

"E assim Nogaret provou sua ousadia, seu brilho e sua lealdade a Filipe. E a recompensa foi a designação ao cargo de jurisconsulto-chefe do rei. Um homem de mente brilhante e grandes habilidades; ninguém pode negar isso. Mas um ladrão, um assassino, um blasfemo e um sequestrador de papas... O jurisconsulto-chefe da França."

— Os judeus. — A voz, abafada e estranhamente desprovida de ressonância, pertencia a Berenger, e todos os olhos se voltaram para ele. — Os judeus — repetiu, dessa vez com mais força. — No ano passado, em julho. É verdade, o mesmo que mestre De Molay diz que acontecerá amanhã.

St. Valéry inspirou.

— O que têm os judeus, homem? Do que você está falando?

Berenger encolheu os ombros.

— Complôs não anunciados, senhor. No ano passado, na manhã do dia 21 de julho e sem qualquer tipo de alerta, todos os judeus da França foram detidos e aprisionados, depois expulsos do país em menos de um mês, e suas terras e propriedades foram confiscadas pela Coroa pelo bem do reino. Eu havia me esquecido disso até agora, e poucas pessoas prestaram qualquer atenção na época, pois aqueles presos eram judeus, afinal, e nossos cofres cristãos vazios necessitavam do dinheiro deles. Mas não acha, meu senhor almirante, que poderia haver tantos judeus na França naquele dia quanto há templários hoje?

Ele olhou para Jessica Randolph antes que seus olhos se deslocassem de homem a homem, engajando cada um deles sucessivamente enquanto continuava falando:

— O planejamento e a execução desse golpe contra os judeus, com todo o segredo e a coordenação necessários, foi de responsabilidade única de William de Nogaret. O mesmo William de Nogaret, devo lembrá-los, cujos pais supostamente foram levados à fogueira em Toulouse, como hereges cátaros, sob os olhos atentos dos cavaleiros templários, quando ocupamos lá a posição de vigilantes por algum tempo, sob as ordens dos inquisidores dominicanos.

— Santa Maria, mãe de Deus! — Ninguém sequer olhou para St. Valéry quando ele pronunciou essas palavras.

Berenger fez uma careta.

— Faz perfeito sentido agora, ainda que não parecesse fazer muito na época... Eu acredito agora que a prisão dos judeus no ano passado foi um ensaio para o que está para acontecer amanhã. Não há a mais leve dúvida sobre isso em minha mente. — Ele balançou a cabeça lenta e deliberadamente. — O alerta do grão-mestre é genuíno, e ele não está exagerando quanto ao perigo que enfrentamos. Isso está sendo planejado há um longo tempo, mas já foi feito antes. Creio que amanhã será um dia de muito terror e revolta para a nossa Ordem.

Ele se sentou mais reto.

— Não estou sugerindo que seremos massacrados nas ruas, tampouco aceito que este será ou mesmo que poderia ser nosso fim. Somos uma ordem militar e religiosa, afinal de contas, não um punhado de judeus desarticulados e indefesos, portanto sobreviveremos a esta farsa com mais sucesso do que eles. Além disso, temos os números do nosso lado, não arrasadoramente, mas talvez adequadamente, e temos nossa história de serviços prestados, que é exemplar. Interferência e interrupção dos nossos negócios podem resultar dos feitos de amanhã, mas eu duvido seriamente que possa haver qualquer chance de uma total dissolução de nossa Ordem. Nem mesmo o papa Clemente, por mais fraco que possa ser, toleraria uma farsa tão descarada.

A baronesa tornou a falar, mantendo a frieza de sua voz:

— O papa Clemente tolerará qualquer coisa que lhe disserem para tolerar. Ele é uma criatura de Filipe tanto quanto Nogaret, porém pior, mais fraco e até mais perigoso, pois teme por sua posição. Portanto, vocês não devem esperar qualquer ajuda dele. Antes que Filipe em pessoa o elevasse ao papado, Clemente era simplesmente Bernard de Bot, um ninguém obscuro que de algum modo conseguiu ser nomeado arcebispo de Bordeaux. Filipe o encontrou ali e o promoveu porque era conhecido já na época como um fraco ganancioso, muito sujeito à vaidade e à lisonja, facilmente manipulável. Ele era apegado demais às honras e ao reconhecimento mundanos, notório pela procrastinação. Tão timorato e servil que preferiria rastejar 100 quilômetros sobre a própria barriga a tomar uma decisão firme. Ele não lhes oferecerá assistência nem esperança, acreditem em mim, pois vive no terror de ser destituído por Filipe.

Berenger meneou a cabeça.

— Ainda que acreditássemos implicitamente nisso, minha dama, pouco importaria a longo prazo. E é para o longo prazo que devemos olhar. Pode levar meses ou até mesmo anos para que essa questão passe por qualquer tipo de arbítrio que possamos arranjar. Nesse meio-tempo, talvez nossos cofres sejam duramente atingidos, mas nossa sagrada Ordem sobreviverá. Seria insanidade pensar o contrário. Haverá, ou deve haver, algum tipo de resolução e, eventualmente, alguma forma de reparação, e quando...

— Reparação? Poupe-me da sua arrogante e tola confiança masculina, senhor!

A face de Jessie corou com uma raiva súbita e inflamada, e Berenger recuou em seu assento, tão boquiaberto quanto os outros, nenhum dos quais jamais havia testemunhado tal comportamento vindo de uma mulher.

— Você escutou uma só palavra do que eu disse? Pelo santo nome de Deus, quando a sua gente vai aprender que não estão tratando com homens apegados ao conceito de honra como vocês o são? Autodenominam-se homens de boa vontade e por conseguinte acreditam que todos os outros devem ser exatamente como vocês. Homens de honra e boa vontade! Bah! Esse rei acredita ter sido coroado por *Deus*. Ele se crê ungido por Deus, incapaz de estar errado ou de cometer erros. Ele não *tem* honra, como vocês a entendem, e nenhuma boa vontade ou qualquer necessidade dela. Deus nos proteja a todos da cegueira dos homens de honra!

"O homem está *desesperado*, entendam! Ele está consumido pela necessidade de *dinheiro* e é conduzido por ela. É só nisso que pensa e é só para obtê-lo que se esforça. Ele está atolado em dívidas, e sua tesouraria é um poço sem fundo. Ele irá taxar, tomar, roubar, arrebatar e arrancar fundos das mãos de qualquer um e de todos que suspeite possuírem ou esconderem dinheiro. Sua ganância e suas necessidades são insaciáveis, e ele acredita que Deus entende completamente seus anseios e que lhe deu carta branca para satisfazer essas necessidades mediante quaisquer recursos que lhe ocorram."

— Você está falando como alguém que conhecesse o rei extremamente bem, baronesa, para uma pessoa que o encontrou apenas uma vez. — A voz que se ouviu era de Montrichard e emergiu com uma lentidão condescendente.

Ela se voltou contra ele como uma leoa, os olhos parecendo cuspir fogo.

— Eu disse que o *vi* uma vez, senhor cavaleiro. Eu nunca me encontrei com ele, por isso poupe-me de seu desdém. Meu marido foi durante anos um agente do rei na corte da Inglaterra, trabalhando sem cessar e sem retorno para gerar fundos de quaisquer formas que pudesse para os cofres de Capeto. O resultado não foi suficiente para satisfazer o rei, e por isso ele fez com que meu marido fosse morto. Pode confiar nisso, senhor: eu não falo sem conhecimento.

Montrichard aparentava audácia, mas estava corado, e sua voz soou menos segura quando respondeu:

— Seu marido discutia os assuntos do rei com você, madame?

— Meu marido confiava em mim, *monsieur*. Muito mais do que seu monarca exaltado confiava nele. O rei recebeu relatos de que o barão tinha seus próprios recursos e mandou que Nogaret os capturasse. Ele fracassou, mas Filipe, o Belo, matou meu marido durante essa busca.

Ela deu as costas como se fosse sair da sala, mas então girou o corpo novamente, rodopiando as saias, olhos chispando, cortando o ar com a mão num gesto exasperado, para de novo levantá-la e apontar diretamente para Berenger.

— E ele, se julgar necessário, matará todos vocês para pôr as mãos gananciosas nas riquezas da sua Ordem. Vocês pensam de *verdade* que haverá reparações no futuro? Reparações por quê? Pelo confisco real de suas riquezas com base no direito divino? Você realmente acredita que, uma vez que a sorte estiver lançada, Filipe Capeto devolverá o que tomar, ou se conformará em tomar menos do que a totalidade? Se acredita, senhor, você é um tolo, vice-almirante ou não. Eu só me espanto de que ele não tenha tomado medidas contra vocês antes.

Desde que a mulher havia começado a falar, Sinclair estava em transe, com a boca escancarada e sem se dar conta de que a encarava abertamente. Era uma mulher soberba, de quadris largos e ombros amplos, com a cintura fina e pernas longas e bem-delineadas, seios altos e imponentes, enfatizados pelas roupas que vestia. Ele nunca vira nada como ela. Estava hipnotizado e fascinado pela sua aparência e pelo modo como se movia, de peito erguido, olhos cintilando, faces coradas por um rubor febril, porém muito menos rubras que sua boca larga e macia.

Foi somente quando ela chamou o vice-almirante de tolo que ele recuperou a compostura, fechando a boca de uma só vez e se endireitando na cadeira, ruborizando-se novamente pela consciência de que a estivera observando e pensava nela. Mas as últimas palavras da mulher ainda soavam em seus ouvidos, e, de repente, ele se viu falando:

— Eu não estou — disse ele.

Era a primeira vez que falava desde que havia menosprezado a irmã e sentiu que todos os olhos caíram sobre ele de uma só vez, mas nesse momento estava no comando de si próprio. A baronesa havia se metido numa discussão entre homens e demonstrado sua superioridade sobre todos. Mas ali, entre seus pares, a voz de Sinclair era suprema. Como mulher, Lady Jessica Randolph o perturbava. Como uma baronesa, porém, havia se intrometido em seus domínios e poderia ser sumariamente tratada como qualquer outro subordinado.

— Não está o quê, Sir William? — perguntou St. Valéry.

— Eu não estou surpreso, almirante. A baronesa disse que se espanta com o fato de que o rei não agiu contra nós até agora. Ocorreu-me então que isso não me espanta de modo algum. Foi necessário que ele esperasse até agora para que pudesse providenciar uma reação adequada.

Houve uma longa pausa antes que St. Valéry respondesse:

— Uma reação adequada a quê? Perdoe-me, Sir William, mas o entendimento me escapa.

— Eu sei, e não poderia ser diferente.

Sinclair se recostou em sua cadeira, segurando os braços do móvel e pressionando os ombros de encontro à madeira do encosto, com o rosto contorcido numa careta enquanto debatia consigo mesmo se deveria ou não explicar, mas então percebeu como era ridículo, sob aquelas circunstâncias, preocupar-se com a natureza confidencial do que estava para dizer.

— O rei Filipe fez uma solicitação para se juntar à nossa Ordem, um ano e meio atrás, após a morte de sua esposa, a rainha Joana.

As sobrancelhas de St. Valéry se ergueram.

— Ele fez isso? Eu não sabia de nada.

— Poucos sabiam, Sir Charles. Isso não era de conhecimento comum. Sendo o rei que é, dificilmente tomaria o caminho usual, por isso recorreu diretamente ao Conselho Governante.

— É mesmo? E o que aconteceu?

— Nós consideramos a solicitação, de acordo com nossas leis e costumes, e a questão foi para a votação secreta.

O almirante balançou a cabeça.

— É a prática comum, mesmo no nível do Círculo Interno, eu suponho.

— Sim, mas Filipe recebeu bola preta.

— Bola preta! — repetiu o almirante. — Alguém votou para ele com a bola preta?

Sinclair meneou a cabeça.

— Não, almirante. Onze de nós votaram naquele dia. Houve oito bolas pretas.

— O que isso significa? Essa história de bolas pretas? — A baronesa estava parada diante deles, com o cenho franzido.

St. Valéry ergueu os olhos para ela.

— Nós usamos duas bolas para votar questões importantes dentro da nossa Ordem. Uma é preta e a outra é branca. Cada homem deposita uma das duas, sem que ninguém veja, dentro de um saco que passa de mão em mão em votação secreta. A bola branca significa sim; a preta, não. Na votação geral, uma só bola preta representa o veto, a negação.

Então foi a baronesa quem pareceu desconcertada. Ela olhou surpresa para Sinclair.

— Você é membro do Círculo Interno?

Ele curvou a cabeça.

— Sim, do Conselho Governante.

— E vocês recusaram a admissão do rei às suas fileiras? Vocês rejeitaram Filipe Capeto?

Sinclair concordou novamente.

— Sim, nós o rejeitamos. Oito dos membros do nosso Conselho naquele dia acreditaram, como se havia discutido na nossa audiência preliminar, que o rei buscava se juntar a nós pelas razões erradas: não para servir à nossa irmandade, mas para possibilitar a si próprio uma oportunidade de estimar as riquezas da Ordem e ter acesso a elas.

Ah, seu tolo honesto e iludido. Você não tem ideia do que fez, tem?

— Vocês dispensaram o rei da França e ainda assim não previram este dia? — Ela chocalhou a cabeça, mantendo o rosto inexpressivo. — Bem, vocês estavam corretos, tanto em sua avaliação quanto na honrada atitude, mas o insulto foi fatal. A Ordem do Templo foi destruída nesse dia por oito bolas pretas. Ela cessou de existir no momento em que Filipe Capeto descobriu que vocês o rejeitaram. O intervalo entre aquele dia e agora foi simplesmente o tempo necessário para que a notícia chegasse até vocês.

Sinclair balançou a cabeça sem dizer nada, aceitando a veracidade do que a baronesa dizia, e então ela se dirigiu a St. Valéry:

— Então o que você fará agora, meu senhor?

O almirante sorriu para ela, embora seu rosto estivesse cansado e abatido.

— Que Deus a abençoe, minha querida irmã. Como é típico de você não se preocupar consigo própria com Nogaret se aproximando das nossas portas.

Ele encolheu os ombros e desviou seus olhos dela para os outros homens, antes de continuar:

— Nós faremos muito, já fizemos muito. A frota foi abastecida para ir ao mar nas últimas cinco horas, supostamente se preparando para um exercício amanhã de manhã. Seus fundos estão a salvo, contados e já embarcados na minha galé. Você navegará comigo, e nós cuidaremos para que você e seu ouro sejam desembarcados a salvo na Escócia. Agora vá e encontre suas damas, se lhe apraz. Tam também irá e cuidará para que vocês sejam acomodadas a bordo. Você não achará seus aposentos amplos ou espaçosos, pois nossas galés são construídas para a guerra, pouco se pensando em conforto, mas são fortes e seguras, e mais quentes do que quaisquer dos calabouços de Nogaret. Uma vez a bordo, você deve tentar dormir, embora isso talvez se revele difícil, com todas as idas e vindas desta noite. Nós zarparemos com a maré da manhã, e mais tarde, se o clima, o tempo e as oportunidades permitirem, poderemos transferi-las para uma das embarcações de carga maiores, dependendo do quanto elas estiverem carregadas. Tam, você conduziria Lady Jessica até suas criadas?

TRÊS

— Fiquei surpresa por descobrir que Sir William concorda comigo em alguma coisa.

Jessie Randolph falou em escocês, e Tam Sinclair, caminhando à frente dela, foi tomado de surpresa diante das palavras inesperadas e olhou para trás, por cima do ombro.

— Como assim, minha dama?

— Como assim? Porque ele obviamente não gosta de mim. Ele é assim com todas as mulheres? Mal-educado e rude?

Tam parou de andar e se virou para olhá-la por um momento, e ela também parou, esperando pela resposta dele. Então sua boca se dobrou num sorriso de lado e ele fez um movimento com a cabeça.

— Sim, pode-se dizer isso. Todas as vezes em que eu o ouvi conversar com uma mulher nos últimos vinte anos, ele foi exatamente assim. Soando mal-educado e rude.

— É um desses que odeiam mulheres, então? Eu não tinha imaginado isso antes de falar com ele.

O sorriso de Tam cresceu.

— Não, Lady Jessica, Will não é um desses que odeiam mulheres.

— O que há de errado com ele, então? Você disse que ele é assim com todas as mulheres.

— Ele só está enferrujado, minha dama. Muito enferrujado. O que eu disse foi que ele agiu assim com todas as mulheres com quem eu o ouvi falar nos últimos vinte anos. Mas você é a primeira e a última delas.

— A pri...? Em vinte anos? Isso é impossível.

— É, *você* pode achar isso, mas está longe de ser impossível, senhora. É tanto possível quanto é verdade. A última mulher com quem eu ouvi Will Sinclair conversar foi a mãe dele, Lady Ellen, e isso foi no dia em que ele saiu de casa para sempre, já sonhando em se juntar à Ordem... Isso foi há quase vinte anos. Will evita as mulheres. Sempre evitou. Ele é fanático quanto a isso, e sua vida como um monge templário torna tudo mais fácil. É uma extensão do voto de castidade, não mais do que isso. E ele é muito escrupuloso.

Eles ainda estavam parados no longo corredor do lado de fora da sala comunal, e então Jessie olhou para ambos os lados da passagem vazia, por nenhuma outra razão além de dar algum tempo a si própria para se adaptar àquela inacreditável informação. Tam começou a caminhar novamente, e ela o seguiu.

— Ele é um monge. Isso eu compreendo. Mas não vive no claustro. É um cavaleiro também e caminha pelo mundo.

— É, ele viaja constantemente, ainda mais depois que assumiu esse negócio com o Conselho Governante. Mas você não vê que é assim que ele se mantém casto? Ele nunca para de trabalhar, a não ser para rezar.

— Então ele deve ser um santo... um anacoreta.

— Não, minha dama, ele é um homem. Não é um trovador de língua doce. Isso eu lhe garanto. Se é encanto e cortesia que procura, está olhando para o lugar errado em Will Sinclair. Mas ele é o melhor homem que eu conheço, e eu estou com ele desde o início. Era apenas um rapaz de 16 anos quando deixou a Escócia, e foi diretamente para a Terra Santa. Passou anos lutando lá e foi um dos poucos homens que sobreviveram ao sítio de Acre.

— Ele esteve em Acre? Eu não sabia disso. Você esteve lá, também?

— Sim, eu estive.

— Como você saiu?

— Com William. Eu era seu sargento. Ele não ia a lugar algum sem mim.

— Mas ele escapou, e você com ele. Como isso aconteceu? Todos os outros em Acre morreram, não foi?

Tam Sinclair deu um suspiro profundo.

— É, minha dama, isso é verdade... Não todos, exatamente, mas quase isso.

— Então por que você e ele não? Como conseguiram escapar?

— Ele partiu seguindo ordens, dona. Foi ordenado a sair, com Tibauld Gaudin, comandante do Templo na época, o segundo no comando lá depois do marechal, Pedro de Sevrey. O marechal, você sabe, é o comandante militar supremo da Ordem em tempo de guerra.

— Quem é quem não importa, Tam. Por que William Sinclair foi escolhido para se salvar?

Tam encolheu os ombros largos.

— Porque foi. Ele foi escolhido. É simples assim, dona. Gaudin, o comandante, gostava dele. Will salvou a vida do comandante algumas vezes, em escaramuças com os pagãos. Além disso, Will era muito bom no que fazia: um líder natural e um guerreiro excelente. Quando Gaudin recebeu o comando de retirar o Tesouro da Ordem sob sua responsabilidade e levá-lo com segurança numa das galés de guerra do Templo, de Acre até Sidom, quis à sua volta homens em quem pudesse confiar. Will era o mais importante deles.

— E vocês levaram o Tesouro até Sidom?

— Sim, na Ásia Menor.

— E depois? Para onde foram?

Tam deu de ombros novamente.

— Nós voltamos para a Cristandade, e Will começou a se deslocar de uma guarnição a outra, sempre recebendo um posto mais alto, e cada vez mais responsabilidade. Primeiro na Escócia, depois na França, na Espanha, na Itália, em Chipre, novamente na Espanha, e de volta à França. E então, há alguns anos, ele começou a estudar para sua ascensão ao Conselho dos Governantes. Se honra e lealdade, probidade e bravura significam algo para você, então nunca vai encontrar um reservatório maior de tudo isso do que nesse homem.

Ela parou novamente e se virou para encarar Tam.

— Você me ouviu expressar minhas opiniões sobre honra e bravura para os outros. Trata-se de virtudes masculinas e, portanto, aos olhos de uma mulher, são inúteis e banais. Encontre-me uma mulher que queira se casar com um herói morto e eu lhe mostrarei uma mulher infeliz no casamento. Homens mortos não proporcionam conforto ou amor num inverno severo ou em qualquer outra estação. — Ela fez uma pausa. — Veja bem, eu acho que há homens vivos que oferecem pouco mais do que isso e me parece que esse seu Will Sinclair é um deles... Só posso rezar para que suas maneiras melhorem quando estivermos a bordo do navio. É uma longa travessia até a Escócia, e eu não gostaria de passar esse tempo todo na companhia de um grande javali.

O tom da voz dela havia mudado, perdendo a rapidez e a intimidade insistente, e Tam respondeu à diferença tornando-se mais formal:

— Vocês viajarão em navios diferentes, minha dama. Você ficará com o almirante, e, a não ser que meu palpite esteja errado, o lugar de Will será com o vice-almirante, mestre Berenger.

Jessica Randolph fez que sim

— É, isso faz sentido. As galés são navios de guerra, como Charles disse, não adequados para proporcionar conforto ou para passageiros casuais. Provavelmente tem razão, estaremos a bordo de embarcações diferentes, vocês e eu. Agora me leve às minhas damas, Tam, por gentileza. Elas estão esperando por tempo demais.

— Estamos quase lá, minha dama. Siga-me.

QUATRO

Depois que Jessie Randolph e Tam deixaram a sala, William Sinclair se sentou imóvel por alguns momentos, observando a porta fechada, e se voltou para Edward de Berenger:

— Perdoe-me, almirante — disse ele. — Eu tive de enganá-lo mais cedo, quando falei sobre os exercícios navais de amanhã, mas não tive escolha naquele momento. Sir Charles ainda não havia lido as instruções do grão-mestre.

Berenger fez um gesto de cabeça bastante afável e se dirigiu a St. Valéry:

— E quanto aos outros integrantes da frota, almirante? Há esperança para eles?

— Sim, um pouco. Mestre De Molay despachou ordens para os nossos Comandos em Brest e Le Havre, determinando que eles tomassem todas as galés disponíveis e zarpassem na noite passada, no mesmo exercício que vocês pensaram a que iriam aderir. O comandante da frota em Marselha recebeu ordens semelhantes uma semana atrás, para partir com suas galés imediatamente e seguir caminho pelo estreito de Gibraltar e depois para o norte até o cabo Finisterra, no norte da Espanha. Todos nos juntaremos amanhã e navegaremos até o nosso destino.

— Quantas embarcações reunidas, almirante?

St. Valéry meneou a cabeça.

— Não temos como saber, Edward. Isso depende inteiramente de quem estava no porto quando a ordem chegou. Poderia haver uma vintena de barcos em cada um deles, ou absolutamente nenhum. Mas somente a nossa frota irá transportar navios interligados. Os outros, quaisquer que venham a ser, serão todos galés. Mas nós temos mais uma missão para cumprir antes de navegarmos até Finisterra, e eu explicarei isso amanhã. Agora vá cuidar dos seus preparativos. Nós já concluímos aqui.

— E quanto aos meus homens, senhor? — Montrichard, que era agora o preceptor de La Rochelle e estivera parado ouvindo em silêncio ao lado de Sinclair, falou enquanto Berenger se retirava.

O almirante olhou para Sinclair.

— As ordens do mestre foram específicas. Vocês devem permanecer no Comando e se render quando isso for exigido, sem oferecer qualquer resistência, mesmo sobre a mais horrenda provocação. Vocês não devem resistir à prisão. As consequências poderiam ser incomensuráveis.

Montrichard balançou a cabeça, mantendo a face inescrutável.

— Eu devo instruir meus homens, senhor.

— Faça isso, mas espere apenas um momento. Sir William, eu necessito do seu conselho. Quando o mestre De Molay escreveu suas instruções, ele foi muito específico.

— Sim. — A inflexão ascendente da resposta de Sinclair converteu o assentimento numa pergunta.

— Mas ele ainda não tinha certeza sobre a veracidade daquilo para que estava se preparando, não é mesmo?

— É.

— Se ele estivesse aqui conosco esta noite, participando de nossa discussão, você acha que ele estaria convencido de que o alerta é verdadeiro?

— Não tenho dúvidas quanto a isso. Por que você pergunta?

— Porque estou preocupado que nossa guarnição sinta necessidade de resistência. Quantos homens você tem para pegar em armas, Sir Richard?

— Cento e quatro, almirante, incluindo a equipe médica.

— Pouco mais de uma centena... Parece-me, Sir William, que poderia haver grande tentação de resistir, em meio a tantos homens.

— Poderia, caso os homens não fossem templários. O que está me dizendo realmente, almirante?

— Ora, que poderíamos eliminar a tentação e assim garantir a obediência à vontade do mestre. Cento e quatro homens ausentes não poderiam oferecer qualquer resistência...

Sinclair expirou por entre seus lábios apertados.

— Você tem lugar para eles?

— Eu arranjarei.

Sinclair fez que sim.

— Que assim seja. Providencie isso. Deixaremos para Nogaret uma casca vazia.

— Obrigado, meu amigo. — St. Valéry sorria. — Sir Richard, retire todos os guardas e tranque e trave os portões, depois faça com que seus comandados se aprontem com todo o equipamento que puderem carregar nas costas, porém não mais do que isso. Comece a embarcá-los imediatamente.

O preceptor fez uma saudação resoluta e marchou para fora com os passos mais leves e uma disposição de ombros renovada.

— E agora, Will, meu amigo — disse o almirante —, resta-me apenas proteger este meu tesouro inestimável, que quase esqueci. Mas aquela grande garrafa escura é muito pesada, e eu sinto que estou ficando mais fraco. Você me ajudaria a deixá-la mais leve antes de sairmos?

Pouco tempo depois, agora inteiramente fortificados com uma terceira dose do extraordinário licor dos monges beneditinos, os dois homens emergiram juntos do edifício e caminharam até o cais, onde tudo estava banhado pelas luzes trêmulas de centenas de tochas de piche, mais do que Will conseguia se lembrar de já ter visto num só lugar. As labaredas, semelhantes a faróis pela intensidade, estavam acesas em cestos sobre altos postes de madeira firmemente plantados no chão, e dispostos em travessas e aleias, delimitando com clareza os trajetos entre os depósitos e as reservas de suprimentos e as pranchas das galés enfileiradas nos embarcadouros. Will deu um leve assobio de surpresa.

— De onde vieram todas essas tochas?

O almirante olhou de soslaio para ele, depois novamente para o cais.

— Dos depósitos. Às vezes, nós não podemos escolher quando carregar ou descarregar uma embarcação, por isso mantemos as tochas sempre prontas para o trabalho noturno. Há uma boa fonte de piche não muito longe daqui, um poço aberto junto a Touchemarin, a vila mais próxima seguindo pela estrada ao sul. Nós trazemos à carroça, em barris, e armazenamos numa cuba gigantesca que está aqui há mais tempo do que eu, de forma que nunca ficamos sem combustível.

— Estou impressionado. Nunca vi nada como isso.

Ele deu as costas para as atividades que transcorriam à linha-d'água e olhou da esquerda para a direita, contemplando os edifícios que se estendiam de ambos os lados, além do Comando em si, formando fileiras escuras até onde sua vista alcançava. As únicas luzes visíveis entre os imponentes perfis eram as do Comando, o que naquela hora da noite não era surpreendente.

— Quem são os proprietários dos edifícios de cada lado do Comando?

— Somos nós. São todos estabelecimentos do Templo, toda a extensão do molhe deste lado do porto. São administrados por leigos e confrarias associadas: mercadores, comerciantes, negociantes de velas e similares. São associados ao Templo, mas dificilmente podem ser identificados com o que você e eu temos em mente sobre templários.

Sinclair assentiu com um ar entendido. Na sua mente, assim como nas mentes de toda a irmandade militar, a palavra *templários* se aplicava apenas a eles próprios: os monges combatentes da Ordem. Todos os outros assim chamados templários, e havia milhares deles por toda a Cristandade, eram supranumerários, funcionários leigos de todos os tipos, engajados de diversas origens como irmãos associados, cujo objetivo primeiro era a administração diária e a manutenção do império comercial em expansão das atividades não militares da Ordem. Da mesma maneira que a maioria dos membros de sua fraternidade, Sir William os via com ambivalência, beirando, ocasionalmente, a abominação. Podia reconhecer, embora de má vontade, que eram necessários, às vezes até mesmo essenciais, mas abrigava um profundo ressentimento por suas reivindicações de serem considerados templários genuínos, acreditando que o fato de eles com muita frequência abusarem da denominação, sem mencionar os privilégios associados a ela, era a causa central da queda de popularidade da Ordem e da sua estima aos olhos do mundo. Um mercador ou um banqueiro ganancioso e inescrupuloso seria sempre tratados com desdém, mas, quando tal malignidade era exercida em nome da Ordem, então o próprio Templo inevitavelmente sofria, e a arrogância e a má-fé da canalha eram percebidas, *ipso facto*, como tendo a complacência do Templo.

Era um enigma que Sinclair e outros como ele debatiam fazia décadas e declararam insolúvel, e naquele momento ele o rejeitava novamente, sabendo que não havia nada que pudesse fazer.

— Eu me pergunto o que acontecerá com eles amanhã.

Ele não esperava uma resposta e se virou para olhar novamente para a atividade que os circundava. Todo o cais fervilhava com o movimento disciplinado e bem-ordenado; todos os homens agindo com determinação e quase em silêncio, concentrados em suas tarefas. Filas de homens formavam longas cadeias, passando sacos de grãos, forragem e outras provisões de ombro a ombro para serem empilhados na beira do embarcadouro, onde grupos de estiva os transferiam para dentro de redes a fim de serem içados a bordo do navio. Outros grupos seguiam em fila indiana, carregando bens demasiadamente desajeitados, frágeis, pesados ou preciosos para serem passados com facilidade de mão em mão. Outros ainda manipulavam as gruas que se perfilavam no cais, transferindo a carga das docas para a tripulação de trabalhadores a bordo dos navios, os quais removiam os bens das redes de carga e os passavam aos porões para serem estocados. E entre todos eles se moviam carroças tracionadas por cavalos, carregando itens simplesmente grandes demais para serem estivados por outros meios. Enquanto assistia ao constante ir e vir, Sinclair permaneceu alheio ao fato de que St. Valéry o observava, e quando o almirante viu a sugestão de um sorriso repuxar a boca do cavaleiro mais jovem, falou:

— Está sorrindo, Sir William... Acha esta visão agradável?

— O quê? Agradável? Deus, não, pelo menos não no sentido a que você parece estar se referindo, senhor. Eu não vejo divertimento nisso tudo de modo algum. — O leve sorriso continuou no rosto. — Mas é sempre agradável assistir a homens disciplinados tendo um bom desempenho... Meu sorriso brotou da gratidão pelo fato de nossos trabalhadores serem verdadeiros templários e não confrades do Templo. Caso não fossem, eu estremeceria ao pensar no caos que ocorreria aqui esta noite. Pensei em caminhar entre eles agora para lhes contar que seu trabalho está sendo apreciado. Você se juntará a mim?

Sentindo a elevação da quilha sob seus pés enquanto a galé se afastava do molhe sob a ação dos remos rumo à sua ancoragem, William Sinclair depositou sua espada longa num canto onde ela não cairia, depois retirou o manto de cima dos ombros e o pendurou numa cavilha antes de se deixar cair com o rosto para baixo no catre estreito, que seria seu único lugar de descanso durante as próximas semanas ou meses. A última coisa que recordou foi uma imagem dos olhos de Jessica Randolph chispando de raiva, e as palavras: *A Ordem do Templo foi destruída por oito bolas pretas.*

UMA QUESTÃO DE FÉ

— Por que ainda estamos esperando aqui? Nós sabemos que eles virão.

Will Sinclair olhou de lado para o falante, o vice-almirante Sir Edward de Berenger, que se segurava ao parapeito do estreito deque de popa da galé, com os nós dos dedos esbranquiçados devido à pressão feita enquanto ele fixava os olhos bem abertos na tênue neblina que encobria o cais próximo.

— Saber uma coisa e testemunhar a verdade que reside nela são duas coisas diferentes, Edward — respondeu ele. — Se não virmos isso com nossos próprios olhos antes de navegarmos para longe, jamais poderemos ter certeza de que aconteceu conforme esperávamos.

Ele virou o rosto para ver a galé do almirante St. Valéry navegando ao lado da deles. Era uma versão maior daquela em que se encontravam. Na verdade, a maior da frota: seus remos, com uma força de 42 homens distribuídos em dez bancos duplos de cada lado, estavam como os deles, desarmados, as longas pás repousando nas águas que ondeavam de encontro ao casco. Não conseguia ver St. Valéry, pois o comandante naval estava cercado por um aglomerado de pessoas no alto deque de popa, mas pôde ver que todos miravam fixamente o forte, assim como Berenger.

— E por isso esperamos — acrescentou. — Eu não gosto disso mais do que... — Will se endireitou. — Lá estão eles.

Sinclair sabia que cada olho à espreita a bordo dos dois navios havia visto o mesmo. Figuras humanas se movendo em meio à neblina da margem, homens correndo, espalhando-se por toda parte, e então pôde ouvir os gritos, ecoando estranhamente no vazio. As silhuetas correndo ficaram mais próximas, tornando-se mais facilmente discerníveis no nevoeiro movediço que se dissipava, até que atingiram a beira do cais, onde estacaram, perfilando-se na margem, suas vozes soando mais alto.

— Acho que eles estão decepcionados — murmurou Will, observando a multidão crescente.

Atrás das duas galés que abrigavam o almirante e o vice-almirante, o porto normalmente movimentado de La Rochelle se encontrava vazio, exceto por um agrupamento de 12 embarcações que estavam bem juntas perto do quebra-mar sul, atadas umas às outras por cordas robustas. Todos os outros navios que estiveram ancorados ali na noite anterior haviam se retirado para além da entrada do porto, onde agora esperavam em águas profundas para ver o que a manhã traria, e ela trouxera William de Nogaret, conforme o esperado. Então Sinclair virou a cabeça a tempo de ver o pavilhão naval, a bandeira com a caveira branca com ossos cruzados sobre um campo preto, subir tremulando até o topo do mastro do almirante conforme o sinal previamente combinado. Até mesmo a soldadesca aglomerada no cais ficou em silêncio assistindo à lenta ascensão da bandeira, perguntando-se o que ela significava, mas, enquanto o silêncio se prolongava e crescia, nada parecia acontecer. A galé do almirante permanecia imóvel.

Um grito de excitação rompeu o silêncio quando alguém na praia viu aquilo que Will Sinclair já havia se virado para observar, e o clamor se espalhou enquanto a ala mais à direita da multidão enfileirada no molhe descrevia um círculo e começava a correr para o quebra-mar sul, mas era tarde demais. O incêndio no grupo de navios ancorados, embebidos com óleo e cuidadosamente preparados, explodia com fúria, espalhando-se com uma rapidez que inspirava assombro, e, nos lados das embarcações condenadas, homens desciam para os botes que esperavam embaixo.

— Peguem-nos — ordenou Will com a voz calma, e Berenger começou a dar ordens para pôr as galés a caminho e interceptar os botes que se aproximavam.

No quebra-mar, os corredores mais adiantados já haviam se detido, com os braços erguidos para proteger os rostos do calor explosivo das embarcações em chamas. Aqueles 12 navios, todos cargueiros, haviam sido os mais velhos e com menos condições de navegação de toda a frota, e, em vez de deixá-los para trás intactos, St. Valéry havia decidido queimá-los onde estavam, negando-os ao rei Filipe e seus asseclas num visível ato de desafio. Quando o deque se moveu sob seus pés em resposta ao primeiro impulso da carreira de remadores da direita, Sinclair viu uma movimentação diferente na margem, no ponto mais próximo dele, e então comprimiu o olhar sobre a figura de um homem que se destacava de todos os outros que o cercavam, com a armadura polida e a capa de um vermelho vivo o distinguindo claramente como alguém importante.

— Aquele é Nogaret? Ele próprio viria até aqui? — Sinclair respondeu a própria pergunta, ciente de que Berenger não havia escutado: — Sim, ele viria, o cão sarnento. Ele iria querer tomar La Rochelle pessoalmente. Agora eu me arrependo de ter ancorado além do alcance de um tiro de besta. Eu poderia acertá-lo daqui.

Um choque contra o casco anunciou a chegada dos botes que traziam os incendiários, e tão logo estavam todos a bordo, Berenger deu a ordem para virar as galés e zarpar. Enquanto a proa da galé dava meia-volta, Sinclair andava no sentido oposto, descrevendo um lento círculo até estar olhando por sobre a popa, sem que seus olhos jamais deixassem a silhueta distante que sabia ser de Nogaret. Entre ambos, uma chuva de projéteis de besta caía inofensivamente nas águas do porto, e ele teve o prazer de ver o ministro do rei empurrar alguém parado ao lado e depois girar o corpo e sumir na multidão, dirigindo-se claramente ao Comando vazio.

Will deu as costas àquela cena, tomado por um turbilhão de raiva e lutando para apagar da mente e do coração o que estava consumado. Ele não tinha tempo para imprecações inúteis, pois precisava agora pensar no futuro, no que deveria acontecer em seguida e nos tempos que estavam por vir. À sua frente, emoldurada pela entrada do porto, a imponente galé do almirante singrava o último trecho de águas calmas, a varredura de seus remos atirando diamantes líquidos contra os raios do sol que agora nascia à popa, acima dos muros e torres de La Rochelle, enquanto a embarcação ágil e veloz levava sua dupla carga de tesouros e fugitivos para longe da ameaça imposta pelo rei da França. E na popa, olhando para a terra, pôde ver a silhueta coberta por capa e capuz da mulher, a baronesa St. Valéry.

DOIS

Seis horas mais tarde, estavam novamente ancorados, dessa vez dentro do pequeno porto de um vilarejo pesqueiro sem nome, quatro léguas ao sul do seu ponto de partida ao longo da costa. A vila não tinha nome e abrigava poucos habitantes, mas era provida de um resistente e sólido cais de pedra, num terreno amplo e plano no sopé dos rochedos que se erguiam acima dela, capaz de acomodar uma hoste ainda maior do que o pequeno exército que havia invadido a aldeia com as primeiras luzes daquela manhã.

Will Sinclair estava parado com os braços cruzados sobre o peito enquanto apoiava as costas no baixo parapeito de popa da galé, observando a atividade que se desenvolvia por toda a sua volta e aprendendo muito sobre o modo como os afazeres navais diferiam das ações militares. Ambos envolviam logística no uso, alimentação e transporte de homens armados, mas Will sabia que jamais poderia sequer começar a alcançar a uniformidade e a facilidade de transferência entre terra e mar que testemunhava ali. *Tampouco meu irmão*, pensava ele. Havia avistado Kenneth no cais, mais cedo, mas logo o perdera novamente de vista e não estava surpreso, sabendo que o irmão, três anos mais jovem, era esperto o bastante para se manter afastado sem interferir, e deixar que os marinheiros fizessem o que faziam melhor.

St. Valéry e Berenger haviam planejado alguns dos detalhes das atividades daquela tarde na noite anterior, antes de deixarem La Rochelle, mas os esforços haviam sido limitados pelo fato de nenhum deles conhecer a vila que iriam visitar, e ambos sabiam estar restritos pelo tamanho e pelas limitações de um desembarcadouro nada familiar. Sinclair poderia lhes ter dito, pois foi ele quem escolheu o local, recordando-se de uma visita feita anos antes, mas tivera seus próprios deveres naquela noite, e eles não cogitaram perturbá-lo. Ao que se revelou, o cais era muito pequeno, acomodando apenas duas embarcações por vez, mas o ancoradouro era seguro e o molhe tinha gruas e polias para içar barcos de pesca para dentro e para fora d'água. Naquele momento, Berenger estava em terra, coordenando as atividades a partir dali.

Will observava dois cavalos sendo baixados, suspensos por eslingas, para dentro do poço de um dos navios de carga. Estava ficando cada vez mais impressionado, tanto pelas habilidades manuais das tripulações de carga e descarga quanto pela agilidade com que os navios se revezavam ao longo do cais: uma dupla de barcos já estava esperando para alar em sua posição tão logo a dupla recém-carregada saía. Esses navios, os vasos mercantes da Ordem, eram muito diferentes, tanto em aparência quanto em função, das galés do almirante. Construídos visando a máxima capacidade de armazenamento e as mais sólidas condições de navegação, tinham dois mastros em sua maioria, embora três deles fossem dotados de mastros triplos. Tinham largura uniforme no calado e no bojo e navegavam perto da linha-d'água quando carregados, de modo que pareciam volumosos e desajeitados quando comparados aos vasos de guerra que os acompanhavam e protegiam. Observando-os enquanto eram carregados, porém, Sinclair reconhecia que possuíam uma beleza própria, e se surpreendeu admirando a habilidade com que seus tripulantes sazonais, todos associados do Templo, manobravam-nos para dentro e para fora do pequeno cais.

Os tripulantes das galés do Templo eram igualmente habilidosos, ele sabia, mas de modo diferente e com uma disciplina muito maior. Os navios de transporte eram operados por marinheiros profissionais, empregados pelo Templo ou pertencentes a ele; as galés eram manobradas por combatentes marítimos, sargentos da Ordem cujas propensões naturais os levavam aos deveres em alto-mar em vez daqueles baseados em terra. Todos estes viviam, navegavam e combatiam sob a disciplina militar e monástica, e suas vidas eram governadas por uma versão marítima da Regra da Ordem, de forma que rezavam e desempenhavam tarefas monacais diariamente, embora a tripulação noturna fosse autorizada a dormir após seus labores, poupando forças para a noite. Seu dever primordial, acima e além de tudo, era proteger a enorme frota mercante da Ordem.

Sinclair olhou para o poço da galé em que se encontrava, vasculhando com os olhos as fileiras de remadores nos bancos, o mais próximo deles a uns bons quatro metros abaixo do deque de popa. Essa embarcação era notavelmente menor que a do almirante, com 18 remos de cada lado, enquanto a de St. Valéry tinha 20, mas as remadas eram iguais em todas as galés: longas, pesadas, ainda que graciosas e capazes de impelir as naves sobre a água em velocidades espantosas, mesmo sem as enormes velas quadradas.

Ele ouviu alguém chamar seu nome e olhou por sobre o parapeito para onde um bote longo e estreito impulsionado por oito remadores tomava posição diretamente abaixo de si. De seu assento na popa, o almirante St. Valéry olhava para cima, e, quando cruzou olhares com Sinclair, apontou para a vila e gritou:

— Encontre-me em terra. Estou indo conversar com Berenger.

Mais uma vez, Will se deu conta da diferença entre se mover sobre a água em oposição a fazer isso em terra. A galé pertencente a Berenger estava ancorada a menos de 15 metros da extremidade mais à terra do molhe, talvez 200 passos em chão firme, uma distância que Will teria percorrido em questão de minutos, mesmo que antes tivesse de encilhar seu cavalo. Nesta ocasião, porém, teve de chamar um bote e um grupo de remadores, e depois se transferir da galé para o escaler, com a extrema cautela de um homem de terra firme inseguro com o comportamento da água e dos navios que se agitavam à sua volta, e ser conduzido até o fim do molhe. Quando finalmente conseguiu se encontrar com St. Valéry, três quartos de hora haviam se passado.

Quando Will subiu do bote para cima do quebra-mar, seu irmão Kenneth estava esperando para cumprimentá-lo e atirou os braços em volta dele, apertando-o num grande abraço de urso. Quando Will conseguiu se desvencilhar, sorrindo, passou as pontas dos dedos pela armadura de cota de malha de Kenneth.

— Bom encontrá-lo, irmão. Vou presumir, pela ausência de lágrimas e soluços, que tudo ocorreu como deveria. Os bens estão em segurança?

— Sãos e salvos, Will. Estão *todos* aqui.

— Você faz parecer como se houvesse mais do que aquilo que apostava.

— E havia! Encheu cinco carroções de quatro rodas e uma charrete. Havia muito mais do que pensávamos, mas não demais para transportar. Havia os quatro baús principais, é claro, dos grandes, e nós os carregamos em duas carroças, como planejado, mas também uma bela coleção de ouro e prata que eu não esperava, distribuída em várias caixas, com barras e moedas de ambos os metais, e sete baús inteiros de pedrarias: dois pequenos, porém, os outros cinco tão grandes quanto os baús do tesouro principal. Estavam fechados com fitas na maior parte, por isso alguns deles foram fáceis de abrir e eu dei uma olhada dentro, só para ver o que carregávamos. Encontravam-se abarrotados de cálices cravejados, crucifixos e hostiários, coisas desse tipo. É claro que o mestre não queria que tudo isso caísse nas mãos de Nogaret. Tivemos de virar o território de ponta-cabeça para encontrar mais carroças para carregar tudo.

— Você... você não fez muita baderna para arranjá-las, eu espero?

— Está me tomando por um tolo, irmão? Eu mandei homens em duplas para todas as direções, levando moedas de prata para que encontrassem qualquer coisa que pudessem comprar dentro de um dia e ordenei que não comprassem mais do que uma carroça e uma parelha de cavalos em cada lugar... E, antes que você pense em perguntar, nenhum deles vestia nada que pudesse identificá-los a olhos estranhos como templários.

— Hmm. — Sinclair absorveu a informação por um momento, depois balançou a cabeça em concordância. — Excelente. Você agiu bem, Kenneth. Nós embarcaremos tudo rapidamente e cuidaremos para que todas as coisas fiquem acondicionadas em segurança. Agora, prometa-me que vai tirar essa armadura antes de tentar entrar a bordo de um navio, irmão, e faça com que seus homens ajam da mesma forma. Observe que esta adaga é a coisa mais pesada que eu estou usando. Eu quase acabei afundando várias vezes, simplesmente ao entrar e sair dos botes. Se você cair vestindo qualquer um desses equipamentos, vai afundar como uma pedra. Onde estão seus homens, por falar nisso?

Kenneth apontou um polegar para trás por cima do ombro, e Will subiu num afloramento de pedra e olhou do alto para a atividade ao redor, vendo uma centena de cavaleiros e sargentos a pé, em fileiras ordenadas na base do alto rochedo. Os sargentos formavam uma sólida e disciplinada carreira de perfis castanhos e pretos, e os quarenta cavaleiros, a maioria vestindo sobrecotas de tecido branco com cruzes vermelhas por cima das cotas de malha, estavam agrupados à esquerda deles. Um olhar bastou para ver que os homens esperavam com paciência, e ele saltou para baixo novamente.

— Eles parecem bem. Os cavalos estão sendo embarcados. Farei com que Berenger, o vice-almirante, mande-lhe instruções sobre onde e quando seus homens deverão subir a bordo... Aliás, ali vem ele, o homem em pessoa.

Sir Edward de Berenger havia se aproximado imperceptivelmente, e Sinclair o apresentou a Kenneth, depois perguntou para onde o almirante havia ido. Berenger sorriu e apontou para uma grande tenda solitária, a uns 100 metros de onde estavam, e quando William olhou para ela, notou um aglomerado de pessoas que identificou pelas roupas como aldeões, reunidos num canto bem à parte das atividades da praia. Indicou-os com um movimento de cabeça.

— E quanto ao povo da vila, ali? Teve problemas com eles?

— Imagine! — Kenneth sacudiu a cabeça. — Eles ficaram aterrorizados quando descemos os penhascos em sua direção, mas uma vez que viram que não pretendíamos lhes fazer mal algum e só estávamos interessados em seu porto, jogaram as mãos para o alto e nos deixaram por nossa própria conta. O cabeça deles é um sujeito chamado Pierre. Ele os acalmou. Eu pedi que os mantivesse bem longe do nosso caminho e lhe dei uma bolsa com moedas para compensar pelo incômodo. Fiz isso em público também para que ele não possa guardar tudo para si. Ninguém disse uma palavra desde então. Ah, eu falei também que, se alguém aparecer fazendo perguntas, eles não devem ocultar nada, devem contar tudo o que viram. Para nós não vai mais fazer diferença mesmo.

— Hmm. — O irmão de Kenneth torceu a boca com amargura. — Se alguém vier à nossa procura aqui, não importará o que essa gente diga. Suas vidas serão tiradas. Tenho certeza de que eles sabem disso também. — Então ele se virou para Berenger. — Bem, Sir Edward, devemos procurar o almirante, pois ele nos chamou até aqui pessoalmente. Kenneth, você deve retornar aos seus homens.

Kenneth fez um cumprimento de cabeça para ambos e se afastou, enquanto Berenger erguia um dedo para Sinclair.

— Ainda não posso me juntar a vocês. Tenho outra questão de alguma urgência, um problema com uma das gruas, e ela não irá esperar. Apresente minhas desculpas a Sir Charles, se lhe apraz, pois eu os procurarei assim que puder.

Enquanto se dirigia à tenda do almirante, Sinclair ficou mortificado ao ver que a baronesa St. Valéry já estava lá, sentada sobre os pedregulhos da praia ao lado do cunhado. O coração do cavaleiro pareceu afundar na boca do estômago. Viu-se perguntando a si mesmo se ela pretenderia participar de cada discussão que viesse a ocorrer, e o pensamento provocou nervosismo imediato. Percebeu que St. Valéry notou sua chegada e logo em seguida olhou para o outro lado, distraído por alguém que o abordava com alguma informação.

St. Valéry se levantou e disse algo à baronesa, fazendo um gesto rápido de mão para saudar Sinclair, que ainda se aproximava, e então seguiu o mensageiro, desaparecendo rapidamente no meio do aglomerado de corpos atrás dele. Menos de 500 passos separavam agora Sinclair de onde a baronesa estava sentada, assistindo às atividades de embarque no pequeno porto. Enquanto ele se esforçava para caminhar rápido sobre a massa movediça dos pedregulhos da praia, que pareciam se agarrar às solas de suas botas, baixou os olhos para os pés, evitando assim olhar para a mulher.

Apesar da exaustão, ou talvez por causa dela, não havia conseguido dormir a bordo do navio na noite anterior e passara um longo tempo pensando na dama. Finalmente aceitara o fato de ser incapaz de não pensar nela. Lady Jessica Randolph o perturbava profundamente, e, deitado no balanço do catre nas horas que antecederam o amanhecer, havia entendido que, para ele, aquela mulher era a corporificação de algo completamente além de sua experiência, a essência de tudo a que voluntariamente havia renunciado ao se juntar à Irmandade do Templo e assumir os votos solenes do monacato. Na condição de monge, soldado e cruzado, sua vida tivera preocupações puramente masculinas: combates, treinos e campanhas em tempos de guerra; deveres de guarnição militar, disciplina inflexível e a incessante rotina de orações da Regra Templária em tempos de paz. Mesmo em anos recentes, enquanto passava por intensivo treinamento para o seu futuro papel de membro do Conselho Governante da Ordem, manteve-se alheio aos assuntos do mundo fora da irmandade, dedicando seu tempo à incumbência incrivelmente complexa de aprender os segredos esotéricos compartilhados unicamente pela elite privilegiada dos mais altos iniciados do Templo, o conhecimento a que se referiam — embora com pouca frequência e nunca publicamente — como os Elevados Mistérios da Antiga Ordem do Sião. Essa tarefa o havia consumido, e, à medida que crescia a compreensão da sua grandiosidade, ela às vezes chegava a assustá-lo, forçando-o a rever toda a gama de conhecimentos e crenças que adquirira ao longo de uma vida de total ignorância da existência dos Mistérios.

E então essa mulher havia chegado para distraí-lo com o som de sua voz, a visão de seu corpo, o aroma de sua presença e a consciência de sua feminilidade.

Quando não mais de 20 passos os separavam, ela o viu aproximar-se, e sua face clareou, perdendo o ligeiro ar de preocupação que exibia e assumindo uma expressão de... o quê? Desinteresse? Não, Sinclair se corrigiu. Simples vazio era o que havia ali. Como se ele estivesse abaixo do interesse dela. Bem, pensou ele, isso não valeria a ela o seu desagrado. Se ela queria se comportar como achava que um homem se comportava, que assim fosse; seria tratada como um homem... um homem de menor importância, é claro. Um subalterno. Sinclair sentiu que rilhava os dentes e fez um esforço consciente para relaxar.

Ela ergueu os olhos para Sinclair, quando ele chegou ao seu lado e curvou rigidamente a cabeça, num cumprimento tácito e indiferente.

— Bom dia, Sir William. — A voz dela, ainda que não fosse acolhedora, não transmitia nenhum sinal de desprazer. — Sir Charles se juntará a nós num instante. Por favor, sente-se.

Talvez tenha sido o "nós" que o irritou, a presunção daquela mulher de que iria compartilhar de tudo o que ele pudesse ter a dizer a St. Valéry ou vice-versa, ou talvez tenha sido o ar pretensioso de impenetrável autoconfiança com que ela o convidou a se sentar, esperando claramente que ele obedecesse. Qualquer que fosse o motivo, sentiu que a ira se manifestava dentro dele, o ultraje e a humilhação competindo em partes iguais para anulá-lo — pois Sinclair sabia sem sombra de dúvida que erraria não importando o que dissesse ou fizesse. Por isso, ficou ali calado por longos momentos, incapaz de se mover ou de falar. Felizmente para ele, a mulher interpretou equivocadamente sua inação e o fitou com uma tonalidade mais cálida no seu olhar.

— Por favor, sente-se, se lhe apraz. Charles viu você chegando, mas foi chamado antes de poder cumprimentá-lo. Algo a ver com o embarque do gado. Eu devo admitir que estou surpresa com o número de integrantes da sua companhia que está aqui. Havia esperado uns vinte homens e cavalos, mas deve haver mais de uma centena de cada. Por favor, sente-se aqui. Minhas damas de companhia saíram à procura de lenha para espantar o frio do ar da tarde, mas devem voltar logo, então ficaremos aquecidos.

Surpreso pela franqueza fácil e aparente ausência de malícia, Sinclair se viu em movimento para obedecer a vontade dela, ainda que não tivesse a mais remota ideia do que lhe dizer. Mas ela simplesmente continuou falando enquanto ele se acomodava num bloco de rocha diante dela, e, quando Will percebeu, estava escutando e se preparando para responder, ainda que a contragosto.

— Eu confesso que, se não fosse pelas minhas damas de companhia, eu iria congelar e morrer à míngua, pois não tenho noção de como acender uma fogueira ao ar livre. Você tem? Está acostumado a usar pederneira e aço? Creio que sim, sendo um cavaleiro do Templo. Ouvi dizer que não há nenhuma atividade prática que você e seus companheiros não saibam fazer.

— Não, isso é bobagem. — Ele se ouviu falando e quase fez uma careta diante da própria brusquidão. — Eu tenho uma caixa com aço e pederneira, mas, em nome de Deus, minha dama, não me lembro de quando a usei pela última vez. Se é que a usei! Tam faz todas essas coisas, e eu sou grato a ele por isso. Ele inicia as nossas fogueiras e as mantém acesas. E me mantém alimentado, pois caso contrário eu provavelmente morreria de fome. Dou pouca atenção a esses detalhes.

Ora, pelo menos você é capaz de falar como uma pessoa razoavelmente normal. Pelo que ouvi a seu respeito até agora, esse é um avanço muito importante no seu posicionamento diante das mulheres...

Sinclair já estava tornando a se levantar.

— Aí vêm as suas criadas, senhora. Eu a deixarei com elas.

O cavaleiro fez um gesto de cabeça para as únicas duas outras mulheres na praia, que carregavam achas de lenha seguidas por um grupo de sargentos carregando outras mais.

Jessica também se levantou enquanto as achas de madeira caíam ruidosamente sobre os pedregulhos, uma após a outra, e chamou Sinclair quando ele já estava prestes a se afastar.

— Espere, Sir William, se lhe apraz. Eu caminharei com você até que a fogueira esteja acesa.

Consternado, Will parou hesitante enquanto a dama se aproximava e conseguiu não se esquivar quando ela estendeu a mão e a pousou no seu antebraço.

— Pronto — disse ela —, e eu lhe fico agradecida. Sobre estes pedregulhos é extremamente difícil e perigoso caminhar.

Ele não respondeu, mas manteve o braço dobrado com rigidez e começou a caminhar com exagerada lentidão, cauteloso para evitar que a dama caísse. Jessica reprimiu o sorriso que ameaçava irromper no seu rosto e se obrigou a caminhar vagarosamente e com grande decoro ao lado dele, imaginando a reação chocada que o homem teria se ela se entregasse a qualquer movimento que lembrasse uma dança enquanto andava de braço dado com ele. E tamanha foi sua tentação de cair no riso que teve de levar a mão livre à boca e fingir uma tosse. A dama parou, obrigando-o a fazer o mesmo e a esperar enquanto ela fazia uma elaborada exibição do ato de examinar o riacho pesqueiro e os penhascos além.

— Que lugar perfeito para a tarefa que vocês têm a cumprir, Sir William. Este lugar deve ficar completamente oculto sob os rochedos para qualquer pessoa que esteja lá em cima, e eu creio que é impossível ser visto por um navio de passagem, se as pessoas a bordo não souberem previamente da sua existência. Como você o encontrou?

Sinclair seguiu o olhar dela até os penhascos escarpados que se erguiam acima do pequeno povoado.

— Por acaso, senhora — disse ele, evitando olhá-la. — Por puro acaso, há pouco mais de vinte anos.

— Que tipo de acaso poderia tê-lo trazido aqui? Esta não é uma costa hospitaleira.

— O vento e o clima me trouxeram. Eu estava num navio que foi a pique quando uma ventania de inverno nos levou para um banco de areia ao sul deste lugar. Tam e eu estávamos entre os poucos que sobreviveram; ele num bote precário com três outros rapazes, e eu agarrado ao mastro com outro homem que já estava morto quando a corrente nos lançou à praia nesta baía. Tam alcançou a margem a quase 2 quilômetros ao norte e pensou que eu estivesse morto, o mesmo que pensei a respeito dele, mas por sorte nos encontramos no dia seguinte.

— E este vilarejo já existia aqui na época?

Will a olhou de soslaio, como se estivesse surpreso pela ingenuidade da pergunta.

— Sim, já. É um porto natural. Há pescadores vivendo aqui desde que a terra foi criada, disso eu tenho certeza.

— E você se lembrou do lugar.

— Sim, me lembrei. Eu sempre tento me recordar das coisas boas e ruins. É uma tolice não se lembrar do que é bom e ruim. A maior parte do intermediário é esquecível... sem importância... mas o conhecimento de um porto seguro ou de um terreno perigosamente fatal pode ser inestimável algumas vezes.

Ela o observava com a cabeça inclinada para um dos lados, e então começou a caminhar novamente, com a mão ainda pousada o braço do cavaleiro.

— Confesso, Sir William, que o conceito de terrenos fatais é algo com que eu dificilmente me ocupo, mas entendo o que você quer dizer e concordo com seu princípio.

Ela não falou mais nada por algum tempo, e continuou a caminhar com os olhos baixos, deixando que ele se debatesse com a ideia de que uma simples mulher tivesse expressado o entendimento de um princípio. Will quis seguir seu raciocínio, mas não tinha a menor noção de como abordá-lo, e por isso esperou, desejando que Jessica dissesse mais sobre o assunto. Mas a dama permaneceu em silêncio, e então, justamente quando o homem começava a concluir que talvez ela não dissesse mais nada, Jessica continuou, como se nenhum lapso de tempo tivesse se passado durante a conversa:

— Será divertido, você não acha — e então ela fez uma pausa para lhe lançar um sorriso —, ver como seus pontos de vista podem mudar a partir de agora, considerando os portos seguros e terrenos perigosos de sua nova vida daqui por diante?

— Minha nova vida? — O tom de voz dele mudou instantaneamente quando sentiu que ela ameaçava se intrometer onde não tinha direito. — Eu não tenho nenhuma nova vida, senhora, nem terei.

— Mas eu... — Jessie ficou aturdida com a súbita hostilidade na voz dele e falou sem pensar: — Eu só estava me referindo aos eventos desta manhã... à óbvia inimizade do rei e à hipocrisia de Nogaret. Isso mudou tu...

— Nada mudou, baronesa. — A voz dele soou ríspida, peremptória. — Houve algum tipo de mal-entendido, alguma falha na comunicação, que logo se resolverá, posso lhe assegurar. A Ordem do Templo é a mais forte em seu gênero, em qualquer lugar. Ela é muito maior do que qualquer homem sozinho. E é impossível que seja seriamente abalada pelas intrigas gananciosas de homens inferiores, sejam reis e ministros ou não. Portanto, não haverá mudanças duradouras na minha vida.

Ela o fitava com os olhos arregalados antes mesmo que ele estivesse perto de concluir, com o rubor incendiando suas faces, e reagiu ao ataque:

— Mal-entendido? Que logo se resolverá? Você não estava presente na noite passada quando falei justamente sobre isso? Você não ouviu uma só palavra do que eu disse? Ou simplesmente me desprezou por ser uma mulher e considerou minhas opiniões inválidas e sem fundamento?

Os dois ficaram se encarando enquanto Jessie esperava por uma resposta, mas, quando veio, não foi em forma de palavras. A face dele simplesmente congelou numa enraivecida máscara de reprovação e o cavaleiro deu as costas e se afastou, com a rigidez da dignidade ultra-jada, deixando-a sozinha na praia, enquanto seu cunhado, o almirante, aproximava-se com o rosto traindo distintamente o assombro pelo que via.

— Em nome de Deus, o que aconteceu, irmã? O que você fez para ofender tanto Sir William? Eu nunca o vi tão zangado. O que você disse para fazê-lo se retirar desse jeito?

Jessica nem mesmo olhou para St. Valéry, mantendo os olhos fixos em Sinclair enquanto ele desaparecia em meio ao burburinho das pessoas na praia.

Então ela se virou para o seu interlocutor.

— Com Deus por testemunha, eu não disse nada que causasse ofensa a qualquer homem razoável. Mas o seu insensível Sir William mostra poucos sinais de ser razoável no trato com qualquer um que não possa dominar e intimidar. A ofensa e a raiva que a acompanha brotaram de fontes alheias a mim. Procure no íntimo de Sir William Sinclair pelas raí-zes disso, pois eu não quero ter nada a ver com ele ou sua raiva. Ele não passa de um grande parvo truculento e sem modos.

E, depois de ter emitido sua opinião, também partiu, deixando o muito perplexo almirante a olhar suas costas, meneando a cabeça várias vezes, antes de se virar e caminhar rapidamente em busca de Sinclair.

TRÊS

Quando St. Valéry o alcançou, Will Sinclair estava parado à beira do cais, observando a atividade da estiva no pequeno porto, com os lábios apertados e as sobrancelhas sulcadas em profundos pensamentos, enquanto atirava um pedregulho lustroso distraidamente de uma mão à outra.

— Sir William, eu necessito de um pouco do seu tempo para discutir diversos assuntos importantes. Podemos retornar à minha tenda na praia?

Sinclair assentiu, sem dizer uma palavra.

— Excelente. — St. Valéry hesitou, mas depois prosseguiu: — Ouça, Sir William, eu não sei o que ocorreu entre você e minha cunhada lá na praia, mas sei que o deixou com raiva, e eu não posso me permitir vê-lo zangado a esse ponto. Por isso limpe sua mente do que o desagrada, se puder, e vamos conversar, você e eu, sobre as prioridades que temos de enfrentar nesta empreitada. Você pode fazer isso?

— É claro que posso, Sir Charles. Ofende-me o simples fato de que você tenha de perguntar. Vá em frente, se lhe apraz. Você tem toda a minha atenção.

— Excelente, pois temos muito a discutir antes de mais nada sobre a disposição do tesouro trazido pelo seu irmão, que é muito maior do que nós a princípio supúnhamos. As duas maiores e mais navegáveis embarcações que possuímos são nossas galés principais do Comando, a minha e a de Berenger, que é substancialmente maior e mais nova, e eu resisto à ideia de confiar o tesouro a qualquer outro navio, ainda que os cargueiros maiores tenham mais espaço. Eu acredito com firmeza que seríamos tolos se alojássemos os baús em qualquer outro lugar onde não pudermos manter vigilância sobre eles, não por desconfiar de nossos homens, mas puramente porque desconfio do clima. As tempestades de inverno poderiam se manifestar a qualquer momento, e nossa frota poderia se espalhar por todos os cantos do oceano, a depender dos caprichos e da ferocidade dos ventos. Por isso, proponho dividir o tesouro principal entre a sua embarcação, a de Berenger e a minha. Você já tem o ouro de Lady Jessica a bordo do seu navio, e sua responsabilidade pessoal inclui a proteção do Tesouro templário. Assim sendo, farei com que os quatro baús principais que contêm o seu encargo sejam também carregados para o seu navio. Eu colocarei o tesouro menor a bordo do meu. O que acha?

Sinclair concordou, aliviado por saber que não se separaria do tesouro principal, responsabilidade primordial incumbida a ele pelo próprio mestre De Molay. Durante a meia hora seguinte, os dois comandantes caminharam juntos de um lado a outro da praia, observando o trabalho em andamento, enquanto repassavam os detalhes dos planos para os dias que viriam.

Tão logo o tesouro fosse embarcado com segurança, eles zarpariam novamente, navegando para o sul, entre o continente e a ilha conhecida como ilha de Oleron, passando pela ampla entrada do estuário do Gironde a bombordo deles, para então seguir a costa francesa para o sul ao longo da baía de Biscaia até alcançarem a extremidade ocidental da península Ibérica. De lá, seguiriam para o oeste ao longo da costa ibérica da baía até alcançarem o promontório pertencente à Corunha, de onde seguiriam novamente para o sul por vários dias a fim de reunir quaisquer membros da frota templária que pudessem ter se juntado no cabo Finisterra. Não tinham meios de adivinhar quantos navios poderiam ter escapado de outros portos franceses antes das apreensões e navegado rumo ao encontro marcado, ou mesmo se seriam pontuais, mas, uma vez lá, o contingente de La Rochelle aguardaria em seu posto, a uma distância segura da costa, durante sete dias, para se certificar de que todas as embarcações que estivessem em rota de se juntar a eles, até a sexta-feira, dia 13, tivessem chegado. Depois disso, os navios reunidos navegariam como uma só frota para onde quer que William Sinclair, como representante mais graduado da Ordem do Templo, ordenasse.

Finalmente St. Valéry parecia ter esgotado a lista de assuntos a discutir. Estavam novamente se aproximando do cais, e as pilhas de materiais na praia junto ao molhe haviam reduzido bastante.

— Parece que eles já quase acabaram — disse Will, apontando a cabeça na direção das atividades no cais do porto. Os quatro grandes baús do tesouro principal ainda estavam sobre o embarcadouro juntamente com os demais conteúdos das carroças de Kenneth, mas os próprios transportes haviam sido desmontados e estivados, enquanto os homens que o acompanhavam foram embarcados em diversos navios, e a maioria de seus cavalos, juntamente com a selaria e as armas, já haviam sido içados a bordo dos navios designados.

St. Valéry mal ergueu os olhos ao perguntar:

— Você está realmente decidido a navegar para a Escócia, Sir William? Sinclair o olhou com surpresa.

— Decidido? Sim, creio que estou... Mas me ocorreu que você não está. Tem alguma outra coisa em mente? Se tem, se manifeste, e nós conversaremos a respeito. Devo mandar chamar Berenger?

— Não! Não, isso não será necessário... O que se passa em minha mente é... bem, é algo que já está nela há um longo tempo... Algo que tem a ver com o que nós somos e onde deveríamos estar, mais do que com quem somos e aonde deveríamos ir... se é que você entende o que quero dizer.

— Não, Sir Charles, eu não entendo. — Ele sorria levemente, meneando a cabeça. — E, para dizer a verdade, isso assinala a primeira vez que ouvi você ser menos do que claramente explícito ao falar, o que me deixou muito curioso.

Sinclair olhou rapidamente à sua volta para ver se havia alguém por perto, mas estavam longe demais para serem ouvidos por algum dos trabalhadores do grupo mais próximo.

— Caminhe comigo novamente, então, para que possamos evitar os ouvidos curiosos, pois tenho o pressentimento de que você não deseja dizer o que passa na sua mente a mais ninguém além de mim. Nem mesmo ao vice-almirante Berenger. Venha então, como amigo, não como almirante, e me conte o que está pensando.

Afastou-se. St. Valéry se pôs a caminhar atrás dele, de cabeça baixa. Sinclair caminhou em silêncio, recordando suas próprias dificuldades com as notícias que tivera de levar a La Rochelle no dia anterior, e por isso se contentou em esperar até que as palavras certas ocorressem ao veterano. Finalmente, St. Valéry bufou e endireitou os ombros.

— Muito bem então, Sir William, mas antes de começar, posso perguntar o que aconteceu entre você e minha cunhada? Você perdeu a compostura; isso ficou claro.

— É, eu perdi, e acho que talvez estivesse errado. — Ele mordeu a barba por fazer acima do lábio superior. — Ela me perguntou o que eu pretendia fazer com a minha nova vida, agora que a Ordem foi traída.

— E foi isso que o enraiveceu?

— Sim, foi, pois isso me fez contemplar, por um momento, mas contra a minha vontade, um mundo em que nossa Ordem teria cessado de existir. E tal coisa beira o inconcebível. O Templo, sob a orientação da nossa antiga Ordem do Sião, tornou-se a mais poderosa fraternidade do mundo. Por isso diferenças serão resolvidas e compromissos serão estabelecidos, de um modo ou de outro. Mas, acima de tudo, nossa Ordem permanecerá. Foi o pensamento súbito da minha vida mudada, sem que eu tivesse qualquer oportunidade de objetar, o que me deixou zangado. Eu estava mal preparado para tal ideia e não tinha nenhuma intenção de discuti-la com sua cunhada. Não foi mais do que isso. Como eu disse, provavelmente estava errado ao reagir daquela forma.

— Bem, Sir William, o certo e o errado disso tudo eu não posso julgar, mas faço minhas as suas palavras de que, acima de tudo e a despeito do que os homens possam fazer para impedir isso, nossa antiga Ordem permanecerá. A forma exterior dela pode mudar além da nossa crença, pode até desaparecer completamente do alcance da vista dos homens e reverter ao que foi antes de Hugh de Payens e seus companheiros irem a Outremer em busca do que encontraram. Mas a Ordem do Sião sobreviverá por tanto tempo quanto qualquer um de nós, que nos comprometemos com sua propagação, puder conservar a habilidade de passar seus princípios à geração seguinte. Pois em suas raízes mais profundas, a nossa Ordem é uma ideia, Sir William, um sistema de crenças; e ideias são imortais e indestrutíveis...

A voz de St. Valéry se silenciou, mas Sinclair sabia que ele ainda não havia terminado de falar. O almirante recomeçou após o intervalo de alguns instantes.

— É precisamente essa linha de pensamento que motivou este outro assunto que está na minha mente.

Segurando o braço de Sinclair de súbito, virou bruscamente à esquerda para caminhar em direção à terra, a fim de evitar outro grupo de marinheiros que empilhavam armas nas redes para serem içadas.

— Parece-me que a ideia fundamental que subjaz à nossa Ordem pode se beneficiar, no futuro, de alguma demonstração prática da verdade contida sob a doutrina.

Sinclair franziu o cenho.

— Como assim, uma demonstração prática? Isso já aconteceu, há quase duzentos anos, quando a Ordem renasceu nas entranhas dos túneis sob o Templo, e a veracidade da sua doutrina foi provada além de qualquer dúvida. O que poderia ser mais prático do que aquilo? Naquele período nós mudamos nosso nome de Ordem do Renascimento no Sião para simplesmente Ordem do Sião. Nós *alcançamos* o renascimento, naquela época e naquele lugar. A Ordem do Templo veio a existir somente depois daquilo.

— Eu sei disso, Sir William, tão bem quanto você, mas a irmandade comum do Templo de hoje, aqueles que não têm conhecimento da nossa antiga Ordem, não sabe. E carecendo desse conhecimento, dessa prova, eles continuam privados de esperança e sujeitos ao desespero por causa desses distúrbios na França.

— E então?

— E então eu me recuso a aceitar o pensamento de que a Ordem do Templo deveria simplesmente ser abandonada para morrer.

— Mas por que ela não deveria? — A réplica de Sinclair saiu sem a menor hesitação. — É a *nossa* ordem que importa aqui, Sir Charles, a Ordem do Sião, não a Ordem do Templo. Desde a queda de Acre e a perda de Outremer, mais de uma década atrás, a Ordem do Templo parece ter perdido o respeito das pessoas que um dia a reverenciaram. Essa perda é real, mas a perda de Acre, a menos expressiva, não pode ser responsabilizada por isso. A queda de Acre foi trágica, mas honrosa. Os cavaleiros e os sargentos do Templo foram eliminados com a queda da cidade, sem deixar sobreviventes. Eles cumpriram seu dever juntamente com os outros defensores da fé em Outremer e desempenharam sua missão e morreram como mártires, sob uma desvantagem numérica insuperável. Por isso é injusto pôr a queda do Templo em desgraça sobre os ombros da morte daquela cidade. O Templo de Salomão fez por merecer seu desfavorecimento ao longo dos anos, e em grande medida a começar pelo dia em que a Ordem reduziu seus padrões e decretou que a vida monástica não era o único pré-requisito para que se ingressasse nela. Foi com *isso* que o apodrecimento se instalou pela primeira vez, no mesmo dia em que o Templo deu início à permissão para que leigos e mercadores se unissem às suas fileiras e passou a lhes conceder o privilégio de se denominarem templários. Desde então, graças ao comportamento de seus confrades associados, o Templo, como as pessoas comuns o viam, de um dia para o outro se agarrou à arrogância e a privilégios e fez o favor de se distanciar de todos que tinham interesses em comum com ele.

Sinclair se deteve e apertou os lábios, quase provocador no modo como olhou para St. Valéry, como se o desafiasse.

— Ora, Sir Charles, vamos pôr as lealdades superficiais de lado e admitir que o Templo sempre teve grosseirões, pretensiosos e tolos empedernidos entre seus confrades, desde o início. Mas eles eram cavaleiros combatentes, e até mesmo seus maiores abusos eram mantidos dentro da irmandade. Não é esse tipo de comportamento que estou condenando aqui. A Ordem dc Templo de Salomão de hoje não traz qualquer semelhança com a fraternidade que foi um dia, exceto por aqueles poucos entre nós que servem a seu braço militar. Ela se tornou uma guilda de comerciantes, cheia de arrogantes, impostores, pedantes e criaturas repulsivas, nenhuma das quais paga impostos, e todas as quais, regozijando-se com privilégios e posição social, incorporaram toda a arrogância, orgulho, estupidez e fraquezas dos quais o homem é herdeiro.

"E, no entantc, dentro da própria estrutura do Templo, cuidadosamente oculta, a nossa fraternidade, a Irmandade do Sião, forma os tendões que coordenam os músculos do corpo e o mantêm em funcionamento. Remova esses confrades e a doutrina para cuja perpetuação eles vivem, e o Templo desmoronará e passará para a história sem que ninguém lamente muito por ele, enquanto a Irmandade da Ordem do Sião continuará."

St. Valéry tinha o cenho fechado, cofiando os pelos do queixo, depois fez que sim.

— É, você tem razão. Por mais relutante que eu me mostre em admitir que é verdade, não discordarei de você. A Ordem do Templo está corrompida, e, se ela cair ou se transformar de algum modo, nossa irmandade sobreviverá. Mas a que custo, Sir William? Nós seremos forçados a viver e agir em segredo novamente, forçados à clandestinidade em todas as coisas, em detrimento dos desígnios da Ordem. Só isso, eu creio, deve nos fazer parar para pensar. A Irmandade do Templo, e a própria tessitura da Ordem, proporcionam-nos um manto de invisibilidade. Existindo por dentro de uma carapaça exterior, passamos despercebidos e anônimos. Acredito que devemos fazer tudo ao nosso alcance para conservar esse manto. Para tanto, precisamos dar à soldadesca da irmandade templária algo em que acreditar, algo que venha de sua própria tradição, que as encoraje a persistir em face das atuais dificuldades.

Uma fria rajada de vento varreu a praia, esbofeteando-os. St. Valéry ergueu o olhar para as nuvens de chuva que haviam começado a se formar quando deram em terra firme e agora escureciam o céu.

— Tempestade — disse ele, cobrindo-se melhor com sua capa leve. — Vamos torcer para que cesse logo. Se o tempo piorar, podemos ficar presos aqui, impossibilitados de zarpar. — Ele olhou para Sinclair, que também ajustava suas roupas para se proteger do vento súbito.

— O Templo não *tem* uma tradição própria, almirante — disse o cavaleiro escocês, como se St. Valéry não tivesse feito qualquer menção ao clima. — Ele é jovem demais para ter desenvolvido uma tradição.

— É verdade, eu sei disso. — St. Valéry examinava o agrupamento de nuvens novamente. — Duvido que isso resulte em grande coisa, mas, se for necessário, podemos usar nossos remos para rebocar os cargueiros para as águas profundas. Mas, como eu disse, se o clima piorar muito, podemos ter de aguardar aqui por algum tempo.

— Muito perto de La Rochelle para o meu gosto. — Foi a resposta de Sinclair. — Pouco menos de 50 quilômetros de estrada até aqui. Os homens de Nogaret poderiam nos surpreender enquanto estamos indefesos, parados.

— Poderiam... se soubessem onde procurar. Há motivo para gratidão nesse pensamento, meu amigo. — St. Valéry olhou para o céu uma vez mais, depois se virou para observar a atividade no pequeno porto. — Mas as coisas parecem estar indo a contento, e a maré não começará a baixar senão daqui a várias horas. Os navios carregados já se encontram em segurança, bem longe da terra e sob o abrigo da ilha de Oleron. Restam muito poucos ainda aqui. Nós ficaremos bem. O tesouro foi todo embarcado, assim como a maior parte do gado. O que resta é material que poderia ser deixado para trás, em caso de emergência.

O almirante desprezou o mau tempo com um gesto de mão.

— Quanto a essa tradição, ou a ausência dela... Há um detalhe, um fragmento da antiga doutrina do Sião, que escapou de algum modo e foi há muito adotada pelo Templo.

— A questão de Merica.

— Sim, precisamente. Ninguém nunca descobriu a fonte do vazamento, ou como a informação foi divulgada, mas foi o único exemplo, em qualquer tempo, da ocorrência de tal coisa. Pessoalmente, comecei há alguns anos a suspeitar que Hugh de Payens em pessoa pode tê-la vazado deliberadamente, no início do crescimento da Ordem do Templo em Jerusalém, acreditando-a inócua, porém valiosa como penhor da necessidade de segredo no interior da ordem recém-estabelecida. Uma semente, talvez, a partir da qual cultivar uma tradição. Você acha isso fantasioso?

Sinclair tensionou o maxilar.

— Não, de modo algum. Faz perfeito sentido, agora que você mencionou. O rumor de Merica nunca teve muita substância em si, e não tem sido importante para os nossos objetivos. Foi considerado trivial por todos que ficaram sabendo dele. Sua exposição certamente não foi o tipo de coisa que poderia ter ameaçado nossa Ordem. Portanto, sim, eu acho que Hugh de Payens pode tê-lo tomado de empréstimo em tempo de necessidade.

— Merica não é um rumor, Sir William. É um segmento aceito e ratificado nos nossos antigos ensinamentos e crenças.

— Sim, eu conheço a substância dele, almirante: a existência, além do mar Ocidental, de uma fabulosa terra de fartura, vasta e interminável, velada por uma brilhante estrela do entardecer, a qual os habitantes dessa terra chamam de Merica. Eu cheguei até mesmo a estudar o que se sabe a respeito disso, embora seja muito limitado. Mas não importa em que cada um de nós deseja acreditar, isso não passa de uma fábula, com raízes, como você falou, na nossa doutrina. Nós podemos especular sobre ela, mas não temos provas de que existe, ou de que algum dia tenha existido.

— Concordo, mas era nisso que eu estava pensando...

— Sir Charles, você não está fazendo sentido.

— Pelo contrário, Sir William, eu creio que estou. Quantas embarcações você diria que nós temos na nossa frota?

Outra rajada de vento atirou gotas geladas de chuva sobre os rostos dos dois homens, e Sinclair levantou uma das mãos para esfregar a face, surpreendendo-se ao sentir a frieza da pele nos dedos.

— Você sabe melhor do que eu, almirante. É a sua frota. Eu não fiz nenhuma tentativa de contá-la, mas tenho o número vinte em mente.

St. Valéry curvou a cabeça.

— É uma boa estimativa. Nós temos sete galés navais e 14 vasos cargueiros, ou seja, 21 ao todo. Em acréscimo, na próxima semana, dependendo do que viermos a encontrar em Finisterra, podemos ter mais metade desse número.

— Mas os recém-chegados não serão cargueiros.

— Não, isso é improvável. Se algum navio alcançar o ponto de encontro, serão galés navais, simplesmente em virtude da ordem enviada aos portos.

— Quantos combatentes você tem à sua disposição? — perguntou Sir William.

— À *minha* disposição, em oposição à sua?

— Sim, homens do mar e de terra.

— Hmm... Homens de terra, sem contar o contingente do seu irmão, 154 da guarnição de La Rochelle, dos quais 36 servem como irmãos leigos e, portanto, não são combatentes...

St. Valéry fez uma careta enquanto calculava de cabeça.

— Cento e dezoito combatentes somando todas as fileiras, portanto, sob o comando de Montrichard. Marinheiros? As tripulações dos navios de carga, cerca de quatrocentos homens no total, não são combatentes. Os tripulantes das galés são todos soldados, e elas variam em tamanho de vinte a quarenta remos. Dois homens por remo, com uma tripulação substituta de um a dois homens adicionais por remo em cada embarcação... Isso poderia somar setecentos homens, mas é um cálculo fictício, porque o número de remadores substitutos varia grandemente de uma galé para outra, não importando o quanto tentemos mantê-los parelhos. — Ele encolheu os ombros. — Mas é mais ou menos isso. Uma grande força militar, a julgar pela minha contagem. Poderia ser formidável.

— É, poderia. E será. Então, de onde veio toda essa conversa sobre Merica, e o que isso tem a ver com essa frota?

St. Valéry parou de caminhar e se virou para William.

— Você precisaria de tantos navios na Escócia, uma terra estrangeira? De sete a talvez vinte galés e uma frota de vasos de carga? Pois, se não precisar, eu gostaria de ficar com alguns dos navios, tripulados unicamente por homens que desejassem ir comigo e navegar em busca desse lugar fabuloso.

— Merica?

St. Valéry não demonstrou nenhuma reação à incredulidade na voz de Sinclair, e os dois ficaram olhando um para o outro.

— Isso não é nenhuma tolice — falou Sinclair por fim, mantendo a voz livre de inflexões. — Você sabe do que está falando.

O almirante encolheu os ombros muito ligeiramente.

— Eu não me meto em tolices. Nunca me meti; um hábito de longa data. Eu sempre tive muito cuidado em dizer o que penso... e consequentemente em pensar o que digo.

Outro silêncio se seguiu, dessa vez mais curto, até que Sinclair tornou a falar:

— Você tem consciência, eu presumo, do quanto isso parece absurdo. Você está propondo zarpar com uma parte da nossa frota por vastas distâncias e singrar águas desconhecidas, na esperança de encontrar um lugar que nenhum homem buscou em mais de um milênio, um lugar que talvez nunca tenha existido. E pedirá voluntários para levar, rumo à morte quase certa.

St. Valéry deu de ombros novamente.

— Em essência, sim. Mas eu não consideraria isso uma insanidade.

— É claro que você não consideraria... a ideia é sua — disse Sinclair com um sorriso. — Você sabe, é claro, que o nome do lugar onde faremos nosso ponto de encontro, Finisterra, significa o fim do mundo, o final da terra?

St. Valéry sorriu.

— Sei. Mas suspeito que o local foi nomeado por homens que nunca encontraram terra além daquele ponto... pois jamais navegaram suficientemente para oeste. Os antigos não sabiam nada de navegação além do ponto de onde se pode avistar a terra.

O almirante inclinou a cabeça, avaliando a preocupação do companheiro.

— Veja bem — continuou ele. — Ouça-me, mesmo que seja apenas como homem. Escute o que eu tenho a dizer e depois pense a respeito antes de tomar qualquer decisão. Nós temos pelo menos dez dias, provavelmente mais que isso, antes que tenhamos de decidir. E então, se você se posicionar contra o meu pedido, devo obedecer à sua vontade, pois sou obrigado a isso pelo meu voto. Será com relutância, mas eu obedecerei...

— Prossiga.

— Pense primeiro no que eu disse sobre a necessidade de algum sinal para os homens envolvidos por quaisquer que sejam esses eventos que estão acontecendo hoje na França. Se as coisas estiverem realmente tão ruins quanto parecem, todos os confrades de postos mais altos sendo detidos e aprisionados, então aqueles membros das posições hierárquicas mais baixas que tiverem escapado ao expurgo inicial, ou ataque, ou seja lá o que isso for, irão se sentir abandonados e perdidos, como um navio à deriva em mar aberto... E, se for esse o caso, então as coisas irão apenas piorar.

Sinclair franziu o cenho ao pensar nisso, depois meneou a cabeça.

— Não posso aceitar isso, almirante, que as coisas ficarão piores. Eu tenho de acreditar que qualquer coisa que aconteça à nossa irmandade na França será algo temporário, não importa quão traumático seja. Eu acredito no que o próprio mestre De Molay acreditava quando falei com ele pela última vez, e a própria lógica exige que deva ser assim, simplesmente por causa do nosso tamanho, ainda que não seja por nada mais...

— A Santa Igreja Católica e Apostólica é maior — interrompeu St. Valéry, com sarcasmo, deixando o mais jovem estupefato. — Certamente você não discordará disso.

— Bem, não, não em termos numéricos. Não há como negar tal força, mas...

— Mas nós devemos suspeitar da participação ativa da Igreja no que quer que esteja acontecendo à nossa Ordem, Sir William. Filipe, o Belo, com toda a sua arrogância, jamais ousaria agir contra nós sem a permissão do papa. Tamanha ação requer a sanção papal, uma vez que nós da cavalaria somos monges. E eu preciso lembrá-lo de que o papa Clemente é considerado um fantoche de Filipe, devendo sua posição a Capeto?

As feições de Sinclair se configuraram numa profunda carranca.

— Por que você não mencionou isso na noite passada?

— Porque só pensei a respeito posteriormente, embora eu pouco tenha pensado em qualquer outra coisa depois que me ocorreu. Além do mais, não havia tempo na noite passada. Muito a ser feito em pouco tempo. Mas hoje, depois de ter fracassado em conseguir uma hora de sono porque meus pensamentos me mantiveram acordado, vi-me em sérias e consideráveis dúvidas quanto ao futuro da nossa Ordem na França. Pode ser que haja compromissos e acomodações, como você diz, mas eu temo que o nosso Templo nunca mais desfrute da influência que tinha no reino apenas uma semana atrás. Ele está ultrapassado. Em anos recentes, atraiu grandes ressentimentos, sendo visto como uma instituição inchada e que não paga impostos, sem falar em outras razões. Quando a fortaleza de Acre caiu e o Reino Latino de Outremer ruiu, o Templo perdeu sua *raison d'être*... e não são poucos na França e em outros lugares que depositam a culpa por aquela perda sobre os ombros do Templo, por mais injusto e insuportável que esse pensamento possa ser. Por isso eu temo que nosso lugar na França esteja perdido. O rei Filipe é um homem duro e insensível; suas ambições não conhecem fronteiras, além daquelas impostas pela carência de fundos. Ele não devolverá 1 marco de prata do que seus juristas tirarem de nós.

A carranca aos poucos desapareceu da face de Sinclair para ser substituída por uma expressão pensativa.

— Um navio à deriva, você diz. Mas, se você estiver correto, não haverá navio... nem Ordem. Como, então, as coisas poderiam piorar?

St. Valéry fez um gesto de mão, como se refutasse o óbvio.

— Bem — disse ele —, vamos supor apenas por um momento que Filipe e Nogaret obtenham sucesso, e que eles arranquem à força o controle sobre as riquezas e os ativos da Ordem das nossas mãos; quero dizer, aqueles ativos que restaram no reino da França. Isso trará um benefício instantâneo e imenso ao tesouro deles: liberação das dívidas e fundos reais com os quais trabalhar... minha maior razão para duvidar que esse assunto seja resolvido de modo satisfatório para nós. Porém, se isso ocorrer e permanecer inconteste, perdoado pela Santa Igreja, você acredita que os outros monarcas cristãos se privarão de agir de forma semelhante contra o Templo em suas próprias terras? Eu duvido.

O cavaleiro escocês deu as costas para a chuva gelada que havia começado a cair.

— Concordo com você ao menos sobre isso. O mesmo pensamento já havia me ocorrido mais cedo. E, no entanto... você descreve uma perspectiva desanimadora, meu senhor almirante. E, por mais indisposto que eu possa estar em ceder inteiramente a ela, temo que você possa ter razão. Mas, afinal, o que isso tem a ver com Merica?

— Tudo, William. E nada. Eu acredito que os outros reis da Cristandade cairão como abutres numa carcaça quando Filipe tiver mostrado o caminho. E desejo não viver em tal mundo. Eu sou um homem velho, chegando, de uma hora para outra e inesperadamente, ao fim da minha utilidade no mundo, precisamente num tempo em que sinto mais necessidade de ser capaz de grandes feitos. Tal constatação me causa amargura. Sei que chegou a hora de entregar minhas funções e meu posto de almirante, assim como minha insígnia oficial, a um homem mais jovem, e sei também que Berenger será um excelente sucessor, se é que restará algo em que ele possa me suceder. — O almirante fez uma pausa e meneou a cabeça. — Eu ficaria deprimido e morreria nessa sua Escócia, meu amigo. É o seu lar, e o de Lady Jessica, mas está longe de ser o meu. E, além disso, você é um homem de terra firme, criado para a cavalaria. Eu sou um homem do mar, treinado para a navegação. Fui marinheiro durante toda a minha vida. Ocorre-me que eu preferiria morrer no mar, numa busca digna por algo em que eu acredite, a mirrar numa terra estranha e fria, no meio de um povo com o qual não consigo nem mesmo conversar.

"Seja como for, você tem navios aos montes aqui para as suas necessidades e as minhas, e quem pode dizer que esse seu rei da Escócia não veria mais de uma vintena de navios estrangeiros como uma ameaça? Eu..."

O almirante inclinou a cabeça para o lado.

— Alguém está chamando você. — Ele olhou ao redor e depois apontou. — Lá, no cais.

Sinclair viu que um homem acenava para ele.

— Seus ouvidos são melhores do que os meus, Sir Charles. É Tam Sinclair, meu sargento de armas. E não pode ser boa coisa. Ele não me interromperia sem motivo.

— Então vá até ele. Mas, primeiro, permita que eu o deixe pensando nisto: eu posso zarpar e morrer a centenas de quilômetros da terra, e estarei contente, como eu disse. E os homens que forem comigo terão feito essa escolha de livre vontade. Mas pense, Sir William... e se a tradição sobre Merica se demonstrar tão verdadeira quanto a de Jerusalém e o Tesouro que estava escondido lá? E se eu descobrir o lugar? E se, então, eu retornar até você trazendo provas do que encontrei? Isso não serviria para revigorar toda a nossa irmandade, tanto a do Sião quanto a do Templo? — Ele estendeu as mãos com as palmas para cima. — Isso não é mais estranho que escavar em busca das ruínas de um Templo que ninguém sabia que estava ali, é?

Sinclair levantou uma das mãos para Tam, indicando que ele deveria esperar um pouco.

— Não, não é, quando exposto dessa maneira, almirante. Que seja. Eu pensarei nisso até a nossa chegada ao cabo Finisterra. Mas agora, se você me permite, devo ver o que Tam deseja.

Charles St. Valéry o observou se afastar, depois coçou indolentemente a barba com a ponta de um dedo. Ficou surpreso quando o jovem superior parou e olhou para trás.

— Pelo visto, Tam quer que você venha comigo — chamou Sir William. — Se as notícias dele forem importantes, elas provavelmente afetarão você também.

St. Valéry começou a caminhar novamente, afundando suas pesadas solas entre os pedregulhos movediços com um propósito renovado.

QUATRO

— O que há, Tam?

— Não tenho certeza.

O sargento não perdeu tempo com formalidades, fazendo um cumprimento de cabeça para St. Valéry e depois se dirigindo a ele sem rodeios:

— Um de seus capitães acabou de chegar, almirante. Um dos dois que o senhor mandou de volta esta manhã. Ele me pediu para lhe transmitir os seus respeitos e pedir que suba a bordo da sua galé para conversar.

St. Valéry e Sinclair trocaram olhares interrogativos, depois o almirante se voltou para a entrada do porto, onde uma galé elegante flutuava ancorada, mais perto que qualquer outra, mas oculta de onde eles se encontravam pelo casco do navio que estava no cais.

— É Parmaison. Mas onde está De Lisle? E por que ele não veio diretamente a mim?

— Há urgência envolvida. Grande urgência — explicou Sinclair. — Veja os remos. Ele está pronto para zarpar novamente de imediato, depois de conversar com você.

— Hmm. Providencie um bote, sargento.

— Já tenho um de prontidão, almirante, no final do píer.

Após deixar La Rochelle naquela manhã, St. Valéry, com a colaboração de Sinclair, mandou que duas de suas galés mais velozes retornassem às estradas que levavam ao porto e permanecessem ali pelo restante do dia, mantendo vigilância para ver o que poderia acontecer. Isso tinha sido uma ideia tardia, não mais do que uma medida de precaução, pois eles já estavam a caminho havia mais de duas horas antes que o pensamento ocorresse a alguém, mas, embora considerassem altamente improvável que qualquer adversidade pudesse de fato acontecer, pois haviam queimado os únicos navios restantes no porto, concordaram que poderia ser uma boa ideia manter vigilância sobre o forte e o promontório que o flanqueava. Mas então um dos navios delegados havia retornado até eles, muito antes do combinado.

O capitão da galé de regresso, Sir Geoffrey Parmaison, de cima do estreito castelo de proa, observou-os encostar ao lado do casco e depois ajudou pessoalmente os dois oficiais superiores a subir a bordo para depois conduzi-los até uma pequena mesa dobrável com três cadeiras, que havia montado sob um toldo no deque superior da proa. Dispensou os vigias que estavam ali, e então os três homens se sentaram.

— Conte-nos, Sir Geoffrey — iniciou a conversa St. Valéry sem preâmbulos.

Parmaison inclinou a cabeça e depois falou com concisão.

— Nós retornamos a La Rochelle conforme ordenado, almirante, e chegamos lá a tempo de ver três das nossas galés entrando no porto. Nós as vimos, eu disse, mas estávamos longe demais para atrair a atenção delas e não pudemos fazer nada para impedi-las de atracar na cidade.

— Quem eram eles? Você os conhece?

— Sim, almirante. De Lisle estava mais próximo do que eu e jura que reconheceu uma das galés como sendo a de Antoine de L'Armentière.

— L'Armentière? Ele deveria estar em Chipre.

— Foi o que eu pensei, senhor, mas De Lisle é primo dele, e jura que era a galé de Antoine que viu liderando a flotilha. Aparentemente, ela difere de qualquer outra.

— Sim, de fato. É moura, um prêmio de guerra, um navio pirata capturado em Gibraltar há alguns anos. De Lisle estava seguro disso?

— Tão seguro quanto poderia estar a uma distância de quilômetros, mas quem quer que fosse, levou três galés do Templo para dentro de La Rochelle e permaneceu ali.

— Hmm. Onde está o capitão De Lisle agora?

— De prontidão, almirante, esperando pelo que possa acontecer. Ele me mandou de volta para lhe trazer a notícia.

— E você não viu mais nada além do que descreveu?

— Nada, senhor. Elas entraram, mas não saíram.

— Muito bem. Obrigado, capitão Parmaison. Regresse ao seu posto, junte-se ao capitão De Lisle e lhe ordene para ficar onde está até ter algo mais a reportar.

Ele ergueu uma das mãos para deter o homem e se virou para Sinclair.

— Tem algo a acrescentar, Sir William?

— Não, almirante, pois creio que você e eu estejamos considerando a mesma eventualidade. Se qualquer um de nós estivesse no lugar de Nogaret, iríamos apreender os três navios, aprisionar os comandantes e as tripulações, depois pôr as galés ao mar novamente, tripulados por nossos próprios homens, a fim de perseguir esta frota. É nisso que está pensando?

— Sim, isso. Capitão Parmaison, perceba que não temos tempo a perder. Junte-se a De Lisle o mais rápido que puder e lhe ordene que espere, bem longe do alcance, para ver se aquelas galés emergem de La Rochelle novamente. Se fizerem isso, ao primeiro sinal delas, vocês devem retornar a toda velocidade para nos contar. Entendeu?

Parmaison fez que sim, e St. Valéry se levantou.

— Então, que Deus esteja com você e lhe conceda toda bênção. Vento e remos, Sir Geoffrey, vento e remos. Sir William, devemos informar isso ao almirante Berenger imediatamente.

Eles puderam ouvir Parmaison gritando ordens à sua tripulação antes de alcançarem a entrada do porto, onde Tam e seus botes estavam à espera, e, antes que chegassem de volta ao cais, a galé já havia levantado âncoras.

CINCO

A competência administrativa e organizacional do vice-almirante Berenger era indiscutível; seus tripulantes tomaram cada peça do comboio de

Kenneth Sinclair — carroças, gado e carga —, classificaram, desmontaram o que era necessário e acondicionaram a bordo do navio com tempo suficiente para zarpar com a maré do anoitecer, deixando o pequeno vilarejo com uma aparência de abandono atrás deles. Sinclair, que esperava que completassem tudo a tempo de pegar a maré, fez questão de procurar o vice-almirante antes de retornar à sua galé, que já havia embarcado o Tesouro templário, e cumprimentá-lo pela rapidez e eficiência de toda a operação. Berenger, ainda preocupado com os detalhes finais da desmontagem dos aparelhos de carga e da eliminação de detritos do pequeno cais, agradeceu-lhe com um sorriso ligeiramente distraído e lhe disse que o veria a bordo dentro de uma hora. Sir William o deixou com seus afazeres, retornando até onde Tam Sinclair o esperava pacientemente, num bote ao final do embarcadouro. Tão logo se encontrou seguro a bordo, Tam ordenou aos quatro remadores que os levassem à galé, a cerca de 90 metros de distância.

Foi somente enquanto singravam a água que Sinclair se deu conta de que não tinha visto a baronesa deixar a praia, e que não pensava nela havia várias horas. Então deu um gemido de satisfação para si mesmo. A concentração total em outras coisas havia afastado a dama de sua consciência por algum tempo, e decidiu recordar essa técnica para aplicá-la no futuro. Ele pôde ver a galé do almirante St. Valéry já ocultando seu casco por trás do horizonte e os poucos navios que restavam na pequena baía todos nos estágios finais da preparação para deixar a terra novamente. A galé de Sinclair, comandada pelo próprio Berenger, seria a última a partir, e Will desejou que os aldeões que estavam deixando para trás não perdessem tempo em apagar qualquer vestígio de terem sido visitados naquele dia.

No momento em que embarcou na galé, a comitiva de Berenger já estava subindo em dois botes atados ao cais. A superfície do píer atrás deles havia sido varrida, não restava um só pedaço de entulho que pudesse ser associado aos visitantes. Depois de ver os remos dos botes ferroarem a água, Will lhes deu as costas e saiu em busca dos seus aposentos apertados no castelo de proa. Lá, desfez-se de seus trajes exteriores e largou-se sobre o catre estreito, permanecendo ali enquanto o navio balançava de um lado a outro antes de finalmente se pôr ao mar. Em dado momento, como não havia urgência em nada do que estava acontecendo, cochilou, dando-se conta, pouco antes de perder a consciência, de que o olho de sua mente contemplava o rosto de Lady Jessica Randolph e que ela devolvia o olhar, com olhos grandes, mas sem expressão, reservados, ocultando qualquer coisa que estivesse pensando.

Sete dias mais tarde, sem sinal de terra e agarrado a um cordame retesado no convés do navio durante uma tempestade uivante, estava pensando novamente na mulher e apurando os olhos para avistar a galé do almirante a bombordo, onde a vira pela última vez, dias antes, mas não conseguiu enxergar nada. O que pudesse haver lá estava oculto de sua visão por ondas precipitosas, espuma atirada pelo vento e chuva quase horizontal que picava a pele exposta como agulhas de gelo. Por duas vezes após deixar a vila pesqueira, ambas no primeiro dia, havia visto a silhueta encapuzada de Lady Jessica olhando por sobre a amurada da galé, uma vez na popa e outra na proa, mas desde que o clima começou a piorar, no segundo dia deles no mar, não vira sinal dela nem esperava ver.

A baía de Biscaia era famosa pela ferocidade das tormentas, especialmente naquela época do ano, com a inexorável aproximação do inverno. Sinclair tinha plena consciência disso, assim como sabia que a embarcação em que viajava havia sido projetada para sobreviver a tais tempestades, e que estariam seguros enquanto se mantivessem suficientemente em alto-mar para evitar qualquer possibilidade de serem atirados contra os rochedos ao longo da margem. Seu intelecto sabia disso; seu coração e seu cérebro sabiam; mas havia alguma outra parte do seu ser que continuava firmemente não convicta. Havia dias que essa parte lhe dizia que ele não tinha nada a fazer ali, num navio arremessado pelas ondas no meio do nada, confrontando uma sucessiva cadeia de borrascas e vendavais ululantes; que deveria estar seguro em algum lugar em terra, sobre o terreno firme, com um cavalo forte debaixo dele e os pés plantados com firmeza nos estribos.

Enquanto pensava nisso mais uma vez, ouviu alguém gritar seu nome e, agarrando-se à sua corda de ancoragem, virou-se e viu Tam Sinclair ao alcance de um braço. Soltou uma das mãos da corda e a estendeu, tomando súbita consciência do peso do seu manto encharcado, para segurar o pulso de Tam e puxá-lo para que ele também pudesse se agarrar ao cordame e virar as costas curvadas para o temporal.

— Berenger me mandou buscá-lo — gritou Tam no ouvido de Sinclair através da mão em concha. — Ele está na cabine.

Sinclair sentiu o coração afundar até as botas ao ouvir aquela convocação. Estava no deque central da galé por um motivo: havia sobrevivido aos primeiros acessos de enjoo vários dias antes, embora ainda mal pudesse crer no violento mal-estar pelo qual havia passado, mas mesmo então, o grau menor de tolerância que desenvolvera aos movimentos de balanço, arfagem e guinadas do navio não conseguia sobreviver à atmosfera fétida, à escuridão e à movimentação caótica e imprevisível sob o deque. Os tripulantes da galé pareciam não se importar com isso e conheciam o traçado do navio tão bem que podiam encontrar seu caminho lá embaixo em total escuridão, mas Will Sinclair sabia que essa era uma habilidade que jamais iria possuir. O mero pensamento de permanecer a bordo por tempo suficiente para desenvolvê-la o desesperava. Então, sabendo que não tinha alternativa além de descer sob o deque da popa, virou-se e olhou para a alta traseira da embarcação, sobre a qual podia ver uma dupla de timoneiros se esforçando sob o peso da cana do leme, lutando para manter o navio apontado diretamente contra o vento e a incessante fila de vagalhões que se abatiam sobre eles pelo noroeste.

Abaixo, no poço do navio, os remadores se sentavam curvados e infelizes em seus bancos, esperando com paciência, os remos recolhidos e mantidos em posição vertical, prontos para serem mobilizados a um grito de comando.

— O que está havendo, você sabe?

Tam fez que não.

— Ele subiu até o deque e me mandou buscá-lo. Algo está acontecendo, mas eu sei tanto quanto você.

— Bem, vamos descobrir. Ficarei feliz quando sair disto.

— É, eu também. Ir para fora deste caixote filho da puta e voltar para terra firme. Quanto mais cedo, melhor.

Juntos, decidindo cada passo com grande cuidado, eles caminharam a custo até a popa, onde Tam se agachou para escapar do vento, pelo abrigo do costado do navio, enquanto Sir William se aproximou de uma das três portas na parede sob o deque de popa, onde ficavam os timoneiros. Ele bateu e, sem esperar por uma resposta, abriu a porta e se inclinou para dentro. Berenger estava sentado num dos lados da cabine de dormir, de frente para a parede do navio e diante de um pequeno tampo de mesa preso por uma dobradiça à madeira da embarcação, de forma que pudesse ser dobrado quando não estivesse em uso. O homem estivera escrevendo, pois seus dedos estavam manchados de tinta.

— Mandou me chamar, Sir Edward?

— Mandei, Sir William. Entre, se lhe apraz, e feche a porta.

Sinclair atendeu ao convite, aliviado ao ver que pelo menos havia luz ali. Havia três grossas velas presas a pesados candeeiros, pendurados de um modo intrincado, embora não pudesse entender exatamente como, em um dispositivo que pendia das vigas do deque acima deles. Apesar de as sombras que lançavam dançarem e se precipitarem de maneira desconcertante, a luz que emitiam era ainda assim extremamente bem-vinda, projetando uma ilusão de calor.

— Sente-se no catre, se desejar, ou no banco. — Berenger olhou para ele com simpatia, notando as rugas de fadiga ao redor dos olhos e da boca. — Como está se sentindo, considerando tudo? Você vai sobreviver, não vai?

Havia a mais leve sugestão de um sorriso nos olhos do vice-almirante.

Sinclair se acomodou com cuidado sobre o banco de três pernas, com os pés estendidos firmemente plantados no assoalho, as costas apoiadas na porta e uma das mãos segurando a braçadeira de ferro fixada à madeira do navio.

— É, eu vou sobreviver. Agora eu sei, após cinco dias disso. Mas eu o previno: costumo vomitar sem aviso. Consigo ter algum controle no deque, ao ar fresco, mas não posso ficar confinado por qualquer período de tempo sem poder ver o horizonte.

O leve sorriso de Berenger se alargou até um riso.

— É, isso é comum na mareação. Mas não se preocupe em vomitar aqui. Eu não imagino que haja muito dentro de você a ser posto para fora depois de cinco dias. E não há escassez de água do mar para lavar o chão.

O vice-almirante apontou um polegar para os papéis que se derramavam de uma pasta sobre a mesa ao seu lado.

— Eu queria conversar com você sobre isto. Não tive muito tempo desde que eles chegaram a bordo, e só comecei a lê-los esta manhã... Mas são intrigantes, e o almirante obviamente fez um esforço para expressar o que tinha a dizer. — Berenger fez uma breve pausa. — Esses papéis chegaram para mim, é claro, de almirante para vice-almirante, de um capitão de navio para outro. Mas você pertence a um posto mais alto na nossa Ordem do que qualquer um de nós jamais poderia ocupar, e por isso eu sei que o que está contido neles diz respeito a você em primeiro lugar. O almirante sugeriu que haverá graves decisões a considerar, e sugere também o que elas podem acarretar... Eu li o que ele tinha a dizer com grande interesse, mas me sinto feliz por não caber a mim tomar essas decisões.

Sinclair balançou a cabeça, olhando de lado para a pasta aberta e seu conteúdo. Ele a vira subir a bordo, no primeiro dia de mau tempo, durante uma breve bonança entre a passagem de uma tempestade e o início da seguinte, quando a galé de St. Valéry se aproximou o suficiente, através daquelas águas traiçoeiras, para atirar um virote de besta no costado do navio, perto da abertura da vigia. Foram necessárias várias tentativas, mas um acabou acertando o alvo. Uma extensão de linha de pesca fora atada a ele, e ligada à extremidade dela havia uma corda mais grossa, presa a uma cesta revestida de piche, como um pequenino barco, que continha um pacote impermeável feito de tecido intensamente encerado, contendo a pasta com os despachos. Ele assistiu ao processo de resgate com interesse, chegando quase a esquecer seu desconforto enquanto admirava a destreza simiesca dos marinheiros que o executavam. Presumiu que, fosse lá o que estivesse implicado na arriscada entrega, tinha de ser assunto puramente naval, uma vez que já estavam longe da terra havia dias e que nada ocorrera durante esse tempo que pudesse envolvê-lo em sua condição de membro do Conselho da Ordem.

Então ele olhou para Berenger, levantando uma sobrancelha.

— Você quer que eu os leia?

— Sim, Sir William, eu quero. Mas suspeito que você possa achar a tarefa impossível, considerando seu enjoo. Teria de se sentar aqui, com a cabeça para baixo, e se concentrar na leitura enquanto tudo à sua volta parece se mover. Portanto, posso fazer uma sugestão?

— É claro.

Berenger indicou a mesa novamente com um gesto amplo.

— Eu já li tudo o que há aqui e estive pensando nisso nas últimas horas. Posso lhe contar o que está envolvido e delinear a sugestão do almirante. Então, posteriormente, se quiser, você pode ler tudo que lhe interessar com mais atenção, sem ter de atravessar a pasta toda.

— Excelente sugestão. Faça isso. Dê-me os pontos principais.

O vice-almirante apanhou um maço substancial de papéis e o segurou numa das mãos.

— Muito do que está aqui, naturalmente, é estritamente registro do trabalho naval: cópias do conhecimento de carga, listas de carregamento, informes disciplinares, esse tipo de coisa. Nada disso nos interessa neste caso.

Ele ajustou as bordas dos papéis e os alinhou cuidadosamente junto ao tabique antes de apanhar uma segunda pilha, muito menor, que havia posto à parte.

— Isto é o que nos interessa. Estes papéis tratam das duas principais questões com as quais o almirante está preocupado. A primeira é a das três galés que navegaram para dentro de La Rochelle depois que nós partimos. O que aconteceu a elas e onde estão agora?

— Nós sabemos alguma coisa disso? Eu não ouvi mais nada desde que o almirante delegou aquelas duas outras galés para vigiá-las.

— O almirante St. Valéry destacou duas outras embarcações para recuar e se posicionar separadamente entre nós e Parmaison e De Lisle. Isso foi cinco dias atrás, antes de as borrascas caírem sobre nós.

— Separadamente... Você quer dizer separados um do outro, ou separados dos navios de De Lisle?

— Ambas as coisas. O segundo par, comandado por André du Bois e Charles Vitrier, deveria fundear no campo de visão um do outro, mas longe o bastante das duas primeiras galés para que pudesse nos passar a notícia rapidamente se vissem algum sinal de problemas.

— E então?

— Não sabemos. O clima tem estado muito ruim para que saibamos o que acontece lá.

— Mas... Eu estou ouvindo um "mas" no seu tom.

— Sim, está. O almirante continua acreditando que as três galés foram apreendidas e virão atrás de nós.

— Essa foi a nossa primeira suposição, e até que descubramos mais, continua válida. Então o que o almirante St. Valéry propõe?

Uma pequena ruga se formou entre as sobrancelhas do outro homem.

— É aí que a lógica dele me escapa... ou me confunde... e foi por isso que decidi falar com você. — Ele hesitou, depois prosseguiu: — O almirante St. Valéry falou com você sobre o que gostaria de fazer depois que tivermos nos desincumbido do cabo Finisterra e partido de lá?

Sinclair levantou uma sobrancelha.

— Sim. Ele tem ideias de navegar para o oeste, através do grande mar, em busca de algo que acredita estar lá.

— A lenda de Merica.

— Ah... Ele falou sobre isso com você, então?

— Não, não falou disso exatamente. — Berenger parecia em conflito, como se estivesse traindo uma confidência. — Ele mencionou, da última vez que conversamos em particular. Sugeriu que poderia gostar de partir em busca disso quando der baixa do posto de almirante. Disse que há anos sonha em encontrá-la e que não há nada a detê-lo agora, se conseguir encontrar uma tripulação de voluntários...

Sinclair deu um grunhido.

— Ele disse quase o mesmo para mim. Pediu-me que considerasse lhe dar autorização para partir. Não deseja viajar conosco para a Escócia. Ele deixou isso claro... O que você acha da ideia?

O piscar de olhos de Berenger revelou confusão, antes de perguntar:

— Que ideia? De ir para Merica ou para a Escócia?

— Merica.

Um jogo de expressões atravessou a face de Berenger, até que ele encolheu os ombros.

— Na verdade, eu não sei o que pensar, porque a Ordem nunca nos *disse* realmente o que pensar disso, não é? Sobre tantas coisas os ensinamentos são específicos: isso é o que sabemos, isso é uma mentira promulgada por Roma, isso é verdade, isso é uma superstição tola. Nós sempre soubemos onde pisávamos no que diz respeito à maior parte da doutrina da Ordem, e se entendíamos mal ou discordávamos de qualquer parte dela, podíamos fazer perguntas e discutir as respostas. Mas essa lenda de Merica... nenhuma orientação jamais nos foi fornecida sobre isso.

Sinclair inspirou fundo e prendeu o ar, preparando-se novamente para um acesso de náusea. Quando melhorou, continuou:

— Não havia nada a fornecer. Nada se sabe sobre isso, mesmo dentro da nossa Ordem do Sião, que dirá no Templo. A única coisa que sabemos é que a lenda existe, e que se baseia em algumas referências obscuras que constam dos registros mais antigos. Perguntei sobre ela aos meus patronos e aos meus mentores, mas nenhum prestou qualquer atenção, desprezando-a como o que parece ser: uma simples lenda, com a qual não vale a pena se ocupar. Mais tarde, porém, quando fui despachado a Carcassone para estudar, um dos meus tutores me disse para procurar um certo irmão Anselm enquanto estivesse lá. Ele era o mais velho membro vivo da Ordem naquela época, e uma mina de informação sobre os aspectos mais obscuros da doutrina. Ele morreu no ano passado.

Sinclair parou de falar e inclinou a cabeça para um lado, como se ouvisse algo, e o punho agarrado à braçadeira de ferro da parede se afrouxou ligeiramente.

— Estou imaginando coisas, ou a arfagem diminuiu?

Berenger fez que sim.

— A borrasca pode ter acabado, ou podemos estar em outra bonança entre tempestades. Então, o que você obteve desse irmão Anselm?

— Ele me ofereceu um modo diferente de pensar e de olhar para tais coisas, uma abordagem distinta para a tradição obscura. — O cavaleiro parou e ouviu. — Creio que o vento está parando, também. Você se oporia a sair comigo e continuar nossa conversa lá fora? Perdoe-me, mas eu acho o confinamento desta cabine tão sufocante quanto o porão sob o tombadilho.

Berenger saltou sobre os pés, perfeitamente à vontade com o movimento do navio.

— É claro, Sir William. Desculpe-me. Eu não havia me dado conta do seu desconforto.

Ele abriu a porta da cabine, depois se pôs de lado enquanto Sinclair passava gingando por ele e seguia às apalpadelas até a amurada, onde parou com os pés separados e a cabeça atirada para trás, aspirando grandes golfadas do frio ar marinho. Parecia realmente que a tempestade passara, pois o vento diminuíra e já não uivava nem atirava espuma dos topos das ondas, que haviam perdido suas cristas revoltas. O mar continuava agitado, empurrando a embarcação em grandes ataques descendentes, mas notavelmente menos violentos; os lados das ondas retumbantes agora eram longos e lisos, raiados com restos retardatários da espuma que tão pouco tempo antes tomavam o ar. Berenger se pôs a olhar as nuvens e avaliar a extensão da mudança de clima, enquanto esperava que seu superior se recompusesse. Depois de um curto instante, Sinclair se voltou, e era claro que estava no comando de si mesmo novamente.

— Pronto, agora me sinto melhor, muito melhor. Agradeço a sua preocupação, Sir Edward, tanto pelo meu estômago quanto pelo meu bem-estar... Agora, o que eu estava dizendo antes de minha cabeça começar a rodar?

— O irmão Anselm, como ele lhe ofereceu uma maneira distinta de ver as coisas.

— Sim, isso... — Sinclair pensou por mais um momento, depois retomou: — Ele deixou bem claro para mim que não deveríamos ignorar nada só porque não conseguimos entender de imediato. Isso parece óbvio, mas a verdade é que a maioria de nós age de outra forma a maior parte do tempo. Anselm descobriu, assim como todos que se deram o trabalho de examinar, que não há nada nas nossas poucas referências que dê credibilidade à lenda de Merica. Mas ele foi um passo além: procurou a fonte das nossas fontes, se é que você me entende.

Berenger franziu as sobrancelhas.

— Não, não entendo. Isso parece impossível. Uma fonte é uma fonte. Não há nada além dela.

— Hmm. — William Sinclair voltou o olhar para o mar revolto e falou na direção para onde observava: — Isso foi quase exatamente o que eu disse a ele, e me recordo de como ele sorriu antes de corrigir meu erro lógico.

Ele virou o rosto para Berenger e abaixou ligeiramente a cabeça, como um pedido de desculpas.

— Eu estava falando das *nossas* fontes, ele apontou, as fontes a partir das quais os antepassados da *nossa* Ordem originalmente desenvolveram a *nossa* doutrina. E essa palavrinha, *nossa*, influenciou a percepção da Ordem ao longo das eras. E, falando em percepções, por acaso você ficou surpreso quando lhe dei disfarçadamente o aperto de mão naquela noite em La Rochelle?

— Sim, fiquei — respondeu Berenger. — Fazia um bom tempo desde que encontrei um templário de alta patente que também fosse membro da irmandade.

— Você está dizendo que me viu mais como um Javali do Templo do que como um membro da irmandade? — Sinclair sorriu e levantou uma das mãos, repelindo com um gesto a vergonha que imediatamente se estampou no rosto de Berenger. — Esqueça, homem, eu só estava brincando para ilustrar que as maneiras como vemos as coisas, ou pensamos ver, podem influenciar o que pensamos depois. Pois foi exatamente isso o que aconteceu, assegurou-me o irmão Anselm, nessa questão da lenda de Merica.

Berenger inclinou a cabeça, claramente esperando ouvir mais, e Sinclair prosseguiu:

— O segredo, todos nós sabemos, tem sido soberano em tudo o que fizemos desde o início da nossa Ordem, mais de um milênio atrás. Mas aqueles poucos de nós que pensam nessas coisas hoje tendem a achar que esse segredo foi originalmente baseado na necessidade de ocultar nossa identidade judaica da ameaça de vingança de Roma. — Ele enfatizou a inverdade do que dizia com um pequeno movimento de cabeça. — Não foi assim. Roma nunca representou uma ameaça para nós desde os primeiros dias de nosso assentamento no sul da Gália, quando escondemos nossas verdadeiras raízes e nos misturamos à estrutura local, eventualmente nos tornando cristãos. Não: nossa necessidade de segredo era muito maior que isso, e muito mais antiga. A classe sacerdotal da antiga Judeia, pelo que sabemos a partir dos nossos registros, era uma sociedade secreta e fechada muito antes de Roma começar a se movimentar para além das sete colinas. Suas raízes remontam ao Egito da aurora do tempo, na era dos primeiros faraós, quando os israelitas foram escravizados por centenas de anos até que Moisés os liderou para fora de lá em busca da Terra Prometida.

"Eu sei que você já sabe de tudo isso, portanto me perdoe se pareço estar pregando, mas o que vem em seguida é a parte importante: nossos primeiros ancestrais levaram o conhecimento consigo para fora do Egito, e muito daquele conhecimento ficou profundamente enraizado, após tantas gerações, na religião egípcia, com seu culto a Ísis e Osíris. Eles levaram essa doutrina a Jerusalém, onde Salomão construiu o Templo, e os sacerdotes eram os guardiões sagrados de seus segredos. Eles, *nossos* mais antigos ancestrais, tinham sua própria doutrina, assim como nós temos a nossa, mas as fontes *deles* eram egípcias, indizivelmente antigas."

Sinclair parou para observar um jovem marinheiro, carregando um balde, descer a escada da plataforma da popa acima deles, e, quando o rapaz já havia passado e sumido de vista, ele continuou:

— O que Anselm me capacitou a ver então, e eu jamais teria pensado nisso se ele não tivesse me orientado, foi que nossos ancestrais mais recentes, os sacerdotes fugitivos do saque a Jerusalém, não foram capazes de trazer tudo com eles. Tiveram de escapar apenas com o que podiam carregar e esconderam o restante, na esperança de retornar para buscá-lo mais tarde. Nós acabamos encontrando, quando Hugh de Payens e seus amigos o desenterraram, mas 1.200 anos haviam se passado, e, ao longo desse tempo, nossa Ordem havia se formado em torno da doutrina salva da Palestina... Naturalmente, sendo humanos e dedicados ao eventual retorno ao verdadeiro lar, os primeiros confrades dedicaram a maior parte de sua atenção àquelas passagens da doutrina que ofereciam maior direcionamento a esse fim. E outras partes, aparentemente menos importantes, foram negligenciadas e permitidas que caíssem em desuso, de forma que suas origens foram esquecidas e tudo o que restou foi a menção original a tais coisas. E a mais notável e misteriosa entre elas era, e que continua sendo até hoje, o elemento que nós conhecemos como a lenda de Merica.

Ouvindo Sinclair, Sir Edward de Berenger havia se movido para se apoiar na amurada do navio, onde continuava então, contemplando sem dizer uma palavra. Sinclair sorriu para ele.

— Acha isso difícil de acreditar?

O vice-almirante meneou a cabeça.

— De modo algum. Creio que faz perfeito sentido. O que você vê em meu rosto como dúvida não passa de perplexidade, nascida da minha descrença de que ninguém, incluindo eu próprio, jamais tivesse pensado nisso antes.

— Por que deveria... você ou qualquer outra pessoa? É uma lenda obscura, esquecida por todos, exceto alguns poucos. Foi por mero acidente eu ter descoberto sobre as antigas raízes egípcias. Se o irmão Anselm não fosse quem foi, e se ele não estivesse em Carcassone quando fui para lá, eu jamais teria sido capaz de entrever tamanha antiguidade.

Ele endireitou os ombros e se virou novamente na direção do mar, esticando os braços e apoiando as mãos sobre a amurada da galé enquanto olhava para o sudoeste, onde uma fenda havia se aberto entre as nuvens e um solitário e brilhante raio de luz passou por entre suas bordas bem-delimitadas, iluminando parte do mar.

— Olhe aquilo. Um simples raio de sol mudando o modo como vemos o mundo. Que coisa insignificante e vã somos nós, os homens. Ostentamos nossas proezas e nosso poder, pensando que alteramos o mundo, construindo impérios e ordens militares, apenas para vê-los desagregados e destruídos por coisas que jamais podemos ter esperança de controlar... Três dias atrás, tínhamos uma frota sob nosso comando, cerca de trinta navios. Um mês antes disso, tínhamos um empreendimento, uma poderosa Ordem, que pensávamos inviolável, invencível. E o que nos resta agora? — Sinclair fez os olhos percorrerem o mar à volta deles. — Eu conto três navios. E nenhum deles, creio, é o do almirante St. Valéry. — Fez uma expressão de amargura para Berenger. — Eu tenho um medo em meu coração, Edward, de que possamos estar perdidos aqui, testemunhando com impotência o fim de uma era. O final do mundo que conhecemos.

— Não, Sir William, pelo nome sagrado de Deus. Nossos navios se reunirão quando os ventos cessarem, eu lhe prometo.

— É, certamente irão. Mas nossas fortunas farão o mesmo? Filipe Capeto e sua criatura, Nogaret, lograram grandes feitos nestes últimos dias, feitos maus, para ser exato, do nosso ponto de vista, mas eles os conquistaram mesmo assim. E eu não consigo prevê-los desistindo do que ganharam. Eles detêm La Rochelle, a principal fortaleza da nossa Ordem, o centro do nosso poder naval mundial, e eu temo que nós, esta frota, somos tudo o que restou da Ordem do Templo dentro da França. Eu digo que temo, mas quero dizer que acredito nisso de coração, pois no momento em que Nogaret tomou La Rochelle, o Templo em Paris já havia caído, e todos os seus partidários foram tomados sob a custódia do rei.

Berenger não tinha nada a responder, e Sinclair continuou:

— Até o momento em que irrompemos naquela sala do Comando e encontramos os assassinos à espera do almirante, eu havia reputado a veracidade do que estava acontecendo como impensável, um mal-entendido monstruoso. Mas a verdade é que era monstruosa... e nossos olhos esbugalhados em descrença é que eram impensáveis. A França se tornou um calabouço, uma *oubliette*, não simplesmente para os corpos dos nossos confrades, mas para os ideais e princípios que defendemos. Eu acredito nisso. E porque acredito, vejo-me propenso a dar ao almirante St. Valéry minha permissão para navegar rumo à busca que ele pensa em fazer.

O vice-almirante se agitou, transferindo o peso de um pé para o outro, o rosto assumindo uma expressão de perplexidade. O silêncio entre os dois homens era quebrado apenas pelos sons do navio e das águas revoltas.

— Bem, o que você pensa? — perguntou Sinclair. — Seu rosto está sombrio com pensamentos, portanto ponha-os para fora. Compartilhe-os comigo.

Tam, que estivera aninhado num canto sob a amurada do tombadilho, não se encontrava mais ali, e Sinclair concluiu que ele devia ter voltado para o porão. Fechou os olhos, concentrando-se no frescor do ar soprando em seu rosto.

Berenger balançou a cabeça.

— Eu não sei o que dizer, Sir William. À primeira vista, a ideia parece uma loucura... No entanto, após ter ouvido o que você disse sobre a lenda, eu já não tenho certeza de que o seja, afinal. Mas não há nenhum outro registro, em qualquer outro lugar ou época, de qualquer pessoa viva, além dos nossos próprios confrades que souberam sobre a lenda, que tenha ouvido falar de tal lugar, tal terra, e o mar Ocidental é ilimitado. Permitir que Sir Charles zarpasse nessas condições seria mandá-lo para a morte.

William Sinclair sorriu, começando a se divertir pela primeira vez em dias, agora que o vento havia cessado e o mar estava menos turbulento.

— O mar não pode ser ilimitado, Edward. Pense no que isso implicaria. Tem de haver algum tipo de borda nele, em algum lugar, a não ser que as águas do oceano se derramassem para dentro do Abismo, e então os mares secariam. Isso é lógico, não é?... Mesmo que incrível.

O companheiro apenas o olhou perplexo, e Sinclair riu alto.

— Não se desespere, Sir Edward, eu não disse que deixarei o almirante ir, pois o que você argumentou é evidentemente verdade. Seria equivalente a mandá-lo para a morte. — Sinclair se tornou sóbrio tão rapidamente quanto havia caído na hilaridade. — E, no entanto, sinto que seria uma gentileza apoiar St. Valéry nisso, quando o que ele mais precisa é de apoio. No espaço de poucos dias, sem nenhum tipo de alerta, ele perdeu tudo que lhe era mais caro: seu melhor amigo e companheiro foi torpemente assassinado, seu Comando usurpado e tornado inútil e o instrumento a que ele dedicou toda a sua vida extinto, talvez destruído por forças contra as quais ele é impotente. Agora, sem superiores a guiá-lo, ele se defronta com uma vida que deve perceber como inútil, exilado numa terra estrangeira sobre a qual ele nada sabe. Que mais pode esperar, em tais circunstâncias, um almirante sem nenhum propósito? Ele tem estes navios e as embarcações que possam se juntar a nós em Finisterra, mas a que fins? Ele não tem nenhum lugar para ir.

— Com todo o respeito, Sir William, não é realmente assim. O almirante seria bem-vindo em qualquer outro país. Nós temos Templos e Comandos por toda a Cristandade e pelo mundo inteiro. É só na França que estamos sitiados.

Sinclair o olhou com expressão inabalável.

— É verdade, neste momento. Mas quanto tempo você acha que irá levar até que outros reis sigam o exemplo de Filipe Capeto? O rei da França tem um papa submisso ao seu lado, o que significa que suas bênçãos se estenderão a todos que desejem agir contra a nossa Ordem e se apoderar de nossas riquezas. Os reis, Edward sendo a única exceção que eu conheço, são todos igualmente gananciosos. Somente Robert Bruce, o rei da Escócia, enfrenta a excomunhão e, mais por causa disso que por qualquer outro motivo, ele é o único homem, o único rei, a quem eu estou preparado para julgar confiável nessa questão, pois fui informado de que os templários escoceses encontram-se entre seus mais leais apoiadores. Escreva minhas palavras, meu amigo. Isso irá acontecer, e rápido. E, quando ocorrer, nós, todos nós, incluindo o almirante, não teremos lugar para ir em segurança além do duvidoso refúgio que podemos encontrar na Escócia.

— Você está pintando um quadro sombrio, Sir William.

— Não mais sombrio do que verdadeiramente é, Edward. — Sinclair olhou em volta novamente, notando que o retalho de céu azul havia se ampliado bastante. — Realmente parece que o clima está melhorando. Se tornarmos a nos encontrar com o almirante, eu conversarei com ele mais longamente sobre o assunto. Pode ser que me convença a deixá-lo ir em sua busca, mas seus argumentos precisarão ser mais sólidos do que têm sido até o momento.

INTOXICADOS

A vários quilômetros de distância do local onde os dois cavaleiros conversavam e examinavam o horizonte, Jessie Randolph estava entre os primeiros passageiros da frota a notar que a tempestade diminuíra, embora por algum tempo desse pouca importância ao fato, pois toda a sua atenção estava totalmente absorvida por questões mais urgentes. Depois de concluir o que estava fazendo, endireitou-se junto à forma adormecida de sua criada Marie, usando as costas de uma das mãos para afastar os cabelos dos olhos enquanto comprimia os dedos da outra mão contra os quadris, testando a dor incômoda decorrente de ter ficado curvada por tempo demais sobre as duas mulheres cujo único dever consistia supostamente em cuidar dela. Esse pensamento a fez sorrir apesar do cansaço, e baixou os olhos novamente para as duas almas fiéis deitadas ali, extenuadas e adormecidas aos seus pés, com seus leitos ao ar livre, porém protegidos por cima e pelos lados por algumas telas de couro bem esticadas e habilidosamente costuradas. Os leitos em si, embora não passassem de pilhas de peles e cobertores, estavam posicionados no ângulo formado pelo tabique da popa, mal havendo espaço suficiente a separá-las para que Jessie pudesse caminhar entre elas.

Ambas estavam prostradas pela mareação, assim como a maioria das outras pessoas a bordo da galé, nessa condição desde o súbito ataque inicial da tempestade, cinco dias antes. Jessie, espantada com a própria habilidade para tolerar os violentos movimentos do navio e do mar, havia assistido a ambas durante a provação, satisfazendo com paciência a todas as necessidades delas, ciente de que as duas teriam ficado horrorizadas simplesmente em imaginá-la fazendo isso. Mas estavam enjoadas demais para tomar conhecimento de tal coisa, e Jessie se sentiu muito grata por ter sido poupada dos tormentos que devastavam as duas mulheres para perder tempo pensando na inversão dos papéis.

Não tinha noção do porquê ou de que forma havia sido capaz de sobreviver às borrascas incólume e com uma calma duradoura e inabalável, mas sabia que era uma das poucas pessoas em toda a tripulação do navio a conseguir isso. Até mesmo seu cunhado, o almirante, como veterano de décadas no mar, havia logo sucumbido à fúria das incessantes rajadas de vento e da constante ferocidade dos mares, assim como seu capitão e os outros oficiais, todos tornados incapazes de governar o navio ou mesmo manter uma aparência de ordem e disciplina a bordo, uma vez que a embarcação não podia ser governada sob tais condições. Os remos, exceto o maciço remo de manobra que formava um leme, não tocavam a água desde a irrupção da primeira tormenta, e os homens que os operavam eram em grande medida inúteis para qualquer outra coisa, de forma que a responsabilidade pelo comando temporário havia sido assumida pelo sargento chamado Tescar, que comandava a guarda no Comando de La Rochelle na noite em que Jessie chegou lá.

Tescar nunca havia navegado, enquanto Jessie havia feito diversas viagens, todas curtas e abençoadas com bom tempo, e, como a baronesa, ele era incapaz de entender de onde vinha sua aptidão para resistir à fúria dos elementos, enquanto marinheiros experientes de todos os postos haviam sido vitimados. Mas, sendo Tescar acostumado a fazer o melhor possível onde quer que se encontrasse, conseguira se manter vivo e fazer o mesmo por Jessie e todos os outros, buscando comida e bebida entre os suprimentos do navio e encontrando vastas quantidades de ambos. Assim fortificados, ambos, juntamente com menos de uma vintena de outros homens em iguais condições, haviam logrado cuidar, ao menos de maneira básica, dos doentes de toda a embarcação. Nem todos os enfermos ficaram completamente imobilizados — muitos continuaram a exercer suas funções em certo grau de normalidade e vários níveis de comprometimento —, mas todos ficaram inquestionavelmente debilitados, de forma que se tornara comum vê-los parados com os olhos perdidos e ocasionalmente vacilantes, como se esperassem que alguém lhes gritasse alguma ordem, dizendo-lhes o que fazer em seguida.

Então Jessie se surpreendeu olhando para um desses sujeitos, notando o modo como ele se preparava para a chegada dos vagalhões enquanto marchava para a frente, com olhos baços e face macilenta, em direção à proa da galé. Aquela era a quarta vez que via o homem, casualmente consciente de sua movimentação da proa à popa e vice-versa. Embora não tivesse ideia do que ele estava fazendo, sabia que não era sem propósito. Dessa vez, porém, prestou mais atenção nele, repentinamente atenta ao fato de que passara a caminhar sem se agarrar às cordas para se apoiar, e, ao perceber isso, observou também que o movimento estrepitoso e tumultuado do navio havia se acalmado, ainda que apenas ligeiramente, e que a arremetida frontal da embarcação era então mais um deslizamento que um balançar titubeante. Um clarão luminoso atraiu seu olhar, e ela ergueu a cabeça para ver um raio de sol reluzir nas proximidades, com bordas nítidas e brilhantes, através de uma brecha na cobertura de nuvens. Desapareceu quase tão rapidamente quanto ela o avistou, mas outro irrompeu através da nebulosidade não longe dali, seguido por outro ainda mais longe, e ela sentiu seu ânimo recrudescer pela primeira vez em dias, animado pela possibilidade de um fim no incessante desfile de vendavais e tormentas que havia se abatido sobre eles por tanto tempo.

Ela se curvou e tirou uma bolsa de couro flexível dentre as duas mulheres adormecidas. Abriu-a lentamente e retirou um cobertor dobrado que sacudiu e testou junto ao rosto para ver se estava seco antes de lançá-lo, com um movimento rodopiante, sobre a cabeça e os ombros das companheiras. Então, movendo-se com cuidado para não perturbar as protegidas, abaixou-se com grande cautela para se sentar entre elas, apoiando as costas no ângulo do tabique e puxando gentilmente o tecido do cobertor até que a cobrisse por inteiro. Momentos mais tarde, dormia, com a cabeça inclinada para trás, lábios sorrindo por algum pensamento errante que havia passado por sua cabeça enquanto sucumbia à sonolência.

DOIS

Ela estava sonhando que alguém chamava seu nome de uma grande distância quando abriu os olhos e viu o irmão Thomas, o sacristão, de pé diante dela, com os olhos pálidos fixos, contemplando-a com ar de desaprovação. Jessie pestanejou com descrença, tentando erguer as mãos para esfregar os olhos, mas os braços foram retidos pelas dobras do cobertor que a envolvia. Antes que pudesse libertá-los, deu-se conta de seus arredores novamente, recordando que estava sentada entre Marie e Janette no ângulo do tabique de vante. Ambas as criadas ainda estavam profundamente adormecidas, e ela pressionou um dos dedos enfaticamente sobre os lábios, franzindo o cenho com raiva em alerta para que o sacristão ficasse quieto para não despertá-las.

O homem recuou ligeiramente com o gesto dela, o rosto demonstrando uma tênue repugnância, mas ela não lhe deu mais atenção enquanto se punha de pé com grande cuidado para manter o decoro sob o olhar de desdém dele. O irmão Thomas não tinha estima por ela, sabia disso; ficara claro desde o primeiro encontro de ambos que o sacristão se ressentia da presença dela em meio a uma irmandade que considerava sacrossanta. Jessica não se ofendeu com isso, pois sabia que não era pessoal; sabia, para ser justa, que a reação dele não teria sido diferente com qualquer outra mulher. Sua própria desaprovação a ele, porém, havia sido igualmente espontânea e obstinada. Sentindo a antipatia e a intolerância do homem pelo modo como a olhava, mesmo antes de conhecê-lo, havia-o desprezado como um canalha insignificante e hipócrita, com o odor rançoso e animalesco de um bode selvagem, e se recusara a reconhecer a existência dele depois disso.

Infelizmente para ambos, resultou que não podiam ignorar nem evitar um ao outro, uma vez que após a morte de seu antigo mestre, o preceptor, os deveres e a lealdade do irmão Thomas haviam sido transferidos, de acordo com seus anos de serviço e posição hierárquica dentro do Comando de La Rochelle, para assegurar o bem-estar do almirante St. Valéry, o próximo na hierarquia abaixo do extinto preceptor, e era tão assíduo aos seus novos deveres quanto havia sido aos antigos.

Isso significava que, no estreito confinamento da galé do almirante, ele nunca estava longe da vista ou do alcance da audição de seu principal encargo, e uma vez que considerava Jessie, como todas as mulheres, o instrumento pessoal do demônio para a tentação de todos os homens decentes, havia recusado a entrada dela na minúscula cabine do almirante desde que Charles caiu enfermo pela primeira vez. Jessie insultou interiormente a presunçosa soberba do sacristão, mas tomou o cuidado de disfarçar a raiva, pois não havia nada que pudesse fazer para contradizê-lo naquele momento, e se recusou a lhe dar a satisfação de ver que havia conseguido irritá-la.

Satisfeita ao conferir que o vestido estava em ordem, virou-se para confrontar o homem.

— O que você quer?

O irmão Thomas corou ligeiramente.

— O irmão almirante gostaria de falar com você.

— O irmão almirante, hein? — Jessie encarou o sacristão sem disfarces, não fazendo qualquer tentativa de ocultar sua hostilidade. — Eu me pergunto se, no fundo do seu coração, Sir Charles aprecia tamanho grau de intimidade familiar. Meu falecido e amado esposo costumava dizer que nós podemos escolher nossos amigos, mas nossos parentes nos são impostos ao nascer.

Ela fez uma pausa, observando-o atentamente, e teve o prazer de ver a face dele corar ainda mais quando o insulto atingiu o alvo, mas não lhe deu tempo de retaliar, passando por ele e começando a se dirigir aos aposentos do almirante na popa da galé.

— Tenho tempo agora. Irei atendê-lo.

Jessie caminhou em direção à popa do navio, movendo-se sem esforço em sincronia com o balanço do tombadilho, deliciando-se com a súbita e progressiva claridade da tarde, os crescentes retalhos de azul acima dela e o som de passos apressados do sacristão enquanto se esforçava para alcançá-la. Quando atingiu a portinhola do espaço minúsculo que eram os aposentos do almirante, Thomas havia ficado bem para trás, e ela bateu e empurrou a porta antes que o homem pudesse interferir.

Dentro da pequena cabine escura, totalmente vestido e se projetando do meio de um emaranhado de roupas de cama, Charles St. Valéry apertou dolorosamente os olhos e levantou a mão espalmada sobre a face em protesto contra a claridade ofuscante da luz que se derramou sobre ele. Estava sem touca e com o cabelo desgrenhado, de olhos fundos e face emaciada por rugas profundamente vincadas. Jessie sentiu um estremecimento de compaixão ao vê-lo. *Felizmente*, pensou ela, *o almirante não me viu fazer isso, cego como está.* O irmão Thomas chegou junto ao ombro dela e começou a falar, erguendo a voz em protesto, mas Jessie o interrompeu com um movimento grosseiro da mão, depois se dirigiu ao cunhado, sorrindo e tentando infundir à sua voz um tom de divertimento amigável:

— Irmão Charles, estou feliz em ver que sobreviveu à tempestade, embora não consiga ver como, engaiolado neste diminuto caixote escuro. Posso induzi-lo a sair e respirar o ar puro de Deus? Isso lhe fará bem, eu lhe garanto.

O almirante abaixou vagarosamente a mão protetora, piscando mais uma vez por causa da claridade da tarde, depois apertou os olhos fechados e comprimiu a parte superior do nariz entre o polegar e o indicador, puxando-o de um lado a outro como se tentasse arrancá-lo do rosto. Por fim, afastou a mão e sacudiu a cabeça com força para os lados, como um cão se livrando da água. Em seguida, abriu bem os olhos e piscou novamente, dessa vez como uma coruja, para então perguntar:

— Que dia é hoje?

— É sexta-feira, almirante. Nós fomos acossados por tempestades nestes últimos cinco dias.

E você parece que esteve morto por quatro deles, pensou em silêncio. Aquela era a primeira vez que ela o via menos do que perfeitamente penteado e arrumado.

Ele ficou olhando para ela, com a boca se movendo silenciosamente como se mastigasse, e uma expressão de dissabor aumentando no rosto.

— Minha boca tem o sabor da morte. — O almirante se desviou dela para o local onde o sacristão aguardava às suas costas. — Thomas, traga-me um pouco de água, por favor.

Jessie pôde sentir o cheiro da partida do sacristão, pois o ar se tornou imediatamente adocicado quando ele levou consigo seu odor azedo.

— Um almirante mareado — murmurou St. Valéry. — Isso é muito incomum, até mesmo para mim, com todas as minhas fraquezas humanas. Eu não estou... acostumado com a mareação. Não estou acostumado com qualquer tipo de mal-estar, verdade seja dita. Fazia anos desde que caí doente deste jeito. E que Deus me conceda muitos mais antes de eu me sentir assim novamente.

Ele bateu uma das mãos espalmada contra o peito, tossindo, congestionado, depois fez um som de sucção pelo nariz antes de continuar:

— Sexta-feira, você disse? Já faz uma semana desde La Rochelle? E onde estamos agora?

— Ainda flutuando, graças a Deus, mas não sei lhe dizer mais do que isso. O sargento Tescar e eu, embora não tenhamos direito a isso, somos os dois seres mais saudáveis a bordo desta embarcação. Gente de terra firme ou não, não fomos perturbados pelas tormentas e mantivemos nossos estômagos calmos e nossas pernas firmes... É estranho, mas depois de algum tempo o cheiro de vômito parece perder sua força. Há 15 outros desse modo, também em boa saúde, mas nenhum deles sabe mais sobre o mar do que nós, por isso não fazemos ideia de nossa localização. Estamos sobre as águas e não debaixo delas, e por isso, ao menos, estamos gratos.

— O que está dizendo, irmã? Que absurdo é esse? Onde estão os meus oficiais?

— Acamados, senhor, todos tão enjoados quanto você.

— Mas isso é... isso é impensável. E quanto aos meus homens?

— Nas mesmas condições. Enjoados. Todos à exceção de uns vinte. E Tescar me disse que três morreram na tempestade.

— Como, em nome de Deus?

— Da doença... da mareação.

— Da... — St. Valéry parou e oscilou a cabeça em negação. — Mareação não mata, Jessie. Eu nunca soube de ninguém que morresse de mareação, embora por vezes todos os afligidos por ela esperem a morte e possam até mesmo desejá-la. Você lembra se todos os homens adoeceram ao mesmo tempo?

Jessie franziu a testa.

— Sim, acho que sim, mas eu mesma fiquei enjoada por metade de um dia e uma noite, no início da tempestade, mas, quando comecei a melhorar, todos os demais haviam sido acometidos por isso, incluindo você.

A cabeça de St. Valéry se inclinou ligeiramente para trás enquanto contemplava a distância.

— Há algo mais aqui, algo sinistro. Isso está me parecendo intoxicação. Já passei por algo desse tipo antes, saindo da Arábia... Aquela carne, na primeira noite. Eu achei na ocasião que ela estivesse estragada. — O olhar dele se aguçou, retornando a Jessie. — Diga-me, naquela primeira noite no mar, depois que recolhemos o Tesouro, você comeu algo? E Tescar?

— Não. — Jessie meneou vagarosamente a cabeça. — Eu perdi a vontade de comer assim que o mar começou a se agitar e passei as horas seguintes em agonia, por isso não posso dizer nada de Tescar, embora saiba que ele se sentiu enjoado também naquela primeira tarde, antes mesmo que eu.

— Então essa deve ser a causa do que aflige o restante de nós. Nós comemos o toicinho salgado. O pão que o acompanhou era fresco, assado em La Rochelle no dia anterior. Quisera que a carne estivesse tão fresca! — Ele olhou à volta da cabine, avaliando suas condições. — É melhor eu me levantar e sair.

St. Valéry se pôs vagarosamente de pé, embora não conseguisse ficar totalmente ereto sob o teto baixo. Ele fez uma nova careta e flexionou os ombros com cautela no espaço apertado.

— E quanto aos outros, o restante da frota? Eles estão à vista?

Jessie deu de ombros enquanto o irmão Thomas retornava às pressas, trazendo uma caneca de chifre e um odre de água.

— Não olhei recentemente — respondeu ele —, mas, da última vez que vi, e isso deve ter sido esta manhã... era dia claro, estou certo, estávamos sós, nada à vista em qualquer direção. Mas, veja bem, ainda estávamos sendo jogados com violência de um lado para outro, por isso não pude ver longe.

— Muito obrigado por isso — agradeceu St. Valéry ao irmão Thomas, saindo para o tombadilho e segurando a caneca enquanto era servido. — Diga-me, Thomas, você ficou enjoado como os outros?

O sacristão fez que não com a cabeça lentamente.

— Não, irmão almirante, graças a Deus.

— Você comeu a carne no dia em que a tempestade caiu sobre nós?

— Eu não comi nada, irmão. Foi o aniversário de morte da minha mãe, por isso eu jejuei o dia todo.

— Hmm.

St. Valéry bebeu o conteúdo da caneca de um só gole e a estendeu novamente, dessa vez aproveitando o tempo para olhar em volta enquanto a água era servida.

— Cessou — disse ele, obviamente se referindo à tempestade. — A visibilidade é de cerca de 4 milhas.

Então ele endireitou sua postura, espreitando o horizonte para então gesticular para Jessie.

— Veja, há um mastro ali, e onde há um haverá mais.

Ele olhou à volta do seu navio, notando os rolos de corda fora de lugar, um arpão quebrado e outros detritos da tempestade aprisionados nos embornais de ambos os lados do tombadilho.

— Primeiro, o mais importante: tenho de reunir minha tripulação e pôr este navio novamente em condições de trabalho. Thomas, encontre o capitão Narremat para mim. Não me importa em que condições ele esteja. Se estiver respirando, traga-o a mim... E encontre os outros oficiais também. Se eles estiverem intoxicados como eu suspeito, já estará passando a esta altura, e eles se recuperarão mais rápido trabalhando do que deitados por aí e sentindo pena de si mesmos. Sei disso por mim.

TRÊS

O almirante e sua convidada de honra, Lady Jessica, haviam jantado uma refeição semelhante em todos os detalhes àquela ingerida pelos remadores de mais baixa patente no navio: uma fatia fina de carne-seca, cuja validade foi cuidadosamente verificada dessa vez, com salsichas defumadas, queijo de cabra curado e toda broa de centeio bem-assada que alguém desejasse comer, adocicadas com um punhado de uvas-passas. Mas ao menos ele e a esposa de seu irmão haviam desfrutado do privilégio de comer no pequeno deque de popa, onde puderam usufruir de uma ilusão de privacidade e, como a alta patente dispõe sempre de suas prerrogativas, puderam também compartilhar uma taça de vinho da adega particular do almirante. A única grande vela estava agora desfraldada acima de suas cabeças, impelindo-os num rumo constante para o oeste, ao longo da costa setentrional da península Ibérica.

Jessica engoliu o último pedaço inteiramente mastigado da broa insípida e se permitiu pensar por um momento no pão de casca crocante que adorava comer quando residia na França. No entanto, estava preocupada com seu anfitrião mais do que com qualquer outra coisa, pois St. Valéry, sentado em silêncio havia quase meia hora, observava o mar com expressão vazia. Seu rosto tinha um aspecto vincado e fatigado de um modo que ela agora achava ter pouco a ver com a enfermidade.

— Você sente muita falta dele.

Jessie havia falado em sua língua natal, mas St. Valéry entendeu o dialeto e respondeu em seu inglês com forte sotaque, quase distorcido.

— Hmm? — O almirante olhou para ela com uma sobrancelha ligeiramente levantada. — Sinto falta de quem?

Ela voltou a falar em francês:

— Perdoe-me. Eu pensei... por um momento me convenci de que você estava pensando em seu amigo, mestre Thierry. Mas falei sem pensar e não pretendia me intrometer em...

Ele sorriu, com olhos enevoados pelo que ela concluiu ser seu pesar.

— Não precisa se desculpar. Você está correta. Eu estava pensando em Arnold. Um fim tão cruel para uma vida tão nobre...

— Fale-me sobre ele, pois eu não o conheci bem. Pelo pouco que soube, admirei-o. Mas você e ele foram amigos por um longo tempo, não?

O sorriso do almirante continuou e ele inclinou a cabeça gentilmente para um dos lados.

— Sim, nós fomos, por um tempo muito longo...

Jessica estava começando a pensar que ele não diria mais nada, mas então ele continuou, como se pensasse em voz alta:

— Eles nos chamavam de "Os Gêmeos", *les jumeaux*. Você sabia disso?

Os olhos dela se alargaram.

— Não. Por quê?

Ele virou as mãos uma em direção à outra, num gesto muito gaulês, denotando estupefação e ignorância ao mesmo tempo.

— Porque éramos parecidos, eu suponho, após tantos anos. Vestíamos o mesmo manto, como comandantes do Templo, e a mesma armadura por baixo dele. Nossas insígnias pessoais eram diferentes, mas não de maneira tão perceptível. Disseram-me muitas vezes que éramos frequentemente indistinguíveis a distância, ambos com o mesmo peso e tipo físico, o mesmo modo de andar, resultado dos muitos anos de treinamento e disciplina da Ordem. E, é claro, ambos usávamos a mesma tonsura e tínhamos barbas grisalhas nestes últimos mais de dez anos... — O sorriso dele se alargou. — É claro que não deveríamos saber como os irmãos nos chamavam. Nenhum deles ousaria se referir a nós como "Os Gêmeos" ao alcance de nossos ouvidos, por isso fingíamos não saber.

"Nós nos juntamos à Ordem no mesmo dia, como você sabe. Na ilha de Chipre, no quarto dia de julho de 1276, há 31 anos... E nos encontramos pela primeira vez poucos dias antes disso, a bordo da galé que nos levou até lá como postulantes. Ela nos recolheu em Rodes e nos transportou até Limassol, e, a partir do momento em que nos conhecemos, tornamo-nos amigos íntimos, e assim permanecemos."

Ele se virou e esticou ao lado da mesa as pernas calçadas de botas, torcendo o corpo para sentar mais ereto e puxando as pontas do pesado manto em torno de si.

— Arnold tinha 21 anos naquela época. Eu tinha 25. Ele já era viúvo, tendo perdido a mulher e o filho no parto. Mas era tomado de fogo e zelo por nossa Ordem e sua missão, e se tornou um dos mais honrados cavaleiros do Templo, passando 15 anos em constante campanha na Terra Santa antes de participar do cerco final a Acre, em 1291.

— Ele estava em Acre e sobreviveu?

— Sim e não. Ele ficou gravemente ferido no início do combate, muito antes do fim, e foi transferido por mar até a ilha de Rodes, onde eventualmente se recuperou sob os cuidados dos hospitalários. Mas, nesse meio-tempo, Acre caiu, e nossa presença na Terra Santa chegou ao fim.

— E quanto a você, almirante? Onde estava quando tudo isso aconteceu?

— Eu estava no mar, onde mais? Passei toda a minha vida no mar antes de assumir minha base em terra, em La Rochelle. Eu nasci numa poderosa família mercantil, como você sabe devido ao seu casamento, e, por causa disso, quando me juntei à Ordem, aos 25 anos, fui designado à esquadra. E nela permaneci.

— Então, como você foi para La Rochelle?

— Devido à minha amizade com Arnold. Além disso, como estamos falando a verdade aqui, havia a questão do senso comum dos nossos superiores. No fundo, era uma questão de compatibilidade. La Rochelle é a principal base da Ordem, seu centro de operações, e serve a dois mestres *in situ*, dois comandantes que devem interagir diariamente: o preceptor baseado em terra e sua contraparte naval. O ideal era que esses dois conhecessem, gostassem, respeitassem e admirassem um ao outro e serem igualmente dedicados, acima de qualquer outra coisa, à contínua prosperidade da Ordem.

"Infelizmente, devido à natureza humana, isso nem sempre é algo possível de se alcançar. Há muito poucos iguais ocupando altos cargos, ao que parece, que genuinamente gostam, respeitam e admiram um ao outro a ponto de serem capazes de dividir o comando sem ciúmes. A ambição pessoal dá um jeito de prejudicar tais arranjos. — Ele deu de ombros novamente, em autodepreciação. — Por causa disso, a amizade de longa data entre Arnold e eu, juntamente com as reputações que cada um de nós havia alcançado, é claro, recomendou-nos aos nossos superiores. Não havia ciúmes entre nós, e apreciamos a administração conjunta de La Rochelle por mais de dez anos. Dez maravilhosos anos."

O almirante olhou para o interior do navio e levantou uma das mãos para chamar um tripulante, gesticulando para ele retirar os restos da refeição, e ambos observaram enquanto o homem removia as sobras e outro dobrava a pequena mesa e a levava embora.

Quando ficaram novamente a sós, olhando-se mutuamente por sobre o espaço onde a mesa estivera, Jessica perguntou:

— O que você fará agora?

Ele a olhou com expressão inabalável.

— Estou considerando fazer uma expedição.

— Uma expedição? Nós já estamos em uma: entregar o Tesouro de sua Ordem em segurança na Escócia, e entregar o *meu* tesouro em segurança ao rei dos escoceses.

Os lábios dele se retorceram no que poderia ter sido o início de um sorriso, mas depois ele balançou a cabeça.

— O que você está definindo é uma missão, não uma expedição, e essa missão em particular pode ser desempenhada com eficiência por outros, sem a minha participação.

Ele deixou que essas palavras reverberassem no ar, provocando-a e aguçando sua curiosidade, de modo que a dama franziu ligeiramente o cenho, tentando decifrar o significado daquilo.

— Isso é... enigmático.

O almirante a encarou sem piscar, sem que seus perspicazes olhos azuis revelassem nada além da própria cor viva. Ela esperou um momento para ver se o homem responderia, e então concluiu que aguardava prosseguimento da parte dela. Limpou a garganta e desviou o olhar por um momento, mirando o horizonte para pensar no que diria em seguida. Se ele tinha uma expedição em mente, devia estar no final da jornada deles.

— Essa expedição de que você fala deve estar no futuro, na Escócia... Você já esteve na lá?

St. Valéry sorriu discretamente, e os pés de galinha nos cantos dos olhos eram o único sinal de que estava fazendo isso, pois o vento agitava os pelos da barba e do bigode, ocultando a boca.

— Eu nunca fui à Escócia e não desejo ir para lá agora. Estive na Inglaterra, duas vezes, e tampouco pretendo ir para lá. Falo inglês muito mal, como você sabe, mas a língua dos escoceses é para mim uma algaravia ininteligível.

Ela sabia que o almirante a estava provocando, pois o ouvira dizer o mesmo a seu marido, anos antes, mas decidiu ser condescendente com o homem:

— Isso não é incomum. Muitas pessoas na Escócia falam bobagens aos ouvidos das outras. Nós temos várias línguas, e diversos grupos distintos dos chamados escoceses: nórdicos, gaélicos, noruegueses, e os mais antigos de todos, aqueles que os romanos chamavam pictos, os homens pintados.

— Alguns dos grupos distintos chegam a conversar uns com os outros?

— O tempo todo, almirante, embora raramente em tons amigáveis, receio. O rei Robert está tentando mudar isso, unir o país contra a Inglaterra de Eduardo e sua volúpia por se apropriar da nossa terra.

— Eduardo está morto, Jessie. Você ouviu o que disse o mestre Sinclair.

— Ele pode estar morto, mas seus barões não estão, e o punho de ferro dele era o único bloqueio que os continha. O filho que o sucede no trono inglês será a pior coisa que poderia ter acontecido à Escócia, pois não passa de um fraco, e seus próprios barões passarão por cima das suas vontades e se deleitarão com isso. E o que eles farão será invadir a Escócia. — Ela se conteve, depois relaxou o maxilar. — Mas isso não vem ao caso para você, não é?

Ela fez uma pausa por um momento, depois prosseguiu:

— Então, se não pretende ficar na Escócia, para onde irá? A não ser que pretenda retornar diretamente para a França...

— Isso é o que meu coração me diz que eu mais adoraria fazer, mas minha consciência me fala que podem se passar anos até que nossa Ordem veja novamente a luz do dia na França, se é que de fato tornará a ver. Portanto, não, eu não retornarei à França.

St. Valéry ficou em silêncio, contemplando por sobre a amurada, depois voltou o olhar para a direita, por cima da popa, antes de se levantar e atravessar o pequeno deque até onde pudesse examinar todo o horizonte.

— Veja — disse, gesticulando para que ela se aproximasse para se juntar a ele —, eu não disse que onde havia um haveria mais? Ali estão 11 mastros agora, está vendo? E mais três embarcações à vista. Nossa frota ainda existe.

Jessica se postou ao lado dele por algum tempo, examinando o horizonte como o almirante havia feito e contando os mastros. O céu estava quase limpo de nuvens, e o sol se aproximava do poente. Ela notou também a tranquilidade ordeira a bordo da embarcação em que estavam e o inconfundível ar de disciplina e renovação evidente na postura dos timoneiros atrás deles. Ficou satisfeita com tudo o que viu e se afastou para retomar o assento e a conversa interrompida.

— Então qual será essa sua expedição? — perguntou ela, falando para as costas do almirante. — Para onde ela o levará? — Hesitou quando ele se virou para olhá-la de frente, depois prosseguiu: — Sei que é provável que eu esteja sendo intoleravelmente inquisitiva, mas acho que você não teria trazido o assunto à tona se não desejasse que eu tivesse conhecimento dele.

Charles St. Valéry moveu a cabeça vagarosamente, e ela percebeu que os olhos dele haviam mudado ao ouvir a pergunta; agora pareciam preocupados.

— Você sabe que constitui a única família que eu ainda possuo? — Ele viu as sobrancelhas dela se erguerem e fez um gesto de mão pedindo silêncio antes que Jessie começasse a protestar. — Ah, eu sei que há outros, primos e parentes distantes, eu sei disso, mas estou falando de familiares próximos, pessoas importantes para mim. Eu sou o mais velho e o último de quatro irmãos, dois dos quais eu conheci e amei muito, e um esquadrão de irmãs, nenhuma das quais jamais conheci muito bem.

Os dentes dele se revelaram subitamente através da barba espessa, e Jessie observou, como havia feito antes com frequência, a brancura e a força deles.

— Você, querida irmã, constitui todo o meu conhecimento adulto do mundo feminino e, por algum tempo, quando a conheci, assustou-me intensamente...

— Assustei você? Por quê, em nome de Deus?

— Porque, em nome de Deus, como você apropriadamente sugere, eu sou um monge e jurei castidade e celibato, e, como esposa do meu irmão, sem desejar isso ou ser censurável de qualquer forma, você me fez ver como pode ser frágil o muro de castidade por trás do qual meus pares se agacham. Você era, e continua sendo, uma criatura de grande beleza, Jessica, e essa beleza me enervava, desacostumado a ter qualquer trato com mulheres. Não pretendo lisonjeá-la, não tenho necessidade nem desejo de fazer isso. Falo simplesmente a verdade. Sua beleza me amedrontava, assim como amedronta Sir William.

Jessica Randolph não ouviu o que seu cunhado disse a seguir, porque sua mente de súbito se encheu com o que ele tinha dito sobre William Sinclair. A ideia de que Will pudesse ter medo dela a pegou de surpresa. Jessie não era nada ingênua, mas que experiência possuía em lidar com os cavaleiros da Irmandade do Templo? Os poucos templários que havia conhecido quando criança eram todos parentes ou amigos da família, guerreiros que a tratavam como o que ela era: uma garotinha a ser ignorada ou afagada na cabeça ao passar por eles. Depois de crescer e se tornar uma mulher, raramente via algum deles, e, como mulher casada, vivendo na França e na Inglaterra, apenas os havia vislumbrado ocasionalmente e a distância, reconhecendo-os por suas vestes e insígnias. Os negócios do marido, como agente do rei, sempre foram conduzidos na corte de Filipe Capeto, e lá ela rapidamente aprendeu como repelir abordagens lascivas de cortesãos indolentes e importunações de homens de todos os cargos e posições sociais. Tornou-se perita em desviar a atenção deles, quando não podia evitá-los. Com a única exceção de seu cunhado Charles St. Valéry, nunca havia de fato encontrado, ou tido qualquer trato, com os cavaleiros do Templo. Que eles eram distantes e desdenhosos, ela tinha certeza, tomando isso como consequência do misticismo sigiloso, mas a possibilidade de que pudessem sentir temor dela e de todas as mulheres nunca havia passado por sua cabeça.

Então era isso: William Sinclair tinha medo dela simplesmente porque era uma mulher atraente.

— ... e por isso eu encontro pouco prazer em contemplar novos começos na minha idade.

— Perdoe-me, querido Charles — interpôs ela, abruptamente franca como sempre —, eu me distraí por um momento e perdi algo que você estava dizendo. De que novos começos está falando?

O olhar que o almirante dirigiu a ela poderia ter sido um sorriso tolerante, mas Jessica não teve certeza disso.

— Todos eles — respondeu ele em voz calma. — Há vários me confrontando neste momento, todos os quais, exceto um, eu preferiria evitar.

Ele viu pelo rápido movimento da sobrancelha de Jessie que ela estava à espera e não iria interrompê-lo.

— Primeiro, e mais importante, querida irmã, eu estou velho demais para encontrar prazer na perspectiva de começar uma nova vida num novo país. Meu tempo na França foi interrompido, e eu não tive controle sobre os eventos que nos trouxeram até aqui. Gostaria, porém, de ter algum controle sobre o que farei daqui por diante.

— E você pode fazer isso? Exercer controle sobre o seu futuro?

Ele deu o seu habitual encolher de ombros gaulês.

— Facilmente, se Deus permitir e se eu puder obter a autorização de Sir William, que agora parece ser o único superior que me resta. Mas duvido que ele esteja propenso a me conceder essa permissão simplesmente porque restam tão poucos de nós em liberdade.

Ele voltou as costas para ela novamente, contemplando por algum tempo a escuridão que se formava, antes de voltar a encará-la, apoiando-se contra a amurada.

— Se ele preferir negar meu pedido, então eu devo aceitar sua decisão, aprender a viver com meu desapontamento e cumprir meu dever com o melhor das minhas habilidades, na Escócia ou em qualquer outro lugar, quando a necessidade se manifestar. Se ele me autorizar a partir, por outro lado, então estarei novamente em meu elemento, fazendo aquilo para que nasci, e minha vida a partir de então estará sob o meu próprio controle.

— A partir de então? Você quer dizer para sempre?

— Pelo tempo que me resta.

— Você diz que essa expedição iria afastá-lo da autoridade dos seus superiores. Como pode ser isso? Para onde você teria de ir para conseguir isso?

— Além dos mares.

— Está querendo dizer para Outremer? Mas Outremer está perdida. Não há presença cristã na Terra Santa hoje. Viajar de volta seria suicídio.

— Não estou falando de Outremer...

— Onde, então? Aonde mais há para se ir?

Ele a encarou com uma expressão franca, e nesse momento não havia qualquer sinal de frivolidade no seu olhar.

— Lugar algum — respondeu ele. — Pelo menos, lugar algum no mundo conhecido.

Ela ficou autenticamente desnorteada.

— Você está sugerindo que pode haver lugares *des*conhecidos no mundo?

— Estou. — St. Valéry viu que ela lutava para absorver o que ele tinha dito, vendo a dança dos pensamentos dela claramente refletida em sua face. — Tais lugares podem existir. Minha expedição irá encontrá-los.

— Mas... como? Onde?

— No extremo oeste. Você já ouviu a palavra "Merica"?

— Não, nunca. Deveria ter ouvido?

— Não, de modo algum. Não posso pensar em boas razões para que a tivesse ouvido, porém, consigo imaginar várias outras excelentes para que não a conheça. Merica é um lugar místico e lendário, e suponho que estarei quebrando algum voto ao lhe contar sobre ela, embora não consiga ver onde a transgressão poderia residir.

Ele caiu em silêncio, e Jessie aguardou com avidez, mantendo o cuidado de não se mover para não o distrair. Por fim, ele pigarreou e foi se sentar ao lado dela novamente.

— Como eu disse, você é o único membro remanescente da minha família, e por isso vou lhe contar algo que provavelmente não deveria mencionar. Nossa Ordem sagrada é secreta. Eu sei que você tem consciência disso, assim como o restante do mundo, mas a verdade é ainda maior do que a aparência do segredo. A Ordem, a Irmandade do Templo, está fundada sobre um sigilo necessário, cuja substância é — e aqui ele exibiu a ela um sorriso encantador —, obviamente, um segredo. Há muitos aspectos do nosso código de conduta e das nossas crenças sobre os quais somos completamente proibidos de falar, sob juramento e pena das mais atrozes punições. Existem outros elementos, porém, que não são tão estritamente circunscritos. Você entende a distinção?

Como ela fez que sim, ele continuou:

— Excelente... Na nossa antiga doutrina, que é extensa, há diversas áreas que carecem de coerência e de provas de... Qual é a palavra? Autenticidade, eu suponho, define melhor. E uma dessas áreas, um fragmento, uma informação, a mais simples sombra de um relato, talvez uma lenda, trata de um lugar que se encontra além do mar Ocidental, o oceano que chamamos de Atlântico. De acordo com os fragmentos de documentos que possuímos, é uma vasta extensão de terra, sob uma brilhante estrela da tarde que os nativos, e aparentemente há povos nativos lá, chamam de Merica. Mas não há prova, de qualquer natureza, de que tal lugar exista. Como eu disse, é uma sombra.

— Quão antiga? — Ela viu a sobrancelha dele se levantar e prosseguiu: — Você fala da antiga doutrina, mas sua Ordem foi fundada há menos de duzentos anos, quando os Exércitos de Cristo tomaram Jerusalém pela primeira vez. Ela é velha, mas não é antiga, e você falou com a autoridade de fé quando se referiu a uma antiga doutrina.

— Bravo, querida irmã. — Ele deixou a cabeça pender para um dos lados, num óbvio gesto de admiração e respeito. — Poucos homens que conheço seriam suficientemente astutos para fazer tal observação, e de mulheres não se espera que sejam capazes de um raciocínio tão objetivo, uma suposição, eu começo a suspeitar, que permite que os homens se apeguem às suas ilusões de superioridade. Estou impressionado, e você está certa. Nossa Ordem do Templo é mensuravelmente idosa, mas a doutrina da qual seu cerne foi formado é antiga. Não posso dizer mais do que isso sem violar meu juramento.

Jessica assentiu novamente, embora a sugestão de um franzir de sobrancelhas permanecesse em seu rosto.

— Então... uma antiga informação, uma alegação não embasada, o mais reles fragmento de uma narrativa que, como você mesmo admite, não tem base na realidade... e pretende dedicar o restante da sua vida em busca desse lugar? Perdoe-me, mas isso parece loucura do tipo mais óbvio. Por onde você começaria? E como? E quem iria com você?

— Pode ser que ninguém vá, e nesse caso eu não poderia ir... Mas espero e acredito que haverá almas intrépidas suficientes entre meus homens para compor uma tripulação suficientemente grande para empreender a aventura.

— Você quer dizer para navegar ao seu lado rumo à morte quase certa?

— Sim, se você quiser expor desse modo. Mas a certeza da morte não chega nem perto da intensidade que seu tom implica. Nossa irmandade foi fundada sobre a fé... fé em Deus, em nós mesmos e na nossa missão. O grande Tesouro que estamos transportando com Sir William é prova, por si só, da validade e da realidade da nossa doutrina. Antes que ele fosse encontrado nas entranhas do Monte do Templo, em Jerusalém, sua existência era incerta, mas sua descoberta reafirmou a fé dos homens que passaram anos à sua procura. Nosso fundador, Hugh de Payens, não tinha nada mais para guiá-lo além das instruções contidas em antigos documentos. No entanto, a fé e a certeza o capacitaram a, com seus oito companheiros, escavar a rocha viva do Monte do Templo durante nove longos anos antes de encontrá-lo. Estivera lá o tempo inteiro, apesar de toda a improbabilidade ditada pela lógica e pela razão.

— O que é? O que ele contém? É evidente que é muito precioso.

— Sim, é, e com um potencial que iguala seu valor. Mas, acima de tudo, é um segredo, e posso lhe dizer com absoluta honestidade que eu, mesmo sendo o almirante da esquadra do Templo, não faço ideia do que ele encerra. Até o momento em que o vi no cais daquela vila pesqueira uma semana atrás, à espera de ser embarcado, nunca pusera os olhos nele, e até onde vai todo o meu saber, ninguém que eu conheça dentro da ordem jamais viu os baús abertos. A última vez que ouvi falar sobre o Tesouro foi quando o embarcaram para ser retirado da fortaleza de Acre, pouco antes de a cidade cair nas mãos dos sarracenos. Isso foi há quase vinte anos.

— Hmm. Eu ouvi essa história, e ela é intrigante. Mas o Tesouro é um fato estabelecido, querido Charles, sua existência é há muito tempo conhecida. A situação que você descreve, por outro lado, é bem diferente. Ainda que encontrasse uma tripulação tão leal quanto aqueles que apoiaram seu fundador na busca empreendida, eu ficaria surpresa se esses homens desistissem de tudo, deixando o mundo que conhecem e partissem com você numa expedição como essa, navegando para dentro do mar Ocidental, na esperança de encontrar o final dele. Eles correriam o risco de cair no Abismo.

— Todos os homens correm o risco de cair no Abismo, irmã, simplesmente por viverem neste mundo. Eu não tenho dúvida de que, se eu puder encontrar os homens do tipo certo, e creio que já estão a bordo da minha galé, eles irão comigo.

— E quanto ao seu superior? Por que Sir William Sinclair permitiria que você partisse com alguns dos seus poucos homens remanescentes no que a maioria das pessoas consideraria uma busca inútil?

O almirante deu de ombros.

— Em face disso, não há uma razão, mas me considero capaz de lhe oferecer algo de valor como um *quid pro quo* por conceder minha partida... Como você sabe, no momento estamos sendo perseguidos por alguns dos nossos próprios navios, três galés que acreditamos terem sido capturadas pelos homens de Nogaret em La Rochelle. Eles estão vários dias atrás, pois duvido que poderiam ter ganhado terreno durante as tempestades, e esse intervalo de dias nos permitiria fazer o que necessita ser feito. Eu precisaria de um dia para descarregar minha parte do Tesouro e estocá-lo a bordo de outro navio. Depois disso, enquanto o restante desta frota seguisse para se ocultar ao longo da costa ocidental de Portugal, eu ficaria para trás e aguardaria as embarcações que nos perseguem, depois as induziria a uma divertida perseguição Atlântico adentro.

— O que o faz pensar que eles seguiriam um único navio?

— Porque eles não perceberão a diferença. A única imagem que verão de mim quando chegarem será minha silhueta, e talvez a de um dos meus acompanhantes, se eu tiver algum, desaparecendo por trás do horizonte. Eles irão presumir que sou o olheiro da retaguarda, que tem estado à frente deles desde que deixaram o porto, e que o restante da frota está à minha frente, além do horizonte. Quando descobrirem o ardil, Sir William e o restante da frota, juntamente com você, terão desaparecido nos mares ocidentais, rumando para a Escócia, sem que ninguém saiba.

Jessica Randolph contemplou o cunhado com olhos apertados enquanto refletia sobre o que ele havia lhe dito.

— Você realmente acredita que pode encontrar essa Merica, não é?

— Se ela existe, eu acredito que a encontrarei. E acredito que ela exista. — Ele hesitou. — É claro que não faço ideia de quanto tempo isso irá levar, por isso teremos de carregar provisões para toda a tripulação por... provavelmente dois ou três meses.

— Isso é possível?

— A custo, mas sim. Seria mais fácil com dois navios, porém. Eu pedi originalmente várias embarcações, mas vejo agora que três podem ser demais, simplesmente pela dificuldade de encontrar tripulantes.

Jessica se endireitou na cadeira e deu um forte suspiro.

— Então você deve pedir dois navios a Sir William e estar preparado para guarnecê-los com somente uma tripulação completa. Isso seria o suficiente para as suas necessidades?

St. Valéry sorriu.

— Sim, seria, com facilidade. Mas por que você está tão subitamente convencida de que Sinclair me deixará ir?

— Porque faz sentido. Você pode livrá-lo da ameaça de ser seguido até a Escócia. E, além disso, se tiver sucesso em encontrar esse lugar...

— E conseguir retornar...

Ela lhe lançou um olhar que era quase uma carranca de desaprovação.

— Ah, se você encontrar, voltará para se gabar, disso eu não tenho dúvida. E quando fizer isso, fornecerá a Sir William Sinclair e toda a sua Ordem um lugar de refúgio que, caso seja algum dia necessário, seria inexpugnável... Um lugar que ninguém conhece, além do fim do mundo. Você deve falar com ele o mais rápido possível, e com mais convicção do que jamais usou em toda a vida.

O almirante inclinou a cabeça, ocultando novamente o sorriso sob a barba.

— Que assim seja — murmurou ele. — Eu farei isso, pode confiar. Mas me ocorreu que minha tarefa será muito mais simples, quero dizer, convencê-lo a me autorizar, se você demonstrar não ter conhecimento de minha proposta nem interesse em apoiá-la.

Ela o encarou.

— Você quer dizer que eu devo fingir não saber nada sobre isso?

— Quero. Sir William desconfia das mulheres, de todas elas, instintivamente. Isso faz parte de seu treinamento, e ele ainda não aprendeu a lidar com outras... disposições.

A expressão dela endureceu, e ela depois fez que sim.

— Isso é verdade. Eu repudio tal coisa e o considero tolo e teimoso nesse aspecto, mas não direi nada e manterei minha distância enquanto você argumenta com ele.

— Obrigado, querida irmã. Estou em débito com você.

QUATRO

Para considerável surpresa de ambos os conspiradores, Sir William Sinclair não opôs objeções insuperáveis à proposta do almirante quando a ouviu na íntegra. Embora não tivesse dito nada para St. Valéry, estivera refletindo sobre a ideia do almirante durante vários dias e não podia ver nada de repreensível ou indigno nela. Aceitava que um clérigo pudesse argumentar, com base na moralidade, que Sir Charles poderia estar buscando e arriscando o suicídio em tal aventura, mas Will Sinclair era um realista e havia decidido que a Ordem devia a Sir Charles, após uma vida de serviços leais e notáveis, uma oportunidade para passar o fim dos seus dias se dedicando a uma busca que acreditava ser importante.

Mas não foi senão até que St. Valéry mencionasse a hipótese expressa por sua cunhada, a baronesa, de que o sucesso proporcionaria um novo refúgio, numa nova terra, para os sobreviventes da Ordem, caso isso fosse algum dia necessário, que Sinclair se convenceu da valia da ideia do almirante. A possibilidade de ludibriar as galés perseguidoras e conduzi-las oceano adentro teve algum apelo sobre ele também, pois estava preocupado em manter o paradeiro da frota escondido de Nogaret e seu patrão ganancioso, mas isso se tornou insignificante diante do potencial delineado pelo almirante. Charles St. Valéry não era nenhum tolo, e Sinclair confiava no instinto e na capacidade de julgamento desse homem experiente como se fossem seus. Se St. Valéry acreditava que esse lugar chamado Merica estava lá para ser encontrado, então isso era uma convicção obtida somente após muita reflexão e grave deliberação sobre os prós e contras do que estava considerando fazer, e simplesmente não estava na natureza do almirante conduzir qualquer homem que dependesse dele para a morte certa. Essa verdade, mais do que qualquer outra, fez com que Will chegasse à conclusão de que deveria conceder a permissão para o pedido de St. Valéry. Uma vez decidido isso, os planos para implementar a aventura foram rapidamente delineados.

Desde que as tempestades amainaram, o clima estivera perfeito para a navegação, e a frota singrou tranquila e velozmente ao longo da costa setentrional de Navarra rumo ao cabo de Corunha, de onde, após contornar o promontório dentro dos dois dias que se seguiriam, navegaria para o sul pela costa oeste novamente, e depois para o cabo Finisterra. A frota havia se reunido no segundo dia após a última tempestade, sem a falta de uma única embarcação, um resultado que o irmão Thomas, o sacristão, atribuiu a um milagre, mas que o almirante reputou à perícia de seus capitães e à navegabilidade de seus navios.

Sir William fez com que o almirante e seus homens trabalhassem duro nos detalhes do que tinha de ser feito, caso houvesse alguma esperança de que o esquema de St. Valéry funcionasse. Na manhã seguinte, uma quinta galé seria mandada para entrar em contato com as quatro que ficaram para trás protegendo a frota daquelas que a perseguiam a partir de La Rochelle. As ordens do capitão eram reunir informações sobre a situação corrente em face das embarcações perseguidoras, descobrir a distância e o tempo de navegação que separavam as galés suspeitas da frota principal e retornar com essa informação o mais rapidamente possível, mas não antes de instruir o oficial mais graduado das quatro galés de vigia, Sir Charles de Lisle, a abandonar sua estratégia de manter distância e determinar a verdadeira situação das três galés que partiram de La Rochelle, se amigas ou inimigas. Tão logo soubesse disso sem margem para dúvidas, deveria mandar um recado imediatamente ao almirante St. Valéry.

Nesse ínterim, tirando vantagem do bom tempo, St. Valéry enviou mensagens por bote solicitando que qualquer homem que tivesse intimidade ou conhecimento especial das águas costeiras entre os dois cabos, de Corunha e Finisterra, se reportasse a ele pessoalmente. Três homens atenderam ao chamado, remando dos outros navios para se juntar a ele em sua galé, onde o almirante os esperava na pequena cobertura de proa com o vice-almirante Berenger, Will Sinclair e o capitão Narremat, o imediato do almirante em serviço. Dois dos recém-chegados eram sargentos, ambos marinheiros veteranos, e o terceiro era um cavaleiro que havia nascido e crescido naquela costa inóspita. O almirante os instruiu para que determinassem algum local abrigado, se é que havia um assim naquele litoral fustigado pelo oceano, onde pudesse mandar com segurança pelo menos um membro da frota em terra durante o dia.

Havia um lugar assim, disseram eles: um porto natural aproximadamente 60 quilômetros ao sul do cabo de Corunha. Ficava perto de onde o cavaleiro havia crescido e não era habitado, pois os rochedos que o cercavam eram altos e perigosos, esculpidos por milhares de anos de ataques incansáveis das ondas, de forma que agora se erguiam sobre a praia, ameaçando qualquer embarcação imprudente o bastante para se demorar na baía abaixo deles. Todos os três homens concordaram que a baía era larga e espaçosa o bastante e acomodaria com facilidade toda a frota, em segurança e segredo, pelo tempo que desejassem permanecer ali, mas admitiram que ela poderia ser imprevisivelmente perigosa, por causa das rochas soltas. O cavaleiro, cujo nome era Escobar, tinha confiança na improbabilidade de que seus perseguidores, se fossem realmente franceses e empregados por Nogaret, soubessem da existência da baía, pois a única serventia do lugar, que ele tivesse conhecimento, e nisso foi apoiado por um dos dois marinheiros, era atracar navios ocasionais para raspar os mariscos de seus cascos.

St. Valéry olhou para Sinclair, que moveu a cabeça afirmativamente.

— Parece servir aos nossos propósitos, mas o marinheiro é você; portanto, o que acha? De quanto tempo irá precisar para fazer o que deve ser feito?

St. Valéry olhou para Berenger, cuja face não transparecia nenhum de seus pensamentos.

— Algumas horas para transferir o restante do tesouro do meu porão para qualquer embarcação que você escolher para recebê-lo, e depois transferir todas as provisões de que pudermos necessitar dos outros navios. Metade de um dia, no máximo.

Quando St. Valéry perguntou a distância e o tempo necessário para navegar até a baía a partir de onde se encontravam naquele momento, os dois marinheiros discutiram novamente e ofereceram uma estimativa de três, talvez quatro dias, dependendo dos ventos e das marés. Eles ainda não sabiam com exatidão onde estavam em relação à praia, mas calculavam que deviam estar a dois ou três dias de navegação do cabo de Corunha, com mais um dia de lá até a baía.

Sinclair ainda pensava sobre o intervalo de tempo que passariam ali.

— Quantos navios você deseja levar consigo, almirante? Muita coisa dependerá disso. Eu estou pensando sobre a sua estimativa de meio dia de trabalho. — Sinclair viu a hesitação nos olhos do almirante e continuou: — A extensão de tempo não me preocupa; a suficiência dele, sim. Acho que precisaremos de um dia inteiro para fazer bem-feito. Talvez você permaneça no mar durante meses, e seria frustrante ficar sem algo simplesmente porque não reservamos o tempo necessário para carregar suprimentos suficientes. Agora que tomamos a decisão de seguir em frente, quero que você faça tudo de acordo.

St. Valéry deu de ombros e ergueu os olhos para a vela acima dele com sua grande pintura de uma cruz preta e branca.

— Navios seriam melhores que galés, mais robustos... com mais espaço para armazenagem. Galés seriam menos que inúteis em mar aberto, meses a fio... Navios de carga, Sir William. Quatro deles, se você puder dispor de tantos.

— Nós podemos. Temos quatro navios excedentes disponíveis agora de acordo com a sua própria avaliação, portanto pode ficar com eles desde que encontre os homens para tripulá-los voluntariamente. Acha que isso seria suficiente para assegurar seu sucesso até onde é capaz de garantir qualquer coisa nessa aventura?

Sinclair se deu conta dos três visitantes parados nas proximidades, com olhos se movendo de um falante para o outro e rostos vívidos de curiosidade, então ergueu uma das mãos para St. Valéry.

— Espere, se lhe apraz. — Ele voltou a atenção aos três homens que assistiam à conversa. — Vocês todos já ouviram falar da lenda de Merica, da qual fala a doutrina da nossa Ordem?

Os três homens fizeram que sim, mas parecendo perplexos.

— O almirante St. Valéry decidiu partir à procura dela para descobrir de uma vez por todas se está além do mar Ocidental onde deveria estar ou não, e eu lhe dei as bênçãos do nosso mestre, Sir Jacques de Molay, para fazer isso. Encontrando-a, ele e os homens que o acompanharão provarão a veracidade de outro grande elemento da nossa antiga doutrina, assim como Hugh de Payens e seus companheiros fizeram com a descoberta do Tesouro do Templo. O almirante procurará voluntários para navegar com ele rumo ao desconhecido, numa grande e atemorizante expedição. Como vocês acham que o pedido dele será recebido por seus companheiros?

Os três homens ficaram parados por alguns momentos, olhando-se mutuamente, aparentemente esquecendo-se das posições hierárquicas, e então o cavaleiro respondeu:

— Eu não posso falar por ninguém além de mim, meu senhor almirante, mas não consigo pensar em nada que gostaria de fazer mais do que navegar nessa expedição com você.

St. Valéry inclinou a cabeça em agradecimento, mas não disse nada, e Sinclair interveio:

— Qual o seu nome? Nós não nos conhecemos, não é?

— Antonio Escobar, Sir William, e não, nós não nos conhecemos.

— Bem, eu me lembrarei de você como o primeiro cavaleiro do Templo a se juntar à expedição de Sir Charles. E quanto a vocês dois?

O mais velho dos dois sargentos falou de imediato, dizendo que poderia pensar em ir, pois não tinha uma família com a qual se preocupar, mas o segundo homem meneou a cabeça com pesar e declinou.

— Ora, Sir Charles, dois de três na primeira tentativa. Se continuar assim, você levará dois terços da minha força.

— Nenhuma chance de que isso aconteça, Sir William. Eu procuro apenas tripular quatro navios. Se tiver um número superior a esse, devo selecionar aqueles de que preciso e desejar aos outros boa sorte em sua companhia.

— E quanto a água? Vocês precisarão do máximo que puderem carregar.

O cavaleiro Escobar levantou uma das mãos e, quando Sinclair olhou para ele, falou:

— Há água doce e fresca na baía da qual falamos, senhor. Uma nascente próxima ao topo dos penhascos cai na praia.

— Ótimo, então nós a usaremos. Obrigado, cavalheiros. Qual de vocês conhece melhor a costa? Nós precisamos de apenas um de vocês para nos guiar; os outros dois podem retornar aos seus navios.

— Então deve ser um desses dois homens, senhor, pois eu não sou marinheiro — explicou Escobar, atraindo a atenção para si. Os outros dois murmuraram brevemente entre si, e o mais jovem se dirigiu a St. Valéry:

— Eu ficarei, almirante.

St. Valéry agradeceu aos três homens antes de dispensá-los, mandando o que ficaria em seu navio até a popa com o capitão da galé, e, quando os quatro oficiais de alta patente ficaram novamente a sós, Sinclair foi diretamente ao ponto que interessava:

— Muito bem, então. Nós teremos a metade de um dia para efetuar nossas mudanças, talvez mais, dependendo da proximidade dos nossos perseguidores. Agora, temos muito planejamento a fazer e precisamos mandar notícias aos nossos navios sobre a empreitada. Você pode cuidar disso, Sir Charles? Nós devemos fazer isso rapidamente e liberar nossas mentes para pensar em outras coisas. Entre elas, a disposição da sua passageira com a carga que pertence a ela. Presumo que a baronesa não o acompanhará na sua expedição... O que, então, devemos fazer com ela?

St. Valéry retraiu os ombros.

— Ela continuará a bordo da minha galé, que passará ao comando de Berenger. O capitão Narremat aqui presente assumirá o posto de vice-almirante e o atual comando de Sir Edward. — Ele olhou para Narremat, cujo rosto estava corado de prazerosa surpresa. — Antes de fazer isso, capitão, você irá apontar outro de seus oficiais neste navio para ocupar sua atual posição de imediato do almirante. — Ele interrompeu o que dizia, voltando-se para Sinclair: — A não ser que tenha objeção a alguma dessas coisas, Sir William.

A inflexão na voz do almirante transformou a última declaração numa pergunta, mas Sinclair fez que não com a cabeça.

— Você ainda é o almirante, Sir Charles, e conhece sua gente muito melhor do que eu. A escolha dos capitães é sua. Eu continuarei a bordo da galé do vice-almirante por enquanto, se o novo vice-almirante não se opuser. E agora, cavalheiros, os outros assuntos a tratar. Podemos começar?

Mas nesse momento um brado que partiu do vigia na verga do topo do mastro anunciou ter visto outras embarcações se aproximando deles. Enquanto ainda absorviam a notícia, ouviram-no contar em voz alta que velas mais distantes se tornavam discerníveis muito atrás deles a nordeste.

— Cinco galés! — gritou o vigia. — Uma à frente de outras quatro! E... e outras atrás dessas... Duas, três outras em perseguição.

St. Valéry olhou para Will Sinclair.

— Cinco galés templárias fugindo da perseguição de outras três? Isso não é possível. Deve haver outra explicação... As três galés na retaguarda devem ser nossas, fugidas de La Rochelle antes que pudessem ser tomadas.

Menos de duas horas após a primeira visão a distância, William Sinclair se postou no deque superior do castelo de popa do almirante, assistindo à aproximação das três galés desconhecidas. Pôde ver com clareza o motivo por que os oficiais navais haviam descrito a galé de L'Armentière, que liderava as demais, como inconfundivelmente distinta. As galés templárias, independentemente do tamanho, eram todas projetadas com base nas imponentes embarcações birremes da época romana e construídas nos estaleiros dos arredores de Gênova, onde gerações de famílias dedicadas à construção naval construíam o mesmo tipo de navio por centenas de anos. Enormes e robustas, com fileiras duplas de remos e um esporão alongado sob a proa, eram praticamente imutáveis desde os dias das armadas romanas, tendo como única diferença o fato de que as velas passaram a ser feitas de um tecido pesado em vez de couro. A de L'Armentière era diferente: mais longa, mais baixa e mais lustrosa, munida de 36 remos, pelo que Sinclair podia enxergar, mas em duas fileiras longas e simples de 18 de cada lado. O mastro também era diferente, não tão alto nem tão grosso quanto os das demais embarcações templárias, porém, não havia dúvida de que aquela embarcação havia sido projetada para a velocidade e a batalha. Seu longo esporão em aríete, revestido de folhas de cobre, era curvado para cima e se projetava sobre a água à frente do navio como o chifre de algum animal feroz.

Atrás da galé de aparência estranha, os dois navios que a escoltavam eram vasos templários comuns, cada qual dotado de 18 remos em fila dupla de cada lado, de forma que Sinclair estimou sua força de combate em algo por volta de oitenta a cem homens em cada uma, dependendo do tamanho dos grupos de revezamento. Seu palpite era de que elas não haviam navegado desde Chipre sem uma tripulação completa. Portanto, mais duzentos ou trezentos combatentes haviam sido acrescentados à sua força, e, a julgar pela aparência, todos sargentos templários veteranos.

Sinclair ficou assistindo até que viu escaleres sendo baixados da nave líder de aparência estranha, e então, quando deu as costas, avistou a baronesa St. Valéry observando os recém-chegados do deque correspondente no castelo de proa do navio. Inexplicavelmente agitado pela visão súbita da mulher e se sentindo ligeiramente sufocado apesar de saber com antecedência que provavelmente a veria em algum momento durante a visita, ele desviou o olhar e desceu, com movimentos muito decididos, para esperar os recém-chegados na cabine principal do navio.

CINCO

O comandante da galé líder, Sir Antoine de L'Armentière, era precisamente o tipo de homem que Will Sinclair esperava, o gênero de templário em que ele pensava como um Javali do Templo: um monge combatente, altamente desprovido de humor e inteiramente dedicado aos assuntos do Templo, excluindo tudo o mais. *Não que haja algo de impróprio nisso*, pensou Will, examinando o capitão enquanto este chegava. *Esses homens cumprem uma função necessária, e sua lealdade à Ordem é incontestável.* L'Armentière caminhou para dentro da cabine como se fosse seu domínio pessoal e tomou posição de sentido diante do almirante, ignorando todos os demais.

St. Valéry o cumprimentou com cortesia, depois o apresentou aos outros presentes, a maioria dos quais L'Armentière já conhecia. Por fim, trouxe-o à frente e apresentou-o a Will.

— Quero lhe apresentar Sir William Sinclair, Sir Antoine. Ele é membro do Conselho Governante, e está aqui a serviço direto de mestre De Molay em pessoa, a respeito das recentes questões das quais talvez você esteja inteirado, ou talvez não.

O almirante se voltou para Will.

— Sir Antoine vem da Borgonha, Sir William. A família dele provê membros para a nossa Ordem desde o início, em Jerusalém.

E depois de ter expressado a mensagem de que L'Armentière definitivamente não pertencia à Ordem do Sião, o almirante gesticulou para que todos sentassem.

— Podemos começar, cavalheiros? — sugeriu ele.

Sinclair e L'Armentière trocaram cumprimentos de cabeça, e depois os homens tomaram os assentos em volta da mesa longa e estreita que preenchia a maior parte da cabine.

Tão logo todos sentaram, St. Valéry acenou para L'Armentière.

— Seu relato, se é do seu agrado, Sir Antoine. Nós sabemos que chegou em La Rochelle poucas horas depois da nossa partida, mas nossos olheiros estavam longe demais para preveni-lo a não entrar no porto. Desde então, pensávamos que suas galés haviam sido confiscadas. Quando elas tornaram a emergir, não tivemos outra escolha a não ser presumir que eram tripuladas pelo inimigo. É óbvio que estávamos errados. Por favor, conte-nos o que aconteceu.

L'Armentière sabia como saborear um momento de atenção. Ele ficou sentado com o cenho franzido por algum tempo, sem olhar para ninguém, como se contemplasse o próprio interior, ostentando o ato de organizar os pensamentos, depois olhou vagarosamente cada um dos homens à volta da mesa.

— Quem é o inimigo? — perguntou ele, por fim. — Nós chegamos diretamente de Chipre, após dez dias no mar, e vimos as cores do rei entre os homens no cais. Porém, mesmo antes disso, vimos uma pira de navios incendiados e um porto despido das frotas do Templo. E as bandeiras da Ordem estavam ausentes das ameias, algo que eu nunca tinha visto antes.

"Por isso, dei ordem para baixar âncoras fora do alcance de um tiro de besta do cais. Mas, mesmo assim, quando viram que nós não iríamos nos aproximar mais, eles dispararam, ainda que em vão. Esperei para ver se alguém se aproximaria, mas nem um só bote foi lançado em nossa direção. Logo se tornou bastante óbvio que a multidão no porto era destituída de liderança e que não havia ninguém disposto a assumir a autoridade para tratar conosco. E assim eu continuei ancorado, para ver se alguém poderia retornar para assumir o comando. Mas ninguém o fez. Eu aguardei por três horas, tempo em que a maré subiu, e então tirei meus navios de lá a remo... Sinceramente, sem qualquer ideia do que faria em seguida."

— E então como agiu, capitão? — perguntou Sir William.

L'Armentière ofereceu um meio sorriso ao interrogador.

— Assim que deixamos a entrada do porto, meus vigias anunciaram mastros no horizonte ao sul, e por isso estabeleci uma rota para segui-los. Não fazia ideia de quem havia ocupado La Rochelle, mas, se aqueles navios estavam chegando para dar apoio a quem quer que fosse, então eu pretendia conferenciar com eles. Mas, assim que mudamos o curso, eles navegaram no mesmo sentido e mantiveram distância.

St. Valéry pigarreou com polidez.

— E você não tinha suspeitas de que esses vasos que estava perseguindo poderiam ser os seus próprios? Galés do Templo?

O outro sorriu de novo, dessa vez mais abertamente.

— Eu tinha muitas suspeitas, almirante, mas não essa. O pensamento de galés do Templo fugindo de uma luta simplesmente não me ocorreu. Além disso, elas mantiveram seus cascos ocultos pelo horizonte na maior parte do tempo, não importava o quanto eu buscasse alcançá-las... o que me informou, aliás, que eram de fato galés de algum tipo. Nem todas as galés são semelhantes, como você pode ver pela minha.

Seu olhar percorreu novamente a roda da mesa, olhando cada homem nos olhos antes de prosseguir:

— Aceitei o fato de que eles não desejavam se aproximar de nós, mas tampouco eu tinha qualquer vontade de abandonar o encalço. Havíamos retornado de uma longa viagem, com nossas reservas exauridas, para encontrar nosso próprio porto fechado para nós, por isso me vi relutante em desistir e retornar. Então a fuga deles se tornou a nossa perseguição... até, é claro, que se aproximaram e se identificaram, isso no início do dia de ontem. Desde então reuni algumas informações, suficientes para ter alguma noção do que aconteceu recentemente, porém, minhas fontes eram principalmente oficiais e sargentos que pouco ou nada sabiam sobre o que está realmente envolvido. Portanto, se eu puder perguntar sem ser considerado impertinente, alguém me dirá o que ocorreu na minha ausência?

A pergunta provocou um burburinho geral que o almirante subjugou batendo na mesa, e, quando o silêncio retornou, ele próprio falou a L'Armentière:

— Loucura, caos e traição ocorreram — respondeu St. Valéry, com voz monótona. — Por enquanto é suficiente dizer que o ministro-chefe real, William de Nogaret, investiu contra a nossa Ordem com todo o apoio do rei em pessoa e, ao que parece, do papa. A atrocidade foi perpetrada na manhã em que você chegou, e o nosso entendimento é de que ela ocorreu em escala massiva, por toda a França. Você saberá tudo a respeito mais tarde. No momento, temos outras coisas a discutir.

"Nós fomos alertados por Sir William aqui presente, que nos procurou investido por escrito com a autoridade do mestre De Molay, pois foi o grão-mestre pessoalmente quem primeiro descobriu sobre o complô contra nós. O mestre emitiu ordens para que embarcássemos na noite do dia 12 e aguardássemos os acontecimentos da manhã seguinte, pois nem mesmo ele tinha certeza da veracidade dos alertas que recebera. Nós esperamos, e os homens de Nogaret chegaram como previsto. E agora estamos seguindo nosso caminho em busca de algum outro lugar seguro, longe da França."

— Onde, pelo santo nome de Deus?

St. Valéry olhou de lado para Sinclair, que respondeu:

— Na Escócia, cujo rei foi excomungado e, portanto, é pouco provável que seja influenciado pelo papa.

— A não ser — contrapôs L'Armentière — que o papa proponha anular a excomunhão em troca da nossa captura. Vocês pensaram nisso?

A resposta beirava a insolência, mas de fato Will Sinclair não havia pensado em nada disso. Ele reprimiu uma resposta enraivecida e se ocupou em se reclinar na cadeira e esticar os músculos por um momento a fim de ganhar tempo para pensar.

— Esse pensamento me ocorreu — falou ele arrastadamente após um momento, sabendo de algum modo que era importante mentir. — Mas o afastei por ser irrelevante, particularmente agora que sabemos que vocês não são espiões de Nogaret a nos perseguir. Também sabemos que não é possível que alguém tenha conhecimento do nosso paradeiro. Se vocês, de fato, fossem inimigos, nós os teríamos conduzido oceano adentro além de Finisterra, despistando-os ou destruindo-os. Livres da necessidade de perder tempo fazendo quaisquer dessas coisas, podemos agora seguir diretamente para a Escócia, onde entregaremos um tesouro em barras e moedas de ouro e prata ao rei local em nome de um dos seus mais leais súditos. Isso deve nos garantir a gratidão dele durante o tempo que precisarmos. O Templo está seguro na Escócia, por isso seremos duplamente bem-vindos. Se Nogaret eventualmente nos rastrear até lá, isso já não terá importância, pois este desentendimento terá se esgotado e desvanecido, e todas as diferenças estarão resolvidas.

O cavaleiro de Borgonha ficou refletindo por um momento, depois inclinou a cabeça e sorriu.

— Que assim seja. Então estou satisfeito e ao seu serviço, Sir William. — Ele se detém, olhando em volta da mesa, com uma das sobrancelhas levantadas, mas, dessa vez, sem provocar ofensas. — Estou correto em presumir que seu posto supera o de todos os outros aqui, não estou?

Will Sinclair fez que sim.

— Correto, tecnicamente você está. De fato, porém, o almirante continua sendo Deus nos mares, e eu sou um mero passageiro a bordo de sua embarcação. E, após ter dito isso, cavalheiros, eu os deixarei com seus planos, pois vocês ainda têm muito a fazer. Almirante, se precisar de mim por algum motivo, estarei nos meus aposentos. Resta a mim cumprimentá-lo, capitão L'Armentière, por sua atitude em La Rochelle. Você agiu bem. E agora, um bom dia a todos vocês.

SEIS

Will já havia olhado os arredores à procura de Tam assim que saiu da cabine, e não demorou a vê-lo, parado junto à entrada de bombordo do navio, bastante entretido em conversa com a baronesa St. Valéry. Ela estava vestindo uma capa com um capuz verde-escuro, e a ponta alta dele fazia com que parecesse mais alta do que Tam. Os batimentos cardíacos de Sinclair ressoaram subitamente intensos na sua cabeça e suas vísceras se retraíram. *O que é isso?*, perguntou-se ele. Sentiu uma agitação de prazer, depois uma culpa indefinida que foi rapidamente reprimida pela raiva crescente.

O que, em nome de Deus, você faz conversando com essa mulher?, foi o primeiro pensamento claro que ocorreu a Will. Então ele respirou fundo, obrigando-se a sufocar a raiva, que sabia ser inteiramente insensata, e aproveitou o tempo para pensar sobre como poderia tornar cortês e inocente o encontro inevitável com a mulher. Ele seguiu seu caminho na direção dos dois, e a ordem que proferiu foi a primeira indicação que ambos tiveram de que o cavaleiro se encontrava ali.

— Tam, meu bote, se lhe apraz. Bom dia a você, baronesa.

Enquanto Tam se afastava resmungando em direção à popa, Jessica Randolph dirigiu um sorriso a Sinclair.

— Sir William — disse ela, sem se perturbar —, nós esperávamos que você ficasse retido por muito mais tempo, com todas as idas e vindas que aconteceram hoje. Não está se sentindo bem?

Ele se obrigou a responder com graciosidade:

— Pelo contrário, madame, estou muito bem. Simplesmente tenho alguns assuntos pessoais a resolver, e Sir Charles e seus oficiais têm muito mais conhecimento sobre o que devem fazer do que eu jamais terei. Por isso os deixei tratando disso. Você e Tam estavam numa discussão intensa.

— Tam é um homem querido... É verdade que você autorizou Charles a zarpar e nos deixar em busca de alguma terra desconhecida?

Maldita mulher!

— Estou vendo que Tam andou dizendo mais do que as suas orações.

— Não é verdade, senhor. Meu próprio cunhado me contou que pediria sua autorização. Tam simplesmente respondeu quando eu lhe perguntei a respeito.

Ele se sentiu aliviado em saber que Tam não tinha dito nada inconveniente, pois Will discutira o plano com ele com naturalidade, antes de tomar sua decisão. Nunca considerara Tam não merecedor de sua confiança, e saber que o rapaz continuava ao seu lado o fazia sentir uma calidez interior. Mas então ele se deu conta de que a baronesa o olhava com uma expressão de expectativa.

— Sim — concordou ele, emitindo um som de pigarro na garganta —, bem, o almirante fez seu pedido, e eu o respondi. Ele partirá em breve.

— Em busca de seu lugar desconhecido, essa Merica.

Não era uma pergunta, e isso o tomou de surpresa.

— Ele mencionou isso a você?

— Mencionou. Não deveria?

— Não é isso, estou apenas surpreso.

— Por ele ter compartilhado tal confidência com uma mera mulher ou simplesmente por ele ter falado sobre isso?

Sinclair meneou a cabeça.

— Nenhuma das duas coisas, madame. Não tive a intenção de ofender.

A mulher o contemplou com os olhos apertados, mas naquele momento o som de um baque logo abaixo deles anunciou a chegada do bote que Tam havia convocado. Sinclair olhou por sobre a amurada para se certificar de que era mesmo o seu bote, depois fez um ligeiro cumprimento de cabeça para a baronesa.

— Meu bote está aqui, madame, por isso você deve me desculpar. Eu tenho muito a fazer.

— Tenho certeza de que sim, senhor.

A baronesa inclinou graciosamente a cabeça e se afastou. Ele teve de se esforçar para não ficar observando a dama enquanto esta se dirigia para a frente do navio, por mais que pudesse ouvir os membros da tripulação cumprimentando-a ao passar. Em vez disso, preparou-se e avançou para a entrada de bombordo, observando a escada pênsil que aguardava sua descida cautelosa.

Quando já estava seguro a bordo do bote, fechou a capa em volta do corpo, para então erguer os olhos e ver Tam observando-o com o rosto indecifrável.

— O que foi? O que significa esse olhar? — resmungou ele, falando em escocês para que a conversa deles não fosse inteligível para nenhum dos ouvidos atentos dos remadores. Tam virou o rosto sem dizer nada, mas Will não estava disposto a deixar por isso mesmo: — Vocês dois tinham muito a dizer um ao outro, pelo que notei. O que mais contou a ela, além de dizer que atendi a solicitação do almirante?

— Nós estávamos apenas conversando para fazer o tempo passar. Ela me perguntou com franqueza e eu respondi, mas não sem pensar. Ela iria descobrir dentro de um dia ou dois, quando chegasse a hora de ele partir, por isso achei que não faria mal. — Tam contraiu uma das sobrancelhas. — Está zangado comigo?

Will observou os músculos das costas dos remadores se retesarem e relaxarem enquanto eles conduziam o bote para longe da galé do almirante e a voltavam habilidosamente para a dele, mas, por fim, suspirou.

— Não, eu não estou zangado, Tam... É que aquela mulher... me irrita.

Tam não fez qualquer comentário sobre o que Sinclair falou, perguntando em vez disso:

— O que você acha daquele sujeito novo, com a galé esquisita? Qual é o nome dele? L'Armentière? — Ele pronunciou *Armintíer*, à maneira escocesa. — Parece um Javali do Templo, se é que eu já vi algum.

— É, mas eu acho que ele será um bom homem para ter conosco mesmo assim. Ele tem uma mente ágil e, contanto que o deixemos feliz e dermos a ele muito por que lutar, acho que ele ficará suficientemente bem. Seus três navios são bastante grandes, e ele deve ter duzentos ou trezentos homens a bordo. Isso é ótimo caso tenhamos alguma escaramuça no mar, mas teremos de alimentá-los e abrigá-los quando chegarmos em terra.

— Sim, é verdade — concordou Tam, em voz baixa. Estavam se aproximando de seu navio. O casco se avolumava acima deles. O primeiro remador se levantou e apanhou uma longa vara terminada em gancho para pescar a corda que lhes permitiria puxar o bote até a escada para a entrada a bombordo, que pendia logo atrás do último dos longos remos da galé. Enquanto isso, Tam ponderou, ainda em escocês: — Mas falando em duzentos ou trezentos homens extras, além dos que nós tínhamos, você disse que o almirante se perguntou se o rei da Escócia ficará feliz em ver uma esquadra navegar para o seu campo de visão... Você não acha que ele pode estar certo?

Will resmungou, preparando-se para se levantar quando o bote estivesse seguro.

— Pode ser que esteja, Tam. Nunca se sabe. Mas, pelo que soube, os problemas do rei Robert estão todos baseados em terra. Ele terá pouca utilidade para as galés, eu penso, mas estará faminto por combatentes. Mas isso me recorda: eu queria perguntar a você se há outros escoceses na nossa frota. Você sabe ou pode descobrir?

— Posso perguntar. Mas o que você procura?

Will se levantou e se segurou com cuidado para se proteger do movimento rápido do bote ancorado.

— Qualquer homem que souber qualquer coisa sobre a ilha de Arran, pois eu não sei nada sobre ela. Avistei-a várias vezes, mas da terra. Nunca pus meus pés ali. Ocorreu-me que possa haver homens, ou mesmo um só homem, entre os membros da frota que conheçam o lugar.

— Certo, tentarei descobrir. Cuidado com onde pisa agora! Não vá cair! Eu não estou com vontade de passar horas limpando sal e ferrugem das suas armas.

SETE

— Afaste-se e fique longe da borda desse penhasco. Foi você que me avisou que ele está se desfazendo por baixo. Tudo o que precisamos agora é que ele ceda e mande você e metade da montanha diretamente para cima dos nossos navios.

Will jogou a cabeça para trás e riu alto, mas ao mesmo tempo fez o que Tam havia mandado, voltando para o terreno mais sólido, depois se sentando em uma touceira de grama ao lado do primo. Pôs-se a olhar para o oeste, onde o oceano Atlântico se estendia diante deles.

— Olhe só esta paisagem, Tam. Você já viu algo igual? Não, você não viu, porque nunca viu sequer um vasto volume de água, nem eu. Nós viajamos para longe, você e eu, nestes últimos anos, mas, quando paramos para pensar, duvido que algum dia tenhamos perdido a terra completamente de vista... Ela sempre esteve ali, por trás de nós ou à nossa frente, ou então de um dos lados, mas sempre em algum lugar para ser vista. Mas lá, para onde o almirante se dirigirá amanhã, não há nada. Nós iremos por aquela rota, mais ao norte, rumo à Irlanda e depois à Escócia, e de novo não perderemos de fato a visão de terra. — Ele apontou para o oeste. — Mas lá, além do limite entre o céu e o mar, não há nada além de mais água. Numa questão de um ou dois dias de navegação, ele e seus homens estarão perdidos num oceano tão vasto que sua única esperança de alcançar a terra será dar meia-volta e regressar.

— Ele não é mais almirante. Apenas Sir Charles.

Isso era verdade. Dois dias depois do aparecimento de L'Armentière e suas galés, os navios do Templo haviam seguido o caminho do cabo de Corunha até o abrigo da baía sem nome que haviam escolhido, e tão logo haviam ancorado em segurança e começado a transferência dos bens e o abastecimento de suas quatro embarcações, Sir Charles renunciara ao posto de almirante e o concedera a Edward de Berenger, sendo a transferência do título e dos poderes de almirante da esquadra do Templo testemunhada e ratificada por Sir William Sinclair. A cerimônia havia sido breve, realizada sem pompa na praia da baía, no decorrer de uma breve missa celebrada pelos quatro padres que haviam navegado com eles desde de La Rochelle. Assim que os ritos foram concluídos, todos se espalharam para cuidar da redistribuição das várias cargas.

O destacamento de Sir Charles não levaria cavalos, um anúncio que surpreendeu Sir William Sinclair quando o ouviu pela primeira vez, embora tenha se dado conta imediatamente que parecia razoável endossar a decisão. Ninguém sabia quanto tempo a viagem iria durar, ou sequer se terminaria em sucesso, mas St. Valéry acreditava que poderia levar algo em torno de três meses de navegação, e a impossibilidade de carregar forragem suficiente tornava tal coisa impraticável. Acima disso tudo, havia o fato conhecido de que cavalos não suportam bem as viagens por mar. Após uma jornada de poucas semanas, era necessário pelo menos um dia inteiro, e frequentemente dois, para permitir que os cavalos se readaptassem à terra firme sob seus cascos. Ninguém queria sequer imaginar os efeitos que uma travessia de meses a fio poderia surtir sobre os animais. Por isso a expedição de St. Valéry iria desembarcar na nova terra e prosseguir a pé, a não ser que fossem afortunados a ponto de encontrar montarias em Merica.

— Quanto tempo Sir Charles ficará conosco antes de zarpar?

— Não muito. Ele provavelmente se despedirá de nós antes de perdermos a visão de terra.

— Você parece muito seguro, para um homem de terra...

— Tão seguro quanto qualquer homem pode estar a respeito de qualquer coisa. Sim, estou certo disso. Mas por enquanto tudo está bem lá embaixo, na praia, e nós não temos nada a fazer além de esperar algum tempo.

Tam não respondeu. As coisas estavam em boas mãos na praia muito abaixo deles: a carga sendo transferida de um navio a outro para que a pequena esquadra de St. Valéry pudesse zarpar, com ao menos o máximo possível de qualquer coisa que pudessem precisar em sua viagem. Will e Tam não tinham nada a fazer em meio a toda a atividade, por isso aproveitaram a oportunidade para esticar as pernas e acabaram escalando os penhascos escarpados por um contorno que evitava o perigoso paredão. Naquele momento, estavam sentados sossegadamente muito acima das alvoroçadas atividades da orla.

Will sorriu e se deitou de costas, com os olhos fechados para aproveitar o sol, porém Tam tinha mais perguntas a fazer:

— E quanto aos navios à nossa espera em Finisterra?

— Já cuidamos disso. De Lisle já está a caminho para encontrá-los, se houver algum lá. Eles nos seguirão, contornando a costa até alcançarem o cabo de Corunha, depois se dirigirão para o norte e para o oeste rumo à Escócia. Nós os esperaremos junto ao Mull of Kintyre. — Ele virou a cabeça para Tam. — Você conseguiu descobrir se há outros escoceses na frota?

— Sim, mas só esta manhã. Há dois, um deles é um sujeito de barba grisalha, de Galloway, chamado Mungo MacDowal. Eu não o vi nem falei com ele, mas deixei recado para que viesse encontrar com você quando terminasse o trabalho desta tarde. Se ele é de Galloway, deve ter crescido olhando para Arran, certamente. Ele provavelmente estará lá quando voltarmos para a praia... Diga-me, por que fez com que você e eu mudássemos de navio? Eu já estava começando a me acostumar com aquele.

O companheiro de Tam abriu um dos olhos, apertando-o para se proteger da claridade, e olhou para o primo como se ele estivesse louco.

— Nós não trocamos de navio.

— Não, mas poderíamos ter trocado. Mudamos de capitão, e eu gostava de Berenger.

— Isso é irrelevante. Eu não tive escolha. A galé do almirante é a única grande o bastante para a baronesa e suas damas. Você queria que eu as atirasse para fora? A transferência de Berenger não muda nada com a ausência de Sir Charles, mas se você e eu nos mudássemos, ela ficaria cheia demais. Portanto nós ficamos. Além disso, eu não toleraria ficar naquele navio com todas aquelas mulheres.

Tam ia começar a responder, mas então simplesmente se deitou no capim, com os dedos entrelaçados atrás da cabeça.

— Não — murmurou ele —, você não poderia aguentar isso, não é? Isso teria sido humano demais. Você não ia querer aturar as mulheres.

Will não se dignou a responder, pois, apesar de seu sarcasmo escocês, Tam estava certo: Will Sinclair não queria, de fato, tolerar a presença das mulheres e por isso havia escolhido permanecer onde estava, uma vez que a galé que havia sido de Berenger era mais do que adequada às suas necessidades. O fato de o Tesouro do Templo já estar no modesto porão da embarcação era justificativa suficiente para que ele evitasse se sobrecarregar com a presença e a proximidade excessiva da distrativa e irritante baronesa St. Valéry por todo o trajeto até a Escócia.

Tam, sem se surpreender com a ausência de resposta, ficou calado por um longo tempo, sentindo o calor do sol no rosto. Por fim, perguntou:

— O que você está pensando em fazer quando chegarmos à Escócia? Vai diretamente ao rei?

Sir Charles lhe havia feito as mesmas perguntas, quase ao pé da letra, naquela mesma manhã, e, embora ele tivesse respondido prontamente na ocasião, estivera pensando a respeito desde então, e por isso deu uma resposta ligeiramente diferente para Tam:

— Eu não sei exatamente, Tam. Dependerá em grande parte do que encontrarmos ao chegar. Eu disse a Sir Charles esta manhã que primeiro encontraria uma ancoragem segura, pois não posso ter certeza de que em Arran será seguro, depois buscaria informações sobre o rei; seu paradeiro, para começar. Mas depois comecei a pensar que talvez nenhuma dessas coisas seja tão simples... Em primeiro lugar, duvido que eu consiga me dirigir ao rei imediatamente. Há coisas demais a serem feitas antes, entre nós. Nossa comitiva é grande demais, e muitos dos cavaleiros são muito orgulhosos e obstinados para serem deixados repentinamente à sua própria mercê. Ocorreu-me que talvez eu tenha que passar algum tempo estabelecendo as regras e afirmando minha autoridade antes de partir e deixá-los para trás.

"Além disso, há a questão do próprio rei da Escócia. A última coisa que ouvi foi que ele estava sendo assolado por problemas, e que seus próprios lordes e barões são tão ruins quanto os ingleses. Particularmente os Comyn, no norte. Eles reivindicam o direito ao trono como sendo deles e afirmam que Bruce é um usurpador, por isso a terra está imersa numa guerra civil. E, acima de tudo, há a ameaça da Inglaterra. Eduardo Plantageneta pode estar morto, mas seus condes e barões não estão menos ávidos que antes por subjugar os escoceses. Pelo que sei, Bruce talvez nem mesmo esteja vivo a esta altura, embora eu peça a Deus que não seja esse o caso. Isso deve ser levado em conta, porém, e outros planos traçados diante dessa possibilidade. Por isso devo pensar em como abordar Sir Thomas Randolph e os outros membros do Templo na Escócia. Eles me receberão, eu sei, mas se terão poderes para nos auxiliar é algo ainda a ser visto."

— Então, onde você irá procurar um porto seguro?

— Primeiramente em Arran, acho. É território escocês, parte dos domínios de Bruce, desde que o rei Alexandre derrotou os noruegueses e os expulsou na Batalha de Largs. Nós iremos até lá para descobrir quem está no poder. Ela fica no fiorde de Clyde, mas afastada o bastante para nos ocultar. Duvido que esteja muito ocupada nos dias de hoje, pois pelo que me lembro é um lugar estéril, embora sirva perfeitamente aos nossos propósitos.

— Haverá gente lá, mesmo assim.

— É, provavelmente, mas conversaremos com eles. Nós não lhes oferecemos nenhuma ameaça.

— Talvez. Mas eles não saberão disso. Verão uma frota de navios estrangeiros e se esconderão nas montanhas... A gente da Escócia, sobretudo os ilhéus, tem pouca confiança em estrangeiros.

Will ficou refletindo por um momento, depois deu de ombros.

— Bem, essa é uma ponte que teremos de cruzar quando chegarmos lá...

Nenhum dos dois tinha mais nada a dizer, e por isso ambos ficaram em silêncio por algum tempo, desfrutando da inatividade e da terra firme debaixo deles, cochilando no capim enquanto esperavam o tempo passar. Pareceu a Tam Sinclair que mal havia fechado os olhos quando o tapa da mão de Will em sua perna o despertou alarmado.

— Venha, vamos voltar. O tal Mungo deve estar nos esperando a esta altura. A Escócia nos aguarda, e a maré está subindo.

Tam girou o corpo e ficou de pé, mas antes que tivessem começado a se retirar pela sinuosa trilha entre os rochedos que os levaria pela longa e difícil descida até a praia, ele olhou novamente para a vastidão das águas.

— Você acha que Sir Charles encontrará sua Merica?

— Não, Tam, não acho. Não mais do que acredito, em meu coração, que o rei Robert Bruce esteja morto. Deus permita que nenhuma dessas duas coisas se confirme.

Sem dizer uma palavra, Tam girou quase um quarto de círculo para olhar para o norte, onde o mar parecia igualmente vasto e ilimitado, mas ele sabia que naquela direção estava sua terra natal e que, se o clima permitisse, eles a encontrariam numa questão de dias.

A ilha de Arran

A ILHA SAGRADA

— Há pessoas lá, nos observando.

A voz de Tam Sinclair foi pouco mais do que um murmúrio, mas todos os três homens que se encontravam com ele se viraram para olhar na direção em que ele apontava.

O sargento barbudo e de peito largo chamado Mungo MacDowal pigarreou e cuspiu asseadamente para o lado.

— Estamos em Eilean Molaise — disse ele, e sua voz não passava de um grunhido alongado. — É um lugar sagrado, dizem, por isso é mais provável que sejam monges, frades. Há três ou quatro deles lá em cima, morando em cavernas, como bestas selvagens. Não vão nos incomodar.

— Nem mesmo quando desembarcarmos? — Quem perguntou foi Will Sinclair, e Mungo mal o favoreceu com um olhar.

— Nem mesmo se os matarmos — rugiu o homem, afastando-se para a amurada do navio, de onde continuou contemplando os observadores distantes.

Will se voltou com um sorriso de lado para o almirante Berenger, que estava ligeiramente atrás.

— Você entendeu?

Berenger pestanejou.

— Eu escutei o grunhido de um javali. Deveria ter entendido?

O sorriso de Sinclair aumentou.

— Mungo estava dizendo que os homens lá em cima são frades, monges, sem uma comunidade, vivendo como podem. Esta ilhota é chamada de Eilean Molaise, a ilha de são Molaise, em homenagem a um santo celta que um dia viveu aqui. Ele disse que esses homens moram em cavernas lá em cima, como animais selvagens, mas não nos farão mal algum.

O almirante limpou a garganta.

— Eu devo acreditar nisso... a informação de uma besta selvagem a respeito de outra. Já acho difícil acreditar que o homem é um dos nossos sargentos.

— Sim, mas ele é. Há duas décadas, merecendo a confiança do seu capitão a ponto de ocupar o posto de oficial há mais de 12 desses anos. Ele conhece o seu trabalho, e conhece estas ilhas e seu povo. Eu não. Ele fala escocês por escolha própria porque está entre escoceses hoje, e não tem oportunidade de falar essa língua há muitos anos.

Will sorriu novamente para afastar a potencial ferroada das suas próximas palavras.

— Demonstre alguma tolerância, Edward, e tente não ser tão desdenhoso quando olhar para ele. É um bom homem, apenas inculto para os seus padrões.

Berenger fez que sim.

— Você gosta do sujeito. Muito bem, então, devo aceitar a sua palavra e ser mais tolerante. Quando você quer seguir em frente?

O rosto de Will ficou pensativo.

— Ainda não, creio.

Ele se virou para olhar o local onde os homens ainda estavam parados sobre a colina, bem-iluminados pelo sol nascente. Entre eles e Sinclair, porém, mais perto da praia, a neblina marinha ainda pairava espessa sobre a água, obscurecendo a terra.

— Nós poderíamos estar lá em cima dentro de uma ou duas horas — ponderou ele —, supondo que tivéssemos um lugar para aportar. Do alto, teríamos uma visão clara do que há ali, por trás da baía na extremidade mais distante. — Ele ergueu a voz: — Mungo, podemos ver Arran lá do alto?

— Sim, dá até para contar os bichos que vivem lá. Está a menos de 1 quilômetro e meio do outro lado da baía.

— Excelente! Então é para lá que nós vamos. Há uma praia à nossa frente onde possamos ancorar?

— Não, é rocha nua, mas há uma praia em declive mais para trás, na margem por onde passamos na vinda.

— Edward, você consegue encontrar um lugar para que possamos desembarcar e ainda continuarmos escondidos da ilha principal?

— Não, mas meu capitão fará isso.

Berenger chamou o subordinado recentemente promovido e começou a lhe dar instruções para pôr a galé a caminho. Enquanto fazia isso, Will olhou novamente para onde Tam Sinclair e Mungo se encontravam, longe do alcance da audição, conversando numa mistura de escocês e gaélico, e outra vez um meio sorriso se formou no canto de sua boca.

Mungo MacDowal havia se revelado um tesouro inestimável, pois Tam havia se enganado ao pensar que o homem vinha do território MacDowal de Galloway, na Escócia continental. Ele havia passado algum tempo ali quando menino, mas era um nativo das ilhas, nascido na própria Arran. Viajara muito por elas antes da morte de seu pai, quando, com 14 anos, havia se mudado com seu tio para o continente. Sua fachada rude e mal-humorada não era mais do que isso, uma fachada, e assim que aceitou Will como um companheiro de mérito — a mera hierarquia mundana não tinha significado para o homem —, Mungo se empenhou voluntariamente nos empreendimentos, demonstrando imediatamente seu valor.

Foi ele quem sugeriu que escondessem toda a frota no lado sudeste de uma pequena ilhota chamada Sanda, localizada junto à ponta sudeste do promontório chamado Mull of Kintyre, onde poderiam permanecer durante semanas ou mesmo meses sem serem vistos do continente. Ali, salientara ele, a frota estaria perto o suficiente de Arran para alcançá-la rapidamente, em menos de um dia, mas em Arran permaneceriam alheios à sua presença. Vendo o bom senso dessa proposta, Will havia instruído Berenger a levar os navios para o norte e depois para leste contornando a costa da Irlanda, tomando cuidado para evitar por completo a ilha de Rathlin, ao norte da costa irlandesa, e fazer com que ancorassem sem serem vistos, acreditavam, sob o abrigo de Sanda. A eles se juntaram, dentro de uma semana, o capitão Lisle e três outras galés de tamanho médio, cada uma com 32 remos, que haviam navegado para Finisterra partindo de Marselha, os únicos membros da esquadra templária a sobreviver naquela parte da França.

Assim que os recém-chegados foram reunidos com segurança, Will quis prosseguir com uma pequena esquadra até Arran, mas novamente foi Mungo quem ofereceu o melhor conselho quanto a isso. "Tome uma só galé", dissera ele. A maior delas, para inspirar respeito e desencorajar interferências, e ao mesmo tempo evitar que os habitantes fugissem em pânico, pensando se tratar de uma invasão. Havia um ancoradouro no lado sudeste de Arran, acrescentou, um lugar chamado baía de Lamlash, e uma ilha a pouca distância da praia, menos de 1,5 quilômetro, que poderia lhes servir para o mesmo propósito que Sanda havia servido para a frota, ocultando-os até estarem prontos para abordar Arran sob condições favoráveis. Will seguira o conselho com precisão, admirando-se com sua própria prontidão em fazer isso, mas confiando por instinto no homem.

Antes de deixar Sanda, porém, e provavelmente para grande dissabor da dama, a baronesa St. Valéry e suas criadas haviam trocado de galé, indo ocupar os aposentos onde anteriormente Will e Tam haviam se instalado, enquanto estes transferiram todas as suas posses para bordo da galé maior do almirante para a jornada a Arran. Os tesouros agora estavam divididos de maneira trocada — o montante da baronesa aos cuidados de Will, enquanto o Tesouro do Templo com a baronesa —, mas não havia nada que Will pudesse fazer a respeito por enquanto.

Tam e Mungo o observavam, claramente esperando que dissesse algo, e ele então apontou para o topo da colina.

— O almirante está levando a galé de volta à praia que você mencionou, Mungo, e eu estou pensando em fazer uma pequena escalada até lá, para checar o que há para ser visto. Espero que vocês dois estejam se sentindo bem o bastante para ir comigo. Quanto tempo você acha que levaremos para chegar ao topo?

Tam inclinou a cabeça para trás e olhou para a escarpa no flanco da colina enquanto a galé começava a manobrar ao longo de sua extensão, propelida num giro fechado pelos remadores habilidosos. Enquanto o navio manobrava, Tam se movia no sentido contrário, mantendo os olhos postos no topo da colina. Os remos de ambos os lados golpearam a água, parando a virada da embarcação, e então a conduziram para a frente, de início devagar, mas ganhando velocidade a cada remada. Tam se voltou novamente para Will:

— Deveremos estar lá em cima na metade da manhã, se desembarcarmos e iniciarmos a subida sem perder tempo. Poderíamos ir mais rápido, mas estou me lembrando da dificuldade que você teve para chegar ao topo dos rochedos acima da baía naquele dia em que Sir Charles mudou de navio. Mal pôde recuperar o fôlego depois daquilo, e aquela subida não foi nada comparada com a voltinha que nos aguarda lá em cima.

Will manteve o rosto inexpressivo, reprimindo a urgência de rir da insolência familiar, e olhou para Mungo, inclinando a cabeça de forma a indicar o primo.

— Está ouvindo os delírios do homem? Eu tive praticamente que carregá-lo naquele dia, de tão fraco que estava de pernas e fôlego. Tempo demais no mar e muito pouco treino para mantê-lo em forma. Eu vou me aprontar. Vejam se conseguem encontrar um pouco de comida para levarmos conosco. Eu encontrarei vocês aqui quando estiver pronto.

Ele se afastou, sorrindo abertamente tão logo virou as costas, pois ouviu os resmungos de Tam atrás de si.

Pouco tempo depois, estava de volta ao tombadilho, vestindo uma longa e pesada capa de lã verde-escura sobre uma túnica simples, mas acolchoada, à altura do joelho, e um colete de couro, tendo como única arma uma adaga de gume simples, presa a uma bainha na lateral do corpo. As pernas estavam envolvidas por grossas perneiras de malha, e calçava pesadas botas de campanha, amarradas com firmeza na altura da canela. Os outros dois estavam à espera, vestidos e armados de maneira semelhante, uma vez que era pouco provável que tivessem problemas na ilha sagrada. Não desejavam parecer belicosos, nem mesmo para os frades que os observavam do alto do morro. Tam carregava uma bolsa de couro gasto atravessada a tiracolo sobre o peito.

— Comida — disse ele, quando viu que William a olhava.

— Ótimo. Estaremos com fome quando chegarmos ao topo. Você encontrou um bote para nós?

DOIS

De onde estavam naquele momento, voltados para o oeste no ponto mais alto da ilhota, todo o lado leste de Arran se estendia adiante, do outro lado das águas da baía de Lamlash. A manhã estava fresca, mas parada, de forma que nem toda a neblina marinha havia se dissipado da enseada abaixo deles, e bolsões esparsos pairavam como nuvens nascidas da terra. O céu estava nublado, mas não totalmente encoberto, sem ameaça de chuva à vista. Miríades de gaivotas se precipitavam e mergulhavam por todo o entorno, com seus gritos roucos abafando todos os outros sons.

— Não há muito movimento lá.

— Não, mas isso não significa que não haja ninguém. Está uma bela manhã, por isso haverá alguém por lá, cedo ou tarde. Porém, é uma vista bonita, não é?

— Sim, Mungo, é. Quanto tempo faz que você esteve aqui pela última vez?

— Deus! Faz um bom tempo... Eu era só um pirralho da última vez em que estive aqui, não tinha nem barba. Então faz uns bons vinte anos pelo menos, já perdi a conta. Imaginem só, e pensar que nunca tinha posto meus pés em Eilean Molaise antes. Mas vendo isto, não consigo imaginar por quê.

Sinclair não sentiu vontade de argumentar sobre isso.

A ilha de Arran, ele já sabia, tinha uma forma aproximadamente oval, e sua ponta estreita se estendia à esquerda deles, num suave declive até o mar. Diretamente à frente deles, no lado mais afastado da baía, praias em plano inclinado subiam até um platô em forma de meia-lua que se estendia terra adentro pelo que parecia ter cerca de 3 quilômetros, elevando-se gradualmente para o norte e para o oeste até o que aparentavam ser altos pântanos no horizonte. Ainda mais ao norte, à extrema direita deles, o terreno ascendia de forma mais íngreme até que as suaves colinas se tornavam altas montanhas distantes, várias delas com o topo coberto de neve das tempestades de início de inverno.

Sinclair se virou para a esquerda, contemplando a ponta de terra mais ao sul, esforçando-se para ver sinais da fortificação pela qual haviam passado na noite anterior em seu trajeto de chegada. Haviam feito a aproximação no escuro, usando remos e se mantendo bem longe da costa, com a grande vela recolhida para evitar qualquer reflexo que pu-

desse denunciar sua passagem, e, enquanto seguiam seu trajeto, viram
várias fogueiras tremulando na noite. Mungo lhes tinha dito que elas ardiam em Kildonan, uma fortaleza natural no alto dos penhascos que fora
ocupada continuamente desde que o homem chegou pela primeira vez a
Arran. Uma torre de pedra estava sendo construída ali, contou ele, inicia-
da pelos noruegueses havia décadas, antes que o rei Alexandre os tivesse
derrotado na Batalha de Largs e encerrado o domínio da Noruega sobre
o oeste da Escócia, mas o local sempre havia sido usado como ponto de
defesa. Olhando naquela direção, Will não conseguia distinguir nada e
presumiu que a torre, se de fato ainda existisse, estava fora do alcance da
vista, do outro lado do promontório.

Ele se voltou novamente para a paisagem à frente, pensando no
quanto ela parecia pacífica e se perguntando quantos homens poderiam
ser escondidos ali.

— Vocês conseguem ver algum sinal de vida? — perguntou ele, sabendo que se conseguissem já teriam dito. Ficou surpreso quando Tam
falou:

— Sim, e bem perto... Um daqueles vagabundos sagrados está vindo
para cá.

Will reprimiu um gemido, pois de fato um dos homens que os observavam mais cedo estava parado a não mais do que cinquenta passos
de distância, contemplando-os de uma saliência no terreno que ocultava
todo o seu corpo com exceção do peito e da cabeça.

— Ora, e você disse que eles não nos incomodariam.

Mungo deu um grunhido.

— Não preste atenção que ele vai embora. Como Tam falou, não passa de um vagabundo, meio louco, talvez totalmente... Tem que ser, para
viver aqui.

O frade curioso, ou o que quer que fosse, permaneceu imóvel, olhan-
do-os fixamente, e ocorreu a Will que a descrição que Mungo tinha feito

do homem, como um vagabundo, um andarilho em farrapos, podia ser exata. *Ignorá-lo*, pensou Will, *ou abordá-lo?* O sujeito, meio louco ou não, podia ter informações que lhes fossem úteis, e, se tivesse, tomar conhecimento delas estaria longe de ser uma perda de tempo.

Ele se endireitou e se virou para encarar de frente o homem, olhando-o nos olhos por um longo período em silêncio, sem fazer qualquer outro movimento ou gesto. O sujeito inclinou um pouco a cabeça para um dos lados, numa inconfundível postura de interrogação. Will fez um cumprimento de cabeça e acenou para que ele se aproximasse, depois assistiu em crescente perplexidade enquanto o estranho vinha em sua direção. Foi possível perceber que o homem era muito alto quando venceu a elevação que o escondia, e, ao chegar mais perto, tornou-se claro também que era velho o bastante para ser considerado um ancião. Incrivelmente esfarrapado e indescritivelmente imundo, cabelos e barba num singular emaranhado que não conhecia água nem pente havia anos. Sua única vestimenta era uma batina preta à altura dos tornozelos, tão puída e rasgada que várias partes da pele do peito e das pernas estavam expostas. Carregava um alto cajado de abrunheiro, cuja ponta grossa se erguia acima da cabeça; uma solitária e aparentemente vazia bolsa ou algibeira de couro pendia do velho; um surrado pedaço de corda lhe servia de cinto. Suas enormes pernas estavam descobertas e eram magérrimas, e seus pés, enfiados em dois retalhos muito gastos do que um dia talvez tivesse sido pele de cabra, atados no lugar por cordéis de tiras de couro.

O visitante se aproximou de forma lenta, avançou até dois passos de onde Will se encontrava e parou, encarando-o. Não tomou conhecimento das presenças de Tam e Mungo, os quais, Will sabia, observavam-no de olhos arregalados.

Will fez um cumprimento de cabeça para o velho.

— Bela manhã — disse ele em escocês, sem saber o que esperar.

A aparição curvou a cabeça devolvendo a saudação, depois virou o rosto para olhar para onde as galés flutuavam perto da praia, atrás de Will. Quando falou, foi num francês impecável:

— Sim, de fato uma bela manhã. O que traz o almirante do Templo a Eilean Molaise?

Will ficou atônito por um momento, tomado de surpresa tanto pelo francês impecável que partiu daquele homem desengonçado e maltrapilho quanto pela pergunta que fez. A única coisa que pôde dizer foi:

— O Templo lhe é familiar?

Os olhos fundos do ancião, escuros e com um brilho estranho sob as sobrancelhas espessas e revoltas, dirigiram-se de novo para ele.

— Eu tive, certa vez... familiaridade suficiente para reconhecer o gonfalão do almirante. Mas isso foi muito tempo atrás.

— E como... de onde veio a sua familiaridade?

O velho balançou a cabeça e retraiu os ombros ao mesmo tempo.

— Do engajamento. Eu pertenci a ele um dia, até percebê-lo como realmente era.

— Você... percebeu... o Templo... como realmente é. — Will escutou a própria banalidade no que dizia e lutou para recuperar a segurança. — E o que foi, senhor, que percebeu?

— Um sepulcro caiado, podre por dentro.

Não havia uma resposta racional a tal afirmação, mas Will respirou fundo, buscando palavras para continuar aquela conversa bizarra.

— Você disse que... pertenceu... Em que posto?

— Eu fui cavaleiro. Mas, como eu disse, foi há muito tempo.

— Um cavaleiro do Templo? Qual é o seu nome, senhor?

As feições idosas se partiram num sorriso, revelando gengivas desdentadas por trás dos pelos desgrenhados que mascaravam grande parte da face descarnada que havia por baixo.

— Meus confrades me chamam Gaspard.

— Não, eu quero dizer, qual era o seu nome quando serviu o Templo?

— Isso não tem importância. Foi uma vida passada, e eu a abandonei.

— Você deixou o Templo... Quer dizer que violou os seus votos? Você é um apóstata? Como, então...?

— Eu não violei voto algum. Simplesmente parti. Eu havia jurado pobreza, castidade e obediência e assim permaneci: na pobreza, como condiz a alguém que busca o Caminho; em castidade, que nunca foi ameaçada; e obediente ao meu superior, o abade da nossa pequena comunidade aqui.

Sinclair contraiu as sobrancelhas.

— Alguém que busca o caminho. E que caminho é esse?

O velho olhou para ele, erguendo brevemente uma sobrancelha.

— Há apenas um Caminho.

Will Sinclair estremeceu, resistindo a ceder ao pensamento ultrajante que havia se formado em sua mente, mas uma vez que a ideia lhe ocorreu, não havia outra escolha a não ser tirá-la a limpo, preto no branco, por mais bizarra ou incrível que pudesse parecer. Ele olhou para Tam e Mungo, depois fez um gesto rápido de cabeça, indicando que deveriam se retirar. Enquanto os dois obedeciam, parecendo perplexos, ele estendeu a mão direita para o velho, que a tomou na sua e respondeu ao toque de Will com o aperto correspondente. A força e a confiança com que o fez surpreenderam Sinclair. Aquela aparição esquisita e maltrapilha era um membro da Irmandade do Sião. Will continuou segurando a mão e fitou o velho, meneando a cabeça e sorrindo de admiração.

— Bom encontrá-lo, irmão — disse ele por fim. — Eu jamais iria acreditar que me depararia com um dos meus confrades aqui, neste lugar... Espero agora que você não estivesse se referindo à nossa irmandade quando falou de sepulcros caiados.

— Um dos seus confrades *mais velhos* — respondeu o outro com ironia. — E não, eu não estava me referindo à nossa irmandade, somente ao Templo, uma criatura inteiramente diversa. Um prédio, construído para a glória de Deus, que não apenas esqueceu suas próprias raízes, mas também nega seu Deus nas atividades diárias mercantis. O Templo foi construído por homens, numa pressa indecorosa e com o propósito de amealhar riqueza e poder mundanos. Não é de admirar muito que seus membros tenham se tornado tão corruptos quanto seu comércio... Mas você ainda não me contou o que traz o Templo a Eilean Molaise.

— Eu contarei, mas primeiro você deve me dizer seu nome e o que o levou a falar conosco.

— Qual a sua *idade*, irmão, e o *seu* nome?

— Sou William Sinclair de Roslin, e tenho 46 anos.

— Bem, William Sinclair de Roslin, o homem que um dia eu fui morreu quando você ainda carecia do uso da razão, e seu nome morreu com ele. Ainda que eu lhe dissesse quem esse homem foi, isso não significaria nada para você. Basta dizer que vaguei durante anos depois disso, até encontrar esta pequena ilha, há mais de trinta anos. Tenho estado aqui desde então, e aqui devo morrer algum dia. — O velho inclinou a cabeça para o lado. — Foi quando eu mencionei o Caminho que você começou a imaginar o que eu era, não foi?

— É, foi. Mas o que o levou a se aproximar de nós? Tenho a impressão de que você fala com pouca gente hoje em dia.

O velho sorriu novamente.

— Curiosidade. Depois de todo este tempo, ainda não consigo refreá-la. Você é o almirante?

— Não, irmão, não sou.

— Mas você tem influência, eu creio. Não é um simples cavaleiro. O que o traz aqui?

— Necessidade — respondeu Will. — Meus companheiros, como você deve ter adivinhado, não pertencem à nossa irmandade, mas eles também o ouviram dizer que foi um cavaleiro do Templo, por isso, se quiser partir o pão conosco, teremos de conversar sobre assuntos que não contenham segredo. Você irá comer?

O homem chamado Gaspard inclinou a cabeça para um lado novamente, o que Will considerou um gesto inconsciente.

— Sim, e de bom grado. Leite de cabra e mingau de aveia se tornam tediosos depois de trinta anos. Espero que você tenha um pouco de carne.

Will se sentiu tentado a perguntar como ele iria mastigá-la sem dentes, mas em vez disso se virou e acenou para que Tam e Mungo se aproximassem novamente, depois os apresentou.

— O irmão Gaspard aqui irá compartilhar conosco da refeição do meio-dia, pois temos muito a conversar, eu creio. O que temos para comer?

— Não muito — respondeu Tam. — Um pouco de broa, carne-seca de veado, um pouquinho de queijo.

Will olhou para o velho, que balançou avidamente a cabeça, e Tam começou a desembrulhar a comida da bolsa de couro, enquanto Mungo providenciou algumas pedras para que se sentassem durante a refeição.

No final das contas, o velho desdentado não teve dificuldades para comer a carne-seca de veado, mastigando-a com gosto entre as gengivas enrijecidas e fazendo pequenos ruídos de tempos em tempos pelo prazer que ela lhe proporcionava. Enquanto isso, Will lhe contou tudo sobre os eventos do mês anterior na França. Gaspard não aparentou surpresa, limitando-se a resmungar e balançar a cabeça demonstrando atenção; era o fim natural de um sepulcro caiado, do seu ponto de vista, algo que poderia ter sido adiado, mas não por muito tempo. O que então, ele quis saber, Will e seus amigos buscavam conseguir na Escócia?

Quando Sinclair lhe contou que havia sido encarregado pessoalmente da segurança do Tesouro da Ordem, as sobrancelhas do velho se ergueram em genuína surpresa. Não emitiu comentários, porém, pois sabia, embora não pudesse dizer na frente dos outros, que se tratava do

Tesouro da sua própria Ordem, protegido pela Ordem do Templo, mas nunca pertencente de fato a ela.

— Então o que vocês farão agora? — perguntou ele quando já haviam terminado de comer. — Quem vocês procurarão?

Will fungou.

— Nós procuramos o rei da Escócia.

Houve um longo silêncio durante o qual o velho fixou o olhar em Will, depois fitou vagarosamente cada um dos outros antes de perguntar:

— Vocês procuram o rei da Escócia em Eilean Molaise?

Will gargalhou.

— Bem, não. Não aqui. Nós esperamos encontrar um ancoradouro seguro em Arran. Daqui, faremos a travessia por terra firme para procurar o rei.

— Vocês deixarão sua galé aqui? Como então irão fazer a travessia?

— Nós levaremos esta galé, mas temos outros navios conosco. No momento, estão esperando um aviso nosso, junto a Mull of Kintyre, numa ilha chamada Sanda.

— Entendo, e agora vocês desejam saber quem, e com que contingente, pode estar em Arran?

— Correto. Você pode nos ajudar? Esteve lá recentemente?

— Em Arran? Eu estive lá há dois anos.

— Há dois *anos*?

O velho espalmou as mãos.

— Minha necessidade de viajar é pequena.

— Mas certamente você deve ir até lá em busca de comida e suprimentos?

— Certamente por quê? Deus nos supre de toda a comida e bens de que precisamos, bem aqui. Temos carneiros, cabras e pássaros com seus ovos, água com fartura para beber, aveia da nossa pequena plantação, e o mar está cheio de peixes. De que mais poderíamos necessitar?

Não parecia haver uma resposta para isso, e Will deu de ombros.

— Então você não sabe nos contar nada?

— Eu não disse isso. Disse que estive lá há dois anos. Havia soldados ingleses construindo uma fortificação não muito longe da costa. Está vendo outra baía ali, ao norte?

Todos os três ouvintes se viraram para olhar na direção em que o velho apontava: um esporão de terra se projetando mar adentro, ocultando outra baía mais pronunciada por trás dele.

— Era ali que estavam, apressados como formigas, elevando o terreno e construindo uma muralha. Vejam bem, a elevação estava ali antes de eles chegarem, um outeiro de pedra de topo plano no alto dos rochedos. Mas eles o estavam fortificando, erigindo paliçadas e cavando uma circunvalação defensiva no solo macio fronteiriço, acima da praia. Iria se tornar um lugar resistente, eu pensei, quando tivessem acabado.

— Quantos havia? Eles ainda estão lá?

— Havia cem homens, talvez mais. Não tive tempo de contá-los e não falei com nenhum deles. Mas não estão mais lá. Uma frota de galés os atacou e queimou seus navios há mais de um ano. No final do verão ou início do outono. Nós vimos as galés chegarem ao amanhecer, depois ouvimos sons de uma grande luta, transportados pelo vento. Vimos muita fumaça, e nenhum navio inglês navegou para fora da baía depois disso, o que nos fez pensar que a fumaça vinha de embarcações incendiadas.

— Quantas galés viram?

O velho frade pensou por um momento.

— Sete delas entraram. Cinco saíram posteriormente.

— Então ainda pode haver duas galés tripuladas ali? Saberia dizer quem são os donos?

— Como eu poderia saber tal coisa? Elas não significavam nada para nós. Mas o fato de serem galés, nesta parte do mundo, significa que teriam vindo das ilhas, a noroeste. Quanto a se ainda estão lá, não sei. Elas poderiam ter zarpado a qualquer momento, sem que soubéssemos. Porém outras duas embarcações, talvez as mesmas, navegaram para lá cerca de uma semana atrás e não saíram desde então. Raramente olhamos para tais coisas, você deve entender, e só prestamos atenção ao que sucede se pudermos ver claramente. Caso contrário, cuidamos dos nossos animais e das nossas orações.

— Sim, é claro. — Will ficou em silêncio por um momento, depois suspirou. — Bem, irmão, obrigado por nos contar. Creio que teremos de ir pessoalmente descobrir se alguma delas permaneceu.

— É... Esse rei da Escócia, quem é ele? O rei Alexandre morreu há muito tempo, eu sei, e nós soubemos uma vez de um novo rei chamado Bailleul, algo que soa francês. Mas isso foi há alguns anos, e ele já se foi a esta altura, creio. Ou ainda reina?

— O rei John Balliol. Seu nome já foi francês, como o meu e muitos outros. Não, ele não reina mais. Ele vive em exílio na França, prisioneiro do rei Filipe para todos os devidos fins. Abdicou ao trono quando não pôde se opor ao domínio do amargurado rei da Inglaterra, Eduardo, que morreu neste ano.

— Eduardo Plantageneta está morto? Ele foi um grande homem.

Will ergueu uma sobrancelha.

— É, foi o que ouvi dizer, quando ele era jovem. Os homens o citavam entre os mais notáveis cavaleiros da Cristandade. Mas, quando ficou mais velho, foi corrompido, disseram-me, reivindicando a Escócia como se fosse seu suserano. E você ouvirá poucos escoceses falarem bem dele.

— Poucos escoceses comuns, você quer dizer, parece-me?

— Eu quero? Creio que discordo de você nesse ponto. O que quer dizer com isso, irmão?

O velho coçou os espessos cabelos da nuca.

— O que quero dizer? — perguntou ele, coçando com mais força. — A reivindicação da Escócia por Eduardo foi justa e imparcial aos olhos de muitos. Exigiu obediência dos nobres escoceses, muitos deles de ascendência normanda, que adquiriram terras e títulos da Coroa inglesa. Onde está a corrupção nisso? Aqueles homens deviam obediência a ele como rei da Inglaterra, e tem sido assim desde que a primeira posse normanda foi concedida aqui. E até recentemente, antes da morte do rei Alexandre, essa obediência era prestada livremente. É assim que o mundo caminha, irmão William. O código feudal tem precedência sobre tudo, e os nobres escoceses sempre foram comprometidos com ele. Se lutam contra agora, é por suas próprias razões venais: a luxúria do poder, a cal dos sepulcros.

Will pigarreou.

— Espero que me perdoe por dizer isso, irmão Gaspard, mas para um homem que alega ter renunciado ao mundo profano você é muito bem-informado.

O mais velho deixou escapar uma gargalhada de deleite.

— Culpe novamente aquela minha curiosidade. Pode ser um pecado de soberba, mas aparentemente sou incapaz de evitar que minha mente funcione de maneira inquisitiva. Por isso, quando encontro alguém apto a conversar sobre algo que vá além de uma série de grunhidos, eu ouço e aprendo. — Gargalhou novamente. — E de tempos em tempos, eu até mesmo falo, como agora!

Mungo, cujo francês era menos fluente que o do velho, mas perfeitamente suficiente para a compreensão, não pôde se manter calado por mais tempo:

— Isso tudo é muito bonito — resmungou ele em escocês —, o que você estava dizendo sobre a pretensão inglesa, mas nós tínhamos reis nesta terra enquanto os ingleses ainda adoravam imperadores em Roma. Foi assim no passado, e é assim agora. O povo escocês não quer estrangeiros de origem inglesa na Escócia — rosnou.

— Ah, o povo escocês... — O rosto do velho monge ficou sério e ele se dirigiu a Mungo, incluindo Tam no que estava para dizer, arqueando uma das sobrancelhas espessas: — Isso é uma coisa inteiramente diversa. Os escoceses são como qualquer outro. Se não possuem terra, não têm voz. São dependentes dos senhores de terras para o pouco que podem ter. Anônimos e carecendo de identidade ou coesão, por isso mesmo fracos e inválidos para qualquer coisa que se assemelhe a um protesto. E, enquanto não conseguirem se unir, permanecerão sob o jugo daqueles a quem se encontram em débito.

O monge ficou mais ereto e inspirou uma grande golfada de ar, e naquele momento nenhum dos homens ali o viu como velho ou fraco.

— A não ser e até que eles se organizem, a gente comum de qualquer terra contará como nada nos interesses de reis e nobres.

Ele fez uma pausa para permitir que o que dizia atingisse seu alvo, depois prosseguiu:

— Houve um homem chamado Wallace, de quem ouvimos falar até mesmo aqui em Eilean Molaise. Esse homem, e alguns outros como ele, organizaram o povo escocês como nunca havia acontecido antes e se uniram contra os opressores pela primeira vez de que se tem notícia. Porém Wallace e sua gente consideravam opressores não apenas os ingleses, mas, também, a nobreza da Escócia. E os nobres escoceses o consideravam um verme, chamando-o de bandoleiro e fora da lei.

— Como você sabe tanto sobre Wallace? — perguntou Will.

— Três de seus apoiadores buscaram refúgio conosco, aqui, há cerca de seis, talvez sete anos. Foi então que soubemos que o rei Balliol se fora. Eles estavam sendo caçados por seus próprios senhores tanto quanto pelos ingleses. Um deles, um cavaleiro chamado Menteith, que suponho ter sido um renegado contra sua própria classe, era bem falante e possuía uma mente arguta. Conversei com frequência com ele durante cerca de um mês, o período em que permaneceu conosco, mas não sei o que aconteceu depois disso... nem ao homem chamado Wallace.

— Wallace está morto — rosnou Mungo. — Há oito anos. Vendido em troca dos favores dos ingleses. Eles o levaram para Londres e o enforcaram lá, para deleite da Coroa... Cortaram-no ao meio ainda vivo, depois o estriparam e queimaram suas entranhas enquanto ele assistia. Depois cortaram sua cabeça, seus braços e suas pernas.

Will olhava para Mungo com curiosidade.

— E como *você* sabe tanto sobre Wallace, mestre-marinheiro?

O sargento deu de ombros.

— Nós estivemos em Leith algum tempo atrás, a negócios com o Templo em Edimburgo. Não podíamos ir para lugar algum fora do porto, pois os soldados ingleses estavam por toda a parte, mas ouvi pessoas falando sobre ele nas tavernas da cidade. Dizem que foi Bruce, o jovem conde, não o velho, quem investiu Wallace como cavaleiro para que ele pudesse ser guardião do reino, mas fez isso mais para contrariar os Comyn do que para honrar Wallace... Pelo menos, era o que o povo andava dizendo. Foram os Bruce e os Comyn, e outros como eles, as famílias nobres, como chamam a si próprios, que levaram a Escócia à queda e forçaram Wallace a fazer o que fez. Eles e suas rixas e caras feias, mudando de lado de um dia para outro. Uma hora a favor de Eduardo, outra hora contra ele, mas a favor de si próprios todas as vezes... Ah, sim, eles defendem a si próprios sem cessar.

O marinheiro cuspiu, com eloquência, e Will, instigado por um pensamento repentino, acrescentou:

— É um Bruce que reina sobre a Escócia agora, você sabia? — Vendo a descrença chispar nos olhos do outro homem, prosseguiu: — É verdade. O jovem Bruce, antigo conde de Carrick. Ele tomou o trono no ano passado, em nome do reino da Escócia. Agora é o rei Robert, o primeiro com esse nome.

Mungo o fitou, sem se impressionar, a julgar pela sua ausência de expressão.

— Ah, sim — disse ele, com seu tom de voz transformando a afirmação numa pergunta. — Isso deve ter agradado aos Comyn. E você sabe se ele *ainda* reina aqui?

Will balançou a cabeça.

— Eu não sei. Não posso sequer afirmar que ainda esteja vivo. É isso que tenho de descobrir.

Mungo dobrou o canivete que estivera usando para cortar a comida e o enfiou na túnica para então esfregar as mãos nas perneiras e se levantar.

— Que assim seja — disse ele. — Você não vai descobrir nada disso se ficar sentado aqui. Vamos embora?

O monge veterano já estava se erguendo sem esforço sobre os pés; Will e Tam se levantaram com ele.

— Parece que vamos — disse Will. — Poderemos fundear na baía até a noite?

— Podemos fundear lá no meio da tarde, se zarparmos agora.

Will agradeceu a Gaspard a informação e desejou que pudessem se encontrar novamente, e o velho sorriu e fez que sim.

— Que Deus esteja com vocês do outro lado da baía — disse ele. — Eu estarei observando, mas não posso ser de alguma valia. Mas, se encontrarem alguém lá, serão escoceses, e talvez sejam capazes de lhes dizer o que precisam saber sobre o rei. Adeus, e sigam pelo Caminho de Deus.

TRÊS

— Bem, almirante, o que você acha? Alguém nos viu?

O almirante Edward de Berenger deu um grunhido, erguendo os olhos para a vela enfunada com sua enorme cruz templária preta.

— Se viram, isso não faz diferença. Nós teremos contornado o promontório antes que tenham oportunidade de avisar alguém.

Tirando vantagem da vela inflada, os remadores no poço do navio remavam à velocidade de ataque, conduzindo a grande galé por sobre as águas em sua máxima celeridade, num ritmo que nenhum outro navio da frota poderia equiparar. Haviam percorrido toda a extensão da baía de Lamlash, onde inicialmente pensaram em ancorar, e agora se aproximavam da ponta de terra que se estendia à frente, separando-os de seu novo objetivo. Will Sinclair notou a velocidade com que o cabo se aproximava e emitiu um grunhido do fundo do peito.

— Tão logo contornarmos o cabo, você terá que tomar algumas decisões rápidas, Edward. Qual o tamanho da baía e qual a sua profundidade? E, se houver galés lá, como o velho disse que poderia haver, sejam elas duas ou quatro, a que distância delas deveremos nos manter sem que fiquemos longe demais da terra ou vulneráveis ao ataque? Graças a Deus o marinheiro é você, pois eu nem mesmo saberia por onde começar.

A face normalmente severa de Berenger se abriu num sorriso.

— Relaxe sua mente então. Eu não farei nada que nos ponha em perigo. Este é o meu navio, afinal. Não tenho intenção de deixá-lo exposto aos riscos do acaso. Agora... — Ele ergueu um dos braços bem alto. — Preparar! — gritou ao imediato, um normando apático, mas confiável, chamado Boulanger.

A grande galé passou sibilando à distância de uma cusparada das pedras na ponta do cabo, e nesse instante Berenger abaixou o braço, o sinal para que Boulanger e sua tripulação à espera descessem a vela. Enquanto as dobras do pesado tecido eram baixadas e retidas pelos marinheiros habilidosos, os remadores mantinham o ritmo de navegação, impulsionando-os rumo ao ponto mais próximo, de onde toda a baía se abriria à visão deles. A enseada era maior do que Will havia esperado, avançando mais à terra que sua vizinha, e, a julgar pela cor da água, mais profunda também, porém com menos da metade da largura da baía de Lamlash, e a praia possuía um aclive mais pronunciado. Duas galés estavam ancoradas perto da costa, com velas recolhidas e vergas amarradas em ângulo fechado, sem sinal de ninguém a bordo. Cerca de 30 metros acima da linha-d'água, num afloramento de pedra de topo achatado, mas natural, uma fortaleza encarava furiosamente toda a ancoragem, de trás de uma paliçada de madeira. O lugar estava longe de ser enorme, no entanto parecia formidável. A terraplenagem incompleta diante dele, expondo a pedra recentemente escoriada e mesmo veios de argila fresca, proclamava sua pouca idade.

Havia homens por toda parte: na praia e nos arredores, nas encostas da colina entre os locais de terraplenagem e sobre os muros e parapeitos da própria fortaleza. No momento em que Will começava a assimilar a presença deles, viu-os, por sua vez, perceberem a chegada do seu navio. Onde antes houvera trabalho duro, existia agora imobilidade à medida que os homens se endireitavam e se viravam para olhar para a aparição em sua calma baía. E então, num piscar de olhos, tudo mudou quando um rumor conjunto se ergueu e eles se espalharam por toda parte em busca de armas.

Atrás de Will, Berenger deu a ordem para os remadores, e a velocidade da galé diminuiu de imediato enquanto as aletas gotejantes se alçavam em uníssono, deixando a embarcação derivar até parar. Outra ordem fez com que os remos retornassem à água, mas dessa vez com a intenção de manter o navio no lugar, contra o arrastar da corrente.

Berenger parou ao lado de Will.

— Bem, meu amigo — disse o almirante —, eles sabem que nós chegamos. E agora?

— Esperamos, Edward. Fizemos nossa aparição e os pegamos desprevenidos, ao que parece. Agora devemos simplesmente esperar para ver como vão nos receber. A resposta em si nos dará alguma estimativa sobre o valor de quem estiver no comando. Quantos homens você contou?

— Pelo menos cem, mas provavelmente perto de duzentos... Eles estavam espalhados demais para fazer uma contagem exata.

— O mesmo que imaginei, perto de duzentos. Mas pode haver outros mais em terra, fora de vista. Portanto, esperemos. Eu estarei na minha cabine. Chame-me quando algo acontecer.

Ele mal teve tempo de tirar a capa de lã verde antes que Tam batesse na sua porta e enfiasse a cabeça para dentro.

— Você está sendo chamado no tombadilho, Will. Há alguém se aproximando, um grupo de três homens com uma bandeira branca.

De volta ao tombadilho, Will foi direto se juntar a Berenger e Boulanger, o imediato, que estavam parados lado a lado, observando os eventos da margem. A praia estreita estava tomada de homens armados olhando o pequeno bote avançar na direção da galé, com seis remadores se esforçando contra a correnteza. Três homens estavam de pé na popa do barco, atrás dos remadores, um segurando no alto o que provavelmente era uma lança, com um pano branco atado a ela.

— Diplomacia — murmurou Will ao almirante. — Bem, isso nos diz pelo menos que o líder daqui não é um tolo de cabeça quente, seja lá o que mais ele possa ser...

Observaram o bote se aproximar em silêncio depois disso, dirigindo-se até a porta da amurada do navio apenas depois que a pequena embarcação desapareceu sob o costado. Os remadores recolheram os remos; o homem na popa apanhou a corda pendurada, olhando fixamente para onde Will se encontrava com seus companheiros. Por fim, um dos três homens que estavam de pé, uma espécie de galo de briga de barba ruiva, envolto na veste inteiriça e volumosa que os gaélicos chamavam *plaid*, inclinou a cabeça para trás e gritou num francês execrável:

— Esta é uma galé templária?

Will se debruçou sobre a amurada.

— Sim. Quem pergunta?

— Sou Alexander Menteith de Lochranza, comandante de Arran. Trago cumprimentos e o convido a desembarcar em paz.

Will hesitou por um simples momento, depois gritou:

— Cumprimentos de quem, mestre Menteith? Você disse que *traz* cumprimentos em vez de oferecê-los como seus, então, em nome de quem fala?

Menteith apontou para trás com o polegar.

— Fui enviado por Sir James Douglas, curador do rei Robert em Arran — gritou em resposta.

Will reprimiu o impulso de olhar para Berenger ao seu lado, temendo deixar transparecer que o nome não significava nada para ele. Ouvira falar de um certo Sir William Douglas, um cavaleiro notório com uma reputação de galanteria e sangue quente, mas nunca ouvira falar do nome de James Douglas. Talvez seu filho? Mas William Douglas não era um homem velho, e, portanto, qualquer filho teria de ser jovem demais, por certo, para ser um oficial do rei.

À espera de uma resposta, Menteith olhou de lado para os seus companheiros antes de gritar novamente:

— Vocês vêm?

Will não tinha escolha; era por algo assim que estava esperando. Certamente o curador do rei saberia onde o soberano poderia ser encontrado. Ele fez que sim.

— Nós iremos. Diga a Sir James que seguiremos você. Quantos homens podemos levar?

A pergunta claramente surpreendeu o escocês.

— Quantos quiserem — gritou ele em resposta, depois deu uma ordem ao prumador, que soltou o arpão e se sentou junto ao seu remo novamente, usando-o para empurrar com força a proa para longe do costado da galé até os companheiros tripulantes poderem abaixar os remos novamente na água.

Will se voltou para Edward de Berenger:

— Você virá conosco?

— Se você quiser. É importante?

Will fungou e enxugou uma gota de umidade do nariz com as costas da mão.

— Talvez seja... Poderia ser. Diga-me, seus sargentos têm sobrecotas?

— Eles têm, mas ficam armazenadas em baús quando estão no mar.

— Vocês podem recuperá-las com facilidade? Eu quero que seus remadores pareçam templários quando nos levarem à terra, portanto, faça com que eles estejam uniformizados, se lhe apraz. De preto ou marrom, não faz diferença. desde que estejam todos iguais. — Sem esperar uma resposta, voltou-se para onde Tam Sinclair estava parado à escuta: — Você também, Tam. Vista sua sobrecota e traga Mungo usando a dele. Mas, primeiro, peça ao capitão Boulanger para preparar o escaler do almirante para ser lançado à água.

Quando Tam deu as costas para obedecer, Will falou novamente para Berenger:

— Edward, mantos para nós. Uniforme completo e todas as condecorações: sobrecotas, cintos, espadas e escudos... mas não armadura de malha, eu creio. Talvez nos peçam para pôr nossas armas de lado, mas acho que preferiria não ficar encerrado numa cota de malha o tempo todo enquanto estiver aqui. Mas penteie sua barba, pelo amor dos céus. Você deve parecer um cavaleiro templário, um almirante, não um ermitão marinho.

QUATRO

O silêncio era opressivo, quebrado apenas pelo marulhar das ondas de encontro à margem e pelos gritos distantes das gaivotas. Fitando os observadores aglomerados na praia nos últimos momentos antes de seu escaler tocar o solo, Will percebeu que podia ouvir a água pingando dos remos erguidos. Subitamente, perguntou-se como tantos homens podiam ficar tão absolutamente quietos por tamanho intervalo de tempo. Permitiu-se também admirar o quanto sua tripulação parecia distinta. De frente para onde ele se encontrava, de pé na popa com Berenger, Tam Sinclair e Mungo MacDowal, os 12 remadores pareciam causar a impressão apropriada: veteranos e rigidamente disciplinados sargentos do Templo, as cruzes escarlates nas sobrecotas negras resplandecendo ricamente ao sol da tarde. Tam e Mungo vestiam as mesmas sobrecotas pretas, tomadas de empréstimo dos homens de Berenger puramente para fazer efeito, mas ostentando emblemas de posições hierárquicas equivalentes às suas. Ambos usavam elmos e estavam completamente armados, a cruz pátea preta de braços equivalentes da Ordem gravada nos seus escudos brancos. Todos os olhos na praia lotada, porém, estavam fixos nele e em Berenger. Seus mantos alvos e grossos, de lã feltrada, proclamava-os como cavaleiros da Ordem.

Quando o bote triturou o cascalho da praia, os quatro remadores principais saltaram agilmente sobre as laterais, esperaram pela próxima onda e então arrastaram juntos o escaler para a costa em aclive. Os remadores restantes se inclinaram para o lado a fim de permitir que Will e sua comitiva caminhassem em direção à proa e pulassem para o terreno seco coberto de cascalho. Will ia à dianteira, e, quando seus pés tocaram a terra, a multidão à sua frente se separou, abrindo uma alameda até onde o comandante chamado Menteith estava postado à espera deles, flanqueado por três outros homens, um dos quais, alto e de ombros largos, usava o mesmo tipo de veste inteiriça que Menteith, envolvendo-o do pescoço aos joelhos.

Os outros dois membros do grupo, um homem e um rapaz, concluiu ele, eram muito diferentes, vestindo uma túnica e perneiras, o mais velho trajando uma camisa de cota de malha muito gasta sob uma capa marrom simples que estava atirada para trás, sobre os ombros, para deixar os braços livres. Ele ficou observando Will se aproximar, com o rosto inescrutável, flexionando a esmo os dedos da mão direita, cuja palma repousava sobre o cabo de um machado de batalha curto e pesado pendurado em sua cintura. Os olhos de Will não perdiam nada, sua mente estava em disparada enquanto tentava identificar e determinar a posição hierárquica dos homens antes de alcançá-los.

O homem envolvido pela manta escocesa à direita de Menteith se sobressaía sobre o comandante de Arran, sua corpulência enfatizando a pequenez do outro. Era o retrato do esplendor bárbaro. Desse modo, Will imediatamente suspeitou que aquele pudesse ser o curador do rei, Douglas. Seu *plaid* era da cor do mel fresco, e ele o vestia pregueado como uma túnica até o joelho e depois envolvendo a parte de cima de seu corpo para pender nas costas sobre o ombro esquerdo. Era mantido na cintura por um pesado cinto de elos de prata intricadamente lavrados, e nos ombros por um imponente broche em forma de anel feito em prata martelada. Vestia um tipo de casquete frouxo, posicionado de lado, com outro broche de prata reluzindo na têmpora esquerda e segurando uma grande pena de águia ornamental. Os pés estavam guarnecidos por brogues de couro, cujas tiras eram entrelaçadas em torno das longas pernas descobertas. Sob a borda justa de couro do casquete, os olhos vivos e desafiadores, de um castanho-amarelado pálido e luminescente, ressaltado pela cor da roupa. Os longos cabelos, que se derramavam por sobre o ombro esquerdo por baixo do casquete, eram de um ruivo dourado, assim como as sobrancelhas e a barba bem-aparada. Todo o rosto era definido por pômulos altos e bem-delineados. *Claramente um líder, um homem a se reconhecer*, pensou Will, e depois olhou para o último membro do quarteto à espera.

Este era também um homem, e não o menino pelo qual o havia tomado de início. Também se sobressaía por sua roupa e porte, porém ainda mais pela juventude. Vestia uma simples porém rica e dispendiosa túnica pregueada de um azul vivo, cingida na cintura por um pesado cinto de couro do qual pendia uma adaga simples e sem adornos. Havia algum tipo de emblema em sua veste, ainda longe demais para discernir, mas claramente bordado em branco sobre o lado esquerdo do peito. Suas pernas, sólidas e musculosas, estavam protegidas por perneiras grossas de malha de um azul mais pálido que o da túnica, e estavam amarradas por tiras de couro preto que subiam de botas pesadas com sola espessa. Não usava capa e se posicionava confortavelmente sobre as pernas abertas, com os antebraços bronzeados expostos pelas mangas à altura do cotovelo, tendo as mãos fechadas sem muita força em torno dos guarda-mãos de uma grande espada de lâmina larga acondicionada numa bainha altamente decorada.

Will e sua comitiva se detiveram a pouca distância dos quatro. Sinclair inclinou a cabeça de maneira cortês, um gesto de igualdade que não continha nenhuma sugestão de subserviência.

— Eu lhes desejo um bom dia, cavalheiros — disse ele, cedendo plena ressonância à sua voz. — Sou William Sinclair, cavaleiro comandante da Ordem do Templo na França. Meu companheiro aqui presente é Sir Edward de Berenger, almirante da esquadra do Templo.

Menteith fez um gracioso cumprimento de cabeça.

— Bem-vindo a Arran, desde que venha em paz.

O francês do homem era tão limitado e pobre que suas palavras mal soavam inteligíveis, o que tornou sua próxima pergunta quase inevitável.

— Sinclair, você diz? Então fala escocês?

William sorriu.

— Eu falo. Sir Edward, não.

O jovem de túnica azul se interpôs antes que Menteith pudesse continuar.

— Então falaremos em francês, como cortesia mútua... aqueles de nós que souberem a língua... pois não queremos constranger um convidado de honra. Sir Edward, você é bem-vindo à Escócia, como cavaleiro, se não como almirante. Podemos perguntar o que os traz aqui? Perdoe-me. Imploro seu perdão. Aqui não é lugar para fazer tais perguntas. Vocês viriam conosco até o forte? Ainda mal podemos chamá-lo de castelo, uma vez que está incompleto. Mas ali, pelo menos, podemos ter conforto... e privacidade. Sem mencionar calor. Um mau vento está se formando, e parece estarmos prestes a pegar chuva.

Berenger olhou para William, que assentiu, e então ambos dirigiram o olhar para as nuvens. De aspecto espesso e tenebroso, elas estavam baixas e mais ameaçadoras do que pouco antes.

— Sim, senhor, nós iremos — concordou o almirante.

— E quanto aos seus homens? Vocês pretendem mandá-los de volta à galé? Eles podem retornar mais tarde.

O almirante hesitou ligeiramente, depois chamou o sargento que liderava seu escaler, ainda parado onde havia sido deixado na praia, a menos de 15 passos atrás deles. Depois que o homem correu ladeira acima e adotou prontamente a posição de sentido, Berenger o instruiu a retornar com a tripulação até a galé e esperar ser chamado novamente. Então se dirigiu mais uma vez aos seus anfitriões:

— Agradecido — disse ele, com um sorriso fácil. — Os homens ficarão muito mais confortáveis a bordo do navio.

— Eles poderiam ter ficado aqui — disse o jovem de túnica azul. — Teriam sido bem-vindos para comer com nossos homens.

— Certamente, senhor, mas talvez tivessem ficado pouco à vontade... assim como os seus. Meus homens não falam a sua língua.

O jovem balançou a cabeça.

— É verdade. Isso não havia me ocorrido. — Fez uma pausa, depois apontou para seus três companheiros. — Alguns nomes, cavalheiros. Menteith, aqui, vocês já conhecem. O outro sujeito ali, o grande, guerreiro, não fala francês de modo algum. Ele é Colin, filho de Malcolm MacGregor de Glenorchy, chefe do clã Alpine, e gosta de proclamar que sua estirpe é real, descendentes diretos de Kenneth MacAlpine, o primeiro rei de Alba.

Ele estava sorrindo quando falou, e MacGregor, ao ouvir seu nome ser mencionado, inclinou a cabeça, com o semblante indecifrável.

— Ao meu lado, está Sir Robert Boyd de Noddsdale, que me acompanhou até aqui a serviço do rei, e eu sou James Douglas, filho de Sir William Douglas de Douglasdale. Fui designado curador do rei em Arran, mas no ano que passou fiquei mais do que satisfeito em deixar a administração do lugar a Sir Alexander, que é por hereditariedade chefe dos Menteith de Arran.

Quando o jovem terminou de falar, uma rajada de vento gelado zuniu em volta deles, e o curador ergueu os olhos para as nuvens no céu.

— Como eu pensei e bem quando era esperado. Vamos sair daqui, meus amigos. Os outros vocês conhecerão mais tarde. Venham, se lhes apraz.

Ele deu as costas e se afastou sem dizer nenhuma palavra mais, volteando a espada embainhada até pousá-la sobre o ombro direito. E eles o acompanharam, os quatro templários flanqueados por MacGregor e Menteith de um lado e Sir Robert Boyd do outro, e toda a recepção, cerca de duzentos homens, seguiram atrás deles num rebanho indisciplinado, barulhento e falastrão, agora que as formalidades já haviam sido cumpridas.

Will caminhou em silêncio, olhos fixos no homem à sua frente, surpreso pela segunda vez no dia por encontrar a língua francesa fluente e melíflua, falada onde menos esperava. James Douglas de fato era jovem — Will calculou que sua idade mal chegava aos 20 anos, se tanto —, mas a segurança do rapaz não era nada menos que surpreendente, e nada nele, tirando a juventude, sugeria ao cavaleiro que pudesse ser indigno de ocupar o posto de curador do rei. Então, enquanto seguia Douglas pela ladeira íngreme até o alto da elevação, observando o passo ágil e seguro, tão similar ao seu próprio quando tinha a mesma idade, perguntou-se onde e como o jovem nobre poderia ter aprendido um francês tão impecável, pois não havia nada do gutural sotaque normando — o sotaque da maioria dos ingleses e escoceses descendentes dos conquistadores — em sua voz.

A elevação era coroada por um grande prédio retangular, cujo imponente terreno murado era construído em pesadas pedras. Sem janelas e à prova de fogo, destinava-se puramente à defesa e à armazenagem. Tinha como o único meio de entrada um pesado portão levadiço com grades de ferro da espessura de um punho colocado numa entrada semelhante a um túnel, com mais de dois passos de profundidade, cortada através da parede. O portão levadiço, Will sabia, era controlado da sala de içamento, no corredor. De cada lado da entrada do portão, úteis e pesadas escadas de madeira conduziam ao grande corredor superior, que parecia ter sido construído por painéis alternados de pedra e densas toras, embora os espigões em cada extremidade fossem de rocha sólida também, erguendo-se das paredes dos compartimentos de armazenagem abaixo e formando chaminés para conter dutos de exaustão. Momentos mais tarde, subindo os robustos degraus de madeira e vendo o ajuntamento de homens à espera deles do outro lado das portas abertas do corredor, percebeu que as formalidades que havia suposto encerradas mal haviam começado.

CINCO

A hospitalidade de Sir James Douglas, embora não planejada no meio do dia, era generosa ainda que simples. Barris de vinho e cerveja foram abertos, supridos, Will suspeitou, pelos estoques da antiga guarnição inglesa, e pão fresco e queijo foram levados até as mesas enfileiradas junto a uma parede. Os homens se revigoraram com liberalidade, e o som de suas vozes crescia em volume à medida que bebiam. Não havia comida quente, pois a hora da ceia ainda estava longe, mas os rituais que acompanhavam a hospitalidade como unha e carne duraram mais de duas horas e envolveram uma procissão constante de saudantes, todos curiosos e ávidos de conhecer os cavaleiros do Templo. O desfile aparentemente interminável de nomes e rostos, a maioria dos quais montanheses e ilhéus vestindo uma desconcertante exibição de roupas com cores vivas, teve um efeito estultificante sobre Will, e ele soube, sem que uma só palavra fosse dita, que Berenger se sentia exatamente do mesmo modo. Tam Sinclair e Mungo MacDowal estavam parados à parte, com as costas apoiadas na parede junto à porta de entrada, e não participaram das atividades.

Deixando Berenger em intensa conversa com uma dupla de escoceses falantes de francês que haviam travado contato com ele, provavelmente apenas para aproveitar a oportunidade de falar o idioma, Will tirou vantagem de uma calmaria temporária para olhar ao redor da sala com mais cuidado do que antes, examinando a aglomeração como a aglomeração que era, em vez de uma sucessão de faces desconhecidas. Vários homens presentes no meio da multidão o haviam impressionado, poucos de maneira positiva, e agora observava dois deles do outro lado do salão. Um era montanhês, o chefe do clã Campbell de Argyll, cujo primeiro nome havia escapado a Will naquele momento, e estava em intensa conversa com um dos comandantes de Douglas, o sujeito alto e de ombros largos com a barba aparada rente, que era evidentemente um primo do cavaleiro Boyd, uma vez que ambos usavam o mesmo nome. O Robert Boyd da praia era Boyd de Noddsdale, e o que conversava com Campbell era Boyd de Annandale, outro Robert. Will o havia conhecido em algum momento perto do início de todos os cumprimentos, e ficara impressionado com os olhos do homem: o puro brilho deles, de um cinza fulgurante e prateado, e no modo como penetravam os seus como brocas. Não haviam dito muito um ao outro ao se conhecerem, mas Will acreditou quando Boyd disse que estaria ansioso para falar com ele mais tarde, quando houvesse mais tempo e espaço.

— Está pensativo, Sir William. Devo expulsar todo mundo?

Will se virou, alarmado, e viu James Douglas de pé ao seu lado, e se sentiu corar porque não sabia quanto tempo o jovem cavaleiro estivera parado ali, observando-o.

— Perdoe-me, Sir James, eu estava devaneando... É um hábito do qual tenho de me livrar.

— Ah, eu não faria isso se fosse você. — O sorriso de Douglas era espontâneo e sincero. — A habilidade de se perder em pensamentos entre tantas línguas tagarelas é algo incomum, algo... valioso. Acho que, se tivesse a sorte de possuir tal dom, eu o conservaria como um tesouro.

Ele inclinou a cabeça para um lado, apertando os olhos enquanto tentava avaliar a expressão de Will.

— O que há? Venha, caminhe comigo até a porta. A chuva talvez tenha cessado a esta altura, e o ar renovado será fresco e bem-vindo.

Enquanto percorriam o trajeto através da multidão em direção à porta, o cavaleiro escocês olhou de lado para o emblema pendurado no pescoço de Will.

— Essa é uma bela bijuteria — cumprimentou o jovem. — E obviamente é poderosa, a julgar pelo aspecto e pelo peso. O que ela representa?

Will acariciou a peça, baixando o olhar até ela, que balançava pesadamente em seu peito.

— É o emblema do meu posto dentro da Ordem, provavelmente o mais conhecido porém menos visto símbolo do Templo. Alguns membros podem passar a vida inteira e morrer sem pôr os olhos num destes.

Ele segurou o emblema entre o polegar e os outros dedos, sentindo sua superfície lisa, espessa, sólida e bem polida.

— É o emblema usado pelos membros que servem o Conselho Governante do Templo, o Círculo Interno, como alguns o chamam. Mas na realidade ele não serve a nenhum outro propósito além de distinguir visualmente seu portador e demarcá-lo como representante de direito e agente do grão-mestre.

Eles haviam parado, e Douglas estava inclinado para a frente, olhando para o medalhão. Will sabia que valia a pena olhá-lo. Pendia suspenso em seu pescoço por uma grossa corrente de elos intrincadamente cinzelados em forma de S em prata pura, cada um do comprimento e da espessura de um polegar, lavrados para representar um grosso cabo de corda. O emblema em si, de esmalte espesso e lustroso, estava engastado num pesado losango oblongo de prata que ficava suspenso a partir de dois dos elos inferiores e exibia uma cruz pátea sobre um campo branco quadrado, circundado por outro campo vermelho vivo, a cor do sangue do Salvador, usada por tanto tempo pelos cavaleiros do Templo. Ele aguardou com paciência, permitindo que Douglas o olhasse até se cansar, e o jovem cavaleiro estendeu uma das mãos como se fosse tocá-lo, mas se deteve no último momento e abaixou-a, inclinando a cabeça rapidamente para um dos lados num gesto de admiração.

— Bela peça. — Foi só o que disse.

— Estive me admirando, Sir James, e é evidente que de maneira muito aberta, pelo modo como fala. Seu francês é perfeito, impecável, e eu estava me perguntando onde você o aprendeu.

Douglas riu.

— Na França, é claro. Você consegue pensar num lugar melhor para aprender? Eu passei cinco anos em Paris quando era menino.

Estava na ponta da língua de Will a observação de que o jovem cavaleiro ainda não passava de um menino, mas pensou melhor e deixou que Douglas empurrasse as portas para ele, afastando para o lado com um gesto de mão os guardas que se adiantaram para atendê-lo.

— Vamos descer até o muro, ali.

Ele apontou para o local e seguiu em frente, mostrando o caminho até os largos degraus de madeira a alguns passos. Então parou na metade dele e olhou em volta. A chuva havia parado fazia muito, embora um vento frio ainda soprasse de maneira vacilante do noroeste. As poucas nuvens que restavam estavam então dispersas, irradiando tons de cor-de-rosa e dourado ao sol de fim de tarde, e ambos inalaram o ar límpido e salino.

O jovem cavaleiro retomou do ponto de onde havia parado:

— Eu voltei para casa há três anos, pouco antes do meu 18º aniversário.

— O que o levou até lá, posso perguntar?

— Não o quê, Sir William, mas *quem*. Foi Eduardo Plantageneta. Ele gostava de se referir a si próprio como *Malleus Scottorum*, o Martelo dos Escoceses. E não gostava da ideia de eu ter permanecido com vida após a morte do meu pai.

Ele olhou de soslaio para Sinclair; o rosto do jovem se contorceu num sorriso sem humor.

— Outro Sir William, meu pai, e um rebelde fiel às suas convicções. Sir William Douglas não era fantoche de ninguém. Ele morreu na Torre de Londres, alguns dizem que de tristeza por ser encarcerado. Outros dizem que morreu demente. E há outros, de boa posição e caráter, que me contaram que Eduardo mandou assassiná-lo. Talvez eu jamais saiba a verdade Mas a realidade em vigor naquela época levou minha família a me mandar à França para minha educação e bem-estar, e lá passei cinco anos de formação na residência de William Lamberton, arcebispo de St. Andrews e primaz da Escócia. Você conhece o arcebispo?

Will fez que não com a cabeça.

— Eu ouvi o nome dele ser mencionado, mas nunca o encontrei pessoalmente.

Douglas se pôs a caminhar novamente, descendo os degraus para o pátio de chão batido e o atravessando até o baluarte de terra que escorava as paliçadas frontais de toras recentemente cortadas. Havia outros homens nas proximidades, conversando em grupos de dois ou três, mas nenhum deles prestou atenção aos recém-chegados. Douglas continuou andando até onde pudessem ficar a sós, no alto do cercado defensivo de onde a baía podia ser vista sem obstáculos. Will pousou uma das mãos sobre o topo aguçado de uma das pesadas toras da paliçada, depois desviou os olhos do mar para o entorno.

— De onde as árvores vieram?

— Os ingleses as cortaram e as trouxeram até aqui das terras Altas além dos pântanos no lado oeste da ilha. Há uma floresta nas encostas de lá, ou havia, antes de eles derrubarem todas as árvores maiores. Eles devem ter transportado as toras contornando a costa ao sul...

Ele ficou em silêncio, cruzando os braços sobre o peito, depois olhou para Will com um ar especulativo.

— Então me diga, Sir William, como um cavaleiro comandante se torna superior ao almirante da Ordem?

Will sorriu.

— É tudo uma questão de graduação, Sir James. Eu sou um membro do Conselho Governante da nossa Ordem, e fui mandado até aqui pelo grão-mestre, Sir Jacques de Molay em pessoa.

— O que significa que ocupa uma posição elevada na estima do mestre, ainda que isso revele pouca coisa mais que eu possa entender. — Douglas inclinou a cabeça e depois perguntou: — Por que você está aqui, Sir William, na Escócia do rei Robert, acompanhado pelo almirante da esquadra do Templo? Pode falar abertamente, pois nos encontramos a sós e eu detenho o comando sobre Arran.

Will olhou para o jovem, ponderando as próximas palavras, e Sir James Douglas pareceu se contentar em deixar que ele tivesse tempo para pensar.

— Eu lhe direi sem meias palavras — respondeu Will, por fim. — Mas antes de fazê-lo, ficaria agradecido se você tivesse a cortesia de responder algumas perguntas que talvez julgue impertinentes.

O mais jovem inclinou a cabeça para o lado.

— Como você veio a deter o comando de Arran? — perguntou Will.

— Eu detenho o comando de todo o sudoeste, ao bel-prazer do rei Robert. Mas quanto a Arran, assumi-a em janeiro deste ano, tanto a ilha quanto o título. Viemos para roubar suprimentos, mas a guarnição inglesa estava ocupada construindo o forte. Nós os expulsamos, depois capturamos os navios que vieram reabastecê-los e declaramos Arran nossa, parte do reino da Escócia. Simplesmente reforçamos um argumento... Arran tem sido posse da casa dos Bruce desde que o rei Alexandre derrotou Haakon e seus noruegueses em Largs, há quarenta anos. Os ingleses podem voltar, mas nós estaremos preparados para recebê-los, e eles estarão menos confiantes do que antes. O rei fez alguns avanços notáveis aqui no sul nos últimos meses, assim como em todos os outros lugares.

— Onde vocês mantêm prisioneiros?

— Que prisioneiros? Nós não temos nenhum.

— Eu... — Will se conteve. Ele escolheu as palavras com cuidado. — Você os mandou de volta? Para a Inglaterra?

— Não. Não houve prisioneiros. — Ele viu a descrença nos olhos de Will e acrescentou: — Não tomamos nenhum.

— Vocês... não tomaram nenhum.

Will não conseguiu pensar em mais nada para dizer por vários instantes, mas depois pigarreou.

— Isto pode ofendê-lo, meu Sr. Douglas, mas me parece que você é muito jovem para ser tão...

— O quê? Cínico?

— Eu ia dizer impiedoso.

— Ah. Impiedoso.

O jovem sorriu novamente, o mesmo sorriso sem humor com que havia falado da rebeldia do pai.

— Quanto tempo você esteve afastado da Escócia, Sir William?

— Muitos anos, mais de vinte.

— E ficou na França esse tempo inteiro?

— Mais recentemente, sim. Mas servi pelo mundo todo antes disso... antes de perdermos a Terra Santa.

— E quão informado você se manteve sobre os assuntos da Escócia durante esse período?

Will deu de ombros.

— Pouquíssimo. Meus deveres e minhas preocupações estiveram com o Templo esse tempo todo, de acordo com os meus votos. Minha única fonte de informação tem sido uma irmã mais jovem. Ela me escreve de vez em quando. Essas cartas, eu temo, contêm todo o meu conhecimento sobre o estado das coisas na Escócia, e seu conteúdo é filtrado pelos olhos de uma mulher.

— Entendo... Bem, senhor, acredite em mim quando digo que a Escócia tem visto selvageria durante esses anos como raramente se viu na Terra Santa, até mesmo no saque a Jerusalém. Selvageria imperdoável, bem aqui neste pequeno reino, cometida contra um povo inocente por um homem um dia conhecido como o mais notável cavaleiro da Cristandade. Eduardo da Inglaterra ensinou a mim e aos meus sobre piedade e seus usos. E os barões dele com seus exércitos me proporcionaram uma boa educação. Nós, escoceses, somos poucos em número e ficamos à mercê dos ingleses quando eles decidem marchar contra nós como têm feito há mais de dez anos. E nos anos que virão, mais do que nunca e a despeito da morte do Plantageneta, investirão contra nós novamente, com força ainda maior e ódio crescente.

"Você me julga impiedoso. Bem, admito que agora eu sou. Pois aprendi, numa escola dura e amarga, que demonstrar piedade para com esses inimigos não nos proporciona nada além de desprezo e, ao final de tudo, a morte. Os de linhagem inglesa, seja o rei, os barões ou os condes, não têm respeito por nós como um povo, que dirá como raça. Para eles, somos uma praga, e nos tratam como tal, incendiando, estuprando, enforcando e saqueando, massacrando nosso povo indiscriminadamente, sem consideração pela própria humanidade deles ou pela nossa."

Ele levantou uma das mãos em sinal de interrupção, embora Sinclair não tivesse feito qualquer tentativa de interrompê-lo.

— Eu sei o que você está pensando, porque eu próprio um dia pensei do mesmo modo... muitas eras atrás, quando tinha 18 anos. Você acredita que estou violando o código da cavalaria. Bem, eu também já pensei desse modo... Justas e torneios nas arenas, grandes gestos, viver minha vida de acordo com o código. Mas, uma vez que retornei à Escócia, a Inglaterra e seus asseclas rapidamente corrigiram minha má conduta. Não há código de cavalaria na Escócia de hoje, meu amigo, certamente não entre os ingleses presentes nesta terra. Ah, todos eles o respeitam da boca para fora, e o código alimenta a fogueira do ultraje deles contra o que chamam nossas atrocidades.

Douglas jogou novamente a mão para cima, dessa vez para interromper a si próprio.

— Ora! Não há sentido em falar de tais coisas. Só me deixa mais enraivecido!

Ele ficou em silêncio por alguns instantes, com a face jovem ensombrecida e fechada numa carranca, depois retomou a fala:

— Deixe-me dizer apenas mais uma coisa e depois me interromperei: libertei prisioneiros ingleses antes, homens bem-nascidos e de reputação justa, e vi esses mesmos homens retornarem para dar vazão ao seu ódio contra inocentes indefesos, mulheres, crianças e velhos consumidos demais para lutar. E conheci cidades inteiras, como Berwick, arrasadas até o solo, e todos os seus burgueses e sua gente massacrados, dezenas deles queimados vivos, encerrados numa igreja onde haviam procurado refúgio. E tudo isso por nenhum outro crime além de zombar de Plantageneta quando ele trouxe seu exército até os muros deles. Portanto, se isso lhe agradar, não me fale mais de piedade ou da ausência dela.

Ele girou nos calcanhares e lançou um olhar feroz para o pequeno número de curiosos atraídos por sua voz alterada, embora não entendessem uma palavra do que tinha dito. Constrangidos pela ira evidente, afastaram-se a passos rápidos e culpados, e então ele se voltou novamente para Sinclair, que praticamente não havia se movido. Mas Douglas já havia se controlado, e o sorriso que ofereceu dessa vez foi genuíno, ainda que arrependido.

— Eu sei o que você está pensando, senhor, e reconheço isso. Eu sou jovem. — Falava em escocês dessa vez, como se esse idioma fosse mais condizente com um humor mais gentil. — Esquentado, diz o rei Robert. Mas eu lhe juro, Sir William, sou propenso a amadurecer.

Ele repentinamente endireitou os ombros, erguendo a cabeça como se repelisse tais intimidades.

— Agora, parece-me que temos negócios a conduzir, você e eu, e estive desperdiçando o seu tempo. Minha pergunta foi por que você veio à Escócia com um almirante sob o seu comando?

Will deu as costas para o mar e se apoiou na paliçada, cruzando os braços sobre o peito, e também falou em escocês, mantendo a voz baixa:

— Eu vim à procura do seu rei, na esperança de encontrar refúgio.

A boca de Douglas se abriu e ficou claro que nada do que William Sinclair tinha dito poderia tê-lo surpreendido e desconcertado mais. Contudo, antes que o jovem pudesse encontrar palavras, as portas do salão se abriram acima dos dois e homens ruidosos se derramaram para fora, entre eles o cavaleiro chamado Robert Boyd de Noddsdale. De frente para o grupo como estava, Will observou imediatamente que, embora os homens à sua volta tivessem abusado da bebida, o cavaleiro escocês estava sóbrio, e seus olhos encontraram Douglas imediatamente.

— Sir James — chamou ele. — Uma palavra com você.

Douglas gesticulou para que se aproximasse, e Boyd desceu os degraus, fazendo um cumprimento de cabeça para Will ao chegar. Estava preocupado, informou-os ele, com o fato de que instruções deveriam ser dadas logo aos cozinheiros caso, como ele suspeitava, Sir James pretendesse hospedar os convidados naquela noite. Douglas concordou e deu ordens claras para dispensar o ajuntamento acima dele, convocando-os a retornar naquela noite para comer como de costume, e depois para oferecer suas desculpas ao almirante e lhe explicar que ele e Sir William retornariam muito brevemente. Nesse meio-tempo, acrescentou, Boyd também deveria perguntar ao almirante se ele se importaria em convidar seus homens a virem à terra para compartilhar da comida e das festividades. Ele observou o homem se afastar apressadamente, depois tornou a se voltar para Will. O grupo de homens que haviam deixado o salão com Boyd estava agora descendo a esmo até onde Will e Douglas se encontravam, e foram seguidos por outros, com as vozes erguidas em discussões amigáveis. Douglas não fez caso deles, certo de que não o interromperiam.

— Refúgio. Você está procurando refúgio na Escócia. Em meio a uma guerra civil. Ficou louco? E contra o que o Templo precisaria de refúgio?

— É uma longa história, porém rápida de contar, depois que nos reunirmos a Sir Edward e a multidão se dispersar. Onde posso encontrar Sua Graça, o rei, você sabe?

Douglas meneou a cabeça, olhando para o ajuntamento de homens.

— Isso eu não posso lhe dizer. O rei não encontra muito conforto em seu próprio reino hoje em dia. Há um prêmio por sua cabeça, e ele tem mais inimigos entre os escoceses, ao que parece, do que entre os ingleses. Esteve em campanha no norte, no leste e no oeste nos últimos meses.

— Contra os Comyn.

— Sim e não. Não ainda contra os Comyn, embora o dia deles esteja chegando. Mas, por outro lado, sim, contra os Comyn e sua laia, John MacDougall de Lorn e os MacDowal de Galloway entre eles. Os MacDowal estão amedrontados, por enquanto, mas ainda não acabados. A terra deles em Galloway é uma ruína fumegante, mas ainda podem se reerguer. Parte da minha missão é garantir que eles não o façam. Sua Graça passou grande parte do tempo no passado os evitando, ao mesmo tempo que tentava recrutar um exército para combatê-los, mas está sempre aflito pela necessidade de fundos e não se pode contratar muitos homens bons com promessas apenas. Porém, durante boa parte do outono passado, as terras dos MacDowal pagaram o preço da traição.

Will tomou uma decisão rápida.

— Bem, eu poderia ajudá-lo nisso, se me fosse permitido encontrá-lo.

Douglas ficou instantaneamente alerta.

— O que você está querendo dizer com ajudá-lo *nisso*? Em Galloway?

— Não, com fundos. Eu tenho um tesouro para ele a bordo de um dos meus navios.

— *Um* dos seus...?

Mas a mente de Douglas já havia saltado adiante sobre o cerne do que havia escutado.

— Que tipo de tesouro?

— Substancial, do tipo que comprará homens e armas. Seis baús de ouro, em barras e moedas, e cinco de prata, igualmente dividida, trazido até ele por uma das suas súditas mais leais, a baronesa St. Valéry, irmã mais jovem de Sir Thomas Randolph.

— O sobrinho do rei? Não pode ser. Sir Thomas está na Inglaterra, capturado na Batalha de Methven, no ano passado... — Ele meneou a cabeça. — Mas ele não tem uma irmã mais jovem com idade suficiente para ser uma baronesa.

— Não, senhor, está enganado. Sir Thomas tem minha idade, talvez cinco anos mais velho. Ele nunca foi sobrinho de Bruce e tem uma ninhada de irmãs.

— Ah! Dois homens diferentes. O outro Sir Thomas está morto, eu temo. O filho dele é agora Sir Thomas Randolph.

— Filho dele? Então não pode ser muito mais velho que você.

Um sorriso brincou no canto da boca de Douglas.

— Mais novo, eu creio. Nunca o encontrei, mas ouvi dizer que é um jovem com o espírito da cavalaria ardendo puro dentro de si. Você nunca o verá recusando misericórdia a um inimigo.

Will não tinha certeza sobre o que responder, por isso não fez caso, dizendo em vez disso:

— Sir Thomas, o mais velho. Ele tinha um irmão mais jovem, Edward. Você deve conhecê-lo...

Douglas o olhou com as sobrancelhas erguidas.

— Sim. Ele também está morto. Abatido em Methven.

— Ah! — Havia pesar no suave suspiro que exalou. — Então Peggy está só... Minha irmã. Ela era esposa de Sir Edward.

— Então, sou novamente portador de más novas, ainda que involuntariamente...

Ficou claro por sua expressão entristecida que ele pensava em várias outras vezes que tivera de transmitir notícias similares a mulheres que esperavam informações a respeito de seus homens.

Will limpou a garganta e mudou de assunto:

— Você fala dessa Batalha de Methven como se eu devesse conhecê-la. Mas não sei nada a respeito. O que aconteceu em Methven?

Os olhos azuis de Douglas encontraram os de Will com franqueza, e ocorreu ao templário que ali estava um jovem singularmente honesto, que poderia aceitar as próprias falhas e prosseguir com o que tinha de fazer a despeito delas.

— Não sabe nada sobre Methven? Perdoe-me se pareço duvidar de você, mas me soa incrível que possa haver um cavaleiro vivo, que dirá um cavaleiro escocês, que nunca tenha ouvido falar da Batalha de Methven. Obviamente eu estava errado... Bem, nós recebemos uma lição sobre a honra inglesa, a cavalaria e seu código ali. Você conhece o lugar?

— Não.

— Fica próximo à cidade de Perth, a primeira fortaleza mantida pelos ingleses que o rei Robert desafiou após sua coroação. Já ouviu falar de Perth, espero? — Will fez que sim, mas o mais jovem estava brincando e não esperou pela resposta. — Aymer de Valence, conde de Penbroke e comandante em chefe dos ingleses na Escócia, estava ocupando a cidade e foi pego de surpresa pela nossa chegada. Ele estivera pilhando o território numa campanha punitiva, e havia parado em Perth apenas de passagem. Por isso não estava em grandes condições para enfrentar um cerco. Chegamos diante da cidade numa tarde de domingo para encontrá-la fechada e fortificada em prevenção à nossa presença, e o rei, no espírito do código da cavalaria, cavalgou na frente e desafiou Valence a sair e lutar. Valence declinou, pois era domingo, mas disse que nos encontraria no dia seguinte. A resposta foi razoável, e nós nos retiramos até Methven, a cerca de 8 quilômetros de distância, a fim de assentar acampamento para passar a noite... Enquanto estávamos nos instalando, com nossos cavalos desencilhados e amarrados, nosso exército se preparando para dormir, os ingleses atacaram no escuro, um ataque de cavalaria a toda carga. Foi uma derrota completa e a investida foi covarde, destituída de qualquer traço de atitude honrosa ou do código de conduta cavaleiresco. Perdemos centenas de bons homens, e o rei Robert, seriamente ferido, mal conseguiu escapar com vida, então foi carregado dali por mim e alguns outros homens.

— Para onde vocês foram com o rei ferido?

— Fugimos floresta adentro. Quando nos asseguramos de que o rei viveria, passamos as três semanas seguintes percorrendo nosso caminho para o norte e depois para o leste em segredo, rumo a Inverness.

— Por que Inverness? A distância de Perth até lá é longa.

— Sim, mas também era longa a distância até Aymer de Valence. Porém, o rei fizera arranjos para encontrar suas mulheres lá.

— Suas *mulheres*?

Douglas fez que sim.

— Sim. A rainha e a filha do rei, Marjory, estavam lá, juntamente com as irmãs dele, Mary e Isobel, a condessa de Buchan, que coroou o rei Robert quando seu irmão, o conde, cujo dever era fazê-lo, recusou-se. Ele é um Comyn, claro. A condessa é uma MacDuff, da antiga linhagem, que coroou os reis da Escócia desde os dias de Kenneth MacAlpine. É, nós tivemos uma dúzia de mulheres no nosso séquito a partir daquele dia.

— Isso me surpreende... que o rei leve suas mulheres com o exército, quero dizer.

Douglas olhou para ele de olhos arregalados.

— Que mais ele poderia fazer? Onde poderíamos deixá-las a salvo, quando toda a região sul do reino estava nas mãos dos ingleses ou dos Comyn? O único lugar onde elas poderiam estar verdadeiramente seguras era ao seu lado.

Will assentiu, começando a ter uma ideia do que Douglas dissera mais cedo sobre as condições naquela terra.

— Entendo — disse. — E o que aconteceu então?

— Loucura, traição e mais covardia. Menos de duas semanas depois de Inverness, cavalgamos para uma armadilha no vale de Glenfillan, perto de Glen Dochart, em território Macnab, num lugar chamado Dal Righ. Alexander MacDougall de Argyll, cunhado dos Comyn, havia mandado para lá mil homens de suas próprias terras para nos chacinar, com as bênçãos de Macnab, a quem pertencia aquela terra. Mas nós abrimos caminho à força, embora isso tenha nos custado quatro quintos de nossas tropas. Basta dizer que dividimos o que restou do nosso pequeno destacamento depois disso. O rei e uma dúzia de outros homens seguiram a pé por entre as urzes. A comitiva da rainha, muito maior e mais forte, tomou os cavalos e cavalgou para nordeste rumo à segurança de Kildrummy, no condado de Mar, escoltada pelo irmão do rei, Sir Nigel Bruce. Com eles, foram David, bispo Moray; John de Strathbogie, conde de Atholl; Sir Robert Boyd e diversos outros.

— Há quanto tempo foi isso?

— No fim de julho. Há mais de um ano.

— E o que o rei passou a fazer depois disso?

— Ele viveu como camponês entre as ilhas no último inverno, levantando o apoio dos ilhéus, sustentando-se da terra e lutando para consolidar o reino. E todo esse tempo se esforçando para não se curvar sob novos fardos que o afligem a cada dia.

— Que tipo de fardos?

Douglas virou o rosto, apertando os próprios braços com as mãos, de modo que Will pensou que o jovem não iria responder, mas tão logo isso passou por sua cabeça, o nobre começou a falar:

— Ah, a perda de três dos seus quatro irmãos, Nigel, Alec e Thomas, todos traídos por nobres escoceses e enviados a Eduardo, na Inglaterra, para serem enforcados, estripados e esquartejados como bandidos. E a captura de sua esposa, a rainha Elizabeth, de sua filha, Marjory, e de suas irmãs Mary e Christina, condessa de Mar, e da condessa de Buchan. Todas enviadas da mesma forma para a Inglaterra, dessa vez por John Comyn, o conde de Ross. A rainha, disseram-nos, vem sendo mantida prisioneira em algum lugar no norte da Inglaterra. A princesa Marjory, aos 13 anos, foi proibida de falar com qualquer pessoa, e está pendurada numa gaiola aberta no muro externo da Torre de Londres. Lady Mary Bruce, irmã do rei, se encontra pendurada numa gaiola semelhante nos muros do Castelo de Roxburgh. Lady Christina de Mar, sua outra irmã, trancada num convento. E Isobel, condessa de Buchan, pendurada em outra gaiola nos muros de Berwick.

— Bom Deus! E isso foi obra de Eduardo? Mas, certamente, agora que ele está morto ..

— Nada mudou. Nem mudará. Eduardo de Caernarvon não é o homem que seu pai foi, mas o ódio dele possui a mesma intensidade. Ele deixou esta terra em agosto passado, com quase 200 mil homens em seu séquito. Pensamos por algum tempo que ele marcharia para o norte à nossa procura, pois isso teria sido o fim de tudo, mas graças a Deus sua coroação havia sido marcada para setembro, em Londres. Ele se demora tempo demais sem nos atacar e partiu nos deixando com o conhecimento do tamanho da força militar que pusera em campo. Duzentos mil homens contra os nossos 3 mil. Eles vieram e partiram, mas voltarão num dia desses, embora tenhamos recebido notícias da Inglaterra, de uma fonte confiável, dizendo que ele tem problemas suficientes com seus barões para manter a mente afastada de nós por algum tempo.

"Isso deu ao rei Robert a oportunidade de se dedicar a limpar o próprio reino de vira-casacas e traidores. Ele se ocupou primeiramente dos MacDowal, em Galloway, e lhes deu o gosto do que a traição implica. E depois se voltou para os MacDougall de Argyll e arrancou deles uma trégua, assinada pelo filho do chefe, John MacDougall de Lorn, o Aleijado. O pai, o velho Alexander, já não pode marchar ou lutar, por isso John Aleijado governa de fato, embora não de nome. Ainda assim o rei conseguiu uma trégua. Nenhuma hostilidade mais de agora até junho do ano que vem. Temo que ele deveria ter finalizado isso de uma vez por todas, mas estava relutante em perder muitos homens numa batalha formal. Ainda não estamos suficientemente fortes para isso. Então ele se dirigiu para o nordeste, marchando ao longo do Great Glen, e tomou o castelo de Inverness, a primeira vitória que teve desde que assumiu a coroa. Todos os outros castelos do reino permanecem em mãos inglesas."

Sinclair fez um esforço para compreender toda a enormidade do que lhe havia sido dito, tentando imaginar o efeito que tamanha progressão de catástrofes familiares deveria ter produzido em Bruce. Como ele havia conseguido sobreviver a esses acontecimentos sem perder a habilidade de funcionar como homem, que dirá como rei? Sacudiu a cabeça, tentando se livrar de tais pensamentos, e Douglas tornou a falar, calmamente, como se tivesse lido a mente de Will:

— Suas perdas familiares o atingiram duramente, mas o fortaleceram também. Um homem mais fraco teria se dobrado ao meio. Sei que eu teria. Mas não o rei Robert... Mesmo assim, às vezes me pergunto como ele refreia o impulso de caçar os inimigos, um a um, e matar cada um deles com as próprias mãos. Mas ele não fará isso. O rei Robert vê a si próprio como monarca em primeiro lugar, responsável por seu povo, e somente depois disso, o dever cumprido como homem de família, responsável por parentes e amigos.

"No entanto, nestes últimos meses, vimos sinais de que a maré está mudando. Não o suficiente, não ainda. Mas há esperança, crescendo o tempo todo. Nós ganhamos algumas escaramuças, e com o tempo as pessoas estão aderindo cada vez mais à nossa causa, não os grandes nobres, mas o povo comum, e nós temos mais força agora do que jamais tivemos desde Methven. Mas o rei Robert não quer ouvir falar em batalhas já decididas, não quando pode mobilizar menos de 3 mil homens contra as hostes de dezenas de milhares dos ingleses e dos Comyn... Mas isso mudará quando ele vencer a batalha contra estes."

— Então como você pode estar aqui, em Arran, Sir James? Eu pensaria que seu lugar fosse ao lado do rei.

— Não, meu lugar é aqui, garantindo o sudoeste e o mantendo para o retorno do rei. Eu o assegurei por enquanto, mas todos os castelos desta terra ainda estão ocupados por guarnições inglesas. Acima de nós, a norte e a leste, os MacDougall e os MacDowal ainda pululam como vermes em Lorn e Galloway, acalentando seu ódio. Nós estabelecemos uma base segura aqui em Arran, por enquanto, mas isso poderia mudar com a próxima vela que aparecer no horizonte... Por falar nisso — acrescentou ele, tomando um novo rumo —, você falou em *navios* quando se referiu ao seu tesouro, *um* dos seus navios. Vejo apenas um, porém, é claro que você tem outros.

Will comprimiu os lábios e fez que sim, e os olhos de Douglas se tornaram quase fendas.

— Quantos são? E onde estão?

— Estão nas proximidades, esperando uma ordem minha. Eu lhe disse que viemos em busca de refúgio, mas não sabia como poderíamos ser recebidos ou o que encontraríamos aqui, se é que encontraríamos algo. Eu deixei meus navios para trás, numa ancoragem segura, de onde poderiam ir ou vir sem impedimentos, não importando o que encontrássemos.

Douglas mordiscava o lábio superior, mergulhado em pensamentos enquanto o ruído e a algazarra nas imediações aumentavam de volume. Mas então ele se aprumou, inspirando profundamente.

— Venha comigo, se lhe apraz. Há outras pessoas que deveriam ouvir o que você tem a dizer... e muitas outras que não deveriam. Por isso, se não se importar, dobre sua língua daqui por diante até que eu lhe dê um sinal. Você concorda com isso?

Will Sinclair deu um sorriso largo, incapaz de resistir ao inexplicável apreço por aquele jovem de pele escurecida, com olhos azuis brilhantes e expressivos.

— Com prazer — concordou ele, e então seguiu Douglas de volta pelo amplo pátio e subiu os degraus de madeira rústica até o salão do castelo.

SEIS

O amplo salão estava quase vazio e, fazendo uma pausa logo ao passar pela soleira da entrada, Will ficou surpreso ao ver que o local não era como o percebera de início. Na aglomeração de pessoas que o tinha preenchido mais cedo, havia-o tomado por um único grande espaço, com alto teto sustentado por pilastras e enormes vigas. Naquele momento, via que havia portas em cada extremidade, conduzindo a duas outras câmaras amplas, e as duas largas escadarias junto à parede que dava frente para a entrada principal conduziam a espaços divididos em compartimentos acima de ambas. A plataforma à sua esquerda continha vários quartos, cada um isolado por cortinas e todos providos de uma passagem comum ao longo da galeria formada por eles. O da direita, presumivelmente de traçado semelhante, era provido de uma parede frontal de madeira, proporcionando privacidade a quem ali habitasse, e ele supôs que fosse ocupado pelo comandante.

O lugar era novo e construído de modo grosseiro, porém, resistente, com vigamento de madeira ainda exibindo cortes recentes de machado e enxó. Sinclair também percebeu sinais de que os carpinteiros já haviam estado trabalhando ali, aplainando e dando acabamento às principais superfícies, particularmente a parede que formava a frente do espaço superior destinado ao comandante. Uma fogueira fulgurava numa grande e aberta lareira de pedra na parede dos fundos, entre os dois lances de escada. Apenas de olhar para ela e sentir o cheiro da névoa de fumaça que se desgarrava suavemente, podia dizer que fora acesa recentemente. Ao longo das paredes diretamente à sua esquerda e à direita, um pequeno exército de homens começava a preparar mesas e bancos para o festim vindouro, deslocando-os dos locais onde estiveram distribuídos em pilhas uniformes, nos cantos mais afastados, e carregando-os até o meio do assoalho, posicionando-os em fileiras a partir dali.

Tudo isso ele absorveu em momentos juntamente com a constatação de que o local agora parecia estar cheio de grandes cães: galgos esguios, longilíneos e de pelagem eriçada, dos quais ele se recordava da infância, mas que raramente havia visto na França. Três grupos de homens, o maior deles um quarteto, conversavam calmamente, espalhados pelo salão principal, cada um longe o suficiente dos outros para não ser ouvido. Berenger estava ali também parado a cerca de dez passos à frente de Will, no meio do pavimento, virando-se a fim de encará-lo. Estivera conversando com um dos cavaleiros escoceses que Will conhecera mais cedo, embora o nome do homem tivesse sido desde então irremediavelmente esquecido. Enquanto ele se concentrava no estranho, sentiu que Douglas pousava a mão no seu ombro.

— Venha, vejo que seu almirante conheceu o bispo Moray. Eu o deixarei com eles por um instante, com sua permissão, pois tenho coisas a fazer antes de podermos continuar a conversa.

Ele começou a seguir em frente, mas Will o reteve com um toque em seu braço e uma pergunta.

— Bispo Moray. É o mesmo que cavalgou para o norte com a rainha e suas damas?

— O mesmo.

— E ele é alguém de sua confiança, ou não?

Douglas riu, um lampejo de brilho na penumbra.

— David é alguém de confiança, acredite em mim.

Ele conduziu Will adiante para se juntar aos outros dois, apresentando-o novamente ao prelado, que era menos parecido com um bispo do que qualquer outro que já vira ou conhecera. David de Moray, bispo Moray, não era um homem alto, mas tinha ombros e peito imensamente largos e intensos, e era evidente que se tratava de um membro ativo da Igreja Militante, armado da cabeça aos pés. A barra aberta da sua cota de malha de ferro à altura dos tornozelos, enferrujada, mas ainda maleável, exibia claramente três reluzentes cicatrizes nos pontos onde havia sido recentemente golpeado por armas brandidas com força. Sob a cota, vestia perneiras da mesma malha, e seus pés estavam cobertos por botas robustas e puídas, com grossas solas de várias camadas. A cabeça protegida por um capuz justo de lã feltrada, com os cadarços sob o queixo desamarrados, e o gorro de malha que o cobria pendia entre os ombros. Uma adaga longa de cabo simples estava pendurada numa bainha em sua cintura, e um largo cinto que atravessava seu peito a partir do ombro direito sustentava uma pesada espada larga numa bainha gasta.

— Estou contente por você estar aqui, David — disse Douglas, falando novamente em francês e dirigindo um cumprimento de cabeça ao almirante enquanto o fazia. — Sir William esteve me perguntando sobre a situação do reino de Robert hoje. Mas acho que seria melhor ele falar com você, ouvir o ponderado ponto de vista da Igreja em vez da minha versão com as mãos sujas de sangue sobre o que está se passando e sobre quem merece morrer.

Virou-se para Will.

— David tem sido um dos apoiadores mais leais do rei desde o início. Ele pode lhe contar tudo o que você precisa saber, coisas que eu não poderia. Ele é menos um padre que um combatente, como atestam as mossas da sua cota de malha, mas ainda é sacerdote, com opiniões mais sóbrias e perspicazes do que as minhas, por isso eu o deixarei com ele.

O rapaz apontou para um talho prateado particularmente brilhante na armadura enferrujada do bispo.

— Você teve sorte nessa, David. Poderia ter cortado fora a sua perna.

— Quase cortou — falou Moray arrastadamente, sorrindo. — Mas Deus estava atento naquela ocasião, embora eu não estivesse.

— É claro que Ele estava. Eu os deixarei com isso, então, e estarei de volta assim que me for possível.

Moray se voltou para Will.

— Bem, qual a sua opinião sobre o jovem Jamie?

Will observou o rapaz saltitar as escadas que levavam ao andar superior, dois degraus de cada vez.

— Um rapaz notável... e *muito* jovem, ao que parece, para dispor da confiança de que evidentemente possui.

O bispo riu.

— É verdade, Jamie é de fato jovem, mas é um paladino. Apesar de toda a juventude, ele é um dos nossos melhores comandantes e, se sobreviver, irá se tornar *o* melhor. O rapaz aprende rápido e nunca comete o mesmo erro duas vezes. Porém, passou de menino a homem num período desesperadamente curto, e isso transparece para nós que o conhecemos. Também se tornou um dos amigos e conselheiros mais próximos e confiáveis do rei, apesar de ser um desconhecido para qualquer um de nós até o ano passado. O rei Robert o sagrou cavaleiro pessoalmente após conhecê-lo, um dia antes de sua coroação em Scone.

A mão do prelado caiu com naturalidade para brincar com a adaga na cintura.

— Quer dizer que você tem perguntas. Faça-as então, e eu as responderei da melhor maneira que puder.

— Obrigado, meu senhor bispo. Mal sei por onde começar.

— Comece me chamando de David e prossiga a partir daí. Como Jamie falou, eu me tornei mais combatente do que bispo nestes últimos dois anos, e fora do presbitério, longe das minhas vestes sacerdotais e da minha mitra, prefiro meu nome ao meu título... Mas, veja bem, foram necessários meses para que eu conseguisse convencer Jamie Douglas a me chamar pelo nome. O que você mais precisa saber?

— Sobre o rei e sua condição. Ele é excomungado, eu soube.

— Hmm. Aos olhos de alguns, é. Mas há mais política que teologia nessa crença. Dentro da Igreja da Escócia, há aqueles, graças a Deus, que conseguem ver as coisas de outro ponto de vista, e o principal entre esses é o nosso primaz, o arcebispo Lamberton, e o bispo Wishart de Glasgow, que é o segundo em superioridade e influência depois do arcebispo. Esses dois, em boa consciência e para o bem do reino da Escócia, acreditam sinceramente que o Santo Padre esteve mal-informado sobre o que se passou entre os dois guardiões naquele dia, na capela de Dumfries. Eles acreditam que o entendimento dele sobre a situação foi deturpado e distorcido por conselheiros desejosos de promover suas próprias visões das coisas. O papa Clemente emitiu seu julgamento *in absentia*, muito afastado da Escócia e seus problemas, e é a devotada esperança do arcebispo que o Santo Padre possa ser convencido disso em algum dia vindouro e retirar a interdição. Nesse meio-tempo, o primaz se recusou, ainda em boa consciência, a dar seguimento à excomunhão... e isso, por sua vez, permite a Robert governar o reino nestes tempos da mais dolorosa necessidade.

Will franziu o cenho.

— Você acha então que o arcebispo Lamberton poderia saber onde o rei se encontra?

— Não. Sobre isso eu posso ser incisivo. O arcebispo está na Inglaterra, prisioneiro dos ingleses, assim como Wishart de Glasgow. Mais uma vez, traído e vendido por compatriotas escoceses. Disseram-nos que eles estão sendo suficientemente bem-tratados, como condiz às posições que ocupam, mas estão presos, ainda assim.

— Entendo. E quanto aos outros bispos do reino? Toda a Igreja na Escócia está unida em apoio ao arcebispo?

Moray bufou de desagrado.

— Não. Como eu disse, há mais política que teologia. Os bispos que apoiam a facção dos Comyn se posicionam contra o rei, unidos em sua traição. Eles esperam ainda vê-lo deposto e o candidato deles ungido em seu lugar.

Will assentiu, aceitando a explicação do bispo.

— Eu já contei isso a Sir James Douglas, porém a ninguém mais. Sou um membro do Conselho Governante de nossa Ordem, designado para a minha missão atual pelo nosso grão-mestre, Sir Jacques de Molay, e me foi confiada uma grande soma em ouro e prata, embora não proveniente do Tesouro do Templo, destinada ao uso do rei Robert. Você conheceu Sir Thomas Randolph, o primeiro Sir Thomas?

— Tom? Eu o conheci bem. Por quê?

— Então conheceu a irmã mais jovem dele, Lady Jessica?

— Sim, mas não muito bem. Eu a encontrei apenas uma vez, muito tempo atrás. Estava casada com um francês... um barão, eu creio.

— O barão Etienne de St. Valéry. Ele está morto, mas acumulou uma boa soma de riquezas antes de falecer, e por meio de uma longa cadeia de circunstâncias ela foi confiada à nossa guarda, no Templo. A viúva dele, a baronesa, está aqui, a bordo de um dos meus navios, ancorado junto à ilha de Sanda, na costa de Kintyre, e quer doar esse tesouro ao rei da Escócia. E, se conseguirmos encontrá-lo, nós o entregaremos a ele.

O bispo coçou a barba.

— Qual o tamanho?

— Grande o suficiente para comprar um exército. Seis baús de ouro e cinco de prata.

— É um grande tesouro... — Os olhos de Moray se apertaram numa expressão astuta. — Dependendo, é claro, dos tamanhos dos baús. No entanto, eu me pergunto se é grande o bastante para garantir a escolta de um cavaleiro comandante e do almirante da esquadra do Templo.

Will havia confiado em Douglas por instinto, e então decidiu confiar naquele bispo também:

— Você não ouviu tudo, nem um décimo. Nós conseguimos por pouco tirar o tesouro da França por entre os dedos ávidos do rei Filipe. E a razão por que conseguimos fazer isso foi por termos sido alertados com antecedência.

— Vocês foram alertados de que o rei da França estaria vindo atrás do tesouro da baronesa?

— Não. O tesouro da baronesa já estava em La Rochelle. O fato de nós o termos salvado foi uma questão de sorte. Havíamos recebido um aviso de que o jurisconsulto-chefe do rei e primeiro-ministro, William de Nogaret, planejava atacar e interditar o Templo na França, na manhã do dia 13 de outubro.

O silêncio que se seguiu pareceu longo, e o rosto de Moray era um retrato enquanto ele se debatia com o que havia escutado. Por fim, meneou a cabeça.

— Conte-me isso novamente. O que exatamente você falou?

— No romper da manhã de sexta-feira, 13 de outubro, poucas semanas atrás, o exército francês, agindo sob as instruções de William de Nogaret, o jurisconsulto-chefe da França, avançou simultaneamente contra todos os Comandos e todas as instalações do Templo no país. Todos os ocupantes, cavaleiros, sargentos, confrades e irmãos leigos foram detidos e aprisionados. Todos, de uma tacada só.

A boca do bispo estava escancarada.

— Isso é... isso é inconcebível. Mas então como você chegou aqui?

— Como eu disse: nós fomos alertados. Nosso mestre, Sir Jacques de Molay, recebeu um aviso sobre isso mais de um mês antes. Ele mal acreditou no que lhe diziam, mas tomou as medidas para salvaguardar a esquadra contra tal traição, caso fosse verdade. No último momento, com a crença crescente de que *poderia* ser verdade, ele me mandou a La Rochelle, a fim de prevenir a guarnição de lá e fazer preparativos para proteger a frota e levá-la em segurança para longe da costa na noite anterior ao ataque traiçoeiro.

— E isso aconteceu mesmo?

— Estamos aqui como testemunhas. Pelo que sabemos, o Templo na França não existe mais.

— Isso é um desafio à crença. O Templo não *existe* mais?

— Não na França, pelo menos no momento. É o que nós acreditamos. Não nos demoramos por tempo suficiente para verificar a extensão do ataque, mas vimos o que aconteceu em La Rochelle onde ficava o quartel-general operacional na França.

"Nós exaurimos todas as explicações em que pudemos pensar... que aquilo poderia ser algum tipo de mal-entendido, que poderia não passar de um blefe usado pelo rei para assustar a Ordem e fazê-la disponibilizar seus fundos para ele, que qualquer que fosse a causa primária, negociações se seguiriam e tudo se resolveria..."

— Mas você não acreditou em nada disso.

O menear de cabeça de Will mal foi perceptível.

— Não, eu não acreditei. Parece-me que o rei Filipe fez o que fez deliberadamente, numa atitude premeditada e com a intenção precisa de se apoderar da riqueza da Ordem para si. E não creio que ele irá ceder. Na verdade, não pode. Ele devia dinheiro demais ao Templo e estava falido. Com o fim do Templo, ele tornará a ser solvente, livre de débitos e com dinheiro para fazer o que desejar. O Templo na França está acabado.

Ele dirigiu um olhar para Berenger, cuja expressão era indecifrável.

— Perdoe minha franqueza, Edward, mas essa verdade acabou de me ocorrer.

Berenger fez que sim com a cabeça.

— Não há necessidade de desculpas, meu amigo. Eu concordo com você. Mas isso levanta a questão: o que fazemos agora?

Moray ainda estava pensando na última coisa que Will tinha dito, o rosto enrugado de perplexidade.

— Uma agressão tão ostensiva precisaria de pelo menos de sanção papal, se não de seu total apoio.

— Sim, precisaria mesmo — concordou Will. — Como você disse, o papa Clemente não é o mais forte entre os fortes. Ele é vacilante, notoriamente fraco e aberto à manipulação, e na França, sob Filipe, o fabricante de papa, ele não passa de argila nas mãos do rei.

Moray inspirou com um sibilar, endireitando o corpo inteiro, mas, antes que pudesse dizer qualquer coisa mais, Sir Robert Boyd de Noddsdale, que Will vira descendo as escadas pouco antes, apareceu junto ao ombro de Berenger.

— Meu senhor bispo — disse ele a Moray —, Sir James solicita a sua presença. Deve vir comigo e trazer esses dois cavalheiros.

Moray olhou de Berenger a Will.

— Se eu não fosse um bispo, poderia estar inclinado a apostar que vocês dois terão de fazer por merecer seu jantar.

DE LEALDADES E AMIGOS

Seis homens esperavam no quarto atrás da parede de madeira que separava a plataforma superior do salão abaixo. O local era bem iluminado com velas e tinha o teto alto; a parede à direita, de tábuas, erguia-se até a estatura de um homem de grande porte, depois acompanhava a inclinação pronunciada do telhado. No canto de um dos lados da porta, uma pilha de armamentos descartados se encontrava apoiada à parede: escudos e espadas, machados e punhais. Uma lareira de pedra havia sido construída na parede triangular, e um par de janelas pequenas e em posição elevada de cada lado da chaminé permitia que a luz desbotada do entardecer penetrasse no recinto.

A maior parte do comprimento do quarto estava tomada por uma mesa longa e estreita, sem nada sobre ela a não ser por três velas em seus candeeiros, e os ocupantes estavam sentados à sua volta numa variedade de posturas, todos olhando para os recém-chegados à medida que estes entravam. Douglas estava sentado na extremidade mais afastada, de frente para a porta, e de cada lado dele Will reconheceu o chefe Campbell — Sir Neil Campbell de Lochawe, lembrava-se agora — e o outro Sir Robert Boyle, de Annandale. O jovem MacGregor, líder do clã de Glenorchy, estava sentado ao lado de Boyd, e diante dele se posicionava um homem de aspecto severo, que Will recordava se chamar Hay. Havia uma cadeira vazia ao lado de Hay, e junto a esta, mais ou menos no meio da mesa, acomodava-se outro indivíduo, de aparência ainda mais grave, que Will calculou estar no final da casa dos 20 anos, mais jovem do que todos os demais exceto Douglas e MacGregor. Tinha o rosto afilado, barba preta e lustrosa. Will não se recordava de tê-lo encontrado antes. O sexto homem na mesa era Menteith de Arran, que parecia ainda menor do que antes entre tantos companheiros corpulentos.

Quando David de Moray parou junto ao pé da mesa, Will e Berenger avançaram para se posicionar ao lado dele, enquanto Boyd de Noddsdale tomou seu assento. Douglas cumprimentou os dois cavaleiros de manto branco com um largo sorriso que exibiu seus fortes dentes brancos.

— Bem-vindos, cavalheiros — começou a dizer ele, e depois falou com Berenger em francês: — Você vai me perdoar, eu espero, pelo que parece uma convocação rude, almirante, mas, enquanto conversava com Sir William, decidi que outros presentes aqui, na qualidade de nobres escoceses, deveriam ouvir o que ele tem a dizer, particularmente sobre esse assunto do ouro que vocês trazem para os cofres do nosso rei. Boas notícias, de fato, à primeira vista, mas que criam a necessidade de uma certa... circunspecção. Sentem-se, se isso lhes apraz, e, Sir William, tenho certeza de que você não se importará em repetir sua história. Todos os presentes aqui desfrutam da confiança do rei.

Will começou a se dirigir ao assento mais próximo, mas o bispo Moray o conteve com um leve toque em seu braço.

— Antes de começarmos, Sir James, acho que você deveria saber que há mais coisas envolvidas na visita de Sir William do que você já ouviu.

Will sentiu um imediato aumento de interesse entre os que estavam à volta da mesa.

— Como é? — Douglas se inclinou ligeiramente para a frente enquanto falava, e Moray olhou para Will.

— Você gostaria de falar ou devo eu mesmo tentar explicar?

Will sentiu uma profunda calma se desdobrar dentro de si e deu um sorriso de pronto.

— Como quiser, meu senhor bispo. Mas, se você contar, saberei ao menos até que ponto prestou atenção.

Moray fez que sim, com a sugestão de um sorriso vibrando no canto da boca, depois olhou para Berenger, novamente sério.

— Você irá me perdoar, almirante, se eu falar agora em escocês, pois há vários homens aqui que não têm conhecimento de sua língua. Você já está familiarizado com tudo o que falarei, mas Sir William traduzirá qualquer trecho que necessite ouvir.

Moray tornou a virar de frente para os outros.

— Sir William me contou que há graves eventos se desenrolando fora do nosso reino, eventos importantes que poderiam nos afetar negativamente. Serei claro, pois temos pouco tempo a perder com conversa à toa. O que falarei a seguir irá deixá-los todos irrequietos, tagarelando de curiosidade, mas tenho de lhes pedir que simplesmente aceitem o que tenho a dizer. É tudo verdade, mas aqui e agora não é o lugar para debatê-lo.

Ele olhou para cada um dos homens sentados à volta da mesa e depois descreveu concisamente a ação do rei contra o Templo apenas duas semanas antes.

— É opinião de ambos os cavaleiros que se encontram diante de vocês: Sir William, do Conselho Governante, e Sir Edward, almirante da esquadra do Templo; que eles sejam os únicos membros do Templo na França que não se encontram sob a custódia do rei francês e sua gente.

Apesar do apelo do bispo, um burburinho de comentários irrompeu ao redor da mesa, e ele ficou em silêncio para permitir que se apaziguasse. Quando voltou a falar, suas palavras trouxeram um silêncio instantâneo:

— Nenhum de nós aqui poderia ter imaginado tal coisa, sendo o Templo o que é, mas nenhum dos homens presentes supõe, nem por um instante, que isso não nos diz respeito, que nada disso é da nossa conta.

É da nossa conta e nos diz respeito profundamente, e mais do que em um único nível. Em primeiro lugar, porque estes homens vieram até aqui em busca de asilo. Temporário, é verdade, mas não menos real por conta disso. O que eles não sabem, e não poderiam saber, é que... — Ele hesitou. — O rei Robert está envolvido neste momento com o rei da França, buscando uma aliança contra a Inglaterra. E este pedido deles poderia pôr tudo a perder.

Novamente Moray se calou, para deixar que aquilo fosse absorvido, ciente de que Will estava sussurrando atrás dele, traduzindo sua fala para Berenger.

— E, além disso — continuou —, o rei Filipe não teria ousado fazer o que fez sem a aprovação do papa, pois o Templo, não importa o que vocês possam pensar dele no seu íntimo, é uma ordem religiosa. Estou certo de que não preciso lembrar a ninguém aqui de que há apenas um papa, o mesmo que o arcebispo Lamberton está tentando persuadir a retirar a excomunhão contra o rei Robert. Portanto, há dois duros pedaços de osso para nós roermos, e isso é só o começo.

O homem de barba negra no meio da mesa resmungou.

— Mande-os de volta para casa, então — disse ele com palavras arrastadas. — Que voltem para o local de onde vieram. Temos o suficiente para nos ocupar agora, com o que já temos de enfrentar, sem procurar mais problemas.

— Ah, é? E tomar o tesouro deles primeiro, é isso o que você quer dizer? Simplesmente aliviá-los do ouro que nos trouxeram em nosso momento de necessidade e depois lhes dar adeus? — A voz do bispo saiu fria, tomada de desagrado pelo homem com quem falava, e os dois se olharam com raiva até que Sir Robert Boyd de Annandale se adiantou, levantando uma das mãos:

— Uma palavra, se me for permitido. — Ele coçou vagarosamente a barba bem-aparada. — Nosso amigo de barba negra chegou apenas recentemente da ilha de Rathlin, por isso ele pouco sabe quem são vocês. Ele porta um infeliz nome inglês também, Edward, e esse fardo às vezes compromete as suas maneiras. Mas ele é o principal capitão do seu clã e irmão do chefe em pessoa. Sir William, você estava ciente de qualquer dessas coisas, essas que o bispo mencionou, antes de vir para cá?

Will moveu a cabeça negativamente.

— Esta é a primeira vez que ouço falar de qualquer tratado com o rei Filipe. Tal coisa me surpreende de certo modo, sabendo o tipo de homem que o rei da França é, mas posso compreender que essa necessidade possa ter se apresentado. Quanto ao édito de excomunhão, eu tinha conhecimento dele. — O cavaleiro retraiu os ombros. — Mas admito que não havia percebido a conexão entre o caso do rei Robert e o nosso. — Ele hesitou. — Isso não é inteiramente verdade... Eu tinha visto isso, mas pensei que a conexão fosse um terreno comum, que pudesse levar o seu rei a conceder nossa vontade. Não havia me ocorrido que pudesse haver planos em curso para alcançar uma dispensa, ou que pudéssemos causar algum embaraço ao rei Robert por conta disso.

Boyd comprimiu seus lábios e fungou.

— Sir James estava nos dizendo que você está há bastante tempo longe da Escócia. Conte-nos, então, o que você sabe, se é que sabe algo, sobre o rei Bruce.

Novamente Will foi levado a sorrir, ainda que soubesse de um modo agudo que estava sendo julgado ali. Ele curvou a cabeça ligeiramente para o lado, ampliando o sorriso.

— Acho que teria sido mais fácil e menos problemático se você tivesse me pedido para revelar os segredos mais íntimos do Templo, Sir Robert. — Ninguém lhe devolveu o sorriso, e ele continuou: — Na verdade, pouco sei sobre o seu rei, e a maior parte do que vim a saber antes de hoje proveio de apenas duas fontes, ambas femininas. Minha vida e minhas obrigações, nestas últimas décadas, têm sido dedicadas ao Templo, comprometidas com ele por juramentos, por dever e por lealdade. Eu nasci em Roslin e passei minha infância ali, e, ao deixar a Escócia quando rapaz, não havia discórdia entre este reino e a Inglaterra. Vivi em ignorância quanto a tudo o que ocorreu desde então, mas não me sinto culpado por isso, pois renunciei ao mundo quando entrei na Ordem, e o Templo não deve obediência a nenhum senhor temporal ou monarca além do papa.

"Minha irmã Margaret desposou Sir Edward Randolph muito tempo depois que deixei o lar. Ela foi a principal fonte do meu conhecimento sobre os distúrbios aqui na Escócia, e das lides do rei Robert quando ele ainda era o jovem conde de Carrick. Em suas cartas, ela me falou muito elogiosamente sobre o homem e sobre a estima e devoção que o marido dela sentia por ele e por sua causa. E, uma vez que ela sempre foi uma moça de bom senso, eu aceitei o julgamento. A segunda mulher de quem falei é Lady Jessica Randolph, a baronesa de St. Valéry. Não conheço essa dama muito bem, mas a determinação dela em entregar as riquezas de seu falecido esposo às mãos de Robert Bruce, juntamente com a crença na retidão do homem e no seu destino como rei da Escócia, foi um argumento persuasivo que condisse bem com a opinião de minha irmã. E por isso, aqui estou eu."

— Hmm. Que mais você sabe sobre ele... o homem, se não o rei?

— Bem pouco. Nunca coloquei meus olhos sobre ele. Mas, a partir do que Sir James me contou muito brevemente, eu formei... minhas próprias opiniões. Ele deve ser um homem de força e honra extraordinárias para gerar tamanha reverência entre os amigos.

— Sim, isso pode ser correto. Mas e quanto aos inimigos? Você não ouviu dizer que os amigos do rei são poucos, menos do que seria necessário para preencher ambos os lados de uma mesa?

Sir James Douglas interrompeu-os, sorrindo:

— Ou que os inimigos dele proliferam como moscas numa ferida, saltando por cima e pelo meio uns dos outros para infestá-lo?

Will fitou cada um dos homens, perplexo, ciente de que todos os olhos em volta da mesa estavam focados nele e de que de repente ele não tinha certeza do que estava acontecendo ali. Sem saber o que dizer em seguida, cedeu aos seus instintos e deu de ombros.

— Não duvido que deve ser isso o que o povo diz, se, como vocês afirmam, ouviram falar tais coisas... Mas acho que não precisam ser lembrados de que o povo é um grande contador de mentiras. Por ter chegado recentemente, ainda não ouvi nada sobre o rei, nada, aliás, vindo "deles", que detêm tantas opiniões. Por mim, preferiria acreditar em outras coisas. Se o seu rei tem, como dizem, tão poucos amigos, então vocês lhe fariam a honra de acrescentar a palavra *remanescentes*, pois ele me parece um homem que mantém os amigos por perto. Porém, mais do que isso e acima de tudo, ele me parece ser um homem, e talvez até mesmo um rei, que extrai o melhor daqueles que o amam. Portanto, seus amigos morrem voluntariamente, em apoio à sua causa, ou são fáceis de identificar e encontrar... e consequentemente de matar. Ele pode, de fato, ter muito poucos amigos remanescentes, mas tenho certeza de que nunca esquece os que perdeu. Isso deve causar pesar no homem dia e noite pelo que ouvi sobre ele, e por passar por isso, superar tudo e seguir em frente, deve ser como uma lâmina temperada a fogo e sangue, e com tudo isso um rei digno de seu nome. — Novamente, ele estava atento ao silêncio, enquanto concluía: — Essa é a minha opinião sobre o seu rei, cavalheiros, não importa que ele ou vocês me mandem embora ou não. É um julgamento recém-formado, mas está em meu coração, e, se algum dia nos encontrarmos frente a frente, irei me sentir honrado por isso.

Rememorando essa declaração mais tarde, Will veria que foi extraordinária, a qual ele não sabia que seria feita até que as palavras se derramaram de sua boca, evocadas por uma raiva profunda, informe e insuspeita que o deixara trêmulo de tensão no momento em que acabou de falar. Podia sentir, sem olhar para ele, que até mesmo Berenger, que mal poderia ter compreendido uma só palavra do que dissera, contempla-va-o com surpresa. *Deve ter sido algo no meu tom*, pensou.

Ele inspirou fundo e segurou o fôlego, olhando diretamente em fren-te e esperando uma reação do grupo imóvel em volta da mesa, três dos quais não haviam dito uma palavra desde que ele e seus acompanhantes entraram na sala, mas, quando a reação veio, ele mal pôde acreditar no que via. Foi um pequeno cintilar de luz, tremulando quase impercepti-velmente na periferia de sua visão, e ao buscar a fonte daquilo, ela saltou agudamente no seu campo de visão: uma lágrima solitária, refletindo o brilho de uma das velas da mesa, havia brotado no olho do cavaleiro de fisionomia severa chamado Hay. O homem se sentou rigidamente, mas sem demonstrar constrangimento, sem fazer qualquer tentativa de enxu-gar a lágrima antes que ela escorresse até o queixo e pelo meio da barba. Só então ele piscou e olhou para Will, com os olhos marejados, antes de olhar para Sir Robert Boyd de Noddsdale, depois virar a cabeça ainda mais para mirar o outro Boyd, de Annandale, que já o fitava.

A expressão no rosto de Annandale era difícil de definir, mas não ha-via sugestão de piedade ou menosprezo enquanto observava o veterano vestido em cota de malha, cujas lágrimas agora corriam abertamente por ambas as bochechas. Ele encarou Hay por um momento mais, depois desviou o olhar para o outro lado da mesa, onde os cavaleiros do Templo estavam parados à espera.

— Bem, Sir William, seus sentimentos ganharam a aprovação de Sir Gilbert.

O ruído que a cadeira fez quando ele a empurrou para trás e se levan-tou soou alto na sala silenciosa, e de algum lugar abaixo deles um alto estrépito ecoou quando alguém derrubou algo que pareceu uma pesada mesa.

— Que assim seja — prosseguiu. — Nada mais de subterfúgios. Eu sou Robert Bruce, rei dos escoceses, e lamento pela máscara. Basta dizer, ai de mim, que ela não foi gratuita. Minha presença aqui não é de conhecimento comum, e poucos, mesmo no andar de baixo, sabem quem eu sou.

Will Sinclair ficou atônito, seus sentidos se aturdiram diante da revelação inesperada, mas o rei pareceu alheio a isso e continuou falando:

— Jamie me disse que eu poderia confiar em você. Ele tem um olfato apurado para essas coisas. Mas eu tinha de julgar por mim mesmo. Pode ser a maior maldição desta vida que vivo hoje em dia, mas sempre tenho de fazer meus julgamentos. — Ele se endireitou ainda mais, postando-se muito ereto e parecendo recompor os pensamentos. — Mas isso não vem ao caso aqui e agora. A sorte está lançada, e nós temos muito a fazer, além do trabalho para o qual nos reunimos aqui.

O rei se voltou para Berenger, então acenou uma das mãos num convite e falou num prestativo francês normando:

— Meu senhor almirante, você é bem-vindo aqui. Tire o seu manto, se lhe apraz, e sente-se conosco. Nós temos assuntos a discutir, embora eu tema que a maior parte será tratada em escocês. Sir William servirá como tradutor de ambos quando a necessidade se apresentar.

Enquanto os dois cavaleiros começavam a se desfazer das pesadas capas, ele falou para Will:

— Seus navios, Sir William: onde estão agora, e com que poderio?

Will se deteve, com o manto a meio caminho.

— São os navios de Sir Edward, Majestade, ao menos as galés, não meus.

Bruce o olhou diretamente nos olhos, com uma das sobrancelhas ligeiramente erguida.

— Seus ou dele, isso não importa. Sãos os navios do Templo, e estão nas minhas águas. E guarde a *Majestade* para o rei da Inglaterra, se algum dia você tiver o infortúnio de encontrá-lo. Aqui na Escócia nós nos referimos à graça do rei, não à majestade.

— É claro. Perdoe-me, meu senhor rei, eu havia esquecido.

Bruce assentiu.

— Tire essa capa então e se sente. — Ele tateou as costas da cadeira, gesticulando para que Douglas voltasse para o seu lugar à cabeceira da mesa quando o jovem fez menção de se levantar, e, enquanto os dois cavaleiros e o bispo Moray se acomodavam à mesa, apontou com o polegar para o carrancudo de barba negra sentado no centro. — Este é meu irmão, Edward Bruce, conde de Carrick. Os outros, eu creio que vocês conhecem, mas só por desencargo de consciência, aqui estão Sir Neil Campbell de Lochawe, chefe do clã Campbell, e ali Colin, filho de Malcolm MacGregor de Glenorchy. O homem que você fez chorar é Sir Gilbert de Hay, meu porta-estandarte, e Sir Robert Boyd de Noddsdale me acompanha desde Dumfries, emprestando-me seu apoio, assim como seu nome nas ocasiões de necessidade. E agora, quanto aos seus navios...

Will pigarreou e reformulou o comentário em francês para benefício do almirante, antes de prosseguir em escocês:

— Nós temos uma frota mista, Vossa Graça, formada pelos navios que estavam em La Rochelle no dia do... do ataque, mais três outros que se juntaram a nós vindos de Marselha. Ao todo, temos uma vintena de vasos, dez deles galés, os outros navios de carga.

Ocupando o lugar em frente ao rei, Sir Neil Campbell deu um leve assobio e Bruce se reclinou em sua cadeira.

— Essas seriam galés do Templo, parece-me. Navios de guerra. Qual o tamanho delas?

— São todas diferentes, Vossa Graça. As três maiores, incluindo a do almirante, têm vinte remos de cada lado, cada um impulsionado por dois homens, posicionados à moda antiga, em filas duplas.

— Birremes.

— Sim, meu senhor, birremes; todos exceto um, construído na Arábia e capturado pelo homem que é seu capitão atualmente. Esse tem 18 remos de cada lado, em duas fileiras simples. No todo, temos quatro navios de 42 remos, três de 40 e outros três de 36.

— Impressionante. Quantos homens ao todo?

— No total, talvez quinhentos homens. Não fizemos uma contagem formal.

Bruce pareceu impressionado.

— Uma força e tanto — comentou ele em voz calma.

— Sim, senhor, mas uma força naval.

— O que você quer dizer com isso?

— Nada, exceto que são marinheiros, não soldados. Mas temos mais. Nós trouxemos a guarnição inteira de La Rochelle, arrancada debaixo do nariz de Nogaret.

— Você se refere ao comparsa do rei da França?

— Sim, é uma boa definição.

— Você não gosta do homem, eu suspeito.

— Senhor, a medida da minha aversão por ele dificilmente poderia ser mensurada.

— Quantos homens você tem, então?

— Cento e cinquenta e quatro, dos quais 36 estão servindo como irmãos leigos. Entre cavaleiros e sargentos, portanto, 118.

Os olhos do monarca, prateados e penetrantes, estreitaram-se perceptivelmente.

— E vocês esperam ganhar minha permissão para alojar tantos homens dentro do meu reino?

— Mais do que isso, Vossa Graça. Eu também tenho um complemento de cavaleiros templários e sargentos, sob o comando do meu irmão, Sir Kenneth Sinclair. Vinte cavaleiros plenos e oitenta sargentos regulares.

Sir Edward Bruce se remexeu em sua cadeira, mas todos os outros permaneceram imóveis até que o rei comprimiu os lábios e assentiu vagarosamente.

— E os navios de carga? — perguntou então.

— Dez deles, todos mercantes. Sete deles carregam os homens do meu irmão e cavalos, com todos os apetrechos e suprimentos. Outros dois transportam a guarnição de La Rochelle e seus equipamentos. O último deles contém suprimentos gerais.

— Cavalos, você diz? Vocês trouxeram cavalos no seu comboio?

— Trouxemos. Não poderíamos deixá-los para trás em benefício do rei Filipe e de Nogaret.

— E os trouxeram até aqui com vocês. Em navios. Onde esperam mantê-los?

Will encolheu os ombros, abaixando a cabeça ao mesmo tempo.

— Eu confesso, meu senhor, que não havia pensado nisso. Sabia simplesmente que não queria deixá-los abandonados na França e presumi que o senhor poderia me aconselhar sobre onde mantê-los. Alguns deles, as montarias dos cavaleiros, são *destriers*, criados para lutar. O restante é formado por animais comuns, robustos e versáteis.

O rei pousou um dos cotovelos sobre o pulso, alisando o lábio inferior.

— Nós teremos que conversar, você e eu, Sir William, sobre lealdades e reciprocidade. Enquanto isso, porém, há um problema que deve ser resolvido sem demora. Jamie me contou que você deixou seus navios em Sanda, perto do Mull of Kintyre. Lá é território MacDonald, e, caso os espiões deles avistem os seus navios, viriam correndo para cá, o que não serviria aos meus propósitos. Eu precisarei que você busque sua frota o mais rápido que puder e a traga até Arran. Eles podem fundear na ampla baía ao sul daqui, a baía de Lamlash. Você fará isso?

— Sim, imediatamente. Mas não seria mais fácil avistá-los vindo para cá do que se permanecessem lá?

— Pode ser, porém, se navegarem à noite, estará tudo bem. Perto de Kintyre eles podem estar expostos a um ataque dos MacDonald, mas aqui em Arran estarão seguros. Quem você mandará?

— Sir Edward, claro. — Will se voltou para o almirante e repetiu toda a conversa entre ele e o rei, e Berenger imediatamente se levantou e apanhou o manto.

— Irei imediatamente — concordou ele —, a remos. É uma viagem de quatro horas...

— Espere! — ordenou Bruce, erguendo a mão. — Não há necessidade de tanta pressa. Não agora. Sua tripulação foi convidada a vir à terra, Sir Edward. Deixe-os comer primeiro, descansar por uma hora, depois os ponha para trabalhar. Que diferença fará partir ao anoitecer ou à meia-noite? A viagem ainda será feita no escuro e passará mais rápido com o estômago cheio do que com ele vazio e roncando. Espere, então, até a meia-noite. Enquanto isso, vamos descer e comer. Mas tenham em mente que meu nome é apenas Rob esta noite, simplesmente Robert Boyd de Annandale. Quando tivermos ceado, então também retornaremos ao trabalho.

DOIS

Para Will Sinclair, o banquete pareceu mais elaborado que uma refeição diária normal deveria ser. Foi uma confusão de vozes altas — não havia mulheres presentes —, carnes assadas, incluindo de veado e carneiro, uma vaga noção de que a bebida corria solta e a música estridente das terras Altas e das ilhas escocesas, com harpas e gaitas de fole, e as sagas aparentemente intermináveis de uma série de bardos e cantores, todos algaraviando ininteligivelmente em erse, ou gaélico, como o chamavam. Will se sentou com Douglas e Berenger no que era nominalmente a cabeceira da mesa, mas poucos ali prestavam atenção nisso, e os outros ocupantes se espalharam para sentar com os amigos tão logo a refeição principal foi consumida, deixando o alto estrado para os três falantes de francês. A mente de Will ainda oscilava com as implicações da presença de Bruce e achou inconcebível que o monarca pudesse se sentar entre seus próprios seguidores sem ser reconhecido. Disse isso a Douglas, e o jovem sorriu.

— Deve ser estranho para você, devo admitir, vindo da França, onde tudo é civilizado. Mas a verdade é simples. Todo homem na Escócia conhece Bruce de nome e de reputação. Mas, quando pensam nele, veem em suas mentes o antigo conde de Carrick, e o conde era muito... qual é a palavra? Muito pródigo em sua juventude. Sim, é isso. Ele era conhecido por isso, pela sua prodigalidade: a última e mais vistosa moda em roupas e armaduras, os melhores cavalos, as mais adoráveis damas e, é claro, a espiritualidade sorridente e vivaz. Ele gastava muito dinheiro. Embora seu pai, o lorde de Annandale, nunca lhe desse muito para gastar, o conde era o favorito de Eduardo Plantageneta quando ainda era um rapaz. A maioria pensava nele como um esbanjador e um desperdício de tempo, sem ver nada além de sua juventude, seu desregramento e sua aparente irresponsabilidade. Veja bem, isso foi antes do meu tempo, pois eu não passava de uma criança quando o conde de Carrick estava brilhantemente em seu melhor, ou pior... Mas esse era o perfil que exibia antes que o rei Eduardo o ensinasse a odiar a trela.

— Odiar a trela?

— Sim, as amarras que o prendiam à vontade do Plantageneta. Quando os planos de Eduardo para anexar a Escócia ao seu reino deixaram de funcionar de maneira satisfatória, ele buscou fazer do conde de Carrick seu bode expiatório.

— Como assim?

— Exigindo que ele executasse atos e feitos que pareciam marcá-lo como um lacaio de Eduardo e, portanto, da Inglaterra. Ele tornou a vida quase intolerável para o conde.

— Que tipos de atos e feitos? Embora você fosse um menino na época, deve ter ouvido exemplos de tais coisas.

— Ouvido falar dessas coisas? Eu testemunhei uma delas: a primeira rebelião do conde de Carrick. Meu pai, como lhe contei, era um rebelde, uma das almas mais contenciosas com quem Eduardo teve de lutar. Ele se envolveu num motim e foi declarado fora da lei por Eduardo há dez anos. Eu tinha 12 anos na época. Eduardo mandou tropas inglesas para queimar nosso castelo e tomar minha mãe e eu como cativos, mas minha mãe barrou os portões e se recusou a se render. O conde de Carrick estava lá, como parte da força inglesa, mas puramente para manter as aparências. Ele detinha o posto mais alto, mas não tinha qualquer autoridade, e ninguém lhe concedia nenhum respeito, um mero testa de ferro, um fidalgote escocês enviado para dar à força de ataque inglesa uma aparência de legitimidade. O comandante inglês, cujo nome há muito me fugiu, trouxe consigo algumas crianças, uma delas um amigo meu, e ameaçou enforcá-las bem ali, diante dos olhos da minha mãe, acreditando que ela fosse fraca a ponto de recuar perante tal horror.

Will teve de interrompê-lo:

— E ela era?

Douglas riu.

— Nós nunca descobrimos. O conde de Carrick desafiou o comandante inglês e o expulsou com seus homens. Depois libertou as três crianças e implorou pelo perdão de minha mãe. Em seguida, ele nos levou até meu pai, no norte, e se juntou à rebelião, declarando-se escocês e jurando resistir ou perecer com seu próprio povo. Esse foi o primeiro passo seguro na rota que levou Bruce a Scone e à coroa da Escócia. — O jovem sorriu. — Também assinalou o primeiro passo do meu empenho para chegar à cavalaria, pois o homem que vi naquele dia se tornou meu ideal de honra e nobreza. Eu queria ser como Robert Bruce, o conde de Carrick.

Ele fez uma pausa e depois levantou as mãos.

— O que me traz até aqui, um círculo completo. Aquele é o homem, o cavaleiro armado, o rei combatente, cujo retrato as pessoas ainda visualizam quando pensam em Robert Bruce. O homem que você vê sentado ali entre eles agora, irreconhecível, é o homem que ele se tornou: um bandoleiro das terras Altas, endurecido por viver como um membro de clã erse em plena charneca durante todos os tipos de clima, dormindo em cavernas embrulhado num *plaid* molhado e sujo, com frequência temeroso de acender uma fogueira para que a fumaça não o entregasse, caçando lebres ou pescando peixes para comer, mendigando pão aos aldeões e pagando por ele quando pode e dormindo com uma adaga na mão todas as noites. Sem armadura, sem esporas, sem espada, sem roupas de cavaleiro. E há outra coisa que se opõe a que ele seja reconhecido... a barba. O rei Robert Bruce vai a todo lugar bem barbeado. Todos sabem disso. Mas, no último ano, ele não teve tempo nem oportunidade de se barbear. Por isso, quando decidiu voltar para Arran, aparou a barba, mas a manteve. O rei da Escócia agora vive entre seus escoceses como nenhum outro jamais viveu e, quando fala com eles, não o conhecem.

— Hmm. — Will Sinclair meneou a cabeça. — Estranho como os eventos acontecem... Eduardo da Inglaterra não tinha planos de anexar a Escócia quando era rapaz. O que aconteceu?

— Quem sabe? As coisas mudam. Algumas pessoas acham que foi o sucesso na campanha contra Gales. Ele derrotou Llewellyn, subjugou os galeses e até tornou seu filho o príncipe de Gales para demarcar a conquista. Dez anos foram necessários para que ele derrotasse os galeses, mas aumentou imensamente o seu reino. Depois disso, como alguns homens acreditam, a mente dele se ocupou da Escócia, buscando unir toda a ilha da Bretanha sob sua coroa... mas ele subestimou o temperamento dos escoceses.

Berenger falou pela primeira vez desde que a discussão havia começado:

— Mas todos os nobres escoceses são franceses normandos, não são? Todos deviam lealdade a ele, e, pelo que Sir William me contou, eles a ofereceram. Isso não foi suficiente? Que necessidade ele tinha de conquistá-los?

— Não, almirante, não é verdade. Nem todos os nobres escoceses são franceses normandos. Os grandes condados da Escócia descendem dos reinos celtas, os clãs de idioma gaélico que viviam aqui antes de os normandos chegarem. E, além disso, quanto tempo uma família deve viver numa terra antes de pertencer a ela? A família Bruce está aqui desde os dias de William, o Conquistador. A própria família de Sir William foi um dia St. Clair, mas se tornou Sinclair já faz muitos anos. Eu diria que, quando os seus bisavôs e as suas damas foram nascidos e criados na Escócia, então você pode pensar em si próprio como um escocês.

Houve um distúrbio no meio do salão. Will ergueu o olhar e viu mesas sendo arrastadas para o lado. Então dois homens saíram do meio da multidão, olhando-se mutuamente com ar de inimizade e despindo as roupas, preparando-se para lutar. Apostas foram feitas e partidos tomados, e, em meio a todo o caos instaurado, Robert Bruce estava sorrindo, dentes reluzindo através da barba que mascarava o rosto.

— Olhe para o rei — murmurou Berenger. — Ele está adorando cada momento.

— É claro que está. Seus gostos mudaram ao longo do último ano.

— Você me falou que ele estava em campanha no nordeste.

— E não menti. A presença dele aqui é breve, mas necessária.

— Por que ele está aqui? — perguntou Will.

— Para discutir estratégia. — Douglas sorriu. — Você terá de esperar para descobrir para quê. Mas tenho a sensação de que acabará envolvido... em certa extensão. Eu ouvi o rei mencionar reciprocidade, mas não cabe a mim adivinhar o que ele está querendo dizer com isso. Vocês terão simplesmente que aguardar até que ele toque no assunto.

Berenger se levantou.

— Falando em tocar no assunto, tenho de verificar se meus homens estão se comportando. Eu dei ordem para que nenhuma bebida lhes fosse servida além de um copo de vinho com a refeição. Agora tenho de ver se está tudo bem e me certificar de que eles estejam prontos para voltar a bordo, se tivermos que zarpar com a maré da noite. Perdoem-me.

Will levantou uma das mãos.

— Antes de ir, Edward... outra coisa acabou de me ocorrer. Quando trouxer a frota, você irá levá-la até a baía de Lamlash? — Berenger fez que sim. — Eu ainda estarei aqui. Não há uma estrada entre este lugar e Lamlash. Por isso, quando chegar lá, quero que você a deixe ancorada, com instruções estritas para que ninguém desembarque sem minha ordem pessoal. Você então virá diretamente para cá e me apanhará. Eu estarei à sua espera. Está claro?

— Completamente, Sir William. Será como você diz. Perdoem-me novamente, cavalheiros. — O almirante fez uma reverência até a cintura para Douglas, incluindo Will na saudação com um aceno de uma das mãos.

— Ele é um bom homem, mas como espera fazer isso? — perguntou Douglas enquanto o almirante saía marchando para encontrar seus homens. — Eu não ousaria deixar meus homens nem ao menos cheirarem qualquer bebida se tivesse trabalho para eles. Que tipo de poder o homem exerce sobre eles?

— O poder de Deus, meu amigo. Não se esqueça de que eles são monges do Templo. Todos. Lutam como demônios, mas vivem como anacoretas e rezam como padres.

Acompanhou Berenger com o olhar enquanto falava, observando-o seguir diretamente para a mesa onde os quatro cavaleiros que eram seus oficiais de navio estavam sentados com os seis sargentos seniores que de fato conduziam a tripulação da galé. As diferenças entre cavaleiros e sargentos eram claras, mesmo que se pudessem desconsiderar as sobrecotas brancas dos cavaleiros e as pretas dos outros. Os primeiros, com unanimidade, usavam as barbas bifurcadas, que os marcavam como cavaleiros do Templo — uma afetação que às vezes divertia Will, porém com mais frequência o irritava por tipificar, parecia-lhe, a arrogância elitista em suas fileiras, que tanto ofendia quem era de fora. Os sargentos eram mais sóbrios em suas maneiras, embora suas barbas, rentes e uniformes fossem igualmente uma marca de pertencer ao Templo.

A luta corporal ainda estava acontecendo no meio do salão. Um dos homens já havia sido atirado ao chão, e um círculo inconstante de observadores se movimentava em torno deles, gritando simultaneamente maldições e encorajamentos. Bruce havia desaparecido, não se via qualquer sinal dele, embora pudesse simplesmente estar escondido pela quantidade de corpos.

Olhando para o desfile de vestimentas na sala, Will supôs que poderia ter visto uma confusão mais descomedida de cores na França em algum momento, mas duvidou disso. A maioria dos homens presentes eram gaélicos das terras Altas, envolvidos em *plaids*, com cabelos e barbas por fazer, alguns trançados com faixas e ornamentados com joias e decorações bárbaras que variavam de penas de águia a vivas fitas de tons chamativos entrelaçadas.

Will não sabia o que havia atraído sua atenção, mas, uma vez que se deu conta do homem, analisou o sujeito intensamente. Ele estava ocupado demais observando os outros para pensar que poderia estar sendo notado. Não tinha nada de singular, tirando o fato de ser um dos poucos no agrupamento geral que não estava vestido como gaélico. Will não pôde ver o que ele usava abaixo da cintura, mas o homem vestia uma túnica grossa simples sob um colete de couro surrado. A cabeça estava descoberta, exibindo um couro cabeludo calvo e filamentosos cabelos castanhos à altura da nuca. Usava barba e bigode, mas ambos pareciam esparsos, como se a sua pilosidade facial fosse leve a ponto de negar ou desafiar a masculinidade. Mas estava muito interessado em Berenger e no que o almirante estava dizendo aos seus homens... tão interessado que se inclinava para o lado em sua cadeira para ouvir, ainda que tentasse comicamente não parecer fazê-lo.

Will cutucou Douglas para desviar sua atenção da briga.

— Não faça isso de um jeito óbvio, mas dê uma olhada ali, onde Berenger está conversando com seus homens. Está vendo um sujeito esticando o pescoço para ouvi-los? Cabeça descoberta, careca, usando colete de couro. Você o conhece?

Os olhos de Douglas se apertaram, concentrados.

— Não, não conheço, mas é um dos nossos. Do continente, quero dizer... um habitante das Terras Baixas, a julgar pelas roupas. Deve ter vindo com Bob Boyd ou um dos outros. O que tem ele?

— Não sei, exceto que alguma coisa nele me deixou apreensivo... o modo como se inclina para escutar tudo o que está sendo dito ali. Berenger provavelmente está comunicando aos seus homens o que quer que façam quando zarparem mais tarde, esta noite, e é claro que ele não vê motivo para sigilo... mas isso me fez pensar no que o nosso amigo de Annandale estava dizendo, sobre como espiões, traidores e informantes estão por toda parte nesta terra. Se alguém escapasse daqui com informações sobre o que está acontecendo em Arran, poderia ganhar um belo suprimento de prata inglesa.

— Sim. Como Judas. Vou perguntar sobre esse sujeito. Enquanto isso, vou vigiá-lo como um falcão. Eles estão falando em francês, não é?

— Em que idioma mais falariam? São todos franceses.

— É... Como então um bandoleiro esfarrapado das fronteiras teria a habilidade de entender o que eles estão dizendo? Dougald!

Um homem enorme se levantou da mesa em frente ao estrado e baixou a cabeça para ouvir o que Douglas tinha a dizer. Depois de um monólogo sussurrado, virou-se casualmente, deu uma olhada no homem que Douglas havia descrito e balançou a cabeça antes de se afastar perambulando.

Douglas se voltou novamente para Will:

— Você tem um bom olho, Sir William. Por esta hora, amanhã, nós saberemos tudo o que há para se saber sobre o nosso amigo de ouvidos apurados. Os rapazes de Dougald contarão cada respiração dele a partir de agora. — Os olhos de Douglas focalizaram atrás dos ombros de Will. — Acho que estamos prestes a ser convocados.

TRÊS

Apenas Will foi convocado, e então deixou Douglas no estrado e seguiu o homem que havia sido encarregado de buscá-lo. Subiram as escadas de madeira até a galeria, contornando em seu caminho dois robustos personagens que estavam sentados com indolência nos degraus, um acima do outro, e afastaram os joelhos para o lado a fim de deixá-los passar.

O rei Robert os esperava na câmara onde o encontraram mais cedo, sentado sozinho junto à mesa, perto do fogo reabastecido na grade de ferro da lareira e contemplando as chamas enquanto afagava a cabeça de um grande cão de caça de pelos cinzentos. Ele afastou a cabeça do cão com um comando murmurado quando Will entrou e o animal se deitou aos seus pés. Quando o rei se levantou e se virou de frente para ele, Will ficou imediatamente impressionado pelo ar de exaustão que emanava do homem, mas então o monarca se pôs mais ereto, deixando o esgotamento de lado como se despisse uma capa, de tal forma que até mesmo as rugas profundas de seu rosto pareceram regredir e se preencher.

O rei se dirigiu ao outro homem:

— Cuide para que não sejamos perturbados. Ninguém deve vir aqui exceto David de Moray, mas nem mesmo ele durante a próxima meia hora. — Esperou até que a porta se fechasse para só então se dirigir a Will: — Moray é um combatente valoroso, porém sua cabeça é ainda maior e mais afiada que sua espada, por isso teremos a ganhar com o conselho dele.

O rei arrastou a cadeira para um dos lados do fogo.

— Jogue sua capa sobre a mesa e se sente comigo, Sir William. Puxe uma cadeira para junto da lareira. Tem feito frio nestas noites, com o vento que vem do mar, e eu me sinto grato aos ingleses por terem sentido necessidade de construir chaminés eficientes para dar conta de grandes fogueiras. Se dependesse dos meus escoceses, nós estaríamos agora aga-chados ao ar livre, desejando mais lenha para o fogo. Há um pouco de vinho no armário. Sirva-se e sente-se, sente-se. O almirante já foi?

— Está se preparando para partir, Vossa Graça. Quando o deixei, ele estava apressando seus homens. Estará no mar dentro de uma hora, ou perto disso.

Will declinou da oferta de vinho e fez o que lhe era sugerido, atiran-do o manto dobrado em cima da mesa e arrastando uma pesada cadeira para junto do fogo.

— Ótimo, isso me agrada — disse o rei. — Gosto daquele homem. Agora, antes de mais nada, conte-me sobre esse tesouro que você me traz. Jamie estava irrequieto por ele, mas não me falou em montantes, provavelmente por medo de ouvidos indiscretos. Ele é cauteloso a esse ponto. Você disse que foi mandado por Lady Jessica Randolph?

— Sim, Vossa Graça, a baronesa St. Valéry. Mas não foi mandado. Foi trazido por ela.

— O quê? Ela está na Escócia?

— Ela está a bordo de uma das nossas galés. Nós não esperávamos encontrá-lo em Arran, entende? Eu simplesmente cheguei em busca de uma ancoragem segura e, esperava, uma recepção tolerante. Uma vez que tivéssemos certeza do que estávamos fazendo, eu teria me dirigido ao continente à sua procura e a baronesa teria ido comigo, fazendo o caminho de volta à casa de onde tivéssemos aportado.

— Então foi providencial minha presença aqui, pois você teria encontrado boas-vindas escassas na Escócia. Cada castelo que ainda resta de pé, exceto Inverness, e cada porto estão em mãos inglesas, embora, pela graça de Deus, esse tesouro que você trouxe possa tornar viável mudar tais coisas. Quanto há?

— Onze pesados baús em espécie, Vossa Graça, seis de ouro e cinco de prata, todos em barras e moedas.

— Glorioso seja!

— Ele deverá atender às suas necessidades, pelo menos por algum tempo.

— E não poderia ter chegado num melhor momento. Eu tenho espadas a comprar, além de combatentes para manejá-las. Mas nós voltaremos a falar sobre isso mais tarde. No momento, temos outros assuntos a discutir.

Ele se calou e contemplou o fogo por algum tempo antes de continuar:

— Davie de Moray estava certo quando disse que a presença de vocês aqui me traz problemas, mas estou afundado neles até o pescoço desde o dia em que assumi a coroa, e raramente são insolúveis, embora tempo seja a única coisa que nunca tive o suficiente.

"Se me recordo bem, você tem algo perto de mil homens consigo, tripulação das galés, marinheiros, a guarnição de La Rochelle e os homens do seu irmão. Cerca de mil, mais ou menos, estou certo?"

Will balançou a cabeça; Bruce repetiu o gesto.

— Certo. Conte-me, então, se eu suspender todas as minhas preocupações e lhe der permissão para ter estada e abrigo aqui em Arran, o que você faria em seguida?

Talvez para dar a Will tempo para pensar, ele se curvou a fim de atirar mais uma acha de lenha no fogo, depois a ajeitou no lugar com um dos pés antes de se sentar de volta em sua cadeira.

— Eu perguntei isso por um motivo, pois a primeira coisa que aprendi comandando homens para a guerra foi que, por mais fácil que seja recrutar um exército, a incumbência de alimentá-lo por qualquer período de tempo irá partir seu coração e exauri-lo. Você pensou nisso? Pois deixe-me dizer uma coisa: você poderia esconder seus homens do mundo inteiro em Arran, mas há pouquíssimo aqui para comer. Há árvores e pedras para construir cabanas e abrigos, junco para cobri-los e turfa para queimar em suas lareiras, mas há pouca terra propícia para a agricultura e menos para suprir necessidades pessoais. Como você alimentará a sua gente, caso sejam autorizados a residir aqui?

Will estivera pensando em pouca coisa além disso desde a partida de La Rochelle e assentiu com um gesto de cabeça em reconhecimento à questão apontada por Bruce.

— Estive pensando muito sobre isso, Vossa Graça, e creio que tenho meios para lidar com o problema, usando meus navios. — Sinclair viu as sobrancelhas de Bruce se contraírem e deu um meio sorriso. — Não as galés. Não pretendo fazer saques. Eu me refiro aos navios mercantes. Nós temos dez deles, e eu os mandaria seguir a rota mercante, comprando alimentos e suprimentos básicos... ferramentas, não armas. Tenho armas suficientes para nossas necessidades. Mas uma vez que tivermos desembarcado nossos cavalos e nossas poucas vacas, poderemos comprar mais e transportá-los para cá... porcos, gado, carneiros, cabras e similares.

— Onde você os compraria, e com o quê?

— Onde quer que possam ser encontrados. Na Irlanda inicialmente, eu acho, mas depois na Inglaterra e até mesmo na França. Meus navios mercantes podem ir e vir em qualquer lugar onde a carga esteja disponível. Eles não ostentam nenhuma insígnia, nada os assinala como pertencentes ao Templo, apesar de tripulados por marinheiros templários. E para pagar pelas mercadorias, usaríamos ouro. Descobri que ele é um potente incentivo ao comércio.

— Sim, e é escasso. De onde viria esse ouro?

Will sorriu, sentindo o temor do monarca pelos próprios recursos.

— Do Templo, dos fundos que me foram confiados. Quando deixamos La Rochelle, apanhamos tudo o que pertencia à nossa Ordem e, como o senhor sem dúvida sabe, cada Comando tem seus próprios cofres, dentro dos quais mantém o dinheiro em espécie requerido para o nosso sistema mercante, o que, se me permite a digressão, recorda-me dos meus deveres aqui. O senhor sabe me dizer quem é atualmente o mestre do Templo na Escócia?

O rei da Escócia girou na cadeira para olhar diretamente para Will, examinando o rosto do templário com olhos firmes.

— O mestre do Templo daqui morreu logo depois que fui coroado — respondeu. — Era velho e não foi substituído. Você encontrará um Comando em Edimburgo, mas está vazio. — O rei baixou os olhos para as mãos, ciente de que as notícias que dava não seriam bem-vindas pelo ouvinte. — Não há Templo atualmente na Escócia. Ele não poderia se manter neutro numa guerra civil. — Ele encarou Will, quase num desafio. — Há cavaleiros templários aqui, certamente, mas são em primeiro lugar escoceses, das velhas casas, e encontram-se ao meu lado como tais. Os outros estão todos na Inglaterra, convocados pelo Templo de lá.

Ele viu o templário franzir o cenho e fez uma careta em resposta.

— Política, Sir William... A necessidade de fazer política é ainda mais forte que a de rezar, ao que parece, e homens de Deus podem sempre encontrar um caminho para moldar as necessidades Dele de modo a refletir as suas. Os cavaleiros do Templo na Escócia são principalmente franceses e normandos, seus deveres principais são devidos ao Templo de Londres e à Ordem na França. Eles viam menos problema em aplacar Eduardo Plantageneta do que em desafiá-lo ou ofendê-lo... Longshanks se ofendia com mais facilidade ainda. E por isso o Templo abandonou a Escócia. Isso causa dificuldades para você?

Will liberou o fôlego que havia retido com um alto sibilar.

— Não, Vossa Graça — disse ele. — É um desapontamento, porém não mais do que isso. Sua explicação faz sentido. O senhor expôs bem a questão de rezas e política. É só que...

— Só que o quê?

— Lealdades, Vossa Graça, e a maneira como elas mudam... Isso faz com que eu me pergunte se há algum sentido, alguma lógica ou razão na vida em si, uma vez que saímos de nossas preocupações pequenas. Eu estou aqui neste momento, por exemplo, chamando-o Vossa Graça e com isso chegando a um passo de quebrar meus votos de cavaleiro do Templo, pois jurei prestar obediência e lealdade a ninguém mais além do mestre da nossa Ordem.

— E ao papa... não é? Não se esqueça do papa.

A mente de Will retornou espontaneamente à conversa que ele havia tido poucas semanas antes com o ex-almirante St. Valéry, sobre a dualidade de seus papéis como membros de ambas as ordens, a do Templo e a Irmandade do Sião, e como, no fundo, ambos viviam uma mentira ao parecerem leais ao papado.

— É — concordou ele com relutância —, e ao papa... embora apenas num grau mais baixo. Nosso mestre vem em primeiro lugar na nossa lealdade.

— E o seu mestre está agora na prisão, traído pelo mesmo papa, pelo homem que ocupa a cadeira de São Pedro, se não pelo ofício em si. — O rei ficou em silêncio por um momento, depois retomou: — Bem, nós podemos aliviar parte disso da sua mente, ao menos essa coisa de "Vossa Graça" Chame-me de Robert quando estivermos a sós. Eu o chamarei de Will, pois ouvi seu parente Sinclair chamá-lo assim. Quando outros estiverem por perto, acrescente o "Sir", pois sou simplesmente Sir Robert Boyd de Annandale aqui em Arran. Agora me conte, porém, e fale tão claramente quanto sua consciência permitir: o que você planeja fazer com as suas galés enquanto estiver aqui como convidado do rei da Escócia?

Will deu um sorriso.

— Reciprocidade?

Bruce estendeu as mãos.

— O que você queria? Isso viria à tona mais cedo ou mais tarde, porém mais cedo seria o meu palpite.

— Sem dúvida, e você está certo. Eis o que tenho em mente desde que deixamos a França: pelo que apurei de Douglas, tanto pelo que ouvi quanto pelo que ficou subentendido, você tem buscado a ajuda dos clãs do oeste, as terras Altas, e nas ilhas, até aqui com algum sucesso, mas não tanto quanto gostaria. Eu inferi também que muitos dos chefes com quem você vem tratando pensam em si mesmos como reis dos seus próprios pequenos reinos. Estou correto?

— Sim, você está. — Bruce fungou e cruzou as pernas, dando as costas para o fogo, que agora estava bem intenso. — Angus Og MacDonald é o mais ativo chefe local aqui no sudoeste. Seu território é principalmente Kyntire, mas se estende para o norte, e tem uma base em Islay atualmente. Gosta de chamar a si próprio de Senhor das Ilhas e está trabalhando duro, até o momento com sucesso, para ser reconhecido como o cabeça de uma federação de clãs vizinhos, com os MacNeill, os MacCruary e os MacNaughton se destacando entre eles. — O rei sorriu.

— Sabe-se que ele vem se autoproclamando Rei das Ilhas também, e, embora essa posição ultrapasse muito o seu verdadeiro status, é assim, com efeito, que ele se vê hoje. Ele me chama de rei Bruce, um igual sem direitos sobre sua fidelidade além do que ele decide conceder, ou aquele que compro na forma de mercenários... *galloglasses*, como são chamados nestas partes.

— Você considera esse homem mais um de seus inimigos?

— Não. Mas tampouco o considero um amigo, embora ele tenha me ajudado muito no passado. Foi graças a ele, no ano anterior, e a Campbell de Lochawe, que consegui me retirar para as ilhas quando fui caçado como um animal. E ele cobriu meu flanco voltado para o mar quando marchei para noroeste recentemente, a Argyll, para discutir casos com John MacDougall de Lorn, o Aleijado. Uma expedição que pouco funcionou ao agrado de MacDonald, uma vez que ela terminou numa trégua em vez do banho de sangue que ele procurava. Angus Og é... diferente de todos os outros. Ambicioso, mas sustenta a palavra, como condiz a um rei autoproclamado. Ele foi e continua sendo de grande valia para mim, sabendo que posso ser de igual ou até mesmo maior valia para ele.

— Ele detém o poder nas ilhas, então?

— Não, mas é o que ele quer. O poder é detido neste momento por Alexander MacDougall de Argyll, com quem mantemos a trégua de que falei. MacDougall já é velho e não guarda amor por mim ou pelos meus. Seu filho, porém, John MacDougall de Lorn, o Aleijado, hoje em dia exerce o poder de fato, ainda que não de nome. Ele é parente por casamento dos Comyn. John Comyn, o Vermelho, o homem que matei em Dumfries, era cunhado de John, o Aleijado. Angus Og odeia ambos além da razão e desde que sabe que ainda estou determinado a destruí-los está disposto a me ajudar.

— Por que você quer destruí-los, posso perguntar?

Bruce esfregou as palmas das mãos com força.

— Pela mesma razão por que destruí os MacDowal de Galloway: porque não me deixaram escolha. A inimizade deles eu poderia superar sem rancor, essa é a incumbência de um rei. Mas a traição de John Aleijado custou a vida de centenas de bons homens, incluindo vários amigos leais a quem eu tinha como irmãos. Ele é um homem mau, uma criatura além da redenção. Os MacDowal de Galloway eram semelhantes, ainda que menos malignos. A traição deles me custou dois irmãos, Thomas e Alexander, tomados na guerra e enviados para a Inglaterra para terem uma morte de criminoso simplesmente por serem meus irmãos. MacDougall agiu nessa traição com os MacDowal e sabia qual seria o fim deles antes que fossem deportados. Foi tudo feito intencionalmente. Isso eu não posso, não vou, perdoar. Você pode chamar de uma dívida de sangue. Não me importa o que os homens possam pensar ou dizer de mim depois, mas os dias de poder dos MacDougall na Escócia estão contados. Nós temos uma trégua com eles hoje, sem um prazo estabelecido, o que é conveniente para ambos. Mas, quando ela acabar, John de Lorn, o Aleijado, terá de pagar sua dívida e o que ele deve a mim e a este reino será o seu fim.

— Por que você ofereceu a trégua, afinal? Douglas disse que você tinha um exército mais forte do seu lado e que MacDonald ameaçava MacDougall por mar. Por que não pressioná-lo até o fim, então, já que estava em vantagem?

— Eu fiz isso. Pressionei até conseguir uma trégua da qual eu precisava com urgência. Lorn tinha mais de mil espadas na sua retaguarda, com outras mil à espera de serem chamadas. Eu tinha seiscentos homens. Então, em vez de lutar, levei meu exército para o alto do Grande Vale até Inverness, adicionando homens à minha causa ao longo do caminho. Tomei o castelo de lá, depois rumei na direção noroeste novamente, entrando em território Comyn. Arrasei o lugar e arranquei mais uma trégua bem-vinda, essa por nove meses, de Ross, o conde, que se alinha entre os meus maiores inimigos. Ele também tem muito a responder e, quando junho chegar, irá lastimar o dia em que decidiu raptar e vender a rainha da Escócia...

Então ele ficou em silêncio, com olhar perdido, mas rapidamente repeliu os pensamentos como um cão se livra da água.

— Além disso, o combate em Argyll teria sido uma batalha previamente acordada, e não terei nenhuma vitória dessas. A Escócia não será ganha por combates desse tipo, não depois de uma década sendo dilapidada e privada de seus melhores homens pela Inglaterra e por guerras internas. Wallace provou isso indiscutivelmente. Mesmo em Stirling Brig, onde ele destruiu a hoste inglesa, combateu por suas próprias regras, como um bandoleiro, segundo dizem os nobres de nariz empinado. Mas ele venceu. A única outra vez em que se envolveu numa batalha foi em Falkirk, e lá ele foi traído pelos próprios cavaleiros da Escócia, que tiraram sua cavalaria do campo de batalha antes de o combate começar, mas tarde demais para que Wallace, reagisse ao comportamento de vira-casaca. Falkirk custou muito a Wallace, e ele nunca mais jogou pelas regras da cavalaria novamente. Mas uniu a Escócia de um modo que jamais se havia conhecido antes. E adotei os seus modos. Preferiria lutar pelo engodo e pelo terror e vencer a ser enforcado, estripado e esquartejado por lutar segundo as regras da Inglaterra... — Ele franziu ligeiramente o cenho. — Mas por que você me pergunta essas coisas? Elas têm pouco a ver com você.

— Eu sei. Pretendia lhe perguntar outra coisa, mas suas respostas me fascinaram e me desviei do tema... que era: algum desses chefes das ilhas possui galés?

— É claro que sim. Todos. São ilhéus: vão para todo lugar de barco. MacDonald tem mais do que qualquer outro. A frota dele é a maior.

— Qual o tamanho?

Bruce meneou a cabeça.

— Não sei... mas já o vi convocar mais de cem de uma só vez, todas com tripulação completa, até Islay. O que você está pensando?

— Eu estava pensando que minhas galés não servirão para nada flutuando na baía de Lamlash. Elas ficarão juntando cracas, e meus homens perderão sua superioridade em combate. Por isso, pensei em mantê-los em condições cedendo-os a você... um empréstimo, você deve entender, apenas para garantir as aparências. Nenhum combate envolvido. Nada de batalhas navais. Apenas para termos uma armada ao alcance da mão. Nós podemos remover as cruzes das velas ou substituí-las por completo, mas elas continuarão sendo galés do Templo. Você poderia usá-las?

Enquanto o rei avaliava a oferta, seus olhos se estreitaram até se tornarem quase fendas.

— Eu poderia usar uma delas para meu transporte de tempos em tempos, sempre que tivesse de viajar entre as ilhas. Mas se eles não podem lutar...

— Ah, esses lutariam... a tripulação, quero dizer, caso você pessoalmente estivesse a bordo. Elas seriam a escolta e guarda real nesse caso, e entrariam em batalha em seu favor sempre que necessário. O restante seria um caso à parte.

— Eu não precisaria das outras galés. Uma embarcação seria suficiente, pois raramente viajo por mar.

Will inclinou a cabeça para o lado.

— Talvez porque nunca teve meios para isso em mãos antes... sua própria galé?

Bruce sorriu.

— Talvez, mas ainda assim raramente a usaria. Minhas maiores preocupações sempre estiveram em terra, no verdadeiro reino da Escócia, onde os ingleses pululam. E eu não precisaria das outras.

— Então isso deixa minhas belas galés sem função... — Will hesitou. — Você acha que Angus Og poderia encontrar uma finalidade para elas como um presente seu? — Ele levantou uma das mãos antes que Bruce pudesse responder. — Pense, por um momento, do ponto de vista das necessidades monárquicas. Você não poderia ter muito a ganhar oferecendo a Angus Og o uso de cinco ótimas galés? Poderia tornar os termos estipulados claros desde o início: ele as teria apenas para exibição e demonstração, e, é claro, elas comportam pelo menos quatrocentos homens, quase quinhentos. Ocorre-me que um homem ambicioso como ele, provocando uma armada mais forte, como a dos MacDougall, poderia se sentir grato por tirar vantagem até mesmo da aparência de uma força maior do que ele pode pôr em campo.

O rei emitiu um grunhido do fundo do peito, cofiando os pelos do lábio superior, pensando sobre o que Will tinha dito, mas, quando fez menção de falar, ouviu-se uma batida na porta e o bispo David entrou na sala.

— Mandou me chamar, Vossa Graça?

Bruce levantou-se para cumprimentar o bispo, olhando surpreso para Will enquanto o fazia.

— Sim, Davie, mandei. Deixei a ordem para que o mandassem aqui dentro de meia hora, mas parece que nem mesmo metade disso se passou. Entre. Sirva-se de um copo de vinho e sente-se. Mestre Sinclair e eu ainda não terminamos a nossa discussão, mas você não precisa sair. Sente-se e ouça. Eu lhe direi mais tarde o que discutimos até agora.

O rei se sentou novamente e tornou a olhar para Will.

— Oferecê-las como um presente, você diz... de mim para Angus Og. Essa é uma ideia extraordinariamente boa. O homem irá saltar para elas como uma truta num anzol. Mas por que apenas as cinco galés? Você disse ter dez.

— Sim, porém, uma delas é minha e outra é sua, e me sentirei mais seguro reservando três para nosso próprio uso, caso a necessidade se apresente. Restam então cinco.

— É claro que sim. Eu havia me esquecido dessas duas primeiras. — O rei sorriu, e toda a sua face se transformou, parecendo anos mais jovem. Mas então o sorriso se apagou. — Então, agora você terá apenas metade dos homens para alimentar e abrigar, já que Angus Og assumirá a alimentação dos seus remadores. E quanto ao restante?

— A comitiva de Kenneth mais a guarnição de La Rochelle... duzentos e trinta no total, sem contar as tripulações das galés. O mesmo precisa se aplicar a eles. Mantenha-os aqui em Arran por meses a fio e irão ceder. Agora, é evidente que você está precisando de bons homens. Eu posso lhe emprestar os meus. Não todos de uma vez, veja bem, mas em grupos alternados, tanto de cavaleiros quanto de sargentos. Três grupos de 75, digamos, todos montados e equipados, mudando-se o efetivo a cada quatro meses.

— Você faria isso?

Will encolheu os ombros.

— Sem hesitar. Mas haveria condições.

O rei levantou a mão.

— Antes que você diga mais uma palavra, não posso me comprometer a mantê-los afastados dos combates...

— Nem eu lhe pediria isso. Guerra é guerra. Eu faço exceções para as galés porque elas são tudo o que resta, neste momento, da esquadra do Templo e estão sob minha responsabilidade. Combatentes regulares são uma questão inteiramente distinta. Eu pedirei voluntários, então selecionarei o primeiro grupo de 75 dentre estes. Todos os homens disponíveis se apresentarão como voluntários, disso não há dúvida, mas irão combater como sargentos do Templo, sob as ordens de seus próprios oficiais. Essa é a única condição que estipularei. O que você diz?

— Eu digo sim. Que mais poderia dizer? Mas o que você espera ganhar com isso?

— A bênção real para o uso que faremos de Arran e rédeas soltas enquanto estivermos aqui. E também a benevolência franca e livremente concedida pelo rei em falar por nós com nossos vizinhos, em Kintyre e nas ilhas, se não no continente, de forma que nossos navios estarão livres para ir e vir enquanto estivermos aqui. Espero que nossa estada não seja longa, que retornemos à França em breve, mas, enquanto isso, nós teríamos um lugar para viver e no qual pensar como sendo nosso.

Bruce fez que sim e estapeou as coxas, então voltou-se para Moray, que estivera ouvindo com atenção.

— Pronto, nós concluímos. E agora é a sua vez, David, como representante da Madre Igreja. Você quer ficar aí ou nós nos acomodaremos aqui junto ao fogo?

Moray estivera lidando com as amarras da cota de malha e então se levantou e a removeu com uma sacudida dos ombros, atirando-a em cima da mesa, onde ela caiu com um pesado ranger de elos.

— Eu irei para junto do fogo, Vossa Graça.

Ele pousou o vinho na extremidade da mesa enquanto os três se acomodavam ao redor da pesada lareira de ferro. Will tomou para si a incumbência de alimentar o fogo enquanto o rei resumia tudo o que se havia conversado para informar o bispo.

— Então — disse o bispo por fim, olhando para o fogo e não para o rei —, você considerou tudo o que eu tinha dito sobre isso e decidiu ignorar.

— Eu não ignorei nada, simplesmente busquei maneiras de contornar a questão. Além do mais, você estava apenas afirmando o óbvio naquela primeira vez.

— Não, Vossa Graça. O óbvio é que você decidiu prosseguir apesar dos meus alertas. É com o *indispensável* que teremos de lidar agora.

David de Moray, príncipe da Igreja, não receava desagradar seu monarca. Bruce, porém, não demonstrou sinal de desaprovação. Ele simplesmente se sentou com o queixo afundado no peito, espiando de soslaio para o bispo por baixo de sobrancelhas erguidas, e, quando falou, suas palavras saíram pelo canto da boca, dirigidas a Will, que estava sentado à sua direita.

— Ele pode ser petulante quando contrariado, o nosso Davie, mas é um rapaz íntegro. Muito bem, meu senhor bispo, explique esse *indispensável*...

Moray bufou de exasperação, e Will teve certeza de que aquela não era a primeira vez que ele fazia isso ao lidar com o rei.

— Eu gostaria que o arcebispo de Deus Lamberton estivesse aqui em tempos como estes.

— Assim como eu, Davie. — Já não havia nenhum indício de frivolidade na voz de Bruce. — Nosso superior em Cristo, William, cuja falta é dolorosamente sentida, e por muito mais pessoas do que você e eu. Mas isso não pode ser remediado. Deus determinou, por Suas próprias razões, que o arcebispo passasse estes dias na Inglaterra, e até que os ingleses o libertem para retornar ao seu rebanho, não há nada que possamos fazer a respeito... no momento, pelo menos. Mas, enquanto isso, você sabe tão bem quanto eu que ele acredita que meu bem-estar temporal e espiritual estará bem servido em suas mãos, por isso pare com essa lamentação. É do seu conselho que eu preciso, não das suas queixas.

— Eu andei pensando uma ou duas coisas sobre isso. — Moray levantou as mãos diante do rosto e virou-as de um lado a outro, examinando-as, depois curvou-se adiante a fim de olhar para Will, que estava sentado em frente ao rei. — Sir William, você não tem barba.

Will levantou uma das mãos para coçar o queixo com a barba por fazer.

— Eu terei em breve. Tive de raspá-la algumas semanas atrás.

— E por que você fez isso? Pensei que a barba de um templário fosse sacrossanta.

Will quase sorriu, os lábios retorcidos num consentimento amargo.

— A maioria das pessoas acha isso, meu senhor, mas é mera afetação. A tonsura é sacrossanta, mas a barba bifurcada não passa de uma tradição nascida das guerras no deserto em Outremer, e é algo que me recuso a endossar. Eu uso uma barba simples, não aparada, mas também não bifurcada. Raspei-a sem pestanejar quando a necessidade o exigiu.

— Necessidade?

— Precisei passar despercebido pelos homens de Nogaret.

— Ah! — Moray relaxou em sua cadeira, aparentemente satisfeito, mas Bruce não estava.

— De que se tratou isso? — O rei fitava ambos sucessivamente.

Moray simplesmente lhe dirigiu um olhar.

— Você não ouviu? Eu estava perguntando a Sir William sobre sua barba.

— Eu sei disso, homem, mas por quê?

O bispo levantou as sobrancelhas.

— Porque preciso pensar, e rezar sobre esses pensamentos. Eu lhe contarei tudo sobre isso amanhã. — Ele se inclinou para a frente a fim de dirigir-se novamente a Will. — Eu realmente acredito no que disse mais cedo, sabe, sobre o papa e o rei da França. Nenhum deles ficará feliz quando souber que você está aqui, e que o rei Robert lhe ofereceu asilo. O rei Filipe ficará muito contrariado, se o que você diz é verdade. Talvez mais até do que o papa.

— Por que diz isso, meu senhor?

— Porque, se ele e sua cria, Nogaret, foram tão bem-sucedidos no golpe contra o Templo como você suspeita, então sua fuga com a frota seria, com toda a probabilidade, o único e maior erro daquele dia. Filipe Capeto não é homem de aceitar uma derrota, especialmente uma derrota tão pública, com uma prova evidente dela aportada em outras terras. Ele não olhará com condescendência para o fato de o rei dos escoceses, um pleiteante do seu apoio, conceder qualquer tipo de clemência à sua presa.

— Não clemência, meu senhor bispo: asilo.

— Você acha que o rei Capeto verá a diferença? — As sobrancelhas de Moray se ergueram ainda mais, assombradas.

Will pareceu desalentado.

— Não, senhor, ele não verá. — Ele hesitou, olhando para Moray. — O *rei Capeto*, foi como você o chamou. Já encontrou o homem pessoalmente?

— Sim, três vezes. Ainda acredito que ele seja mais uma estátua que uma pessoa de carne e osso. Mas isso não vem ao caso. Esse asilo que você conquistou pode custar caro ao rei Robert.

— Deixe que o rei Robert se preocupe com isso — respondeu o monarca. — Conte-nos sobre o papa. Você disse que ele ficaria mais contrariado que Filipe. Como pode ser isso?

Moray virou o corpo de lado em seu assento a fim de olhar para o amigo.

— Você precisa realmente perguntar isso? Ele o excomungou, Robert, e com você todo o povo deste reino. Isso significa "amaldiçoado": condenado e excluído dos assuntos dos homens cristãos e dos sacramentos da Santa Igreja. Sem eucaristia. Sem penitência, absolvição ou salvação. Nada de casamentos, nem enterros em solo consagrado. E com isso uma completa ausência de esperança. — O bispo olhou para Will. — A única coisa que se interpõe entre Sua Graça aqui presente e o peso desse anátema é a intervenção do corpo da própria Igreja na Escócia. Nós, os bispos do reino, somos seu único escudo, e também estamos divididos por lealdades, a favor e contra a reivindicação de Bruce à coroa. Veja bem: a disputa por essa reivindicação é herética, uma vez que Sua Graça é agora ungido por Deus, devidamente coroado e ratificado em Scone pelos prelados superiores do reino, presididos pelo próprio primado, o arcebispo de St. Andrews.

Ele se voltou novamente para Bruce, que estava esfregando o nó de um dedo na ponta do nariz.

— Não consegue ver isso, Vossa Graça? Se o papa Clemente permitiu este ultraje contra uma Ordem investida pela Santa Igreja, então ele sentirá sua culpa, mas sendo o homem fraco que é, não fará nada para deter a pantomima. Ele não ousa tomar uma atitude contra o rei, nunca ousou e nunca ousará, a não ser e até que Filipe faça algo que ultrapasse mesmo os limites dele. E mesmo assim, Clemente poderia se submeter. Mas aqui nós estamos na Escócia, os bispos do reino são um alvo muito conveniente para a ira culpada dele. Nós conseguimos aplacá-lo até aqui, detê-lo com argumentos sólidos, sugerindo que teria sido enganado e que os eventos em questão foram deliberadamente distorcidos pelos seus inimigos por ganhos políticos. E fomos capazes de fazer isso porque todos acreditamos no que dizemos. Lamberton, Wishart, eu mesmo e os outros bispos que estão do nosso lado. Mas, se Clemente souber deste asilo, verá isso como um puro desafio à sua autoridade e ficará bastante tentado a fazer de nós um exemplo, alegando desobediência à sua vontade papal e citando este asilo, além dos nossos argumentos anteriores a seu favor, como evidência. Nossas vozes e nossos poderes serão então anulados... e você pode ficar seguro de que o rei da França cuidará para que Clemente extravase sua raiva sobre nós. E, uma vez que isso acontecer, que possa Deus nos livrar, todo o reino estará sob anátema, condenado ao inferno em vida. — Ele permitiu que suas palavras permanecessem no ar, depois concluiu: — E foi por *isso* que falei em tratar do *indispensável* em vez do óbvio.

Ficou abruptamente de pé, movendo-se para apanhar a espada do local onde se encontrava, apoiada no canto, depois passou o cinto dela a tiracolo para então ir pegar a cota de malha de cima da mesa, falando por sobre o ombro enquanto o fazia.

— Estou indo rezar um pouco e depois dormirei. Vocês dois façam o mesmo. Amanhã, na claridade da luz de Deus, eu lhes direi o que é indispensável e, louvado seja Deus, o que pode ser possível. Até lá, uma noite de paz para ambos.

— Espere, Davie. — Moray havia aberto a porta para se retirar, mas virou-se já no umbral, olhando para o monarca. — Eu ficaria muito grato se você adiasse suas orações um pouco mais. Ainda há muito a ser dito entre nós esta noite, muito me afligiria perder a essência do que estou pensando. Aguarde mais um pouco, se lhe apraz.

Moray fechou a porta novamente, encerrando do lado de fora os sons abafados de música e vozes elevadas que se erguiam do andar de baixo, e Bruce, ouvindo-as casualmente, ergueu uma sobrancelha em moderada surpresa.

— Ora, eles continuam animados lá embaixo. Deve ser menos tarde do que pensei... — Ele se dirigiu novamente a Will: — Bem, Sir William, o que você acha do nosso bispo guerreiro? Eu não disse que ele tinha uma mente aguçada?

Will pareceu um tanto confuso.

— Disse, Vossa Graça. — Então ele se voltou para Moray: — Perdoe-me, meu senhor bispo, mas perdi a última parte do que você falou. Do que estava falando, se me permite perguntar?

Bruce sorriu e se curvou para a frente, com olhos postos em Moray, mas palavras destinadas a Will:

— Ele disse: coisas indispensáveis. Davie é inteligente. — O sorriso do rei alargou-se diante da cara fechada de Moray. — E, Davie, verdade seja dita, entendi pouco mais do que Will sobre o que você pretendia dizer. — Ele piscou para Will. — Mas, se não tratássemos disso esta noite, ele nos contaria quando achasse adequado, em algum momento de amanhã. Sua frota estará aqui na manhã seguinte a isso, mas nesse meio-tempo terei partido novamente. Outra chegará amanhã, vindo do norte.

— Outra frota?

— Sim, a de Angus Og. O bom senso, tal como nós entendemos, deveria ditar que viesse sozinho, ou com uma pequena escolta, mas ele não jogará por essas regras. Ele trará sua frota, guarde minhas palavras. Seu orgulho das terras Altas não permitirá que aja de forma diferente. Ele não se conformaria em ser visto como se estivesse saindo às pressas de seus próprios domínios, que Deus proteja o seu juízo. De qualquer forma, ele está para me apanhar novamente e me transportar contornando a extremidade ao sul de Kintyre, depois subir a passagem costeira até o estuário de Lorn e o Loch Linne até o começo do Great Glen. Ele está sob o nosso controle agora, e os homens de Moray estão lá à nossa espera, juntamente com os de Neil Campbell e um contingente do clã MacGregor. Davie aqui mobilizou todo o território Moray para a minha causa, mais homens do que eu poderia encontrar na totalidade das minhas terras arruinadas de Annandale e Ayr. Por isso, marcharemos Glen acima novamente até Inverness, onde nos juntaremos com os homens de Mar e Atholl, e com a graça de Deus, o clã Fraser. De lá, tomaremos o rumo leste, entrando no território Comyn, de Buchan. O conde de Buchan é um homem orgulhoso e inflexível, arrogante, cheio de desprezo farisaico, mas irá me prestar lealdade, ou morrerá, por uma boa e justa causa.

— Quando partirá?

— Amanhã, o mais cedo possível. — Ele sorriu de novo, fugazmente, mas gerando a mesma suavização de rugas e anos de antes. — Mas só depois que Davie nos contar o que é indispensável. Eu tenho pouco tempo nestes dias, e absolutamente nenhum a perder. Voltei aqui para reafirmar James Douglas como Guardião do Sudoeste, e para lhe dar mais instruções sobre o que precisarei dele nas próximas semanas. Isso está feito. Ele tem oitocentos homens sob seu comando agora, duzentos aqui, o restante aguardando perto de Turnberry, no continente. Ele recolherá mais enquanto avançar terra adentro através do meu território, agora que a notícia dos nossos sucessos recentes teve tempo de se espalhar. Sua tarefa mais importante será conservar a paz do rei, principalmente mantendo os MacDowal ocupados, além de atormentar as guarnições inglesas.

— E ele deixará um destacamento de guarda aqui em Arran?

— Sim.

— Não há necessidade disso se estivermos aqui. Ele poderia levar todos os seus homens consigo.

— Isso se tivesse espaço para eles.

— Ele poderia usar alguns dos meus navios, além dos dele.

— Sim, há essa possibilidade. — Bruce fez uma pausa, refletindo. — Você entende que ainda há uma chance de que eu precise recusar seu pedido? Se Davie apresentar algum obstáculo que não possa ser ultrapassado, talvez eu tenha de atendê-lo.

Will fez que sim.

— Eu compreendo.

O rei ignorou a carranca que se formava no rosto de Moray.

— Mas vamos supor que ele não faça isso. Então irei informar a Sir James que vocês têm minha permissão para permanecer em Arran, sob asilo. Mas o que fará depois disso?

— Meu trabalho me foi tirado, meu senhor. Meus homens estão confinados a bordo de um navio por semanas a fio. Quando aportarem, estarão indisciplinados e propensos a badernas. Minha primeira missão será puxar as rédeas deles. E tenho mais de vinte cavaleiros do Templo aos meus cuidados. Não é uma responsabilidade pequena nem motivo para riso. Nossos sargentos podem ser rapidamente disciplinados, mas cavaleiros do Templo, como talvez você saiba ou talvez não, podem ser... difíceis. Eles têm uma tendência à arrogância e à soberba. São contenciosos e arrogantes em seus melhores dias, e podem pensar, alguns deles pelo menos, que os recentes eventos na França e a remoção da autoridade dos seus superiores, não importa quão temporária, os absolvem da responsabilidade para com os deveres de seus votos. Minha primeira tarefa será controlá-los e recordá-los de seus juramentos solenes, e depois terei de impor-lhes uma disciplina monástica renovada, restabelecer a vida conforme a Regra do Templo. E depois, há os irmãos leigos, trinta deles. Devo mantê-los ocupados também, construindo uma casa para nós e estabelecendo um núcleo em torno do qual a disciplina monástica possa reinar.

— Vocês podem usar este lugar por enquanto. Ele tem cozinhas, e a maioria dos homens de Jamie já dorme aqui, mas ficará vazio quando partirem. Vocês têm construtores?

— Construtores de casas e pedreiros? Não, mas temos carpinteiros navais e trabalhadores bem dispostos, e homens que sabem como erigir um abrigo. Daremos um jeito.

— Certifique-se de que eles construam seus estábulos primeiro. Seus cavalos precisarão de abrigo contra as tempestades de vento. Você conservará meu tesouro aqui para mim?

Will olhou para ele com surpresa.

— É claro. Você terá partido quando ele chegar.

— Terei, mas mesmo que não tivesse, relutaria em levá-lo comigo a bordo das galés de Angus Og MacDonald. Muito visível, tentação demais. Além disso, inicialmente navegarei, mas depois estarei a pé, marchando através de território hostil em direção à guerra... tempo e local impróprios para carregar um tesouro pesado.

— Cuidarei para que seja mantido em segurança para você, senhor rei.

— Bom homem. Farei com que Jamie o recolha em alguma data futura, quando eu puder cuidar dele como merece. — O rei bocejou e se esticou, depois olhou para o fogo que morria. — Eu preciso dormir, meu amigo, e você também. Há um quarto na porta ao lado que está preparado para você, ainda que tenha de compartilhá-lo com Jamie Douglas. — Ele sorriu novamente. — Mas tem dois catres. E agora lhe desejarei uma boa noite, pois tenho assuntos incômodos a discutir com Sua Senhoria Davie. Trataremos das coisas indispensáveis amanhã, nós três. Durma bem, Sir William Sinclair.

QUATRO

Will pulou para fora do catre muito antes do amanhecer e encontrou uma vela acesa num candeeiro, e nenhum sinal de Douglas. Molhou o rosto com a água gelada de um jarro sobre a mesa, depois percebeu que não havia toalha para se enxugar. Contendo a contrariedade, secou as mãos e a face nas roupas de cama, achando estranho não ter ouvido Douglas se levantar ou sair, mas, quando enfiou uma das mãos entre os lençóis do catre do jovem cavaleiro, não encontrou qualquer indício de calor. Surpreso, vestiu-se por completo e desceu as escadas, esperando encontrá-lo lá embaixo, mas não havia vestígio dele. Exceto por uma atarefada equipe de trabalho, o lugar estava vazio, e seus ocupantes anteriores já haviam se espalhado para enfrentar o trabalho do dia.

O grande salão, iluminado por tochas bruxuleantes e uma lareira reabastecida, já estava livre de qualquer sinal de que havia sido um dormitório. As portas principais estavam abertas e escoradas para deixar entrar o ar frio da madrugada, e as mesas e os bancos haviam sido arrastados para o lado e empilhados em seus espaços de armazenamento. Um grupo de faxineiros removia os juncos velhos e secos do chão, levantando nuvens de poeira, e às suas costas outro grupo espalhava um novo tapete de juncos verdes no piso. O lado mais afastado do recinto, à esquerda das portas principais, já dispunha de mesas e havia sido usado como dependência do café da manhã. Will se sentiu aliviado ao ver que ainda havia comida disponível e serviu-se de uma tigela de mingau de aveia grosso e quente, que resfriou com uma generosa quantidade de leite de cabra fresco.

Depois disso, não vendo ninguém que conhecesse e sentindo-se inexplicavelmente perdido e solitário por ser o único templário entre tantos estrangeiros, saiu para o romper do dia e caminhou até o parapeito que dava para a baía. Lá, viu um dos homens que havia conhecido na noite anterior, um dos capitães gaélicos da comitiva de Campbell, que falara com ele em escocês em vez do ininteligível gaélico. O sujeito perscrutava atentamente o mar e murmurava consigo mesmo enquanto Will se aproximava, e, quando este olhou para ver o que o homem havia percebido na claridade que se tornava mais intensa, ficou alarmado ao avistar dois barcos a quase 1 quilômetro de distância, dançando perigosamente nas ondas turbulentas, perto demais das rochas na base da encosta dos rochedos que desciam íngremes mar adentro.

— Em nome de Deus, o que eles estão fazendo lá? — perguntou Will. O sujeito olhou de soslaio.

— Ah — respondeu a ele em escocês —, é você. Eles estão pescando.

— Naquele mar? Eles serão mortos.

— Que nada, eles já acabaram, estão voltando. Encontraram um cardume. Nós comeremos bem hoje à noite.

— Que tipo de cardume?

— De peixes! — O homem o olhou como se Will estivesse com o raciocínio lento. Depois virou-se para gritar, inutilmente, pensou o templário, para os homens nos barcos distantes, que, revelou-se, eram os seus.

Will observou por um longo tempo enquanto os barcos retornavam o difícil trajeto de volta à praia abaixo dele, empinando-se intensamente no marulhar agitado. Então, ele desceu e atravessou o portão da muralha com o gaélico e contemplou estupefato a visão de milhares de peixes prateados de 30 centímetros de comprimento sendo descarregados entre os pés dos remadores, retirados com baldes e pás do fundo das duas embarcações e atirados no cascalho da praia, de modo que suas escamas soltas deixavam os interiores de ambos os barcos cintilando e cobertos por uma crosta metálica. Foi uma pesca milagrosa. Podia ver isso pela agitação dos homens que trabalhavam à sua volta enquanto lutavam com as ondas que quebravam à altura dos joelhos para evitar que os peixes escapassem de volta para a água. Cavoucavam e arremessavam os animais colubrinos e irrequietos para o alto, atirando-os para a terra seca longe da beira d'água, enquanto outros, gritando com selvageria, apanhavam-nos e atiravam-nos para dentro de cestas resistentes trazidas às pressas da cozinha. Will se surpreendeu correspondendo à agitação e teve de se conter para não saltar para o meio deles como um menino e juntar-se ao frenesi da coleta.

Quando a última cesta de peixes foi carregada dali, ele ficou parado sozinho na orla prateada da praia, perdido num redemoinho torrencial de pensamentos que se chocavam uns contra os outros e arrastavam sua mente sem quê nem porquê. As lembranças de infância que os pescadores haviam evocado deram lugar às memórias de quando se juntou à Ordem do Sião no final da adolescência, com 18 anos, de ser mandado para unir-se ao Templo e de como começara a lutar com a doutrina e os mistérios avançados da Ordem do Sião, subindo o tempo todo através da hierarquia do Templo. Por um momento, viu-se novamente imerso nas batalhas que travaram ao tentar, em vão, deter a disseminação do Islã do norte da África para a Ibéria através de estreitos.

As ondas rodopiavam em torno das solas dos seus pés, deslocando os pedregulhos sobre os quais estava parado. Ele deu meia-volta para subir a praia em declive em direção à paliçada do forte. Havia atravessado o portão e começava a subir o lance de degraus de pedra que conduzia ao átrio do salão quando ouviu mais uma comoção brotar à sua frente, além da escada. Os sons interromperam os turbilhões à deriva em sua mente e o trouxeram subitamente de volta ao presente. Ele deu passos mais largos e saltou escada acima, temendo o que lá encontraria, e, de fato, a 1,5 quilômetro de onde os barcos de pesca estiveram, a linha entre o mar e o céu encontrava-se obscurecida por uma massa irregular e perfis angulosos: mastros e velas infladas sobre os quais pôde ver com clareza o emblema que Bruce havia descrito na noite anterior: o símbolo das galés de Angus Og MacDonald, nítido por seu negror contra a brancura das velas que o portava.

Cada vez mais homens se aglomeravam à volta dele, obscurecendo a visão, enquanto balançavam e se entremeavam para enxergar a frota distante. De repente, percebeu Tam Sinclair no meio da multidão. Esperou que seu primo olhasse para ele, então acenou para que se aproximasse.

— Um bom dia para você — resmungou, quando Tam chegou ao seu lado. — Você parece... revigorado. O que aprontou na noite passada?

Tam sorriu na direção dos escoceses aglutinados.

— No meio dessa tropa? O que você acha que eu faria? Jantei bem, joguei algumas partidas de dados e perdi, depois tive a melhor noite de sono que já experimentei desde que deixei La Rochelle. Em cima de uma mesa, em chão firme, que não se mexeu nem balançou uma só vez durante toda a noite. Que navios são aqueles?

— Ilhéus. Eles são esperados. Onde está Mungo?

Tam deu de ombros.

— Ele está por aí. Eu o vi agora há pouco. O que está acontecendo?

— Eu lhe contarei tudo mais tarde. Por enquanto, preciso ver o que está acontecendo lá.

A multidão os havia cercado enquanto conversavam, e então Will começou a costurar caminho entre eles, tentando encontrar um ponto de observação para si, mas a mão de alguém puxou sua manga, e ele ouviu seu nome ser pronunciado. Era David de Moray que estava ao seu lado, com a figura mais alta de Bruce logo atrás.

— Uma palavra, se for do seu agrado — chamou o bispo, e acenou para que o cavaleiro os acompanhasse.

Passaram pela multidão e subiram os degraus de madeira até o salão, forçando caminho pela pressão dos corpos espichados que se comprimiam nos degraus. Do lado de dentro, o edifício estava deserto, e Bruce os conduziu rapidamente pelo chão forrado de junco e degraus acima até a sala onde se reuniram na noite anterior. Enquanto subia as escadas, Will ficou surpreso ao perceber que por um período de horas havia conseguido escapar da tensão e da incerteza que o haviam mantido acordado durante a maior parte da noite. Então, elas voltaram por inteiro, sufocando-o. Não falara uma só palavra desde que fora convocado. O bispo fechou a porta atrás deles.

A sala estava escura, iluminada apenas pela fraca claridade de novembro que entrava pelas pequenas janelas no alto da parede da empena, e o rei já estava se sentando junto à fogueira na lareira de ferro apagada havia algum tempo. Ele gesticulou para que Will se sentasse diante dele, e, quando o cavaleiro templário obedeceu, Moray se acomodou com cuidado na cadeira ao lado de Bruce. O rei olhou para Will e coçou o queixo.

— Davie esteve rezando a manhã inteira — começou ele.

— *Pensando* e rezando — corrigiu o bispo. — E tenho algumas sugestões a propor... algumas ressalvas.

Um clamor profundo partiu do lado de fora. Bruce ergueu os olhos para as janelas.

— Angus Og está dando a eles algo a que reagir — disse ele em tom tranquilo. — Um grande adepto de espetáculos, esse Angus. Mas... — Bruce ficou mais ereto na cadeira, mudando completamente os modos — ... teremos uma hora até que ele se aproxime da praia, por isso podemos conversar... — Ele se deteve, arqueando ligeiramente as sobrancelhas, depois perguntou: — O que foi?

Will fez um gesto com a mão para indicar que o que tinha a dizer não era importante.

— Perdoe-me, Vossa Graça, mas me ocorreu que, quando seu convidado chegar, ele poderá se dirigir a você abertamente como o rei Bruce, diante de todos... e sei que está aqui em segredo. Só isso.

O rei assentiu.

— Bem-dito, mas Angus não virá em terra firme. Ele simplesmente mandará um escaler para Davie, Boyd, Hay e eu. Nós dois conversamos a respeito disso poucos dias atrás. Ele sabe que sou simplesmente Boyd de Annandale aqui. Agora, vamos ouvir o que meu senhor bispo tem a dizer. Davie?

O bispo se recostou e emparelhou os brilhantes olhos castanho-claros com os de Will.

— Ótimo — começou ele, enunciando num escocês claro. — Ótimo. Não vou entediá-lo com o que você já sabe, Sir William, mas vou direto ao cerne da questão. Nós temos... dificuldades... Possíveis e sérios transtornos e constrangimentos para o rei Robert e todo o reino, caso sua presença aqui se torne de conhecimento público, e, com a chegada da frota que você espera para amanhã, esse conhecimento dificilmente poderia ser evitado. Mas, por outro lado, poderia haver, ou melhor, *há* benefícios igualmente poderosos proporcionados tanto à Coroa quanto ao reino em virtude de sua presença aqui, não sendo o menor deles o tesouro que traz consigo para o cofre do rei. Mas também existe a questão de suas galés a considerar, a generosidade e as vantagens que elas nos oferecem. E, além disso, há o valor real, apreciável, do efetivo treinado, disciplinado, montado e plenamente equipado que prometeu em apoio ao rei Robert, se forem autorizados a permanecer aqui. Essas coisas são sabidas, e em muitos aspectos elas se contrabalançam mutuamente, prós e contras.

"A dificuldade reside em encontrar os meios, algum método *prático* e válido, pelos quais nós, a Igreja da Escócia, assim como conselheiros civis e militares do rei, tenhamos justificativas para conceder o asilo que vocês buscam, ao mesmo tempo que evitamos os perigos implicados em subverter tudo. As perdas que atrairíamos fazendo isso não podem ser subestimadas. Elas envolvem, por um lado, a excomunhão e a danação eterna de um povo inteiro, e, por outro, deixar de possuir um poderoso aliado. E até mesmo a ameaça de perder a neutralidade desse aliado deve ser temida, pois a ausência de neutralidade implica adesão à causa da Inglaterra na guerra com que nos defrontamos."

Ele pigarreou, desviando os olhos para um canto distante.

— Eu orei longamente e com intensidade na noite passada, à procura de alguma orientação, algum oráculo, suponho, que me contasse o que o arcebispo Lamberton e o bispo Wishart desejariam dizer, se algum deles pudesse estar aqui. Mas é claro que não podem, e devo agir no lugar deles, por meus pecados. E por isso passei a maior parte da noite em claro, e pensei... pensei sobre a ideia, não mais que um fugaz palpite, que me ocorreu na noite passada. Nós conversamos brevemente sobre barbas.

— Eu me lembro.

— Você nos disse que as barbas cheias e bifurcadas eram uma afetação. Foi essa a palavra que você usou.

— Sim. Uma afetação. Isso começou na Terra Santa, durante as guerras. Todos os homens usavam barba naquele lugar, muçulmanos e cristãos. E, em dado momento que hoje ninguém sabe precisar quando, os cavaleiros do Templo começaram a usar suas barbas bifurcadas para se diferenciar dos outros.

— Como você sabe disso? Parece ter certeza.

Will franziu o cenho, perguntando-se aonde aquilo iria levar. Bruce não dizia nada, cofiando o tufo de barba sob o lábio inferior e estudando o bispo com olhos apertados.

— Eu tenho certeza disso. Há uma referência a respeito em... — Will se conteve. — Em alguns documentos que eu li... enquanto me preparava para avançar na hierarquia da Ordem. Não era importante, mas ficou gravado na minha memória por algum motivo. — Ele encolheu os ombros. — Minha mente funciona assim, às vezes, retendo coisas de que não preciso. Por que você pergunta? É importante?

— Acho que sim. Como um homem olha para outro e sabe que ele pertence ao Templo?

A ruga entre as sobrancelhas de Will aprofundou-se, refletindo sua perplexidade crescente.

— De vários modos diferentes. Pelas roupas que veste e pelas insígnias que ostenta: a cruz pátea, as várias divisas de patente...

— E a barba?

— Sim, certamente, se quem a usa for um cavaleiro, mas isso não vale para os sargentos... e a tonsura, é claro.

— É claro — concordou o bispo, balançando a cabeça. — Todos usam a tonsura da mais privilegiada ordem da Igreja. — Ele ficou em silêncio por um instante, depois continuou num rumo diferente: — Você disse que sua primeira tarefa seria recordar seus homens de quem são e o que representam, não?

Agora inteiramente perplexo, Will olhou para o rei em busca de alguma orientação. Mas os olhos cinzentos como aço do monarca o contemplaram de volta inabalados, sem oferecer nada que pudesse esclarecê-lo. Por isso, virou-se para Moray, apenas para encontrar o mesmo olhar inabalável e reservado. Atirou uma das mãos com impaciência e assentiu.

— Eu diria isso, sim. E falo sério.

— Eu sei que sim, porque você enumerou seus motivos e seus temores: de que a moral de vocês possa ter sido abalada pelos eventos na França, porque após semanas confinados no mar eles podem estar se sentindo rebeldes, enraivecidos e ressentidos, portanto, predispostos a um comportamento imprevisível. Estou correto ou deixei passar algo?

— Não, bispo, você me ouviu bem. — Algo como um pequeno sorriso com um toque severo tremulou num dos cantos da boca de Will. — Pode ter exagerado ligeiramente o caso, mas a essência do que falei está aí.

— Você disse que deve recordá-los de seus votos e fazer com que se conscientizem das obrigações que assumiram ao se juntarem à Ordem. Estas seriam pobreza, castidade e obediência. — Moray então sorriu. — Pobreza, parece-me, nunca foi uma dificuldade para sua confraria, não concorda? E castidade se torna um modo de vida numa ordem religiosa, livre das tentações carnais que acossam em geral os homens. Mas obediência é uma questão completamente distinta. Nesse caso ocorrido na França, o fator dissuasor para a obediência, o temor da punição, foi removido pelo encarceramento dos líderes e comandantes da Ordem. Essa, eu creio, deve ser a sua principal prioridade: restabelecer o conceito de obediência, e sua própria autoridade, antes de qualquer outra coisa. Como fará isso, caso a necessidade se apresente? — O bispo estendeu uma das mãos, com os dedos esticados, à espera de uma resposta.

Will contemplou o tampo da mesa, encarando os veios das longas tábuas de madeira que foram usadas para fazê-lo. Do outro lado, a plateia de dois homens aguardava sentada com paciência. Ele podia sentir os olhos deles o observando, esperando.

— Isso é... esse potencial para a rebelião, como você expressou, *poderia* apresentar uma nova situação — disse ele por fim, falando quase para si próprio, de forma que os outros se inclinaram para chegar mais perto. — As chances de que não se manifeste são fortes, mas, se acontecer, eu terei de lidar com ela.

Will olhou sucessivamente para cada um deles, depois continuou numa voz mais alta:

— Vocês devem entender que a questão da punição dos irmãos que ofendem a Regra é algo estritamente mantido entre os membros da Ordem. Ela não é, nem jamais pode ser, um assunto para discussão ou debate fora dos encontros capitulares. Mas posso ver por que perguntam. — Ele parou de falar novamente, lutando com as palavras. — Quando nós... desembarcarmos... e nos reunirmos fora de nossos navios, seremos uma comunidade novamente, uma entidade unitária e um capítulo independente. Meu primeiro dever, como representante do Conselho Governante dentro dessa comunidade, será convocar uma reunião do capítulo e dar graças e orações por termos nos livrado dos perigos que nos foram impostos pelo rei Filipe e por Nogaret.

Ele deu um breve sorriso.

— Não que eu próprio vá oficiar a oração. Nós temos três dos bispos da nossa Ordem conosco, pela graça de Deus. Mas, feito isso e cumpridas as exigências, os regulamentos e as obrigações da Ordem e sua sagrada Regra em nosso novo lar comunal, pois não importa o quanto nossa estada aqui possa ser temporária, as obrigações são imutáveis, restará a mim supervisionar a eleição dos oficiais da comunidade e com eles definir as missões e os deveres dos confrades neste lugar. E, a essa altura, com o estabelecimento de uma comunidade novamente e o reforço das nossas obrigações, a ameaça de desobediência será insignificante. Na verdade, ela teria de ser impensável, mas... será insignificante.

Suspirou, depois balançou a cabeça, relaxando o pescoço, que havia enrijecido com o esforço da concentração.

— E, se não for, então terei de construir algum tipo de cárcere, algum meio para manter os canalhas apartados para o bem da comunidade e salvação de suas próprias almas. O valor de um mês de solidão forçada, subsistindo a pão e água, é uma coisa inestimável.

Bruce falou em meio ao silêncio que se seguiu:

— Há depósitos no andar térreo com paredes de pedra e fortes grades de ferro. Celas de cadeia, se vocês necessitarem.

Will olhou para ele e assentiu.

— Obrigado por isso. Elas deverão servir a curto prazo... e isso é tudo de que devemos precisar, uma solução a curto prazo. Mas teremos de construir uma Casa Capitular própria para ser usada enquanto durar nossa estada. Uma comunidade religiosa não pode compartilhar instalações comuns com os leigos. Creio que vocês podem compreender isso.

O rei assentiu vagarosamente. Depois, se dirigiu ao bispo:

— Davie, você deve ter algo mais a dizer.

— Tenho, Vossa Graça. — Moray passou as mãos no rosto, da testa até o queixo, depois inclinou-se para a frente na direção de Will. — Eis aqui, então, Sir William, a essência do meu pensamento, e antes que eu o diga, devo apresentar uma argumentação, não para insultar ou menosprezar nada nem ninguém, mas simplesmente para me fazer claro. Se você entrasse nesta sala e me visse agora, pela primeira vez, por que tipo de homem me tomaria? — Viu o ar intrigado na face de Will e se levantou da mesa, arrastando a cadeira para o lado e dando um passo para trás de modo que pudesse ser visto por inteiro. — Vamos, pelo que me tomaria?

Will deu de ombros, enquanto os olhos absorviam a figura diante dele: cabelos curtos, ombros fortes, uma postura firme e confiante, grande, mãos poderosas, uma camisa surrada de cota de malha enferrujada e uma adaga embainhada pendendo do cinto em sua cintura.

— Um cavaleiro — respondeu. — Um cavaleiro combatente, bem-nascido, precisando de uma nova camisa de cota de malha.

— Ahá! E se eu saísse e depois voltasse usando mitra e casula? E então?

— Eu veria um bispo.

— Sim, você veria, e, embora tanto o guerreiro quanto o bispo fossem descrições exatas, seria difícil para você conseguir ver um no outro, estou certo?

— Está.

— E estou certo a respeito das barbas, pois nisso reside a solução que precisamos. Se puder fazer da vestimenta e da aparência dos seus homens uma questão de obediência, então você e os seus poderão permanecer aqui para sempre. — Ele levantou uma das mãos rapidamente para interromper a reação de Will, dando prosseguimento ao que dizia: — Dispam-se das marcas do que são e não serão vistos; serão percebidos como algo que não são de fato. Ordene aos seus cavaleiros que tirem as barbas bifurcadas, deixem que os cabelos das tonsuras cresçam e vistam-se como pessoas comuns, como homens normais. Removam as cruzes templárias e os emblemas visíveis de suas roupas e equipamentos militares, as armaduras, os escudos e as sobrecotas, e, acima de tudo, tomem cuidado com os cavalos. Mantenham-nos separados e bem escondidos de observadores casuais, não permitam demonstrações de cavalaria para que desocupados olhem feito tolos e comentem mais tarde. Tornem-se homens comuns, ao menos para os olhos exteriores. Cheguem mesmo a cultivar a pouca terra que há para lavrar, e poderão descansar em segurança neste local, enquanto nós ficaremos tranquilos sabendo que vocês estão aqui, sem serem vistos.

— Sem sermos vistos? Mas *seremos* vistos. Deus sabe que há muitos de nós. Esta é uma ilha pequena. Como você pode pensar que não seremos vistos?

— Não penso. Não estou falando sobre feitiçaria ou mágica. Vocês serão vistos, mas serão encarados como homens comuns: soldados e homens armados. Nós estamos em guerra na Escócia. Há homens armados por todos os cantos do reino. Ninguém presta atenção alguma neles até chegar a hora de lutar. Mas uma força militar poderosa, de homens disciplinados, religiosos, combatentes, com boas montarias e usando as cruzes vermelhas dos cruzados e as cruzes pretas do Monte do Templo estabelecidos na ilha de Arran? Você acha que isso não seria percebido, tornando-se assunto de conversas por toda esta terra?

A mente de Will titubeou enquanto ele se debatia com o que o bispo estava sugerindo. Ali, pensou, havia blasfêmia, brotando da boca de um bispo da Santa Igreja. Cada instinto lhe dizia para se opor àquilo. No entanto, mesmo enquanto considerava fazê-lo, buscando as palavras que rejeitariam aquela ideia, a aresta do ultraje se suavizou, então começou a pensar de maneira mais lógica e a perceber que essa afronta poderia ser confinada à sua cabeça.

— Isso não pode ser — falou Will, com a voz soando estranha aos próprios ouvidos. — É demasiado...

— Demasiado o quê? — perguntou Moray. — Foi você quem disse que as barbas não passam de afetação.

— E elas são. A questão das barbas não é nada. Mas a tonsura...

— Você sabe como começou a tonsura, Sir William?

— Como...? Não, eu não sei.

O bispo Moray sorriu, como se estivesse se regozijando.

— Bem, eu sei. Como você, tenho uma mente que grava essas coisas triviais e sem significado. Há oitocentos anos, nos últimos dias do Império Romano, uma cabeça raspada era o símbolo da escravidão. Escravos eram proibidos de ter cabelos, pois isso tornaria impossível distingui-los dos cidadãos comuns. Assim, suas cabeças eram raspadas numa calva, os cabelos cortados de modo inatural em um quadrado, marcando-os como escravos para que o mundo inteiro visse. E aqueles foram os dias em que as primeiras ordens monásticas se formaram. Os primeiros monges adotaram a prática de raspar as cabeças também para demonstrar que escolheram ser os mais baixos entre os baixos, os próprios escravos de Cristo. — O bispo fez uma pausa. — Poucas pessoas sabem disso hoje, e menos ainda tomam a tonsura pelo que ela se tornou, agora que seu verdadeiro significado se perdeu na história. Ela é uma afetação. Nada mais do que isso. Exatamente como as barbas cheias e bifurcadas.

Ele esperou por uma reação de Will, e, quando viu o queixo do cavaleiro cair de estupefação, mudou de rumo, adotando uma voz mais grave e conciliatória.

— Ouça — continuou —, você estabelecerá uma nova comunidade aqui em Arran. Ela terá um novo capítulo, novas ordenações e novas regras condizentes com a nova realidade que vocês enfrentam aqui. Acredite em mim: não haverá nada de pecaminoso ou indolente como resultado do banimento das tonsuras e das barbas bifurcadas como parte dessas novas regras.

Ele chegou mais perto.

— É a sua *comunidade* que é importante aqui, Sir William, e a sua sobrevivência que está em jogo. Sua comunidade não irá se desfazer por seus membros deixarem crescer cabelos no topo das cabeças. Discuta com seu capítulo, se quiser. Mas, se você explicar a situação como se apresenta, e depois propuser a solução e os objetivos que ela almeja, tenho certeza de que poucas queixas serão apresentadas. E, se alguma for apresentada, estou igualmente certo de que saberá tomar para si a tarefa de se opor a eles. Antes que esse momento chegue, porém, o rei Robert e eu teremos partido há muito, e precisaremos de uma resposta sem tardar. O que você diz?

Will olhou para Moray e para o rei e balançou a cabeça, ainda abalado pelo choque causado pela proposta do bispo. O rei Robert falou:

— Há ricos pastos nas charnecas das terras mais altas do interior, na chamada Machrie. Seus cavalos vicejariam ali, acredito. E há amplo espaço para separá-los e acomodá-los em estábulos distintos, em vales e bosques. E ao norte desse local, ergue-se a floresta. Não é a floresta de Ettrick, mas ela proverá toras suficientes para ajudá-los em suas construções. O pântano é uma turfeira sem fundo, combustível farto.

Will mal o escutou, embora reconhecesse o tom gentil da voz.

— Mas nossas armas — começou a dizer. — Nós precisaremos...

O bispo o interrompeu, adotando uma voz seca e incisiva.

— O que têm elas? Eu não falei nada sobre armas. Vocês precisarão delas. Eu disse que deveriam ocultar os sinais *visíveis* de quem são, como os mantos brancos e as sobrecotas dos sargentos e os distintivos e os emblemas visíveis das hierarquias do Templo. Esconda-os, Sir William. Pinte as cruzes dos escudos e dos elmos, mas não há necessidade de destruir nada. Armazene-os até que tenha necessidade deles novamente, em seu retorno à França. Depois, seus homens podem tonsurar as cabeças e até bifurcar as barbas novamente, antes de voltarem para casa com cruzes novas pintadas nas vestes.

Will pensou mais a respeito, considerando as possibilidades, ao menos superficialmente. Uma visão da frota se insinuou em sua mente, a poderosa galé de Berenger à frente, e então fez que sim com a cabeça, subitamente convencido.

— Certo, eu consigo compreender isso. Esconder-nos em plena vista. E o mesmo deve acontecer com as nossas velas.

Bruce tornou a falar, dessa vez sorrindo:

— Angus Og o ajudará nisso. Ele não admitirá qualquer emblema além do próprio nas velas que naveguem com as dele. Providenciará novas velas para vocês, não tema. E sem custo algum.

Will sentiu como se um grande peso tivesse sido tirado de cima dele.

— Que assim seja, Robert, rei dos escoceses. Eu farei isso. — Voltou-se para Moray: — Meu senhor bispo, mal posso encontrar palavras para agradecer-lhe. Acredito que sua solução pode ser perfeita para todas as nossas necessidades. Estou profunda e pessoalmente em débito.

— Então, aqui está a minha mão real, se estamos de acordo — disse Bruce, levantando-se e estendendo a mão. Os outros colocaram as suas sobre a dele e balançaram-nas uma, duas e três vezes. — Está feito! — anunciou o rei.

— Sim, mas ainda há muito a ser feito. — Moray já estava se virando em direção à porta — Temos de realizar os preparativos para embarcar o primeiro contingente de homens que se juntará ao rei Robert para onde e quando forem necessários, e ainda temos de apresentar a questão das velas e a sua presença para MacDonald. É melhor vermos isso agora. Venha conosco, Sir William, e nós o levaremos para conhecer Angus Og. Ele o mandará de volta num escaler.

— Eu gostarei de conhecê-lo. Mas devo perguntar: onde está Sir James hoje? Esta manhã, ele saiu muito antes de eu despertar.

— Ele está caçando — respondeu Bruce, apertando o ombro de Will com uma das mãos. — Caçando informações, parece, em algum lugar no lado norte da ilha. Ele deixou recado com Hay antes de partir, em algum momento na calada da noite. Algo sobre um espião de língua francesa, ele disse. Não um dos seus homens, porém. Esse, seja quem for, estava entre os nossos. De qualquer forma, Jamie nos contará quando regressar. Agora, vamos ver o que Angus Og trouxe para nós.

Ele fez menção de sair, depois hesitou.

— Espere. Mais uma coisa me ocorreu. Eu não terei a oportunidade de agradecer a Lady Randolph, a baronesa St. Valéry. Quando ela chegar, amanhã de manhã, já estarei longe mar afora, talvez até mesmo em terra novamente. Você, porém, agradecerá sinceramente a ela por mim? Não precisa ter medo de ser muito efusivo. Minha gratidão a esse respeito seria impossível de exagerar. Assegure à dama que ela tem minha gratidão pessoal e diga que estou ansioso para agradecer-lhe em pessoa e em profusão em dias futuros. — Fez uma pausa, pensando profundamente, depois continuou: — E lhe peça, se lhe apraz, que considere retornar para o seu lar em Moray. Farei com que Jamie prepare uma poderosa escolta para ela. Eles podem deixar o tesouro para mim em St. Andrews ao passarem por lá. Agora vamos, Davie.

UM ENCONTRO EM ARRAN

Will Sinclair estava sentado na beira de seu catre, esfregando os olhos, quando Tam chegou para acordá-lo na manhã seguinte. Numa das mãos, Tam levava consigo um candeeiro portando uma vela acesa; na outra, um jarro de água quente, assim como uma toalha dobrada sobre o braço que segurava a vela. Ele resmungou um cumprimento, usou a vela para acender outra que estava sobre a única mesa do quarto e depositou o jarro dentro da bacia de barro sobre o tampo, para então dispor as velas uma de cada lado da bacia e largar a toalha ao lado. Então, com o dever cumprido, virou-se e deixou o quarto novamente, com plena consciência da tolice que seria tentar conversar sobre qualquer coisa com Will antes que o amigo tivesse tempo para se compor e lavar o sono dos olhos.

Nessa manhã em particular, porém, Will estava totalmente acordado e preparando-se para ter um dia muito atarefado. Ele havia conhecido o líder dos MacDonald, Angus Og, a bordo da galé, na tarde anterior, e fizera os arranjos necessários que garantiriam a permissão para que seus vasos navegassem livremente naquelas águas, em troca da cessão, ostensivamente intermediada pelo rei Robert, de cinco das suas galés. Então tomou emprestados do bispo Moray materiais de escrita, para então se despedir do rei dos escoceses e voltar para a praia. Lá ele se encontrou com o taciturno homem das planícies, que era intendente de Douglas, e fez acertos para que um grupo de cozinheiros viajasse até Lamlash na manhã seguinte, a fim de preparar uma refeição quente e simples para a frota que estaria de chegada. Depois, retornou ao quarto do andar de cima que lhe havia sido designado e trabalhou sozinho até tarde da noite, agindo como seu próprio escriba e compondo lista após lista de afazeres daquele dia. Quando se convenceu de que não havia esquecido de nada, foi para a cama e dormiu profunda e tranquilamente, recuperando todo o sono perdido da noite anterior.

No andar de baixo, então, na antessala do salão principal, cercado de homens sonolentos que não prestaram atenção alguma ao seu manto de cavaleiro ou à pesada corrente de prata que usava por baixo dele, derramou leite de cabra sobre uma tigela com o mingau feito pelos cozinheiros da guarnição e comeu em silêncio, numa mesa compartilhada com um grupo de montanheses tão calados quanto ele. Quando terminou, foi novamente até a mesa do desjejum, onde cortou uma fatia de carne de um pernil frio, polvilhou com o sal de um pote e envolveu num naco de pão que ainda conservava o calor do forno.

— Isso parece bom — falou Tam atrás dele. — Vou pegar um pouco também. Veja, eu trouxe suas coisas.

Will agradeceu com um movimento de cabeça e mordeu um pedaço de pão com carne antes de largar a comida e cingir o cinto da espada entre os ombros, ajustando a altura da longa arma embainhada, depois repondo o manto sobre ela enquanto Tam cuidava da própria comida.

— Você dormiu bem? — perguntou Will, enquanto se dirigiam para a porta de saída.

— Sim, muito bem. Ainda estou aproveitando o fato de ter uma cama que não se move sob o meu corpo. Teremos muito a fazer hoje. Estou certo?

— Mais do que certo. Sir Edward provavelmente estará à nossa espera quando chegarmos à beira d'água. Ele deve ter chegado na noite passada, sob a cobertura da escuridão.

Ainda estava escuro quando chegaram à praia, mas o escaler do almirante já aguardava por eles, com a proa puxada por sobre os pedregulhos. Os dois homens mal tiveram tempo de se sentar antes que quatro remadores pulassem para o meio das ondas e levassem o barco para águas mais profundas novamente. Dez minutos depois, Sir Edward de Berenger em pessoa lhes deu as boas-vindas ao subirem a bordo da galé, depois emitiu ordens para que se pusessem a caminho tão logo o escaler fosse içado a bordo. Quando o movimento rítmico de varredura dos remos se tornou uma batida regular, Will finalmente viu o almirante relaxar.

— Bem, comandante — falou Berenger, por fim —, como correu a sua visita ao rei dos escoceses?

— Muito bem. Nós temos permissão para ficar aqui, com algumas ressalvas. E quanto a você? Alguma dificuldade na ida ou na volta?

A claridade do dia já ficava mais forte, e Berenger podia ser visto com nitidez quando se voltou para olhar Will, contorcendo a boca numa expressão que provocou um rápido franzir de cenho no rosto do companheiro.

— Nenhuma dificuldade em qualquer dos percursos — respondeu o almirante. — Mas houve alguns contratempos mesmo assim. Eles chamaram a minha atenção, e me senti muito aliviado pelo fato de que poderia deixá-los para você.

— O que aconteceu?

— Alguns dos cavaleiros da sua guarnição decidiram que queriam descer em terra, na península atrás da ilha. Eles não consideraram a oposição do capitão do navio, um bom homem, mas um mero sargento, intimidado pela truculência dos cavaleiros. Felizmente, ele teve o bom senso de mandar um comunicado por bote a Narremat, que mandou

L'Armentière imediatamente atrás deles. Apanhou-os no canal entre Sanda e a península e ameaçou afundá-los se não obedecessem imediatamente à ordem de voltar. Como o desafiaram, afundou-lhes o bote com aquele terrível aríete dele. Ninguém pereceu, pois estavam no raso, e L'Armentière foi muito habilidoso, mas eram quatro cavaleiros muito molhados e esbravejantes quando foram içados a bordo e levados diretamente à galé de Narremat. Ele os confinou no porão, a ferros, e ainda estão lá, enferrujando em suas armaduras.

— Maldição. Você sabe quem são eles?

— Não, não perguntei os nomes. Mas são cavaleiros do Templo, confinados por tempo demais no mar e pouco satisfeitos por não terem voz ativa em seus próprios afazeres. Foi uma sorte, talvez, que estivessem apenas os quatro a bordo daquele navio. Não houve outros incidentes entre os cavaleiros embarcados nos demais vasos.

— Nem haverá daqui por diante, pois eu pretendo trazê-los todos à ordem novamente e lembrá-los de quem são e dos votos que assumiram. — Will apanhou a algibeira e tirou uma folha de velino dobrada em que havia escrito suas listas na noite anterior. Estendeu-a para que Berenger a visse. — Esses cavaleiros arrogantes e insensatos foram previstos ontem, ou ao menos uma versão deles, pelo bispo Moray, e me pus a pensar em como lidar com isso antes que algo sério possa acontecer. Quanto tempo levaremos para alcançar os outros daqui?

Berenger olhou em frente, onde a frota do Templo já podia ser divisada povoando as águas da baía de Lamlash, que estava imóvel como uma placa de vidro na luminosidade serena da manhã.

— Já estamos quase lá... um quarto de hora.

— E você lhes ordenhou que esperassem nossa chegada antes de desembarcar?

— Sim. Veja! O que é aquilo na ilha? Há pessoas lá. Quem diabos são eles?

Will distinguiu a pequena procissão que percorria as colinas em direção à baía de Lamlash, talvez quarenta homens ao todo, puxando um agrupamento de carros de mão com rodas altas que sacolejavam, repletos de carga.

— Cozinheiros e trabalhadores — respondeu ele. — Homens de Douglas, cortesia do intendente. Eles farão fogo e prepararão comida para mais tarde, depois das cerimônias. — Berenger ergueu uma sobrancelha à menção das cerimônias, mas não fez comentário algum. — Antes de mais nada, precisamos descobrir onde está o navio de meu irmão e convocá-lo a se juntar a mim aqui. Vou precisar dos seus cem homens em terra antes que qualquer outra pessoa se dirija para lá. Você consegue nos colocar ao alcance da voz?

O almirante sorriu.

— Consigo melhor do que isso. Com a água imóvel como está, sou capaz de nos posicionar lado a lado, e ele poderá saltar até aqui. Eu conheço o navio dele. De fato, posso vê-lo daqui. — Ele se voltou para o imediato que estava posicionado atrás de si e deu instruções em voz baixa, apontando para a embarcação que abrigava Kenneth Sinclair. O homem se afastou rapidamente e começou a dar ordens.

— Meus agradecimentos, Edward — disse Will. — Agora, veja isto.

Ele abaixou a cabeça para o pergaminho e começou a passar um dedo pela longa lista de afazeres, dirigindo a atenção de Berenger aos itens que lhe diziam respeito e explicando o que precisava ser providenciado e em que ordem. Enquanto se aproximavam a um ritmo estável da frota à espera, Sir Edward também foi absorvido pela importância do dia que se estendia diante deles. Antes de fazer qualquer outra coisa, porém, Berenger tinha uma pergunta, algo que Will previra com algum desconforto.

— O que você fará com a baronesa enquanto tudo isso acontece?

— Fazer com ela? Eu não farei nada com ela, ou para ela. Ela permanecerá a bordo de seu navio com as outras mulheres até que nossos negócios em terra estejam concluídos. Depois disso, não me importo com o que ela faça... pode desembarcar, se quiser.

— Você negaria a ela o privilégio de assistir à missa?

— Sim, eu negaria, neste caso. A dama vive rodeada de padres e pode fazer com que qualquer um deles celebre uma missa para ela a qualquer momento, nas suas próprias dependências, se desejar. Mas a de hoje, na ilha, será uma missa capitular, a primeira celebrada pelos confrades desde que deixamos La Rochelle. Será um ritual solene, com conteúdo ditado pela Regra da Ordem, e nós dois sabemos que não há lugar para mulheres em qualquer elemento das disposições dessa regra. A dama poderá ficar contrariada, mas não há alternativa aberta a qualquer um de nós. Ela permanece a bordo do navio até que tenhamos terminado, e há uma razão para isso. Agora, vamos encontrar meu irmão.

DOIS

Sir Kenneth Sinclair agarrou-se com tenacidade a uma corda na lateral bojuda do navio que estava emparelhado à galé, com rosto tenso enquanto calculava a sincronia do salto, e então se lançou para fora, entre os arcos verticais descritos pelos remadores de bombordo, com os dedos das mãos esticados na esperança de agarrar algo — qualquer coisa — que interrompesse a queda. Havia mãos solícitas aos montes para segurá-lo, e ele aterrissou com suavidade, curvando os joelhos e vergando os ombros em alívio. Expirou ruidosamente e se pôs ereto, recompondo-se por um momento antes de se adiantar para abraçar o irmão e prestar respeitos ao almirante Berenger. Assim que os cumprimentos acabaram, girou o corpo novamente na direção de Will.

— Qual o problema?

— Problema algum. Por que achou que houvesse?

As sobrancelhas de Kenneth se levantaram num deleite zombeteiro.

— Você quer dizer que atravessou toda essa distância só para me desejar boas-vindas e prendeu o navio ao nosso com arpéus somente para me fazer arriscar a própria vida saltando aqui para um abraço? — Então ele adotou um tom mais sóbrio; sua voz desceu a um tom mais baixo: — Há *alguma coisa* acontecendo... algo no vento, irmão... e suspeito que faço parte disso.

Will assentiu.

— Certo. Faz mesmo. Mas não há problema algum. Eu simplesmente preciso que você faça algumas coisas para mim. Coisas importantes.

— Sou seu criado, então. O que precisa?

Will olhou de soslaio para Berenger, depois correu os olhos em volta para ver se havia alguém escutando. Ninguém estava perto o suficiente para ouvir, e ele segurou o irmão pelo cotovelo e virou o olhar para a terra acima da baía de Lamlash.

— Quero seus homens em terra dentro de uma hora, Kenneth, todos, em cota de malha completa e sobrecota. Sir Edward cuidará para que você tenha tudo de que precisar para fazer isso. Está vendo aquele banco de terra ali, logo acima da baía? Ele se estende por mais de um quilômetro e meio e a maior parte é plana, e há um outeiro no meio dele, um afloramento de rocha com o topo arredondado, não muito alto, mas com altitude suficiente para servir aos nossos propósitos. Consegue vê-lo?

Kenneth fez que sim.

— Ótimo. Aquele outeiro conterá o nosso altar. Quando você chegar à praia, haverá um grupo de trabalhadores lá vindo de Brodick. Foi onde estive, na próxima baía ao norte. O nome do chefe é Harkin e está à sua espera. Tem uma mesa extra para você, com cavaletes, para um altar. Monte-a no outeiro. Todos os paramentos e recipientes estão a bordo de outro dos nossos navios, e o bispo Formadieu cuidará da disposição deles. Mas você precisará encontrar um lugar nas proximidades atrás do altar para sustentar o sino... — Ele se dirigiu a Berenger: — Almirante, você pode fornecer um grupo de carpinteiros navais com cordas e mastros para erigir um tripé para o sino? Pode ser que isso exija bastante das aptidões deles, mas precisamos que o sino esteja no lugar antes do meio-dia.

Berenger fez que sim. Will continuou as instruções para Kenneth.

— Eu vou querer seus homens num perímetro em volta de uma área grande o suficiente para conter toda a nossa gente numa assembleia ordenada, com bastante espaço para ficar de pé com conforto, mas não para encorajar movimentações ou aglomerações. Defina a área pessoalmente, depois delimite-a pelos lados e pelo fundo. Deixe o lado da praia livre. Posicione quarenta dos seus oitenta sargentos em cada um dos três lados: fundo, direita e esquerda. Os quarenta restantes, mais seus vinte cavaleiros, servirão como condutores. Eu não permitirei que mais ninguém vá à praia até que você tenha marcado os limites e posicionado seus homens, mas não perca tempo. A missa começará o mais próximo possível do meio-dia. Faça com que eles disponham os outros assim que chegarem em terra.

Will contou ao irmão como queria que os homens fossem ordenados em frente ao altar.

— E depois?

— Depois nós iremos celebrar nossa primeira missa como uma comunidade unida em semanas, e me pronunciarei aos irmãos.

Kenneth estava olhando para o imponente medalhão no peito do irmão, sorrindo novamente.

— Nunca tinha visto um desses antes, embora saiba o que significa. Mas você não deveria usá-lo *sobre* o seu manto?

— Sim, e usarei, mas depois de hoje é possível que você nunca mais torne a vê-lo. Agora, vá e faça o que eu disse. Alguns dos rapazes do almirante irão ajudá-lo a voltar ao navio. Assim que chegar lá, todos os minutos serão preciosos.

Cordas e arpéus estavam sendo soltos antes mesmo que Kenneth fosse conduzido de volta ao seu navio, e os remadores da dianteira dos bancos à direita se esforçavam para impulsionar a proa da galé para longe da outra embarcação, fazendo com que um espaço cada vez mais largo se abrisse entre as duas. Normalmente, Will estaria observando as operações com avidez, pois tinha um fascínio inesgotável pela perícia dos marinheiros do Templo, mas nessa ocasião não tinha nem tempo nem interesse, e já passava os olhos pela sua lista novamente, atribuindo um grau de importância a cada item e decidindo sobre como proceder.

Por fim ele se deu conta do som dos remos impulsionados de novo em uníssono e olhou brevemente para perceber que se encontrava entre os navios e galés da frota, distribuídos em fileiras disciplinadas de cada lado. O som de cordas rangendo numa polia atraiu seu olhar, e ele viu o estandarte do almirante rigidamente emoldurado, o pavilhão naval com a caveira com ossos cruzados sobre campo preto, sendo içado ao topo do mastro. A visão era o sinal para que os capitães de todos os navios se reunissem, e era claramente esperado, pois em questão de minutos os botes foram remando rumo à galé, vindos de todas as direções.

Quando todos os capitães já estavam reunidos, o deque de popa se encontrava abarrotado de homens, e Berenger subiu na amurada do deque para se dirigir a eles, agarrando-se com facilidade ao cordame. Esperou até ter a atenção de todos e depois lançou uma série de ordens sucintas, consultando a lista de Will de tempos em tempos, sem deixar passar nada. Chamou cada capitão pelo nome e enumerou o que era requerido de cada um individualmente: pessoal e equipamentos a serem descarregados e conduzidos à terra firme, e a ordem precisa, navio a navio, em que a ação deveria ser feita. Nomeou diversos oficiais superiores de cada uma de suas galés, nenhum dos quais estava presente ali, a serem delegados pelos capitães como intendentes para o desembarque, a fim de controlar a logística do êxodo rumo à praia, e enfatizou que somente uma tripulação mínima deveria permanecer a bordo de cada embarcação quando o desembarque estivesse completo. Por fim, perguntou se havia dúvidas e ficou extremamente satisfeito ao ver que nenhuma se materializava. Dispensou todos para retornarem aos seus navios, depois seguiu, acompanhado de William, para sua cabine.

Enquanto Will o seguia, viu vários botes carregados com os homens de Kenneth já perto da praia, enquanto acima das suas cabeças, claramente visível nas encostas que levavam ao platô, o contingente de cozinheiros e auxiliares lutava com o peso dos carros cheios que haviam trazido desde as dependências de Douglas em Brodick.

TRÊS

O meio-dia chegou e se foi sem que a missa tivesse sido celebrada, mas os preparativos estavam correndo tão bem que Will se contentou simplesmente em esperar no ocultamento e na privacidade proporcionados pelo seu imponente pavilhão, prestando estreita atenção aos procedimentos realizados, inspecionando-os através de pequenas janelas de observação nas paredes do recinto.

Os irmãos leigos da preceptoria de La Rochelle foram a segunda comitiva a desembarcar, seguindo o grupo de Sir Kenneth Sinclair, e estiveram trabalhando duro desde sua chegada. Haviam começado erguendo dois grandes pavilhões por trás da área central, um de frente para a praia à direita do altar, para os bispos que iriam conduzir o cerimonial, e o outro à esquerda, onde Will agora se encontrava, para uso pessoal de Sir William Sinclair, como oficial mais graduado da Ordem em exercício. Feito isso, haviam erigido o altar sobre o outeiro acima da praia e ainda se alvoroçavam em volta dele agora que seus vasos e candelabros de ouro e prata se sobressaíam contra os alvos paramentos e toalhas de linho e as cores naturais que os circundavam no platô coberto de relva sobre a orla. Acima e atrás do altar a forma avultada do sino, suspenso por um tripé de vergas de navio, acrescentava um ar de solenidade ainda maior para os participantes.

O sino era um símbolo do Templo quase tão antigo quanto a própria Ordem, uma grande campânula de bronze tomada em batalha contra os turcos seljúcidas, havia quase dois séculos, e usada desde então para convocar a irmandade a se reunir. Seu último uso em combate havia ocorrido no sítio em Acre, mais de duas décadas antes, quando incentivara a guarnição em rápido declínio da fortaleza condenada a enfrentar os implacáveis ataques diários das hordas muçulmanas. O sino havia sido retirado da fortaleza em segurança juntamente com o Tesouro do Templo, poucos dias antes do colapso final da fortificação e o fim da derradeira presença templária na Terra Santa. Ficara escondido e quase esquecido desde então, até vir à luz nas atividades paralelas à remoção do Tesouro do Templo da floresta de Fontainebleau, antes dos eventos de 13 de outubro. Agora estava montado bem acima das águas de uma ilha escocesa, novamente preparado para agitar os corações dos irmãos do Templo.

Sessenta homens de Kenneth, cavaleiros e sargentos, então se perfilavam em três lados do local; os quarenta restantes recebiam os confrades que chegavam quando estes pisavam em terra firme e dirigiam-nos às posições que lhes haviam sido designadas ao redor do altar. Os navios e as galés já haviam quase acabado de depositar seu pessoal, e a assembleia estava próxima de se completar. Cavaleiros dos vários navios se postavam ombro a ombro em quatro fileiras, de frente para o altar e com suas costas voltadas para o mar. Por trás deles, dispunham-se os membros restantes da guarnição de La Rochelle. Do lado esquerdo, arranjados lateralmente por trás do cordão dos homens de Kenneth e voltados para dentro, posicionavam-se os tripulantes dos vasos mercantes da frota- os marinheiros não militares, enquanto em frente a eles, do lado oposto do espaço central, as tripulações das galés de guerra colocavam-se sossegadamente, à espera do que pudesse acontecer. Os irmãos leigos da extinta guarnição de La Rochelle estavam dispostos em formação, num bloco vestido de negro à direita e ligeiramente atrás do altar sobre o outeiro.

— Eles estão chegando, Will.

William resmungou um assentimento, os acordes iniciais do cantochão dos irmãos leigos quase abafando o comentário de Tam e tornando-o desnecessário. O cântico assinalou a partida do último escaler da frota, com uma carga completa de clérigos paramentados, e o canto litúrgico iria continuar até que os três bispos templários de batinas verdes, sendo o superior entre eles o bispo Formadieu de La Rochelle, tivessem desembarcado e seguido em procissão, acompanhados da tropa de cônegos, diáconos e subdiáconos, até o altar.

O cavaleiro deu as costas e ficou em silêncio por um instante, com o queixo afundado sobre o peito, repassando o que iria dizer à assembleia quando sua vez chegasse. A missa teria precedência, como deveria ser, e os clérigos, como sempre, dariam as ordens dos ritos, mas, quando chegasse a hora de abordar as urgências e realidades que confrontariam a comunidade desalojada do lado de fora da tenda como um todo, Will sabia que seriam suas as palavras que receberiam mais atenção, e sua a voz que seria obedecida ou ignorada. Comprimiu os lábios, recapitulando distraidamente o que iria dizer. Os dedos brincaram casualmente com o pesado pingente que pendia em seu peito, sustentado pela maciça corrente de elos de prata lavrados à mão. Havia posto de lado seu manto branco de cavaleiro para aquela ocasião formal e ostentava a gala completa do Conselho Governante de sua Ordem: armadura de cota de malha preta sob a cobertura de uma vestimenta formal de valor incalculável, uma sobrecota com um elaborado bordado heráldico, conhecida como tabardo. Era composta por múltiplas camadas manufaturadas e resplandecentes de preto sobre preto — contas e madrepérolas de tons e texturas contrastantes, pérolas sobre zibelina tosquiada e fios de prata enegrecida. A escura magnificência iluminada por uma solitária cruz pátea de braços simétricos guarnecida por minúsculos fragmentos de conchas brancas sobre o lado esquerdo do peito e pela pesada corrente de prata que cingia o pescoço e os ombros de Will, com o losango de metal esmaltado de vermelho e branco da espessura de um dedo. Um imponente escudo era sustentado pelo seu braço esquerdo, também negro, e com uma cruz pátea branca gravada no centro. A longa espada montante encontrava-se pendurada do lado do corpo pelo cinto de couro polido e fivela preta atravessado sobre o peito.

Ele se portou com paciência ao longo dos eventos que se seguiram, protegido das vistas em seu pavilhão e sem consciência de que tinha o cenho franzido. Permaneceu praticamente imóvel enquanto os bispos e acólitos desembarcavam na praia e seguiam caminho em procissão até o outeiro do altar. Lá, iniciaram imediatamente a celebração da Santa Missa, acompanhada pelas vozes unissonantes do coro de irmãos leigos, assistidos pela congregação de monges. Will não se deu conta de que se mexeu apenas três vezes durante toda a cerimônia, flexionando os dedos da mão direita cada vez que mudava a empunhadura do enorme elmo de guerra preto que repousava junto ao seu ilíaco.

Por fim, a cerimônia do altar acabou. Enquanto os bispos e acólitos se retiravam em fila, o almirante Berenger adiantou-se para se dirigir à companhia reunida. Ao mesmo tempo, Will levantou os braços e posicionou o grande elmo de guerra na cabeça. O silêncio que saudou a chegada de Berenger foi absoluto e respeitoso, e ele se postou, quieto, por algum tempo, seus olhos percorrendo a multidão congregada. Por fim, fez um aceno de cabeça e levantou a mão direita com a palma voltada para fora.

— Irmãos — começou ele —, eu sei que vocês estiveram aguardando por este momento, por isso não farei qualquer tentativa de adiá-lo. Orem em silêncio por nosso superior e único representante do grão-mestre e do Conselho Governante da Ordem do Templo de Salomão.

Ele recuou um passo e fez um gesto para a grande tenda onde Will esperava. Nesse instante, Tam Sinclair puxou com força as cordas que controlavam as abas da barraca, e Will atravessou a abertura para então subir o outeiro e se posicionar em frente ao altar, flanqueado pelos dois oficiais cavaleiros do capítulo de La Rochelle, vestidos em uniformes de gala formais. O som que saudou o aparecimento de Will foi mais um suspiro que qualquer outra coisa, pois poucos entre os homens reunidos haviam algum dia de fato visto o traje cerimonial vestido pelos membros do Conselho Governante. Aquela esplêndida aparição negra e reluzente era mais do que a maioria deles poderia ter imaginado. Sua simples presença diante deles enfatizava, mais do que qualquer outra coisa que algum deles tivesse visto antes, o poder representado e investido na organização que controlava suas vidas inteiras. O grande elmo emplumado de aço escuro e brilhoso com suas plumas brancas e pretas ocultava a identidade do homem sob as vestes, mas nesses momentos de abertura do drama que estava para se desenrolar, o homem dentro dele não tinha importância; a corporificação do poder que era a figura negra, com o escudo cristado, a pesada corrente de oficial e o elaborado medalhão esmaltado, era soberba.

Will esperou com paciência até que o silêncio da multidão fosse absoluto e então, sentindo cada olho concentrado nele, abaixou o escudo e elevou o punho cerrado até o lado esquerdo do peito, numa saudação formal. Toda a assembleia ficou imediatamente em posição de sentido e retribuiu o gesto numa estrepitosa onda sonora de metal se chocando com metal. O oficial-cavaleiro à esquerda de Will, o veterano Reynald de Pairaud, deu um passo à frente e aliviou-o do pesado escudo, enquanto o companheiro da direita, um idoso igualmente grisalho chamado Raphael de Vitune, estendeu a mão e tomou a guarda do cinto com a espada e as armas, enquanto o membro do Conselho Governante soltava a volumosa fivela preta. Então, livre de estorvos, ele ergueu lentamente as mãos e desfez as amarras que seguravam o elmo para então levantá-lo vagarosamente e prendê-lo na dobra do cotovelo direito, com a borda mais uma vez apoiada no quadril.

— Salve, irmãos — entoou ele, e um "salve, irmão" ressoou em resposta. Will elevou a voz: — Em nome do mestre De Molay, eu os convoco ao capítulo aqui neste belo lugar.

— Que assim seja!

A resposta foi profunda e prolongada. Quando se dissipou, Will se virou e acenou para indicar o grande sino de bronze pendurado por trás do altar.

— Todos vocês conhecem o nosso sino, embora poucos o tenham visto antes deste dia. Por quase duzentos anos seu timbre chamou nossa irmandade a se reunir em tempos de imensa necessidade. Agora ele soará novamente, aqui nesta nova terra, pela primeira vez desde que deixou a fortaleza de Acre, pois mais uma vez a necessidade da nossa Ordem é imensa.

Ele fez um aceno de cabeça para seu irmão, Kenneth, que estava à espera do sinal, e dois homens impulsionaram uma pesada tora posicionada entre ambos até que a extremidade dela golpeou o sino e um tonitruante soar de bronze ribombou e ecoou através das águas da baía, fazendo com que pássaros voassem assustados. Ninguém se moveu ou falou até que seus ecos tivessem se dissipado.

— Esta ilha é chamada de Arran, e será nosso lar por algum tempo a partir de hoje, uma base temporária para nossas operações, concedida pelas boas graças de Robert Bruce, rei dos escoceses. Aqui nós nos estabeleceremos novamente como uma comunidade, pelo tempo que nos for necessário, enquanto faremos tudo o que pudermos para descobrir o que está acontecendo à nossa Ordem e a seus confrades na França e em outros lugares. Até chegar o tempo em que tivermos descoberto a verdade e o efeito que ela terá sobre nosso futuro, nós nos conduziremos aqui exatamente como se estivéssemos na nossa comunidade em La Rochelle... exceto que teremos de construir um lar para nós antes de podermos desfrutá-lo.

Ele varreu com os olhos de um lado a outro, observando as reações entre os ouvintes e avaliando o humor da plateia. A maioria, pôde ver, estava calma, quase fatalista, esperando pelo que viria a seguir, mas havia outros que pareciam zangados, e outros ainda que aparentavam estar meramente perplexos. Então levantou a mão bem alto e esperou pelo silêncio novamente.

— Estou ciente de que a maior parte de vocês sabe pouco sobre o que aconteceu em La Rochelle no dia em que partimos. No mar, não houve oportunidade para lhes contar o que ocorreu ou o porquê. E por isso vocês têm sido incapazes de distinguir a verdade do rumor ou da imaginação desenfreada. Eu pretendo agora lhes dizer o que sabemos, embora até mesmo nós, seus oficiais superiores, tivemos de escorar o pouco conhecimento de que dispomos com opiniões e teorias formadas com a inteligência. Por enquanto, eis um resumo do que sabemos...

Durante o quarto de hora que se seguiu, Will manteve a plateia absorta enquanto relatava tudo o que sabia dos eventos de sexta-feira, 13 de outubro, incluindo sua convocação a Paris por mestre De Molay, as dúvidas do mestre sobre a veracidade dos alertas que havia recebido e a luta que De Molay havia empreendido com sua própria consciência ao decidir se deveria quebrar seu voto solene de lealdade ao papa para o futuro bem-estar da Ordem. Falou também com clareza e abertamente sobre as próprias reações às notícias dadas pelo grão-mestre e as incertezas que havia experimentado depois disso, apesar de saber que o próprio De Molay agia contra os instintos e unicamente pelos melhores interesses da Ordem. Também lhes contou sobre a missão de seu irmão, de reunir em segredo cem homens e depois liderá-los, em grande sigilo, para recolher o Tesouro da Ordem do esconderijo nas cavernas da grande floresta de Fontainebleau e transportá-lo até a costa.

Os ouvintes sabiam do sucesso da missão, era claro, pois eles próprios haviam recolhido o Tesouro e o acondicionado em segurança a bordo de seus navios, mas Will percebeu os benefícios de permitir que se envolvessem nas medidas que haviam sido tomadas para sobreviver em face da duplicidade do rei da França. Não faria mal algum, ele sabia, encorajá-los a acreditar que, mesmo involuntariamente, cada um havia tomado parte na operação para assegurar a sobrevivência da sua Ordem.

Quando concluiu, fitou-os por um tempo, em parte esperando que alguém ousasse fazer uma pergunta, mas a disciplina de dois séculos era forte: nenhum deles falou nada. Finalmente, Will balançou a cabeça e deu um passo para trás, estendendo um dos braços em direção a onde Tam Sinclair estava, parado atrás do seu ombro esquerdo com um pacote em mãos pronto a ser repassado. Will avaliou por duas vezes seu peso antes de firmar o pulso e erguê-lo com as mãos. Era um grande estojo de couro de peso considerável com aproximadamente 30 centímetros de comprimento e largura, e metade disso de espessura. O cavaleiro o brandiu alto, virando de um lado a outro para que todos pudessem ver sua sólida consistência.

— O que acontece agora? — A voz dele ressoou com clareza. — Cada homem entre vocês está se fazendo a mesma pergunta, não está? O que acontece agora? O que faremos em seguida? Para onde vamos a partir daqui?

Virou-se novamente enquanto gritava cada uma dessas perguntas, agitando o estojo no alto, de forma que todos os olhos da assembleia estivessem fixos no objeto. Quando terminou de perguntar, abaixou as mãos e enfiou o pacote sob o braço esquerdo.

— Bem, agora começarei a responder a essas perguntas para vocês, e a resposta à primeira delas. "O que acontece agora?" Nós vamos *comer*! — Ele esperou que a manifestação de vivas cessasse. — Vocês sentiram pelo cheiro que os cozinheiros enviados por Sir James Douglas, guardião desta ilha e agente de Robert, rei dos escoceses, nosso anfitrião deste dia em diante, estão atrás de nós.

Os homens soltavam exclamações novamente, pois estiveram a bordo dos navios durante semanas e a perspectiva de comida recém-preparada devia ser objeto de fantasia deles desde que deixaram a França. Quando o barulho começou a ceder, Will levantou o braço novamente, com o estojo agarrado com firmeza. Havia julgado seu tempo com precisão, e a multidão caiu em silêncio novamente, apreensiva para ouvir as próximas palavras.

— Quanto ao que acontece em seguida, temos nosso guia aqui, dentro deste estojo. Olhem agora. — Ele abaixou o braço e afrouxou as tiras com fivelas que prendiam o invólucro, extraindo dele um pesado fardo, tão grande quanto o utensílio que o continha. — Tenho aqui um pacote de documentos mandados com o selo do nosso grão-mestre em pessoa, Sir Jacques de Molay. Dentro deles estão as instruções de mestre De Molay para a nossa conduta daqui por diante, confiadas a mim, como representante de vocês, na ocasião em que o vi pela última vez. Chamo agora o cavaleiro veterano aqui presente, Sir Reynald de Pairaud, da extinta guarnição de La Rochelle, para examinar o lacre e atestar que é, de fato, o selo de nosso grão-mestre e que está intacto e intocado.

Ele permaneceu com os braços estendidos, segurando o fardo com as mãos até que o cavaleiro veterano tivesse se virado para examinar o selo sobre o documento, balançando a cabeça com gravidade e curvando-se até a cintura, declarando-se satisfeito com a integridade da marca. Somente então Will devolveu o pacote a Tam Sinclair e ergueu a voz novamente:

— E então, pelo restante deste dia nós festejaremos e daremos graças pela nossa chegada. Amanhã, nossos irmãos mais graduados se reunirão para o primeiro encontro capitular aqui em nosso novo lar. Nele, examinarão as instruções de nosso mestre e decidirão, em comum acordo, o que deve ser feito daqui por diante para cumprir as vontades do Conselho conforme estão expressas aqui.

"Nesse meio-tempo, haverá muito a fazer para o restante de nós, eu lhes prometo, pois estamos extremamente expostos e em grande risco aqui nesta praia aberta, e continuaremos assim até que tenhamos assegurado nossa base de operações. Vão em paz, então, todos vocês, e entreguem-se à missão de se tornar uma comunidade devota novamente após tão longa interrupção no nosso modo de vida. Nossos amigos de Brodick irão chamá-los às mesas quando chegar a hora de comer, e suspeito que vocês deverão estar prontos a atender ao chamado quando isso ocorrer. Vão com Deus."

Quando a assembleia começou a se desfazer, Will fez um agradecimento de cabeça aos dois cavaleiros veteranos que o haviam assistido e voltou ao seu pavilhão, ciente de que Tam Sinclair, ainda segurando o estojo com o pacote lacrado, observava-o atentamente.

— O que foi? — perguntou, tão logo se encontraram do lado de dentro e as abas da tenda foram fechadas às suas costas. — Esqueci-me de alguma coisa?

— Não — resmungou Tam. — De nada, exceto das mulheres. Você as deixou trancadas a bordo do navio o dia inteiro, enquanto todos os outros foram autorizados a desembarcar. Posso convidá-las a vir até aqui e comer em terra firme ou devo mandar algo para elas?

— Maldição, eu me esqueci delas. — Will franziu o cenho, rejeitando rapidamente a possibilidade, por mais tentadora que fosse, de deixar as três mulheres a bordo do navio. Emitiu um grunhido, parte de contrariedade, parte de negação. — Sim, vá até lá e as traga até a praia. Nossas atividades para este dia já estão cumpridas. Mas cuide de colocá-las bem afastadas dos irmãos. Eu já tenho dificuldades suficientes a enfrentar lidando com homens há tanto tempo afastados da disciplina da Regra. Não vejo motivo para aumentá-las fazendo um desfile de mulheres para serem vistas e abordadas. Mantenha-as longe de vista, Tam.

QUATRO

Enquanto toda a barafunda de cavaleiros templários desembarcava, Jessie Randolph estava longe de se sentir infeliz. Havia, na verdade, se deleitado com a liberdade de pôr de lado seu papel de baronesa St. Valéry pela primeira vez desde que deixara La Rochelle, e de fazer e desfrutar da toalete mais completa e extensa do que havia acreditado ser possível a bordo de uma galé templária. Poder realizar isso era, obviamente, fruto da completa ausência de pessoal templário a bordo do navio enquanto durasse o cerimonial em terra. Todos os homens da expedição, ao que parecia, estavam aglomerados na praia diante das fileiras de navios ancorados na baía, e todos tinham suas costas voltadas para ela, com a atenção absorvida por fosse lá o que estivesse se desenrolando defronte. Jessie podia ouvir as vozes concentradas dos monges do Templo erguidas num cantochão ritualístico e sabia que não haveria um retorno rápido aos navios. Quando teve certeza disso, reconheceu a oportunidade e tomou uma decisão que teria chocado os confrades reunidos na praia, caso algum deles pudesse ter conhecimento.

Após chamar as duas damas para ajudá-la, ordenou que fizessem com que os poucos membros da tripulação que permaneceram na galé começassem a aquecer água, usando os fogões da cozinha da embarcação, para que ela tomasse um banho. E então, rejubilando-se pela quase total ausência de homens, apossou-se da cabine principal para suas próprias necessidades, expondo todo o seu guarda-roupa, escasso que era, para averiguação e reparos. Depois disso, enquanto os rituais solenes e secretos do Templo eram executados na praia, os rituais muito menos solenes mas não menos secretos da feminilidade eram observados e celebrados por Jessie e as duas criadas, Marie e Janette. Quando as solenidades em terra foram concluídas e os primeiros homens começaram a se dirigir às fogueiras da cozinha em busca de comida, as três mulheres estavam prontas para se juntar a eles, recém-banhadas, penteadas, enfeitadas e vestidas, sentindo-se mais limpas, frescas e atraentes do que nunca desde o início daquela aventura.

— Espere! — gritou ela para Tam pouco depois de descer do bote.

Tam parou e olhou para ela, esperando. Acompanhado por dois remadores do escaler, que agora carregavam as bagagens das mulheres, ele as conduzia obliquamente em direção à borda mais afastada da congregação principal.

— Então, nós, mulheres, devemos nos sentar longe de tudo, atrás dos palhaços e dos bobos, atrás dos harpistas e dos jograis, atrás até mesmo das prostitutas de quartel e dos mendigos, caso houvesse algum destes aqui? Devemos ser alimentadas por último, com comida fria? Onde está Sir William? Eu realmente devo oferecer a ele meus agradecimentos e reconhecimento por tamanha consideração.

A essa altura, Tam conhecia Jessie bem o bastante para ignorar aquele tom de voz e respondeu como se ela tivesse feito um mero comentário casual.

— A comida de vocês não estará fria, minha dama. Eu mesmo cuidarei disso. Fiz preparativos para que fosse servida, coberta e separada assim que eu saísse para buscá-la. E antes que fale algo mais, avisei para esperarem uma hora antes de fazerem qualquer coisa, de forma que devem estar prestes a cuidar disso agora. — Então ele apontou na direção para onde iam. — Veja, Mungo está à nossa espera. Acho que ainda não o conheceu, mas é um bom homem, nascido e criado nesta região. É severo e não fala muito, mas vai gostar dele. Já deve ter acendido o fogo a esta altura, e deve ter lenha fresca disponível para mantê-lo aceso. Nós faremos com que você se sente e se sinta confortável, com um bom fogo. Depois irei lhe trazer a comida... com vinho branco, como você gosta, de Anjou. Agora, siga-me, e vamos acomodá-la, ou nenhum de nós irá comer. E, quando tiver acabado de jantar, pode procurar Will Sinclair e agradecer-lhe pessoalmente... desde que eu não esteja lá.

Pouco tempo depois, ele as instalou tão confortáveis quanto possível numa charneca em campo aberto sobre a praia, e o taciturno Mungo aumentava a fogueira, empilhando alto a lenha bem seca. Quando ambos estavam prontos para deixá-las, Jessie lhes agradeceu com cortesia, depois os observou desaparecer rapidamente entre a multidão de homens à frente.

Antes que Tam retornasse, ela se deu conta de uma comoção no meio do ajuntamento e se levantou para ver o que acontecia, porém, mesmo nas pontas dos pés, posicionada sobre a pedra mais alta que havia por ali, não pôde ver nada além de uma massa compacta de homens. Enviou Janette para descobrir o que se passava, e a criada logo retornou, meneando a cabeça.

— Não sei o que está acontecendo, madame. Um navio chegou, parece, vindo do norte, mas ninguém sabe de onde veio ou a quem pertence.

Momentos depois, contra o céu que escurecia na tarde avançada de novembro, Jessie viu Tam, Mungo e outro homem retornarem na direção dela, cada um carregando um volume coberto de fundo chato que se revelou serem tábuas contendo comida e bebida em quantidade suficiente para alimentar todos os seis, homens e mulheres. Havia travessas com fatias grossas e suculentas de carneiro e cabrito, juntamente com pão crocante recém-assado, servido com mel silvestre e bolos de aveia sem açúcar com queijo de cabra duro e de odor penetrante. Após semanas no mar, com a comida escassa e insossa associada às longas viagens marítimas, aquilo era um banquete real. Jessie e as criadas prestaram a homenagem que merecia, igualando até mesmo Tam e Mungo em voracidade, sem fazer qualquer tentativa de falar até que seus apetites estivessem saciados. Eventualmente, porém, Jessie afastou uma casca de queijo com as pontas dos dedos e levantou as mãos estendidas diante de si.

— Isso foi pecaminosamente bom, Tam. Parabéns.

Tam murmurou algo, depois usou uma unha para palitar um fragmento entre os dentes antes de responder:

— Não me agradeça, minha dama. Eu apenas trouxe isto até aqui. Veio com as graças do intendente da ilha, que recebeu instruções de Douglas. Sir William fez os preparativos para isso na noite passada, enquanto estava com a guarnição de Brodick, de onde ele veio esta manhã.

— Então devo agradecer o intendente, se vier a encontrá-lo. Mas falando em guarnições, alguém disse que chegou um novo navio. Você sabe algo a respeito?

— Sim. — Tam jogou alguns restos do prato de madeira para o meio do fogo, depois depositou o utensílio junto aos seus pés. — Era uma galé. Montanheses vindos do norte. Mungo disse que ela porta o estandarte dos MacDonald. Eu mesmo não vi. Mas seja lá quem desembarcou, veio à praia com bandeiras ao vento... Bandeiras azuis e brancas, portanto, deve ser Douglas em pessoa.

— Deve ser? Você não tem certeza?

Tam olhou-a com ar de reprovação.

— Não, lady, eu não tenho. Consigo pensar em quatro casas nobres cujas cores são azul e branco, ou branco e azul. A de Douglas é apenas uma delas, embora ele seja o mais provável de estar aqui pessoalmente, pois detém a ilha pelas graças do rei.

— O que isso quer dizer?

— Ele é o encarregado de Arran.

— Quem é esse homem?

— Um amigo pessoal do rei. Os dois são íntimos, disseram-me.

— Então devo conhecê-lo, o quanto antes. Ele saberá onde encontrar o rei Robert.

Tam hesitou, prestes a contar à baronesa que o rei Robert já sabia sobre o presente, mas então decidiu conter a língua. Aquilo não era de sua conta, ele sabia, e não ganharia a gratidão nem de Will nem da madame por admitir qualquer conhecimento sobre o que estava acontecendo. Ele simplesmente curvou a cabeça.

— É claro, minha dama — concordou. — Isso não deve representar dificuldade alguma para você, desde que tenha sido Douglas quem navegou até aqui... Como eu disse, não o vi. Mas, se ele está aqui, sem dúvida irá encontrá-lo com Sir William.

— Que assim seja. Vamos encontrá-lo com Sir William, então. — Jessie se levantou, olhando com olhos apertados na direção do ponto onde imaginava que Sir William Sinclair e o nobre convidado poderiam ser encontrados.

CINCO

Will Sinclair, despido da fina indumentária cerimonial e vestindo novamente o manto branco de cavaleiro, havia terminado seu jantar e estava envolvido em profunda conversa com Sir Reynald de Pairaud, uma personalidade com quem Will sabia que teria de lidar com muito cuidado durante aqueles primeiros dias em Arran. Pairaud era bastante conhecido — embora supostamente seria o mais exato, decidiu Will — por ter poderosas ligações dentro da hierarquia da Ordem. Seu irmão, o temível Sir Hugh de Pairaud, havia sido um dos mais altos membros do Conselho Governante, detendo as posições de tesoureiro do Templo e visitador do priorado da França, e havia supostamente sido preso com seus companheiros membros do Conselho em outubro.

Will sabia, e presumia que Pairaud também soubesse, que qualquer influência que o cavaleiro veterano pudesse um dia ter possuído estava agora sem efeito, reduzida a zero pela destituição do irmão. Mas sabia também que entre os outros cavaleiros a percepção da influência de Pairaud permanecia, e poderia ser usada para canalizar as resistências às mudanças que Will iria sugerir nos próximos dias. Estava na natureza de Pairaud resistir a qualquer tipo de mudança, sustentar com ferocidade obstinada e insensata que a continuidade significava a tradição e o direito inerente. Will sabia o quão altas e farisaicas seriam as condenações do homem às mudanças que estava prestes a implementar, envolvendo, como envolviam, algumas das mais caras palavras de ordem do grupo ultraconservador conhecido como os Javalis do Templo, que incluía Pairaud entre os intratáveis e obstinados membros. Will estava determinado, ainda assim, a tentar atenuar a resistência do velho por meio da simples cortesia e procurava intensamente permanecer amigável em face da falta de humor do outro.

Acabara de ficar em silêncio, uma vez que fracassara em envolver Sir Reynald numa discussão sobre o novo início e a oportunidade de mudanças, quando ergueu os olhos e viu homens parados nas pontas dos pés por toda a sua volta, esticando-se para olhar na direção da baía além da praia. Também ouviu vozes elevadas, e se perguntou o que eles estariam olhando, e quem esse recém-chegado poderia ser. Levantou-se rapidamente e com facilidade. Mesmo de pé, porém, não conseguia ver nada, por isso abriu caminho por entre a multidão até o alto do aclive à sua esquerda, rugindo para que as pessoas à sua frente se afastassem, dando passagem.

Abaixo dele, com o mastro e o cordame delineados pelo sol que rapidamente se punha, aproximando-se com velocidade da orla em declive, uma grande galé se lançava à frente, com a clara intenção de avançar para a praia, mas no mesmo momento em que os viu e começou a se admirar da velocidade suicida da embarcação, os remadores recolheram os remos como se fossem um só, erguendo verticalmente as longas pás, num movimento sincronizado que demonstrava longas e incontáveis horas de prática. Então, sob a propulsão desse último movimento forte e preciso, o navio deslizou para a frente, perdendo velocidade rapidamente enquanto embicava rumo à praia de cascalho e ia parar bem onde seu capitão desejava — avançando terra adentro o suficiente para que seus passageiros saltassem da proa em segurança e com os pés secos, porém flutuando o suficiente para que os remadores fossem capazes de impulsioná-la uma vez mais sem grande dificuldade. Foi uma manobra executada de maneira soberba, e Will reagiu a ela como sempre fazia diante de qualquer demonstração de excelência: reprimindo a urgência de aplaudir.

A essa altura, já havia reconhecido a figura esguia de Sir James Douglas, identificável com facilidade pela faixa de um azul vivo que cruzava o peito dele sob a cobertura azul mais pálida da capa. Douglas vestia armadura e elmo, e destacava-se sozinho na proa da embarcação aterrada, embora estivesse rodeado por outros homens. Enquanto Will observava, os primeiros membros do grupo que chegava saltaram para a frente e abaixo, fazendo uma aterrissagem macia e seca, conforme o esperado, para então saírem do caminho dos que os seguiam. Will contou três homens vestindo túnicas brancas com o emblema de uma galé preta em seus peitos; dois deles carregavam as gaitas de foles tão amadas nas terras Altas gaélicas, enquanto o terceiro portava um longo mastro sustentando uma bandeira com o mesmo símbolo: a galé preta sobre um campo branco, que ele sabia ser o estandarte dos MacDonald. Imediatamente, os dois gaiteiros inflaram os foles e começaram a tocar, sustentando a melodia enquanto o restante da comitiva aportada saltava para terra atrás deles. Dois dos últimos a desembarcar portavam o estandarte da casa de Douglas, em azul e branco, enquanto os oito restantes, homens de armas comuns, trajavam cota de malha simples sobre túnicas de couro acolchoado. O próprio Douglas saltou por último, e o porta-estandarte dos MacDonald começou a tomar a dianteira para conduzi-lo para fora da praia, seguido pelos dois gaiteiros, até onde Sir William Sinclair, que havia descido do seu ponto de observação e se afastado da multidão, esperava-os.

Uma vez que não tinham como se fazer ouvir por sobre o ruído das gaitas, ambos trocaram cumprimentos de cabeça quando se encontraram, depois ficaram sorrindo e esperando que a melodia terminasse. Quando a estranha e lamentosa música, descendo com inesperada rapidez rumo a um lamento derradeiro, acabou, ambos voltaram a atenção à turba silenciosa que os circundava, ansiosa para que falassem. Will se movimentou primeiro, curvando a cabeça para o mais jovem e o cumprimentando tranquilamente na língua escocesa.

— Bom dia, Sir James, ainda que o dia pareça já ter se retirado. Bem-vindo ao nosso acampamento, por mais temporário que seja.

— Ora, meus agradecimentos. — Douglas fez um cumprimento com a cabeça em retribuição, sorrindo ligeiramente, depois tirou o elmo pesado de metal e o atirou a um de seus homens. Em seguida, sacou de baixo de sua capa um casquete de tecido macio com uma pena de tetraz a ele afixada, que estivera dobrada sobre seu ombro. Enfiou-o na cabeça, ajustando-o até parecer confortável, depois se virou para olhar para trás e observar a frota enfileirada na baía. — É preciso dizer que estou impressionado. Você nos falou que tinha uma frota consigo, mas não havia imaginado nada dessa grandeza. Isso lhe dá... certa presença, digamos? — Então ele se voltou novamente, os olhos vasculhando a multidão ao redor. — O almirante não está aqui?

— Ah, ele está... simplesmente não *aqui*, se você me entende. Ele jantou comigo, mas se retirou algum tempo atrás para conversar com alguns dos seus capitães, agora que estão todos alimentados e são capazes de falar sem implorar por comida. Você precisa conversar com ele?

— Não, estava apenas curioso. E que fim levou meu povo de Brodick? Algum deles está no seu acampamento?

Will fez que não com a cabeça, surpreso pela pergunta.

— Não, nenhum. Nós estivemos tratando dos nossos afazeres o dia inteiro, desembarcando e reacostumando nossas pernas à terra firme, depois nos dedicamos à nossa Ordem e ao nosso modo de vida. — Encolheu os ombros. — Sabendo que seria assim, porém, não convidei nenhum dos seus capitães. É claro, exceto os homens que você vê junto ao fogo: os cozinheiros e auxiliares que prepararam a comida. Por falar nisso, nossos sinceros agradecimentos a você por esse serviço.

Então Will passou a falar em francês e ergueu a voz para ser ouvido pelos templários que estavam parados por toda a volta de ambos:

— Irmãos, meu amigo aqui é Sir James Douglas, guardião da ilha de Arran em nome de Robert, rei dos escoceses. Sir James é o responsável por fornecer a comida que acabamos de comer e os cozinheiros que a prepararam para nós neste dia, portanto, seria apropriado lhe oferecer nossos agradecimentos.

As últimas palavras do cavaleiro foram abafadas por um rugido conjunto. Quando este cessou, Will levantou uma das mãos para retomar a atenção deles.

— Se algum de vocês fala a língua escocesa, já me ouviu dar as boas-vindas a Sir James neste nosso acampamento provisório. Agora eu gostaria de prometer a ele que da próxima vez que nos visitar, não terá de se sentar nas pedras da praia para conversar comigo. — Essas palavras receberam um rufar de gargalhadas. — Por enquanto, porém, ele e eu temos assuntos de certa delicadeza a discutir, por isso, se nos permitem, gostaria de levá-lo ao meu pavilhão para conversarmos lá. Fiquem onde estão e continuem a se divertir mais um pouco. Mas depois vão para suas camas. Nossas novas vidas começarão bem aqui nesta praia amanhã, com as Matinas, antes que o sol derrame seu brilho sobre nós novamente. Venha, Sir James.

Ele ignorou o coro de gemidos que se ergueu devido à última parte do anúncio e conduziu o chefe dos Douglas dali, seguido pela escolta do convidado. Levou-os pelo declive acima da praia, até onde seu grande pavilhão havia sido erguido mais cedo naquele dia. Caminharam em silêncio, devido à necessidade de concentrar-se onde pisavam no solo irregular, pois já estava escuro. Enquanto caminhavam, Will se perguntou o que levaria Douglas até ali naquele momento em particular, e a bordo de uma galé.

Mesmo em sua ausência, estava claro que alguém havia cuidado do seu bem-estar durante a noite, pois Will podia ver a claridade de um brilhante fogo dentro do pavilhão. A intensidade da luz informou-lhe que um braseiro ardia sobre a laje de pedra no centro da tenda.

— Aquele fogo vai ser acolhedor — observou Douglas, mas Will tropeçou no mesmo instante por ter errado um passo, e o abalo do impacto tirou o fôlego dos seus pulmões, de modo que ele não fez qualquer outra tentativa de falar até estar com Douglas na segurança do interior do pavilhão. Entregaram as pesadas capas a um irmão leigo que os esperava e seguiram diretamente para se posicionar um de cada lado do braseiro incandescente, com as mãos estendidas para o calor. Os soldados de Douglas haviam se dispersado em silêncio ao se aproximarem da grande tenda, distribuindo-se ao redor dela. Embora Will não tivesse falado nada no momento anterior, estava curioso o bastante para logo perguntar:

— Por que a escolta neste dia em particular e aqui, diante de todos os meus homens? — Ele sorriu, removendo o ferrão do que dizia. — Eu lhe garanto, se quiséssemos ameaçá-lo ou molestá-lo, haveria suficientes de nós para superar seus oito guardas sem muito problema.

— Você acha? Há apenas algumas centenas dos seus, e são todos franceses, portanto, não seja tão convencido. — Ele fez uma pausa depois de dizer isso, e, quando voltou a falar, todo o humor havia sido posto de lado. — Os guardas são uma escolta oficial, Will, apenas em caso de necessidade, e não têm nada a ver com você ou seus homens. Eu vim lhe trazer um presente.

Will olhou surpreso para o jovem chefe escocês.

— Presentes são sempre bem-vindos, meu amigo, mas que tipo de necessidade exigiria que você mantivesse guardas por perto, aqui, em meio à sua própria gente?

Douglas deu de ombros.

— Necessidade imensa, ainda que apenas ocasional, e sempre imprevisível. Eu vim diretamente da extremidade norte da ilha para cá. Lembrei-me de que sua frota deveria chegar hoje e por isso pensei que o encontraria entre eles. Estava certo e fico feliz por isso.

— Você veio procurar diretamente a mim? Por quê?

— Para lhe oferecer meus agradecimentos pela sua visão arguta.

Will balançou a cabeça.

— Não faço ideia do que você está falando.

— O seu discernimento arguto, talvez eu devesse dizer. Lembra-se do sujeito com ouvidos apurados pela necessidade de bisbilhotar as conversas em francês? Bem, eu mandei dois dos meus homens observá-lo, e ele partiu daqui na mesma noite, aparentando pressa, mas felizmente sem se dar conta de que estava sendo vigiado. Um dos meus homens o seguiu, enquanto o outro esperou por mim. Ele se dirigiu para nordeste, cruzando as colinas e os vales montanhosos, seguindo evidentemente para Lochranza, pois não há outra opção por ali. Foi difícil segui-lo sem ser visto, afinal, aquela é uma terra desolada, mas nós tínhamos diversos motivos para suspeitar de suas diabruras e por isso o apanhamos naquela tarde e fizemos algumas perguntas.

Will teve plena consciência do eufemismo, mas, como Douglas não mostrou sinais de prosseguir, o cavaleiro perguntou de maneira direta:

— E o que vocês descobriram com as suas... perguntas?

— Que você detectou um complô... contra o rei, como costumam ser tais complôs.

— E esse sujeito era o cabeça?

— Bom Deus, não! Ele não passava de um mensageiro, um observador e espião. Estava a caminho de se encontrar com seu superior levando as notícias da chegada de um grande destacamento de soldados franceses em Arran.

— E quem era o superior dele? Você descobriu?

— MacDougall de Lorn. O filho do velho chefe, John Aleijado em pessoa. Nada de surpreendente nisso, sendo ele o covarde que é, mas *foi* surpreendente a outra informação que o nosso pássaro canoro desembuchou a respeito de seu empregador. Descobriu-se que o próprio Menteith, nosso amado e plenamente confiável chefe hereditário de Arran, fez uma aliança com MacDougall mediante o acordo de que ele receberá o governo de Arran *e* de Kintyre depois que Bruce estiver morto e os arrivistas do clã MacDonald esmagados. Um grande tolo ele é por acreditar numa só palavra que sai da boca de John Aleijado, mas a tramoia foi feita, a aliança assinada, e agora ele próprio foi traído, e seu destino está selado. Menteith não conhecerá piedade do nosso rei por essa traição, isso eu lhe garanto. Aconteceram demasiados eventos como esse, e muito mais traidores abjurados postos em liberdade para se rebelar novamente.

Will sentiu o peito apertado de angústia ao pensar no franzino chefe hereditário de Menteith, que ele havia achado agradável e despretensioso. Se aquele homenzinho inócuo podia ser um traidor, qualquer um podia, constatou. Ele murmurou:

— Então, onde está Menteith agora? O que vocês fizeram com ele?

— Nada. Ele ainda está assentado em Brodick, sem saber que o projétil foi disparado contra ele antes mesmo que tivesse chance de erguer um dedo. Eu lhe disse, vim diretamente do norte para cá. Havia uma galé MacDonald na baía sob a charneca ocidental, e nós pudemos usá-la, uma vez que o capitão já estava a caminho de Brodick. Nós viemos contornando a costa norte da ilha, procurando por covardes MacDougall entre as baías e enseadas, depois seguimos diretamente para cá. Nosso próximo movimento será aportar em Brodick, onde iremos deter Menteith e mantê-lo sob guarda até que o rei possa lidar com ele. Foi por isso que viajei com uma escolta. Não sabíamos onde poderíamos encontrar Menteith, nem sabíamos quem poderia tentar defendê-lo quando o prendêssemos. Por isso estou com meus soldados, e por isso também o meu presente a você, bem merecido.

— Qual é o meu presente?

— Lochranza, homem! A fortaleza de Menteith. Você não disse que precisaria de uma base de operações sólida aqui na ilha? Bem, agora você tem uma. Lochranza é sua de hoje em diante para usá-la como lhe parecer melhor. Deus sabe que ela não terá mais utilidade para Menteith. Seu castelo é de pedra maciça, fácil de defender, e tem o melhor porto abrigado de toda a ilha, exceto por esta baía. Suas galés poderão ficar lá sem serem vistas por ninguém, a não ser aqueles que chegarem muito perto, e há espaço suficiente no castelo e nas terras além dele para seus homens. Mais do que isso, provavelmente também há pastos amplos para metade dos seus cavalos nos vales entre as montanhas: são viçosos e bem irrigados. Terá as altas montanhas às suas costas e as rotas marítimas aos seus pés. Vocês não poderiam se sair melhor. E, do meu ponto de vista, é claro, o castelo poderia estar em mãos muito piores do que as suas. Vazio, na verdade, poderia exaurir recursos e se tornar uma maldição. Mas agora vocês irão usá-lo para os propósitos da sua Ordem, e, enquanto o fizerem, irão defendê-lo para mim e para o rei, aliviando-nos assim da necessidade de nos preocuparmos com sua existência. Uma mão lava a outra. Está perfeito.

Will, boquiaberto pela surpresa, estava pensando exatamente a mesma coisa, mas não teve a chance de dizer, pois ouviram o som de vozes femininas se aproximando pelo lado de fora do pavilhão, seguidas por vozes masculinas elevadas em alerta e resposta. Então a cortina da entrada secundária que dava para o interior da tenda se abriu, e Tam Sinclair entrou, parecendo decididamente desconcertado.

— Sir William — resmungou ele, sem fazer qualquer tentativa de ser polido ou amável —, a baronesa St. Valéry quer falar com você e não aceita não como resposta, por isso eu a trouxe até aqui. — E com isso ele girou nos calcanhares e saiu, deixando a cortina cair atrás de si.

Will e Douglas ficaram olhando um para o outro enquanto um silêncio caía abruptamente atrás da passagem cortinada. Nenhum dos dois homens fez qualquer tentativa de se mover, cada um se perguntando, por diferentes razões, o que aconteceria em seguida. Então ouviram uma tosse discreta, e o tecido da pesada cortina balançou enquanto alguém o apalpava, afastando-o para o lado. Jessica Randolph, baronesa St. Valéry, entrou sozinha, encarando os dois cavaleiros que a observavam com cautela.

— Minha senhora baronesa — cumprimentou Will, depois do que lhe pareceu uma eternidade olhando-a boquiaberto, como algum garoto bobo. Ele se recompôs numa postura ereta até começar a se sentir ridículo, depois gesticulou com mão débil para o jovem do outro lado do fogo.
— Você ainda não conheceu Sir James, eu creio...

O rosto de Douglas se transformou num prazeroso sorriso ao tirar o casquete com um floreio e se curvar até a cintura de maneira imponente, como havia aprendido durante a infância em Paris. Abaixado, não viu o surpreso arregalar de olhos de Jessie Randolph quando ouviu o francês impecável do seu cumprimento.

— *Madame la baronne de St. Valéry* — disse ele, a cabeça pendida, com a ponta do pé apontada para a frente e varrendo o chão com a pena de tetraz do casquete até onde o braço alcançava. — Estou honrado e encantado em conhecê-la, pois ouvi falar muito de você e de sua gente. — Ele endireitou o corpo e olhou-a nos olhos. — Eu, assim como toda a Escócia, conhecemos seu irmão, Sir Thomas, de reputação. Nunca tive a honra de encontrá-lo pessoalmente, mas meu pai sempre o teve na mais alta estima. Estou familiarizado também com o nome de seu falecido esposo, o barão St. Valéry, pois ele merece toda a consideração do mestre William Lamberton, meu senhor arcebispo de St. Andrews, que foi meu patrono e protetor durante minha estada na França. Ouvi o arcebispo falar com admiração, em várias ocasiões, sobre os atos de heroísmo de seu falecido esposo e sobre suas conquistas como agente geral do rei Filipe na corte da Inglaterra.

Jessie fez um simples cumprimento de cabeça em resposta àquilo tudo, agradecendo a cortesia dele e maravilhando-se com a segurança que ele demonstrava para um jovem, mas continuou a examiná-lo, tentando avaliá-lo enquanto ele continuava falando.

— Soube por Sir William que você não põe os pés na Escócia há um bom tempo, por isso permita-me dizer que estou encantado que tenha sido guiada até a ilha de Arran como seu lugar de desembarque, e uso minha condição de guardião para estender-lhe as boas-vindas calorosas e sinceras do meu senhor suserano, Robert, rei dos escoceses.

Pelo sangue de Jesus, ele disse que é guardião? O guardião legal do rei nesta ilha? Ele não passa de um rapazola.

Jessie sentiu que franzia o cenho com severidade; o vento do seu farisaísmo abandonou por completo suas velas. Ela havia aberto caminho praticamente à força para dentro daquele pavilhão, intimidado impiedosamente Tam Sinclair até que ele lançasse as mãos para o céu e cedesse à sua determinação. Havia hesitado apenas uma vez, muito brevemente, antes de puxar a cortina que separava a entrada do interior da grande tenda, preparada para confrontar o temível e intolerante Sir William Sinclair e exigir o reconhecimento e a consideração que acreditava ter garantidos graças a seu presente suntuoso e voluntário ao rei dos escoceses. Ela entrara na arena inteiramente preparada para a batalha, a mente tomada de imagens e visões do que diria a ele, e ele a ela, quando desse vazão à raiva justificada contra aquele homem pelo tratamento dado a ela e suas damas. A última coisa que esperava era a timidez encabulada, tingida de culpa e quase ruborizada do cumprimento de Sinclair. A presença imprevista do nobre muito jovem e de aspecto distinto que se dirigia a ela apenas aumentava sua confusão e a deixava sem voz.

Quem era aquele almofadinha, ela agora se perguntava, e de onde ele havia saído? Douglas era um nome bastante comum do sul da Escócia, mas não trazia grande ressonância. Houvera um notório Douglas nas regiões ao sul quando ela se casara, lembrava-se: um rebelde irascível que havia sido aprisionado na Inglaterra por seus crimes. Poderia aquele homem ser um parente? Certamente, se o jovem era tão importante como claramente aparentava ser, e a julgar pela deferência que Sinclair dedicava a ele. Estava preparada para aceitar que fosse, e nesse caso não seria bom ofendê-lo. Por isso Jessie engoliu a resposta petulante que lhe havia brotado aos lábios e, em vez dela, inclinou graciosamente a cabeça, convocando um sorriso de algum lugar no fundo de si, ainda que pequeno, e falou com polidez e decoro:

— Obrigada, lorde... Douglas, não é? Você é muito gentil.

— Algumas pessoas atraem gentileza sem esforço, minha senhora. — O jovem sorriu e fez nova mesura, dessa vez menos profunda. — James Douglas de Douglasdale, mas não lorde. O título de lorde pertenceu ao meu falecido pai, Sir William Douglas, e agora é retido com unhas e dentes pelos ingleses, os quais sustentam que meu pai morreu como um rebelde e um traidor. Minha opinião difere da deles, assim como a de toda a Escócia, mas o Castelo Douglas, o lar de minha família, com toda a sua gente, está agora nas mãos de Sir William Clifford, um dos assim chamados governadores ingleses na Escócia. — Ele encolheu os ombros, ainda com um ligeiro sorriso. — Não será assim para sempre, mas por enquanto não há nada a se fazer a respeito.

Jessie o observara atentamente enquanto ele falava, seus olhos absorveram cada nuance que conseguia discernir em seu caráter e personalidade. Sua raiva e irritação iniciais estavam agora aplacadas, e podia ver que o rapaz tinha muito, ao menos na superfície, a seu favor, começando pelas madeixas cuidadosamente penteadas de cabelos pretos lustrosos, incomumente longos, que chegavam até os ombros largos. O rosto, alongado e de maxilares fortes, bem-barbeado e anguloso, não poderia ser chamado de belo no sentido clássico, porque seus olhos, fundos por baixo das sobrancelhas pretas, eram ligeiramente juntos demais. Mas eram grandes e bem abertos, com as íris escuras o suficiente para se aparentarem negras, e as partes brancas límpidas e saudáveis, quase azuladas em sua pureza. Seriam perfeitamente belos, ela decidiu, não fosse por aquele simples mas discernível espaço reduzido, da largura de um mero fio de cabelo, de cada lado do nariz longo e ossudo que dominava o restante do seu rosto. A boca larga e inconstante, e os dentes, graças à juventude e boa saúde, alinhados e de um branco brilhante, destacando-se com perfeição contra a cor naturalmente saturnina da sua pele. Ele vestia uma túnica azul sobre calças em outro tom da mesma cor, e uma longa e pesada capa azul e branca, atirada para trás por sobre os ombros, comprida, alcançando os tornozelos. Os pés e canelas firmemente protegidos por botas, e uma longa e resistente espada pendia de um cinto atravessado sobre o peito. O conjunto, ela decidiu, lhe dava um aspecto atraente: jovem e agradavelmente vibrante e entusiástico; saudável, amigável, rosto franco, autoconfiante e bem-constituído... daria um belo e digno parceiro para alguma jovem ousada num futuro não muito distante.

Após ter catalogado o rapaz no intervalo de um instante, Jessie então o premiou com seu mais encantador sorriso.

— Simples cavaleiro ou lorde cingido, Sir James, você é claramente um homem distinto, e lhe agradeço por sua cortesia.

Então ela voltou a atenção para Will Sinclair, que estivera parado desconfortavelmente na periferia de seu campo de visão.

— Perdoe-me por interrompê-lo em sua conferência, Sir William, mas, uma vez que há vários dias não tenho notícias suas sobre a questão do presente do qual sou portadora para o rei dos escoceses, pois você claramente teve outros problemas para ocupar a mente desde a chegada a Arran, pensei que poderia ser benéfico a todos os interessados se eu cuidasse de minhas próprias urgências e fizesse os arranjos para que eu e minhas damas, juntamente com o presente do rei, nos transferíssemos daqui para a Escócia continental, onde sem dúvida terei mais chances de encontrar o rei Robert do que parece possível aqui nesta ilha.

Will ficou perplexo por um tempo, fitando-a com um olhar vazio, mas então os olhos se alargaram, e ele adotou uma posição mais ereta, aguilhoado pelo ar de arrogância da mulher.

— Realmente, madame — respondeu ele, mantendo sua voz desprovida de qualquer tentativa de ser agradável —, instrua-me, então, se lhe apraz, como, precisamente, você conseguiria isso, nesta ilha, e que passos tomaria para protegê-la com suas damas, sem mencionar o tesouro que carrega? Onde encontraria homens confiáveis para acompanhá-la a partir daqui, sabendo que todos os *meus* homens estão de mãos atadas por seus votos sagrados de servir ao Templo e não podem partir sem permissão?

Jessie ficou exasperada com a descuidada menção do cavaleiro ao tesouro, quando ela estivera se esforçando para falar dele apenas como um presente. Sua raiva transpareceu na resposta que proferiu:

— Passou pela minha mente que você poderia julgar apropriado designar uma escolta condizente para nós dentre seus homens, senhor. — A voz dela também estava fria, e o tom, desdenhoso, o que atiçou as chamas da irritação de Will.

— Assim como passou pela minha, madame — disparou ele. — E tem passado desde o dia em que deixamos La Rochelle. Mas a escolha do momento e da disponibilidade também cabe a mim, e dependem da conclusão dos meus deveres e responsabilidades para com o Templo. Esses critérios não serão abandonados aos caprichos de ninguém exterior à Ordem do Templo.

Douglas ficou boquiaberto, assombrado com a hostilidade de Will e procurando por um motivo. Aquela era a primeira vez desde que conhecera o cavaleiro templário que o notava se portar sem ser de forma completamente controlada e amigável, embora não duvidasse que Sir William Sinclair pudesse ser rigoroso quando isso lhe fosse exigido. Nessa ocasião, porém, Sinclair estava sendo rude e descortês com a baronesa St. Valéry sem ter sofrido provocações. Douglas não via razão para tal truculência e olhava de um para outro enquanto falavam. Levou algum tempo, no entanto, para concluir que era Sinclair quem estava perdendo o confronto, a despeito de toda a valentia e dignidade ofendida.

— Se eu puder fazer uma sugestão — disse ele, sorrindo —, talvez tenha a solução perfeita para ambos os seus problemas. — Os dois se voltaram para olhar para Douglas, e ele alargou o sorriso enquanto gesticulava em direção a uma mesa próxima. — Venham — falou. — É uma noite fria de novembro, mais fria a cada minuto, e este foi um longo dia, ao menos para mim. Minha senhora, estou prestes a zarpar... amanhã, na verdade... para me juntar ao rei Robert, e ele já expressou o desejo de cumprimentá-la e demonstrar a gratidão real pelo seu oportuno e muito necessitado presente. Nada seria mais simples para mim do que levá-la, assim como as suas damas e seu tesouro, comigo. Então por que não nos sentamos aqui junto ao fogo como amigos... eu puxarei algumas cadeiras... e discutimos como e quando esse arranjo poderá ser feito?

Jessie mal ouviu suas últimas palavras, pois toda a sua atenção estava concentrada no que ele tinha dito sobre a gratidão do rei. Suas sobrancelhas se contraíram, mas, quando a única explicação para o que ele havia falado se tornou clara, ela balançou a cabeça com uma expressão severa. Lentamente, então, todo o seu corpo se enrijeceu com o ultraje. Ela fixou Sinclair e falou com palavras embebidas em um sarcasmo desmoralizante:

— O rei expressou o desejo de me conhecer e me agradecer pelo meu presente? Como isso pode ser possível, senhor? Eu acabei de chegar, então como pode o rei já saber sobre a minha vinda e o presente que trago? Quem poderia ter contado a ele? Você pode me dizer isso?

Um intenso rubor se espalhou pela face de Sir William quando se deu conta do que o haviam feito parecer. Sua mão volteou no ar; ele tentou falar algo, mas nada saiu, e o olhar de pura gratidão em seu rosto quando James Douglas novamente interveio teria sido risível em outro momento.

— Minha dama — interpôs-se Douglas, reclamando a atenção de Jessie, embora a contragosto dela. — Minha dama, perdoe-me, mas o rei Robert já estava aqui em Arran quando Sir William chegou. Sua Graça permaneceu por menos de um dia, pois tinha assuntos urgentes a tratar que exigiram sua real presença em outro lugar, mas, enquanto esteve nesta ilha, teve tempo de se reunir com Sir William a respeito de questões envolvendo a chegada da frota do Templo aqui na Escócia. Eu compareci ao encontro, e então o assunto de sua presença, juntamente com a frota, sua fuga da França e seu generoso presente emergiu. Sir William falou a respeito em boa-fé, sem saber que no momento de sua chegada, da ancoragem em Kintyre até aqui, Sua Graça já teria partido, em virtude dos negócios do reino.

"O rei Robert partiu na noite passada, e você chegou esta manhã. Mas agora tenho de segui-lo imediatamente, como disse, embora por outra rota, e ficarei feliz em escoltá-la aonde deseje ir. — Ele riu, acenando alegremente uma das mãos. — Desde que, é claro, nós continuemos totalmente livres de quaisquer ingleses que possam tentar me jogar num calabouço por meus pecados. Mas nós iremos conduzi-la em segurança para casa, e com grande prazer. Nesse ínterim, porém, minha dama, você não deve ficar zangada com Sir William. Eu percebo o seu desprazer com clareza, mas William Sinclair não traiu sua confiança nem desmereceu seu presente. Ele não teve escolha nesse caso, e agiu com honra, como sempre, com grande cuidado pelo seu nome e sua reputação."

Jessie não pôde deixar de se abrandar com tal explicação, e voltou os olhos de Douglas para Sinclair, que estava parado junto dela. Inclinou a cabeça para o lado, com plena consciência de que ele esperava uma resposta, embora não conseguisse obrigar-se a olhar para ela, e então balançou a cabeça uma vez, e depois novamente, de maneira mais lenta.

— Que assim seja, então. Eu aceito sua explicação, Sir James, e agradeço por ela. Sir William Sinclair, temo que eu o tenha julgado mal, ao menos a esse respeito.

Então, aceitando que talvez ele fosse absolutamente incapaz de olhar para ela, Jessie estendeu a mão e tocou o antebraço do cavaleiro com a ponta de um dos dedos.

— Você me perdoa, Sir William?

Will permaneceu imóvel, reprimindo uma avassaladora urgência de se inclinar para junto dela, mais atento à sua proximidade do que jamais estivera de qualquer outra coisa de que conseguia se lembrar em sua vida. O calor daquela proximidade física na claridade radiante da luz do fogo era algo palpável, fazendo com que quisesse estender a mão para tocá-la. A doçura do perfume marcante do corpo daquela mulher preencheu suas narinas e até mesmo sua boca, fazendo a cabeça dele flutuar. Sabia que tinha de responder e queria responder com graça, mas seus sentidos foram inundados por um prazer sensual e culpado, e ele não conseguiu se recompor o suficiente para falar diretamente com ela.

E logo o silêncio, por mais breve que fosse, estendeu-se ao ponto em que até mesmo o jovem Douglas se sentiu incomodado.

— Sir William? — inquiriu ele, e Will endireitou o corpo, forçando-se a fazer uso da palavra.

— Perdoe-me, baronesa — murmurou ele, no que chegou a ser quase um resmungo, olhando de lado para Jessie e ouvindo a qualidade indistinta das suas próprias palavras —, eu estava... devaneando, meus pensamentos estavam longe daqui... Imploro o seu perdão. Algo que você disse... Não sei mais o que, fez-me recordar de minha irmã Peggy... — Ele inspirou fundo e falou novamente, com mais força e convicção: — Quanto ao que você pode ter acreditado sobre minha conduta, não pense mais nisso, pois foi compreensível, considerando o acontecido. Apenas lamento não poder tê-la trazido à presença do rei Robert para fazer sua doação a ele pessoalmente.

De algum modo, ele encontrou a força que o capacitou a virar a cabeça e encará-la diretamente nos olhos. Desta vez, falou com absoluta convicção:

— Eu juro, porém, que, se você estivesse aqui para testemunhar a maneira como ele recebeu as notícias a seu respeito, teria ficado extremamente gratificada. O rei Robert ficou profundamente comovido e honrado pelo *significado* da sua decisão e pela sua devoção e lealdade, apoiando-o com tanta franqueza e generosidade. Isso tudo eu o ouvi dizer, nessas palavras, e não tenho dúvida quanto à sinceridade dele.

Jessie olhou para ele com surpresa, pois aquilo era o máximo que ela o ouvira dizer de um fôlego só desde a ocasião em que se encontraram pela primeira vez em La Rochelle, quando ele estava conversando com os seus iguais na Ordem. Mas mesmo em meio à sua perplexidade, viu que ele estava a ponto de se esquivar novamente, impaciente com seu escrutínio, por isso girou o corpo rapidamente, antes que Will pudesse agir, e falou novamente com Sir James Douglas.

— Nesse caso, Sir James, eu aceitarei ambas as ofertas... um assento junto ao fogo *e* o transporte em segurança. Puxe aquelas cadeiras, se lhe apraz, e vamos conversar sobre o que deve ser feito e como isso pode ser realizado.

No quarto de hora seguinte, todas as necessidades haviam sido providenciadas para a satisfação dos três participantes. Will cuidaria para que os pertences da baronesa, incluindo os baús destinados ao tesouro real, fossem transferidos, no dia seguinte, da galé do almirante Berenger para a embarcação que agora era comandada pelo vice-almirante Narremat, que seria posta à disposição de Sir James durante o mês que se seguiria. O procedimento seria ao mesmo tempo fácil e complicado, suspeitou Douglas, exigindo que as duas grandes galés fossem rebocadas, sucessivamente, para junto do único pequeno embarcadouro na baía sob o Castelo de Brodick, a primeira para descarregar a valiosa carga do porão para o cais, e a segunda para reembarcá-la de maneira segura no porão próprio. Quando a baronesa perguntou por que tinha de ser tão difícil, foi Will quem respondeu, esclarecendo que só o peso dos baús de metais preciosos já tornava perigoso demais tentar transferi-los de um porão para outro em mar aberto usando cordas e polias. Um simples escorregão, ele salientou, poderia provocar a perda de um baú para sempre e facilmente causar algum dano ou avaria, a um dos navios.

Enquanto a transferência fosse realizada, Douglas, por sua vez, delegaria um destacamento selecionado a dedo dentre seus homens mais capazes e confiáveis para atuar como escolta e guarda-costas para Jessie e as damas até que estivessem alojadas e ilesas na segurança das terras da família da baronesa, pois provavelmente teria de se separar deles assim que desembarcassem em terra firme na Escócia, dependendo, era claro, da concentração de soldadesca inglesa e da presença militar que encontrassem nas proximidades ao aportar.

Will contribuiu muito pouco para essa discussão, à exceção dos comentários sobre o peso do tesouro. Contentou-se em deixar que os outros dois, mais intimamente envolvidos no assunto, tratassem dos detalhes. Ele simplesmente escutou e assentiu ocasionalmente, contemplando o fogo com tranquilidade durante a maior parte do tempo, a fim de evitar olhar para Jessie Randolph. Embora tivesse se habituado, em menor grau, a tratar com a baronesa St. Valéry superficialmente, era o desconcertante alter-ego dela, a mercurial Jessie, que o desnorteava e fazia sua pulsação disparar enquanto o peito se apertava, e um frio de tensão se instalava sob as costelas.

Quando a conversa cessou, uma vez que todas as disposições haviam sido tomadas, continuaram sentados em silêncio por algum tempo, desfrutando do calor soporífero do fogo no braseiro, até que Jessie se virou ligeiramente de lado e falou a Sinclair no que ele classificava como o seu tom de "baronesa".

— E você, Sir William, o que terá para ocupar seu tempo aqui neste lugar solitário uma vez que tenhamos partido e você estiver finalmente sozinho e desimpedido?

A pergunta era tão ridícula em sua banalidade que Will ficou chocado ao respondê-la com franqueza.

— Meu tempo? Você pergunta como passarei meu tempo? Eu não tenho tempo, madame. Nenhum tempo disponível, quero dizer, para qualquer outro propósito que não aquele com o qual estou comprometido: o cuidado e a manutenção da nossa Ordem nestes tempos difíceis.

— Ah! É claro. Eu devia saber disso sem precisar perguntar. — Jessie estava quase sorrindo, lábios tremendo ligeiramente nos cantos e olhos de um brilho travesso. — As grandes e pesadas responsabilidades com as quais você está comprometido para sempre. Mas, por certo, após tantas centenas de anos, seus homens e sua gente estão suficientemente adaptados ao seu modo de vida a ponto de serem capazes de funcionar com sucesso sob quaisquer circunstâncias, não? Eu pensaria que, uma vez desembarcados a salvo aqui, em suas novas instalações, seriam capazes de se estabelecer e retomar a disciplina novamente sem a necessidade de supervisão direta. Devo entender que não é assim, que requerem seu olhar severo e orientador em todos os estágios?

Will sabia que ela estava tentando incitar sua raiva, por isso reprimiu a primeira resposta que lhe havia subido aos lábios e forçou-se a continuar em silêncio enquanto elaborava uma resposta apropriada, que ela não pudesse rechaçar e ridicularizar à primeira exposição. Douglas ficou sentado em silêncio, observando ambos e aguardando o desenrolar daquilo.

Will finalmente assentiu.

— Você está parcialmente correta, baronesa — afirmou ele, ainda com rigidez. — Sob circunstâncias normais, as coisas decorreriam como descreveu. Mas as circunstâncias em vigor atualmente são as mais incomuns, e posso lhe falar delas porque você já está ciente do que quero dizer. Os recentes eventos na França impuseram uma devastação no nosso modo normal de fazer as coisas, e me vejo confrontado com uma situação sem precedentes... chamá-la de novidade seria um grosseiro eufemismo. E eu sou o primeiro que deve se adaptar a ela e se ocupar das consequências, uma vez que, aparentemente, sou o membro mais graduado da Ordem aqui. O rei Robert e Sir James me informaram de que não há um mestre na Escócia atualmente, e nenhuma sede oficial do Templo, pois a maioria dos cavaleiros do Templo escocês eram na verdade ingleses partidários do antigo rei, Eduardo, e se retiraram para Londres durante as guerras. Portanto, parece que sou o único incumbido dos assuntos do nosso Templo aqui.

Pobre homem, você não consegue ver como seu caso é destituído de esperança? O que fará quando descobrir que não é simplesmente o único comandante, mas o último? O que fará?

Jessie não permitiu que as preocupações transparecessem no seu rosto quando prosseguiu, em tom solícito:

— E o que isso tudo envolverá? Eu sei que há muitos assuntos de que você não pode falar, mas há outros que são mais abertos... coisas que até mesmo eu posso perceber. Quais são as incumbências que o esperam aqui em Arran a ponto de exigir todo o seu tempo?

— Abrigar e alimentar os meus homens e o gado, em primeiro e mais importante lugar, madame, embora, graças a Sir James, isso será muito mais fácil do que poderia ter sido.

Jessie se voltou para Douglas.

— O que isso quer dizer? O que você fez?

O jovem nobre sorriu, exibindo dentes fortes e brancos.

— Eu apenas concedi a Sir William o uso de um lugar aqui na ilha, que foi confiscado de seu proprietário neste mesmo dia, pois ele conspirou contra o rei Robert e foi descoberto. Trata-se do outro castelo, Lochranza, na costa setentrional, que suprirá as necessidades de Sir William. Ele tem um bom porto, fundo e seguro, e amplos pastos para seus animais nos vales montanhosos.

Se é tão bom, então por que você o está dando a um estranho?

Ela dirigiu-se novamente a Sinclair:

— E o que comerão lá?

— Nós podemos sobreviver durante o próximo mês com as rações que trouxemos conosco, e há peixes no mar, aves silvestres em profusão e água fresca com fartura. Depois disso, seremos abastecidos com regularidade pelos nossos navios mercantes. Mandaremos alguns imediatamente, com moedas de ouro e prata, a fim de comprar suprimentos a curto prazo na Irlanda e na Inglaterra, e explorar futuras oportunidades de comércio. Outros mandaremos mais longe, a fim de comprar bens comerciais nos portos da Inglaterra para depois zarpar e vendê-los legitimamente em outro lugar.

— Outro lugar?

— Na França, principalmente, onde a missão mais importante deles será trazer informações sobre o que aconteceu à nossa Ordem lá.

— Mas certamente serão denunciados e atirados na prisão assim que começarem a fazer essas perguntas.

Pela primeira vez desde que havia conhecido Sinclair um mês antes, Jessie o viu sorrir tranquila e espontaneamente, seguro de si e tomado de confiança. A transformação que o sorriso gerou nele quase a fez exclamar em voz alta, pois todo o ser do cavaleiro pareceu iluminado por sua animação, e a severidade habitual desapareceu instantaneamente, fazendo com que parecesse dez anos mais jovem.

— Quem os denunciará, baronesa? E por quê? Curiosidade? Como as perguntas irão se sobressair, quando o país inteiro estará em rebuliço com o falatório sobre os acontecimentos? Tenha em mente que nossos homens não serão reconhecíveis como templários. Nem como qualquer outra coisa, na verdade, além de marinheiros novos no porto e famintos por intrigas e pelas últimas notícias.

— Mas... meses terão se passado. A história terá sido esquecida. Certamente, então, trazê-la à tona novamente atrairá atenção?

O sorriso de Sinclair continuou no lugar quando ele olhou de lado para Douglas e depois meneou a cabeça.

— Trazê-la à tona novamente? Baronesa, a Ordem do Templo tem sido um pilar para a França, dando-lhe suporte e força por quase duzentos anos. Depois da Igreja, e da monarquia, é claro, é a mais eminente instituição do país. O Templo e sua influência, em terras, centros mercantes, edifícios, propriedades rurais, manufaturas, fazendas, pomares, equipamentos e gado, estão por toda parte, florescendo pelo campo em todos os ducados, condados e regiões. Não consigo imaginar uma circunstância em que a morte da Ordem, ainda que ela chegue à total dissolução ou aniquilação, pudesse ser ignorada, que dirá que a Ordem pudesse ser esquecida da memória humana em questão de poucos meses. Isso é simplesmente inconcebível.

Ele esperou algum tipo de comentário, mas, como Jessie permaneceu em silêncio, prosseguiu na mesma voz prosaica e confiante:

— O que significa que, não importa o que tenha acontecido à nossa Ordem, não importa que destino possa ter se abatido sobre nossos irmãos na França, o alcance dos eventos do dia 13 de outubro e o período que se seguiu devem ser suficientemente significativos para permanecer frescos nas mentes dos franceses e ser o principal assunto de discussão por um extremamente longo porvir. Nossos marinheiros atracarão em portos por toda a costa, em ambos os litorais, atlântico e mediterrâneo, e serão percebidos unicamente como marinheiros, comportando-se como marinheiros sempre o fazem, e ávidos por informações sobre o que aconteceu em terra enquanto estavam no mar.

Ele não falou nada sobre seus planos de enviar emissários e mensageiros para fazer contato com a Irmandade da Ordem do Sião, mas já havia discutido essa questão com Berenger e com os poucos outros membros daquela ordem que o haviam acompanhado até ali. A antiga ordem continuaria a funcionar como havia feito por 14 séculos, sacrossanta em seu sigilo, e não mais do que ligeiramente estorvada pelas vicissitudes do Templo e de seus adeptos. De fato, ela já havia começado a se ajustar à perda da interface pública proporcionada pela muito mais jovem Ordem do Templo e a retornar ao sistema de funcionamento que resistia ao tempo tranquilamente afastada do alcance dos homens comuns. Era da orientação da Irmandade do Sião que Will necessitava com a máxima urgência.

Jessie o estivera observando atentamente, analisando o movimento das emoções no rosto do homem. Então assentiu vagarosamente com a cabeça. Diante da intensa sinceridade do cavaleiro, achou que havia perdido todo o desejo de atormentá-lo. Em vez disso, e para sua grande surpresa, encontrou-se olhando para ele com um novo frêmito de interesse, uma agradável sensação de simpatia e afeição, semelhante aos sentimentos que nutria por seu cunhado Charles. Foi suficientemente honesta, porém, para admitir que a afeição era reforçada por uma considerável atração do tipo que Charles jamais inspiraria. Conteve-se bruscamente, esquivando-se daquele pensamento, por mais vestigial que fosse.

— Vejo que você pensou em tudo no que diz respeito a essa questão. E é evidente que terá muito com que ocupar sua mente e suas mãos aqui em Arran, portanto lhe desejarei sucesso em tudo isso e o deixarei com os seus afazeres. — Ela se levantou com movimentos suaves e fez um cumprimento de cabeça primeiramente para Will e depois para Douglas. — Sir James, eu lhe agradeço por sua cortesia e consideração. Se você puder mandar um de seus homens à minha procura amanhã pela manhã, farei com que meus pertences sejam trazidos em terra e me colocarei à sua disposição enquanto faz os preparativos para nossa viagem ao continente. E agora desejo a ambos uma boa noite.

Will se levantou sem dizer uma palavra, sentindo-se mais uma vez como um menino desajeitado, de língua presa. Mas, quando James Douglas começou a caminhar com ela em direção à entrada da tenda — uma cortesia que Will reconheceu que deveria ter oferecido —, ele se recompôs.

— Espere!

A dama se deteve imediatamente e virou-se para ele, com uma das sobrancelhas ligeiramente erguida e uma indecifrável expressão no rosto. Will sentiu a própria face corar, intimidado pela loucura que o havia induzido a chamá-la tão bruscamente. Mas já estava feito, e agora ela esperava, e tanto a mulher quanto Douglas ignoravam que sua língua havia se tornado um pedaço de madeira seca. Então uma lembrança se manifestou e a inspiração o tocou. Ele apontou vagamente para o fundo do pavilhão às suas costas, usando o movimento para refrear seu impulso de vacilar.

— Há... — Ele pigarreou, desejando que sua voz se firmasse. — Há uma... uma gentileza que eu gostaria... gostaria de lhe pedir, se me honrasse com o seu favor.

Jessie teve de refrear o descortês desejo de sorrir, aumentando assim a dificuldade para ele, pois não tinha dúvida do que um sorriso inesperado vindo dela faria com o comportamento do cavaleiro. Em vez disso, ela inclinou a cabeça com discrição.

— Seria um prazer lhe conceder qualquer favor que possa me pedir, Sir William.

Aí está, e pense sobre as sutilezas disso, se lhe apraz, Will Sinclair, quando estiver deitado no seu catre de madeira dura hoje à noite.

Will ficou olhando aparvalhado por mais um tempo, depois ela o viu se afastar até a penumbra no fundo da grande tenda, onde parou junto a uma espécie de mesa encostada na parede dos fundos. Jessie pensou tê-lo visto abrir a tampa de um pequeno baú e depois curvar-se, revistando o interior. Sinclair voltou até onde eles o esperavam, e, como ela sabia que o cavaleiro trazia algo na mão, sua curiosidade foi controlada a custo, mas se conteve e permaneceu imóvel, à espera. Quando se aproximou, Sinclair manteve os olhos fixos em Jessie enquanto lhe estendia desajeitadamente a mão e a abria para mostrar o que continha. Era um pequeno amuleto, parecendo feito de ouro e marfim muito velho, cor de manteiga. Estava posicionado sobre a volta de uma longa corrente de ouro, parte da qual enrolada em torno de um dos dedos dele.

— Você está indo para a Escócia, baronesa, para encontrar sua gente, e ocorreu-me que poderia ver sua cunhada, minha irmã, Peggy, enquanto estivesse lá. Não desejo lhe impor um fardo, mas... Eu comprei esta joia para ela há alguns anos, em Navarra. Ela havia-me escrito recentemente, e, quando vi o objeto, pensei que ela poderia gostar... mas então me envolvi na campanha contra os mouros e me esqueci de enviar quando retornei à França. Não passa de uma bijuteria, comprada num capricho de momento. Na verdade, havia esquecido até encontrá-la re-centemente, quando me preparava para partir para esta jornada. É ára-be, eu creio, mas bem-feito. As cores são as que Peggy sempre adorou. Se você entregasse a ela como um presente meu, eu ficaria imensamente grato.

Então Jessie sorriu.

— Eu ficarei feliz em fazê-lo, Sir William. Não é um fardo de modo algum. E Peggy irá adorar. — Ela estendeu a mão.

Quando estava a ponto de largar o pingente na mão aberta da barone-sa, ele hesitou, franzindo o cenho, e depois levou a mão rapidamente ao bolso da túnica, de onde tirou um tecido dobrado em formato quadrangu-lar. Era um lenço simples, limpo e branco. Ele o abriu com um sacolejar da mão esquerda, em seguida largou o pingente no centro do tecido e dobrou o lenço num embrulho compacto que passou para Jessie, que o apanhou sem tocar-lhe os dedos. Estava quente com o calor do corpo dele, e ela fechou a mão com firmeza em torno do objeto, sentindo sua temperatura. Estava prestes a guardá-lo, com afetada modéstia, num bolso oculto em seu corpete, mas, aguilhoada por um pensamento súbito, decidiu alojar o pequeno embrulho no recesso dos seios, ciente de que ambos os homens seguiram o movimento de sua mão sob o tecido do xale.

Aí está, mestre Sinclair! Eu o tenho junto ao meu seio. E veja só como você cora só em saber! Lembre-se disso, pobre monge, mesmo que provoque a necessi-dade de procurar confissão. Ela sorriu novamente, sabendo que ele olhava para a pequena covinha na sua bochecha esquerda, e então curvou a ca-beça numa saudação e o deixou.

Douglas se moveu com presteza para acompanhá-la novamente. Quando alcançaram a entrada principal, designou dois de seus guardas para escoltar a dama e as duas acompanhantes à praia, onde poderiam encontrar um bote para levá-las de volta à galé do almirante para passar a noite.

Quando retornou e viu William parado lastimosamente junto ao fogo, sorriu.

— É uma mulher vistosa, essa, não? Uma bela dama. Mais francesa que escocesa, porém... provavelmente porque passou tanto tempo na França, casada com um francês. Você não acha?

Will Sinclair, como era habitual em suas conversas casuais com a baronesa St. Valéry, não sabia o que pensar, por isso meramente fez que sim e sentou-se novamente na cadeira, sentindo-se ligeiramente carente, embora não soubesse dizer por quê.

— Então vocês partirão amanhã?

— Sim, com a maré alta — respondeu Douglas. — Mas esta noite tenho de tomar Menteith sob custódia, e já está escuro. Por isso, se você me perdoa a descortesia, acho que irei agora e investirei por terra com meu pequeno destacamento de guardas. São apenas 3 quilômetros, e os homens que tenho comigo bastarão para a missão em curso. Eu consigo chegar lá e prender Menteith antes que ele tenha tempo de terminar o jantar.

Ele ajustou o cinto da espada antes de enfiar o casquete novamente sobre a testa e acertar o caimento da capa, sacudindo as grossas dobras em antecipação ao frio do anoitecer. Depois fez uma saudação de cabeça e se virou para partir, mas parou antes de alcançar o beiral da saída.

— A baronesa estava certa — disse ele por sobre o ombro. — Você tem uma profusão de assuntos para mantê-lo ocupado aqui. Não ficará entediado. Boa noite, Sir William. Retornarei à minha galé pela manhã.

Essas palavras de despedida retornaram a Will na tarde seguinte, enquanto observava a galé do vice-almirante levando Douglas e a mulher Randolph para o leste pelas águas estreitas do estuário de Clyde, em direção à Escócia continental e aos territórios fiéis a Bruce de Ayr e Carrick: *Você tem uma profusão de assuntos para mantê-lo ocupado aqui. Não ficará entediado.*

Will sabia que Douglas estava certo. Ele não teria tempo para se entediar, nem para desperdiçar, de modo algum. Certamente não haveria tempo a perder em pensamentos sobre aquela mulher chamada Randolph, que agora havia, segura e definitivamente, saído da sua vida.

OBEDIÊNCIA

A sublevação tomou Will Sinclair completamente de surpresa, embora, rememorando-a, pudesse ver que todos os sinais de sua iminência estavam lá e ele havia simplesmente decidido não vê-los. Posteriormente, alguns dos confrades cochichavam sobre ela como uma revolta, ou um motim, mas Will nunca teve certeza de como chamá-la. Se foi uma revolta de fato, não se espalhou, e foi rapidamente dominada, mas as ramificações eram profundas porque se contrapunham a tradições do Templo que remontavam a séculos — irmandade, tolerância e obediência à autoridade dentro da Ordem — e demonstrava a extensão da queda da disciplina nos anos precedentes. Essas verdades, por si sós, fizeram com que os eventos daquele dia, véspera da festividade da Epifania, fossem suficientemente significativos para disparar uma explosão de descontentamento por parte de Sir William Sinclair como nenhum dos capítulos de que ele participou jamais vira.

Ele literalmente caminhou para o meio do combate que iniciou e encerrou o incidente. Por um tempo, permaneceu perplexo, incapaz de aceitar o que via. Mas então, quando a consciência daquilo se abateu sobre ele, o mesmo aconteceu com a raiva, e o caráter inesperado de ambas se combinou para impeli-lo instantaneamente da concentração profunda para o furor frio e implacável.

Ele estivera acordado desde as primeiras horas daquela fria manhã de janeiro, despertado muito antes das vésperas pela notícia de que Sir James Douglas, recém-chegado da Escócia continental numa escuridão de breu e sob uma furiosa tempestade, solicitava uma audiência urgente. Essas palavras haviam afastado toda a sonolência de sua mente, e dentro de um quarto de hora havia criado um burburinho de irmãos servidores alvoroçados por toda parte — acendendo lareiras e reabastecendo as já acesas contra o frio penetrante do inverno; preparando mesas, cadeiras, velas e círios para uso imediato; e providenciando comida quente e roupas secas para serem fornecidas aos famintos recém-chegados. A visita de Douglas seria breve, William descobriu, pois o navio não viera a Arran intencionalmente. Ele e seus homens estavam a caminho da Irlanda, levando mensagens para o irmão do rei Robert, Edward Bruce, que se encontrava lá para tentar recrutar mercenários e formar alianças com alguns dos reis irlandeses em nome do irmão. Mas tiveram dificuldades com um esquadrão de navios ingleses logo depois de deixar o braço de mar de Loch Awe. Embora tivessem se evadido deles com relativa facilidade, as manobras da perseguição noturna haviam-nos deixado à mercê da tempestade no estuário de Clyde, com poucas opções além de fugir para Arran, que planejavam visitar apenas na viagem de retorno.

De maneira geral, porém, as notícias que Douglas trazia consigo eram boas: o progresso de Bruce pelas terras Altas do reino estava indo bem e, como o jovem alegremente declarou no curto tempo que pôde passar com Will, a Casa dos Comyn havia caído após um longo e malfadado adiamento. Os orgulhosos condes de Buchan e Ross haviam se rendido e se ajoelhado perante Bruce, noticiou ele, quase gritando de satisfação, e a tempestuosa estirpe dos Comyn, incluindo os contenciosos MacDougall de Lorn e Agyll, nunca mais voltariam a oferecer perigo ao rei Robert.

Mas, para cada sucesso de Bruce, o desgaste havia sido grande. O rei decretara um intervalo em seu progresso para revigorar e renovar os seguidores e para se empenhar em introduzir alguma ordem e sinais da prosperidade vindoura no reino sitiado. As notícias dos sucessos crescentes operaram maravilhas no povo comum, e recrutas aderiam ao estandarte a cada dia em número crescente. Ainda assim, o rei não estaria satisfeito, contou Douglas, até que pudesse convocar um parlamento legal — o primeiro a ser mantido na Escócia em mais de uma década — e decretar novas leis para a governança da terra e a proteção de seu povo. Nesse meio-tempo, acrescentou ele, o primeiro turno de serviço do contingente montado de Will em Arran estava se aproximando do final. O rei Robert se sentia muito satisfeito com o desempenho que desejava, e pedira a Douglas que sugerisse, para aquela ocasião específica, uma troca de turno acelerada, a fim de proporcionar a ele uma nova escolta armada e montada para acompanhá-lo em suas viagens pela terra, agora que ela estava em paz.

Will considerou razoável o pedido do rei Robert e ordenou as mudanças necessárias na agenda. Era sobre essa mudança que estava pensando enquanto descia a escada em espiral desde o quarto na torre onde estivera refletindo após a partida de Douglas. O dia já nascera havia mais de duas horas a essa altura, e a tempestade finalmente cessara, mas os ocasionais vislumbres do clima que o templário podia ter pelas seteiras da escadaria eram suficientes para convencê-lo de que nenhum raio de sol romperia as nuvens naquele dia.

Ele chegou ao final da sinuosa escada e saiu da torre para o céu aberto, fechando a capa em torno de si para se proteger do frio da manhã. Enquanto fazia isso, ouviu o retinir de aço nas proximidades, acompanhado de vozes alteradas, mas não prestou muita atenção, presumindo que se tratasse dos sons dos homens no treino, vindo do pátio atrás do portão. Ele estremeceu na luz baça e olhou distraidamente à sua volta, notando as gotas de orvalho que pendiam da rede aberta do pesado portão de ferro batido que servia como porta da torre, então virou à esquerda e seguiu caminho contornando a base do edifício, pretendendo visitar as latrinas além do portão. Porém, na metade do caminho, sobre a calçada de alinhamento rústico ao pé do muro, deparou-se com um grupo de homens combatendo no pátio abaixo, ou assim pensou. Mas então viu que havia apenas dois homens lutando, enquanto outros, ruidosos e de olhos arregalados, aglomeravam-se em volta, gritando palavras de encorajamento a um ou a outro.

Ele ficou assistindo àquilo por mais um momento, perplexo de incredulidade, mas então o ultraje se instalou, pois aquilo não era uma peleja de treinamento: aqueles homens estavam dispostos a mutilar ou matar um ao outro. Os dois face a face, com lâminas travadas e rilhando uma contra a outra enquanto lutavam, cada um se esforçando para prender a espada do outro e ganhar a vantagem. Um já sangrava por um profundo corte na perna. No momento em que Will começou a se mover, o impasse se desfez e os dois se separaram. O homem ferido, menos ágil do que o outro, apoiou o calcanhar no terreno irregular e cambaleou para trás, agitando os braços num esforço para continuar de pé. Manteve a empunhadura da espada, mas ela estava com a ponta para baixo e era inútil para o momento crucial em que seu adversário se recomporia e saltaria adiante, já brandindo a própria arma num golpe cortante de cima para baixo.

Nenhum dos dois ouviu o grito de Will lhes ordenando que parassem. Nem mesmo os curiosos se deram conta da presença dele enquanto pulava do parapeito baixo. Estava a menos de 1 metro acima quando saltou, mas era altura suficiente para seus propósitos. Aterrissou à distância de um golpe do cavaleiro atacante e atingiu-o com força num chute com a perna esticada que acertou o homem desprevenido no quadril esquerdo e o atirou de lado para estatelar-se de costas, a armadura fazendo um estrépito. No momento em que o primeiro dos espectadores se virou para protestar contra a interferência, a espada longa de Will já saía chiando da bainha. Eles congelaram em pleno movimento, avaliando a ameaça, e então, quando o reconheceram, empalideceram, assumindo o ar coletivo e envergonhado de malfeitores pegos em flagrante.

O sujeito caído no chão não percebeu. Ele sabia apenas que havia sido derrubado, mas não por quem e tampouco se importava. Levantou-se com um rugido e se atirou de encontro a Will, faminto por sangue e vingança, com a espada erguida e o elmo ligeiramente entreaberto, de forma que as fendas da sua viseira estavam fora de lugar. Esse detalhe salvou sua vida mais tarde, pois possibilitou que o defensor oficial do homem no julgamento que se seguiu alegasse que o sujeito não conseguira ver quem o havia golpeado e por isso não se dera conta de que atacava um oficial superior. Da maneira como ocorreu, Will simplesmente atirou a espada ao chão, deu um passo para o lado e girou o corpo, agarrando o atacante com as mãos, no cotovelo e no pescoço, quando este passou desajeitadamente. Então se inclinou para trás, desequilibrou-o com um puxão e chutou a parte de trás do joelho dele, fazendo com que perdesse o equilíbrio e levando-o estrepitosamente ao chão mais uma vez. Então se curvou para apanhar a espada.

Atordoado, mas inflexível, o homem lutou obstinadamente para se levantar, fracassando da primeira vez, mas depois se reanimando até ficar de pé de novo, oscilando sem muita firmeza. Will, ainda furioso, aproximou-se, enganchou os dedos de uma das mãos no colarinho da couraça do indivíduo e puxou-o com força para a frente até ele cair de joelhos e depois de gatinhas, quando Will encerrou a questão com um golpe descendente do cabo da espada no elmo do homem, derrubando-o como um boi abatido.

Então Will recuou um passo e se virou para confrontar os outros, com a espada erguida na direção deles e os dentes expostos num ricto de fúria. Mas, quando falou, sua voz era baixa e sibilante, com tom de desprezo:

— Vocês estão todos loucos? Estão insanos? Esqueceram seus votos juntamente com sua disciplina? Pois então, pelo Cristo vivo, eu lhes reapresentarei as penalidades a que juraram se submeter, por negligência, preguiça e desobediência. — Ele apontou a espada erguida para um dos que conhecia pelo nome. — Você, Duplassy, vá correndo encontrar Sir Richard de Montrichard. Encontre-o rápido, se dá valor à sua pele, e traga-o aqui para falar comigo. Não me importa o que ele estiver fazendo, interrompa-o se precisar. Mas traga-o aqui *agora*. Corra!

Enquanto o lívido Duplassy saía apressado, Will se dirigiu ao próximo homem na fila:

— Você, Talressin, encontre Tam Sinclair. Diga-lhe que preciso de um esquadrão dos seus melhores homens aqui para cumprir a função de guarda, e depois traga-o até mim. Vá! Agora!

Quatro dos que até há pouco eram espectadores permaneceram, mais os dois combatentes, o primeiro dos quais havia se levantado e andava de um lado para outro ao redor, curvando-se enquanto tentava estancar o fluxo de sangue da perna com um pano sujo, mantendo-se afastado dos companheiros e evidentemente com plena consciência da encrenca em que havia se metido. Will olhou os homens sucessivamente, assegurando com expressão irada que nenhum deles ousasse dizer nada. Por fim, embainhou a espada e falou novamente naquela mesma voz monótona e ameaçadora:

— Joguem suas espadas aos meus pés. Todas elas. E um de vocês livre o criminoso adormecido da dele.

Esperou até que a última arma houvesse tinido sobre a pilha, depois balançou a cabeça.

— Agora, ajoelhem-se em fila, de frente para mim, e ergam o prisioneiro apoiando-o entre dois de vocês. Depois ficarão onde estão, em silêncio, até que sejam levados em custódia e encarcerados para aguardar julgamento. Em *silêncio* — berrou ele quando um dos homens tentou se manifestar. — Prestem atenção no que eu digo. Vocês já estão numa situação lúgubre. Não sejam tolos a ponto de agravar sua desgraça com mais desobediências.

Ele ainda não fazia ideia de quem o homem inconsciente, ainda vestindo elmo, era, mas a essa altura não queria saber nem se importava. Se a justiça é cega, como os antigos sustentavam, então Will, como o árbitro da justiça e da punição naquela pequena comunidade, estava plenamente preparado para permanecer cego à identidade do meliante que se encontrava diante dele.

Momentos depois ouviu os sons de passos se aproximando. Tam Sinclair contornou a base da torre, seguido pelo homem chamado Talressin. Tam se deteve de imediato. Seu olhar percorreu os homens ajoelhados e foi pousar na pilha de armas aos pés de Will.

— Quer que eles sejam trancafiados, Sir William?

— Quero. E acorrentados, nas mãos e nos pés.

Tam assentiu abruptamente com a cabeça, mantendo o rosto inexpressivo.

— Certo. Meus homens logo estarão aqui, e então levaremos estes sujeitos.

Ele recuou habilmente um passo quando Sir Richard de Montrichard chegou apressado, acompanhado por dois de seus oficiais, todos de cabeça descoberta e usando as barbas aparadas rentes que representavam a nova ordem. Montrichard ergueu uma das mãos para deter os companheiros e seguiu diretamente para Will, embora em momento algum tivesse tirado os olhos dos homens ajoelhados. O cavaleiro de elmo estava se recuperando rápido, vacilando como um ébrio, ainda apoiado por seus vizinhos de ambos os lados.

— O que aconteceu aqui, Sir William? — falou Montrichard pelo canto da boca, os olhos focados nos prisioneiros. Ainda a distância, Will escutou botas com solas de pregos soando em passo dobrado: eram os guardas de Tam que haviam sido convocados às pressas.

— Uma violação de disciplina — respondeu Will, com uma voz monótona. — Combatendo com plena intenção de matar. Um deles, como você pode ver, sofreu um ferimento. Seu adversário me atacou quando tentei detê-los, e tive que dar um jeito nele.

Montrichard ofegou.

— Você está ferido?

— Não, estou bem. Ele não me causou dificuldade alguma.

— Farei com que seja açoitado por isso. Quem é ele?

— Não, Sir Richard. — Will tomou Montrichard pelo braço e afastou-o, para onde não pudessem ser ouvidos. — Você não irá puni-lo, nem eu. Essa transgressão vai muito além dos limites da punição normal dentro das fileiras. O que aconteceu aqui foi um ataque à Regra que rege a todos nós, e deve ser tratada com formalidade, num capítulo completo, tão logo possa ser organizado. Os irmãos no capítulo, depois do devido processo, podem decidir que ele seja açoitado, mas essa decisão está além da sua jurisdição, ou da minha.

Montrichard olhou de soslaio para Will, depois assentiu e se virou para encarar os briguentos com as mãos cruzadas às costas, enquanto os guardas que chegavam amarravam-nos pelas mãos e recebiam a ordem de Tam Sinclair para levar os oito prisioneiros sob custódia. Mas antes que se retirassem, Montrichard deu um passo à frente e ergueu uma das mãos para detê-los, indicando em seguida o cavaleiro de elmo.

— Esse homem. Removam o elmo e revelem seu rosto.

Um dos guardas desatou a cobertura justa da cabeça do prisioneiro e puxou-a para trás para revelar-lhe o rosto, libertando a massa desalinhada da barba que ele havia ocultado sob o elmo em desafio às ordens recentes de Will de que todas as barbas deveriam ser aparadas, se não completamente raspadas. Will olhou atentamente para o homem, mas não demonstrou nenhum sinal de reconhecimento. O prisioneiro era um dos cavaleiros da guarnição de La Rochelle, e a maioria destes ainda lhe era desconhecida, apesar da proximidade dos alojamentos em que todos viviam havia mais de um mês.

Montrichard, por outro lado, certamente conhecia o homem que agora se postava diante deles.

— Martelet — disse ele, com voz fria pelo dissabor. — Eu devia saber. O resto de vocês, mostrem os rostos.

Um a um do grupo que rodeava o homem chamado Martelet afrouxou as correias que atavam os capuzes de armadura e os puxaram para trás de modo a expor as faces barbadas. Sem exceção, tinham os cabelos cortados curtos, todos com barba.

Montrichard fez um gesto de assentimento.

— Levem-nos — ordenou.

Tam berrou uma série de ordens, e toda a coluna de prisioneiros e guardas se empertigou em resposta e logo o acompanhou ao edifício da muralha externa que continha as gaiolas de ferro para armazenagem, que serviam como celas temporárias. Will observou-os partir, com um dos braços atravessado à cintura, e o pulso suportando o outro cotovelo enquanto afagava o lábio inferior com o lado de um dedo.

— O que eu deveria saber sobre esse Martelet, Sir Richard?

Montrichard fungou.

— Um descontente e um esquentado. Você soube do incidente da ilha de Sanda, quando vários cavaleiros tentaram ir à praia e o escaler deles teve de ser afundado para detê-los? — Will fez que sim. — Bem, o líder era Martelet, como sempre. É bom que seja julgado no capítulo. Talvez a seriedade do evento tenha algum efeito sobre ele.

Will se endireitou, deixando a mão cair da boca para o ombro.

— Eu duvido. Ele me parece arrogante demais e afastado demais do caminho da Regra para mudar agora seus modos sem um... redirecionamento. Um açoite e um mês a pão e água podem trazê-lo à ordem, ou talvez não. E, se não, o que trará, então? Nós teremos de tratá-lo de acordo com a Regra. Quando foi a última vez que emparedamos um dos nossos até a morte, você se lembra? Eu não. Deve ter sido há cinquenta anos, pelo menos. Isso não ocorre desde os anos de combate na Terra Santa, pelo que sei. Mas talvez seja com isso que nos defrontamos aqui... — Fez uma pausa, considerando o que havia falado, depois balançou a cabeça. — Obrigado por ter vindo, Sir Richard. Lamento tê-lo convocado, mas achei que seria melhor que você estivesse informado, na qualidade de preceptor.

— E estava correto. Você falou em convocar um encontro capitular. Quando será?

— Depois de amanhã, no salão de Brodick, se isso lhe parecer adequado. Mas sei que é seu o direito de decidir o horário e o local, por isso, se desejar...

— De modo algum. Você é o superior aqui, e acusações dessa seriedade não podem esperar conveniências. Estou de acordo.

— Meus agradecimentos, então. Eu farei os preparativos hoje e mandarei recado a Brodick para que se preparem. Quanto a nós, a guarnição inteira, marcharemos até lá amanhã ao amanhecer. Você consegue se preparar até lá?

— Eu já estou pronto, mas amanhã é a festa da Epifania. Os bispos não ficarão satisfeitos em se privar das cerimônias.

— É lamentável, mas eles não têm escolha. Nós marcharemos antes do dia raiar, e, se a fortuna nos servir bem, chegaremos a Brodick ao amanhecer. Os bispos poderão fazer suas cerimônias adiadas nesse dia, antes da abertura do capítulo. Um dia depois, é verdade, mas não com menos sinceridade... Deus sabe pelo que estamos passando e sabe também das dificuldades que enfrentamos aqui. Não tenho dúvida de que Ele compreenderá a necessidade do que temos de fazer e terá condescendência para conosco.

Montrichard fez que sim, com o rosto sombrio.

— Concordo inteiramente. Que assim seja. E agora o deixarei com seus preparativos... a não ser que tenha alguma outra função para mim.

— Eu agradeço, Richard. Não hesitarei em chamá-lo caso necessite de você.

Will observou enquanto o outro homem se reunia aos seus oficiais e se retirava. Sir Richard de Montrichard estava oficialmente encarregado de todos os assuntos da guarnição, como determinava o posto de preceptor, mas havia sido um grande desapontamento para Will, pois revelara-se, sob pressão, fraco como um junco. Como vice-preceptor em La Rochelle, trabalhando sob as ordens do formidável Arnold de Thierry, demonstrara todas as premissas necessárias para se tornar um excelente comandante no devido tempo, mas, pelo que se revelou — talvez por causa do assassinato do seu superior, ou talvez pelos perturbadores eventos de 13 de outubro —, ficara muito aquém da sua promessa e era ineficiente como líder e comandante. Will não conseguia apontar nada que justificasse substituí-lo por alguma outra pessoa, mas sentia, ainda assim, que Montrichard estaria melhor, para o bem de todos os demais envolvidos, se aliviado de suas responsabilidades e realocado — na verdade, relegado — a um papel mais contemplativo e menos ativo nos assuntos da Ordem em Arran. Era um problema cuja consideração ocupara a mente de Will no mês que havia se passado desde a chegada deles à ilha, mas que ainda se julgava incapaz de decidir com resolução satisfatória. Não havia ninguém naquele momento, ao menos nenhuma escolha óbvia, a quem pudesse promover para preencher a posição de Montrichard a contento, e isso o incomodava.

Agora se via na necessidade de reavaliar toda a sua reflexão sobre o assunto, pois vira em Montrichard mais vida, mais iniciativa e mais disposição a se envolver nas coisas do que encontrara nele nos dois meses e meio anteriores. Resolveu tirar vantagem dos sinais e testar a questão mais a fundo na esperança de que o preceptor pudesse estar consignando o porto seguro de sua vida anterior a uma existência pregressa. Se fosse esse o caso, ninguém ficaria mais feliz, mais aliviado ou mais ansioso para reintegrar Montrichard à sua antiga posição do que o próprio Will Sinclair.

O devaneio foi interrompido pelo som de passos se aproximando. Tam voltava, carregando um molho de pesadas chaves. Ele as ergueu para que Will pudesse vê-las.

— Achei que seria bom manter aqueles homens sob vigilância severa, se o que vi aqui foi o que penso que foi.

Ele enfiou o grande aro de metal com segurança por trás do cinto, deixando as chaves penduradas na cintura. Will deu um sorriso cansado, divertido e tocado, como sempre, pela preocupação de seu primo com ele.

— E o que foi que você pensou ter visto?

Tam deu um grunhido eloquente e passou para o dialeto que ele e Will falavam quando meninos.

— Ora, por um lado, vi você rosnando como um louco, zangado como eu não o via há muitos meses. Você tinha aquela carranca de "não se atreva a olhar para mim ou eu corto seu coração fora" que às vezes usa. E além disso havia aquele tal de Martley, ainda de barba longa. Isso me diz que ele não estava disposto a aceitar sua ordem para nada, e aquele desafiozinho era o modo de ele mostrar isso, mesmo que não tivesse peito para fazê-lo abertamente, onde você pudesse ver. Ele está é precisando que alguém lhe baixe a crista.

Will começou a responder, mas esperou ao ver que Tam ainda não havia terminado.

— Além disso — continuou ele —, não gostei do jeito como os camaradas dele olhavam para o sujeito em busca de apoio, mesmo que ele não tivesse nenhum para dar. Não gostei daquilo de jeeeeito nenhum... Eles são uns chorões, todos amarelos de medo, nenhum colhão de verdade

entre os sujeitos, mas ele os recrutou para seja lá o que pretende fazer...
Por isso pensei: se houver mais da laia deles por aí, eu evitaria que fossem tentados a deixá-lo sair. Por isso fiquei com as chaves. Agora, você vai convocar um encontro capitular? Se for, quando e onde?

— O que faz você pensar que eu vou?

A pergunta de Will produziu um olhar quase exasperado em Tam.

— Porque já está passando da hora. Amanhã é a festa da Epifania, portanto será necessário uma missa completa, com todos os ritos e cerimoniais, os bispos vestindo suas fatiotas. Então, esse me parece um momento tão bom quanto qualquer outro, e melhor que a maioria, com todo mundo mourejando pelo trabalho que você distribuiu. Além disso, parece-me que você esqueceu o estojo do mestre De Molay...

Will franziu o cenho.

— Não, eu não esqueci, simplesmente estive preocupado. Mas o que tem o estojo?

— A data nele, Will. Deve ser aberto amanhã, dia 6 de janeiro.

— Eu sei disso, Tam. Você acha realmente que eu poderia ter esquecido algo tão importante?

— Não... mas você teve outras coisas com que se ocupar. O que vai ser feito quanto a isso?

A pergunta irritou Will, pois era algo com que vinha se debatendo, de quando em quando, havia semanas. O que, de fato, deveria ser feito a respeito? A missiva do grão-mestre deveria ser aberta e lida na data determinada, ele sabia; não tinha escolha. Mas as ramificações da leitura e as especulações que seriam geradas lhe tiravam o sono nas semanas recentes. A possibilidade de que a carta contivesse algo de bom era menos do que ínfima. Ela fora escrita meses antes, antecedendo os eventos com que estava lidando, e esses eventos haviam sido mais temíveis, arrebatadores e destrutivos do que De Molay poderia ter previsto. Por outro lado, durante os meses que se seguiram, Will havia conseguido estabelecer um equilíbrio entre suas responsabilidades, concentrando-se com firmeza na criação de uma nova comunidade e na necessidade conjunta de criar ordem a partir do caos. Seu maior medo naquele momento, mal admitido até mesmo por ele próprio, era que as palavras do mestre De Molay pudessem desfazer tudo o que havia trabalhado tão duramente para conquistar. Ele tinha pesadelos em que abria a carta e encontrava ordens para retornar a La Rochelle com os companheiros e os navios, ordens escritas em completa ignorância de que tal ação seria suicídio após quatro meses de perseguição e banimento.

Ele se deu conta de que Tam aguardava uma resposta, e balançou bruscamente a cabeça.

— Sim, está bem, eu a lerei amanhã, e só o que podemos fazer é esperar que o que ela traga não tenha ficado sem sentido pelo que aconteceu depois de ter sido escrita. Eu já havia decidido isso enquanto você encarcerava os prisioneiros. O caso deles é urgente demais para ser posto de lado, Tam. Precisa ser resolvido o mais breve possível. Por isso convoquei um encontro capitular para depois de amanhã. Dependendo do que o estojo contenha em termos de instruções, isso pode tornar minha tarefa menos difícil.

Tam encolheu os ombros.

— É, ou mais difícil. Nunca se sabe, com os superiores... Se é que você entende o que estou dizendo.

Will ignorou o comentário e o sorriso malicioso que o acompanhou e respondeu com seriedade:

— Bem, que assim seja, se é o que está por vir. Portanto, agora preciso que você pegue um cavalo e siga para Brodick com essas notícias. Você levará Mungo? Não? Então arranje comida e aveia com a intendência e apronte-se para partir dentro de uma hora. Até lá eu terei escrito despachos para Kenneth e para o bispo Formadieu, e eles já estarão esperando que você os leve ao partir.

Will caminhou rapidamente de volta ao alojamento, sabendo que a hora que havia reservado para seus escritos e despachos mal daria para acomodar tudo o que precisava fazer durante ela.

No dia da partida da baronesa — Will pouco pensara nela desde então, e, quando ela aparecia nos seus pensamentos, o cavaleiro conseguia dar um pequeno sorriso à lembrança antes de se voltar com determinação para outras coisas —, ele havia convocado uma reunião plenária dos seus homens e expressado seus desejos concernentes à conduta deles daquele dia em diante. Não tentou minimizar as preocupações e descreveu com clareza a ameaça que eles agora representavam para o monarca por sua simples presença no reino. Os confrades ouviram em silêncio, prestando atenção a tudo o que disse. Ninguém colocou qualquer objeção quando emitiu as ordens de que, daquele dia em diante, todas as barbas bifurcadas, sinal dos membros dos templários, fossem impiedosamente cortadas; todos os símbolos heráldicos e emblemas que trouxessem associações com o Templo fossem cobertos por tinta ou, caso contrário, escondidos; e que suas armaduras distintivas fossem guardadas. Salientou que não se defrontavam com nenhum perigo de batalha intensa ali, na segurança daquele refúgio insular, e, portanto, a armadura simples — camisas e perneiras de cota de malha, com guardas de couro batido — seria mais do que suficiente. Cavalos não deveriam ser cavalgados em formações disciplinadas e deveriam ser postos nos estábulos em pequenos grupos de oito ou menos, longe o suficiente de vizinhanças para não oferecer a nenhum estranho curioso uma oportunidade de estimar seu tipo ou número total.

Então ele dividiu a soma de sua força militar, deixando o irmão Kenneth no comando de seu próprio contingente, de cem cavaleiros e sargentos, que deveria ocupar o grande salão inglês em Brodick, assistido pelo cavaleiro veterano Reynald de Pairaud, como ajudante, e por Sir Edward de Berenger, como conselheiro naval, sempre que estivesse em residência. Brodick iria se tornar o quartel-general *de facto* das forças do Templo em Arran, e como tal seria a residência do bispo Formadieu e de seu presbitério de clérigos e irmãos leigos. A missão deles seria estabelecer a comunidade que iria nutrir a Irmandade da Ordem. A baía vizinha de Lamlash serviria como ponto de ancoragem dos navios mercantes de sua pequena frota, e a maior parte de suas montarias, principalmente as raças mais leves, seria espalhada pelas ondulantes charnecas do interior a partir de Brodick.

O restante dos combatentes baseados em terra, aproximadamente 120, seriam realocados para a costa noroeste da ilha, em Lochranza, o castelo que anteriormente pertencia a Menteith, chefe de clã caído em desgraça. Esse castelo se situava em posição elevada, sobre um porto seguro e de fácil defesa, que servia como base da frota de galés, e sua guarnição seria a que anteriormente servia em La Rochelle. Mais da metade da montaria pesada ficaria ali também, mantida nos verdejantes vales montanhosos e de encostas íngremes que cercavam o castelo, o mais longe possível de olhos curiosos.

Havia outros detalhes, e nem todos foram bem-recebidos pelos confrades. Houvera murmúrios de descontentamento entre as fileiras nos dias que se seguiram, mas, exceto pelo fato de manter os ouvidos atentos para problemas verdadeiros, no que fora discretamente auxiliado por Tam e Mungo, Will ignorara os resmungos, contentando-se em deixar que o tempo e os hábitos erodissem a resistência às suas mudanças. Estava claro, porém, que havia deixado passar pelo menos um foco de resistência obstinada, e era este que ele pretendia esmagar.

Encontrando material para escrever sobre a mesa de trabalho, Will rapidamente redigiu as instruções para Kenneth quanto aos aprovisionamentos e acomodações para a guarnição que partiria de Lochranza. Eles chegariam após uma marcha de 30 quilômetros e estariam famintos e exaustos, talvez mais do que o usual, alertou o irmão, porque Will pretendia forçá-los naquela ocasião mais do que o normal. Desejava testar a resistência deles pela primeira vez desde que aportaram em terra, usando a oportunidade para lembrá-los da disciplina que talvez estivessem tentados a negligenciar.

A segunda missiva que escreveu foi para o bispo Formadieu, ordenando os preparativos imediatos para um encontro capitular a ser realizado no dia seguinte à Epifania. A reunião dos cavaleiros ocorreria no escuro, como sempre, e sob guarda, fechada para olhos e ouvidos exteriores. Ela começaria antes das vésperas e duraria até que todos os assuntos do capítulo estivessem concluídos. Embora fosse incomum que os encontros capitulares se estendessem além do raiar do dia, isso não era de todo desconhecido. Nessa ocasião, Will estava preocupado com a quantidade de assuntos que deveriam ser resolvidos nessa única sessão, mesmo sem o drama de um julgamento por desobediência, conspiração, motim e ataque a um superior. Ele dedicara um esforço maior às suas instruções ao bispo do que às que enviara ao irmão — apesar de saber que o clérigo não precisava de qualquer esclarecimento sobre os detalhes do que se exigia de um capítulo —, pois pretendia ser o mais preciso possível. Não queria que o contingente clerical do capítulo fosse longe demais ao buscar obter influência demasiada sobre o correr dos acontecimentos. Will estava farto dessa insensatez, embora soubesse que ela jamais cessaria enquanto houvesse um padre aspirando algum dia a usar uma mitra. Mas a ambição dos bispos, prelados e clérigos em geral podia ser controlada com facilidade. Como ele não temia nenhuma de suas ameaças, eles eram impotentes para intimidá-lo ou manipulá-lo. A lei da Ordem estabelecia que, no capítulo, as vozes de todos os homens eram iguais; o mais novo cavaleiro entre eles podia erguer sua voz em argumentação com o mais venerável arcebispo, e essa igualdade era o que Will mais desejava salvaguardar.

Desse ponto de vista, ele queria se desincumbir primeiro do julgamento de Martelet e seus associados. Depois, uma vez removidos, queria ler o pergaminho do grão-mestre, na esperança de que o conteúdo pudesse fornecer instruções para o grupo naqueles tempos tão difíceis. Depois disso, uma vez que todos os julgamentos fossem ratificados e as instruções do mestre tivessem sido admitidas aos registros do capítulo, haveria uma reunião plenária de todos os membros da Ordem, independentemente de posição hierárquica, em que as instruções do mestre e as determinações do capítulo seriam comunicadas.

Quando terminou aquela segunda carta, assinando e selando ambos os documentos, Tam já estava presente, esperando para tomar posse dos despachos. Ele partiu imediatamente, guardando, com cuidado, as cartas na pequena bolsa que pendia de seu cinto ao sair. Will ficou sentado por um momento, esfregando os olhos com os pulsos, depois levantou-se e foi conversar com o bispo Bruno, o clérigo superior em Lochranza, e em seguida rever os detalhes finais dos preparativos feitos pelos oficiais de Montrichard para a reunião de tropas e montarias para a jornada do dia seguinte.

DOIS

Desde que se juntara à Ordem com 18 anos, um dos maiores prazeres de Will era ouvir o cantochão da irmandade reunida no capítulo. A forte ressonância de vozes masculinas adultas cantando em massa no confinamento de uma igreja abobadada, tomada pelo aroma de precioso incenso e iluminada unicamente por velas e círios nas horas de escuridão antes do amanhecer, proporcionava-lhe a experiência mais próxima do místico que ele já conhecera. O amálgama de canto, ecos, incenso e luzes bruxuleantes o encorajava a acreditar, embora com pouca frequência, que Deus estava em algum lugar lá em cima, olhando para atividades como aquela com aprovação benevolente.

No salão de Brodick, porém, não havia teto abobadado sobre as cabeças. O capítulo foi reunido na grande antecâmara sul, e homens armados guardavam as portas contra intrusos. A música era profunda e ressonante como sempre, mas o recinto de teto alto apequenava o procedimento e abafava o efeito. Enquanto as últimas notas da antífona morriam no silêncio, os cavaleiros reunidos começavam a se inquietar e pigarrear, mas, antes que qualquer um pudesse falar, Sir Reynald de Pairaud ficou de pé e postou-se à vista de todos, com uma das mãos erguida no tradicional pedido de permissão para falar no capítulo. O velho homem, que Will esperava que se opusesse inteiramente a ele nas mudanças que desejava fazer, fora de fato surpreendentemente cooperativo e, de acordo com seu irmão, estivera atuando admiravelmente como ajudante de Kenneth no mês que se seguiu desde a partida de Will para o norte.

Will, como único representante do Conselho Governante, era o membro mais graduado no capítulo, suplantando o preceptor Montrichard, que normalmente ocuparia a Cátedra do leste. Por isso, Sinclair se sentou sozinho sobre o pódio no lado leste da câmara às escuras, com o preceptor no pódio norte, à sua direita, e o vice-almirante Narremat, representando a presença naval na ausência de Sir Edward de Berenger, no sul, à sua esquerda. O bispo Formadieu, o prelado superior da Ordem, de batina verde, sentou-se de frente para Will na extremidade oposta do piso, no pódio oeste, e atrás dele sentaram-se os membros clericais do secretariado que registraria cada palavra dos procedimentos. Os irmãos participantes do capítulo se sentavam livremente em cadeiras alinhadas nos lados norte e sul do piso quadrado.

Cabia a Will, como mestre do capítulo, reconhecer os falantes e decidir se deveriam ser autorizados a se pronunciar quando solicitassem. Ele olhou à volta da câmara capitular, tomando nota de onde o acusado amotinado, Martelet, estava posicionado, à sua esquerda, com seus cúmplices, acorrentados e vigiados. Will não podia ver a face do homem, mas o comprimento de sua barba, puxada desafiadoramente numa divisão bifurcada com os próprios dedos, salientava sua obstinação. Então voltou o olhar novamente para Pairaud.

— Irmão Reynald, o irmão preceptor me informou que você deseja dirigir-se aos confrades.

— Eu desejo, irmão William. — Pairaud virou-se deliberadamente para olhar Martelet, depois tornou a se voltar de frente para Will. — Diz respeito à questão da carta do nosso venerado mestre De Molay que deve ser lida aqui, hoje, irmão. Eu toquei no assunto com o irmão preceptor quando a ideia me ocorreu pela primeira vez, e ele muito insistiu para que eu a trouxesse à sua atenção aqui neste capítulo, em respeito à sua patente superior. — Ele pigarreou. — A sequência de eventos para as nossas deliberações no capítulo tem sido tradicionalmente resolver as questões disciplinares antes de avançar aos assuntos da comunidade como um todo. — Ele hesitou, olhando para suas próprias mãos, depois novamente para Will. — Ocorreu-me... e eu enfatizo que o que estou sugerindo é não mais do que isto: uma sugestão... que possa ser de valia, neste caso em particular, ler a carta do mestre agora, na presença dos acusados.

O silêncio no grande salão era absoluto; todos os pares de olhos fixos no cavaleiro idoso, que agora cofiava a barba delicadamente antes de prosseguir.

— Nós não temos orientação de nenhum tipo vinda de nossos superiores na Ordem desde que deixamos a França, e me parece claro que estamos em grande necessidade de tal guia. Eu sei que a carta em questão não preenche verdadeiramente essa necessidade, uma vez que foi escrita antes dos eventos que conduziram à nossa partida da França. Mas ela é, ao menos, uma mensagem do nosso mestre, e pode-se apenas presumir que foi escrita à luz do dilema em que ele se encontrava no momento em que a redigiu.

Novamente parou, como se esperasse ser interrompido, mas ninguém tentou questioná-lo ou contestar o que dizia. Por fim, encolheu os ombros.

— Eu meramente senti, em meu coração, que deveria ser permitido aos acusados aqui presentes, todos os oito, ouvir o que o mestre poderia ter a nos dizer antes de irem a julgamento. Pode ser que o conselho e a orientação contidos na carta, dirigidos a todos nós, tenham algum efeito sobre eles e seus comportamentos. Isso é tudo o que eu queria dizer.

Will já sabia o que o cavaleiro veterano diria, pois havia discutido aquilo com Montrichard na noite anterior, por isso simplesmente inclinou a cabeça em assentimento para Pairaud antes de se levantar e ir se postar atrás de sua cadeira cerimonial.

— Que assim seja. Em reconhecimento à eloquência e ao apelo de Sir Reynald, os prisioneiros serão autorizados a esse privilégio nesta ocasião excepcional. E excepcional ela é, pois jamais se repetirá.

Ele apanhou o pesado estojo de couro que estivera pousado sobre a pequena mesa ao lado da cadeira.

— Esta é a primeira ocasião em que nos reunimos como uma comunidade nesta nova terra. Não a nossa primeira *reunião*, pois esta aconteceu na praia de Lamlash, mas certamente o primeiro conclave que tivemos como uma comunidade que começa a se estabelecer. Sei que não preciso lhes dizer nada sobre o quão difícil é a missão com que nos defrontamos: resolver nossos problemas pela primeira vez em duzentos anos sem recorrer aos nossos anais, registros e históricos. Mas não estamos desprovidos de recursos próprios. Nós podemos não ter nossos registros escritos completos em nosso poder, mas, graças ao Todo-poderoso Deus, temos nossas memórias, nossas lições, nossa consciência de como as coisas devem estar de acordo com a Regra pela qual juramos viver. Temos tudo isso, trabalhando juntos em comum acordo e em boa-vontade mútua para alcançar o que devemos, e para recomeçar, se necessário for.

A menção ao recomeço, a iniciar de novo, provocou um coro de murmúrios e especulações, e Will ergueu a mão para silenciá-lo.

— Eu sei o que todos vocês estão pensando, e tudo está contido nestas minhas últimas palavras... *se necessário for*. Talvez não tenhamos tal necessidade, mas não sabemos, de um modo ou de outro. Enviamos navios ao mar de regresso à nossa casa, e a esta altura, se Deus quiser, já estarão retornando da França e nos trarão notícias sobre como estão as coisas para a nossa irmandade lá. Mas até que cheguem, não podemos saber a verdade. Já faz praticamente três meses agora, faltando não mais do que seis dias, desde que partimos em obediência ao comando do mestre. Mas o mestre me deu isto para trazer conosco e ordenou que fosse aberto neste dia... Bem, ontem, na verdade. Mas aqui ela está. Como nosso bom irmão Reynald lê melhor do que a maioria de nós e tem uma voz alta e clara, eu o convidarei a vir até aqui comigo, no leste, e entregar as informações do mestre aos nossos ouvidos. Irmão Reynald, você gostaria de se adiantar até aqui?

Pairaud se levantou e caminhou toda a extensão da câmara até onde Will, que já havia aberto o estojo de couro, entregou-lhe a carta que o recipiente continha.

— Verifique se o selo continua intacto, se lhe apraz, e depois anuncie a todos, de modo que não haja mal-entendidos.

Pairaud olhou para a inscrição e depois, ligeiramente desconcertado, ergueu os olhos para Will por sob as espessas sobrancelhas grisalhas.

— Mas isto é para você, Sir William. Seu nome está claramente escrito aqui.

— Ela é dirigida a mim porque sou a ligação entre mestre De Molay e os irmãos aqui presentes. Abra-a e leia-a para eles. Não haverá nada contido nela que não se destine à leitura de outros olhos.

O cavaleiro procedeu ao exame do embrulho. Ele aproximou o selo dos olhos, examinou-o atentamente e depois segurou o pacote no alto.

— Irmãos, eu tenho aqui, como vocês podem ver, um embrulho selado destinado a Sir William Sinclair e trazendo o selo intacto de nosso mestre, Jacques de Molay. Embora esteja dirigido a Sir William, ele solicitou que eu, da Cátedra Oriental, o leia agora para vocês, em atenção à importância das notícias, orientações e instruções que possa conter. Assim, se vocês me concederem alguns momentos, eu farei o que Sir William me pede.

Ele inseriu o polegar sob o lacre, espalhando lascas de cera ao abrir o invólucro e tomar o conteúdo na mão livre. Este separou-se em três partes: a primeira, uma carta enrolada, atada frouxamente com uma tira de couro e escrita em várias folhas pesadas de pergaminho cortado à mão; a segunda, outra carta, num rolo mais apertado e com o selo pessoal do mestre. A terceira era um embrulho oblongo estreitamente envolvido por um grosso tecido encerado, também com o nome de Will, mas claramente marcado para ser visto apenas pelos olhos dele. Pairaud o largou sem dizer palavra na mesa junto à cadeira de Will, onde caiu com um som sólido e pesado. Pairaud estendeu a segunda carta, menor, para Will, que encolheu os ombros, mas não fez menção de pegá-la. Pairaud devolveu o encolher de ombros e pousou a missiva selada sobre a mesa também e depois abriu a carta principal, limpando por reflexo a garganta ao erguer o texto, virando-o para a luz.

— Aqui diz... — Ele se deteve, reconhecendo a banalidade do que estava falando, depois começou a ler a carta numa voz alta e clara:

O Templo em Paris

*Ao nosso bom e fiel irmão, William Sinclair, honorável membro do
Conselho Governante da Ordem de Cavalaria dos Pobres Soldados de
Cristo e do Templo de Salomão; saudações de Jacques de Molay, mestre.*

Meu caro irmão,

Após ter-lhe entregue minhas instruções sobre as questões que atualmente se desenrolam aqui na nossa terra de França e tendo o pleno e seguro conhecimento de que você as obedecerá por inteiro, eu agora sinto necessidade de expandir meus pensamentos, expressos a você em nosso recente colóquio, com a finalidade de assegurar que nenhum homem, de qualquer patente ou posto, julgue-se capaz de questioná-lo a respeito da propriedade de qualquer coisa que você possa daqui por diante empreender ou tentar em meu nome ou no da nossa Sagrada Ordem.

Assim sendo, decidi confiar em você em maior extensão, explicando alguns aspectos de meus pensamentos e crenças que não julgo apropriado revelar aos meus colegas conselheiros por razões que ficarão evidentes à medida que eu prosseguir.

Eu passei a acreditar, com grande relutância e frustrante incredulidade, que os alertas que recebi estão corretos em todos os aspectos, e que a nossa Sagrada Ordem, apesar de seu histórico oficialmente aceito de serviços exemplares e apoio irrestrito à Igreja, à fé e aos objetivos do cristianismo, tornou-se alvo de uma campanha inescrupulosa de calúnia e mentiras pérfidas destinadas a destruir a nossa reputação e a credibilidade que conquistamos ao longo de duzentos anos de fiéis serviços.

Estou igualmente convencido de que a fonte dessa campanha grosseira é o rei em pessoa, Filipe, o quarto desse nome na Casa dos Capeto. Pela primeira vez numa vida de serviços a esta Ordem, vivencio medo e desespero, porque na nossa vindoura hora de necessidade não há qualquer fonte de apoio e socorro para a qual possamos nos voltar com segurança. Nesta situação extrema, os recursos de que nossa Ordem dispõe no mundo todo não serão de valia para nós, pois nosso tempo não é suficiente para arregimentá-los e difundir o que sabemos. Ainda que não fosse esse o caso, não temos provas a oferecer no campo das nossas suspeitas: nada ainda ocorreu para justificar nossa apreensão. No momento em que ocorrer, defrontaremo-nos com um fait accompli.

Meu desespero brota de nosso apoio e lealdade ao papa, o vigário de Cristo e pontífice de Roma. Nós fizemos nossos votos sagrados de lealdade e obediência, enquanto ordem religiosa, ao papa reinante, e temos feito isso desde nossa fundação. E por mais de uma centena e meia de anos nossa irmandade sustentou com firmeza esse voto e formou o exército permanente da Igreja, dedicado a impor e a apoiar a vontade do pontífice.

Mas agora eu temo que tenhamos um pontífice que está mais preocupado em agradar e favorecer o rei da França do que em salvaguardar o bem-estar da Igreja de Roma e seus fiéis adeptos. Clemente V foi criado por Filipe Capeto para cumprir todos os seus propósitos, e pode ser rapidamente descrito. Todo homem de consciência sabe, em seu íntimo, que Filipe, por intermédio das maquinações de seu jurisconsulto-chefe, William de Nogaret, já provocou a morte de um papa que o desagradou, e suspeita-se que tenha envenenado o sucessor daquele, abrindo caminho para a ascensão de Clemente ao Trono de Pedro. O próprio Clemente não precisa que o lembrem dessa verdade, por isso se curva às vontades de seu mestre ganancioso e faminto por riquezas.

Estas palavras eu posso dizer unicamente a você, sabendo pelas nossas discussões que pensa como eu. O que, então, podemos fazer nós, que estamos atados por nossos votos e pela própria honra, para escapar da malevolência ou mesmo, neste caso, da indiferença do nosso titular mestre terreno, quando ele decide aceitar o caso que é apresentado contra nós in absentia?

Sob esse prisma, devo presumir que os eventos previstos para a sexta-feira, 13 de outubro, irão de fato acontecer, e que você, com a

graça de Deus, lerá estas minhas palavras três meses depois, na festa
da Epifania do próximo ano. Dentro desses três meses, uma entre duas
coisas terá — deverá ter — acontecido.

A primeira, mais razoável e ardentemente desejada, é que o rei da
França terá admitido estar em erro ao suspeitar da nossa nobre Ordem
quanto a seja lá o que possa ter precipitado suas ações em primeiro
lugar, e estará em consultas com o superior Conselho Administrativo
da Ordem em busca de uma resolução para todo o incidente. A única
alternativa, caso esta deixe de ocorrer, é que a Coroa terá consumado
suas maquinações contra a Ordem, e a Santa Inquisição estará no
pleno encalço dos partidários do Templo em todos os níveis da sociedade
francesa, em todos os estratos de envolvimento, e o Estado, aliado à
Igreja, estará imerso no processo de confiscar todas as posses, líquidas e
imóveis, em terras e em espécie, da Ordem do Templo na França.

É uma perspectiva triste e sombria que se estende diante de nós,
caro irmão, mas, caso a primeira hipótese se demonstre a verdadeira,
e a nossa Ordem seja judicial e moralmente absolvida de sedição e
traição, então não é insensato supor que a notícia de tal resolução
amigável possa não ter ainda chegado a vocês onde quer que possam
estar. Portanto, vocês devem se apressar, para o bem de todos, em
embarcar emissários de volta à França assim que isso se torne
praticável, tomando o cuidado de não ostentarem nenhuma marca,
insígnia ou emblema que possa identificá-los como vinculados ao
Templo, colocando-os assim em perigo. Esses homens devem descer em
terra, comportando-se como simples mercadores sem qualquer interesse
nos eventos da França, e descobrir por conta própria as condições da
Irmandade do Templo dentro do Estado francês.

A segunda alternativa é muito menos agradável de se contemplar
e exigirá grande coragem de sua parte, pois, por definição, implica
a verdadeira extinção da Ordem do Templo na França — e eu devo

acrescentar que minha expectativa pessoal é de que isso está prestes a
acontecer. Capeto, acredito com firmeza, está obcecado pela destruição
do Templo. Pode ser porque recusamos sua entrada em nossas fileiras
— um insulto que seu orgulho não o deixará digerir —, mas creio que
isso não passe de um fator agravante. Moral e financeiramente falido,
o rei inveja nossa prosperidade, e seus cofres estão permanentemente
vazios. Ele vê o grande acúmulo de terras e posses, navios e riquezas
mercantis sobre a terra em nossas mãos, para sempre indisponível a
ele sem que se endivide ainda mais. Esse pensamento seria irresistível
demais para que ele o contemplasse sem cobiçar possuir tais bens.

Caso isso venha a suceder, irmão William, então a Ordem da qual
eu sou o 23º mestre consecutivo devidamente consagrado, com toda
probabilidade, cessará de existir nesta terra. E se este é o pecado do
desespero, então não sei como evitá-lo, pois tornei-me demasiadamente
cético para reconhecer outra coisa, além desta capacidade opressora, na
personalidade distante, inacessível e desumana do nosso rei ungido,
Filipe IV da França.

A despeito do nosso poder e da nossa força, Filipe vencerá este
combate, pois tem a Igreja à disposição, e o papa guardado no bolso.
Com esse amparo, a complacência e até mesmo a cumplicidade do Sumo
Pontífice em pessoa, ele se tornou invencível. E somente tamanho apoio
já o encorajaria, poderoso como é, a montar um ataque tão abertamente
mesquinho e cobiçoso contra a primeira, maior e mais honrada das
ordens militares da Igreja. E Filipe dará o pior de si. Eu prevejo
tortura e coerção para obter nossos segredos, macular nossa honra e
estabelecer nossa culpa — embora para que e com que propósito, resta
a ser visto. E nisso reside a razão da minha relutância em compartilhar
estes pensamentos com qualquer outra pessoa. Tais pensamentos são
traiçoeiros. Mas nenhum homem pode revelar, sob tortura, aquilo que
não sabe. E por essa razão boa e suficiente, mais do que por colocar

meus clérigos em perigo com a posse de tal conhecimento, considerei
apropriado confiar a redação destas linhas a um escriba idôneo que
retornará ao seu lar em Chipre antes da data de que falamos e portanto
estará a salvo do que possa acontecer na França.

Tenho a convicção de que seremos afortunados a ponto de conservar
algo tangível ao final do expurgo que nos espera. Tudo o que a nossa
Ordem possui desaparecerá nos cofres do tesouro de Filipe e nas
caixas-fortes do Vaticano — não necessariamente em porções divididas
igualmente. Depois disso, se algo da nossa irmandade restar com vida,
irá se defrontar com o retorno aos primeiros dias da Ordem, quando
cada cavaleiro abandonava individual e voluntariamente a vida
normal em busca de satisfação e salvação espirituais, jurando os três
Grandes Votos e aceitando a completa pobreza, reivindicando a posse
de coisas que a Ordem e seus adeptos conservam em comum, como
armas, roupas e montarias. Nossos dias de poder e influência, ao menos
dentro da França, estão rigidamente contados, porém, meu maior
medo é que, além do litoral francês, os outros reinos da Cristandade
sigam o exemplo de Filipe, seduzidos pela perspectiva de uma riqueza
incontável, ao alcance da mão e sem a proteção da Igreja.

Essas questões estão além do meu controle, irmão William; eu
simplesmente as registro aqui como fontes de preocupação para mim.
Eu próprio resistirei ou cairei com a nossa Ordem na França, onde foi
concebida e gerada. Uma vez que meus próprios votos me impedem de
erguer uma arma de qualquer tipo contra meus superiores legais, irei
submeter-me a qualquer julgamento ou ação que possam ser movidos
contra mim, independentemente do que eu possa perceber como seu
valor moral.

Uma coisa ainda está sob o meu controle, minha jurisdição e minha
prerrogativa enquanto escrevo esta carta: a delegação de autoridade
no interior da nossa Ordem sempre que julgar apropriado. Com esse

objetivo, eu incluí juntamente com esta missiva uma carta formal de nomeação e reconhecimento, devidamente testemunhada pelos membros superiores do Conselho Governante e assinada e selada com meu timbre oficial como grão-mestre da Ordem do Templo, nomeando o nosso fiel subordinado, irmão William Sinclair, cavaleiro da Ordem dos Pobres Soldados de Cristo e do Templo de Salomão, como mestre da referida Ordem na Escócia, ou onde quer que o referido William Sinclair possa se encontrar após o fim das suas viagens, desde que ainda esteja entre a companhia dos cavaleiros e sargentos da Ordem e permaneça dedicado à preservação dos antigos segredos e ritos devidamente repassados a ele por seus pares, confrades e companheiros dentro da Ordem.

Tal missiva acompanha esta carta. Leia-a em voz alta no capítulo quando o momento adequado chegar e proceda com todas as minhas bênçãos. Que o Deus dos nossos pais olhe e proteja você e os seus.

Em fraterna humildade, neste sétimo dia de outubro, Anno Domini 1307.
Jacques de Molay, cavaleiro e grão-mestre

Por algum tempo depois que Pairaud se calou, ninguém se moveu, e houve absoluto silêncio. Mas então, de algum lugar entre os homens à direita do leste, partiu um lento e rítmico som quando um dos cavaleiros começou a bater a palma direita contra o lado da perna, numa tradição raramente usada que se tornara conhecida ao longo dos anos como o aplauso capitular. A batida foi imediatamente imitada por outros e se espalhou rápido, até que toda a assembleia aplaudia, o som dos braços armados golpeando a pesada cota de malha das armaduras, acrescentando um pronunciado fundo fortemente metálico ao bater de palmas abertas contra as pernas.

Em todos os seus anos na Ordem, Will havia experimentado aprovação similar apenas duas vezes antes e em ambas as ocasiões contribuíra com ela em apoio a outros. Duas vezes numa vida haviam agora se tornado três. Nesta, sentiu os cabelos de sua nuca se arrepiarem, pois os cavaleiros no capítulo estavam mais do que simplesmente sendo indulgentes em tal aplauso: a concessão da honra indicava a sincera aprovação de algum notável avanço ou feito. Estritamente falando, aquilo ia contra as regras do capítulo, uma vez que nenhuma voz deveria jamais ser ouvida dentro dele que não pertencesse a um falante aprovado, mas, tecnicamente, nenhuma voz tinha dito nada, e, portanto, a questão era discutível.

Will sentiu a face corando de prazer e teve de lutar para manter a compostura, não permitindo que nenhum vestígio dos seus sentimentos transparecesse no rosto enquanto pensava no que deveria fazer em seguida. O aplauso, por mais lisonjeiro que fosse, era ilegal e tinha de ser interrompido, mas relutava em cortá-lo abruptamente, pois as circunstâncias daquele encontro capitular já eram incomuns. Olhou de lado, para o local onde Martelet e os outros prisioneiros estavam acorrentados, e notou que o cabeça do grupo estava postado rigidamente ereto, com os braços imóveis dos lados do corpo e uma carranca de desdém.

Will olhou novamente para os irmãos reunidos e levantou as mãos à altura dos ombros, vagarosa e calmamente, com as palmas voltadas para fora num pedido de ordem. Ficou satisfeito ao ouvir a batida contínua e ressoante diminuir lentamente até desaparecer por completo. Desse modo, o silêncio que obteve foi voluntário, não ordenado. Então ele se levantou e os fitou, ciente dos olhares de todos e de suas expectativas, mas por um longo momento nenhuma palavra lhe ocorreu. E então ele soube, num átimo de entendimento, o que queria dizer. Pigarreou e falou com clareza:

— Este encontro capitular é único, irmãos, assim como a nossa celebração neste dia: única... incomparável e sem precedentes. Pensem nessa palavra e no que ela significa: único. Significa singular em todos os aspectos. Significa inigualado e sem paralelos. Significa novo e jamais experimentado anteriormente. E como palavra para descrever este encontro, é apropriada de todas as maneiras.

"Dentro da história de nossa Ordem, nunca se redigiu uma carta que se aproximasse desta cuja leitura vocês ouviram hoje, ou que demonstrasse com mais clareza as crenças íntimas do nosso grão-mestre acerca da situação e do bem-estar desta organização, da segurança e da propagação do que foi confiado aos cuidados dele. Isso, por si só, é único.

"Desde o nascimento da nossa Ordem, dois séculos atrás, mesmo no mais fervilhante caos das campanhas em Outremer contra os turcos seljúcidas e contra o sultão sírio Saladino e suas hostes muçulmanas, jamais houve um tempo em que qualquer nova preceptoria da nossa Ordem tivesse de plantar raízes sem qualquer orientação ou apoio das autoridades superiores do Conselho Governante. Nós, neste capítulo, somos os primeiros desse gênero. E isso, mais solene e sombriamente, mais punitiva e lamentavelmente que qualquer outra coisa que a imaginação poderia abarcar, é único."

Ele olhou ao redor das faces reunidas da irmandade enquanto lhes dava tempo para absorver o que tinha dito, vendo sobrancelhas contraídas de consternação se propagarem enquanto as palavras eram assimiladas.

— Nós estamos sós aqui, irmãos, numa situação e num local onde há meio ano seriam inconcebíveis. E por isso devemos nos governar e nos moderar. Sem esperança de ajuda de qualquer origem. Nossos associados mais próximos, da Irmandade do Templo na Inglaterra, estão fechados para nós, alheios à nossa existência aqui, e eu temo, por razões políticas, e, por nossa obrigação para com o rei Robert, não ousaremos confiar o conhecimento da nossa presença a eles. Portanto, temos de governar a nós próprios. E devemos começar agora, hoje, neste minuto.

Will fez uma nova pausa e virou a cabeça para lançar um olhar significativo na direção dos prisioneiros que o observavam desconsoladamente. Ninguém ali deixou de entender a gravidade desse gesto.

— Antes que passemos ao julgamento, porém, devemos abordar a questão da incumbência solene do mestre, conforme está contida no segundo documento que acompanha esta carta. — Ele se voltou novamente a Pairaud. — Irmão Reynald, você teria a bondade de romper o selo do mestre e ler a proclamação ao nosso capítulo?

Pairaud já estava preparado e fez um breve gesto de assentimento antes de pegar a segunda carta, romper o selo com firmeza, sem hesitação, de forma que o som dos pedaços do lacre de cera espatifado que atingiram o chão de madeira foi claramente audível. Então segurou o pergaminho estreitamente enrolado diante de si e o abriu com a outra mão, correndo os olhos sobre o conteúdo por um momento antes de pigarrear e começar a ler novamente.

A todos os irmãos e partidários da Ordem dos Pobres Soldados de Cristo e do Templo de Salomão, e à totalidade dos homens, de qualquer patente ou posto:

Que seja do conhecimento de todos que eu, Jacques de Molay, 23º grão-mestre da supracitada Ordem, com plena aprovação e apoio da Irmandade do Conselho Governante da dita Ordem, anuncio por meio desta a nomeação e elevação de nosso benquisto e eminente irmão, Sir William Edward Alexander Sinclair de Roslin, no reino da Escócia, à posição de mestre na Escócia.

E que seja ainda conhecido que, caso venha a ocorrer que eu, como grão-mestre, juntamente com meus irmãos superiores da Ordem na França, sejamos impedidos, por morte ou encarceramento, de exercer nossos deveres ou designar sucessores condizentes aos nossos ofícios, então o supracitado William Edward Alexander Sinclair, mestre na Escócia, será elevado, ipso facto, *ao título e direito, às responsabilidades e deveres de grão-mestre da Ordem, tornando-se o 24º detentor e executor desse elevado posto.*

Que assim seja.

Escrito por meu próprio punho, neste quarto dia de outubro, Anno Domini 1307.

De Molay, grão-mestre

Will Sinclair ficou tão estupefato quanto todos os outros homens presentes. Mestre na Escócia já havia sido bastante surpreendente; jamais sonhara, nem mesmo de maneira fugaz, com tal honra. Mas a elevação à cadeira de grão-mestre desafiava a crença. Mas, enquanto se recuperava e seus pensamentos começavam a fluir novamente, viu essa elevação como o que era: o mais forte gesto de apoio possível por parte de De Molay, que entendia muito bem a tarefa com que Will se defrontava.

O bater de mãos começou novamente, mas dessa vez Will foi rápido em silenciá-lo com um único gesto rápido de mão.

— Eu agradeço o apoio, irmãos — disse ele. — Mas está equivocado. Não existe nada *a* apoiar desta vez, e queira Deus que nunca venha a existir. Mestre De Molay, até onde sabemos, está vivo e bem, juntamente com os outros oficiais da nossa Ordem. Faz quase um mês desde que mandamos quatro dos nossos navios para comercializar ao longo da costa da França, nos mares Atlântico e Mediterrâneo. Agora espero diariamente pelo retorno de algum deles ou de todos. Mas notícias nós teremos, muito em breve. Só então, armados de conhecimentos sólidos, seremos capazes de fazer algo real para tratar a situação na nossa terra de origem. Nesse meio-tempo, temos mais do que o suficiente para nos ocuparmos com a construção de um lar aqui, por mais temporário que esperemos que seja. Eu devo falar mais sobre isso mais tarde, porém, neste momento, temos assuntos mais graves a considerar.

Sinclair apontou sem olhar para o grupo de prisioneiros à sua esquerda.

— Motim e desobediência. — As palavras reverberaram no silêncio que produziram. — Oito homens se encontram aqui, acorrentados, acusados de ambos os pecados contra o princípio mais básico da nossa irmandade. Alguns podem argumentar que as infrações são apenas menores, diante do panorama geral do que aconteceu recentemente. Isso cabe a vocês decidirem neste capítulo. Eu não tomarei partido neste julgamento. O irmão Montrichard sentará na cadeira da acusação, como é de seu direito como preceptor. Mas, considerando a séria natureza das acusações, eu devo dizer isto: todos nós, cada homem presente aqui, assumimos os triplos votos ao entrarmos na Ordem. Aderir à pobreza, à castidade e à obediência aos nossos superiores sobre todas as coisas. E obediência à Regra e aos nossos superiores é a principal, pois, sem ela, não passamos de uma turba, um bando mais perigoso do que qualquer outro, pois somos treinados para lutar e matar, e, como um bando, ameaçamos mutilar a nós próprios e aos que estão à nossa volta.

Ele se virou deliberadamente e varreu com olhos sérios todas as fileiras.

— Prestem atenção no que digo. Falo agora como homem, não como o membro mais graduado presente, como um irmão entre confrades e um veterano desta Ordem, e falo com meu coração. Nós estivemos por muito tempo afastados da nossa disciplina diária nestes últimos meses, e essa é uma verdade simples que todos vocês reconhecerão. Porém a verdade é muito maior do que isso, e muito mais inquietante. Nós nos afastamos demais dos nossos princípios em anos recentes. Tornamo-nos relaxados e preguiçosos, todos nós, e eu posso dizer isso em voz alta e abertamente neste capítulo, sabendo que os únicos ouvidos que escutarão essa verdade são os nossos.

"Desde a queda de Acre e a perda das nossas possessões no Oriente, nós, os cavaleiros e sargentos da Ordem, temos, em muitos aspectos, nos tornado um navio sem leme, porque nossa *raison d'être*, por mais de 150 anos, foi a defesa e proteção da fé e da Igreja na Terra Santa. Quando perdemos a luta lá, perdemos nosso modo de ser e, lamento dizer, perdemos nossa posição aos olhos dos homens. A queda da fortaleza de Acre, vista como invulnerável e indestrutível, foi atribuída à nossa Ordem. Nós levamos a culpa, já que éramos os guardiões dos interesses da Igreja em Outremer. Somos vistos hoje como soldados que foram negligentes em cuidar de seus deveres. Isso não é verdade, como todo homem aqui sabe, mas as pessoas *pensam* que é, e não podemos fazer nada para mudar isso. Décadas demais se passaram. Ninguém faz caso do histórico de honra que conquistamos desde o início. Ninguém se recorda dos nossos sucessos ou do valor da nossa bravura em dias passados. Só o que eles veem é o fracasso e a perda de Outremer."

Ele ergueu a voz em um grito ao dizer as palavras seguintes, vendo o impacto do som inesperado nas fileiras de irmãos, que repentinamente se retesaram.

— E nós encorajamos isso! O Templo encorajou isso, com suas políticas passadas e presentes! Tornamos mais fácil aos nossos inimigos carrancudos nos odiar. O Templo não paga impostos, em lugar algum, nem os seus acólitos: mercadores, prestamistas e membros das guildas, que extorquem e roubam para lucrar, sob os auspícios do Templo, autodenominando-se templários à revelia do fato de que jamais possuíram uma espada ou desferiram um golpe em defesa de nada além de sua própria ganância... E isso inclui os chamados confrades do Templo, nenhum dos quais serve como nós servimos.

"Pensem nisso, e em como tal fato deve parecer aos menos afortunados. Eles nos veem como homens cercados de privilégios, livres de impostos e abastados além do que se pode acreditar, enquanto eles lutam diariamente para sobreviver. Veem nosso império mercante e se ressentem. Os clérigos veem nossas cartas de desapropriação e de crédito, as barras de ouro e prata nos nossos cofres, as taxas que cobramos, e têm-nos por usurários. E *todos* os homens nos veem, e com razão, eu temo, como arrogantes e intolerantes valentões, pavoneando-nos com nossas barbas divididas, nossas ricas vestimentas e os melhores cavalos. Comportando-nos com presunção arraigada para com todos que vemos como inferiores a nós próprios, ou seja, eles: todos aqueles, por toda parte, que não são templários."

Ele parou, deixando que sua voz sumisse tão rapidamente quanto havia se inflamado, e depois retomou, num tom mais calmo e solene:

— Essa é a verdade. E isso, no fundo, foi o que nos arruinou na França e possivelmente em toda parte. Homens podem dar diferentes nomes e atribuir o que aconteceu a outras causas, mas, no final das contas, nos anos recentes, atraímos o infortúnio sobre nossas próprias cabeças ao darmos às pessoas motivos para sentir inveja, ressentimento e raiva de nós, devido ao modo como nos percebem. Nenhum homem aqui, eu creio, poderá negar a verdade do que eu disse, se parar para pensar nisso com sua consciência.

"Mas nós estamos na Escócia agora, onde, graças aos esforços e à boa vontade dos nossos predecessores neste tempestuoso reino, nossa Ordem continua gozando de alta consideração. Eu pretendo conservar essa alta consideração enquanto estiver aqui. Explicarei meus planos e darei meus comandos como mestre na Escócia quando retornar, mas, por ora, eu me retirarei e deixarei que este capítulo conduza o julgamento destes homens com apenas um conselho de minha parte: delitos passados podem ser perdoados em boa consciência e boa vontade, mas, neste caso, o perdão, se tal for a escolha de vocês, deve ser pesado judiciosamente sob a perspectiva do comportamento futuro. Não direi mais nada. Vocês conhecem os procedimentos, e também as punições implicadas caso o julgamento seja desfavorável a eles. Comandante Montrichard, se tiver a bondade de mandar me chamar quando a deliberação deste caso estiver finalizada, eu então concluirei o que desejo dizer ao capítulo. Enquanto isso, o leste é seu."

Will desceu do pódio e marchou rapidamente para fora do encontro capitular, retornando diretamente à sua câmara no segundo andar. Tam Sinclair, que acabava de sair do aposento com uma cesta vazia, após ter reabastecido o suprimento de lenha junto à lareira, parou quando Will apareceu e se postou com os lábios contraídos e olhando-o de soslaio na penumbra.

— E então, eles estão indo para o emparedamento?

Will mal parou para pensar.

— Você acha que deveriam?

— Não compete a mim dizer isso, mas acho que um homem deveria ter feito algo terrível para ser sentenciado àquilo... ser encerrado num buraco na parede, sem ar fresco para respirar. Não consigo pensar num modo pior de morrer, além de ser enterrado vivo num caixão. Parando para pensar, é a mesma porcaria, tirando o fato de que você dá pão e água ao prisioneiro para mantê-lo vivo enquanto ele espera a morte por sufocamento. E só porque ele não quis fazer a barba?

Will parou onde estava e ficou imóvel por vários segundos antes de menear a cabeça e se virar para olhar para o primo.

— Não. Não, não, não, Tam, tem muito pouco a ver com isso. A barba não é importante em termos gerais. É o motim que interessa: a arrogância, o orgulho, o exemplo que eles representam para outros com esse desvio voluntário de conduta. É isso que precisa ser extirpado ainda em botão antes que possa florescer e gerar sementes. E, além disso, o emparedamento não é uma opção neste caso. Ele é o último recurso contra a intransigência. Esses homens provavelmente serão sentenciados a um mês de confinamento a pão e água. Martelet pode pegar dois ou mesmo três meses. Mas ele não será emparedado.

— Isso é o que você acha — resmungou Tam. — Nem mesmo está lá para ver o julgamento. E se ele os desafiar e algum idiota perder a cabeça e o condenar? Coisas estranhas têm acontecido.

— Então vetarei a punição. Mas agora tenho de escrever, enquanto o julgamento prossegue. Há tinta preparada?

Tam olhou-o de soslaio, fazendo uma carranca, e nem mesmo dignou-se a responder uma pergunta tão tola enquanto se retirava, carregando a cesta vazia.

TRÊS

Menos de uma hora havia se passado quando Will foi chamado de volta ao encontro capitular, e caminhou assembleia adentro carregando as folhas de pergaminho em que havia listado os pontos que desejava abordar em função da carta do mestre. Viu ao primeiro olhar que os prisioneiros haviam sido removidos e que os confrades restantes estavam de pé em posição de sentido, aguardando sua chegada, mas não demonstrou curiosidade sobre qual havia sido o resultado. Em vez disso, fez um cumprimento de cabeça cortês ao preceptor, que também estava de pé, esperando para lhe ceder o pódio leste e o comando do capítulo. Will o convidou a permanecer no pódio, numa cadeira ao lado. Tão logo Montrichard se acomodou, Sinclair convidou a irmandade a sentar-se.

— Irmãos, eu tomarei pouco do seu tempo, pois esta assembleia já se prolongou muito, mas ouçam agora as minhas palavras, pronunciadas com a autoridade de mestre na Escócia que me foi outorgada pelo nosso grão-mestre, Jacques de Molay. Eu falei anteriormente sobre a minha vontade quanto à nossa conduta enquanto residirmos aqui. Agora as repetirei como obrigações solenes, dando-lhes, nesta única ocasião, algumas explicações sobre os meus motivos, pois não posso subestimar a importância do que vocês todos devem entender deste dia em diante.

"Nós recebemos refúgio nesta terra pela graça do seu monarca, Robert Bruce, rei dos escoceses, e eu aceitei, em nome de todos nós, uma obrigação firme e digna em retribuição ao privilégio de estarmos aqui. — Fez uma pausa, ciente de que todos os homens à sua frente ouviam-no com atenção. — O rei Robert continua excomungado aos olhos do papa Clemente e seus adeptos em Roma. Mas ainda assim tem o firme e inabalável apoio dos bispos superiores da Igreja na Escócia, liderados pelo primaz da Escócia em pessoa, William Lamberton, arcebispo de St. Andrews, em Fife, e por William Wishart, bispo da Sé em Glasgow. Tal apoio, em revelia ao decreto papal de excomunhão, não tem equivalentes na Igreja da Cristandade. O mais surpreendente resultado desse apoio foi que os próprios bispos escoceses, por sua vez, não foram condenados pela cúria de Avignon por desobediência. O motivo para isso é bastante claro: o rei, por meio da intermediação dos bispos escoceses, tem amigos na cúria, e a excomunhão foi obtida pelos inimigos políticos, para atingir seus próprios objetivos e por razões mais políticas que religiosas. Consequentemente, o édito continua sob disputa, e o bispo Wishart, agindo pelo arcebispo Lamberton, que é mantido prisioneiro na Inglaterra como apoiador do rei Robert, continua confiante de que a excomunhão é reversível pela lei canônica e que o banimento será anulado.

"Mas eis aqui o nosso dilema, e o do rei: a excomunhão do rei se aplica a todo o seu povo. De acordo com a lei canônica, mantida em suspensão aqui pela boa vontade dos bispos da terra, todo o povo do reino da Escócia permanece excomungado com seu rei, até que renunciem a ele e o deponham. Enquanto não o fizerem, nenhum sacramento pode ser administrado ao povo da Escócia. Mas o rei foi devida e solenemente coroado como Robert I, a coroa está na sua cabeça de acordo com as mais longevas e sagradas tradições deste venerável reino, e ele é legalmente reconhecido como monarca pelas antigas famílias escocesas daqui e pelas casas nobres da Normandia francesa.

"Pela nossa simples presença nesta ilha, nós que estamos neste capítulo oferecemos uma ameaça à eventual dissolução dessa excomunhão que é maior do que qualquer outra, agora que o rei Robert está a caminho de estabelecer a paz com os inimigos. Nós, os sobreviventes da Irmandade do Templo na França, somos um potencial constrangimento e um impedimento para o rei e seus bispos, pois somos nós próprios fugitivos, esquivando-nos ao descontentamento papal. Não sabemos, a esta altura, até que ponto estamos formalmente condenados aos olhos da Santa Igreja, embora venhamos a descobrir essa verdade nos dias que se seguirão, mas sabemos sem sombra de dúvida que o papa Clemente se alinhou ao rei Filipe para provocar a queda da nossa Ordem em nossa terra natal.

"E, com base nisso, podemos saber com certeza a extensão do perigo que representamos para o rei. Caso se descubra que estamos em Arran, sob a proteção do rei dos escoceses, seus inimigos farão grande uso de nossa presença aqui para derrotá-lo e para denegrir seu caráter aos olhos da Igreja. Alegarão que o rei Robert desafia aberta e voluntariamente o papa e milita contra o rei da França. Como podemos negar a veracidade dessa afirmação, após termos passado por esse infundado expurgo real e pelo exílio dele resultante nos últimos três meses? Quando questões de Estado e fortunas incalculáveis estão em jogo, pode-se confiar que os homens de poder voltarão sua mais forte vontade para distorcer a justiça e corromper a verdade e o direito moral. E Robert Bruce desafia homens poderosos, aqui, na Inglaterra e até mesmo na Igreja Romana. Essa é a completa e pura verdade, irmãos."

Ele tornou a se calar, e seu silêncio se prolongou por tempo suficiente para que os homens começassem a se remexer em suas cadeiras, olhando-se uns aos outros, com expressões tão distintas quanto os rostos em si. E enquanto os observava, surpreendeu-se com sua própria habilidade de controlá-los e de lhes falar como havia falado, ciente de que havia falado mais coisas, e com mais eloquência, do que se lembrava de ter feito algum dia.

— Portanto, eis aqui a minha decisão, como mestre nesta terra, a qual anuncio como uma resolução do capítulo, a ser observada e obedecida por esta comunidade. Nós já estivemos trabalhando para este fim, mas agora existe uma necessidade clara para que eu converta minhas vontades expressas previamente num comando absoluto, convocando cada um de vocês à obediência absoluta, por isso escutem-me com clareza. A partir deste dia, a Ordem dos Pobres Soldados de Cristo e do Templo de Salomão irá desaparecer dos olhares dos homens nesta ilha de Arran. — Ele esperou que o impacto causado pelas palavras se instalasse e começasse a se dissipar. — Será simples fazê-lo.

"Nossa tarefa, na verdade, nossa obrigação, a partir deste momento, é disfarçar nossa presença aqui, protegendo-nos, assim como à nossa identidade e, ao fazer isso, assegurando o bem-estar do nosso benevolente anfitrião, o rei dos escoceses, ao menos no que está ao nosso alcance. Portanto, a questão das barbas prevalecerá daqui por diante como lei. Além disso, todos os nossos irmãos, exceto unicamente nossos bispos e acólitos, abandonarão a tonsura monástica, permitindo que cresça naturalmente. Essa é outra afetação, que data dos primeiros dias da Igreja, destinada a distinguir os monges como escravos de Deus. Nós sabemos quem somos, sabemos nossos deveres e responsabilidades, e isso é tudo o que se exige de nós. Todas as outras coisas que poderiam nos marcar como templários serão ocultadas. Nós teremos armas suficientes, e não temos inimigos aqui. Se inimigos vierem, não estaremos desprovidos dos meios de nos armarmos rapidamente e de prevalecer sobre eles, mas faremos isso como homens combatentes defendendo a si próprios e às suas posses, não como cavaleiros armados reunidos em disciplinados esquadrões franceses... embora isso possa ocorrer também, caso haja necessidade.

"Nós nos tornaremos invisíveis, irmãos. Certamente somos muitos, e não temos mulheres, mas isso passará despercebido por todos à exceção dos olhos mais inquisitivos, e com estes podemos lidar. A Escócia é um território em guerra, e Arran faz parte das terras do rei, um lugar seguro para reunir e treinar novas tropas e abrigar mercenários. O fato de que somos franceses pode se tornar conhecido, mas seremos vistos como guerreiros contratados, não como confrades templários. Mas permitam que eu deixe claro, irmãos, que não há nada em qualquer coisa dita que mudará, ou violará, nossa irrestrita adesão à Regra, o nosso modo de vida. Todos os ritos e cerimônias, todos os deveres e obrigações continuarão como antes, e a estrita obediência à Regra continuará sacrossanta.

"No que diz respeito à prontidão para a batalha, o treinamento continuará como antes, mas em grupos pequenos, com os exercícios e manobras maiores agendados regularmente em locais onde possam ser realizados sem que sejam observados por olhos hostis."

Will se levantou.

— Estas são as linhas gerais, irmãos. Os clérigos escrivães aqui presentes elaborarão todos os detalhes e os apresentarão a vocês quando os tiverem completado. Porém, há mais uma coisa de que preciso, e ela emerge diretamente de tudo o que eu disse até agora. É necessário, acredito, que tomemos medidas para dividir nossa comunidade, com a finalidade de atenuar a necessidade de viajar em grandes grupos de norte a sul para a realização das nossas tarefas, por isso eu gostaria de ver um Comando subsidiário estabelecido no norte, em Lochranza, com seu próprio capítulo devidamente instalado. — Olhou para o lado oposto do corredor onde se reuniam os bispos vestidos de verde ao redor do pódio oeste. — Irmão bispo Formadieu, posso solicitar que você dedique sua atenção à realização dessa tarefa? Eu deixarei em suas mãos a organização da divisão de forças e a designação de um subpreceptor e seus oficiais.

O bispo se ergueu e curvou a cabeça em aceitação formal da tarefa, e Will olhou rapidamente à volta da assembleia.

— Que assim seja. E agora, meu senhor bispo, se você nos conduzir nos ritos de encerramento, os confrades poderão partir e pensar em tudo o que foi dito aqui neste dia. Oficiais e irmão superiores se juntarão a mim posteriormente nos meus aposentos.

QUATRO

— Nunca vi você falar tanto de uma vez só em toda a minha vida, irmão, e confesso: discursou notavelmente bem. Deu alimento suficiente aos pensamentos dos nossos confrades para mantê-los ruminando durante dias. O que você está bebendo?

Kenneth Sinclair foi o primeiro a chegar, seguindo Will aos alojamentos menos de um minuto depois de o irmão ter chegado. Will deu um sorriso e acenou para a mesa onde Tam havia posto copos e jarras de vinho.

— Eu sempre fui o inteligente da família. O que aconteceu no julgamento?

Kenneth se ocupou em servir vinho para ambos e entregou um copo a Will justamente quando o som de passos se aproximando anunciava a chegada dos outros.

— Solitária, a pão e água. Dois meses para Martelet, que não demonstrou nenhum remorso, e um mês para os outros, incluindo o ferido, Gilbert de Sangpur. Alguns acham que a pena foi muito branda.

— Entre! — gritou Will quando alguém bateu à porta, e, enquanto Narremat, Montrichard e vários outros começavam a entrar, ele se dirigiu novamente ao irmão: — E você, o que acha?

— Eu concordo, particularmente no caso de Martelet. Aquele sujeito é a maçã podre que poderia estragar o barril inteiro. Ele não será dobrado e não irá mudar com facilidade.

— Sim, ele irá, quando se vir sozinho e exposto em sua truculência. Ele vai se sentir incomodado, defeituoso, e começará a se comportar logo depois disso. Escreva as minhas palavras. Cavalheiros, ponham-se à vontade!

Will foi dar as boas-vindas aos convidados e se pôs a servir o vinho para cada um deles, sucessivamente. *A simples cortesia do gesto*, pensou o irmão. *Essa qualidade especial que faz de Will Sinclair quem ele é*. O próprio Will, por sua vez, já estava se arrependendo de tê-los convidado para ir até lá, pois tinha a mente tomada de curiosidade sobre o terceiro pacote do estojo do mestre. A constatação de que agora talvez tivesse de esperar várias horas para abri-lo despertou uma impaciência repentina que ele tentou neutralizar dedicando atenção aos oficiais, que pareciam ambos hesitantes e tímidos, claramente inseguros do que ele poderia esperar deles e provavelmente do que eles próprios poderiam esperar de Will, depois dos dramáticos anúncios que fizera no capítulo.

Foi o preceptor, Richard de Montrichard, quem fez a pergunta que, ao refletir a respeito, Will reconheceu com ironia que deveria estar incomodando todos eles. Todos tinham copos de vinho nas mãos e estavam à vontade, conversando entre si, alguns sentados, outros de pé ao lado do fogo crepitante, e vários encostados preguiçosamente em paredes e mesas, todos discutindo o encontro capitular. Will estava parado ligeiramente à parte, observando-os, sem fazer qualquer tentativa de chamar a atenção para si, quando viu Montrichard se virar e procurar cruzar o olhar dele com o seu, depois levantar uma das mãos para indicar que desejava falar.

— Sir William, eu tenho uma pergunta a fazer, se me permite.

— Você não precisa de permissão, Sir Richard. Nós estamos à vontade aqui. Pergunte.

— Bem, senhor, é a respeito da questão do nosso vestuário... nosso fardamento...

Will sorriu.

— Você quer dizer suas roupas.

— Exatamente. Eu concordo com tudo o que você disse esta manhã sobre o assunto. Faz perfeito sentido, tanto para nossa proteção quanto pela causa do rei Robert. Nós devemos nos tornar invisíveis, como você disse. Mas... se, como sugere, pusermos de lado nossos mantos e sobrecotas juntamente com nossas cotas de malha e armaduras com emblemas, o que vestiremos em seu lugar?

Will teve de reprimir a vontade de rir, recordando-se de que aqueles eram homens cuja totalidade de ações e comportamentos, do nascer ao pôr do sol de cada dia de suas vidas, havia sido ditada pela Regra que governava a todos. Eles não possuíam nenhum conceito de liberdade pessoal em questões de vestimenta ou conduta; haviam passado suas vidas usando as roupas que lhes foram fornecidas pela Ordem. Homens sólidos, porém, estólidos em sua maior parte, careciam da imaginação para conceber qualquer coisa diferente do que sempre souberam. E por isso ele balançou a cabeça solenemente, aceitando a pergunta com gravidade.

— Por que, irmão Richard, não vestimos o que sempre trajamos: túnicas simples e comuns, sem adornos, e perneiras confortáveis para nos proteger do frio? Nós simplesmente poremos de lado nossas vestes exteriores, substituindo-as pelas capas de tecido comum ou de lã encerada e outras vestimentas exteriores usadas pelo povo desta parte do mundo: coletes de couro, armaduras de couro lavrado feitas de pele fervida e martelada. Não vamos ficar expostos até congelar, eu lhe prometo. E se a sua próxima pergunta for sobre onde obteremos essas vestimentas, então eu lhe responderei que elas já estão aqui. Há uma grande família de tecelões na costa sul que fornece roupas para todos os climas aos pescadores locais. E outra família de curtidores, na angra abaixo de Lochranza. Eu falei com os curtidores, embora com os tecelões ainda não, mas tenho certeza de que ambas as famílias estarão ansiosas para trabalhar pesa-

do a fim de nos vestir e equipar em troca de sólidas moedas de prata...
e mais particularmente se nós lhes fornecermos peles e fios de lã, que
nossos navios já coletam no exterior. Então pode relaxar quanto a esse
problema, irmão. — Porém, ele ainda via confusão pairando na face do
preceptor. — Você não parece convencido. Eu não fui claro?

— Não é isso, Sir William, de modo algum. — O protesto foi quase
um pedido de desculpas. — Eu estava apenas me perguntando como nos
distinguiremos entre nós... quanto à patente, quero dizer.

As sobrancelhas de Will arquearam em surpresa.

— Por que precisaríamos disso? Somos menos de duzentos. Há algum homem no seu Comando cujo nome e patente você já não conheça?

— Não, é claro que não.

— E há algum deles que deixaria de reconhecer você, ou qualquer
outro que esteja aqui?

Montrichard começou a parecer levemente cabisbaixo, e o vice-almirante Narremat veio em socorro:

— Eu creio que o irmão preceptor talvez esteja se referindo aos procedimentos em tempo de conflito ou batalha, Sir William. Confesso que
os mesmos pensamentos me ocorreram, pois todos os homens parecem
iguais no meio da ação. Um almirante precisa reconhecer seus homens,
assim como um comandante em terra.

Will balançou a cabeça.

— Um argumento válido, e que já havia me ocorrido. Mas nós estamos falando aqui de atividades normais, e há pouca necessidade de
reconhecimento detalhado na labuta diária. Nós temos o nosso regime
de orações e rituais diários, e só isso bastará para manter a disciplina
agora que ela está restabelecida. Em tempos de guerra, porém, caso esta
algum dia chegue a Arran, nós deveremos nos identificar pelo uso de
retalhos coloridos e bandeiras simples também coloridas. — Ele olhou
para o preceptor novamente. — Isso já foi providenciado, Sir Richard. Os

preparativos já estão em andamento, e todos os homens saberão as cores antes que um mês tenha se passado a partir de hoje.

Montrichard assentiu em aceitação, e a partir desse ponto a conversa se tornou generalizada, com perguntas partindo de todos os presentes, requerendo esclarecimentos de Will sobre todos os pontos considerados. Em consequência, as horas passaram rápido, e quando os companheiros finalmente o deixaram só, Will sentiu grande satisfação. Ele havia alcançado mais do que esperava, e não encontrara oposição nem mesmo quanto aos detalhes que achava que seriam espinhosos.

Tam viera reabastecer o fogo tão logo o último visitante partiu, e lançou um olhar para o pacote sem abrir sobre a mesa onde Will o havia posto.

— O que é isto?

— Eu não sei. Ainda não abri. Parte do pacote de mestre De Molay para minha atenção pessoal.

— Então, quando o abrirá?

— Depois que você sair. Eu lhe disse, é só para mim por enquanto.

— Hum. Como seria, eu me pergunto, um templário sem segredos? Desconfio que você está doido para se livrar de mim, então, levando em conta que nunca foi conhecido por sua paciência quando alguém o deixa esperando... Bem, é só eu terminar aqui e então o deixarei com seus assuntos. Ah... qual foi o veredito do julgamento?

Will lhe contou.

— Então, todos nós teremos as faces nuas a partir de agora?

— Não, não nuas. Vocês, sargentos, não precisam mudar seus cabelos e barbas, exceto para deixar suas tonsuras crescerem. Mas os cavaleiros irão aparar suas fabulosas barbas bifurcadas. E todos os sinais de que somos templários serão escondidos.

Tam deu um grunhido, pressionando com a sola da bota a última acha de uma braçada de lenha no fogo, e então espanou as mãos.

— Bem, estarei interessado em ver que mudanças isso trará.

— Trará muito pouca diferença em quem e o que nós somos, Tam. Mas deve enganar um olhar casual a distância. Nós não queremos nos esconder, mas temos de ocultar nossa identidade como você bem sabe. Agora, fora daqui e deixe-me com o meu trabalho.

Tam simplesmente fez um aceno amigável de cabeça, depois saiu, fechando a porta com força atrás de si.

Will apanhou o pesado pacote embrulhado em tecido que estava sobre a mesa. Parecia ensebado ao toque dos dedos, pois todo o objeto havia sido coberto por cera de lacre, formando uma camada protetora lisa, sólida, porém, quebradiça. Ele segurou o objeto por um momento, avaliando seu peso e se perguntando o que conteria, depois tirou a adaga da bainha e bateu o cabo com força na cobertura de cera, cujos pedaços se espalharam pelo chão. Mas como o material aderira com intensidade ao tecido de lã grosseira, Will ainda travou uma pequena luta para libertar o conteúdo, recorrendo por fim ao gume da adaga.

Uma chave de ferro simples e delgada caiu na mesa antes que ele pudesse apanhá-la. O cavaleiro contemplou-a por um instante. Era mais fina que a maioria das chaves daquele tipo, quase delicada, e tinha o comprimento de uma mão, do punho à ponta dos dedos, tendo como único detalhe decorativo o cabo formado por uma cruz pátea do Templo, sem adornos. Olhou para ela, franzindo ligeiramente o cenho, depois olhou o interior do embrulho que estava na sua mão e viu a borda de um pedaço de pergaminho. Tirou-o e desdobrou-o. Enquanto lia, sentiu os cabelos da nuca se arrepiarem.

William,

 Caso você se torne meu sucessor, talvez precise ter acesso aos conteúdos dos baús em seu poder, por razões ainda a se descobrir. Há entre eles um que é menor do que os demais, com fecho de bronze e um

só cadeado, lacrado com cera. Esta chave corresponde à sua fechadura.
Guarde-a bem. É o encargo do mestre. O baú contém as chaves de todos
os outros. Abra-os sozinho, no tempo que lhe for mais adequado, e veja
a justificação da nossa antiga Ordem do Sião, a fim de saber o que deve
ser feito para salvaguardá-los, íntegros ou separados, caso um tempo de
grande necessidade se apresente. Que Deus o guarde, e a todos nós, em
segurança e boa saúde.

D.M.

Will se sentou pesadamente na sua cadeira, apenas agora consciente de que deveria ter esperado esse desenrolar, pois não fazia sentido que fosse autorizado a transportar o fabular Tesouro do Templo sem os meios para abri-lo. Porém, o simples pensamento de que agora seria capaz de fazê-lo, possuindo o direito de abrir os grandes baús e contemplar o lendário conteúdo, envolto por tanto tempo em mistério, fazia-o sentir vertigens e vacilar.

Refletir sobre isso fez com que se lembrasse de que o Tesouro ainda estava flutuando a bordo de um dos navios na baía de Lamlash, esperando pela localização de um esconderijo seguro. Estava coberto por lonas e não tinha nem mesmo uma guarda formal. A maioria das pessoas vinha se mantendo ocupada o suficiente para esquecer a existência dele. Porém, mais de um mês havia se passado e nenhum bom esconderijo fora descoberto por nenhum dos homens de confiança a quem essa tarefa havia sido designada. Isso, Will percebia com clareza, não era aceitável nem mesmo tolerável. Mas enquanto pensava no problema, a resposta veio de maneira inesperada, provocando arrepios nos seus ombros devido à engenhosidade. Não havia local suficientemente seguro em Arran para abrigar o Tesouro; havia diversas grandes cavernas e grutas, por certo, mas estavam longe de ser inacessíveis a qualquer um determinado a adentrá-las.

O lugar perfeito — que ele instintivamente acreditava ser o único para tal uso — se encontrava longe da ilha de Arran; estava na Escócia continental, nas terras de Roslin, pertencentes a seu pai, no fundo das colinas arborizadas ao sul de Edimburgo, muito longe do mar. Pelo que Will sabia, ninguém além dele e de seus irmãos, três dos quais não via nem pensava a respeito havia muitos anos, tinham conhecimento da existência do lugar: uma gruta abobadada e recôndita que tinha como única entrada uma fenda estreita no teto, descoberta por puro acaso anos antes pelo irmão mais velho de Will, Andrew, quando este caiu dentro dela enquanto procurava uma flecha perdida e se viu rolando por um declive coberto de cascalho para dentro de um amplo espaço escuro e vazio. Os irmãos usaram a caverna como esconderijo secreto durante vários anos, fazendo juramentos atemorizantes de que jamais revelariam o lugar a ninguém. Will não pensava naquela caverna havia anos, pois não usara o lugar por mais do que dois verões, na infância, e seria capaz de apostar que seus irmãos também a esqueceram. Mas agora se recordava perfeitamente dela, com sua única entrada estreita, uma fenda negra ao nível do solo na base de uma colina, invisível sob uma massa verdejante de velhas sarças.

Era uma fratura na rocha sólida, não um abatimento de solo macio; a abertura teria de ser alargada, ele sabia, pois mal tinha largura suficiente para a entrada de uma criança. Porém, mal dedicou algum pensamento para a dificuldade envolvida. Os irmãos do Templo construíam fortalezas e edifícios palacianos havia mais de um século, usando conhecimentos matemáticos e geométricos repassados ao longo do tempo pela Ordem do Sião desde os arquitetos do antigo Egito. E, como resultado, a cantaria, a maior das artes arquitetônicas, tanto antigas quanto modernas, havia se tornado um ofício honrado entre os cavaleiros do Templo, que se referiam a essa área do conhecimento como "geometria sagrada". Will conhecia dezenas de pedreiros experientes em seu círculo de relações dentro da irmandade, e havia cinco deles sob seu comando atual. Para esses homens, ele sabia, a tarefa de alargar a entrada e depois ocultá-la por completo seria simples e rapidamente concluída.

Sentiu o estômago se revolver de antecipação, sabendo que, como local de ocultamento do Tesouro, a caverna seria imbatível, ainda mais segura e secreta que a caverna na floresta de Fontainebleau, onde os baús permaneceram em segurança durante décadas.

Decidiu que sua prioridade deveria ser o transporte seguro do Tesouro até as terras de seu pai, para ser adequadamente escondido lá. O pensamento de rever Roslin, após tantos anos, de ver os rostos e ouvir as vozes amadas de seu pai e seus irmãos, assim como de suas proles, fez com que se levantasse de imediato e começasse a caminhar pelo quarto, já ocupado em selecionar a comitiva que cavalgaria com ele.

— Tam — rugiu ele, e a porta se abriu totalmente um momento depois para revelar o primo, com olhos arregalados pela urgência do chamado.

— O que foi? Qual é o problema?

— Nenhum problema, irmão sargento! Só estou dando um alerta antecipado. Limpe-se e tente parecer respeitável, e comece a treinar bons modos. Nós iremos voltar a Roslin dentro de uma semana!

CINCO

Os dias que se seguiram pareciam curtos demais para o volume de atividades que tinha de ser comportado dentro deles, sendo o transporte da ilha para a Escócia continental a maior prioridade. Will tinha uma galé à sua disposição pessoal, comandada por Narremat, mas decidiu tomar também um navio de carga, uma das embarcações dividida em compartimentos entre os deques para acomodar os animais, uma vez que havia estimado sua comitiva de viagem em vinte homens de confiança — dez cavaleiros e dez sargentos —, e todos precisariam de cavalos. Limitou o número de montarias sobressalentes em quatro, mas também teve de incluir quatro cavalos de carga para o carroção que transportaria os baús do Tesouro, o que elevou o número a 28 animais a bordo de um navio modificado para transportar 36. Ele destinou o espaço extra aos homens da expedição, uma vez que sua galé não podia comportar facilmente todos eles mais os volumosos baús, e não pretendia deixar estes a bordo do navio, onde poderiam ficar fora de sua vista e seu controle.

Uma das galés que haviam emprestado a Angus Og MacDonald visitou Brodick no segundo dia de preparativos, no decorrer de uma patrulha normal de suas águas. Will aproveitou a oportunidade para fazer perguntas ao capitão de MacDonald sobre as rotas mais seguras para seguir na travessia de Arran para Edimburgo. O capitão, um veterano de barba hirsuta e sobrancelhas espessas, com um rosto desgastado até se reduzir a uma massa de rugas coriáceas nascidas de seus anos no mar, falava escocês e gaélico, e recorria até mesmo a algumas noções de francês em seus comandos.

— Você irá pelo lugar amado e verde — disse ele, com seu suave sotaque ilhéu atenuando a aspereza do escocês em que respondeu a pergunta. — Direto daqui para o norte, até o estuário, depois contornando para nordeste ao longo do vale do Clyde, o mais longe que puder antes que os baixios o impeçam. De lá, é uma jornada de quatro ou cinco dias até Edimburgo num cavalo resistente. Para onde você disse que ia?

— Um local chamado Roslin. O lar de meu pai.

— Certo... Nunca ouvi falar desse lugar.

— E por que deveria? É pequeno e fica longe, terra adentro. Mas você mencionou um lugar de que nunca ouvi falar. O que é o "lugar amado e verde"? Onde fica isso?

— *Arre!* — O capitão jogou a cabeça para trás e riu num prazer genuíno. — Eu esqueci que você não é destes lados. É o lugar fundado pelo grande santo Kentingern, há centenas de anos. Os do continente o chamam são Mungo, mas ele é Kentingern para nós das ilhas, e a cidade dedicada a ele lá no alto do estuário é Glasgow, que é um nome gaélico de duas palavras, *glas* e *gow*, que significam "amado" e "verde".

— Entendo. E há ingleses aquartelados lá?

— Eu não sei, pois evito o lugar. Mas deve haver. É um local fortificado com uma catedral. Devem achar que é importante. De qualquer forma, não corra o risco. Mantenha-se na orla norte do Clyde e fique bem longe da cidade. Todo o vale do rio é bem arborizado; há pouca gente por lá hoje em dia. Mantenha batedores bem à frente e ficará bem. Edimburgo estará a cerca de 150 quilômetros a leste. Quanto ao lugar que você está procurando, não posso ajudá-lo.

Will agradeceu ao homem e o deixou com seu trabalho, enquanto ele próprio saía à procura de Mungo MacDowal, a quem repetiu as palavras do capitão. Mungo assentiu. Conhecia a rota, pois havia viajado por ela várias vezes quando menino, com seu pai.

No dia seguinte, uma hora antes do pôr do sol, a torre no alto do Castelo de Brodick reportou velas se aproximando pelo sul, e, enquanto o entardecer se adensava em volta delas, Will estava na praia, esperando a chegada dos dois navios que retornavam dos portos franceses do canal, mas, tirando uma breve e desencorajadora indicação do estado das coisas por lá, teve de esperar até a noite, após as orações comunais e a refeição, para ouvir a plena extensão das descobertas. Imediatamente após o jantar, ele se retirou do refeitório e conduziu os dois capitães ao seu alojamento.

Trebec, um homem amável e de riso fácil, quando não em serviço, procedia do porto bretão de Brest, e por isso cobriu os portos ao sul deste, chegando até a fronteira com a Espanha, pois havia menos chances de ser reconhecido lá como capitão templário. O mais jovem, um moreno nativo de Navarra, no norte da Espanha, cujo nome era Ramón Ortega, visitara os portos mais ao norte, a partir de La Rochelle, onde era desconhecido, subindo até Brest e de lá passando por Cherbourg até chegar em Dieppe, visitando todos e mandando homens de confiança para descobrir o que pudessem.

Nenhum dos dois sorriu ao fazer o relatório, e Will caminhava de um lado para outro enquanto os ouvia, compungido demais para se sentar. Exatamente como previsto pelo alerta original feito por De Molay, parecia que todos os oficiais superiores da Ordem haviam sido detidos no dia marcado em outubro e atirados na prisão para esperar o interrogatório conduzido pela Santa Inquisição, os dominicanos de face severa que se autodenominavam Cães de Deus, e cujo zelo implacável pela santidade absoluta do dogma cristão havia espalhado terror e apreensão entre os cristãos comuns nos últimos cem anos, mantendo-os em abjeta submissão através do medo da morte pelo fogo e da tortura. Ambos os capitães puderam atestar o envolvimento dos inquisidores por numerosas observações. Por toda a extensão e amplitude da costa da França, as conversas de taverna eram todas sobre o aprisionamento dos templários, com o predomínio das especulações sobre o que estaria acontecendo a eles por trás dos muros ameaçadores das prisões reais.

Will escutou os relatos com raiva e frustração crescentes, aprofundando a ruga entre as sobrancelhas, até que não aguentou mais e ergueu bruscamente uma das mãos, silenciando os dois homens.

— Está tudo como planejado pelo rei Filipe — resmungou ele — e pode-se ver que não falta nada. Mas onde está o significado de suas ações? Onde está o cerne da questão? Uma coisa é executar um golpe como esse, mas outra inteiramente diferente é mantê-lo na ausência de uma verdade consistente. De que nossa gente é acusada? Qual a natureza dos crimes de que estão sendo imputados? Vocês não me contaram nada disso.

Ambos se inquietaram, e nenhum dos dois ousava olhar Will nos olhos.

— Vamos, falem. Vocês devem ter ouvido algo sobre as acusações, e não posso senão presumir que elas tratam de algum tipo de heresia. Então, qual é? Do que nós somos acusados? Apostasia? Usura? Ambas eu posso imaginar, por mais irracionais que sejam, mas a usura em si não justificaria a extensão dessa malignidade. O que mais há nisso?

Trebec olhou para Ortega, que cruzou o olhar com o dele e encolheu os ombros num gesto de desamparo, e o mais velho respirou fundo e endireitou as costas e os ombros, virando-se para encarar Will.

— Há mais do que isso, Sir William. Muito, muito mais.

— Então, conte-me, capitão Trebec. Eu não sou um adivinho.

A expressão na face do marinheiro era de desolação; sua voz soou monótona.

— Magia negra e adoração ao demônio. Crimes contra Deus e a Santa Igreja. Pederastia. Ritos e cerimônias blasfemas envolvendo beijos e atos obscenos, homens com homens, como parte dos rituais e iniciações templários. Juramentos contra Deus, testemunhando a supremacia do Diabo... O Conselho do Templo e os cavaleiros são acusados de adorar um ídolo, uma cabeça mumificada chamada Baphomet, uma criatura de Satã, oferecida a eles para que o louvem como um símbolo de seu domínio, e cuidadosamente guardada como um tesouro nos cofres secretos da Ordem. Tudo isso, e muitas outras coisas que não desejo mencionar. — O homem baixou os olhos para a mesa. — Mutilação e pecados abomináveis perpetrados contra mulheres... Ritos canibais envolvendo o sacrifício de crianças pequenas e a ingestão de suas carnes. — Ele inspirou fundo, trêmulo. — Parece, Sir William, que não há pecado, capital ou mortal, e crime concebível do qual o Templo não tenha sido acusado. E os Santos Inquisidores estão ocupados até agora, arrancando confissões sob tortura de homens devastados por todo o território da França.

Will Sinclair ficou atônito, a cor sumiu de seu rosto, e então ele tateou cegamente em busca de uma cadeira e desabou sobre ela, meneando a cabeça numa muda negação do que acabara de ser dito. Nenhum dos capitães falou uma palavra mais, limitando-se a contemplá-lo de olhos arregalados, enquanto esperavam que ele recuperasse sua presença de espírito dissipada.

— Que Deus os condene a todos — disse ele por fim, com voz quase inaudível. — Essa é uma infâmia além do alcance dos homens comuns. Que Deus os condene ao mais profundo e escuro poço do mais baixo inferno. Que Deus amaldiçoe suas almas malignas, mesquinhas, miseráveis e ávidas por dinheiro... Rei ganancioso, papa sem caráter e seus asseclas insensíveis e brutais... todos cristãos íntegros, convictos e devotos... — Will se calou novamente; a carranca ficando mais sombria. O silêncio se estendeu até que ele se endireitou novamente em sua cadeira, grunhindo de raiva e repulsa. — Que assim seja, então. Eu pensarei nisso e decidirei o que devemos fazer. Mas, ainda assim, nós não sabemos tudo o que há para saber. Dois navios ainda estão para voltar das costas do Mediterrâneo, embora eu duvido que as notícias deles sejam mais favoráveis. Diga-me, você desembarcou St. Thomas e Umfraville sem incidentes?

Trebec assentiu.

— Sim, na costa perto de Bordeaux. Eles iriam seguir diretamente para Aix-en-Provence e depois rumar para o sul até Marselha, onde Charlot de Navarre deveria recolhê-los. Eles teriam tempo de sobra, pois o clima previsto era tempestuoso, e Navarre teria de seguir caminho para o sul e contornar o estreito de Gibraltar para alcançar Marselha. Eles ficarão bem.

Will balançou a cabeça, guardando seus pensamentos para si. Marcel de St. Thomas e Alexandre d'Umfraville eram ambos membros da Ordem do Sião e traiam informações e instruções do santuário secreto da Ordem em Aix — as quais ofereceriam uma compreensão melhor do que as impressões coletadas pelos marinheiros. Sinclair estava agora trêmulo de impaciência para receber notícias deles.

— Na sua opinião, quanto tempo mais os outros demorarão? Eu não sou marinheiro, por isso não sei nada sobre a velocidade dos ventos e a duração das jornadas.

Ortega deu de ombros.

— Uma semana a dez dias, no mínimo... mas, para ser realista, duas vezes isso. Eles estão à mercê dos ventos e do clima, e nenhum destes é amigável nesta época do ano, especialmente ao sul da baía de Biscaia. Eu os esperaria dentro de um mês. A contar de agora.

— Tanto assim? — Will não pôde ocultar o desapontamento, mas então pensou melhor. — Bem, isso pode ser bom, quando paro para pensar. Nós devemos partir para a Escócia amanhã, e deveremos ficar fora por duas, talvez três semanas. Com isso, a sincronia será ótima. — Ele segurou-se aos braços da cadeira para apoio e se levantou, fazendo um aceno de cabeça para ambos os capitães. — Meus agradecimentos, irmãos, pelos relatos. Vocês foram bem. Agora devo lhes pedir para guardar essas informações com vocês até que eu encontre um meio de informar todos os nossos confrades simultaneamente. Enquanto isso, tenho certeza de que vocês devem ter seus próprios interesses para cuidar. Podem ir.

AS CAVERNAS DE ROSLIN

Os cervos pastavam nos arbustos à altura do joelho desde antes de o dia raiar, alheios à claridade cinzenta que se intensificava e à implacável garoa gelada de janeiro, que parecia exsudar das nuvens logo acima das copas das árvores. Atrás deles, os campos cobertos de capim e arbustos esparsos desciam suavemente em direção ao córrego aumentado pela chuva, e acima, a uma distância de menos de dez saltos, a floresta revestia a encosta, terminando numa linha reta que delimitava seu local de pastagem. O ar imóvel era tomado por sons de água, o murmúrio que não chegava a ser rumorejante do córrego cheio se misturava ao tamborilar da chuva sobre as folhas, e o bando que pastava ali, acostumado à tranquilidade, comia em contentamento, sentindo-se seguro com a presença vigilante do macho de grandes galhadas. Mas então veio um som distante e diferente, seguido pelo chiado de asas batendo quando uma revoada de tetrazes assustados irrompeu da beirada da floresta, e todo o cenário mudou num instante. A cabeça do macho se alçou, o alarme transmitindo-se para a pequena manada, que também erguia as cabeças, apurando os ouvidos e paralisando-se. O macho permanecia imóvel, olhando fixamente para as árvores, e somente as orelhas agitadas traíam sua preocupação. E então o ruído distante chegou novamente, dessa vez mais próximo, e ele rodopiou e saiu saltitando dali, com toda a família, de modo que num intervalo de segundos o pasto estava vazio.

Os ruídos exóticos chegaram mais perto, agora reconhecíveis, caso houvesse alguém ali para ouvi-los, como o retinir metálico de armaduras, acompanhado pelos baques maciços de cascos no solo úmido e macio. Então se iniciou um rebuliço entre os galhos à beira da floresta, e três homens a cavalo emergiram, envolvidos da cabeça aos joelhos por pesadas capas de cavalgar de lã castanho-esverdeada, fortemente enceradas. Eles se detiveram ali, mal saídos do meio das árvores, e examinaram os pastos abaixo até que, a um sinal combinado, um deles se levantou nos estribos, levou dois dedos à boca, virou o corpo e soprou um assobio alto e curto na direção da mata. Seus companheiros esporearam os cavalos para dar espaço à fileira de homens e montarias que os seguiram para fora da floresta.

Quando todos estavam reunidos, Will Sinclair pediu a atenção deles.

— Bem, irmãos — começou a falar Will —, bem-vindos a Roslin. O sol pode brilhar menos do que vocês estavam acostumados na França, e o ar pode ser muito mais frio, mas este lugar tem muito a seu favor. Foi, por muitos anos, o lar de infância que compartilhei com meu irmão Kenneth aqui, e não sei como lhes dizer o quanto é prazeroso para mim revê-lo. A mansão de meu pai fica a menos de 1 quilômetro e meio daqui, num outeiro rochoso junto ao rio. Vocês não podem vê-la ainda, mas lhes asseguro de que está lá e serão todos bem-recebidos, terão um teto firme sobre suas cabeças esta noite, camas acolhedoras e comida boa e quente. Uma mudança agradável em relação às refeições e alojamentos que conhecemos nestes últimos nove dias. Eu os trouxe pela floresta porque conhecia o caminho, e sabia que, se houvesse soldados ingleses na área, a probabilidade maior seria de que estivessem acampados neste pasto, pois é o único lugar apropriado para isso num raio de quilômetros.

Ele olhou em volta e depois continuou falando:

— E está como eu esperava: sereno e calmo. Mas devo adverti-los para que tenham em mente, deste momento em diante, que estamos numa missão sigilosa e vocês devem dobrar as línguas. Ninguém os questionará aqui, pois as pessoas não passam de gente simples do campo. Este vale e estas colinas são o mundo inteiro para eles, não conhecem nada que fique além da distância de um dia de jornada de suas casas. Mas são humanos e, portanto, curiosos, por isso podem lhes fazer perguntas. Respondam de maneira simples e não mencionem nada que possa motivá-los a perguntar mais. Nós somos guerreiros numa missão para o rei Robert. E não somos monges aqui. Não haverá orações comunais nem serviços religiosos. Vocês me entenderam? Todos vocês? — Ele olhou para cada um dos homens sucessivamente, esperando que assentissem, depois ele próprio balançou a cabeça. — Que assim seja, então.

Will se dirigiu a Tam Sinclair.

— Tam, leve oito homens com você e cavalgue de volta ao estábulo onde deixamos as carroças, depois traga-as pela estrada até a casa principal. Estaremos à espera de vocês. Os demais venham conosco.

O grupo se dividiu novamente em duas comitivas, com Tam Sinclair liderando Mungo e sete outros sargentos de volta pela floresta, enquanto Will e seu grupo de 11 cavaleiros, incluindo Kenneth, formaram-se em duplas e cavalgaram atravessando o pasto, virando na margem do riacho cheio, que tinha menos de 15 passos de largura, com uma água que corria ruidosamente ao longo de seu raso leito rochoso. Os dois irmãos cavalgavam na dianteira da pequena coluna, Will assobiando sem melodia consigo mesmo, enquanto Kenneth olhava por toda a volta, absorvendo os detalhes familiares do terreno à medida que se aproximavam de casa. Quando estavam mais ou menos na metade do caminho, numa curva do rio de que ambos se recordavam de suas infâncias, Kenneth olhou para trás a fim de se certificar de que não seriam ouvidos, e disse num tom de conversa informal:

— Você não pode discutir aquelas duas cartas que recebeu da França na manhã em que nós partimos, não é? Uma pena.

Will olhou-o, surpreso.

— Por que você diz isso?

Seu irmão deu de ombros, sorrindo.

— Porque você está taciturno. As únicas vezes em que assobia para si desse jeito é quando está zangado ou perplexo, pensando num problema difícil. E está fazendo isso desde que deixamos Arran, portanto, tem que ser por causa daquelas cartas, já que estava bem antes de elas chegarem. O que você irá contar ao nosso pai?

— Você se refere à situação na França? Eu lhe contarei tudo.

— Tudo o que puder, você quer dizer. Vai mencionar o Tesouro?

— Sim, mas só para ele. Nosso pai manterá a boca fechada, mas tenho dúvidas quanto aos outros. Tesouro é tesouro, e o que temos aqui é lendário. Seria impossível impedir as pessoas de falarem a respeito. Além disso, sem que ele soubesse o que pretendemos, teríamos grandes dificuldades para fazer o que temos de fazer. Não se esqueça de que temos que abrir a entrada da caverna e depois fechá-la. Eu odiaria tentar fazer isso nas terras dele sem seu conhecimento. Na verdade, não acho que *poderíamos* fazer isso sem levantar suspeitas, e então as perguntas dele seriam embaraçosas... Então eu assobio quando estou contrariado, não é? Não havia me dado conta disso.

— Eu sei. — O sorriso de Kenneth se alargou. — Você sempre assobia por isso. Sempre assobiou, mesmo quando éramos meninos, e eu nunca mencionei porque às vezes isso me poupava de uma surra... Você acha que Tam conseguirá trazer a carroça sem ser visto por ninguém que faça perguntas?

— É claro, desde que ele faça isso abertamente. As pessoas irão supor que contém todo o nosso equipamento, e é verdade. Os baús estão bem cobertos e amarrados. Ninguém olhará por baixo da cobertura, e nós os levaremos para o esconderijo amanhã.

— Se é o que você diz, irmão... Você é o homem no comando. — Kenneth se levantou nos estribos e espiou à frente, onde o caminho fazia a curva, seguindo o leito do rio. — Estamos quase lá, e me sinto novamente como um menino. Vou na frente para avisá-los de que estamos chegando. Eu me pergunto se Peggy estará lá. Nosso pai vai ter um ataque. Eu mandarei alguém se preparar para receber nossos cavalos.

Ele esporeou o cavalo, fazendo-o sair a galope, e Will deu um sorriso enquanto o observava desaparecer na curva do caminho à frente, ao mesmo tempo lamentando não poder confiar inteiramente no irmão e no pai. Seu pai sabia pouco sobre a Ordem do Templo, além do fato de que seus dois filhos serviam a ela, e nem ele nem Kenneth tinham qualquer suspeita da existência da outra, mais antiga, a Ordem do Sião.

Will resmungou e virou-se na sela para se certificar de que a coluna atrás dele estava em boa ordem, uma vez que poderiam ser avistados da casa de seu pai em questão de momentos. Tudo estava como deveria, mas, mesmo assim, fez o gesto de mão para a coluna se alinhar, depois voltou a pensar no motivo de seu assobio. Um dos dois navios vindos do Mediterrâneo havia chegado na manhã em que eles partiram, após ter deixado a embarcação irmã para trás e se apressado rumo a Arran, trazendo uma grande pasta com relatórios por escrito destinados a Will vinda do quartel-general da Ordem do Sião em Aix-en-Provence. Ele havia passado muitas horas imerso naqueles documentos durante a viagem saindo de Arran e em todas as oportunidades desde então. A informação que continha era mais do que inquietante, ainda que ele não esperasse nada de bom.

Jacques de Molay e vários outros de seus conselheiros mais próximos, todos membros do Conselho Governante, estavam mantidos sob severo cárcere em Paris e sujeitos a interrogatórios pelos oficiais da Inquisição.

Havia um relato sucinto numa das missivas, obtido por intermédio de um irmão do Sião na corte do rei, em Paris, de que o mestre De Molay enfrentava a condenação, após ter supostamente admitido várias das acusações principais e confessado sua culpa. Will se encolhia de repugnância cada vez que pensava nisso, pois podia apenas supor que tipo de atrocidades e torturas iníquas deviam estar sendo infligidas contra o mestre do Templo a ponto de reduzi-lo a uma condição em que chegaria a confessar imputações tão infundadas.

Num comentário anexado ao relato, *seigneur* Antoine de St. Omer, o senescal da Ordem do Sião e descendente direto de Godfrey St. Omer, um dos sete fundadores do Templo, oferecera seu próprio consolo, observando que ainda não nascera um homem capaz de resistir aos tormentos da Santa Inquisição, passando por torturas que incluíam ser queimado com carvão em brasa; esticado na roda até as articulações se separarem; ter os ossos deliberadamente quebrados e privados de tratamento; ser mergulhado em tinas d'água até quase se afogar e depois reanimado e mergulhado novamente; ter as extremidades esmagadas e mutiladas pela aplicação de tarraxas, e todos esses tormentos variando interminavelmente dia a dia. Esses eram os instrumentos dos inquisidores... as ferramentas do Deus cristão na guerra contra a heresia. Will vomitara ao ler aquela litania pela primeira vez, e sua mente nunca mais se livrou do mórbido fascínio desde essa época, pois se um gigante como De Molay poderia ser quebrado por tais meios, que chance de encontrar piedade ou salvação teria qualquer outra pobre alma acusada?

Ele avistou o telhado da casa do pai, acima das árvores que rodeavam o outeiro sobre o qual fora construída, e meneou a cabeça para se livrar das imagens que se atropelavam sobre ele. Pôde ouvir vozes em tumulto adiante e então levantou o punho acima da cabeça e esporeou o cavalo a meio-galope.

DOIS

— O que vocês pretendem fazer agora?

Sir Alexander Sinclair de Roslin ficara sentado em silêncio por mais de uma hora enquanto os dois filhos contavam a história dos recentes eventos na França e em Arran. Então fez a pergunta para Will. Era tarde da noite, e ele os havia conduzido diretamente do grande salão de sua casa após a ceia comunitária para o quarto que havia dividido com a mãe deles desde antes de seus nascimentos. Era um quarto espaçoso, com cadeiras confortáveis e uma grande lareira de pedra, e o forte fogo que queimava ali tinha decaído em brasas desde que haviam chegado.

Will deixou a pergunta sem resposta e ficou olhando para o pai por um momento, fazendo uma avaliação das mudanças que era capaz de perceber no homem. Aos 68 anos, Sir Alexander ainda era um homem grande, de ombros largos e postura ereta, mas muito envelhecido. A barba grisalha e os cabelos longos e bastos haviam formado um halo prateado em torno de sua cabeça. Sua esposa morrera dez anos antes, de uma enfermidade súbita que a tomara do marido antes que ele tivesse tempo de se ajustar à possibilidade de que ela pudesse morrer. A perda o havia devastado, corroendo grande parte da corpulência e da musculatura de sua compleição de gigante. Sua mente, porém, estava íntegra, e seus olhos azuis eram tão brilhantes quanto Will recordava.

Will meneou a cabeça.

— Não posso dizer, pai.

— Por quê? Porque não sabe ou porque não quer? Restam poucos de sua Ordem nesta terra, além dos seus soldados, muito poucos... Sir Alan Moray, por exemplo, Sir Robert Randolph, e mais ou menos uma vintena de outros. A observância dos seus rituais e cerimônias monásticas pode ter sido negligenciada por eles, pois estamos em guerra nestes últimos dez anos ou mais, e a maioria dos clérigos do Templo retornaram para a

Inglaterra há anos. Mas eles se juntarão a vocês se os chamarem, pois não fazem ideia sobre esse pântano de traição na França. E ouso dizer que eles podem acolher bem a liderança consistente após tanto tempo sem uma. Então, qual das duas opções, filho: não pode ou não quer?

— Não posso, porque neste momento simplesmente não sei. Mas a necessidade de saber me consome a cada momento que passo acordado.

— Certo. Bem, isso, pelo menos, era de se esperar. O resto virá com o tempo. Após ter ouvido o que vocês me contaram, não me surpreende que esteja indeciso. Traídos por todos os lados, pelos superiores que deveriam apoiá-los... vocês precisam pensar as coisas por inteiro, e de um ponto de vista que talvez jamais tenham contemplado antes de isso tudo acontecer... Eu sei pouco sobre o Templo, mas, se puder ajudá-los de algum modo, é só pedir. Você sabe disso.

— Eu sei e agradeço. Mas há...

— O que aconteceu com o Tesouro? — seu pai o interrompeu. — Espero que ele esteja bem escondido, pois o pensamento de que Filipe Capeto possa ter posto suas mãos nele me ultraja. Ele o encontrou?

Will olhou de lado para o irmão, que tinha os olhos arregalados e a boca escancarada de choque, e teve de sorrir ainda que a contragosto.

— Era sobre isso que pretendia falar, pai. O Tesouro estava bem escondido, e os cães de Filipe não o encontraram. — Ele apontou para o irmão com um gesto de cabeça. — Kenneth o alcançou primeiro, no fundo da floresta de Fontainebleau, e o trouxe em segurança para cá. Ele está guardado no seu celeiro agora mesmo.

Então foi a vez de a expressão do pai se arregalar com o choque.

— O Tesouro está *aqui*? O Tesouro do Templo em Roslin? Isso parece inacreditável. A maioria dos homens duvida que ele sequer exista hoje em dia.

— Ele existe, e é bem concreto, pai. Acredite em mim. Eu o mostrarei a você amanhã, mas somente os baús, eu temo. Nunca os vi abertos. O conteúdo é o segredo mais bem-guardado da nossa Ordem, de um valor inestimável. Somente ao grão-mestre é permitido saber o que eles contêm. Seus dois agentes mais próximos têm acesso às chaves dos baús, mas nem mesmo estes são autorizados a olhar até que um deles por sua vez se torne mestre.

— E vocês deixaram esses baús lá no *celeiro*?

Will gargalhou.

— Por que não? Eles não correrão risco algum. O Tesouro ficou desprotegido numa caverna na França por dez anos, e depois disso ficou armazenado em segurança nos porões de vários navios. Até nos decidirmos por algum lugar protegido para escondê-los por algum tempo, os baús sobrevivem a uma noite num celeiro.

Sir Alexander já tivera tempo suficiente para absorver o choque, e sua expressão tornou-se pensativa.

— Quais são os seus planos para ele? É claro que você está procurando um lugar para escondê-lo, mas por que o trouxe até aqui, para começar?

— Porque aqui, com o seu consentimento, é onde eu pretendo ocultá-lo.

Sem fazer caso da sobrancelha levantada do pai, Will rapidamente contou sobre a caverna que ele e os irmãos haviam descoberto quando meninos, e o velho riu, com olhos lampejantes.

— Eu a conheço bem — disse ele. — Brincava nela com meus amigos e irmãos quando rapaz. É grande o bastante para perder um tesouro substancial lá dentro. Mas qual é o tamanho desses baús? Vocês jamais conseguirão entrar com eles se forem muito grandes.

O pai de Will fez uma pausa, com uma expressão peculiar no rosto, e o cavaleiro percebeu que sua própria face devia estar refletindo surpresa, pois Alexander gargalhou novamente.

— Você não sabia que eu conhecia o lugar — disse ele. — William, aquela caverna está lá desde o início dos tempos, muito antes de os primeiros Sinclair chegarem em Roslin. Você guardou o conhecimento dela como um segredo, pensando que fosse só seu, mas nós também fizemos isso, meus irmãos e eu, na nossa época. E eu ficaria surpreso se descobrisse que houve alguma vez uma geração de garotos Sinclair que não pensasse o mesmo.

O velho tornou a rir, mas dessa vez em silêncio, como se o fizesse para si próprio.

— Todos nos iludimos na juventude — prosseguiu ele, por fim. — O mesmo acontece com a cópula e as alegrias de experimentá-la... Cada um de nós, cada par de jovens amantes, acredita que descobriu o segredo das eras, revelado unicamente a eles, e suas maravilhas. Ah, bem, esse é o milagre da juventude e da descoberta...

Will ficou boquiaberto, sem saber o que dizer diante daquele inaudito vislumbre da humanidade e da falibilidade de seu augusto genitor. Sua mente foi tomada pela súbita noção de que, não importaria o quanto envelhecesse ou que posição elevada ocupasse, seu pai sempre teria a habilidade de colocá-lo em seu lugar e fazê-lo sentir-se como uma criança novamente. O sentimento evoluiu até os primeiros sinais de pânico, e ele tossiu e tentou se recompor, retornar ao assunto em pauta.

— Sim... é claro... Mas é por isso que precisamos de sua permissão, pai, e também de sua ajuda. Muitos dos homens que eu trouxe são pedreiros altamente capacitados, enquanto dois deles são arquitetos. Será uma tarefa simples alargar a entrada, depois fechá-la novamente com cantaria, uma vez que o Tesouro esteja lá dentro. Ali, ele estará mais do que seguro, pois ninguém além de você em toda a Escócia saberá sua localização... Isso é verdade, não é? Você será o único a saber dela?

O mais velho dos Sinclair sorriu.

— O único em que consigo pensar... mas havia muitos que sabiam dela quando eu era rapaz. Hoje, porém, se algum deles voltasse para procurá-la depois que seus homens terminarem o trabalho, ficaria aflito por não encontrá-la... Mas você não explicou por que precisa da minha ajuda. Está me parecendo que não precisa.

— Ah, sim, eu preciso, pai. Nós precisamos que você providencie para que ninguém de sua gente apareça para nos observar por curiosidade, tentando descobrir o que estamos fazendo lá na mata.

— Claro. Isso é fácil. Ninguém se aproximará de vocês; posso cuidar disso, pelo menos. Portanto, assim que o dia raiar, faça com que alguns dos seus homens tragam os baús para cá. Eles podem ficar naquele canto, e ninguém irá sequer olhá-los. Há algo mais que vocês precisem de mim?

— Não, pai, mais nada.

— Ótimo, então me contem sobre esse seu rei. Qual sua opinião sobre o homem? Kenneth, o que você acha dele?

— Eu nunca me encontrei com ele, pai. Foi Will quem o conheceu e conversou com ele.

Will deu de ombros.

— Eu o achei... régio... e em seu trato comigo ele foi franco, nobre, magnânimo e despretensioso. Gostei muito dele.

Sir Alexander fez um som de desaprovação, e Will lançou-lhe um olhar intenso.

— Não parece impressionado, pai. Discorda de meu julgamento? — A voz do cavaleiro estava calma, revelando apenas curiosidade, e não ofensa.

— Não, não, rapaz. Eu acredito plenamente em você, mas até ouvir você dizer isso, eu teria me inclinado a duvidar de tais coisas. Eu o conheci quando jovem, e não fiquei bem impressionado por suas atitudes e seu comportamento. Naqueles dias, ele era um fidalgote empavonado, um favorito do Plantageneta, sem qualquer pensamento em mente além de roupas, caçadas, jogos e mulheres... Ele não me parecia ter o estofo do qual os reis fortes são feitos. Meu pai havia apoiado o avô dele, o velho

Robert Bruce, o Pretendente, como era então conhecido, e por isso eu, como o restante da nossa família, era conhecido como um homem dos Bruce. Mas o pai deste, Robert Bruce, o Velho, era um homem rígido e desagradável, e até mesmo seu filho evitava sua companhia, preferindo passar o tempo com a corte Plantageneta. E o pai parecia não se importar, provavelmente pensando que, pródigo ou não, o garoto tinha a atenção e o patronato do rei inglês... se é que isso valia alguma coisa.

"Mas, por tudo o que ouvi, e pelo que você me contou sobre a sua própria experiência, parece que o fidalgote cresceu bastante, de conde de Carrick a rei dos escoceses, e também goza de boa consideração por aqueles que o conhecem hoje em dia. Você confia nele, então?"

— Sim, pai. Eu confio. Ele não precisava ter sido generoso conosco, que suplicamos pela sua ajuda quando ele próprio estava passando por dificuldades. Foi simpático e dotado de uma grande e despretensiosa dignidade... Régio, eu disse, e foi isso que pretendi expressar. Robert da Escócia é rei mais do que apenas no nome.

— Então aceitarei sua palavra e não pensarei mal dele novamente. E por falar nisso, ouvi dizer que ele caiu enfermo e que seu irmão Edward, um esquentado, o mantém sob guarda perto de Inverurie. É mero boato! Não tenho provas da exatidão ou da falsidade disso. Você sabe como as pessoas falam, sem saber nada, mas fingindo saber tudo.

Sir Alexander levantou-se e foi até a lareira, onde apanhou um pedaço de lenha longo e fino e usou para reavivar as brasas antes de colocá-lo no meio do carvão incandescente e acrescentar vários outros mais. Ficou parado ali por alguns instantes, com as costas voltadas para os filhos, contemplando as chamas reacesas, depois falou sem se virar:

— Como você protegerá sua ninhada em fuga? E por quanto tempo?

Will estava pensando sobre a doença de Bruce, preocupado com a notícia, e então se deu conta de que perdera o fio da meada. Ele olhou para o irmão, desnorteado, mas Kenneth o encarava do mesmo modo.

— Não estou entendendo, pai. O que quer dizer?

O velho se virou de frente para eles, contemplando-os sucessivamente antes de falar diretamente a Will.

— Você disse que foi elevado a mestre na Escócia... Mestre do quê?

— Da Ordem do Templo, eu falei...

— Eu sei o que você me falou, William, mas agora estou lhe pedindo para pensar no que isso envolve. Se os seus piores medos se comprovarem, e parece que estão fadados a isso, então o Templo está acabado em toda a Cristandade. A cabeça já foi cortada, e o resto do ganso ainda vai correr por aí batendo as asas por algum tempo, para então cair morto.

Ele levantou uma das mãos para abafar qualquer protesto, embora nenhum dos filhos tivesse respondido coisa alguma.

— Em toda a Cristandade, então, o seu comando aqui, seu pequeno posto avançado de duzentas almas, será o único repositório da história e das tradições de sua Ordem. Seu encargo, William, como mestre, e o seu, Kenneth, como irmão dele, é nutri-la e protegê-la... seus cavaleiros e sargentos, sua história e suas tradições, sua presteza e sua força de trabalho. Mas por quanto tempo vocês podem sustentá-la? Onde encontrarão recrutas se a Ordem foi abolida? Cada homem que vocês perderem deste momento em diante será insubstituível. Vocês não podem nem mesmo gerar filhos para preencher suas fileiras, ainda que tivessem tempo para isso, pois seus homens são todos monges. Isso lhes ocorreu?

Will ficou contemplando o pai por um instante.

— Não, pai. Não havia me ocorrido. Mas você está certo, e esse pensamento me deprime. — Ele voltou a ficar imóvel por mais um momento, olhando nos olhos do pai, depois acrescentou: — Estou sentindo que você tem mais a dizer sobre o assunto...

— Eu tenho uma ideia, um pensamento, nada mais que isso. Mas ele poderia ofendê-los. Quão forte é a sua autoridade como mestre?

Will pestanejou, desconcertado pela pergunta.

— Aqui na Escócia, ela é ilimitada.

— Porém sujeita a ser indeferida pelo Conselho, não é assim?

— É.

— E se o Conselho nunca mais voltar a governar sobre nada? Como você mesmo admitiu, isso poderia acontecer.

— Sim, poderia, mas que Deus não permita. E, sim, se esse passasse a ser o caso, meu dever já me foi instituído, e pela própria mão do mestre De Molay. Eu me tornarei o grão-mestre de todos... que podem ser os meus duzentos homens e mais nada.

— Então libere-os dos seus votos.

— *O quê?* Liber... Eu não posso fazer isso, pai. O simples pensamento é ridículo. Eu não possuo esse tipo de autoridade. Além disso...

— Quem possui, então? O papa?

— Bem, sim.

— O mesmo papa que mandou a Inquisição obter sob tortura uma falsa confissão do seu grão-mestre para aplacar a ganância do seu rei corrupto? O papa que premia séculos de notável serviço e lealdade à causa dele com traição e mentiras pérfidas? O papa cuja natureza covarde e pusilânime fez dele um insulto contra todos que deveria representar, porque ele carece de determinação para confrontar um rei e contestar um erro atroz, e demonstra incapacidade dando as costas ao próprio Deus?

"Determinação, William, é disso que você precisa neste caso. Se você ao menos pensar no assunto, creio que verá onde está a verdade. Absolva seus homens do voto de castidade. Obediência e o outro, eles podem manter. Mas lhes dê pelo menos a chance de se casarem e gerarem filhos para sua causa."

— Isso é loucura, pai. Esses homens são monges de longa data. Eles jamais poderiam se ajustar a tamanha mudança, iriam vê-la como um pecado, uma passagem certa para a danação.

Sir Alexander deixou a cabeça pender.

— Sim, alguns deles poderiam ver assim... os mais velhos. Mas outros não. O mundo inteiro deles mudou, e provavelmente continuará mudado. Eles serão *personae non gratae* dentro da Igreja, e podem até mesmo ser excomungados, como membros fugitivos de uma ordem banida. Liberando-os de seus votos, você poderia ao menos lhes oferecer uma chance de viver como homens neste novo mundo em que se encontram. Mesmo que apenas algumas dezenas deles gerem filhos, vocês poderiam ter mentes jovens nas quais implantar a doutrina e seus ensinamentos...

Will ficou em silêncio. Sua mente oscilava. Via apenas arrogância e insolência irresponsáveis naquela sugestão. Era completamente despreparado para lidar com aquilo, ainda por cima vindo de seu pai, o homem mais nobre, justo e honrado que ele jamais conhecera fora da Ordem do Sião. Kenneth não disse nada, recusando-se a olhar para qualquer um deles. Sir Alexander, por sua vez, também não disse mais nada, apenas esperando que o filho recobrasse as faculdades obviamente dispersas. Por fim, Sir Alexander socorreu-o:

— Mudando totalmente de assunto: você tem um escudeiro?

Will pestanejou.

— Um escudeiro? Não. Eu tive um vários meses atrás, mas ele foi sagrado cavaleiro no último mês de julho, e estive viajando desde então. Por que pergunta?

— Porque você tem um sobrinho, Henry, filho de seu irmão Andrew. O jovem recentemente perdeu o mestre, depois de ter perdido o pai também. Andrew arranjou a colocação pouco antes de morrer, mas o cavaleiro, Sir Gilles de Mar, um homem digno, foi seriamente ferido na Batalha de Methven, na qual lutou por Bruce, e jamais recuperou a saúde. Morreu dos ferimentos dois meses atrás, e por isso o treinamento do jovem Henry foi interrompido. Ele precisa de um novo mestre. Você o aceitaria?

— Eu aceitaria, e de bom grado, mas como posso fazer isso, pai, diante das circunstâncias?

— Circunstâncias mudam. Mas adequabilidade não. E não tenho dúvida de que seu irmão aqui concordará comigo quando digo que, como mestre da sua Ordem nesta terra, você seria perfeito para o rapaz. Ele tem 14 anos e precisa de disciplina e tolerância, porém, mais do que isso, ele precisa de um bom exemplo: integridade, força e firmeza, e comedimento ponderado em todas as coisas. Não consigo pensar em ninguém mais exemplar do que você. Tais atributos são escassos e esparsos hoje em dia.

E então, após pouca discussão mais, concordou-se que Will se tornaria responsável por seu jovem sobrinho, Henry Sinclair. Mas no instante em que aceitou, Will se pôs a pensar sobre o irmão morto, Andrew, seis anos mais velho do que ele, de quem tinha apenas lembranças de infância.

— O que aconteceu com Andrew, pai?

— Ele morreu... de maneira inglória para um cavaleiro tão cheio de virtude e promessas. — Sir Alexander deu um sorriso pesaroso. — De maneira inglória, mas muito humana. Ele morreu de uma congestão, há três anos, depois de um acidente numa caçada de inverno, quando se separou dos companheiros. Seu cavalo tropeçou para dentro de um curso d'água inundado por uma tempestade e atirou-o nas rochas do leito do riacho. Quando seus homens o encontraram, ele estava caído lá havia horas, com metade do corpo dentro d'água. Eles o trouxeram para casa, mas Andrew nunca mais despertou. Simplesmente foi ficando mais fraco e doente até não conseguir mais respirar. Foi a vontade de Deus, disseram-me os padres, mas eu preferiria vê-los todos no inferno para ter meu filho de volta.

— E quanto à mãe do rapaz?

— Ela morreu muito tempo atrás, quando Henry não passava de um bebê. O jovem não chegou a conhecê-la. — O velho homem se levantou de maneira abrupta. — Então, vontade de Deus ou não, Andrew se foi, mas o filho dele ficou, e agora ele retomará seu treinamento em boas mãos. Será um ótimo escudeiro para você e um cavaleiro valoroso quando chegar a hora.

A conversa, a partir desse ponto, tornou-se errática, e logo Sir Alexander se declarou fatigado, e os três homens se retiraram em busca de descanso, porém, Will, ao menos, continuaria acordado por mais de uma hora, pensando na sugestão do pai, surpreendente e perturbadora. E refletindo sobre ela, no que poderia significar caso ele a colocasse em prática, reconheceu que seria capaz de executá-la com impunidade, caso estivesse inclinado a isso e a situação na França se revelasse tão ruim que a própria sobrevivência dos cavaleiros templários fosse posta em questão. E então, enquanto derivava para o sono, surpreendeu-se pensando em Jessie Randolph, vendo-a sorrir para ele, como se de uma névoa distante, longe demais. Inconsciente até mesmo para notar que seu corpo reagia prazerosamente aos vagos devaneios, e que um súcubo já estava enrodilhado sobre seu ventre, à espera de sugá-lo mais tarde.

TRÊS

Era começo de tarde, e Will pôde ouvir do lado de fora um melro cantando num dos cinco olmos majestosos que rodeavam a frente da grande casa fortificada que era o lar dos seus ancestrais, mas ali, no interior do quarto de dormir de uma só janela em que havia nascido, estava quase escuro. A solitária nesga de luz lançada pela janela aberta iluminava um canto da imponente escrivaninha de seu pai e um segmento do assoalho de madeira vivamente pintado sob ela, enfatizando a falta de claridade do restante do aposento. Will se esticou para trás em sua cadeira, pressionou os polegares na carne sob as costelas, na altura da cintura, e soltou um grande suspiro, olhando para o baú que estava posto no canto da escrivaninha.

O móvel era antigo, adquirido por um de seus ancestrais no passado distante — a lenda familiar dizia que a peça de mobília pertencera um dia a um governador romano da Bretanha, que a deixara para trás quando as legiões partiram, mais de setecentos anos antes —, e encontrava-se naquele quarto, enorme e imóvel, desde que a própria casa fora construída, havia mais de cem anos. Sua madeira de carvalho intricadamente entalhada fora escurecida e tratada com pátina de inimaginável antiguidade. Em comparação aos objetos agora escondidos atrás dela, porém, a escrivaninha era de manufatura recente, e esse pensamento, saído do nada, provocou um calafrio súbito em Will e fez com que concentrasse a atenção novamente no baú.

As orladuras de bronze do objeto pareciam incandescentes, lançando reflexos da luz do sol no seu rosto, e ele teve consciência do peso da chave que o abria, pendurada numa corrente em torno de seu pescoço. Era uma chave fina, mas de ferro maciço, e ninguém além dele sabia que o baú ao qual ela se destinava continha mais chaves, para cada uma das grandes caixas que continham o volume do Tesouro do Templo, agora enfileiradas na parede atrás da escrivaninha, e duas outras para os cadeados do quarto baú, menor e muito diferente dos demais. Endireitou-se e olhou novamente para eles, esticando o pescoço para enxergar por cima da superfície plana da escrivaninha, tendo plena consciência de que seus olhos estavam entre os poucos a vê-los antes que desaparecessem novamente na obscuridade, pois tornariam a ser sepultados no dia seguinte, longe das vistas, na caverna abobadada sob as terras de Roslin. Suspirou de novo, depois fez uma careta e bateu com uma unha em seus dentes. Os baús eram responsabilidade sua agora, e durante a meia hora precedente, ele estivera sentado os contemplando, combatendo o impulso crescente de abri-los e apreciar o conteúdo.

Sabia que tinha esse direito, pois as chaves haviam sido confiadas a ele, mas tinha também a vontade? Apesar de saber, ou talvez porque soubesse, o que havia neles, sentiu medo de violar sua santidade, ou transgredir sua sagrada antiguidade. Mas era responsabilidade sua, como disse a si próprio ainda mais uma vez, poucos minutos antes, ter certeza de que estavam intocados, que seu conteúdo estava intacto; que estava, de fato, ali. Dele era o nome que estaria ligado àqueles objetos do dia seguinte em diante, a partir do momento em que fossem ocultados em seu novo esconderijo, e dele era a honra que seria impugnada se aqueles baús fossem abertos numa data futura e se descobrisse que continham nada mais do que entulho, que seus tesouros originais haviam sido roubados.

Ele praguejou e se pôs de pé, seguindo diretamente até a porta que estava às suas costas. Do lado de fora, no alto da escada, Tam Sinclair virou-se para ele quando a porta se escancarou.

— Já acabou?

— Não, nem mesmo comecei. Está tudo bem?

Tam deu de ombros.

— Bem o suficiente. Qual é o problema?

— Nada... Nervosismo... Certo, vou começar agora. Se alguém se aproximar, qualquer pessoa, dê um grito, depois segure-os aqui por tempo suficiente para que eu tranque os baús.

As sobrancelhas de Tam se arquearam.

— Quem viria até aqui em cima à luz do dia? Seu pai está fora, e não há mais ninguém na casa além de nós dois. Apenas faça o que tem de fazer, depois vamos embora.

— Certo. Farei.

Ele recuou um passo para dentro do dormitório e fechou a porta, depois dirigiu-se imediatamente ao baú com fechos de bronze para abri-lo. Retirou as chaves ali contidas e suspendeu-as numa das mãos, surpreso por seu peso maciço e pela dificuldade em segurá-las todas de uma vez. Então olhou para o baú que era diferente de todos os outros, o Baú

Principal, refletindo sobre ele. Pousou as chaves sobre o tampo da escrivaninha, depois selecionou o par correto do meio da pilha, uma chave para cada um dos cadeados, para então se aproximar do Baú Principal. Era o único entre eles que possuía aros de ferro fixados nas laterais para facilitar o transporte, e um par de varas longas e grossas encontrava-se no chão atrás da arca. As varas eram colocadas através dos aros sempre que ela precisava ser deslocada, mas Will também sabia, porque lhe fora dito, que elas se ajustavam igualmente a um segundo conjunto de anéis fixados dos lados do objeto que havia dentro dele.

O pensamento do que esse objeto poderia ser deixou-o ligeiramente nervoso. No mesmo momento em que estendeu a mão para segurar o primeiro cadeado, os cabelos de sua nuca se eriçaram, e ele teve de parar. Tentou engolir saliva, mas sua boca ficou repentinamente seca, e ele precisou agitar a língua. Passou-a pelos lábios e assumiu um controle mais firme sobre si próprio, depois inseriu a chave, apenas para descobrir que havia escolhido o cadeado errado. Momentos depois, a segunda fechadura se abriu com um estalo untuoso, e ele apanhou a chave do primeiro. As dobradiças metálicas dos fechos rangeram suavemente quando as levantou, e então fez nova pausa, respirando fundo antes de fazer o movimento para cima, inicialmente com delicadeza, mas depois com muito mais força do que havia previsto, a fim de levantar a pesada tampa guarnecida de chumbo.

O conteúdo do baú estava coberto por um volumoso acolchoado que ele ergueu facilmente com as mãos, largando-o no chão aos seus pés enquanto contemplava, boquiaberto, o assombroso objeto que agora se revelava. Ajustava-se estreitamente ao interior da caixa, preenchendo o espaço quase inteiro, e suas extremidades e cantos estavam embrulhados e protegidos contra a abrasão pelos lados do baú. O reflexo dourado que emitia parecia irradiar para fora, derramando-se por sobre as bordas de seu recipiente, embora Will soubesse que aquilo não era mais que uma ilusão causada pela luminosidade da coluna de luz do sol que incidia sobre a superfície metálica do artefato. Pelo modo como sua pele reagiu, porém, provocando-lhe um calafrio e eriçando os cabelos curtos de sua nuca, intimamente não teve dúvida de que olhava para o objeto mais fascinante de toda a Criação, a mais preciosa relíquia sobre a terra; o cofre revestido de ouro feito para conter a aliança entre Deus e o povo escolhido por Ele; a Arca da Aliança proveniente do Santíssimo, no Templo de Salomão.

Ele perdeu a consciência de quanto tempo se deteve ali, contemplando o objeto, seus sentidos imersos na beleza daquilo, mas em dado momento se surpreendeu tentando tocá-lo, a mão chegando a centímetros da superfície de ouro batido da tampa, antes que os dedos se fechassem em um espasmo e ele recuasse o ombro com um safanão, segurando o braço diante de si de modo inatural. Segundo as lendas sobre aquele objeto e a doutrina da própria Ordem do Sião, somente aos sacerdotes era permitido tocá-lo. Qualquer outra pessoa que o fizesse morreria de uma forma violenta, e as Escrituras citavam exemplos de tais transgressões. Soltou um suspiro trêmulo e baixou o braço, levando a mão atrás das costas, onde ela não mais poderia ser tentada. E então se permitiu olhar mais atentamente para as duas imponentes figuras douradas que encimavam a tampa da Arca. Eram anjos, ele sabia, serafins, mas havia pouco de angelical ou sereno neles. As imagens eram cheias de ameaça e exalavam vigilância e tensão. As pontas superiores de suas asas estendidas quase se tocavam, enquanto os anjos se inclinavam para a frente, parecendo pairar sobre a tampa da Arca, abrigando a área sagrada entre eles, de onde dizia-se que a voz de Deus em Pessoa havia falado aos sacerdotes.

Imagens esculpidas, pensou, e surpreendeu-se com a veemência com que a irregularidade se impôs à sua consciência. Os judeus repudiavam imagens esculpidas, tomando-as como idolatria, e, no entanto, ali, no topo do próprio repositório feito para armazenar as tábuas de pedra contendo a Lei de Deus, estava um absoluto e categórico desafio ao primeiro mandamento expresso nelas, pois aquelas duas imagens eram esculpidas em puro ouro. E a Vara de Aarão estava ali também, se a antiga doutrina fosse verdadeira: a vara sagrada que se transformou numa serpente e devorou as serpentes lançadas contra ela pelos sacerdotes e magos do faraó. Will se admirou ao perceber estar de cenho franzido, pois sempre havia imaginado que a Vara de Aarão seria pelo menos tão longa quanto a altura de seu portador, mas a Arca em si tinha menos de 1,2 metro de comprimento e aproximadamente a metade disso de largura. Portanto, se o objeto estivesse realmente ali, devia ser muito menos imponente em aparência do que sua imaginação o levara a acreditar. Mas então lhe ocorreu uma lembrança súbita do pesado cetro real que o rei da França carregava, na única ocasião em que Will o vira: era um bastão de ébano intrincadamente cinzelado, com 5 centímetros de espessura, ornamentado, maciço e imponente, a materialização do régio poder. A imagem que sua mente conservava do Cetro de Capeto, ao pensar nele, deixou-o satisfeito, e Will imediatamente parou de conjecturar sobre a Vara de Aarão. Mas, ainda assim, continuou contemplando a caixa dourada, e uma parte distinta de sua mente ainda brincava com a necessidade de estender os braços e tocar o objeto com as mãos.

Will estremeceu e arrancou da mente atemorizada aquele pensamento pavoroso, enquanto uma visão de seu próprio fim eclodia em sua imaginação, e se viu e se sentiu atingido e arrebatado pelas chamas da imolação celestial. Antes mesmo que soubesse o que iria fazer, a tampa do grande baú de madeira se fechou com uma batida sob suas mãos, e Will se atirou com todo o seu peso sobre ela, forçando-a para baixo, com a cabeça pendente e a boca aberta em agitação enquanto se esforçava para recuperar o fôlego. Caminhando de um modo desajeitado, ele se forçou a desviar o rosto do Baú Principal e contemplar os outros três, encontrando uma enorme dificuldade em se concentrar neles e lutando para afastar a imagem da Arca e os sombrios serafins de sua mente.

Não conseguiu. Encheu os pulmões de ar, deu as costas aos baús e começou a caminhar com rigidez para o canto mais próximo, olhando diretamente à sua frente até alcançá-lo. Em seguida, começou a percorrer o perímetro da sala, marchando para cada um dos cantos, para então virar à direita e seguir caminho em linha reta ao longo da parede até o canto seguinte. Por três vezes repetiu esse circuito antes de parar novamente onde havia começado, e então sentiu-se capaz de olhar os baús restantes com algo próximo de uma sensação de serenidade. Sabia qual era o conteúdo daqueles três, pois lhe contaram duas décadas antes, quando seus estudos os alcançaram pela primeira vez, e novamente ouvira, mais recentemente, a respeito do que guardavam. Nessa última situação, como membro graduado da hierarquia superior da Ordem do Sião, soubera mais do que havia aprendido antes, porque, dessa vez, a segurança e o bem-estar dos baús se tornara sua responsabilidade pessoal.

Ele voltou até a mesa do pai e apanhou as chaves restantes que jaziam ali, destrancando cada um dos baús sucessivamente, até estarem todos escancarados lado a lado, com os conteúdos à mostra. Cada um, construído solidamente com madeira grossa e pesada e reforçado com cintas de ferro, estava cheio até a boca por fileiras uniformes de ânforas de barro dispostas em duas camadas, oito em cima e oito em baixo, todas feitas da mesma argila grossa e avermelhada, indistinguíveis umas das outras. As aberturas haviam sido cobertas com couro esticado e umedecido séculos antes, e tais revestimentos foram fixados no lugar com tiras molhadas de couro cru que, quando secas, formaram uma vedação hermética, dura como o ferro.

Will não sentiu desejo algum de tocar nesses itens, tampouco qualquer curiosidade sobre seus conteúdos. Ele simplesmente se contentou em ver que estavam intactos, e que seus selos não haviam sido rompidos. Já sabia qual era o conteúdo deles, porque vários dos jarros foram quebrados na época de sua descoberta nas galerias em ruínas sob o Monte do Templo, em Jerusalém, pelos nove cavaleiros que fundaram a Ordem do Templo, duzentos anos antes. Os conteúdos dessas ânforas rompidas haviam sido estudados durante anos depois disso pelos estudiosos da Ordem do Sião, e confirmaram os ensinamentos contidos na antiga doutrina da ordem, que havia ela própria emergido da Judeia, mil anos antes disso, na época da destruição de Jerusalém pelos romanos no primeiro século depois de Cristo. Aqueles jarros simples e sem graça, Will sabia, eram o verdadeiro Tesouro dos templários, não obstante a importância da Arca coroada por serafins no Baú Principal. A Arca da Aliança representava a tradição religiosa, o assombro e o temor a Deus, mas o conteúdo dos jarros não representava nada de sobrenatural. Sua simples existência causava assombro e era revolucionária, pois eles continham, em apertados rolos de papiro, os registros escritos e a história da comunidade original dos essênios em Qumran, a comunidade que o homem Jesus e seu irmão Tiago, o Justo, haviam presidido e orientado. O conteúdo provava irrefutavelmente que Jesus de Qumran, hoje conhecido como Jesus de Nazaré, era um homem comum, e não, como Paulo decretou, o filho de Deus, crescido e renascido miraculosamente dos mortos...

Will tinha consciência de que a ameaça que aqueles registros representavam para a própria subsistência da Igreja Católica não podia ser subestimada. A existência deles era ignorada, mas, se algum dia fossem encontrados por Roma, seriam destruídos imediatamente e a ameaça contida neles eliminada pelo fogo, juntamente com as vidas de todos que conhecessem a verdade. Will sabia a realidade contida nisso graças à educação que teve dentro da Ordem do Sião: todo o edifício da Igreja fora erigido sobre um equívoco.

Entre seus antigos segredos, trazidos com eles de seus dias de cativeiro no Egito e firmemente enraizados nos ritos milenares que haviam dominado seus cultos nos séculos de escravidão, os sacerdotes dos israelitas preservaram um ritual que envolvia a morte e a ressurreição simbólicas — um renascimento para a iluminação e para a busca da comunhão com Deus —, o qual fora passado por gerações através dos milênios e agora existia como a cerimônia central da Ordem do Sião. O próprio Will passara por esse ritual, quando foi elevado à irmandade dessa antiga fraternidade, uma cerimônia cujas raízes se estendiam até os primeiros dias do Egito e ao culto de Osíris, o deus da luz, e sua esposa-irmã, Ísis.

Paulo, segundo a crença da Ordem do Sião, ouvira falar dessa cerimônia — ou do fato reportado de que Jesus havia "morrido" e depois "renascido" havia décadas, antes de ele próprio ter nascido —, mas sendo um gentio e portanto, por definição, um forasteiro, não sabia nada sobre o verdadeiro Caminho dos essênios, e assim era incapaz de entender a verdade do que havia descoberto. O resultado foi que ele tomou a morte simbólica no rito de Elevação como uma morte real do homem Jesus, acreditando que ele havia verdadeiramente se levantado da sepultura, como um ser divino. E sobre esse mal-entendido nasceu a Igreja Católica.

— Will! Você já *acabou* aí?

Will despertou do devaneio com um sobressalto.

— Sim, estou saindo. — Então se moveu rapidamente para fechar e trancar novamente os baús, erguendo a tampa do Baú Principal e repondo o cobertor acolchoado antes de fechá-la com firmeza e passar os cadeados gêmeos nos fechos. Quando acabou, repôs as chaves no seu baú e o trancou também, depositando-o sobre um dos maiores, depois pendurou a chave em volta do pescoço e a enfiou dentro de sua túnica. Bateu a poeira das mãos e olhou ao redor da sala, verificando se tudo estava como deveria, e então caminhou rapidamente porta afora para se juntar a Tam.

QUATRO

Will e sua comitiva retornaram a Arran cerca de três semanas após a chegada em Roslin, tendo percorrido os quase 500 quilômetros da jornada de ida e volta sem incidentes. Haviam encontrado grupos potencialmente perigosos em ambas as etapas da viagem, mas sua própria força de vinte homens fortemente armados e montados fora o suficiente para desencorajar qualquer um que tentasse molestá-los. Antes disso, o Tesouro foi ocultado na segurança da caverna sob o solo nas imediações da residência de seu pai. Os trabalhos de escavação tinham sido realizados com perícia, executados com tanta rapidez e perfeição que as grandes moitas de sarça disfarçando a entrada continuaram a ocultá-la; quando o trabalho de selamento da entrada se completou, elas foram desenraizadas com muito cuidado e depois replantadas nas posições originais.

Will ficou aliviado ao descobrir que nenhuma adversidade ocorrera durante sua ausência, e que o novo programa de divisão do trabalho havia progredido bem, a nova estrutura organizacional aparentemente funcionando com perfeição. Os confrades já estavam quase indistinguíveis do povo comum com que ele e seus homens haviam se deparado na viagem a Roslin. Suas roupas eram pardacentas e rústicas, suas barbas aparadas e suas tonsuras cobertas de cabelos recém-crescidos.

O capítulo secundário fora instalado em Lochranza poucos dias após a partida de Will. O bispo superior do Templo de lá, Bruno de Arles, atuava como capelão temporário, e Sir Reynald de Pairaud como preceptor em exercício. Esse progresso agradou imensamente a Will, porque o cavaleiro veterano, com toda irritabilidade e mentalidade de Javali do Templo, era totalmente confiável no que dizia respeito ao dever e às responsabilidades. Em sua primeira visita a Lochranza, quatro dias após seu retorno da Escócia continental, Will foi claro e sincero nos louvores ao trabalho que Pairaud já havia realizado na nova intendência.

Como castelo, com montanhas avultando a distância, ao fundo, Lochranza estava bem-situado, construído sobre um alto rochedo com vista para a baía abaixo, e de fácil defesa, mas sua principal qualidade se encontrava do lado de dentro: um salão grande e de composição resistente, ao mesmo tempo livre de correntes de ar e bem-iluminado, dois elementos que o tornavam mais hospitaleiro do que nove entre dez outros castelos de que Will podia lembrar. Pairaud já havia tirado vantagem disso, fazendo com que carpinteiros habilidosos dividissem o imenso salão em um terço do comprimento, deixando amplo espaço para todas as funções cotidianas que a guarnição requeria. O terço dividido havia sido convertido numa Casa Capitular do Templo, incluindo uma porta fortificada; as imprescindíveis cadeiras dos celebrantes, montadas sobre plataformas no leste, oeste, norte e sul; e um piso central quadrado disposto em blocos alternados, de 1 metro quadrado de lajes pintadas de preto e branco, cobertas por múltiplas camadas de verniz claro e rígido. Ali, em dependências muito mais elaboradas e suntuosas do que aquelas usadas por seus confrades em Brodick, os cavaleiros de Lochranza se reuniriam nas horas de escuridão para realizar os encontros capitulares e conduzir os ritos e cerimônias da Ordem a que pertenciam.

Além dos muros, uma ferraria havia sido instalada num dos anexos do castelo, e a maior parte da montaria pesada, os grandes cavalos de batalha dos cavaleiros, foi trazida de Brodick e dividida em pequenas tropas de sete a dez animais, cada uma cuidada por um pequeno grupo de homens e instalada em seu próprio território de pastagem em meio a vales verdejantes que penetravam entre as terras Altas e as cristas montanhosas que se elevavam atrás do castelo. Os pescadores que viviam na vila junto ao porto haviam desaparecido com a aproximação dos estranhos sulistas, como chamavam os recém-chegados, e presumia-se, generalizando, que fugiram para as altas encostas por medo, motivado mais pela conduta traiçoeira de seu antigo chefe, Menteith, que pela presença dos forasteiros *per se*. Pairaud acreditava que eles acabariam voltando, tão logo se convencessem de que não estavam sendo caçados nem perseguidos, mas, enquanto isso, vários sargentos se mudaram para as pequenas cabanas de pedra deixadas vagas à beira-mar e demonstravam-se úteis à comunidade pescando todos os dias e, assim, levando um constante e variado suprimento de peixes frescos para as mesas do castelo.

Mais longe dali, Pairaud explicou, nas altas charnecas atrás do castelo e descendo rumo às praias ocidentais da ilha, outros pequenos grupos de homens juntavam e secavam montanhas de turfa que seriam cuidadosamente armazenadas para suprir as necessidades do inverno seguinte, enquanto outros estavam atarefados derrubando as árvores restantes da única floresta extensa da ilha, saqueada irremediavelmente pela guarnição inglesa que havia construído o salão em Brodick. Um grupo de homens de ambos os capítulos tinha restaurado as velhas serrarias usadas pela soldadesca inglesa, e serradores estavam naquele momento trabalhando duro, cortando as toras verdes em pranchas, tábuas e vigas para suprir as necessidades de construção tanto em Brodick quanto em Lochranza. Também teriam de ser empilhadas e seca antes de poderem ser postas em uso, mas Will já não acreditava que a permanência do seu destacamento em Arran seria breve, e, mesmo que fosse, o exercício de cortar e armazenar tanto o combustível quanto a madeira verde servia a um bom propósito ao manter os homens ocupados e absortos contra o tédio.

Ele terminou a visita a Lochranza partindo numa longa volta pelas charnecas elevadas a sudoeste, no caminho de volta a Brodick, visitando os vários locais de trabalho e cumprimentando pessoalmente os homens envolvidos, inspecionando seus esforços e expressando sua satisfação e encorajamento a cada grupo que encontrava. Mas se viu cada vez mais preocupado com os rumores sobre a doença do rei, pois, se Bruce fosse removido do poder, ele e seus homens estariam em grande perigo naquela

ilha, talvez até mesmo incapacitados — o pensamento lhe causou cala-
frios — de reclamar suas galés que estavam com os MacDonald. A ideia
passou a oprimi-lo desde que lhe ocorreu, e ao chegar em Brodick, num
dia de fortes ventos e chuva fria, seu humor combinava perfeitamente
com o clima, triste e sem conforto.

Seus piores medos foram mitigados imediatamente. Sir James Douglas aportara em Brodick enquanto Will se encontrava em Lochranza e
havia deixado a notícia de que Bruce estava bem e que havia se retirado
com o irmão e todo o exército para Strathbogie, às margens do rio Deve-
ron, perto de Aberdeen, cujo senhor local era um leal apoiador e onde o
rei recuperava forças e se preparava para uma campanha de primavera
contra a presença inglesa na área.

Douglas havia deixado um pacote de despachos para Will, aos cuidados de Sir Richard de Montrichard, e Will o apanhou e levou consigo
para lê-los enquanto Tam Sinclair supervisionava a preparação de um
banho quente — uma fraqueza, aos olhos de muitos, que havia desenvolvido em seus anos de viagens entre os mouros da Espanha. Sempre
que sentia frio ou se molhava com a água fria da chuva, Will insistia
em se banhar com água quente, e Tam havia muito se acostumara com
o estranho comportamento. O primo não o acompanhara a Lochranza,
optando por permanecer em Brodick para assumir o treinamento e a
educação interrompidos de Henry, o sobrinho de Will, que, agora como
escudeiro de um monge militar, precisaria saber muito mais do que era
exigido do escudeiro de um cavaleiro comum, e o tio ficara satisfeito
com a decisão.

Will cortou a amarra de couro do pacote e tirou dois documentos.
Um deles era um bilhete dobrado num pedaço de pergaminho escrito
pelo próprio Douglas numa caligrafia clara e com volutas, tratando das
notícias sobre a doença de Bruce e mencionando que o rei, agora muito
melhor, ficara bastante satisfeito com a lealdade e a dedicação dos ho-

mens "de Arran" que o haviam acompanhado. Terminava com uma assinatura simples e floreada, apenas como "Douglas".

A segunda missiva era inteiramente distinta, dobrada com cuidado num oblongo alinhado e lacrada no verso com um sinete que Will desconhecia. O nome dele estava escrito numa caligrafia miúda e nítida no canto superior frontal direito. Curioso, rompeu o lacre e abriu a carta, sentindo a textura rica e flexível das três folhas de fino pergaminho entre seus dedos. Abriu primeiramente pela última página, e seus olhos foram diretamente para o nome no final. O ar ficou preso na garganta quando viu a assinatura simples de Jessica Randolph de St. Valéry. Por um momento, não conseguiu fazer nada, seu pulso disparou e os pensamentos se agitaram, buscando em vão por motivos pelos quais aquela mulher, entre todas as pessoas, pudesse lhe escrever. Mas por fim, compreendendo a insensatez de pensamentos tão fúteis e reconhecendo sua própria excitação irracional com mortificação, voltou à primeira página e começou a ler a delicada escrita angevina, sussurrando as palavras para si mesmo com o sotaque de sua infância, de um tempo antes que o francês mais ubíquo dominasse sua língua nativa.

Sir William,

Tenho poucas dúvidas de que você ficará tomado de ultraje pela minha ousadia em escrever-lhe esta carta, mas terá notado de imediato que recorro à língua dos seus anos mais recentes por um propósito. Caso esta carta caia em mãos pouco amigáveis, é meu sincero desejo que permaneça incompreensível àqueles que a encontrarem.

Escrevo-lhe de certo lugar nas terras a nordeste da Escócia, onde coube-me a honra e o privilégio, nestes últimos dois meses, de tomar parte nos cuidados de nosso rei, que esteve gravemente enfermo, mas que agora melhora rapidamente e recupera a antiga força, para alegria de todos à sua volta e para a melhor fortuna deste reino.

Eu sei que o interior está tomado de rumores sobre o falecimento iminente do meu senhor, toda sorte de histórias lúgubres de tristezas e desastres sendo disseminadas amplamente por pessoas que pouco conhecem da verdade. Sei também, por experiência, de sua situação desconfortável nessa ilha tão remota e preocupei-me que, ao ouvir tais histórias, você pudesse temer pelo bem-estar dos que aí estão ao seu encargo. Se esse tiver sido o caso, repouse então sua mente, Sir cavaleiro, e conheça a verdade: Sua Graça está bem. A crise há muito passou, e sua pessoa está se recuperando com força suficiente para agir novamente como homem e como rei, planejando campanhas para o ano que vem com todos os seus amigos e comandantes.

O que me traz ao principal propósito desta carta: informá-lo do que vem sendo planejado. Uma poderosa delegação de franceses esteve aqui. Não temos conhecimento de como conseguiram localizar o paradeiro de Sua Graça — um segredo bem-guardado —, mas chegaram em segredo e tornaram a partir diretamente para a França. O teor da visita foi propagar a ideia de uma aliança entre Sua Graça e o rei da França, Filipe Capeto, com a finalidade de montar uma nova cruzada contra os mouros na Espanha. Sua Graça recebeu-os com cortesia, acompanhado apenas de alguns de seus conselheiros mais próximos. Disse-lhes que consideraria o assunto, e que este tivera apelo sobre ele, mas que seu próprio reino ainda não está suficientemente forte para permitir que ele parta destas terras num futuro breve. E então, assim que se retiraram, ele me chamou e, numa audiência particular, contou-me o que havia transcorrido, tendo depois me pedido que lhe escrevesse esta carta em nome dele, e na sua língua nativa, que me foi ensinada pela família de meu falecido marido, explicando a você o que ele está pensando, assegurando-lhe, ao mesmo tempo, que você e os seus não têm motivo para preocupação imediata, uma vez que é improvável que essa questão progrida ainda por muitos anos.

Do ponto de vista diplomático, esse evento tem grande valor político: um reconhecimento aberto do reinado de Sua Graça pelo mais poderoso rei da Cristandade. Tem valor futuro igualmente, como uma arma contra aqueles que gostariam que a excomunhão de Sua Graça se tornasse permanente, uma vez que o líder conjunto de uma cruzada como essa dificilmente poderia ser condenado pela Santa Igreja. Mas ela também enfatiza a delicadeza de sua situação e da dele, em face da sua condição de fugitivos da França e desafetos de Filipe, pois, se essa notícia se espalhasse, poria em perigo a aliança proposta. Portanto, Sua Graça solicita redobrada preocupação em observar os desejos dele no que diz respeito ao disfarce das identidades de seus homens na ilha — uma garantia que já ofereci com convicção em seu nome. Ele não tem dúvidas de que você honrará sua vontade, mas deseja simplesmente chamar a atenção para a importância crescente disso em face dessa aproximação com a França.

Eu tenho grande respeito e apreço por este homem. Conheci-o, como você já deve saber, logo depois de deixar a ilha, conduzida pessoalmente por Sir James. Sua Graça honrou-me nessa ocasião com a solicitação para que eu aceitasse a guarda de sua sobrinha, Marjorie, a filha ilegítima de seu amado irmão Nigel, morto nas mãos dos torturadores ingleses. A criança é uma das poucas parentes femininas remanescentes que restam livres, e o rei crê que ela pode continuar segura comigo, pois acabei de chegar da França e poucos sabem a meu respeito. Consequentemente, ela agora se tornou minha sobrinha, adotada por mim na França e trazida para cá no meu séquito. Quando partirmos daqui, irá comigo ao lar da minha família no vale do rio Nith, perto da cidade de Dumfries.

Portanto, eu estou bem, e imensamente honrada em diversos aspectos, e minha missão aqui no norte está quase cumprida, estando esta carta entre os últimos dos meus deveres autoimpostos. Sir James

está aqui com Sua Graça há vários dias e prometeu-me que a entregará
a você da próxima vez que viajar para seu local de refúgio. Eu lhe
prometo que, com o retorno ao meu lar em Nithsdale, a apenas um dia
de viagem de onde você está, não farei mais esforços para distraí-lo
de seus deveres desgastantes e sérios. Mas espero que você possa
algum dia pensar em mim, apesar de toda a sua severa desaprovação e
restrições impositivas, como sua amiga,

Jessica Randolph de St. Valéry.

CINCO

Will dobrou a carta com cuidado e foi tomar banho. Desde as primeiras palavras da mensagem, havia perdido a noção de que fora escrita por uma mulher, pois toda a sua atenção se ocupou do conteúdo, e não da remetente. As notícias da aproximação entre o rei da França e Bruce o preocuparam apenas brevemente, pois sua natureza generosa aceitou a importância do gesto para o rei dos escoceses. E então decidiu que não faria mal algum reforçar as instruções sobre a necessidade de anonimato em Arran. Devia isso a Bruce, ele bem sabia, pois qualquer falha por parte dos templários na ilha quanto a permanecer invisíveis aos olhos dos curiosos poderia causar ao rei escocês um contratempo desnecessário e embaraçoso.

Então, decisão tomada, Will vestiu roupas limpas e secas e convocou os oficiais superiores para uma conferência. Nela, o cavaleiro resumiu o que havia sido dito e pediu que cada um pensasse em quaisquer dificuldades que pudessem ter deixado passar. Acreditavam, ele perguntou, ter alcançado pleno sucesso em ocultar qualquer sinal que pudesse identificar seus homens como monges da Ordem?

Mencionaram haver apenas a questão do monge amotinado, Martelet, ainda mantido prisioneiro, com um mês inteiro de confinamento em solitária a cumprir. O homem, Will foi informado, ainda se mantinha recalcitrante, recusando-se a reconhecer que havia feito algo errado.

Tão logo a reunião foi concluída, Will desceu até as celas e confrontou Martelet, cujo aspecto era o que se poderia esperar após um mês de confinamento numa cela minúscula, privado de qualquer meio de se limpar. Will dispensou o sargento em turno de guarda, depois atravessou o recinto com dois passos, posicionando-se diante das grades, contemplando o prisioneiro, que lhe lançou um olhar furioso sem dizer nada. Will encarou o homem por um longo tempo, observando os olhos dele, sem ver qualquer sinal de submissão ali — nenhum indício de indecisão ou arrependimento.

— Você parece infeliz... e cumpriu apenas metade da sentença. Eu tomarei o cuidado de evitar vê-lo quando se aproximar o final do próximo mês.

Ele aguardou uma resposta, mas Martelet não deu sinal de ter ouvido uma só palavra.

— Você é um tolo, sabe? Não há ninguém aqui para nos ouvir, e estou lhe dizendo, de homem para homem, que você é um tolo. É também um amotinado ingrato e arrogante, uma desgraça para a nossa Ordem.

Essas palavras obtiveram uma resposta, pois Martelet se empertigou e quase cuspiu nele.

— Você não teria coragem de falar desse jeito se não houvesse grades entre nós!

— Duas vezes tolo agora. Você deve lembrar que fui eu quem o colocou aí. Eu o derrotei no pátio quando estava armado, com uma espada desembainhada em sua mão. Eu não preciso ter coragem para nada. Você, por outro lado, deve ter a coragem de mudar sua atitude. Eu não estava presente quando foi sentenciado a ser mantido aqui, nem tive qualquer voz no resultado do julgamento. Essa decisão foi tomada pelos seus pares, os confrades que insultou com sua atitude arrogante. Mas ouça a minha voz quanto a isto: você não tem chance de vencer neste caso. Jurou três votos ao entrar nesta ordem, e o maior dos três foi o de obediência; obediência aos seus superiores e à Regra que dita o comportamento de todos nós. Sua violação a esse voto foi o que o trouxe aqui, a isto. E a continuidade de sua rebelião só pode ter por certo um final, pois ela não será tolerada pelos seus irmãos; nem pode ser, pelo bem de todos. Portanto, se você persistir nessa tolice, acabará emparedado, como outras almas insubordinadas antes de você. Acha que encontrará alguma satisfação ao ser confinado vivo numa parede e deixado para morrer de sede, tudo por um orgulho estúpido?

Ele aguardou uma resposta, mas só o que viu foi um vacilar momentâneo, talvez por dúvida ou medo, por trás dos olhos enraivecidos do homem.

— Acorde, irmão Martelet, e use a inteligência que Deus lhe deu. Não somos tantos aqui que possamos nos permitir perder um irmão de maneira tão desnecessária, e a absolvição não está fora de seu alcance. Agora olhe para mim. Sem sobrecota cruzada, sem cota de malha, sem barba bifurcada e sem tonsura. Mas ainda sou o homem que era há um mês e que tenho sido durante toda a minha vida. E sou o mestre aqui... o mestre na Escócia, cuja proclamação você próprio ouviu. Além destas portas às minhas costas, seus confrades não são diferentes do que eram, exceto pelo fato de que também estão vestidos, armados e barbeados como eu, e que suas tonsuras desapareceram. Isso não foi feito por capricho. Você ouviu as razões anunciadas antes de seu julgamento, e elas são razoáveis e sólidas, necessárias para a manutenção do nosso bem-estar. Mas ainda assim decide ser obstinado, e isso é o que me leva a considerá-lo tolo por seu orgulho e sua teimosia.

Ele parou por um segundo, depois continuou:

— Pense nisso. Prometa-me que nunca mais levantará a mão num ato de violência contra seus irmãos da Ordem, concorde em aparar a barba e se juntar aos seus confrades novamente como um igual, e eu o libertarei em boa-fé no instante em que me chamar e disser que obedecerá e observará a Regra novamente. Mas eu o advirto, Martelet: traia-me, e você certamente morrerá logo depois, encerrado numa parede de tijolos, por ordem de seus confrades. Chame-me se resolver ser sensato.

E com isso William girou nos calcanhares e se retirou, gesticulando para que o guarda à espera retomasse sua função.

Dois dias depois, numa tarde clara e fria, o chamado chegou, trazido a ele por Tam, com o jovem Henry seguindo seus passos como um cachorrinho vigilante.

— Martelet está pedindo para vê-lo. Você irá?

Will pousou a espada e a pedra de amolar junto à parede ao lado do degrau onde ele estivera sentado e se levantou.

— Um banho, Tam, bom e quente, o mais rápido que puder.

— Um banho? Você já tomou banho três dias atrás!

— Não para mim, homem. Para Martelet. Ele está imundo, emporcalhado e infestado de pulgas e piolhos. Arranje-lhe roupas novas, também... tenho o bastante para dar e vender... depois pegue as que ele despir e queime-as, com pulgas e tudo. Agora ande rápido. Henry, ajude-o.

Poucos momentos depois, Will estava novamente diante de Martelet, encarando-o por entre as grades da cela. Dessa vez, o rosto do prisioneiro estava calmo, sem mostrar os vestígios da raiva e da amargura que o haviam desfigurado antes. Will fez um cumprimento de cabeça.

— Você decidiu?

Quando Martelet falou, a voz saiu tão calma quanto a expressão:

— Decidi. Eu confesso ter sido arrogante, talvez um tanto louco, e meu comportamento foi imperdoável.

— Imperdoável, não. Ele está perdoado.

— Então eu lhe agradeço. Gostaria que você soubesse que não abjurarei o que disse. Daqui para a frente, obedecerei.

— Que assim seja. Guarda! Liberte o prisioneiro. Eu esperarei lá fora, ao ar livre. — Estas últimas palavras foram para Martelet, que simplesmente assentiu com um movimento de cabeça e esperou que o guarda abrisse a porta da jaula e destrancasse as correntes.

Vários minutos depois, ele se contraiu diante da brilhante luz da tarde, erguendo as mãos para proteger os olhos da claridade à qual haviam se desacostumado. Will lhe deu tempo para se ajustar à luminosidade, depois o conduziu aos seus próprios aposentos, onde Tam e o jovem Henry já esperavam com a banheira de madeira cheia até a metade com água exalando vapor.

— Largue suas roupas ali no canto, depois limpe-se na banheira. Seja meticuloso. Use o sabão. Em tudo. Ele é medicinal e matará os parasitas nos seus cabelos, tanto os da cabeça quanto os dos pelos do corpo. E não tenha medo, a água não minará sua força nem o deixará exposto aos ardis do demônio. Há roupas novas na cadeira ali, e aquelas botas servirão em você... e encontrará tesouras de tosquiar naquela mesa junto à parede. Tam o ajudará a aparar a barba, se precisar. Quando estiver limpo e pronto, meu escudeiro aqui o levará até mim. Eu estarei nas dependências da preceptoria, com o preceptor em pessoa, o almirante Berenger, e em presença do bispo Formadieu. Você apresentará sua contrição a eles, e eles o absolverão do restante da pena, pois continua legalmente condenado e sentenciado de acordo com a Regra. Ao buscar clemência deve convencer os confrades superiores da nossa comunidade de que seu remorso e contrição são reais e sinceros. Até breve, então. Nós o esperaremos.

Dentro de uma hora, Martelet estava pronto: esfregado, tosado, penteado e vestindo túnica e perneira comuns; parecia uma pessoa inteiramente diferente do homem que incomodava a todos nos meses recentes, e o tribunal dos confrades superiores ficou apático enquanto ele se retratava de seu comportamento anterior e pedia humildemente por reintegração. O tribunal fez algumas perguntas, contentando-se em recordar que vivia sob um juramento e sob a tolerância deles.

Will se sentiu satisfeito ao ver que Montrichard também havia passado por algum tipo de transformação silenciosa no passado recente. A insegurança e o ar de indecisão que o marcavam e eram motivo de preocupação para Will desde a partida de La Rochelle sumiram; o cavaleiro que se postava ali era em cada centímetro o preceptor do Templo, resoluto, incisivo e autoritário, falando do alto do cargo. Ele recordou Martelet de que passaria por um escrutínio atento durante o mês que se seguiria, e que, caso seu comportamento se revelasse insatisfatório, retornaria à cela da qual havia sido solto e cumpriria o dobro da plena extensão de sua sentença. Alertou-o com severidade a aderir estritamente à Regra da Ordem dali em diante e depois deu o caso por encerrado.

Martelet hesitou por um tempo, claramente duvidando que havia sido perdoado e estava livre, mas então fez uma profunda reverência e agradeceu o tribunal pela clemência. Depois deu as costas e se afastou marchando lepidamente. Somente então Will se permitiu relaxar, recostando-se na cadeira e exalando um profundo suspiro. Teria relutado em causar a morte do homem, mas não teria opção caso Martelet decidisse continuar obstinado.

Ele mal notou quando os outros começaram a se levantar e sair, e, ao fazê-lo, sua mente, livre da preocupação com Martelet, já se ocupava de outros assuntos, menos angustiantes, entre eles a iminente chegada do navio da costa mediterrânea da França; a vindoura mudança de turno das tropas, que em breve deveriam retornar das incursões com o rei nas terras continentais; a incongruente possibilidade de livrar seus homens do voto de castidade — um pensamento que voltava a lhe ocorrer de tempos em tempos, naqueles dias, mas que não implicava um verdadeiro ônus de consideração — e a perturbadora dúvida se deveria ou não responder à carta de Jessie Randolph. Ela havia se dado a considerável preocupação de tranquilizar sua mente quanto à doença do rei, e ele sentia-se ao mesmo tempo grato e culpado pelo prazer que obtivera. Mas então se lembrou de que ela recebera ordens, para todos os efeitos, do próprio Bruce. Sua decisão de não responder já estava tomada quando ele segurou-se aos braços de madeira da poltrona e se levantou para seguir os outros até o refeitório, mas então descobriu que Richard de Montrichard havia parado para esperá-lo na porta.

— Posso fazer uma pergunta? — indagou ele, como se esperasse seriamente por uma resposta deliberada.

— É claro. O que é?

O preceptor se pôs de lado para permitir a passagem de Will, depois caminhou ao lado dele.

— Uma simples curiosidade, você pode pensar, mas não é. Quanto tempo acredita que levará para que nós, do norte e do sul, implementemos tudo que você nos designou antes de partir no mês passado? Eu posso julgar o progresso de meus próprios homens, mas você é o único que tem uma visão do todo. Por isso pensei em perguntar diretamente. Minha estimativa seria de quatro meses a partir de agora.

Will olhou para ele.

— Para tudo, incluindo Lochranza? Não, Sir Richard, temo que você esteja sendo otimista. A melhor estimativa que eu poderia dar, para ver esta ilha ajustada satisfatoriamente a nós, seria meio ano a partir de agora, em pleno verão, e talvez até mais. Nós temos muito a fazer, e tudo isso não pode ser realizado de uma só vez. Temos de construir edificações e casernas, abrigos e estábulos. — Ele sorriu diante da expressão vazia do preceptor em reação às palavras em escocês e continuou falando: — E eles terão de ser bem-construídos, com telhados, e reforçados contra o clima do ano inteiro. Nós os construiremos com torrões de turfa, para que sejam sólidos, mas teremos de escavar os torrões em primeiro lugar. Também temos de preparar locais na praia para que nossas galés e navios possam ser rebocados até a margem e seus cascos encalacrados possam ser raspados. Isso exigirá algum trabalho. Há locais adequados em número suficiente por aqui, mas ninguém jamais precisou moldá-los aos nossos propósitos, por isso teremos de começar tais projetos do início. Com a extração de madeira vocês já estão familiarizados, mas ela não durará seis meses. O mestre-serrador de Pairaud disse que teremos usado todas as árvores disponíveis em metade desse tempo, portanto, depois disso, estaremos simplesmente serrando e empilhando as toras restantes. E acima de tudo isso, temos as obrigações e os dias santos da nossa comunidade, e o prosseguimento dos nossos treinos para cumprir, incluindo a rotatividade das acomodações das tropas que se revezam entre a ilha e a Escócia. Não, meu amigo, acredite em mim: nós teremos muita sorte se terminarmos dentro de seis meses.

Eles haviam chegado à porta do refeitório para perceber que estavam atrasados, pois um dos irmãos já lia a lição do dia para a assembleia silenciosa quando os dois membros mais graduados da comunidade seguiram para seus lugares em silêncio.

UM CATÁLOGO DE PECADOS

Jessie Randolph sentou-se num afloramento de rocha sobre o vale do Nith, por onde o rio serpeava pacificamente em seu percurso desde as colinas baixas ao norte, passando pelo lar da baronesa, até o fiorde Solway e a fronteira inglesa, vários quilômetros ao sul. Ela ficou sentada sem se mover, sorvendo o cenário que estava diante de si e ouvindo o silêncio da tarde de final de verão, uma tranquilidade quebrada apenas pelos gritos ocasionais das crianças brincando nas encostas atrás dela e pelo canto incessante de um tordo solitário empoleirado em algum lugar numa das construções baixas à sua esquerda. Às suas costas, o sol avançado em seu declínio projetava as sombras da colina diante de Jessie sobre o rio. Ela sentiu um frêmito de excitação contrair o estômago ao levar a mão ao colarinho da túnica e puxar o pacotinho de tecido macio que se aninhava entre os seios, sentindo a tensão flexível do pergaminho bem-enrolado que ele continha e estremecendo quando um arrepio repentino percorreu seus ombros e braços. O embrulho continha uma carta, e a simples existência dela parecia ultrajante, aumentando sua significância a cada momento. Seu conteúdo e a possibilidade torturante de realmente remetê-la a faziam sentir um frio na barriga de um modo que ela não experimentava havia anos, desde que era uma jovem sonhando com seu primeiro amor.

Olhou para trás, quase rindo de si própria pela culpa difusa que sentia. Vendo que ainda estava só, afrouxou o cordão e puxou a carta para fora, depois desatou o laço de seda que a mantinha fechada. Estava escrita em várias folhas de um pergaminho fino e extremamente valioso, cuidadosamente aparadas em tamanho uniforme, parte da reserva que ela havia implorado e ganhado de mestre Bernard de Linton, o abade de Abbroath, que recentemente se tornara secretário do rei Robert, que ela conhecera e de quem passara a gostar durante sua estada no norte, enquanto cuidava da doença do rei. Então, segurou as folhas enroladas numa das mãos, com o cotovelo apoiado num joelho erguido, enquanto olhava para a água, com os olhos desfocados, completamente alheia à cena que ela própria representava.

Se tivesse se dado conta, provavelmente riria novamente do pensamento, pois vestia o que chamava de seu "traje escandaloso", pois este havia ultrajado todas as mulheres do distrito quando a viram usando pela primeira vez. Muito provavelmente, pensava com frequência, havia escandalizado os homens também, mas nenhum ousara comentar a respeito. Na verdade, ela estava vestindo roupas de homem, adaptadas para seu uso, que havia trazido consigo da França: calças longas e folgadas, justas na parte de trás e largas a partir dos joelhos, feitas de couro *chamois*. O conforto do corte delas era disfarçado por uma túnica aberta dos lados feita do mesmo material, cingida na cintura e usada sobre um corpete simples de colarinho quadrado feito de lã macia e fina, apertado na cintura por um cinto de couro pesado, gasto e flexível, do qual pendia uma longa adaga embainhada. Suas botas, feitas por um mestre-sapateiro na propriedade de seu falecido marido, eram do mesmo couro, porém mais grossas e com resistentes solas e tacões, inconfundivelmente feitas sob encomenda para seus pés e flexíveis como luvas gastas pelo tempo.

Vista de longe, ela poderia passar por um homem, mas, quando a distância diminuía, não havia como deixar de perceber sua espantosa feminilidade. Seus cabelos, avermelhados à luz da tarde, derramavam-se sobre seus ombros, atados frouxamente às costas por uma tira de couro. Rosto e braços bronzeados pelo sol do verão, de modo que seus olhos pareciam reluzir e cintilar, salientados pelo brilho da pele tesa das maçãs do rosto, com suas leves sardas esparsas. A cor de seus olhos, e ela ouvira isso o suficiente ao longo dos anos para acreditar, desafiavam a capacidade de descrição. Predominantemente cinzentos, mudavam conforme a luz, às vezes para um azul um pouco pálido, às vezes escuro, e outras vezes mais verdes do que qualquer outra coisa.

Um movimento junto aos seus pés fez com que olhasse para baixo, onde um rato-silvestre passava correndo, e ela observou-o com tolerância enquanto ele disparava em direção à base de seu assento e desaparecia em algum lugar por trás da besta e da aljava de virotes encostadas na pedra. A visão da arma fez com que ela virasse novamente a cabeça e contemplasse brevemente a floresta de Cairns abaixo e à direita dela, um dos poucos cinturões de árvores na área, onde os homens locais haviam avistado um urso no dia anterior. Ela não esperava ver o animal naquela tarde, mas a possibilidade havia sido o bastante para motivá-la a levar a besta consigo. Nada se moveu por ali, porém, e ela sacudiu o pergaminho na mão, verificou novamente se não havia nada à vista, e depois começou a ler em voz alta, porém calma, o que compusera com esmero durante os dias anteriores. Leu uma ou duas palavras, hesitou, começou novamente, e depois de duas ou três sentenças parou e deixou cair a carta em frustração.

Meu Deus, Will Sinclair, você tem ideia do problema em que me meteu? Como eu posso...? Não, você não tem ideia, seu homem teimoso, honrado e estúpido. Como poderia ter? Você está aí em sua tola ilhazinha, bancando o monge santarrão enquanto todos os seus confrades surpreendidos pela escuridão na França apodrecem nas prisões de Filipe Capeto, torturados e abusados pelos próprios homens que... Ah! Deus, dê-me forças para ser paciente!

Ela se levantou, enrolando as folhas de pergaminho bem apertadas novamente, enquanto procurava a fita de seda que as atava. Havia caído de onde ela a deixara, alojando-se no fundo de uma fissura estreita no afloramento de rocha. Para alcançá-la, teve de apoiar um dos pés sobre a pedra, suportando seu peso enquanto se curvava para a frente, esticando o braço para dentro da fenda. Recuperou a fita com dificuldade e a esticou, soprando uma mecha de cabelos dos seus olhos, e, ao fazê-lo, viu a própria coxa estendida, a forma delineada pelo couro esticado de seus calções. Isso a fez rir.

Bom Deus, Will, se você pudesse me ver vestida assim, não seria capaz de rezar por uma quinzena. Haveria uma visão a interromper seus mais castos pensamentos e deixar sua fisionomia carregada como uma nuvem de tempestade, não é?

Bem, Sir cavaleiro, vou mandar esta carta para você. Farei com que meu jovem primo Hugh a leve pessoalmente a Arran. Tempo e trabalho demais foram dedicados a redigi-la para deixar que vá para o lixo. Além disso, por que não deveria mandá-la? Ela lhe dará notícias de sua irmã Peggy, e da alegria que o presente lhe proporcionou. E também dará notícias de nosso rei e do que ele ouviu da França a respeito de sua Ordem. Você está em desgraça, Will Sinclair, com toda a sua irmandade, quer a causa seja justa ou não. Está na hora de esquecer a possibilidade de voltar para lá, está na hora de encontrar uma nova vida para si aqui na Escócia. Uma vida de verdade, como um homem de verdade, com uma esposa que o faria feliz. Que o bom Deus me ouça! Falar de casamento a um monge! Eu devo estar louca... Mas é uma loucura prazerosa, devo dizer. Agora...

Um grito agudo fez com que ela se virasse e olhasse para o local onde Marjorie Bruce, com seus 12 anos — supostamente sua sobrinha, mas, na verdade, do rei Bruce —, havia deixado as amigas e saltitava colina abaixo, chamando-a. Jessie não tinha falado nada além de francês com a menina desde que se conheceram. Para seus propósitos atuais e para a proteção dela, Marjorie deveria ser considerada francesa, e a garota, dotada de um bom ouvido para sons, aprendera rápido, de forma que falava o idioma sem esforço e sem qualquer traço residual da língua que havia aprendido desde seu nascimento. A criança ainda estava a alguma distância, longe demais para que Jessie entendesse o que ela gritava, mas sentiu a urgência.

— Espere aí! — gritou. — Eu estou subindo!

Jessie recolheu rapidamente a besta e a aljava, cingindo esta por sobre o ombro, e começou a subir a colina.

— O que foi, menina? — perguntou ela ao alcançar a criança. — Qual é o problema?

— Há homens vindo, titia, de lá, além das colinas.

— Do oeste? De Annandale? Quantos?

— Eu não sei. Estão longe demais para contar, mas estão vindo para cá.

— Mostre-me.

A menina se virou e começou a correr colina acima, e Jessie apertou o passo para acompanhá-la, lembrando-se de quando também era capaz de percorrer encostas íngremes como se fossem terreno plano, mas estava preocupada com quem poderia estar vindo do oeste. As terras de Annan haviam pertencido ao pai do rei, Robert Bruce de Annandale, mas, como sua própria terra de Nithsdale, sempre havia sido uma importante rota de invasão pelo sul. Durante as guerras dos anos anteriores, tornaram-se esparsamente ocupadas à medida que o povo local fugia para as colinas mais altas a fim de evitar as pilhagens dos sempre presentes ingleses. Os vales de Annan e de Nith, com o restante do sul da Escócia, haviam sido incendiados várias vezes na meia década anterior para negar sustento aos exércitos do rei Eduardo.

Ela finalmente superou o topo da colina para encontrar as crianças pulando para cima e para baixo em agitação enquanto tagarelavam e apontavam a distância. Jessie, respirando a custo, levantou uma das mãos para proteger os olhos da claridade do sol poente diante dela. A luz era impiedosa, mas seus olhos se ajustaram rápido, mostrando-lhe o inconfundível reflexo da luz nas armas, armaduras e arreios. Ainda estavam a mais de 5 quilômetros de distância, ela avaliou, não haviam passado pelo inconfundível afloramento de rocha conhecido no local como o Leopardo, que se empinava a 4 quilômetros de onde ela se encontrava. Estava atenta a Marjorie ao seu lado, esticando-se nas pontas dos pés para tentar ver tudo o que podia.

— Seus olhos são melhores do que os meus, menina. Você pode ver quantos são?

— Não, titia, mas há um monte de azul entre eles.

Jessie não conseguia ver nada azul, mas não questionou a afirmação da garota. Os homens vinham de Annandale, a terra de Bruce, e as cores de James Douglas eram azul e branco — Douglas, a quem o rei em pessoa havia nomeado governador de todo o sul poucos meses antes. Seu pensamento se voltou imediatamente para o que ela vestia. Seu escandaloso traje não era uma roupa apropriada para receber o jovem enviado do rei. Ela girou de súbito, segurando a protegida pelo ombro.

— É Sir James Douglas, que está aqui para tratar de assuntos do rei. Eu devo correr até a casa e me vestir para recebê-lo. Deixarei que você reúna todas as outras crianças e as leve de volta em segurança. Você pode fazer isso?

— É claro, titia.

Marjorie Bruce deu meia-volta e começou a chamar as outras crianças, mas Jessie já se afastava, com a besta balançando num dos ombros enquanto suas longas pernas levavam-na sem esforço ladeira abaixo em direção ao aglomerado de casas a menos de 800 metros dali.

Ela já estava parcialmente despida quando entrou na casa, mas felizmente não havia ninguém por perto que pudesse vê-la nessa extraordinária condição. Ao entrar, chamou em voz muito alta sua dama de companhia, Marie, puxando o saquinho de tecido do lugar de descanso entre os seios e largando-o sobre a mesa junto à porta do quarto. Então desatou as amarras na parte da frente dos calções de couro, empurrando-os quadris abaixo e desvencilhando-se deles. A túnica aberta caiu ao lado da primeira pilha, e ela agarrou as barras de sua roupa de baixo e puxou-a prontamente por sobre a cabeça. Em seguida, avançou nua, exceto por suas botas, até o grande armário francês que guardava a maior parte de suas roupas mais formais.

Ali havia poucos vestidos a escolher, por isso a seleção não demorou muito, e logo ela estava parada em posição ereta, batendo o pé com impaciência enquanto Marie se ocupava dos laços do corpete do suntuoso traje verde. Era um vestido magnífico, tão deslocado entre as mulheres de Nithsdale quanto um pavão com a cauda aberta teria parecido no meio de um bando de gansos, mas realçava seus olhos e cabelos maravilhosamente bem, como havia sido informada por mais de um admirador ardente, e ela sabia que surtiria o efeito desejado no jovem governador do rei.

— Seus cabelos, madame — disse Marie, com preocupação em sua voz. — Eles precisam de... algo.

— Então faça algo. Mas seja rápida. Nosso convidado estará aqui a qualquer momento.

Durante os poucos minutos que sabia que Marie levaria para prender seus cabelos em algo que se assemelhasse ao penteado de uma dama, Jessie olhou para o saquinho de tecido que continha a carta. Era um embrulho muito especial, embora sem graça para olhos alheios. Mas era de Will, feito com o lenço que havia tirado de sua túnica para embrulhar o presente que mandara para a irmã. Jessie se recordou de quando o tomou de suas mãos, lembrou da sensação entre seus dedos, quente pelo calor do corpo do cavaleiro, e perfumado, como descobriu momentos depois de deixar a tenda de Will, com o limpo e íntimo odor de sua pele. Ela havia entregado o presente a Peggy Sinclair, e se alegrara com o prazer da dama ao recebê-lo, mas guardara o lenço para si, cheirando-o apaixonadamente de tempos em tempos quando estava só — e tolamente, dizia às vezes a si mesma —, muito tempo depois que o leve odor que permanecera da presença do homem já havia se dissipado e sumido. Mas não conseguia se convencer a separar-se do objeto, por isso o costurara num saco retangular, uma algibeira que ela usava para guardar as coisas que lhe eram necessárias no dia a dia... seus pentes; seu sachê de pétalas de rosa e lavanda dessecadas; suas linhas finas e agulhas, protegidas com cuidado num estojinho de ébano aplainado e lustroso, vindo de alguma terra exótica; um espelhinho de mão em prata polida, guardado num paninho de veludo; e agora a ousada carta que quebrava a promessa de não perturbar a paz dele quando tivesse retornado a Nithsdale.

— Pronto, madame. Está concluído. Ninguém jamais saberia que seus cabelos acabaram de ser arrumados. Mas as botas...

— As botas são muito confortáveis. Ninguém irá vê-las.

Jessie se levantou, tomando o espelho metálico de mão que Marie lhe oferecia. Ela consultou seu reflexo uma vez, brevemente, e depois fez um gesto de cabeça em agradecimento.

— Você é um milagre, Marie. Agora, minha algibeira que está ali, se você tiver a bondade, e nós podemos ir cumprimentar nossos convidados.

DOIS

O grupo que liderava os *moss-troopers* visitantes — guerrilheiros escoceses montados que percorriam as fronteiras havia muito disputadas entre a Escócia e a Inglaterra — entrava em tropel no pátio da casa de fazenda quando Jessie chegou à porta da frente. Ela não teve dificuldade em encontrar um sorriso com o qual dar as boas-vindas ao enérgico e jovem tenente do rei Robert. James Douglas a viu imediatamente ao entrar no pátio a meio-galope e abriu um sorriso, tirando imediatamente o casquete com a pena de tetraz e fazendo uma reverência ainda de cima da sela.

— Lady Jessica! — gritou ele. — Raramente um viajante cansado pode contemplar uma visão tão maravilhosa quanto a que você apresenta aí na sua porta. — Ele incitou o cavalo adiante até que não pudesse chegar mais perto, depois escorregou do lombo do animal e tomou entre as suas a mão que a baronesa lhe oferecia, curvando a cabeça sobre ela. — Minha dama, você deve me perdoar por chegar sem avisar, mas não tive muita escolha. Nós cruzamos com alguns soldados ingleses dois dias atrás e eles nos superavam fortemente em número, por isso decidimos fugir e nos esconder.

Ele sorriu ao dizer isso, mas Jessie sabia que o rapaz estava falando muito sério. O rei Robert havia proibido expressamente seus comandantes de se engajarem com o inimigo em qualquer situação que se assemelhasse a uma batalha formal — uma ordem, por mais lógica e judiciosa que fosse, que não havia caído bem a muitos de seus mais leais comandantes. Entre estes, o jovem Douglas era o mais capaz e o mais feroz, por isso ela podia compreender quanto havia custado a Sir James fugir, como ele havia expressado.

A dama olhou-o nos olhos e assentiu.

— Então você é bem-vindo aqui, meu senhor Douglas. Eles ficaram muito atrás de vocês?

— Os ingleses? — Ele riu. — Não, minha dama, eles estão a quilômetros daqui, procurando-nos em alguma parte distante de Galloway. Nós os despistamos facilmente e os deixamos nos campeando entre charcos e atoleiros na noite passada e dirigindo-se para o oeste, enquanto demos meia-volta e viemos para cá. Eu não os traria aos berros até aqui para incomodá-la. Mas trouxe um para diverti-la... peguei-o no mês passado.

Ele gesticulou apontando com o polegar por cima do ombro, e Jessie olhou para ver do que o rapaz estava falando. Havia cerca de quarenta homens aglomerados no pátio, descendo de seus cavalos e começando a andar a esmo pelo espaço limitado, mas um deles se sobressaiu: um homem alto vestindo meia armadura e o elmo de aço polido de um *moss-trooper*. Ele estava de costas para ela, e seus olhos aparentemente percorriam os anexos ao redor do pátio.

— Ele é tímido — disse Jamie, depois ergueu a voz: — Thomas, você não tem palavras de saudação para a nossa anfitriã?

O homem alto pareceu enrijecer, depois se virou vagarosamente, e mesmo àquela distância Jessie pôde ver o rubor inundando seu rosto enquanto Douglas o chamava novamente.

— Venha aqui, homem, e banque o cortesão educado.

Jessie sentiu o queixo cair ao olhar para o estranho, cujos olhos só agora encontravam os seus, embaciados pelo que ela só podia discernir como vergonha e constrangimento. Ela conhecia o homem, reconheceu-o com facilidade, no entanto, sua mente parecia incapaz de aceitar a presença dele.

— Thomas? — perguntou ela, com uma voz que era pouco mais do que um sussurro. Depois, com mais força: — Thomas, é você?

O homem inclinou a cabeça em assentimento, depois avançou lentamente, a pele clara do rosto se incendiando com o rubor.

— Tia Jessie — disse ele —, perdoe-me por isto. Temo que você não me queira sob seu teto.

Os olhos dela se arregalaram de surpresa.

— *Meu* teto? Do que você está falando? Este é o seu teto, Thomas. Esta é sua casa. Mas você estava... Eu pensei... Como você veio até aqui?

Sir Thomas Randolph, filho de seu irmão mais velho e sobrinho do próprio Bruce por parte de uma meio-irmã, aproximou-se, seu rosto o retrato de consternação e vergonha.

— Você achou que eu estava na Inglaterra, um vassalo voluntário dos Plantageneta, um traidor do meu lar e dos meus familiares. Não foi isso que quis dizer?

Jessie suspirou e depois levantou a cabeça em protesto.

— Bem, sim e não, em iguais medidas. Na Inglaterra, por certo. Um prisioneiro da Inglaterra, voluntário ou não, tomado no campo de Batalha de Methven. Mas traidor? Não. Esse pensamento jamais passou pela minha cabeça. Nenhum homem que usa o nome de Thomas Randolph jamais poderia ser um traidor. Portanto, acabe com a autopiedade se deseja me fazer um favor, pois ela não cai bem em você. Agora, conte-me a verdade, como chegou aqui?

Antes que Thomas pudesse responder, Jamie Douglas se afastou e começou a gritar ordens aos seus homens, mandando que apeassem e se posicionassem calmamente e sem baderna. Jessie se virou para interrompê-lo.

— Vocês são quantos, Sir James?

— Quarenta e quatro, minha dama, incluindo nós... o jovem Thomas e eu.

— Então podemos alojá-los todos debaixo de um teto. Há quatro abrigos atrás da fazenda, afastados dos edifícios principais. Eles podem comportar 12 homens cada, com conforto. Mande seus homens irem até lá e cravar estacas enfileiradas para amarrar os cavalos nos fundos. Há pasto em abundância para eles lá atrás. Eu farei com que meus criados... os criados de Sir Thomas... comecem a preparar comida para todos. Nós tivemos de matar um boi que quebrou uma pata quatro dias atrás, por isso temos carne de sobra. Eu estava com medo de que grande parte dela fosse desperdiçada, mas agora faremos bom uso, embora eu tema que já estará bem escuro quando nós cearmos.

Ela se voltou para o sobrinho e viu que o rubor havia sumido de seu rosto e que ele agora a olhava com algo semelhante a gratidão e admiração.

— Bem — disse ela —, você vai ficar aí se atormentando a noite toda, Thomas Randolph? Venha para dentro. Eu mantive a casa limpa e aconchegante na sua ausência, mas agora que você está de volta, tornei-me sua hóspede.

Ele atirou as mãos imediatamente para o alto, depois fez uma mesura até a cintura, sorrindo repentinamente; pareceu que o próprio sol brilhou nos seus olhos.

— Não, tia Jess. Nem mesmo diga tais palavras. Eu estou... de passagem. Não mais do que isso. Esta casa é sua pelo tempo que necessitar dela. E eu lhe sou grato.

— Grato? Por quê?

— Por sua tolerância... sua boa vontade. Sir James havia me dito que você goza da estima do rei. Cuidou dele quando estava doente. Eu achava que guardaria rancor de mim por ter tomado armas contra ele.

— Ora... Bem, você estava errado. Nós falamos a seu respeito, o rei e eu, quando nos chegou a notícia, no último verão, de que cavalgava ao lado dos ingleses. Ele não guardava rancor de você, mesmo então, sabendo de sua situação, um cavaleiro ainda não versado nas realidades da guerra que ele hoje combate. O rei contou que você o faz recordar dele próprio quando tinha sua idade, cheio de promissoras ideias de nobreza, honra e bravura cavaleiresca, e ainda não embotado pelas realidades da vida. Ele temia que você o visse como um bandoleiro, indigno de portar o título de nobreza. E lamentava por isso. Mas nós falaremos dessas coisas mais tarde. Eu tenho muito a fazer para alimentar sua companhia, e já é tarde. Entre quando tiver acabado o que tem de fazer e traga Sir James junto. Então terei algo mais do que água para saciar a sede de vocês. Agora vá.

O rosto dele corou novamente, embora dessa vez de maneira não tão envergonhada. Jessie notou o início de um sorriso nos lábios, pois pensou que ele poderia muito bem ser o homem mais atraente que ela já vira: alto, de ombros largos e de belos cabelos e rosto. *Tem um pouco mais que a metade da minha idade*, pensou. *Vinte no máximo, comparados aos meus 35.*

Tem o porte afável e digno do pai, as longas pernas da mãe e os cabelos dourados e os vivos olhos azuis da família materna.

Ele tirou por cima da cabeça o cinturão da espada cingido ao peito enquanto se afastava dela, e a baronesa admirou a confiança tranquila com que atirou a longa arma embainhada a um *moss-trooper* de barba grisalha à espera, para então cruzar a entrada e se dirigir aos campos, rumo às cabanas nos fundos. E então ela se lembrou do que tinha de fazer e deu meia-volta para a porta de sua casa.

A partir desse momento até tarde da noite, depois da abundante mas simples ceia de carne assada no espeto, pão de aveia fresco e verduras cozidas e servidas com vinagre e manteiga, Jessie mal teve um momento para si, fazendo-se disponível e visível por toda parte, supervisionando os detalhes dos preparativos da refeição e os arranjos para abrigar mais de quarenta visitantes inesperados. E por isso foi um grande alívio quando ela afundou numa sólida cadeira estofada junto ao fogo na sala de estar da casa de fazenda, pouco antes da meia-noite, encontrando prazer no fato de que seus dois convidados já estavam ali, sentados confortavelmente, à espera de sua chegada.

Douglas estava cochilando quando ela entrou, mas se levantou de um salto tão rápido quanto o do sobrinho dela e acompanhou-a até a poltrona da sala de estar, situada diretamente em frente da fogueira de turfa que luzia na lareira de pedra. Ela retribuiu com um sorriso e murmurou palavras de agradecimento, depois deixou-se relaxar na cadeira, examinando a confortável sala imersa na penumbra. Era espaçosa, porém de pé-direito baixo, com um teto de vigas batidas, mobiliada de um modo acolhedor, com quatro imponentes poltronas de braços e um sofá macio, além da enorme mesa antiga de carvalho negro esculpido à mão e do conjunto de 12 cadeiras de encosto alto que a cercavam. Velas estavam espalhadas por todo o recinto, algumas em candeeiros, outras em suportes esparsos, e uma dezena enfileirada em cada um dos dois candelabros sobre a velha

mesa de carvalho. Aquelas luzes refletiam em todas as superfícies verticais, transformando os quatro cantos da sala em lugares escuros, bruxuleantes e cheios de sombras. Ela suspirou de contentamento e dispensou
com um gesto a taça de vinho que o sobrinho estendia para ela.

— Não, Thomas. É muito tarde, e nós teremos de estar de pé ao raiar
do dia. Por isso venha se sentar e me conte, pois você ainda não fez isso.
O que o traz aqui tão inesperadamente?

Randolph sorriu. Ele derramou o vinho da taça que havia oferecido a ela na sua própria, depois apontou com o recipiente na direção de
Douglas, que havia se deixado cair novamente na poltrona.

— Sir James, meu captor ali, achou que eu deveria visitá-la.

Jessie olhou sucessivamente ambos os homens.

— Seu captor?

— Meu captor. Ele tomou minha espada em Peebles no mês passado.
E agora detém minha palavra de que não tentarei fugir de volta à Inglaterra.

Douglas meneou pesarosamente a cabeça.

— O que você está ouvindo é culpa e insensatez, Lady Jessica. Eu o
capturei, isso é verdade. Mas então o levei diretamente ao rei, que per-
doou todas as suas loucuras e o recebeu pacificamente em troca de um
juramento de lealdade. Portanto, essa história de cativeiro não passa de
uma bobagem. Seu sobrinho está sendo mais duro consigo mesmo do
que qualquer outra pessoa.

— Entendo... — Mas era óbvio que não. — Então, por que ele está
aqui com você agora?

Douglas sentou-se mais ereto e estendeu a taça vazia para Sir Thomas, que a levou até a mesa e reabasteceu com o conteúdo de uma jarra
de prata.

— Eu sou a sua penitência, lady. Por seus pecados, ele deve me su-
portar e também meu banditismo... até aprender as regras da guerra.

Jessie agora tinha o cenho franzido, mais perplexa do que antes.

— Banditismo? Não estou entendendo...

— É meu senhor Douglas quem cospe insensatez agora, titia.

Thomas levou a taça reabastecida de volta a Douglas, depois sentou-se novamente, com a testa vincada por uma ruga.

— Eu tive o pensamento de julgar meu tio Robert indigno do nome de cavaleiro. Você já sabe disso, mas é a verdade. Quando fui capturado depois da Batalha de Methven, eles me levaram ao rei Eduardo, que me recebeu com grande gentileza e me tratou com muita generosidade. E então, durante os meses que se seguiram, ele jogou com a minha culpabilidade e minha... credulidade e arrogância pecaminosa. Ele buscou me convencer, e envergonho-me em dizer que teve sucesso, de que nenhum rei verdadeiro empreenderia a guerra como aquele arrivista ingrato... esse era o nome que ele dava ao rei Robert, o Arrivista Ingrato... buscava fazer na Escócia, ignorando todos os protocolos militares, queimando, pilhando e massacrando em emboscadas, depois fugindo para se esconder nas colinas, agindo como os bandoleiros selvagens e em nenhum momento ousando se posicionar e combater como um homem honrado. E eu, para minha vergonha eterna, dei crédito a tudo.

— Entendo... E o que o levou a mudar de ideia?

— A visão de Lady Isobel MacDuff, condessa de Fife e esposa do conde de Buchan, pendurada nua numa gaiola aberta sobre os muros de Berwick.

As palavras pairaram no ar por um prolongado momento antes que o jovem cavaleiro prosseguisse:

— Eu não acreditei nisso até que vi com meus próprios olhos... o ideal *cavaleiresco* de Eduardo Plantageneta. Os ingleses muito se deleitaram com isso: a vingança de seu rei contra a mulher, e toda a família dela, que coroou o rei da Escócia em desafio a ele. E quando a vi lá, uma verdade viva que eu não podia negar, comecei a questionar tudo o que haviam me dito. Que tipo de homem, seja ele cavaleiro, rei, ou ambos, mancharia a própria essência da honra ao se rebaixar a tal coisa? — Ele encarou Jessie, sem fazer qualquer tentativa de evitar os olhos dela. — Desse momento em diante, comecei a observar o que era feito aos meus companheiros conterrâneos em nome da justiça do rei da Inglaterra, e logo a vi como o que de fato era: uma gananciosa e voluntária sede de poder no coração de um homem um dia grande, mas agora demente. E assim comecei a pensar em retornar para casa, mas minha vergonha era grande demais... Minha vergonha e, receio, meu orgulho humilhado. Quando encontrei Sir James no campo de batalha, porém, estava preparado para largar minha espada e enfrentar o rei que eu havia desonrado.

— E isso ele fez, como eu já disse — acrescentou Douglas. — E falou com tanta eloquência sobre seu desencantamento que o rei acreditou nele, e eu também.

Jessie olhou para Douglas.

— Então por que ele agora está com você como penitência?

O jovem sorriu para ela.

— Porque eu também sou o que ele julgava ser um bandoleiro. Thomas cavalga comigo hoje para completar sua educação, vendo em primeira mão como ajo para livrar esta terra da soldadesca inglesa, e vendo também, com ainda mais clareza, por que isso deve ser feito. Sua Graça julgou mais apropriado que devesse ser eu, e não ele, a ensinar ao jovem Thomas o que está implicado no ato de trazer a paz a este nosso triste reino. Nós não podemos combater os ingleses em batalha aberta, uma questão de força mais que de disposição ou mera determinação. Temos menos de um décimo da força e uma duodécima parte de recursos. As reservas que eles mantêm na Inglaterra superam as nossas de maneira incontável. E, no entanto, nós devemos lutar, com todos os recursos e com cada homem que temos. Fazer menos que isso seria garantir a vitória para eles. Nós não podemos dar aos ingleses tempo para se reunir ou para consolidar forças. E por isso os saqueamos, agindo como bandoleiros, como disse Eduardo.

"O velho Leão Plantageneta agora está morto, graças a Deus, e por isso a pressão foi aliviada. Mas ainda que seu filho, Caernarvon, nunca venha a ter capacidade para chegar aos pés do pai, seus barões estão mais poderosos do que nunca, ameaçando levantar-se contra ele, sentindo sua fraqueza e revelando seu desagrado com sua pederastia. Mas eles também querem a Escócia, pois o cheiro de sangue e poder tem forte apelo sobre esses homens, desejam partir nosso reino em pedaços e reparti-lo entre si. Gloucester e Leicester, Northumberland e Hereford são apenas os líderes da matilha, e cada um deles pode pôr em campo mais homens de seus condados numa semana do que nós conseguimos recrutar em toda esta terra em um ano. Portanto, Thomas é meu aluno, e devo admitir que ele está se revelando uma grande promessa. Nós ainda faremos de seu sobrinho um bandoleiro, minha dama, e os ingleses prestarão atenção nele por onde passar. Acredite em mim."

Jessie balançou vagarosamente a cabeça.

— Eu acredito, meu senhor... E o rei está bem? Ele está melhorando?

— Sim, lady, com a graça de Deus ele está. A fortuna sorri para nós mais uma vez. Todo o nordeste está nas mãos dele agora, pois o povo de Aberdeen se levantou e expulsou a guarnição inglesa no mês passado, o que significa que temos um porto próprio pela primeira vez. E o irmão dele, Sir Edward, passou estes últimos dois meses subjugando os MacDowal e sua chusma em Galloway. E subjugá-los foi o que ele fez. Auxiliado por Angus Og e seus montanheses, deu uma surra nos MacDowal e suas tropas inglesas sob o comando de Ingram de Umfraville e Aymer St. John. Em desvantagem de menos de um para dois e com apenas cinquenta cavaleiros, ele os reduziu a ruínas. Nós acabamos de vir de lá, com despachos de Sir Edward para o rei, e devemos agora cavalgar para o noroeste, pois o próprio rei está marchando para lá, contra os MacDougall de Argyll.

O franzir de testa de Jessie foi imediato.

— Há uma trégua com os MacDougall.

— Havia, minha dama. Ela expirou no mês passado. E o filho do velho chefe, John de Lorn, o Aleijado, passou-a recrutando soldados para continuar sua luta para depor Sua Graça. Mas o rei tem homens, mesmo entre os MacDougall, que estão agora inclinados à sua causa e tem plena consciência do que está em curso. E por isso ele avança para esmagar a serpente, marchando para invadir Argyll através da passagem de Brander. Nós estamos indo nos juntar a ele lá, Thomas e eu, e devemos nos encontrar com o rei em dez dias, no lago Awe. Se tivermos sucesso em Argyll, e John Aleijado cair, e ele cairá, então restará apenas o conde de Ross para se opor ao rei Robert no norte. E quando esse conspirador astuto perceber o erro de seus procedimentos e se retratar, e certamente o fará, Robert Bruce será rei de fato em toda a Escócia. Reze para isso, minha dama.

— Rezarei. Não precisa temer quanto a isso. Agora, conte-me, meu senhor, você soube de algo sobre como estão indo as coisas em Arran?

Os olhos de Douglas se apertaram e ele meneou lentamente a cabeça.

— Não, Lady Jessica, eu não soube de nada. Mas isso certamente deve significar que não há nada de anormal acontecendo por lá. Más notícias viajam rápido, e, se houvesse motivo, nós certamente teríamos ouvido falar de algo. Por outro lado, porém, sei que o destacamento de cavaleiros enviado pela ilha foi renovado no final de junho, e seu número aumentou. O rei Robert está satisfeito com o inabalável apoio que tem recebido de Arran. — Ele hesitou antes de acrescentar: — E de Sir William. — Novamente, ele hesitou. — Perdoe-me por perguntar, minha dama, mas você se comunicou com a irmandade de lá?

— Não, senhor, não me comuniquei, embora o tenha feito no passado, em nome do rei Robert. Por que me pergunta isso?

Douglas teve a graça de aparentar constrangimento, mas então encolheu os largos ombros.

— Porque tenho notícias que deveriam chegar ao conhecimento dos monges de Arran. O rei Robert recebeu uma mensagem sigilosa do arcebispo Lamberton, que está na Inglaterra, de que o papa mandou um comunicado a respeito do Templo a todos os reis e príncipes da Cristandade. O rei pessoalmente não recebeu a missiva porque está excomungado.

Jessie prendeu o fôlego na garganta, porque podia ver pela expressão de Douglas que esse comunicado não ofereceria nenhum conforto a Will Sinclair e seus homens.

— O que diz essa missiva?

Douglas pigarreou.

— Tinha o título *Pastoralis praeeminentiae*. Nela, o papa pediu a todos que a receberem para que prendam todos os templários de suas terras, e para que o façam, e estas o rei tomou como palavras importantes, com prudência, discrição e sigilo. Isso feito, eles devem confiscar todas as suas propriedades e mantê-las em custódia para a Igreja.

— Mas isso é uma infâmia! Todos os templários, por toda a Cristandade?

— Sim, minha dama.

— Então, Sir William estava certo. Ele previu isso... — Jessie se deteve, refletindo muito, depois olhou para o sobrinho. — Você sabia algo a respeito disso, Thomas?

Randolph apenas devolveu o olhar, completamente perplexo quanto ao que ela queria dizer, e então Jessica se voltou de novo para Douglas.

— Quando isso aconteceu?

— O arcebispo escreveu que a carta era datada de 22 de novembro do ano passado.

— Pouco mais de um mês após a prisão na França. Certamente eles não poderiam ter arranjado provas para nenhuma das mentiras de Nogaret a essa altura?

— Assim parece, minha dama... mas não sei nada além do que lhe contei.

Jessie se esforçou para manter o rosto inexpressivo, simplesmente balançando a cabeça em aceitação ao que lhe havia sido contado, mas sua mente estava tomada pelo conhecimento de que a carta na qual ela havia empregado tanto tempo e esforço intelectual estava agora desatualizada e teria de ser reescrita.

TRÊS

Na antessala norte do grande salão em Brodick, Will Sinclair largou a pena de escrever sobre a longa mesa de refeitório que lhe servia como escrivaninha e se esticou, arqueando as costas e esfregando os olhos com os pulsos ao mesmo tempo que dava um alto gemido pelo prazer de flexionar os ombros e endireitar a coluna. Estivera trabalhando desde o amanhecer, cavando caminho por entre as montanhas de papéis e pergaminhos que o haviam confrontado após semanas de negligência devido a outras prioridades. A maioria havia apenas lido e assinalado com seu nome, como evidência de sua inspeção, antes de pô-los de lado numa mesa menor à sua esquerda. Outros, havia examinado com mais meticulosidade, fazendo anotações para recordar de seus conteúdos e do que havia sido alcançado nos meses recentes, e então esses também punha de lado, à sua direita.

Os companheiros e confrades haviam alcançado grandes realizações em um curto tempo. Cada um dos capítulos de Arran agora tinha sua própria Casa Capitular, e cada uma destas administrava seus próprios afazeres e recursos, de procedimentos rituais e devocionais a estábulos, casernas, casas, granjas rústicas e depósitos. O programa de criação, adestramento e alimentação dos cavalos estava agora firmemente estabelecido em ambos os capítulos, e o treinamento militar, embora discreto, havia retornado ao que lhe cabia como um *sine qua non* da rotina diária. Uma forte e sólida agenda comercial também havia sido instalada com navios chegando e partindo tanto de Brodick quanto de Lochranza a intervalos regulares, singrando as águas da Bretanha em sua maior parte, mas se aventurando também na Irlanda e na França, e ocasionalmente, nos meses de verão, cruzando as águas setentrionais a leste para chegar à Noruega, à Dinamarca e à costa germânica e até os Países Baixos. A comida era agora farta, em suprimento suficiente para ser estocada e preservada, e até mesmo animais de criação foram desembarcados em pequenas quantidades: suínos, carneiros e cabras em sua maior parte, mas também alguns touros e vacas, gansos domésticos com as asas aparadas e gordos patos brancos, cujos ovos eram uma luxuosa adição à dieta da ilha, que consistia principalmente em peixes e aveia.

Residências haviam aflorado em toda a ilha, mas ficavam escondidas na maioria das vezes, cuidadosamente ocultas de qualquer olhar estranho a distância. Eram construções longas e baixas, as paredes e mesmo os tetos feitos de turfa e torrões de barro, com o chão frequentemente escavado para fornecer material de construção para as paredes, de forma que, embora a altura da maioria dos telhados fosse menor que a de um homem, o mais alto deles podia ficar de pé com facilidade do lado de dentro. A primeira dessas longas casas havia sido projetada e construída por um irmão chamado Anselm, que em tempos melhores havia sido um dos mais competentes arquitetos e construtores da Ordem. Quando Will, surpreso pela aparente falta de graça da edificação, chamou o monge idoso para questioná-lo, Anselm olhou-o com surpresa. Não era a intenção deles manter sua presença na ilha em segredo, ele perguntou, e também não era verdade que eles não permaneceriam em Arran para sempre? Quando Will concordou com isso, o monge encolheu expressivamente os ombros e espalmou as mãos. Era isso o que ele havia pretendido fazer, disse: manter a presença deles ao abrigo de olhos estranhos e deixar poucos vestígios para trás quando retornassem à França. Além disso, afirmou ele, tinham suprimentos insuficientes de madeira e lenha para fazer de outra forma. As construções de turfa poderiam ser facilmente demolidas quando chegasse a hora de partir, e dentro de poucos anos suas paredes teriam retornado ao solo do qual haviam sido feitas, sem deixar traços de sua existência. Will foi incapaz de argumentar com a lógica do velho e por isso deu a bênção ao projeto e decretou que todos os edifícios provisórios fossem dali em diante feitos de turfa.

Agora ele estava cansado, mas havia completado seu trabalho e poderia falar alto e claro no encontro capitular dali a dois dias, distribuindo louvores e créditos com confiança onde sentisse que era devido. Ele convocou seu zeloso e sisudo assistente, irmão Fernando, e o instruiu sobre o que desejava que fosse feito com as diferentes pilhas de documentos. Depois sentou-se pensativamente enquanto o clérigo macilento se alvoroçava ao seu redor, coletando todos os papéis e pergaminhos.

Tão logo o irmão partiu, carregando uma pesada cesta cheia de documentos, Will se inclinou para a frente e pegou uma nova folha de pergaminho da pilha no fundo de sua mesa, depois apanhou a pena novamente, brincando casualmente com ela enquanto pensava no que diria no relatório que havia planejado dirigir aos seus superiores em Aix-en-Provence. Já havia expedido três, em fevereiro, abril e junho, detalhando o progresso dos trabalhos que havia posto em curso em Arran e requisitando informações sobre a situação do Templo na França. O terceiro deles, no qual havia labutado demorada e duramente para retratar o dilema que poderia enfrentar no mais sombrio de todos os futuros possíveis, e a perspectiva de liberar os irmãos mais jovens de seus votos de castidade, permitindo assim que se casassem e procriassem, ficara havia muito sem resposta, para seu grande desapontamento, pois tivera a esperança de alguma orientação mais sólida. E as duas respostas que recebera aos

relatórios iniciais foram concisas, desprovidas de especificidade e amplamente desencorajadoras.

O que não havia feito até aquele momento era compor uma descrição
por escrito do que havia descoberto quando abrira os baús entregues
aos seus cuidados ao deixar a França. Ele havia comunicado, no terceiro
relatório, que o Tesouro agora estava escondido em um lugar seguro, e
incluíra um mapa da sua localização no subterrâneo das terras de seu pai
em Roslin, mas não fizera menção de tê-los aberto e visto os conteúdos.
Tampouco identificara a localização mostrada no mapa. Essa informação
seria fornecida no próximo relatório, uma vez que tivesse a confirmação
de que o mapa havia chegado em segurança às mãos da Ordem em Aix.

Simplesmente, como tinha admitido havia muito tempo para si próprio, grande parte de seu fracasso para descrever o que vira nos baús se
devia ao medo: o temor muito real de trair o segredo ao confiar algo ao
papel. Sem estar escrito, o segredo permanecia seguro em sua mente.
Posto no papel, ofereceria um constante perigo de ser descoberto. Sabia
que o conteúdo dos baús era conhecido entre os mais altos membros da
antiga irmandade, pois haviam sido eles, ou seus antecessores de duzentos anos antes, que haviam incumbido Hugh de Payens e sua pequena
fraternidade de encontrar o Tesouro, descrito em detalhes minuciosos
pela antiga doutrina da Ordem. Era de seu conhecimento também que
certas partes do Tesouro haviam sido levadas à França para estudos,
para Aix mesmo, a fim de polir a verdade dos antigos registros, mas não
tinha ideia alguma de por que a irmandade havia desejado enviar o Tesouro a algum lugar seguro fora da França.

Certamente fazia sentido que fosse guardado longe do rei Filipe e de
Nogaret, mas nenhuma daquelas duas almas depravadas tinha a mais
leve centelha de suspeita de que havia uma entidade como a Ordem do
Sião, e nenhum membro superior dessa ordem tinha qualquer ligação
manifesta com a Ordem do Templo, por razões óbvias e necessárias.

Nenhum homem poderia revelar sob tortura o que não sabia, e mesmo que algum dos confrades menores, que servisse tanto ao Templo quanto ao Sião, revelasse algo sob coerção, o sigilo e a complexidade da estrutura da Ordem eram tais que nada poderia ser provado ou encontrado. A maior certeza da segurança do Sião residia no fato de que os inquisidores não teriam a possibilidade de conceber outra estrutura, muito mais antiga, secreta e não cristã sob a Ordem do Templo, seu único alvo. Eles não teriam como fazer perguntas sobre algo cuja existência nem mesmo suspeitavam.

Esse conhecimento era razão mais do que suficiente para que Will Sinclair tivesse graves dúvidas em confiar algo por escrito.

Bom Deus, pensou. *Como posso escrever algo sobre isso?*

Ele foi interrompido, com a pena ainda seca, por passos no corredor do lado de fora. Ouviu uma batida suave à porta, que foi aberta, e o jovem Ewan Sinclair se inclinou para dentro da sala, com a mão na fechadura.

— Perdão, Sir William. Meu pai pergunta se você pode vir rapidamente. Há uma galé chegando do norte. É o almirante.

— O que o traz de volta tão cedo? Espere um momento e venha comigo.

Ele largou a pena ao lado do tinteiro e substituiu a folha de pergaminho, tentando não pensar no que a nova chegada poderia trazer. Olhou a mesa de lado a lado, certificando-se de que não havia deixado nada importante para que olhos curiosos avistassem, depois se afastou e se dirigiu aonde Ewan o esperava. Eles atravessaram juntos o corredor vazio até a porta de fora, e Will olhou para baixo e para o lado a fim de ver a leve coxeadura na perna direita do jovem.

— Como está a perna? Ainda o incomoda muito?

— Não, senhor, está sarando bem. O irmão Anthony parece satisfeito, embora me avise, sempre que me vê mancar, que eu não deveria ser tão mole comigo mesmo. Quanto mais intensamente eu a usar, mais forte ela ficará. — Ele sorriu, uma careta animada e contagiosa. — Veja só, acho que é mais fácil dizer aos outros como agir quando não é você que aguenta a dor.

Will retribuiu o sorriso e resistiu ao impulso de diminuir o passo. O jovem Ewan estivera guerreando na Escócia continental com o rei Robert, tomando parte do último turno de revezamento de combatentes, e perto do final de sua missão de três meses, enquanto cavalgava ao lado do irmão do rei, Sir Edward, em Galloway, recebera um profundo corte acima do joelho direito, perpetrado por uma pesada espada larga brandida por um guerreiro MacDowal. Felizmente para ele, fora atendido imediatamente depois da escaramuça por um médico veterano que havia passado anos na Espanha cuidando de ferimentos sofridos por cavaleiros templários nas guerras contra os mouros.

— E o seu pai? Ele não tem nada a dizer sobre seu progresso?

O jovem voltou a sorrir, mas dessa vez respondeu em sua língua nativa, de modo que Will teve de ouvir com atenção para entender o matraquear veloz de palavras incompletas.

— Você conhece meu pai, tio Will. Encarou-me como um urso enfurecido ao pôr os olhos em mim pela primeira vez quando voltei... mas aquilo foi para esconder a preocupação. Ele não estava de cara fechada para mim. Mas foi tudo o que tinha a dizer. Desde então não mencionou nada sobre isso... Nem mesmo me perguntou o que aconteceu.

— O que aconteceu, de fato?

— Eu não sei... Não consigo lembrar. Quer dizer, foi uma refrega... e tinha gente por toda parte, gritando e berrando e brigando uns com os outros. Havia muito sangue derramado, eu lembro, mas para dizer a verdade, eu não sabia quem era quem, porque eles pareciam todos iguais. Não tinha jeito de diferenciar os homens de Bruce dos de MacDowal. Eu só sei que estava sentado lá no meu cavalo, olhando tudo de boca aberta e pronto para cortar qualquer um que viesse para cima de mim, mas não ousei atacar ninguém mais, por medo de atingir um dos nossos homens. E então senti esse violento golpe na minha perna, e quando olhei, uma grande espada estava pendurada nela. Ninguém segurando a espada, disso eu me lembro. Nada a segurando, na verdade, a não ser as bordas do corte que tinha feito na minha perna. — Ele encolheu os ombros. — Eu devo ter caído do meu cavalo, pois não lembro de mais nada depois disso.

— Desmaiou. Isso não me surpreende. Você matou alguém lá na Escócia?

— Não, tio Will, não matei.

Will olhou de soslaio para ele.

— Você já matou alguém?

— Não, senhor. Mas irei, algum dia desses.

— Não deseje isso para você, rapaz. Não é tão emocionante quanto fazem parecer. Ahá, foi rápido. Berenger não perde tempo, portanto, algo deve ter acontecido.

A enorme galé do almirante ainda estava se aproximando do cais abaixo do salão, mas um bote já havia sido lançado e avançava rapidamente para a praia, com os bancos abarrotados de pessoas, algumas vestindo roupas de cores vivas que as assinalavam como estranhas a Arran. Will reconheceu Tam Sinclair no meio da pequena multidão de homens alinhados na orla, esperando para puxar o escaler para a praia, e, embora àquela distância não conseguisse reconhecer nenhum dos recém-chegados, sentiu uma urgência que o compeliu a descer correndo os longos lances de escada para encontrá-los.

Antes da metade do caminho, porém, hesitou, diminuindo o passo até parar em estupefata incredulidade ao reconhecer um e depois outro dos recém-chegados. O primeiro a descer em terra, auxiliado ao pisar no cascalho firme pelo próprio Tam, era um homem curvado e idoso, com uma massa de cabelos prateados. Ele olhou para cima quando Tam soltou seu braço, avistou Will nos degraus e acenou.

— Fique aqui — ordenou Will para Ewan, e desceu rapidamente os degraus restantes para a trilha íngreme que levava à praia, a mente em turbilhão.

Etienne Dutoit, barão de St. Julien, na província de Aix-en-Provence, era um dos membros mais velhos e influentes da Ordem do Sião, mas também havia sido o patrono de Will por ocasião de sua Elevação à irmandade, e o segundo homem a ser ajudado a descer à praia atrás dele fora o seu copatrono, Simon de Montferrat, senhor do distinto clã que reivindicava precedência entre a federação de antigas linhagens conhecidas como as Famílias Amigas, cujos ancestrais haviam fugido de Jerusalém antes da destruição da cidade pelos romanos. Aqueles dois eram descendentes diretos dos pais fundadores da sua Ordem, e o significado de sua presença em Arran era tão avassalador que Will mal foi capaz de pensar no que aquilo pressagiava.

Ele os alcançou momentos depois e caiu sobre um dos joelhos diante de Etienne Dutoit, mas o velho recusou a reverência e segurou-o pelos ombros, levantando-o numa chuva de censuras com o propósito de tornar claro que Will não tinha necessidade nem motivo para se ajoelhar. Em vez disso, o barão o abraçou com força, murmurando cumprimentos no ouvido de Will, depois o empurrou na direção do companheiro, e Montferrat saudou-o do mesmo modo. Atrás deles, postavam-se dois jovens altos e ricamente vestidos, cujas belas armas e ombros largos os anunciavam como cavaleiros, e cuja inconfundível vigilância os proclamava guarda-costas.

Will recuou um passo do abraço de Montferrat e olhou sucessivamente para seus antigos mentores, meneando a cabeça em espanto. Mas então se lembrou de quem e o que ele era e estendeu os braços, sorrindo para ambos.

— Meus amigos e irmãos, vocês são bem-vindos aqui... o quanto não tenho palavras para expressar. Mas como chegaram até aqui? E por quê? E a bordo de uma galé vinda do norte? Vocês têm muito a me contar, ao que parece. Mas aqui não é o lugar para isso. Vamos até o salão, onde podemos ficar à vontade. Vocês o acharão muito distante do conforto de seus lares em Provence, mas tem cadeiras confortáveis e um teto sólido para nos proteger do vento e da chuva. — Olhou novamente para os dois cavaleiros sérios. — Vocês, cavalheiros, também são bem-vindos, pois presumo que a segurança destes meus dois convidados é sua principal preocupação. — Will estendeu a mão para cada um deles. — Sou William Sinclair.

Os dois cavaleiros fizeram uma mesura formal e se apresentaram, e então Will se virou para conduzi-los até o salão, gritando para que Ewan Sinclair, que havia continuado na escada acima, corresse à frente e ordenasse que comida e bebida fossem preparadas para os visitantes. Então se dirigiu novamente para os convidados:

— Vocês têm bagagens, eu presumo? — perguntou ele.

— Está tudo no escaler, Sir William — respondeu Tam Sinclair. — Eu cuido disso. Providenciarei para que sejam levadas lá para cima assim que forem descarregadas.

— Certo. Obrigado, Tam. Leve-as para os quartos acima do salão.

Novamente hesitou, olhando cada um dos recém-chegados, sucessivamente. Nenhum daqueles homens era templário, mas todos na multidão que os cercava na praia eram, e Will sabia que especulações correriam soltas em seguida, com conjecturas sobre quem era aquela gente e por que haviam chegado da França. E por isso resolveu limitar a imaginação de seus homens desde o início.

— Irmãos! — gritou ele. Vendo que todos os olhos presentes se voltaram para ele, continuou: — Estes cavaleiros me são muito queridos, amigos e mentores de longa data. Não posso dizer exatamente por que vieram para cá hoje, pois ainda não sei, mas suspeito que nos trazem notícias sobre a situação da nossa Ordem na França.

Ele olhou interrogativamente para Dutoit e Montferrat, e quando ambos os homens inclinaram as cabeças em assentimento, ele se voltou novamente para seus homens:

— Portanto, teremos informações em que podemos confiar, e tão logo saiba em que elas consistem, eu as repassarei a vocês. Agora, podem retornar às tarefas interrompidas.

Enquanto a pequena procissão começava a subir os degraus, com Will à frente, flanqueado pelos dois anciãos, o barão St. Julien respondeu à primeira das perguntas do cavaleiro, falando no mesmo tom comedido que Will recordava de anos antes, um barítono vibrante inalterado pelos anos que transcorreram desde então:

— Nós o procuramos primeiramente no norte, em Lochranza, somente para descobrir que você já havia voltado para cá. O almirante Berenger nos recebeu, ele próprio havia acabado de retornar, disse-nos, e, vendo a nossa consternação por termos nos desencontrado de você, trouxe-nos para o sul em sua galé, muito mais rápido que nosso próprio navio teria conseguido. Ele se juntará a nós assim que puser seu navio em ordem.

Will não disse nada. Berenger também pertencia à Irmandade do Sião e estaria tão interessado quanto ele em qualquer que fosse o assunto urgente que trouxera aqueles dois para tão longe de casa. Mas os degraus adiante eram íngremes para os idosos, e por isso não fez mais perguntas, concentrando-se, em vez disso, em auxiliar os convidados a subir os longos lances de escada que haviam sido feitos para o uso de homens muito mais jovens. Haveria tempo suficiente para perguntas e respostas depois que os visitantes tivessem se revigorado e recuperado o fôlego.

QUATRO

Um resinoso nó de madeira produziu um alto estouro na grade de ferro, e as achas em chamas desabaram umas sobre as outras, emitindo uma tempestade de fagulhas, rodopiando para o alto até serem aspiradas pela chaminé, porém ignoradas pelo pequeno grupo de homens que se sentava enfileirado ao redor da lareira, contemplando em silêncio as labaredas agitadas, todos absortos em seus próprios pensamentos. Do lado de fora, na noite que começava a esfriar, o ar ainda conservava a calidez do sol do final de agosto, mas dentro do salão a temperatura recordava aos seus ocupantes de que estavam na Escócia, onde o calor do sol raramente penetrava paredes de pedra e madeira.

Etienne Dutoit, barão de St. Julien, levantou-se e apanhou um pesado atiçador de ferro da grade da lareira e usou-o para quebrar ainda mais as achas incandescentes, agitando-as até formarem um pequeno inferno. Em seguida, pôs-se a selecionar vários pedaços de lenha da pilha, que se encontrava na grande cesta de ferro para os combustíveis, e a atirá-los na pira. Revolveu-os de um lado a outro até ficar convencido de que queimariam de maneira adequada. Feito isso, colocou o atiçador novamente em seu lugar e voltou-se para olhar os homens que agora o observavam.

— Vocês vivem num país frio, meus amigos — comentou ele.

Edward de Berenger resmungou e se sentou mais ereto.

— Não é tão frio quanto úmido, barão. Com o frio pode-se conviver, e é possível se agasalhar para combatê-lo. Mas a umidade aqui é uma coisa interna... gela seus ossos no verão tanto quanto no inverno. O único modo de combatê-la é a partir de dentro, com comida quente e consistente na barriga.

Dutoit sorriu.

— Certo. Bem, ninguém pode negar que tivemos as nossas abastecidas esta noite. Seus cozinheiros são notáveis. — Ele se endireitou em toda a sua altura, de costas para o fogo enquanto olhava para o grupo à sua frente num movimento de arco, olhos percorrendo cada uma das faces. Seu companheiro de viagem, Montferrat, sentava-se na extremidade à sua direita, cofiando indolentemente a rala barba grisalha. Ao lado deste, sentava-se o bispo Formadieu, o prelado superior da comunidade da ilha. À direita de Formadieu, estava Berenger, e, ao lado do almirante, Montrichard, o preceptor. Sir Reynald de Pairaud, o preceptor em exercício de Lochranza, que havia acompanhado Will até Brodick para o próximo encontro capitular, sentava-se ao lado de Montrichard. Will completava o grupo reunido, sentado ao lado da cadeira vazia de Dutoit, na extremidade direita do arco.

— E então, vamos ao que nos interessa: o motivo da nossa presença — iniciou o barão. — Nem Sir Simon aqui nem eu temos qualquer relação manifesta com sua Ordem, de forma que não fomos grandemente afetados, nem nossos interesses, pela sublevação ocorrida em nossa terra natal ao longo dos últimos meses. Não fomos afetados, eu disse, mas nem por isso estamos indiferentes. Fiquei feliz quando meu querido amigo Sir William julgou apropriado me enviar um pedido de auxílio para reunir informações a respeito da atual conjuntura da investigação contínua sobre sua Ordem.

Ele levantou uma das mãos com a palma para fora, antecipando-se a um protesto que não surgiu, e como não ouviu nada além do silêncio, contraiu rapidamente uma sobrancelha e balançou lentamente a cabeça.

— Que seja... Um pedido para reunir informações sobre a situação das investigações. Não irei insultá-los manifestando qualquer opinião sobre se essas investigações são justificáveis ou não. Direi apenas que eu, juntamente com Sir Simon e muitos outros homens de probidade e mente saudável na França, achamos deploráveis as ações do nosso farisaico rei e das criaturas com as quais ele se rodeou para que cumpram suas ordens. Essa verdade, aliada ao meu longevo carinho e admiração por Sir William Sinclair e a Ordem que ele representa, tornou um prazer mais do que um fardo reunir toda informação disponível a mim e meus amigos em toda aquela terra.

Ele se virou ligeiramente para olhar para Will.

— Descobri, porém, e Sir Simon concordou comigo, que embora suas perguntas fossem exaustivas, Sir William, responder a elas era algo ainda mais exigente, e o resultado disso, após várias semanas desperdiçadas na tentativa de tentar escrever um resumo adequado do que havíamos descoberto, com todos os elementos conflitantes dos rumores e conjecturas que o acompanhavam, foi que decidimos que o único modo de apresentar a informação seria pessoalmente, de forma que pudéssemos ouvir as reservas que vocês tivessem e respondê-las. — Ele olhou ao redor. — Portanto, antes de começar, alguém deseja me perguntar algo? Ou alguém pretende questionar meu direito, como não templário, de lhes falar sobre isso?

O bispo Formadieu limpou a garganta.

— Pelo contrário, barão Dutoit. O que você nos dirá vai trazer mais clareza, tanto ao que sabemos quanto ao que tememos, pois tratará do assunto com olhos de um observador imparcial. Eu não consigo pensar em qualquer razão por que minha irmandade seria objeto disso tudo. — O bispo olhou para os irmãos à esquerda e à direita. — Alguém discorda?

Ninguém discordou, e Will falou:

— Prossiga, senhor. Estamos ávidos para ouvir o que tem a dizer.

A expressão do barão continuou solene.

— Sua ansiedade talvez não sobreviva à primeira coisa que eu devo contar — falou em tom sombrio, depois apanhou um rolo bem apertado de folhas de pergaminho de uma algibeira em sua cintura. Soltou a única tira de couro que o prendia e correu os olhos pela primeira página antes de erguer os olhos novamente. — Deixe-me começar com as palavras da ordem do rei para a prisão dos templários em seus domínios.

Dutoit, então, começou a ler:

— "Efetuar a detenção de todos os membros do Templo por crimes horríveis de se contemplar, terríveis de se ouvir... uma obra abominável, uma detestável desgraça, uma coisa quase desumana, de fato apartada de toda humanidade." — O barão ergueu os olhos novamente. — Não há menção, vocês irão observar, ao que essa suposta abominação *era*... Mas num só dia de outubro, perto de 15 mil membros do Templo foram postos sob a custódia do rei dentro de seu reino na França. Entre eles cavaleiros, é claro, mas também sargentos, capelães, trabalhadores e servos da Ordem. Quinze mil almas num só dia.

— Alguém digno de nota escapou ao expurgo? — perguntou Reynald de Pairaud.

O barão Dutoit meneou a cabeça.

— Pelas informações que consegui reunir, parece que, à exceção de vocês, sobre quem nada foi divulgado, menos de uma vintena de cavaleiros escapou. Dois preceptores conseguiram furar o cerco, mas ninguém sabe onde estão agora.

— Quem eram eles?

— O preceptor da França, Villiers, e Imbert Blanke, preceptor de Auvergne.

— Quem mais?

Dutoit sacudiu a cabeça novamente.

— Apenas um outro que conheço de nome, e ele fracassou. Um cavaleiro chamado Peter de Boucle. Raspou sua barba e se vestiu em roupas comuns, mas alguém o reconheceu e o traiu. Também acabou na prisão.

— Mas sob quais acusações? — Edward de Berenger demonstrava uma raiva fria. — Você próprio apontou a falta de substância nas ordens de Capeto. Esse sujeito, rei ou não, ousou pôr as mãos numa Ordem isenta... isenta de obediência a ele e que responde unicamente ao papa. Isso é sacrilégio.

O barão comprimiu os lábios sob o bigode e depois balançou vagarosamente a cabeça.

— Você está correto, Sir Edward. Mas ele foi ainda mais longe: alegou ter procedido por esse caminho após ter consultado o próprio papa e obtido permissão. E isso foi mentira. Uma mentira que chegou rapidamente à atenção do papa.

Will se manifestou:

— E o que ele fez? O papa, quero dizer.

— Ele escreveu uma carta ao rei... Ei-la aqui, eu tenho uma transcrição, providenciada sob grande risco pessoal por um querido amigo. Deixe-me ver... — O barão percorreu as folhas que estavam em sua mão, depois segurou uma delas com o braço totalmente estendido, forçando os olhos enquanto lia em voz alta: — "Você, nosso querido filho, violou, em nossa ausência, todas as regras ao deitar mãos sobre as pessoas e as propriedades dos templários. Também aprisionou-os e, o que nos fere ainda mais, não os tratou com a devida leniência... e acrescentou ao desconforto do aprisionamento ainda outra aflição. Você pôs as mãos sobre pessoas e propriedades que estão sob a proteção direta da Igreja Romana. Sua ação precipitada é vista por todos, e com razão, como um ato de desrespeito a nós e à Igreja Romana."

— Perdoe-me, barão — disse o bispo. — Você poderia ler novamente?

Dutoit tornou a ler a carta, e todos os homens presentes franziram os cenhos ao ouvi-lo. Quando acabou, o bispo dirigiu-se a ele:

— Foi o que pensei ao ouvir pela primeira vez. O papa repudia as ações do rei, mas está mais preocupado com o insulto à sua própria autoridade do que com o ultraje perpetrado contra a nossa Ordem. Mas qual é essa "outra aflição" a que ele se refere?

— Tortura.

A palavra caiu no silêncio como uma pedra num chão de madeira.

— William de Paris — prosseguiu o barão Dutoit —, o inquisidor-chefe da França, é o confessor do rei Filipe, e há poucas dúvidas de que ele tenha tido acesso aos planos do rei para o Templo muito antes que qualquer ação ocorresse, pois seus inquisidores dominicanos agiram ombro a ombro com os oficiais do rei e explicaram o que havia ocorrido numa reunião pública nos próprios jardins do monarca dois dias depois das prisões.

— Que... — A voz de Richard de Montrichard falhou na primeira tentativa e ele limpou a garganta antes de tentar novamente. — De que tipo de... torturas nós estamos falando? O que eles fizeram, esses padres inquisidores?

O bispo Formadieu foi o primeiro a responder:

— Nada muito severo. A tortura foi autorizada em defesa da doutrina da Igreja há cinquenta anos, pelo papa Inocêncio IV. Os inquisidores são obrigados a parar antes de fraturar membros ou derramar sangue.

Ele se deteve, talvez com a intenção de continuar, mas antes que pudesse dizer mais alguma coisa, o barão Dutoit interveio:

— Essa é a teoria, bispo, mas a realidade é muito mais cruel. O termo é tortura, não simpatia ou compaixão. O uso de explicações como as suas implica uma propensão para acreditar na humanidade e na terna clemência dos inquisidores. Mas eles não têm nenhuma dessas características. Usam a roda e a estrapada para obedecer às regras. A roda estica os membros de um homem, dolorosa e demoradamente, até o ponto em que as articulações se separam e podem ser dilaceradas. Não quebradas, mas rompidas. A estrapada é ainda mais eficiente. Você amarra os pulsos de um homem atrás das costas, depois iça-o no ar por meio de uma polia atada às amarras dos punhos. Ele irá falar muito rápido depois disso, desde que tenha mantido a sanidade suficiente para tal e que você tenha a capacidade exigida para decifrar seus balbucios. E, além disso, é claro, há um terceiro método para soltar as línguas relutantes. Ele não tem nome, mas é um procedimento simples, que não envolve nem membros quebrados nem derramamento de sangue. Você esfrega gordura nos pés de um homem, depois mantém os membros perto do fogo... — Todos os presentes o olhavam fixamente. Ele encolheu os ombros e espalmou as mãos. — Bernard de Vado.

— Eu conheço Bernard de Vado — disse Formadieu. — Ele é um padre, um de nós. Eu o ordenei. O que você sabe sobre ele?

— Ele veio de Albi. É o mesmo homem?

— Sim, esse é Bernard.

— Bem, eles o assaram. Perdoe-me, bispo, mas eles fizeram isso com tanta perversidade que assaram seus pés até os ossos se soltarem. Isso foi testemunhado por um homem que comunicou o incidente a um amigo meu que trabalha para o poder judiciário. Ao todo, meus amigos e eu reunimos relatos de um bom número de mortes, variando de 25 a 44, resultantes da tortura administrada pelos inquisidores, frequentemente assistidos pelos próprios oficiais do rei.

— Isso é... desumano. Inaceitável por Deus ou pelos homens. — A voz do bispo oscilava devido ao choque.

Sir Simon de Montferrat falou pela primeira vez:

— É, de fato, como você diz, bispo, desumano. Mas estão fazendo, e vem sendo praticado por clérigos em nome de um Deus misericordioso. E não menos desumana é a verdade de que todos esses prisioneiros são mantidos despertos, impedidos de dormir, e de que são mantidos presos a ferros, alimentados apenas a pão e água. E é nesse estado enfraquecido que então são submetidos a essas torturas cruéis.

— Que a danação eterna leve todos esses clérigos e sua dissimulação hipócrita! — A voz de Montrichard mal podia ser ouvida, mas sua raiva era cáustica. Etienne Dutoit se virou para olhar diretamente para ele. — Por que se permite que todas essas infâmias blasfemas prossigam, em qualquer nível, considerando a reação do papa ao fato de que essas atrocidades tenham sido cometidas?

Os olhos do barão se moveram para encontrar os de Will.

— Finalmente — disse ele em voz calma —, a pergunta correta.

Will inclinou a cabeça para o lado.

— O que você quer dizer?

O barão pensou por um momento, seus olhos pareciam desfocados, e então respondeu:

— Ouçam-me. É isto o que sabemos sobre aquelas primeiras acusações ao que foi chamado de "crimes apartados de toda humanidade". Sua Ordem e seus membros são acusados de serem servos do Diabo, dedicados ao culto e ao serviço de Satã em pessoa. — Ele não fez caso do chiado súbito de suspiros, falando em meio ao silêncio atônito que se seguiu: — Eles dizem que cada um dos recrutas é ensinado, e deve reconhecer isso no momento de sua Iniciação, que Jesus, o Cristo, era um falso profeta. Ele é então instado a prosseguir nessa negação cuspindo, pisando ou urinando sobre uma imagem de Cristo na cruz, e depois beijar o templário que o recebeu na Ordem, na boca, no umbigo, no traseiro, na base da espinha e às vezes no pênis. E em seguida, na cerimônia de encerramento, o novo Iniciado é instruído, *in toto*, de que tem liberdade para manter relações carnais com seus confrades e de que é, com efeito, seu dever fazê-lo... de que ele deve fazer e se submeter a tal coisa, pois não é pecaminoso para a irmandade agir dessa forma.

O silêncio horrorizado se estendeu até que o barão acrescentou:

— De Molay confessou.

Levou um momento para que suas palavras fossem assimiladas, mas então o bispo indagou:

— Confessou? Confessou o quê?

— Tudo que eu mencionei. Exceto o assunto dos beijos homossexuais. Isso ele negou.

Will finalmente recuperou a voz:

— Isso é... Isso não é possível. Mestre De Molay jamais iria...

— Em face das torturas e tormentos ininterruptos que estivemos discutindo, qualquer homem confessaria qualquer coisa simplesmente para parar a dor e encontrar algum alívio. Jacques de Molay é mais admirável que a maioria dos homens, mas ele é, afinal, um homem. Ele foi preso no primeiro dia do expurgo e em menos de dez dias havia confessado a maioria das acusações contra ele. Admitiu ter negado Jesus Cristo e confessou ter cuspido na sagrada imagem no momento de sua Iniciação...

— Deus do céu! Isso é uma infâmia!

— Sim, e também blasfêmia. Mas a infâmia não é do mestre, embora a admissão da blasfêmia seja. Eles puseram De Molay sob tortura em primeiro lugar, usando todo o poder que tinham contra ele sozinho desde o momento de seu aprisionamento. Devemos lhe dar o crédito de ter resistido aos tormentos deles pelo máximo que foi possível.

— Eu não posso acreditar que ele tenha confessado tais coisas. — Quem disse isso foi Pairaud, com voz sussurrada.

— Acredite — reiterou Dutoit. — Eles o quebraram. Eles conseguem quebrar qualquer homem. Seu grão-mestre foi o primeiro a confessar, mas esteve longe de ser o último. Tenho informações confiáveis que de 138 templários detidos em Paris no mês de outubro, 134 haviam, em janeiro deste ano, admitido pelo menos algumas da imputações apresentadas.

Hesitou, depois voltou os olhos para o lugar onde Pairaud estava sentado, fixando-o com incredulidade, emudecido pelo ultraje.

— Seu irmão Hugh, Sir Reynald, o visitador da França, confessou em 9 de novembro, assumindo, entre muitos outros pecados, que havia encorajado confrades perturbados pelo fogo da natureza a aliviar suas paixões entregando-se à luxúria com outros irmãos. — Ele não fez caso dos esforços de Pairaud para se levantar em protesto e continuou falando na mesma voz inexpressiva: — Sir Geoffrey de Charney, preceptor da Normandia, foi outro. John de la Tour, tesoureiro do Templo em Paris, que havia sido um conselheiro para as finanças do rei Filipe, também caiu em desespero, condenado por sua própria voz... E com esses nomes distintos seguiram muitos outros, numerosos demais para mencionar. — Fez nova pausa. — Isso foi em janeiro deste ano. Nós estamos agora em agosto e muita coisa aconteceu nesse ínterim, nem todas ruins, mas infelizmente nenhuma delas está até o momento resolvida.

Ninguém ousou perguntar o que ele queria dizer, tão profunda era a descrença que envolvia os ouvintes, mas, por fim, Will tossiu para limpar a garganta.

— Nós ouvimos falar, por intermédio de amigos de confiança que sabem de tais coisas, que o papa enviou uma carta a todos os reis e príncipes da Cristandade, solicitando que apreendam todos os templários de suas terras e sequestrem suas posses. Você pode nos contar algo a respeito?

— Sim. A *Pastoralis praeeminentiae*. Essa foi uma ação recente, destinada a afirmar o controle de Clemente sobre uma situação que há muito se distanciou de seu alcance. Mas ela foi ordenada e amplamente cumprida, e os bens do Templo, ao menos fora da França, agora estão sob jurisdição da Igreja... O que não é, neste caso, necessariamente algo ruim.

— Como assim? Se foram sequestrados, estão perdidos para nós.

— Não necessariamente. Eles estão sob a *jurisdição* da Igreja, não dentro dos cofres dela. *Ainda* não dentro de seus cofres, eu deveria dizer. Existe esperança. — O barão olhou cada um dos homens dispostos em arco. — Olhem para vocês próprios e observem, tentem imaginar por um momento que são simplesmente cavaleiros franceses, não templários. Vocês acham que são o único grupo a sentir esse ultraje, essa descrença de que tais coisas possam acontecer em tempo de paz? O próprio papa não consegue... recusa-se... a acreditar. E, mais importante do que ele, nem mesmo seus cardeais. Clemente está longe de ser um pontífice efetivo neste momento, e seu fracasso em contestar e deter as depredações de Filipe vem causando grandes dificuldades a ele, mais particularmente com os cardeais.

"Em janeiro, como eu disse, Nogaret já havia reunido confissões suficientes para que Filipe pudesse reclamar uma vitória moral, emergindo como um defensor da fé e um campeão do cristianismo fervoroso. Clemente dificilmente poderia discordar, confrontado com a existência das admissões. Mas numa tentativa de arrancar o controle sobre as investigações de Filipe, despachou três cardeais para rever as descobertas dos inquisidores, e quando esses três prelados, dois dos quais eram franceses, fizeram com que De Molay fosse levado perante eles, revogou a confissão, despiu suas roupas e mostrou-lhes as feridas, cujas cicatrizes ainda não haviam sarado, que lhe haviam sido infligidas durante o 'interrogatório' e que o haviam levado à 'confissão'.

"Parece que ele foi muito eloquente. Os cardeais acreditaram nele. E acreditaram em outros que o seguiram em retratações semelhantes, entre estes o seu irmão Hugh, Sir Reynald. Isso foi ainda no início de janeiro. Os três cardeais recomendaram clemência e se recusaram a confirmar as condenações da Ordem. E convenceram seus pares. Não menos de dez cardeais da Cúria ameaçaram renunciar naquela primavera, em protesto contra a covardia do papa Clemente ao se recusar a refutar as ações e os argumentos do rei francês, que, na opinião deles, não teve uma só razão justificável para o comportamento ultrajante e abusivo, e certamente nenhuma para o desdém zombeteiro pela Igreja e suas instituições, das quais o Templo faz parte."

Montferrat sentou-se ereto e limpou a garganta. Os olhos de Will se voltaram para ele imediatamente, pois sabia que era o mais franco de seus dois mentores, aquele em quem se podia sempre confiar para chegar ao cerne de um assunto polêmico e dizer o que realmente se passava em sua mente, sem palavras afetadas.

— Deseja acrescentar alguma coisa, Sir Simon?

O aristocrata idoso pigarreou, levantou-se e começou a andar de um lado para outro com as mãos cruzadas atrás das costas.

— Não acrescentar — começou ele. — Não acrescentar... clarificar, se tanto. — Lançou um olhar para indicar o companheiro de viagem e amigo de muitos anos, que voltava ao seu lugar, contente por deixar o palco para o outro. — Etienne aqui tem uma tendência a se demorar nos detalhes. Ele estava prestes a contar a vocês, em seguida, que o papa Clemente se decidiu em favor da sua Ordem no mês seguinte, em fevereiro. Depois de conferenciar com os cardeais, declarou-se convencido de que as acusações eram insustentáveis e que preferiria morrer a condenar um homem inocente. Por isso, ordenou que os inquisidores suspendessem seus procedimentos contra os templários.

— Meu Deus! Então está acabado? — A voz do bispo Formadieu se encheu de assombro e alegria, uma mistura que até mesmo Will sentiu agitar-se dentro de si.

Mas antes que qualquer um de seus ouvintes dissesse mais uma palavra, Montferrat, com sua fala direta, aniquilou as breves vidas de suas esperanças:

— Não, não está. Acreditem-me quando digo que mal começou. Mas os interesses até o momento foram exacerbados tantas vezes que o caso original contra a Ordem acabou ofuscado.

— Como, em nome de Deus? Pelo quê?

— Pelas realidades da política, bispo. Isso se tornou uma guerra entre Filipe e o papa por domínio, e Clemente teme ser deposto, se não do papado, certamente da sua supremacia nas mentes dos homens. Nominalmente, moralmente, não deveria haver nenhuma questão de conflito entre jurisdições: a de Filipe é temporal; a de Clemente, espiritual. A divisão deveria ser clara, e teria sido com qualquer outro governante que não Filipe Capeto. Mas este é um rei diferente de todos os outros que o antecederam. Ele é ambicioso, ganancioso e desdenhoso de qualquer opinião que não a sua. Sua malevolência e sua cobiça não conhecem fronteiras e jamais conhecerão. Há dez anos, mandou seu cão demoníaco, Nogaret, cavalgar por 1.500 quilômetros para pôr as mãos em outro papa, em Anagni, na Itália, o papa Bonifácio VIII, e ninguém duvida que assim tenha provocado a morte daquele velho homem. Mas Nogaret jamais demonstrou a mínima contrição. Continua excomungado por aquele ultraje, mas como jurisconsulto-chefe da França, não encara isso como vergonha... nem como obstáculo para sua arrogância. Tampouco seu patrão.

"Então, há uma guerra entre dois homens, um dos quais tem exércitos, castelos fortificados, ministros de Estado que cumprem suas ordens sem questionar a moralidade ou a justiça, e também um histórico de crueldade implacável; enquanto o outro, apesar de ter toda a riqueza da Santa Igreja à sua disposição, não possui nada além de um direito moral e um histórico de indecisão e procrastinação. E a arma mais forte de Capeto nesse combate é uma poderosa capacidade de influenciar as opiniões das pessoas. Ele alega reinar por direito divino, tendo a si próprio como alguém que não responde a ninguém além de Deus. E acredita que isso seja verdade, o que o torna realmente assustador."

Ele parou de perambular e olhou cada um dos homens.

— Atentem para o meu conselho. Tomem medidas, a partir de hoje, para se salvaguardarem aqui, pois vocês jamais retornarão à França como templários. No mesmo momento em que Clemente suspendia a inquisição contra vocês, Filipe agia para destituir o papa, ameaçando acusá-lo dos mesmos pecados de que vocês continuam imputados, juntamente com as acusações adicionais de heresia por auxiliar e estimular as heresias do Templo e por oferecer apoio e encorajamento a discípulos do Diabo. E ninguém duvida que ele faria isso... incluindo o próprio papa.

"Desde então, as coisas têm ido de mal a pior, e as torturas foram retomadas em abril, quando Clemente se submeteu às pressões do rei.

Agora nossos dias estão cheios de acusações e contra-acusações, complôs e subterfúgios, mentiras e rumores maliciosos. Campanhas estão sendo movidas por toda aquela terra para convencer as pessoas de que Filipe, Sua Majestade Cristianíssima, tem o direito ao seu lado e que o próprio povo da França constitui o mais fiel guardião da fé cristã. Os templários foram esquecidos pela maioria, embora alguns sejam expostos de tempos em tempos para recordar ao mundo de quão pérfidos são.

"Mas o embate, o verdadeiro embate, é pelas propriedades do Templo... as riquezas da Ordem. A Igreja detém a posse delas no momento, pois Filipe recentemente se ajoelhou, ao menos cerimonialmente, para reconhecer o papado e o poder de Clemente. Mas ainda que Clemente e os cardeais detenham o poder nominal sobre os prisioneiros templários, é Filipe, o Belo, quem mantém esses prisioneiros nos seus calabouços. E o rei quer vencer essa guerra. O Templo na França se tornará nada além de uma recordação, e mesmo esta se desbotará e morrerá. Por isso, cuidem-se. Este é o melhor conselho que nós temos a lhes oferecer."

O silêncio se prolongou por muito tempo depois que Montferrat terminou de falar, e o ar de melancolia que envolvia a reunião era quase palpável. Alguns dos templários se entreolharam com preocupação, mas nenhum deles parecia inclinado a falar nada, até que o bispo Formadieu murmurou:

— Bem, eis aqui uma encruzilhada moral... — Ele não falou mais do que isso, e ninguém tentou questioná-lo sobre o que pretendia dizer, sem dúvida porque cada um deles, a seu próprio modo, confrontava-se com a mesma constatação. O jogo acabara, e o lado deles havia sido derrotado.

Foi o barão Etienne Dutoit quem encerrou o encontro, finalizando o longo e amargurado silêncio com uma pergunta dirigida a Will:

— Diga-me, Sir William, você teve alguma notícia, recentemente, sobre sua tia idosa em Aix?

O termo "tia idosa" era comumente usado entre os irmãos da Ordem do Sião quando havia estranhos presentes para se referir aos tratos com essa ordem, e Will respondeu sem pestanejar:

— Não, barão, não tenho notícias dela desde que deixei Paris. Ela estava bem então, mas como todos nós, envelhece a cada dia. Ocorreu-me, antes de começarmos a falar dessas outras coisas, que você poderia me dar notícias sobre a condição dela. Você a tem visto recentemente?

— Sim, eu tenho, mas... — O barão hesitou. — Eu... A informação que tenho para você é um tanto pessoal e... delicada em sua natureza. — Ele dirigiu o olhar para os outros membros do grupo, que prestavam atenção. — Vocês ficariam aborrecidos, meus amigos, se eu lhes pedisse indulgência neste caso? Nosso assunto aqui está concluído, eu creio, mas ainda tenho algumas informações a comunicar em particular a Sir William, a respeito de seus parentes em Provence. Vocês se importariam em nos deixar agora?

CINCO

Assim que as portas se fecharam, Will olhou diretamente para o barão Dutoit.

— Você tem alguma resolução para mim sobre a possibilidade de liberar meus homens de seus votos? Orientação, recomendação, opiniões, conselho? Qualquer coisa será bem-vinda, pois confesso que estou completamente perdido quanto a isso.

— Palavras — respondeu o barão. — Nós temos palavras. Nada mais, nada menos. Juntas, elas contemplam todos os seus pedidos, de orientação a conselho. Mas as decisões a serem tomadas são unicamente suas. Você pode encontrar conforto, porém, ao saber que muitos dos membros mais astutos da nossa irmandade estiveram trabalhando juntos no seu dilema, buscando determinar a melhor rota para você seguir aqui nesta sua pequena comunidade em exílio. Simon e eu estivemos envolvidos nessa discussão, e este, mais do que qualquer outra razão, é o motivo por que estamos aqui pessoalmente. Narrar a história deste último ano foi importante, por certo. Mas o que viemos realmente discutir aqui é a linha de ação com a qual você se depara, aqui na sua ilha de Arran, na Escócia. Nós ouvimos todo o tempo sobre como as coisas estão mudando neste mundo moderno em que vivemos, e é verdade que muitas coisas estão se modificando, visível e notavelmente. Mas essa mudança por que passamos agora está criando uma época. Nosso mundo... o *seu* mundo em particular, como templário... mudou para sempre. E as mudanças são numerosas, enormes, disseminadas e, acreditamos, permanentes. Certamente será assim na França, e o resto da Cristandade está propenso a segui-la.

Então ele olhou para Montferrat, que gemeu e continuou sem pausa de onde havia parado:

— Nós temos de recordá-lo de suas raízes, Will: de onde você veio, quem realmente é. Não porque pensamos que tenha esquecido isso, mas simplesmente porque você passou tanto tempo dedicando suas energias inteiramente aos interesses do Templo e dos seus adeptos que suspeitamos que tenha perdido a perspectiva. Não estamos aqui para criticar sua conduta. Você não fez nada errado. Mas estamos aqui para realinhar seu modo de pensar... sua linha de visão... e para ajustar seu ponto de vista mental. Está preparado para isso?

Will havia se inclinado para a frente na cadeira, ouvindo com atenção. Uma pequena ruga de concentração juntava suas sobrancelhas. Mas seu olhar estivera concentrado na longa mesa junto à porta, onde havia deixado o cinturão com sua espada quando entrou, e então, em vez de responder, se levantou e foi até a mesa, onde desembainhou a longa espada e brandiu-a várias vezes com exagerada lentidão, testando o peso da arma e a precisão de seus movimentos.

— Vocês sabem quanto tempo faz desde a última vez que brandi uma espada com honestidade? — Ele não esperou por uma resposta. — Não estou exatamente seguro do que vocês querem dizer por "ajustar seu ponto de vista mental", mas a perspectiva não me incomoda. Estou preparado para o que vocês quiserem me submeter.

— Ótimo. Etienne?

O barão Dutoit deu um passo à frente e estendeu a mão para a arma de Will, a qual ele então começou a usar em um exercício formal, seguindo os passos prescritos nas regras de ataque e defesa, provando que ainda sabia o que fazer com uma espada na mão. Parou após completar uma sequência básica de movimentos e segurou a arma em posição vertical, olhando para a ponta reluzente, depois girou-a com destreza e inverteu a posição, apontando a lâmina para baixo e segurando-a com as mãos cerca de 30 centímetros abaixo da empunhadura em cruz, de forma que ela recordava um crucifixo erguido diante do seu rosto, entre ele e Will.

— Lembra-se disto? Deste símbolo? Lembra-se do que aprendeu sobre ele quando se juntou à nossa irmandade: do que ele foi e do que é hoje, além do que parece ser? Recorda-se dos ensinamentos que recebeu sobre nossos antepassados e de onde vieram? Lembra-se de ter aprendido, e acreditado, que a cruz que os cristãos reverenciam é uma invenção, uma apropriação da Cruz Luminosa, que era o símbolo do deus romano Mitra, adotado e adaptado para a veneração dos homens de hoje por outros homens que sabiam do poder dos símbolos e buscavam converter os seguidores de Mitra, que eram, efetivamente, todos os soldados das legiões, ao cristianismo?

"E você se recorda de ter aprendido, e passado a acreditar, que o cristianismo em si é uma usurpação e distorção do Caminho que os nossos ancestrais seguiam? O mesmo Caminho sagrado que o homem Jesus e seu irmão Tiago seguiam e cujos segredos morreram defendendo? Uma usurpação porque foi tomado dos judeus, depois despido de qualquer indício de seu judaísmo, e uma distorção porque foi posteriormente limado, sanificado e reconstituído sem qualquer mácula judaica que os romanos pudessem julgar ofensiva, incluindo a pessoa e o caráter do próprio Jesus? Você se recorda disso? De qualquer coisa disso?"

Will, tomado de surpresa pela ferocidade calma daquela catequização repentina, pôde apenas levantar as mãos em autodefesa.

— É claro que sim. Eu me lembro de tudo isso.

— Então chegou a hora de começar a ter sua verdadeira vida, como um de nós, um irmão da Ordem do Sião.

— Vocês duvidam que eu esteja fazendo isso?

— Não, de modo algum. Mas acreditamos que você precisa ver as coisas de maneira renovada, a começar agora.

— Nós. Quer dizer você e Sir Simon?

— Não. Eu me refiro a nós e todos os seus pares na irmandade. Essa é a mensagem que trazemos para você: é hora de avaliar o que resta a você e a sua gente aqui em Arran.

— Tudo o que nos resta, pelo que vocês nos contaram hoje, é a nossa liberdade, e somos afortunados por tê-la. Mas de que serve a liberdade se não se pode exercê-la?

— Isso é verdade. Como as coisas estão agora, sua liberdade é limitada. Mas é por isso que estamos aqui, Simon e eu. A não ser que vocês deem os passos necessários para alterar o destino, terão apenas a liberdade de morrer, um a um, até o último de vocês desaparecer. Você já sabe disso. Sentimo-nos muito encorajados ao ver que já refletiu bastante sobre essa questão antes de reportar suas preocupações a nós, porque está correto em pensar que seus jovens, pelo menos, deveriam ser liberados de seus votos de castidade. Sem a capacidade de procriar, você e aqueles pelos quais é responsável logo ficarão sem ninguém a quem confiar seu legado.

Will franziu o cenho novamente, agora de maneira mais intensa.

— Que legado é esse?

— Seu legado como templários... os últimos livres. Após duzentos anos, não vale a pena preservar isso?

Então Will jogou as mãos para o alto em exasperação.

— Certamente que sim... é claro que acho que sim. Mas você acabou de me dizer que é hora de deixar tudo aquilo para trás.

— Eu disse isso? Não. O que eu disse foi que é hora de começar a ter sua verdadeira vida novamente, como um membro da nossa irmandade antes de qualquer outra coisa. Mas isso não implica abandonar quaisquer das responsabilidades que lhe cabem. Isso envolve repensá-las e reorganizá-las, mas não pode haver a hipótese de abandonar seus subordinados.

— Não mais do que pode haver a de liberar meus homens de seus votos de castidade e depois esperar que eles continuem em Arran.

Então foi a vez de o barão franzir o cenho, inclinando a cabeça ligeiramente para um lado.

— Não entendo.

— Não esperava que entendesse, barão. Mas não há mulheres em Arran. Ou há apenas muito poucas, esposas dos habitantes, a maioria dos quais há muito cruzaram o mar para a Escócia continental. Certamente não há mulheres jovens aqui, em idade para conceber. — Ele encolheu os ombros. — Portanto, se liberarmos nossos monges dos votos de castidade, mesmo ignorando o fato de que a maioria deles se recusaria, juntamente com todas as outras razões por que tal rumo seria pura loucura, eles teriam de deixar a ilha em busca de esposas, o que reduziria nosso número e apressaria nosso fim.

O barão, em clara necessidade de orientação, olhou para o amigo Montferrat, e Sir Simon manifestou-se:

— Quando você diz "o nosso fim", está se referindo aos confrades do Templo aqui, não é isso?

— É claro.

— Mas *nós*, para nós, refere-se à nossa mais antiga fraternidade do Sião. O Templo, toda a Ordem desde seu início, não passou de um meio para que atingíssemos um propósito... um modo conveniente de nos mascararmos, assim como nossos verdadeiros objetivos, aos olhos alheios. Não há um fim à vista para nós nesse sentido. Nossa existência não é sequer sonhada fora da nossa irmandade, e nossa obra continua em curso. É por isso que estamos aqui, instando-o para que siga os passos apropriados para vocês se protegerem. Sua própria presença aqui, ostensivamente como templários, estende a presença da nossa verdadeira Ordem nesta terra, pois além de você e destes irmãos que se encontram aqui entre os seus, há menos de vinte dos nossos em toda a Escócia. E, no entanto, nossa mais querida e preciosa posse, a fonte de todos os nossos esforços, está agora aqui, sob sua proteção.

— Os baús do Tesouro — murmurou Will, depois assentiu. — Sim, eles estão, por enquanto.

— É claro. Eles retornarão à França e à nossa proteção quando for o momento certo, mas à luz dos eventos atuais seria loucura nos arriscarmos a levá-los de volta para lá hoje. E por isso você, meu jovem amigo, deve ficar aqui. Essa é a incumbência que lhe é dada pelos seus irmãos do Sião. E você deve prosperar aqui. Isso é ainda mais importante. Nossa Ordem necessita de você aqui, ampliando e exercendo sua influência com o rei da Escócia e seus nobres.

Will meneou a cabeça.

— Mas o que isso tem a ver com a liberação dos confrades do voto de castidade? Eu não consigo ver a ligação.

Montferrat resmungou, depois deu um profundo suspiro, claramente obrigando-se a ter paciência.

— Templários assumem três votos, Will. Qual deles tem precedência?

— O de obediência.

— Precisamente. Ora, como mestre na Escócia, você tem poder supremo sobre todos os templários daqui. Nós encontraremos o modo apropriado de explicar a situação a eles, e, embora você possa estar certo e muitos possam se recusar a renunciar aos votos, alguns deles o farão. Mesmo aqueles que se recusarem ainda serão obrigados a obedecer a suas ordens como mestre, e essas ordens os instruirão a encontrar esposas onde puderem, e depois *retornar com elas para Arran*, onde ainda serão aceitos como membros da comunidade. Eu não estou dizendo que isso será simples de alcançar, mas que é necessário.

— Não, por Deus! Pensem no que estão dizendo, vocês dois... Ao liberar esses homens da necessidade de seguir *um* voto, nós enfraqueceremos todos os três. Como podemos dizer em sã consciência e com autoridade que um voto feito para toda a vida é menos importante do que outro, que iremos absolvê-los do pecado de quebrar um voto num dos casos, e ainda mantê-los presos à santidade dos outros? Isso não faz sentido. É ilógico.

— Sim, realmente é. Mas a ausência de lógica não é nossa. É a lógica do mundo dentro do qual eles escolheram viver que desandou. Nós somos todos pecadores. Isso eles sabem, como cristãos. Mas, no presente caso, estão sendo punidos e condenados pelas próprias autoridades em cuja defesa empregaram suas vidas: a Igreja e a sociedade em que viveram e serviram devotadamente. Seus padres, desde o mais elevado, traíram-nos impiedosa e caluniosamente, e seu rei, a quem, de fato, não juraram obediência, declarou-os traidores, dignos apenas de torturas e das chamas do inferno. Se eles tiverem apreço por alguma coisa agora, deve ser por si próprios e pela ideia de sobreviverem, por si próprios e por seus ideais. E essa sobrevivência implica terem filhos para segui-los numa nova vida. Esses são homens que teriam de bom grado morrido por suas crenças, lutando pelo cristianismo e seus dogmas. Mas agora foram declarados anátema pelo corpo governante desse cristianismo, privados de qualquer voz ativa sobre suas próprias vidas. Acredite em mim: eles escutarão e entenderão. E se um décimo deles aceitar sua absolvição, isso resultará em vinte novas famílias aqui na Escócia. Famílias às quais se pode ensinar a verdade.

— A verdade cristã, você quer dizer.

— Sim. Nossa verdade não é cristã. Mas os templários da Escócia devem perseverar, por quaisquer meios a que devam recorrer.

— Mas ainda parece impossível fazer o que você sugere. Jamais uma coisa como essa aconteceu antes... a dissolução de um voto coletivo.

— Não é verdade... ou não exatamente. Mudanças maiores já foram feitas. Nunca na história, você deve convir, nenhum clérigo, nenhum padre ou monge teve autorização para matar algum homem antes da fundação da Ordem do Templo. Mas, quando chegou o momento, e as circunstâncias exigiram mudanças drásticas, aquela lei, que havia sido imutável desde a fundação da Igreja cristã, foi modificada para atender as novas exigências da época. E monges e padres receberam a dispensa papal que requeria, até mesmo encorajava, que matassem em nome de Deus. Essa mudança, que exigia grandes alterações do que havia sido até então um mandamento do próprio Deus, faz com que o seu dilema atual pareça muito pequeno.

— Sim, quando posto nesses termos, de fato, faz. Nós devemos desaparecer, então... — Will teve consciência dos olhos de ambos os homens sobre ele e deu de ombros. — Algo que me foi dito por um eclesiástico daqui... algo com que concordei naquele momento. — Ele ficou em silêncio, refletindo, depois fixou cada um dos mentores. — Então, vocês e seu Conselho realmente acreditam que isso é possível, tudo isso sobre o que nós conversamos?

Foi Etienne Dutoit quem respondeu:

— Acreditamos, no nível mais fundamental. E poremos todos os recursos da nossa Ordem à sua disposição.

— Para salvar os demais do Templo...

— Para salvá-los e preservá-los. E nós lhe mandaremos ajuda, na forma de brilhantes jovens rapazes da França, os melhores entre os melhores da Ordem do Sião, todos casados e com suas jovens famílias. A Escócia e a França, a *nossa* França, a França da *nossa* Ordem, serão aliadas nesse renascimento.

Novamente Will ficou em silêncio por um longo tempo, mas então endireitou as costas e balançou a cabeça num gesto resoluto.

— Muito bem, então. Não será fácil, mas será feito. Que assim seja!

SEIS

Talvez pela décima vez em um período de quatro horas, Will Sinclair revirou o pacote oblongo cuidadosamente embrulhado que estava sobre a mesa diante dele. O anverso lustroso tinha apenas seu nome, escrito numa caligrafia que reconheceu com sentimentos confusos. O verso trazia apenas um lacre de cera, premido com um timbre liso e em branco; ele combateu com esforço a inclinação para rompê-lo e ler a carta dobrada no interior. Não podia adivinhar por que ela havia sido mandada, e por alguma razão sentia-se relutante em abri-la e descobrir. A mulher que a redigira frequentava a mente dele havia meses, com regularidade crescente e completamente contra sua vontade. O rosto dela aparecia em sua imaginação de maneira imprevisível nas mais estranhas horas, e ele havia acordado várias vezes de um sono profundo com a lembrança de suas formas e do calor da pele dela impressos em sua consciência embriagada. E agora, sentado e contemplando a carta, reconhecia para si próprio que sua involuntária preocupação com ela havia crescido desde o dia em que ele livrara tantos dos seus confrades de seus votos de castidade.

Will deu um grunhido de dissabor e revirou a carta novamente, contemplando agora a inscrição com seu nome no centro exato da impecável folha de velino. Havia sido entregue naquela manhã por um jovem que chegara a bordo da galé de Berenger, que retornara da costa de Galloway, onde o almirante estivera reunido com Edward Bruce e Douglas durante o mês anterior. Ambos os líderes, Will sabia, haviam estado no norte por todo aquele período, em campanha com o rei contra os MacDougall de Argyll. O próprio Berenger estivera lá, navegando as lagunas em auxílio às forças reais, e trouxera a notícia de uma recente vitória das forças do rei, lideradas pelo próprio soberano, com seu impetuoso irmão e o apoio de James Douglas, numa passagem montanhosa chamada Brander — a supostamente inexpugnável entrada dos fundos para as terras de Argyll. A tomada da passagem, ocorrida em grande parte graças ao gênio e à capacidade de improvisação de Douglas, permitira a invasão de Argyll propriamente dita, para confusão e perplexidade de John de Lorn, o Aleijado, que julgava sua retaguarda segura.

E com tais notícias havia chegado aquela outra missiva: um pacote simples trazido por um homem sério, de olhos arregalados e muito jovem chamado Randolph, primo da baronesa. Ele havia cavalgado desde Nithsdale, disse, por ordem da prima, com instruções específicas da dama para procurar o comandante em exercício do exército de Bruce no sul e assegurar a travessia para Arran a bordo do próximo navio que zarpasse para lá. Ele havia esperado duas semanas na costa até o retorno da galé do almirante e então atravessara o fiorde a bordo da embarcação.

Então, resmungando uma imprecação, Will se levantou com esforço, deixando a carta sobre a mesa, e foi até a janela estreita e se inclinou no parapeito, observando as atividades dos homens no pátio abaixo.

Mais de um mês havia se passado desde a chegada de Dutoit e Montferrat. No decorrer desse tempo, num encontro plenário fechado dos capítulos unidos de Arran, convocado durante a troca de turnos de três dias, depois que uma expedição retornou das incursões com o rei da Escócia e antes que seus substitutos tivessem partido para a terra principal, Will havia exposto suas intenções para os templários. Assistido pelo almirante Berenger e vários outros membros superiores da comunidade, e procedendo com lentidão e paciência para que até a mente menos dotada dentre seus homens pudesse entender o que estava dizendo e o que isso significava, Will explicara a situação então em vigor na terra natal deles, com particular e detalhada ênfase no quão exatamente e com que profundidade aquelas verdades passaram a afetar a vida de cada um e de todos os templários em Arran. E perto do que seria o fim dos procedimentos, explicou suas intenções no que dizia respeito à liberação dos confrades de Arran de seu voto de castidade.

Ele previra uma vigorosa oposição de todos os lados, mas principalmente dos três bispos templários de sua comunidade e do Javali Pairaud e seus adeptos, por isso fizera o esforço de consultá-los primeiro, buscando conselhos muito antes de fazer o anúncio no capítulo. Mas para seu profundo assombro, nenhum deles se opôs sequer a uma minúcia. Haviam feito algumas perguntas pungentes e profundamente preocupadas — particularmente sobre a improbabilidade teológica de serem capazes de escolher entre votos já assumidos, rejeitando um deles completamente enquanto se conformavam com os outros com equanimidade —, mas depois que respondeu a todos com franqueza, eles haviam, em uníssono, concordado com suas intenções. Em primeiro lugar, não foram eles que decidiram usurpar a vontade de Deus, como um dos bispos apontou. Os próprios agentes de Deus na Igreja optaram por rever as regras que governavam a devoção de seu mestre divino, e os templários meramente responderam com sensatez, buscando a autopreservação.

Quando ele fez sua apresentação aos demais confrades, porém, a proposta incendiou um debate que se prolongou noite adentro antes de ganhar aceitação. A vasta maioria dos homens reunidos estava estabelecida com demasiada firmeza em seus modos de vida e não tinha interesse em ser liberada de seus votos por razão alguma, mas 57 dos confrades mais jovens aceitaram, alguns deles com euforia, outros com complacência, a maioria com graus variados de relutância. Will não ficara surpreso, embora ligeiramente desapontado contra toda lógica com o fato de o antigo rebelde Martelet ter sido um dos primeiros a aceitar, embora nenhum dos seus antigos companheiros tenha se juntado a ele.

Will, então, reconvocou o capítulo no dia seguinte, vestindo a indumentária de mestre completa e rogando formalmente pelas bênçãos do Deus do Velho Testamento sobre seus novos cursos de ação e comportamentos. E o êxodo havia começado no dia seguinte mesmo, com os confrades recém-emancipados tendo renovado seus votos de obediência e assumido, sem exceção, a promessa de trazer esposas a Arran quando as encontrassem. Dos 57 irmãos recém-liberados, porém, trinta eram membros do novo turno de cavaleiros que deveria ir para a Escócia continental a serviço do rei Robert, o que significava que ou teriam de esperar o final de seu tempo de serviço antes de procurar uma esposa ou o passariam em busca de perspectivas disponíveis.

Os dois delegados de Aix-en-Provence haviam partido para retornar a seus lares logo depois disso, ambos bastante satisfeitos pelo modo como as coisas transcorreram e prometendo enviar jovens homens casados da Ordem do Sião tão logo isso pudesse ser arranjado. Esses recém-chegados, havia-se concordado, iriam como simpatizantes do Templo, com a intenção de apoiar e auxiliar os confrades da Ordem proscrita em Arran. Os pensamentos de Will sobre o assunto ainda não haviam se estendido ao modo como ele receberia os novatos ou que funções destinaria a eles, mas não se perturbava com a perspectiva. Quando chegasse a hora, ele sabia, haveria posições disponíveis.

Will voltou à carta não aberta sobre a mesa, reconhecendo que não havia razão lógica para que não a abrisse. Havia sido entregue às claras e inocentemente, e por isso sabia que não podia conter nada sedicioso ou ultrajante. A mulher havia escrito a ele antes, e nessa carta ela provavelmente continuaria como havia começado, com informações pessoais sobre os assuntos do rei que conseguira coletar através de sua condição especial e de confiança. Will não temia nada disso; o único medo que sentia era de sua própria reação à atenção renovada quanto à existência de Jessie Randolph. A lembrança dela — ainda pior, imagens mentais dela — havia perturbado seu sono em muitas ocasiões, e não fora senão apenas recentemente que ele conseguira esquecê-la por semanas a fio. Agora ali estava a dama novamente, raspando sua porta, como diriam os amigos escoceses.

Ele suspirou, depois inspirou fundo, preparando a mente, e caminhou de volta à mesa, onde se sentou e rompeu o selo da missiva com um pequeno golpe do polegar. As páginas da carta, dobradas e apertadas com esmero, estavam envolvidas de maneira justa pela cobertura que servia de envelope, e ele viu de imediato que a carta, como a anterior, estava escrita na língua de sua infância, o angevino.

Sir William,

Talvez você já esteja mais bem-informado sobre o que estou para lhe contar do que eu própria, mas após ter falado com SJD quando ele passou por Nithsdale numa viagem recente, e após saber que ele pretendia visitá-lo, mas não pôde fazê-lo por causa das restrições de sua campanha em Galloway, ocorreu-me que você talvez não tivesse conhecimento do que vem acontecendo no norte.

A trégua que estava em vigor com os MacDougall de Lorn e Argyll está agora chegando ao fim, e é óbvio que o recalcitrante John Aleijado, senhor de Lorn, esteve usando o período da trégua para fortalecer suas posições e suas forças com a finalidade de intensificar esforços para depor Sua Graça Robert. Ciente disso, o rei marchou para o norte a fim de invadir as terras de Lorn pela retaguarda, através de uma abertura natural chamada passagem de Brander, e SJD e seu comando estão agora a caminho de se juntarem às forças reais. Talvez você não saiba desses eventos, mas o resultado da empreitada terá grande influência na sua situação na ilha, para melhor ou pior. Rezo para que seja para melhor.

A esta altura os seus planos de se consolidar na ilha devem estar em pleno andamento, se não absolutamente completos. Tenho certeza de que você e os seus prosperaram nesse aspecto. Quanto a mim, continuo a desfrutar da condição de tia honorária, embora "mãe" pudesse ser uma palavra melhor para este relacionamento, abrangente como é. Seja como for, estou encontrando grande prazer nisso; a criança é adorável, com um ótimo ouvido para línguas. Ela já fala francês como se nunca tivesse conhecido outro idioma após menos de um ano de prática.

Espero que você não ache muito rude da minha parte me intrometer nos seus conhecimentos mais uma vez, mas penso em você com frequência e nasci, como meu pai costumava me dizer, com muito mais curiosidade do que me convém. Peggy está bem, amadurecendo belamente. Você ficaria orgulhoso, se pudesse vê-la. E ela usa o pingente constantemente, com um orgulho de seu irmão mais velho que transparece como a mais evidente verdade.

O jovem que leva esta carta para você é um primo — muito mais jovem do que aparenta —, por isso eu rogo que ignore seus pedidos para ficar com você e mande-o de volta para casa. Ele terá tempo de sobra para ir à guerra quando tiver idade para isso.

Sua amiga,
Jessie Randolph

A incursão contra Argyll e Lorn havia sido um grande sucesso, com Douglas desempenhando um papel importante na captura da passagem supostamente inexpugnável, e Will já soubera de tudo isso por Berenger, cuja fonte era muito mais atualizada do que a de Jessie Randolph quando escreveu a carta. Mas o templário foi obrigado a admitir consigo mesmo que, se a carta tivesse chegado por qualquer outro meio além da galé de Berenger, teria ficado grato e altamente satisfeito por recebê-la. Não era culpa da baronesa que o tempo e os eventos tivessem ultrapassado suas notícias. A preocupação dela pelo seu bem-estar — e pelo de seus homens, acrescentou prontamente — era genuína, e ele não tinha desejo de pô-la em dúvida. E isso, por sua vez, fez com que se sentisse culpado por não ter intenção de agradecer a carta dela. Pelo que podia se lembrar, Will jamais havia escrito uma carta para uma mulher e não desejava começar agora. Não havia nem mesmo escrito a Peggy em resposta às cartas que ela havia lhe mandado, e ela era sua irmã. A perspectiva de sequer tentar escrever para Jessica Randolph o fazia desanimar. Ele não saberia nem mesmo por onde começar, ou como proceder se de fato começasse. Melhor, então decidiu, continuar como havia começado, impassível diante das palavras lisonjeiras da mulher e, portanto, razoavelmente a salvo de dizer qualquer coisa de que pudesse se arrepender.

Ele leu toda a carta novamente, depois a dobrou com cuidado e colocou-a no pequeno baú de sândalo com fechadura que estava sobre sua mesa, em cima da primeira carta da mulher, onde sabia que estaria a salvo.

A estrada para a lenda

O REGRESSO

Will Sinclair estava tratando de seus assuntos pessoais naquela magnífica manhã de junho do ano de Nosso Senhor de 1312; assuntos que não desejava partilhar com ninguém. Sua vida monástica era geralmente desprovida de privacidade, e suas atividades como mestre e comandante do Templo em Arran exacerbavam essa condição. Sempre havia alguém precisando falar com ele, buscando aprovação ou conselho, e sempre que ele se punha à vista dos outros, acabava no centro de uma multidão. Somente nas preces e na meditação conseguia encontrar solidão e, mesmo assim, raramente, pois a maioria das orações diárias dos templários e os ritos que as envolviam eram comunais. Naquele dia, porém, Will decidira ficar sozinho, pelo que considerava um propósito bom e justificável.

Ele havia sido informado na noite anterior, por um dos velhos marinheiros de um navio mercante ancorado na baía de Lochranza, de que o dia seguinte prometia ser o mais agradável do ano até então, e no impulso do momento, Will decidira fazer algo em que vinha pensando havia mais de um mês. Ele procurou Richard de Montrichard, o preceptor da ilha, e informou-o de que estava se retirando naquele exato momento, sozinho, e que retornaria dentro de dois dias, no último dia de junho. Montrichard simplesmente fez que sim, sem demonstrar surpresa ou curiosidade, mas Will sabia que, mesmo que o preceptor não visse nada de estranho no desaparecimento do mestre sem a menor escolta, outros veriam, e por isso acrescentou, puramente para posterior satisfação desses outros, que tinha muito a pensar e precisava de um tempo para estar só e refletir sem distrações. Então foi dizer a Tam Sinclair que estaria dormindo sob as estrelas nas próximas duas noites, e pediu-lhe que mantivesse seu escudeiro, o jovem Henry, ocupado enquanto estivesse fora. Esperava alguma discussão por parte de Tam, mas o primo simplesmente deu de ombros e desejou a ele um bom proveito de sua privacidade.

Então Will carregou um alforje cuidadosamente com tudo o que pensava que poderia precisar, atirou um grosso cobertor enrolado sobre um dos ombros e depois fez uma rápida visita à intendência em busca de comida para supri-lo por dois dias. Um bom e robusto cavalo montanhês escolhido nos estábulos completou os preparativos, então ele desapareceu nas montanhas no momento em que o sol começava a se pôr.

Um vento forte soprou antes que estivesse a 3 quilômetros de distância de Lochranza, mas William dormiu bem naquela noite, num leito de samambaias, no abrigo de uma depressão profunda junto a um lago montanhoso. O vento uivante zunia e assobiava acima dele sem causar dano, calidamente embrulhado que estava num grosso cobertor de lã e coberto por folhas da planta amontoadas. O vento amainou enquanto o cavaleiro ainda dormia. Sinclair já estava de pé muito antes de o amanhecer começar a iluminar o céu. Fez um desjejum de carne fria e bolo de aveia no escuro e levantou acampamento antes do nascer do sol, dirigindo-se para o sudeste sob os flancos das grandes colinas rochosas que se erguiam à direita, até encontrar a crla novamente. Ele alcançou o destino na metade da manhã, quando o calor do sol já batia em seu rosto.

Will parou de costas para o mar, observando as escarpas das altas montanhas, em busca de sinais de vida humana, mas esperando não ver nenhum. Aquela era uma das mais remotas extensões do litoral de Arran, raramente visitada por ter altos rochedos sem praias em declive suave, e imponentes montanhas intransponíveis ao fundo. Era acessível apenas pelo caminho por onde ele viera. Havia encontrado o lugar por acidente, dois anos antes, enquanto perseguia um veado atingido no ventre.

Ele tomou as rédeas do cavalo e conduziu o animal de cascos largos em direção ao rochedo, o qual desceram por uma passagem estreita cortada por um riacho de águas rápidas e desapareceram por ali. Lá embaixo, porém, estava a joia daquele lugar. Quinze passos sob a orla do penhasco, invisível de qualquer direção exceto pelo mar diretamente em frente e formando um dos lados da calha que abrigava a cachoeira, um amplo dedo de rocha se projetava para o mar, com superfície superior revestida de turfa e samambaias. Ao chegar ali, Will desencilhou o cavalo e o deixou pastar livremente. Depois, carregando os alforjes e quatro galhos de amieiro que havia cortado de um bosque a 1,5 quilômetro ao norte, caminhou até o ponto mais distante do dedo rochoso e olhou para o mar, menos de 8 metros abaixo dele.

O dia estava perfeitamente tranquilo, e o mar refletia isso: somente o mais suave aparecimento e desaparecimento de rochas subaquáticas isoladas revelava que havia vagas de 1,5 a 2 metros ali, e a presença delas era o único sinal de que um forte vento ululara ali poucas horas antes. A água estava tão límpida e parada apesar da ondulação que ele podia ver grandes peixes deslizando ocasionalmente. Então se virou e ergueu os olhos novamente para o topo do rochedo acima. Nada se movia naquele lugar; ele estava só.

Afastou-se da borda do rochedo e desvencilhou-se do cinturão da espada longa por cima da cabeça, largando arma e cinto sobre a grama, e então fez o mesmo com o que cingia sua cintura, o qual continha a algibeira e a adaga embainhada. Não usava cota de malha ou qualquer tipo de armadura naquele dia, pois essas coisas nunca eram necessárias na ilha. O povo da Escócia continental e o de Kyntire podiam não saber exatamente quem eram os estranhos que haviam recentemente ocupado Arran, mas sabiam que eram numerosos, que não tinham mulheres e que eram guerreiros, por isso guardavam distância e deixavam os ilhéus em paz.

Movendo-se com rapidez, Will reuniu os quatro galhos de amieiro e atou-os juntos com tiras de couro de modo a formar um tripé de pouco mais de 1 metro de altura, depois atou o quarto galho atravessado sobre duas das pernas do mesmo. Feito isso, tirou a simples sobrecota marrom de verão que usava e dobrou-a frouxamente, para então largá-la sobre as armas descartadas. Depois desatou ainda outro cinto mais estreito e removeu a túnica de lã grosseira que chegava à altura do joelho, despindo o tronco e abrindo bem os braços para abraçar a liberdade de sentir o ar em contato com a pele. Momentos depois, sentou-se e tirou as pesadas botas de cavalgada, em seguida, abaixou os calções folgados de lã até poder chutá-los fora, permanecendo apenas com uma simples roupa íntima.

Ele estendeu a mão, curvando-se para o lado, e puxou os alforjes para si. Deles, retirou dois objetos: o primeiro, uma pesada barra de sabão rústico de odor forte, vindo da lavanderia do capítulo; e o outro, um embrulho branco cuidadosamente enrolado e amarrado, que ele desatou e abriu. Era uma simples folha retangular de pele de cordeiro alvejada, duas vezes mais larga do que longa. Macia e flexível, o lado de dentro havia sido raspado de forma a adquirir um brilho branco e limpo, e o externo ainda conservava a lã, tosada até uma espessura de meio centímetro. Uma longa tira do mesmo couro branco havia sido passada frouxamente pelos primeiros buracos de uma fileira de orifícios perfurados numa das extremidades, e a outra era perfurada do mesmo modo. Deixando aquela coisa estendida com o lado da lã para baixo sobre o capim ralo, Will girou o corpo e impulsionou-se para cima até ficar de joelhos. Ele levou a mão ao lado e puxou o nó da tira que mantinha uma pele de cordeiro imunda, mas, tirando isso, idêntica à primeira, fixada de maneira justa ao redor da sua cintura, dos quadris até aproximadamente a metade da coxa. Levou algum tempo para desfazer as amarras, soltá-las dos ilhoses através dos quais as tiras eram enfiadas, e, quando a veste se desprendeu, ele a arrancou, caminhou nu até a borda do promontório e olhou para o riacho de águas rápidas que se lançava por sua funda canaleta até o mar. Fazendo mira com cuidado, atirou a veste e depois a barra de sabão para o único ponto da margem mais afastada da calha estreita em que havia espaço suficiente para isso e depois andou rapidamente até a ponta do promontório.

A decisão de ir até aquele local havia sido adiantada devido a um recente encontro com o escudeiro de Richard de Montrichard chamado Gareth. Will e Montrichard estavam revisando a troca de turno para o próximo revezamento de tropas para o rei Robert, quando o escudeiro do preceptor entrou, trazendo uma mensagem para seu mestre. Quando o jovem robusto passou perto dele, Will teve de fechar os olhos e prender a respiração para se proteger do fedor azedo e fecal que emanava. Era praticamente imune aos cheiros das pessoas entre as quais vivia, algumas das quais exalavam um odor rançoso e até animalesco, porém mesmo numa comunidade de corpos sem asseio, aquele rapaz fedia. Will havia se forçado a sentar imóvel e respirar minimamente, até que as portas tivessem se fechado atrás do jovem. Então inspirou fundo.

— Bom Deus, Richard, aquele seu garoto fede como uma latrina aberta. Um cadáver em putrefação teria um aroma mais agradável. Quando foi que ele tomou banho pela última vez, você sabe?

Montrichard pareceu desconcertado.

— Eu não sei. Na Páscoa, eu suponho, com o restante de nós. Três meses atrás? Devo banhá-lo novamente?

A ponto de pronunciar um explosivo "sim!", Will deu de ombros e acenou uma das mãos para dispensar o assunto. Ele já havia decidido que medida tomar acerca do rapaz Gareth.

Assim que o assunto com o preceptor foi concluído, Will mandou recado ao campo de treino para que seu próprio escudeiro, seu sobrinho Henry Sinclair, se reportasse a ele em seus aposentos particulares. Então Will se dirigiu a um dos seis pequenos baús que estavam alinhados na parede do fundo do quarto que lhe servia de cela, tirou uma barra de sabão grosseiro e embrulhou-a numa de suas toalhas. Quando o rapaz chegou, ele acenou para que o jovem se aproximasse, depois se curvou na direção dele para cheirá-lo, inquisitivamente, e torceu o nariz.

— Quando foi que você tomou banho pela última vez?

— Duas semanas atrás, tio. — O rapaz nem mesmo pestanejou diante da pergunta, pois havia muito se acostumara com o estranho apego e insistência de seu tio pelo asseio corporal. Banhos não eram uma exigência da Regra, por isso não se banhavam. Considerado um capricho afeminado que conduzia à carnalidade, o ato de se lavar era oficialmente desaprovado.

— Então eu tenho uma tarefa para você. Está na hora de ir nadar.

O jovem Henry sorriu, de modo um tanto inseguro. Ele era um de apenas uma dezena entre os quarenta escudeiros da comunidade que sabiam nadar, e não havia nada que adorasse mais do que fazê-lo nas pouco frequentes ocasiões em que seus deveres concediam-lhe a liberdade de desfrutar dessa habilidade.

Will atirou a toalha e o sabão para ele, e o garoto os pegou no ar.

— Você levará seus amigos consigo, os que souberem nadar, e aproveitará a tarde em liberdade. Mas há uma condição. Você deve levar o escudeiro do preceptor Montrichard, Gareth, também. Ele precisa de um banho, e sua incumbência é ajudá-lo nisso. Essa coisa que você está segurando é uma barra de sabão. Você sabe como usá-la. Use-a em Garreth com eficiência. Fui claro?

— Sim, tio. Muito claro. Mas...?

— Não estou mandando você jogar Gareth do penhasco, entendeu? Ele não sabe nadar e poderia se afogar ali. Mas você pode arrastá-lo a partir da praia e esfregá-lo ali até ficar limpo. Agora vá.

Will se permitiu um pequeno riso ao imaginar a cena que havia posto em movimento: Gareth forçado a superar o que era claramente a aversão de toda uma vida a água e sabão. Antecipando o prazer da mesma experiência, fez uma breve pausa, estudando a água abaixo dele, e então mergulhou para a frente e para baixo.

Ele sabia que o mar era razoavelmente quente no final de junho, mas o choque inicial de submergir foi suficiente para tirar cada vestígio de fôlego dos pulmões. Enquanto forçava caminho até a superfície, surpreendeu-se pensando no quanto era afortunado por não ter medo de nadar ou da água. A maioria das pessoas tinha, ele sabia. Consideravam-na uma realidade hostil e aterrorizante, uma ameaça de morte sobre a qual não tinham controle. Will havia aprendido a nadar quando era um garotinho, ensinado por um dos homens de seu pai, que havia sido pescador durante toda a vida e aprendera a nadar e a adorar o ato. Will fora um pupilo ávido, e, embora tivesse tido poucas oportunidades de nadar desde os 18 anos — podia contar as ocasiões nos dedos das mãos —, jamais esquecera a alegre liberdade experimentada ao nadar em águas claras e profundas.

Nadou pelo que acreditou ter sido um quarto de hora, sentindo ao mesmo tempo culpa e liberdade, mergulhando até o fundo e depois retornando à superfície sucessivas vezes. Ele podia ver, lá embaixo, o emaranhado de algas ancoradas às rochas e as lapas e outros moluscos que abundavam ali, mas a água salgada irritava os olhos e borrava a visão. Quando a sensação se tornou desconfortável, ele retornou à superfície, flutuando de costas e contemplando o promontório acima, ocasionalmente batendo os pés para neutralizar a correnteza da maré que o puxava para o sul ao longo da costa. William tomou uma consciência aguda de seus genitais, da liberdade que encontravam na sua não habitual nudez. E essa consciência fez com que se recordasse da razão por que estava ali, por isso deu fortes braçadas em direção à praia e nadou em estilo cachorrinho pelo pequeno estuário do riacho que descia da encosta acima.

A água fresca, chapinhando com força e persistência contra seu corpo, era muito mais fria que o mar que acabara de deixar. Ele disparou para cima contra a corrente, curvado para a frente e usando mãos e pés para escalar as pedras no leito da correnteza até alcançar o caldeirão sob uma queda-d'água de 2 metros de altura e subiu no platô ao lado dela, onde havia anteriormente atirado o sabão e a pele de cordeiro.

Estava frio na valeta, pois o sol era bloqueado pelos flancos íngremes, e ele passou a se mover com rapidez, estendendo a lã da pele de cordeiro sobre uma pedra de bom tamanho e esfregando-a com a barra de sabão até começar a produzir espuma. Isso era difícil, pois o sabão primitivo quase não fazia espuma, mas ele persistiu e logo foi possível sovar a pele, experimentando a sensação tátil da lã ensaboada sob as mãos e entre os dedos gelados. Trabalhou obstinadamente, amassando e sovando a pele fria para expulsar a sujeira e o encardimento acumulados, ocasionalmente acrescentando mais sabão e depois repetindo todo o processo até concluir que havia lavado o máximo que podia. Recolheu a pele e voltou para o sopé da cachoeira. Depositou a veste sobre outra pedra, maior e com a superfície plana, onde o ensurdecedor dilúvio vindo do alto caía diretamente sobre ela, e o puro peso e pressão da água enxaguava o sabão da lã até que nenhum traço de espuma ou manchas fosse drenado para o poço sob a rocha.

Will sentia um frio congelante e teve dificuldade para lançar o próprio corpo pelo restante da valeta íngreme, carregando a pele encharcada sobre um dos ombros até o ponto mais próximo pelo qual pudesse escalar de maneira segura até a superfície ensolarada do afloramento rochoso. A sensação do sol sobre a pele nua era maravilhosa, mas sabia que levaria algum tempo para aquecer o frio que o afligia. Rapidamente, estendeu a pele gotejante no alto das varas do tripé e deixou-a escorrer enquanto se dedicava a uma série de exercícios físicos rotineiros, destinados a alongar membros e acelerar os batimentos cardíacos. Quando se sentiu novamente aquecido, desabou languidamente sobre o capim, deleitando-se com o calor do sol antes de cair no sono.

Despertou algum tempo depois para encontrar, rastejando sobre seu tórax, um grande e pesado besouro, cujo arranhar de patas provocou cócegas que o tiraram do sono. Expulsou-o com um piparote e o inseto partiu pelo ar, zumbindo alto enquanto desaparecia na ravina ao lado. Um olhar para o tripé revelou que a pele havia parado de pingar, embora ainda parecesse encharcada. Espreguiçou-se e levantou com movimentos suaves, tomando então a pele de cordeiro com as mãos e sacudindo-a com força, tentando estalar as extremidades para expelir o máximo de água possível. Isso também foi um trabalho difícil, mas ele continuou, mudando de uma ponta a outra, até se convencer de que não era possível espremer mais água. Estava novamente molhado por causa disso, a pele coberta de gotas d'água, mas dessa vez sentia-se aquecido.

Will usou as tiras de couro branco da própria veste para amarrá-la com firmeza no tripé, esticando-a e pendurando uma ponta sobre a vara transversal posta sobre duas das hastes do dispositivo. Quando se deu por satisfeito, posicionou a superfície da pele de cordeiro diretamente para o sol, estimando que devia estar perto do meio-dia e sentindo bastante certeza de que depois que o restante do dia tivesse passado — pelo menos oito horas depois, naquela época do ano —, mesmo que ela não estivesse totalmente seca, estaria ao menos o bastante para ser enrolada e embrulhada sem sofrer danos.

Ele caminhou até a borda da faixa de terra e girou num círculo completo, varrendo com os olhos os rochedos acima dele e o mar vazio à frente, sem ver qualquer sinal de vida em lugar algum. Poderia ser a única pessoa viva no mundo, e esse pensamento o estimulou a urinar, mirando deliberadamente na direção da Escócia continental, visível a distância, e observando o arco descrito pela urina se erguer alto no ar antes de cair nas ondas abaixo. Mas então, repentinamente acautelado por sua nudez, deu a volta e apanhou a roupa de baixo branca limpa que havia levado consigo. Era conhecida como avental. Todos os membros do Templo usavam uma, recebida como marca de pertencimento por ocasião da admissão à fraternidade, e nenhum deles a usava comodamente, pois era uma barreira contra a sexualidade — uma salvaguarda contra a concupiscência — a ser usada constantemente, dia e noite. E Will, com o rosto involuntariamente franzido, admitiu para si mesmo que aquilo era eficiente, se tanto, porque a maioria dos confrades optava por interpretar a Regra literalmente e nunca pensava em remover o avental uma vez colocado no lugar. O fedor daquela coisa rançosa era por si só uma garantia de castidade. Pensando nisso, Will resmungou consigo mesmo e, depois de completar a laçada, enfiou a veste restritiva, encolheu os ombros e colocou-a no lugar, depois a amarrou com força, dando adeus à liberdade da nudez.

Depois ele reuniu as armas e desembainhou a espada e a adaga. Após examinar as lâminas com olhar crítico, cavoucou novamente seus alforjes em busca do pequeno pacote que continha a pedra de amolar e o frasquinho do óleo que usava para protegê-las da ferrugem. Por algum tempo trabalhou as armas com total concentração, usando a pedra para polir o metal sempre que pensava ver alguma mancha ou a ameaça de uma, depois afiando os gumes com grande cuidado antes de aplicar uma fina película do óleo protetor sobre cada uma das lâminas. Ao longo da labuta, estava consciente da justeza e da familiar limitação imposta pelo avental novo, fortemente atado em volta dos quadris.

A real tradição que jazia sob o uso daquela veste, Will sabia, não tinha nada a ver com a Ordem do Templo ou com as restrições da Igreja

Católica à sexualidade. O avental brotara de raízes muito mais antigas e era um símbolo de pertencimento à Ordem do Sião, representando o avental branco de lã de carneiro usado pelos sacerdotes egípcios de Ísis e Osíris, nos dias do cativeiro israelita. Mais tarde, quando Moisés liderou os israelitas para fora do Egito, seus sacerdotes levaram essa associação com eles e vestiram os aventais de pele de carneiro branca para simbolizar a pureza espiritual como servos do Deus vivo, Jeová, e a casta sacerdotal original do Templo em Jerusalém vestia os aventais muito antes do advento dos fariseus de Herodes, que não viam necessidade de vesti-los. O avental branco fora então adotado pelos essênios, que chamavam a si próprios de Seguidores do Caminho, o movimento desposado pelo homem Jesus e seu irmão Tiago, conhecido como o Justo.

Will conhecia também a história de como os templários passaram a adotar a tradição do avental de pele de cordeiro, e sorriu ao lembrar-se dela. Hugh de Payens e um de seus amigos mais íntimos, Payn Montdidier, haviam sido surpreendidos por alguns de seus camaradas cavaleiros certo dia quando se banhavam. Perguntado sobre as estranhas vestes que estavam usando, Montdidier retorquiu que aquilo era uma penalidade que haviam imposto a si próprios durante os anos de escavação em busca do Tesouro. Era uma forma de impingir a castidade, ele disse, porque era costurada no lugar e não podia jamais ser removida. Tal era a reverência com que o homem era tratado que suas explicações foram aceitas de imediato, e o avental foi vestido desde então por todos os cavaleiros ao se juntarem à Ordem Templária.

Will sorriu novamente ao pensar nisso e começou a proporcionar à lâmina da espada uma cuidadosa limpeza final. Os templários vestiam um avental de lã de cordeiro, mas era completamente diferente dos aventais tosados e flexíveis usados pelos irmãos do Sião. O avental templário era um dispositivo muito mais volumoso, mantendo a lã inteira, de espessura quase equivalente ao comprimento de um polegar. Era insuportável no calor do verão, enquanto Will e seus companheiros da Irmandade do Sião não sofriam tal desconforto.

Satisfeito com os gumes de suas lâminas, Will reposicionou-as em suas bainhas e comeu uma refeição simples de peixe seco e salgado e broa fresca, depois saltou agilmente para a correnteza a fim de extinguir a sede que aquilo havia inspirado. Quando retornou ao seu lugar, verificou a umidade da pele lavada, depois deitou-se de costas sobre uma trouxa das roupas que havia despido para pensar com conforto, e talvez dormir novamente, saboreando o luxo de poder fazer isso em plena luz do dia, e consciente também de que talvez não tivesse muitas oportunidades para dormir confortavelmente em qualquer lugar nos dias que se seguiriam.

O rei da Escócia havia convocado um parlamento do reino a se reunir em Ayr, no coração das terras de Bruce e do lado oposto a Arran, em Clyde, nas próximas semanas de julho, e Will havia sido convidado. Não fazia ideia do porquê, mas a notícia chegara na forma de uma carta contando que o rei Robert ficaria encantado se ele comparecesse ao parlamento. A carta em si havia partido do bispo Moray e fora entregue pessoalmente por um frade beneditino que havia viajado desde Edimburgo a pé rumo à costa oeste e atravessado o fiorde de Clyde até a ilha, a bordo de uma das galés de MacDonald. O parlamento, Will sabia, seria uma assembleia esplendorosa, com a presença de todos os indivíduos mais eminentes e fortes daquela terra, mas não sentia a mais leve pontada de lástima por não poder vestir sua indumentária completa de templário. Sir Will Sinclair compareceria à reunião com o rei como um simples cavaleiro bem-armado e cheirando a limpeza, deixando Arran para cumprir esse compromisso com três dias de antecedência.

Uma grande ave marinha deu um mergulho rasante sobre a costa, e Will observou com indolência enquanto ela arremetia para o alto num súbito bater de asas, depois mergulhava no mar para emergir momentos depois com um peixe no bico, cujo peso forçava o pássaro a se esforçar para elevar-se novamente no ar. Will deu um meio sorriso de admiração pela beleza da manobra da ave, como ela havia mergulhado verticalmente para dentro d'água sem mal produzir um som. Enquanto ele voltava a se deitar, algo atraiu seu olhar, uma anormalidade parcialmente reconhecida na periferia de sua visão, ao sul, quase obscurecida pelo reflexo do sol na água.

Sentou-se mais ereto, protegendo os olhos com uma das mãos e forçando a vista contra a claridade. Por fim, identificou o perfil de um navio naquela direção, evidentemente detido pela calmaria, a quilômetros de onde ele estava sentado, com a forma indistinta em contraste com as colinas da Escócia continental ao fundo. Parecia deteriorado e precário, submetido ao desgaste e ao mau uso. Aparentemente não representava ameaça. Mas a quem ele pertencia e para onde estava indo? O pensamento não era alarmante, mas foi o suficiente para acabar com a paz de espírito duramente conquistada. Will se vestiu novamente, perguntando-se de quantas horas mais poderia desfrutar para si antes de ser convocado a retornar e assumir suas responsabilidades uma vez mais.

DOIS

David de Moray era reconhecível a Will até mesmo do deque de seu navio quando este se aproximava do pequeno píer de pedra em Ardrossan, a única vila pesqueira naquela faixa da Escócia continental, perto de Ayr, que possuía tal recurso. Quando Will Sinclair saltou para o pequeno cais, ainda se debatia com a surpresa de encontrar o bispo esperando ali, evidentemente aguardando sua chegada. Moray gritou seu nome e acenou, depois se separou do pequeno grupo de homens com quem estivera conversando e se aproximou de Will em grandes passadas, com um sorriso largo, não mais parecido com um bispo da Santa Igreja do que da última vez que ambos se encontraram.

— Sir William! — gritou ele. — Bem-vindo aos domínios do rei. Sua Graça manda os melhores votos e a esperança de que você possa se juntar a ele, mesmo que brevemente, antes que nossos grandes assuntos de Estado comecem a se desenrolar.

O bispo abriu bem os braços para abraçar Will, que, indeciso sobre qual comportamento seria o mais apropriado, estava considerando se ajoelhar para beijar o anel episcopal que Moray usava como único símbolo visível de seu ofício eclesiástico. Em vez disso, sucumbiu ao abraço de urso que o clérigo armado lhe concedeu, depois se afastou, procurando palavras.

— Bispo Moray — conseguiu dizer ele —, estou muito surpreso em vê-lo, senhor... e muito honrado. Como sabia quando eu chegaria?

O bispo sorriu e apontou uma das mãos para o céu.

— Não se esqueça do meu ofício, Sir William. A Santa Igreja tem espiões e informantes por toda parte. E não foi um dos meus que lhe levou meu convite? Ele retornou e me mandou notícias de seus planos. Eu próprio estava nas proximidades, a caminho de Ayr, e por isso parei para encontrá-lo. Agora vamos. Tenho um cavalo para você e um teto para abrigá-lo esta noite, pois teremos muito a conversar.

Will olhou para o local onde Tam Sinclair e o jovem Henry já expulsavam a tripulação do navio do cais com uma arenga, preparando-se para supervisionar o desembarque da comitiva, incluindo os dez cavalos que haviam trazido com eles de Arran.

— Permita-me, então, instruir meu camareiro sobre o que faremos. Onde ficaremos esta noite?

— A 10 quilômetros daqui, na estrada para o sul. Há uma moradia de pedra lá pertencente ao meu primo, Thomas Moray, e nós temos direito de usá-la. Diga-lhes para nos seguir até lá. Não há como errarem, fica em plena vista da estrada.

Will assentiu e foi falar com Tam. Havia dez homens na comitiva: ele próprio, Tam e o jovem Henry, três cavaleiros e quatro sargentos, embora a essa altura nenhum olho, por mais bem-treinado que fosse, poderia detectar qualquer distinção na aparência dos últimos sete. Os homens estavam viajando com pouca bagagem, cada um carregando seus próprios pertences e provisões, uma vez que não esperavam privações nessa excursão, e todos estavam armados e encouraçados com arnês simples.

Alguns minutos depois, Will fora apresentado aos homens do grupo do bispo e subiu para a sela do ótimo capão baio que Moray havia trazido. Acenou uma saudação para Tam e o escudeiro, depois esporeou o cavalo e partiu com os outros, dirigindo-se terra adentro num estrépito de cascos.

Tam se virou para o jovem Henry.

— Tome nota disso. O nosso patrono é o único templário que resta na Cristandade que consegue ser bem-recebido por um príncipe da Santa Igreja. Isso não faz você ter vontade de rir?

O rapaz olhou com surpresa para o grupo de partida.

— Um príncipe da... Aquele era um *bispo*?

Tam deu uma gargalhada.

— Sim, aquele era um bispo. Mas você nunca encontraria um igual na França. Aquele era David de Moray, embora seu nome real seja David de Morávia, e ele é o bispo Moray. Porém, é um homem bravo e um guerreiro com colhões tão grandes quanto os de um garanhão. Um dos mais leais apoiadores de Bruce. Agora vamos, temos de fazer com que este navio seja desembarcado.

Tam se afastou até o passadiço, já gritando ordens para os homens acima, mas o jovem Henry se demorou um pouco mais, olhando para o local por onde o seu mestre e a comitiva de cavaleiros escoceses haviam desaparecido a distância. Um bispo combatente que vestia armadura —

uma armadura gasta e batida — em vez de sotaina e mitra! Ele jamais tinha visto igual.

Will Sinclair pensava algo parecido naquele mesmo momento enquanto cavalgava logo atrás e à direita de David de Moray. O bispo era um dos membros do triunvirato de prelados que havia tornado possível a Robert Bruce se tornar o rei da Escócia, apoiando-o apesar do édito de excomunhão que pairava sobre ele após a morte de Sir John Comyn nos degraus do altar da Catedral de Dumfries, em 1306. O apoio de Moray, desde então, havia sido ativamente militante, e sua espada constantemente se despia para dar suporte ao rei e ao reino, dedicando a ambos uma lealdade resoluta e inatacável. Mas, exceto pelo anel episcopal que usava em seu dedo e pela pesada cruz peitoral de prata simples sobre o tórax portada na maior parte do tempo, Moray não se parecia nem um pouco com um bispo. Havia ocasiões, Will sabia, a maioria delas cerimoniais e rituais, em que o bispo vestia casula e mitra, e ele esperava que o próximo parlamento pudesse ser uma delas, mas o vestuário normal de Moray era o de um guerreiro combatente: camisa de lã marrom simples e calças sob um colete de couro, além de um peitoral de aço cheio de cicatrizes com dragonas de armadura, complementados, ocasionalmente, com pesadas perneiras de cota de malha sobre botas robustas com biqueiras e tornozelos de aço. Embora não fosse particularmente alto, o bispo tinha uma constituição forte, com o porte e as maneiras de um cavaleiro combatente — ombros largos e quadris estreitos —, e carregava uma espada longa em todas as ocasiões, embainhada às suas costas, enquanto um pesado escudo cheio de marcas e mossas, sobre o qual suas cores pessoais haviam sido pintadas e havia muito desbotaram, pendia do arção de sua sela. Como se tivesse pressentido o olhar fixo de Will, Moray se virou na sela, olhando por sobre o ombro, e acenou para que ele se aproximasse.

— Sir William, cavalgue comigo um instante. Eu gostaria de falar com você.

Will esporeou o cavalo para se posicionar ao lado do bispo, enquanto outros homens da comitiva, obedientes ao desejo não formulado do seu líder, diminuíram o passo para permitir que os dois se adiantassem com privacidade. Moray cavalgou em silêncio por alguns momentos, ouvindo os sons dos cascos da escolta se afastar, depois virou a cabeça para olhar Will de cima a baixo.

— Você parece ótimo, homem. Não resta nenhum traço do templário visível em você. Estou impressionado. E devo dizer que causou a mesma impressão ao próprio rei e àqueles que buscam protegê-lo e orientá-lo. Você e seus homens prestaram uma grande contribuição à causa escocesa, não obstante as restrições permanentes de sua Ordem a prestar serviços à realeza. Isso não passou despercebido.

O bispo falava num francês polido, fluente e sem sotaque, e Will notou que naquele momento não havia nenhum vestígio da informalidade rude que ele ostentava com tanta displicência ao falar escocês. Ali, ele pensou, estava o bispo cortês, treinado para a diplomacia e os assuntos de Estado tanto quanto para a administração eclesiástica e seus procedimentos.

— Ambos sabemos, você e eu, que seu comprometimento inicial aqui era uma questão de necessidade, um *quid pro quo* em retribuição por um local para você e sua gente ficar, juntamente com a necessidade de manter seus homens treinados para o bem deles e pelos princípios de sua Ordem. Eu nem mesmo direi que "cabia a vocês", mas é a pura verdade, eu temo. Como um oficial do Templo, você não devia obediência ao nosso rei ou aos interesses dele, e é assim que deveria ser, de forma que ninguém tentou convencê-lo do contrário. Mas você mesmo foi mais longe, e por sua livre vontade, em seu apoio à causa do rei Robert do que muitos escoceses que eu poderia nomear. Suas contribuições, e as dos seus homens, são imensamente apreciadas, e foi tal coisa que nos moveu a isto: o convite do rei a comparecer ao parlamento dele como um convidado de honra. — Ele olhou de soslaio para Will. — Este será o seu primeiro parlamento, eu suponho.

Sinclair sorriu.

— Sim, meu senhor bispo, ele será. Filipe acredita que reina por direito divino na França. Ele não vê necessidade de envolver ninguém de seu povo nesse tipo de coisa.

Moray deu um grunhido, e Will sentiu-se encorajado a fazer a pergunta que habitava sua mente havia algum tempo.

— Por que Ayr, meu senhor bispo? Para a realização do parlamento, quero dizer. E por que no auge do verão?

O companheiro de cavalgada passou as rédeas para a mão esquerda e coçou preguiçosamente o queixo com os dedos enluvados.

— Em primeiro lugar, não sou seu senhor bispo até que você me veja vestindo minha batina e minha mitra. Para você, sou apenas Davie enquanto isso não acontecer. É assim que meus amigos me chamam; e eu gostaria de contá-lo entre estes. Em segundo lugar, estamos cavalgando até Ayr porque o rei a escolheu, como é de seu direito. Ayr é o lar do rei Robert, o lar de sua família, e ele tem sido mal-empregado nestes últimos anos, por exércitos que vão e vêm por suas terras em todas as direções. E por isso o rei decidiu que era hora de a gente de Ayr e das localidades que a circundam ter o privilégio de ver como sua terra é governada sob a liderança do rei.

"O rei da França governa sua terra e seus domínios como se fossem seu feudo pessoal e, como você diz, não vê necessidade de tratar com a gente comum. Mas o rei dos escoceses governa seu povo, não a terra. Ele é o intendente do povo, e a população necessita de governo. Por isso o nosso parlamento: uma reunião dos estados do reino, incluindo o povo comum desde os dias de Wallace, para garantir a segurança e a proteção da gente que o habita. Os escoceses em geral e também em particular. — Fez uma breve pausa. — Neste momento, os ingleses estão em guerra entre eles, como você deve saber; Eduardo de Caernarvon e o conde de Pembroke contra uma hoste de outros nobres que se autodenominam os Lordes Ordenadores, liderados pelos condes de Warwick e Lancaster, que adorariam de todo coração ordenar o futuro governo da Inglaterra *e* da Escócia para seu próprio benefício. E que a disputa seja longa, pois enquanto estão avançando contra as gargantas uns dos outros, nós podemos ter paz na Escócia, livres da ameaça de invasão, ao menos por algum tempo. Uma boa oportunidade para nosso parlamento."

O bispo levantou uma das sobrancelhas para Will.

— Você entende por que eles estão em guerra?

— Sim. Devido ao assassinato de Piers Gaveston, em maio, não é?

— Isso mesmo. Gaveston havia se rendido a Pembroke, sob a garantia de que sua vida estaria a salvo, mas Warwick o interceptou no caminho para o sul e o executou sumariamente, sob ordens de Lancaster. Execução é uma palavra boa demais para aquilo. Assassinato, assassinato flagrante, é o que aquilo foi. E Eduardo ficou furioso, com todo direito, assim como Pembroke, cuja própria honra foi impugnada, sua autoridade foi escarnecida e reduzida a zero. Quanto ao rei, não tenho tempo a perder com pederastia, e a última coisa de que qualquer terra precisa é de um rei afeminado que gosta de dormir com homens, mas isso não vem ao caso. A honra do rei, por menor que pudesse ser, foi manchada; seu poderio, por mais tênue que pudesse ser, foi zombado e desdenhado pelos ambiciosos nobres amotinados em sua luxúria por poder e riquezas. E por isso eles estão em guerra. Mas nós, não, ao menos dessa vez.

— Mas ainda há ingleses armados na Escócia, não há? Ou eles se retiraram?

— Não, eles ainda estão aqui. Mas são guarnições, não exércitos. Eles detêm nossos castelos mais fortes por enquanto, mas o rei Robert está determinado a que sejam expulsos em breve. Berwick e Dumfries,

Caerlaverock, Builte, Bothwell, Perth, Stirling e Edimburgo, o mais forte deles. Nós os tomaremos todos em breve, disso não tenho dúvida, mas enquanto isso o rei não tem tempo nem homens para desperdiçar sitiando.

— E quanto a mim e os meus? Há um propósito para minha presença aqui, ou realmente não sou mais do que um convidado de honra?

Nisso o bispo virou a cabeça para olhar diretamente para Will, com um sorriso enrugando a pele ao redor dos olhos.

— É cinismo o que eu escuto, Sir William Sinclair? Certamente você não suspeitaria de que o rei ou qualquer um de seus representantes tenham um motivo oculto.

Will achou fácil retribuir ao sorriso.

— Certamente que não... ao menos, não com a intenção de abusar de nós. Mas sem qualquer interesse próprio ou preocupação com a prosperidade do reino? Disso eu seria tolo em duvidar. Portanto, o que o rei Robert desejaria de mim enquanto estiver em Ayr?

O balançar de cabeça de Moray foi breve.

— Nada mais do que você já tem dado livremente até agora. O prosseguimento do apoio à causa do rei e a continuidade dos bem-sucedidos esforços para ocultar sua presença aqui no nosso reino. Isto acima de tudo, pelas razões que você já conhece.

— Certo. E como vai a luta para fazer com que o papa Clemente suspenda o édito de excomunhão?

— Precária. — A voz do bispo saiu pesada de desgosto. — Quando homens corruptos recebem a direção dos assuntos de Deus, a mudança se torna... difícil... e às vezes quase impossível. Mas nós perseveramos. Temos embaixadores na corte papal neste mesmo instante em que conversamos, e o arcebispo Lamberton continua, mesmo em seu cativeiro na Inglaterra, a argumentar fortemente em favor do rei Robert por meio de cartas ao papa e aos cardeais, enviadas clandestinamente.

— Como isso é possível, meu se...? Como ele consegue fazer isso?

— Porque Eduardo de Caernarvon não é o homem que o pai dele era. O motivo é esse. O novo rei inglês tem certo afeto pelo nosso arcebispo e por isso lhe concede mais privacidade e liberdade do que jamais teve quando o velho rei estava vivo. E Lamberton explora essa leniência, tendo como principal objetivo isentar nosso suserano, o rei Robert, das falsas acusações de assassinato e traição levantadas contra ele por inimigos inescrupulosos.

Novamente cavalgaram em silêncio por algum tempo, mas dessa vez foi Moray quem o quebrou com uma pergunta:

— Diga-me, Sir William, como você conseguiu obter sucesso com sua decisão de dispensar seus homens do voto de castidade? Tenho certeza de que eles não receberam a decisão com tranquilidade.

— É verdade. Nem todos os meus homens aceitaram a nova liberdade, mas algumas dúzias deles, sim, prometendo retornar a Arran com esposas e famílias, quando as conseguirem.

— Mas... — A voz de Moray sumiu, e Will deu um sorriso triste.

— O que você queria que eu fizesse, bispo Moray? Sentasse lá e assistisse a meus homens morrerem, um a um, falhando assim em meu dever de proteger as tradições e a doutrina do Templo? Isso teria sido um pecado maior do que qualquer um que eu poderia cometer liberando meus homens de um voto no interesse da autopreservação. Eu tive um excesso de traição por parte daqueles a quem fui leal por toda a minha vida e a quem meus homens apoiaram com fidelidade, honestidade e laboriosidade. Não nos restou nada, senhor, nem mesmo os meios de sobrevivência como homens e monges. Eu procuro mudar isso. Você acha que estou errado?

— Lá está o castelo. Nós não vamos demorar a chegar agora.

O castelo se localizava abaixo deles, a talvez 3 quilômetros do ponto por onde haviam atingido o topo do espinhaço sobre o qual agora cavalgavam, num outeiro baixo que dominava o campo à sua volta, e o ocre da terra subjacente brilhava claramente por baixo da grama esparsa que cobria o terreno circundante. Não havia árvores em lugar algum, somente quilômetros e quilômetros de terra ondulante e vazia. *Um local desolado*, ponderou Will. A chegada àquela região dera a Moray uma desculpa para não responder a última pergunta, mas antes que Sinclair pudesse seguir adiante com o pensamento, o bispo falou novamente:

— Não, Sir William, não posso dizer que acho que você esteja errado. Meu treinamento como clérigo e bispo se opõe serenamente a qualquer usurpação do direito de perdoar e anular um voto: um direito pertencente unicamente a Deus ou seus representantes ungidos. E, no entanto, minha intuição me convence de que você fez o que era certo. E algum de seus homens se casou?

— Sim. Oito deles estão agora casados e vivendo em Arran com suas famílias. Doze crianças, entre as idades de 3 meses e 3 anos. Elas são o nosso futuro, nosso mais precioso tesouro, e são bem-cuidadas, pode aceitar minha palavra quanto a isso — ele sorriu —, pois têm por volta de duzentos tios, todos preocupados com seu bem-estar.

— Ótimo. Excelente. Nós falaremos mais sobre isso esta noite, depois que tivermos ceado, pois tenho outras razões para saber mais sobre você e seus templários de sua própria boca. Por ora, basta. Vamos chegar ao nosso destino e nos por à vontade.

Ele se virou na sela e acenou para os homens atrás deles, falando novamente em escocês.

— Torrance, MacNeil, venham aqui, perto de mim.

Fez um novo cumprimento de cabeça para Will, que retribuiu o gesto e se pôs de lado para deixar que os outros que vinham de trás se juntassem em volta do líder.

TRÊS

Era tarde daquela noite quando a ceia acabou. O bispo Moray ordenou que sua companhia fosse para a cama em preparação para começar cedo na manhã seguinte, mas pediu que Will ficasse e esperasse até que estivessem a sós diante da lareira no salão de jantar vazio. O bispo era, em geral, um homem abstêmio, mas, nessa ocasião, depois que os dois estavam sozinhos, apanhou uma bolsa que estava pendurada no encosto de sua cadeira e tirou dela uma garrafa de barro da mais forte bebida alcoólica que seus conterrâneos destilavam dos grãos de cevada. Derramou uma medida em cada um dos dois copos de barro e entregou um deles ao convidado.

— Isto é produzido perto da minha terra, no norte — murmurou, levantando o copo. — Uma das melhores coisas que saíram do território dos Comyn. Nós o chamamos uísque-baugh, a água da vida. Vamos beber juntos à graça do rei.

Will sorveu a bebida ardente com cautela e lutou contra o impulso de prender o fôlego.

— A água da vida — crocitou ele. — Isto tem uma potência semelhante à da morte, ao primeiro gole.

— Você se acostuma, vai ver. — Moray ergueu o copo novamente. — À graça do rei.

— Certo, então. Ao rei Robert, e que ele reine por muito tempo.

— Amém. — Moray bebeu um gole e ficou por um instante em silêncio, depois pousou o copo no chão junto aos seus pés. — Eu quero conversar com você sobre os templários, William. Os nossos templários.

— *Nossos* templários... Não entendo. Templários de quem?

— Nossos, da Escócia. Eu... nós, o rei e eu... queremos que você converse com eles.

— Os templários escoceses? Você me disse que os templários da Escócia haviam se retirado para a Inglaterra com o rei Eduardo.

— Você me entendeu mal. Os templários que foram para a Inglaterra, a maioria dos cavaleiros da Escócia, eram todos franceses normandos, não escoceses. Os verdadeiros cavaleiros escoceses ficaram, juntamente com o velho mestre deles, Soutar. Mas desde que ele morreu, há cinco anos, eles têm estado a esmo, desorganizados, para dizer o mínimo. Agora, com todas as notícias que têm chegado da França e da Inglaterra, eles se sentem traídos, até mesmo por Sua Graça, pois, embora desfrutem de sua liberdade aqui quando ninguém mais da categoria a tem na Cristandade, eles sabem que estão sob anátema papal e não podem esperar a ajuda da Santa Igreja.

"Não restam muitos deles... cavaleiros plenos, quero dizer. Entre quarenta e sessenta, no máximo, amplamente espalhados por todo o reino. Mas são homens valiosos, combates austeros e aliados leais entre os homens que apoiaram o rei Robert desde o início. Agora o rei gostaria de trazê-los para mais perto dele e me pediu que procurasse sua ajuda para isso."

Will bebeu mais um gole da bebida, achando-a menos ardente dessa vez.

— Por que ele quer isso? — perguntou. Ele entendia o motivo, era claro, mas decidiu fazer com que o bispo se explicasse por completo.

— Porque você conversará com eles, contará a eles quem e o que você é.

Will não pôde esconder o sorriso que surgiu nos seus lábios.

— Espere um pouco... Você quer que eu fale com esses homens abertamente, depois de anos escondendo quem sou e disfarçando nossa presença na Escócia? Isso parece ilógico, se você me perdoa por dizer isso.

— Pode ser para você, mas é bastante lógico quando visto do nosso ponto de vista. Esses homens são templários, ligados à Igreja por votos e por laços de lealdade que um dia os proibiu de aceitar obediência a qualquer rei. O apoio deles ao rei Robert tem sido voluntário. Mas agora estão perdidos e carecendo de um propósito aos seus próprios olhos, abandonados pelo papa, a quem juraram obediência, e incapazes de conduzir seus ofícios como monges e membros da Ordem. Estão desorientados, sem uma Casa Capitular nem uma preceptoria. Eles não percebem nenhum apoio vindo como retribuição do rei por quem lutaram nestes longos anos, e, como você sabe, por causa da política papal, nós, clérigos, pouco podemos fazer abertamente para apoiá-los.

— E por isso vocês temem perder a lealdade deles devido à aparente indisposição a acolhê-los... Muito bem, então, o que querem que eu faça?

— Convoque um encontro especial de todos os confrades na Escócia, sob a égide do grão-capítulo da França.

— Não existe mais tal coisa.

— Permita-me discordar, rapaz. Você próprio contradisse isso momentos atrás. *Vocês* são agora o que resta do grão-capítulo e são todos franceses. Podem se denominar angevinos, poitevinos, gascões, normandos, bretões e todo o restante dos nomes que dão para si próprios, mas todos vieram da mesma terra, e Filipe Capeto considera que ela seja a França, e não há ninguém, ao que parece, que se dê ao trabalho de contradizê-lo. Portanto, sua comunidade em Arran é agora o grão-capítulo da França para todos os fins e propósitos.

Will o contemplou por algum tempo, com olhos apertados como fendas. Então sorriu e tomou mais um gole da bebida.

— Esse é um argumento dúbio e duvidoso, Davie Moray, mesmo para um bispo, mas aceitarei o seu caso por enquanto. Para onde, então, iremos a seguir? Onde encontro esses sessenta ou oitenta cavaleiros? Não tenho noção de onde começar.

— Não importa. Eu conheço todos e irei contatá-los... ou à maioria deles.

— Que assim seja. E onde será o local do nosso encontro?

— Não é óbvio? Tem de ser em Arran. Eles precisam ver que vocês estão estabelecidos aqui, uma comunidade do Templo, e que podem se juntar a vocês e renovar os votos, renovar o comprometimento deles.

— Bispo, você soa desaprovador. — Havia uma sugestão de sorriso nos lábios de Will ao falar, e Moray encolheu os ombros.

— Esse é o bispo dentro de mim, intrometendo-se novamente. A Igreja não gosta de sociedades secretas, e o Templo é a mais secreta de todas...

— Tirando a própria Santa Igreja, você quer dizer.

Moray apertou os olhos por um momento, depois assentiu, com relutância, ao pensamento de Will.

— Como queira. Mas posso aceitar esse sigilo... o da Ordem, quero dizer... desde que a lealdade estendida à nossa causa seja autêntica e sincera.

— Não tem sido sempre assim? Nós servimos como o exército permanente da Igreja por quase duzentos anos e ninguém nos encontrou em falta até esse rei francês se tornar ganancioso.

— Não questiono isso.

— E o que você espera conseguir com esse encontro? Há, como você diz, apenas alguns poucos deles.

— Cinquenta, pelo menos... talvez sessenta, possivelmente até mesmo oitenta. Mas todos têm sargentos em suas fileiras, assim como vocês, portanto a soma total é um bom número de combatentes.

— E você teme que possam se desiludir e se tornar pouco confiáveis...

— Nem tanto pouco confiáveis quanto imprevisíveis... Você pode tratar com alguma certeza com alguém que é pouco confiável, mas tal certeza desaparece em face da imprevisibilidade.

— Sim, entendo o seu ponto de vista. Quem são eles, esses templários escoceses? Há montanheses entre eles?

— Gaélicos, você quer dizer? Não. São todos principalmente descendentes de franceses normandos, mas criados aqui, ao contrário dos homens que retornaram à Inglaterra de Eduardo. Estes homens são Randolph, Moray, Buchan, Boyd, até mesmo alguns Comyn. Meus clérigos sabem todos os nomes deles, mas eu não. Simplesmente ainda não tive tempo de coletá-los.

— Os nomes, quer dizer. E quanto aos homens em si, como você os reunirá?

— Com floreios. Eles terão de ser abordados com alguma cautela. O ar está cheio de rumores do que aconteceu na França, e por todo lugar desde então. Por isso qualquer convocação direta de minha parte, como representante da Santa Igreja, será vista com surpresa e pode até mesmo ser ignorada. A maioria será contatada por mensageiros do rei, e as instruções enviadas pelo monarca em pessoa.

— Mas você disse que alguns deles são Comyn e Buchan, e, portanto, inimigos jurados do rei. Eles não dariam atenção ao chamado do rei Robert simplesmente por temer pela própria segurança.

— É verdade. E é por isso que o rei espera que se disponha a contatá-los você mesmo... como um templário francês, não como um mensageiro dele. Ele espera que emita essas convocações com sua própria autoridade, de dentro do Templo, usando qualquer meio secreto de que disponha para convencê-los a comparecer ao encontro.

— Entendo... e uma vez que eu os tenha reunido como confrades e as inimizades exteriores sejam postas de lado pela Regra do Templo, eu posso então pressionar todos, tanto amigos quanto inimigos de Bruce, a recordar de seus votos de obediência ao mestre deles e à vontade deste. De quem foi essa ideia?

Uma pequena ruga se formou de repente entre as sobrancelhas de Moray.

— Como assim de quem foi a ideia? Eu lhe disse, o rei...

— Não, Davie, não. Alguma cabeça por trás disso pensou por mais tempo que a do rei... por mais tempo até do que a sua, eu suspeito. Quando você viu o rei Robert pela última vez?

— Um mês atrás. Em Dunfermline.

— E vocês discutiram isso na ocasião?

— Sim.

— Quanto tempo ficaram lá?

— Três dias. Mas o que isso tem a ver com...?

— Tem muito a ver com tudo, bispo, e você sabe disso. Essa missão que você gostaria de atribuir a mim põe em jogo minhas mais profundas obrigações para com meus confrades e para minha Ordem. E a ideia por trás dela não nasceu pronta para voar numa questão de dias, não importa quanto empenho vocês possam ter dedicado a ela. Por isso eu perguntarei novamente: de quem foi essa ideia?

Moray o encarou por um momento, depois resmungou e sorriu, a contragosto.

— Você não é nada bobo, não é? Eu lhe responderei, mas somente sob a condição de que jure não revelar o que vou dizer a mais ninguém.

— Tem minha palavra solene quanto a isso.

O bispo assentiu.

— A ideia foi concebida e a coisa toda planejada pelo primaz da Escócia.

As sobrancelhas de Will se arquearam em um átimo.

— Lamberton está na Inglaterra, um prisioneiro sob sete chaves.

— Sim, e a Inglaterra está em guerra. O arcebispo tirou vantagem do caos e da frouxidão do rei inglês. Ele quebrou brevemente sua liberdade condicional e viajou à Escócia para se encontrar com o rei Robert e avisá-lo sobre tudo o que sabia estar acontecendo lá. É por isso que você não deve deixar vazar nenhuma palavra sobre isto. Lamberton ficou aqui por menos de uma semana, aconselhando o rei Robert em diversas áreas, depois retornou ao cativeiro. Foi dele a ideia de realizar este encontro e de recrutar sua ajuda, pelo interesse do rei Robert.

"Ele ainda considera imprudente, por um lado, encorajar e estimular a prosperidade do Templo oficialmente dentro do reino da Escócia, uma vez que isso poderia pôr em grande perigo o rei por causa da necessidade de suspender a excomunhão, mas, por outro lado, ele vê a necessidade de reter a lealdade dos templários escoceses que apoiam o rei, e de cortejar aqueles que, no passado, não o apoiaram. E por isso ele concebeu esse estratagema. Sua presença como uma comunidade em Arran vivendo pela Regra da Ordem e a recepção e acolhimento aos templários escoceses irá demonstrar a boa vontade do rei para com sua irmandade. Isso também demonstrará que a comunidade do Templo pode florescer dentro dos domínios do rei, desde que aja com discrição. E, por fim, mas não menos importante, isso irá sujeitar alguns dos mais intransigentes inimigos do rei dentre seu povo às exigências de obediência da irmandade. Pode ser que não funcione com todos eles, mas deve lhes fornecer terreno para reflexão. E se algum deles decidir mudar de ideia, Robert lhe dará as boas-vindas à sua régia paz, sem exigências nem obrigações além da fidelidade contínua a partir de então."

— Hmm. — A ardente bebida que Will havia tomado o induzira a um gentil sentimento de tolerância e bem-estar. Ele assentiu com um movimento de cabeça. — O seu arcebispo é um homem inteligente. Ele me impressionou muito, mesmo na questão da interrupção de sua liberdade condicional... Que assim seja. Eu convocarei um capítulo, mas não será em breve. Isso exigirá muito planejamento, muita colaboração entre você, na condição de porta-voz do rei, e eu. E atualmente sua vida tem muito mais exigências do que a minha, obrigado como é a cavalgar constantemente pelos quatro cantos da Escócia. Quem, então, irá coordenar as coisas entre nós?

— Um jovem clérigo muito inteligente da Abadia de Arbroath, mestre Bernard de Linton. Ele tem acesso aos ouvidos do rei e a confiança absoluta do arcebispo Lamberton, assim como a minha. Ele organizará uma lista de mensageiros para transitar constantemente entre você e ele. O que me recorda de que, quando me encontrei pela última vez com Bernard, ele era escoltado pelo seu irmão Kenneth. Vocês dois são próximos?

Will sorriu.

— Sim, nós somos, mas isso o torna inútil para abordar esses inimigos de quem você falou, os Buchan e Comyn e sua laia. Ele combateu contra eles, de forma que podem saber que é um homem do rei. As pessoas que mandarei para convocá-los devem ser desconhecidas de todos, por isso eu os selecionarei dentre nossos irmãos residentes em Arran, os sedentários, que não cavalgaram ao lado de Bruce... — A voz dele esmoreceu.

— O que foi? Alguma coisa nova lhe ocorreu; vi isso nos seus olhos.

— Sim, você viu. — Will ficou pensando por um momento mais, depois deu um grunhido e olhou para as mãos, examinando as palmas calosas. — Ocorreu-me que tenho boas notícias para você e Lamberton.

— Tem? A respeito de quê?

— Nossa presença em Arran e o constrangimento que isso poderia lhes causar. Eu levarei meus homens embora um destes dias.

— Embora? Para onde? Não há um lugar seguro na Cristandade para vocês. Para onde irá levá-los?

Will pensou por mais um instante, depois se recostou, sorrindo pela decisão tomada.

— Para um lugar muito além da Cristandade.

Então observou com divertimento uma série de expressões passando pelo rosto do bispo, culminando na pura ausência de compreensão.

— Muito além da Cristandade...? Isso só pode significar a Terra Santa, pois mesmo a Espanha, coalhada de mouros como é, está dentro dos limites da Cristandade. Mas tal procedimento seria suicida. Vocês estariam completamente sozinhos lá, entre milhares de inimigos. Vocês seriam eliminados assim que pusessem os pés lá.

— Sim, nós seríamos, mas não é para lá que eu pretendo ir... — Ele olhou intensamente para Moray, que devolvia o olhar para ele, com o rosto agora profundamente desconcertado. — Davie, eu lhe fiz um juramento solene de silêncio poucos momentos atrás sobre a questão da liberdade condicional do arcebispo, e você o aceitou. Eu agora lhe pedirei o mesmo, e se você se comprometer a um sigilo igualmente solene, contarei uma história que você achará difícil de acreditar, embora cada palavra seja verdadeira.

Os olhos de Moray se arregalaram de surpresa, mas não havia vestígio de hesitação no consentimento.

— Você tem a minha palavra. Conte-me essa história.

— Então me sirva um pouco mais daquela garrafa, pois esta missão me dará sede. E sirva um pouco mais para você. Dará sede escutá-la, também.

Após ter tomado a decisão imprevista de confidenciar ao bispo, Will concatenou seus pensamentos enquanto observava Moray reabastecer os copos. Quando o outro havia terminado de servir e devolveu a garrafa de barro à sua bolsa, sorveu o uísque-baugh novamente e lançou-se diretamente à história do almirante St. Valéry e seu desejo de levar alguns homens e navios em busca da terra lendária mencionada na tradição do Templo, o lugar chamado Merica que ficava além do Mar Ocidental.

Moray ficou arrebatado durante toda a narrativa, seu único movimento era um ocasional elevar do copo até os lábios. Quando Will finalizou, detalhando a última visão dos navios do almirante no horizonte a oeste, o bispo fungou e ficou parado no lugar por um instante, coçando o lábio inferior.

— Isso foi há cinco anos, você disse? — perguntou ele por fim. — E você nunca mais o viu desde então?

— Não, não o vi. Mas tive notícias dele quatro dias atrás, pouco antes de partir para cá.

— De onde vieram essas notícias?

— Do lugar que ele buscava.

O bispo se sentou mais ereto, em posição de alerta.

— O almirante está morto — continuou Will —, mas sua expedição foi bem-sucedida. Ele encontrou sua Merica ou alguma outra terra desconhecida, embora eu creia que deva ser Merica, oito semanas depois de ter se lançado ao mar. Ele e seus homens passaram o inverno lá, num clima brutalmente frio, no ermo de uma floresta primitiva e coberta de neve, que felizmente abundava de vida e de caça: veados enormes como nenhum homem da Cristandade jamais viu. Na primavera, navegaram novamente, para o sul ao longo de uma costa interminável, até chegarem a climas mais quentes. E formaram um assentamento entre os povos de pele escura que encontraram vivendo lá. Um povo nobre e estoico, ao que parece, de grande encanto e cordialidade. Eles viveram lá por mais dois anos e prosperaram, em termos gerais, até que o almirante morreu no ano passado, atingido por uma árvore caída numa tempestade violenta. Haviam restaurado um dos seus quatro navios antes da morte dele, a fim de retornar para casa com a notícia da descoberta. E nos encontraram em Arran, depois de uma árdua e tediosa viagem. Mais da metade da tripulação foi perdida para tempestades e doenças durante a travessia, mas chegaram em terra a salvo.

— Você os esperava?

— Não. Após anos sem ouvir nada, eu achava que todos estivessem mortos há muito tempo. Mas estava errado. Eles haviam descoberto sua nova terra, um santuário muito longe do mundo da Cristandade com suas loucuras.

— Então, por que tão poucos retornaram?

— Porque eles *eram* tão poucos. Voltaram em busca de reforços e sangue novo para sustentá-los em seus esforços para sobreviver em seu novo lar.

— E eles estão agora em Arran?

— Estão, recuperando a saúde e as forças depois da viagem.

— E encontraram uma nova terra... Santo Deus, Sir William, você sabe o que isso significa?

— Sim, eu sei, e plenamente, bispo Moray. Significa que nossa Ordem encontrou um verdadeiro refúgio, muito longe das políticas e vilanias deste triste mundo presente. Significa que tenho um lugar para onde levar aqueles que estão sob minha responsabilidade, onde estarão seguros para viver e louvar a Deus sem serem ameaçados pelos príncipes e prelados mesquinhos desta Cristandade, onde a mensagem de Cristo tristemente se perdeu.

— Mas há pessoas lá, você disse. Sem dúvida selvagens e ímpios, propícios para a salvação na forma da Santa Igreja.

— Seus pensamentos estão dançando nos seus olhos, Davie, e são os olhos de um bispo. Mas pense nestas duas coisas: você está sob juramento de segredo quanto a este assunto e nós que vamos para essa nova terra *somos* clérigos cristãos... bispos, padres e monges, muito aptos a propagar a palavra de Deus entre os nativos de lá. Quando tivermos civilizado aquele lugar, com a ajuda de Deus, haverá tempo para retornar e anunciar a existência ao mundo daqui. Por enquanto, minha crença é de que seria a mais pura e completa loucura trazer esta nova e desconhecida terra à atenção dos predadores que infestam a Cristandade. Deus revelou esse lugar a nós, Seus fiéis servos da Ordem do Templo, por razões que pertencem a Ele. E agora ele é nosso, pela vontade de Deus. É o nosso refúgio, a nossa salvação... nossa única esperança na amarga desolação desta noite imerecida que rodeia a nós e aos nossos. E, portanto, guardaremos o segredo com nossas vidas, pelo tempo que for necessário, e certamente no momento atual, até que seja seguro e apropriado anunciá-lo. A terra está lá, Davie. Ela não irá desaparecer.

— E é vasta, você diz...

— Vasta o suficiente para que St. Valéry pudesse navegar para o sul ao longo de sua costa oriental por meses a fio, de um clima para outro. Isso poderia significar que seja maior que toda a Cristandade...

Os olhos de Moray contemplavam o vazio.

— Todo um mundo novo — sussurrou ele. — Se a notícia se espalhasse, todos os reis e barões da Cristandade estariam lançando frotas para encontrá-lo e reclamá-lo para si.

— Sim. Por isso a notícia não deve se espalhar... não antes que tenhamos tomado posse desse novo mundo.

— Em nome de quem? Do rei da França?

Sinclair riu.

— Você acha que estamos loucos? Nem em nome do papa, pois Clemente V não consegue governar sua própria sé, que dirá uma terra nova e desconhecida. Nós tomaremos posse dela em nome da nossa Ordem, e, se os poderes aqui algum dia nos absolverem com honestidade e tornarem possível nosso regresso, então nós a dedicaríamos em boa-fé ao nosso mestre legítimo à época. Algum outro papa, talvez, mas não um simples rei.

— E quanto ao rei dos escoceses?

Will deu um suspiro explosivo e franziu o cenho para o bispo.

— Por que você diz isso? O rei dos escoceses mal tem legitimidade aqui na Escócia. Como ele poderia reclamar uma nova terra?

— Tão prontamente quanto qualquer outro rei, e acredito que ele é um homem melhor do que todos os outros combinados. Sua nova terra precisará de um rei algum dia.

— Pode ser. Quem sabe? Mas, se precisar, talvez tenhamos gerado um entre os nossos quando isso acontecer... Um rei cristão em seu próprio direito, imaculado pelo mau cheiro da política e da corrupção.

Incapaz de se conter por mais tempo, o bispo Moray saltou sobre os pés e foi contemplar o coração do fogo se extinguindo por tanto tempo que Will se perguntou o que o homem poderia estar vendo ali. Quando ele por fim tornou a se virar, seus olhos estavam firmes e sóbrios.

— Vocês têm o direito a ela, eu creio, William, e por isso não direi nada sobre isso a ninguém por enquanto. Nem mesmo ao rei. Mas esperarei que você me mantenha informado de tudo o que sabe ou vier a saber sobre essa nova terra. Quando partirão?

Will deu um sorriso, aliviado por ter aquele homem como aliado.

— Só daqui a um longo tempo, e certamente não antes da convocação que você me pediu para fazer. Nós temos navios, mas precisarão ser adaptados para uma viagem tão longa. Suas tripulações terão de ser retreinadas, as lições sobre a travessia até lá e de regresso estudadas, absorvidas e dominadas. Dois anos, pelo menos, eu diria, talvez três... e quatro não me surpreenderiam. Vocês podem nos tolerar por mais quatro anos, bispo Moray?

— Eu posso, e de bom grado, e Sua Graça passou a contar fortemente com seu apoio armado, portanto, vocês não precisam temer quanto a isso. Agora vamos para a cama, embora só Deus saiba como encontrarei o sono esta noite. Já deve ser quase de manhã, e amanhã será um dia atarefado, com um parlamento completo para cuidar na próxima semana e minha cabeça cheia de maravilhas sobre essa sua estranha terra nova...

QUATRO

Com toda a agitação pelas descobertas além do Mar Ocidental e as sempre crescentes possibilidades e desafios que ela acarretava, o parlamento em Ayr se revelou um pouco como uma experiência de anticlímax e desapontadora para Will. Ele ouvira falar muito sobre o grande e emocionante parlamento de St. Andrews, três anos antes. Aquele encontro, no centro eclesiástico do reino, havia sido o primeiro do reinado do rei Robert, assim como o primeiro parlamento formal a ser reunido na Escócia em mais de uma década. Este, em julho de 1312, foi algo muito menos marcante — mesmo tendo a presença de todos os leais pares, bispos, abades e oficiais do reino —, porque em vez de uma celebração da subida do rei ao trono, era uma questão de procedimentos governamentais eclipsados pelos preparativos para uma campanha ousada objetivando levar a guerra de Bruce para as extensões setentrionais da Inglaterra.

O próprio rei insistiu na imediata organização de uma rápida investida que adentrasse os ricos vales do norte da Inglaterra, agora que os barões e nobres de lá estavam preocupados com sua própria guerra no sul. Havia priorados ricos e prósperos ali, ele enfatizou, lugares como Lanercost e Hexham e cidades como Carlisle, Durham e Hartlepool, no leste, todas as quais haviam prosperado às custas da Escócia, uma vez que serviam como lugar de parada para reunir os exércitos invasores da Inglaterra antes de cruzarem a fronteira escocesa. Tais lugares eram oportunos para represálias e pedidos de resgate, ele assinalou, e os cofres escoceses estavam vazios. As sugestões foram recebidas com entusiasmo desenfreado pelos homens reunidos, todos os quais ficaram animados pela perspectiva de revidar e levar, dessa vez, o combate ao inimigo, e a questão foi logo decidida e o compromisso tomado. Edward Bruce, o feroz irmão do rei e o mais capacitado comandante de cavalaria do reino, lideraria uma investida dura e rápida contra as fortalezas e cidades inglesas no noroeste, a começar por Carlisle, enquanto o próprio Bruce lideraria uma incursão de força semelhante contra Westmoreland, Coupland e Cumberland.

Will ouvira falar muito sobre as habilidades e feitos de Edward, pois seus próprios contingentes montados de Arran haviam sido designados ao comando do homem por quase dois anos. Nessa ocasião, ele fez pleno uso da oportunidade de observá-lo de certa distância. Will se recordou do homem carrancudo e de barba negra que havia conhecido no mesmo dia em que encontrara o próprio rei. Edward era muito mais irascível do que o rei; isso era claramente visível nas suas maneiras e no modo brusco de tratar com os outros à sua volta. O novo conde de Carrick era um homem imponente, porém mal-humorado, de tez morena e cenho sempre fechado. Intenso e impaciente, notavelmente dessemelhante ao seu irmão régio nesses aspectos, era renomado pela impetuosidade e pela intolerância para com a diplomacia em qualquer forma, acreditando de maneira irrestrita no governo pela força acima do governo pela lei, para frequente contrariedade de seu irmão mais velho. Mas seus indubitáveis talentos como comandante de cavalaria — ele era de longe o mais competente nos domínios da Escócia — possibilitavam-lhe, sucessivamente, contornar quase todos os dissabores de seu irmão real. E o conde fez poucas exigências aos franceses — o termo desdenhoso que usava para os templários no seu séquito —, além de que estivessem preparados e disponíveis em tempo integral para cumprir suas vontades.

No entanto, Edward era autoritário e autocrático por natureza, e ao observá-lo, mesmo de alguma distância, Will pôde ver como devia ser irritante para o homem ser sempre posto em cheque por seu irmão mais velho, que possuía uma mente muito mais apropriada para reinar do que o inconstante e belicoso Edward. Essa impossibilidade de se comportar todas as vezes como sem dúvida gostaria de agir devia ter provocado grande parte do descontentamento que lampejava com tanta frequência pelos seus olhos escuros.

Will ficou satisfeito também em renovar suas relações com Sir James Douglas, pois os dois não se encontravam havia dois anos. E ficou intrigado ao conhecer o amigo íntimo de Douglas, o notório e agora afamado Sir Thomas Randolph, sobrinho tanto de Jessica Randolph quanto do rei. De um traidor campeão do lado inglês e prisioneiro mantido sob forte vigilância após retornar, Randolph havia mudado drasticamente de lado, jurando obediência ao parente, o rei, e desde então se distinguira a serviço de Bruce, tornando-se rapidamente um dos mais competentes comandantes do reino. Will também conheceu o chanceler da Escócia, o Grande Condestável, e diversos condes e chefes de clãs das terras Altas, sobre os quais ouvira falar, mas nunca encontrara, e com unanimidade eles o cumprimentavam com honroso respeito e polida tolerância por sua condição de forasteiro, como visitante e convidado do rei Robert. Todos o conheciam de nome e sabiam que gozava da alta estima do rei e seus apoiadores mais próximos, mas se surpreendeu sorrindo interiormente em várias ocasiões, perguntando-se qual seria a reação deles se sequer suspeitassem que era um dos mais importantes templários que restavam livres na Cristandade.

O parlamento foi breve, apenas três dias, em função da urgência da necessidade de montar a campanha de ataque à Inglaterra. No final do terceiro dia, os que estavam presentes saíam apressados do grande salão de Ayr, aliviados porque os assuntos de Estado haviam acabado, enquanto centenas de clérigos fervilhavam como formigas, distribuindo as montanhas de registros escritos para serem transcritos. Will, como simples observador, parou sozinho junto à porta principal após a finalização, observando os nobres e os homens comuns se dispersarem, e se perguntando se era esperado algo dele ou se poderia simplesmente se retirar e retornar a Arran. Antes que pudesse decidir isso, porém, ouviu seu nome ser chamado e voltou-se para ver Sir James Douglas vindo em sua direção e acenando para atrair sua atenção.

— É uma surpresa vê-lo ainda aqui, Sir James — disse ele quando ambos se encontraram. — Você não tem uma guerra para lutar?

Douglas sorriu.

— No devido tempo, eu tenho, mas por enquanto continuo aqui. O rei deseja falar com você.

— Você quer dizer agora?

— Sim, se você tiver tempo.

Foi a vez de Will sorrir.

— Ou a inclinação para ignorar uma ordem real? Eu suspenderei todas as atividades importantes imediatamente e irei com você. Conduza-me.

Douglas o levou por toda a extensão do salão e saiu por uma porta dos fundos, onde um pequeno acampamento havia sido montado para a comitiva do rei dentro de um pátio quadrado protegido por altas paliçadas de pontas afiadas. Will olhou para a fortificação inesperada e a pesada presença dos guardas, mas não comentou nada. Dentro de momentos, chegaram ao pavilhão real, onde a entrada era barrada por uma dupla de vigilantes soldados. Os homens conheciam Douglas de vista e se puseram de lado sem nenhum comentário para deixá-lo passar com o companheiro. Ele levantou a cortina protetora da grande entrada da tenda a fim de permitir que Will o precedesse.

O interior do imponente pavilhão parecia escuro depois do brilho repentino do sol de julho do lado de fora, e Will não se surpreendeu em encontrar o local abarrotado de homens, a maioria dos quais nobres e altos oficiais do reino, formando grupos pela sala, alguns pequenos e outros maiores. O templário olhou pelo recinto à procura do rei, mas seus olhos se moveram rapidamente de um grupo a outro sem encontrar Bruce. O irmão do rei, Edward, estava ali, assim como Sir Thomas Randolph, este último conversando com três dos mais velhos e confiáveis amigos do rei: Sir Robert Boyd de Noddsdale, Sir Gilbert de Hay, o Senhor de Erroll, e Sir Neil Campbell de Lochawe. Atrás deles, acotovelados e murmurando solenemente, estava um grupo de prelados mitrados, entre os quais Will reconheceu apenas um: mestre Nicholas Balmyle, bispo de Dunblane, um homem erudito e de aparência ascética, que havia servido durante anos como chanceler da Escócia e devia estar perto dos 80 anos, embora ainda conservasse suas faculdades. Will nunca havia encontrado o bispo Balmyle, mas sabia que o velho era um dos mais capazes e respeitados conselheiros do rei Robert.

A multidão se moveu em círculos e repartiu-se quando uma procissão de serventes avançou por entre os reunidos, trazendo bandejas com guloseimas. Will conseguiu ver o rei, que estava sentado a uma mesa que dava para os fundos do imenso espaço, mergulhado numa importante conversa com o bispo Moray. Seu coração perdeu o compasso no momento em que viu os dois conversando tão privadamente, pois o primeiro pensamento que passou por sua cabeça foi de que Moray estava contando ao monarca sobre a descoberta da nova terra no oeste. Ele repeliu a ideia imediatamente, sabendo que era indigna, e seguiu atrás de Douglas, que já estava a caminho da mesa real, acenando para que o acompanhasse.

Quando Douglas chegou à mesa, fazendo um ligeiro cumprimento de cabeça, Bruce ergueu os olhos. O início de uma ruga se formou entre as sobrancelhas ao ser interrompido, mas o rosto se iluminou imediatamente ao reconhecer Douglas, e os olhos se dirigiram de imediato para Will, parado logo atrás de Sir James.

— Sir William, seja bem-vindo, meu amigo. — Ele ficou de pé imediatamente e contornou a borda da mesa, estendendo a mão, mas, quando Will estava a ponto de se inclinar, o rei o impediu. — É para apertar minha mão como um amigo, William, não para beijá-la. Você não me deve lealdade feudal, e não espero nenhuma de você. Sua amizade e o apoio espontâneo que dedicou a nós sem ser solicitado são mais do que eu poderia esperar, por isso tome minha mão como um amigo e um irmão.

E então o rei Robert apertou sua mão e o puxou para um abraço ligeiramente dificultado pelas meias armaduras que ambos usavam. Will estava ciente de que todos os homens no grande pavilhão assistiam e reparavam naquilo, e perguntou a si próprio se algum deles poderia se ressentir, vendo aquela recepção como uma ameaça à própria situação.

— Então, Sir William, você gostou do nosso encontro? Eu lhe juro, estes corvos e pavões escoceses muito raramente se juntam de uma vez só, exceto para nossos parlamentos. Eu suponho que você tenha ficado impressionado.

— Fiquei, Vossa Graça. Raramente vi tanto ser deliberado com tanta habilidade em tão pouco tempo.

— Sim, foi bem-conduzido, eu suponho. E agora nós devemos nos dispersar e cuidar também para que tudo o que decidimos seja feito e rápido. Meus homens estão sendo ordenados enquanto falamos e partirão assim que eu puder me juntar a eles... e foi por isso que mandei buscá-lo. Você se importaria de cavalgar conosco?

— Para a Inglaterra, Vossa Graça?

— Há um ou dois abades que pretendo pressionar para obter fundos... para um trabalho de caridade, a reconstrução deste nosso reino depois das depredações que a Inglaterra impôs sobre ele. Você virá?

— Irei, Vossa Graça, e de bom grado. Mas não tenho mais do que alguns homens comigo: meu escudeiro e uma escolta de outros quatro. Nós não daríamos uma grande contribuição à sua força de combate, eu temo.

Bruce gargalhou.

— Eu não necessito de suas habilidades de combate, William. É sua companhia que busco... sua conversa sobre assuntos civilizados que não têm nada a ver com as mazelas que acossam meu reino. No entanto, veja bem, se viermos a lutar, cinco espadas extras seriam muito bem-vindas. O que você diz?

— Estarei pronto para partir quando você estiver, Vossa Graça, mas precisarei alertar meus homens para levantar acampamento e se preparar.

— Certo, então vá fazer isso logo e encontre-me no pátio onde serão dadas as ordens quando estiver pronto.

CINCO

Eles haviam cruzado os rasos pântanos de maré de Solway vários dias depois de deixarem Ayr e atacado primeiro a abastada Abadia de Lanercost, perto da cidade murada de Carlisle. Bruce obtivera grande satisfação ao capturar a abadia que havia por tanto tempo fornecido sustento e apoio ao rei inglês, e dentro da qual ele próprio quase morrera nas mãos de Eduardo Plantageneta alguns anos antes. Uma vasta soma em moedas de ouro e prata havia sido entregue pelo abade para aplacar a ira vingativa de Bruce, e o rei ordenara que os baús com as moedas fossem transportados de volta à Escócia e entregues aos cuidados do mestre Balmyle em St. Andrews, para serem guardados com segurança.

As carroças e o tesouro que elas transportavam eram de responsabilidade de um jovem cavaleiro chamado Sir Malcolm Seton, outro sobrinho do rei, filho de sua irmã Christina, a condessa de Mar. O escudeiro de Sir Malcolm tinha a mesma idade do jovem Henry Sinclair, escudeiro de Will, e os dois rapidamente se tornaram amigos durante o curto tempo que passaram juntos na cavalgada para o sul, de modo que, quando Henry pediu permissão para se afastar a fim de assistir à partida de seu camarada, Will havia concedido a autorização e então decidiu, num capricho momentâneo, vendo-se sem nada para fazer naquele momento, acompanhar o garoto.

Henry havia mudado muito no intervalo de quatro anos, crescendo rapidamente para cima e para os lados, numa transmutação do garoto magro e de olhos esbugalhados que havia sido no início. Tornou-se alto e notavelmente atraente, com ombros largos, cintura estreita e pernas fortes e bem-formadas. O rosto era franco e sem malícia, com lábios grossos e fortes dentes brancos sob um longo nariz reto e olhos reluzentes da mesma cor azul das campânulas que cobriam o solo daquelas paragens a cada primavera. Era um belo jovem. Will não duvidava de que em dois anos ele honraria as fileiras da cavalaria tão bem quanto qualquer outro cavaleiro que já conhecera.

Era uma tarde clara e luminosa de verão. Will e o jovem Henry, ambos felizes por estarem livres de responsabilidades por algum tempo, haviam cavalgado rápido, galopando de tempos em tempos para exercitar os cavalos, até o topo de um espinhaço coberto de mata sobre a estrada que a comitiva do tesouro usaria. Will pensou sobre o espetáculo que deviam ter dado, investindo encosta acima como uma dupla de tolos, mas rapidamente decidiu que naquele dia não se importava com ameaças à sua dignidade por fazer cabriolas no lombo de um cavalo com seu jovem escudeiro. De qualquer forma, sua dignidade ultimamente havia começado a enfastiá-lo. Após ter se juntado tão inesperadamente à excursão que atravessara a fronteira rumo à Inglaterra, estivera determinado a aproveitar o máximo, com aguda consciência de que não brandia uma espada a sério contra um inimigo havia mais de quatro anos. Mas após dez dias de incursão, ele não encontrara um só inglês com quem trocar golpes. Por fim, se resignara à possibilidade de que talvez não viesse a encontrar absolutamente nenhum. Um pintarroxo cantou brilhantemente entre as árvores às costas dos dois homens a cavalo, e muito abaixo deles, embora não tão longe a ponto de tornar impossível o reconhecimento e um aceno de adeus, o contingente avançado de guardas conduzia a primeira das três carroças carregadas subindo a íngreme e sinuosa estrada que partia do acampamento escocês.

Will experimentou uma crescente sensação de bem-estar por estar vivo e livre num dia tão perfeito de verão. O sol já avançado da manhã aquecia suas costas couraçadas, e o zumbido preguiçoso de um zangão atraiu brevemente sua atenção. Deu-se conta, enquanto o jovem Henry subitamente esporeava o cavalo para uma posição mais alta num outeiro rochoso que coroava a escarpa, de que atrás deles o pintarroxo havia parado de cantar, mas não prestou atenção nisso e esporeou a própria montaria, segurando as rédeas com força e puxando o freio, fazendo o cavalo descrever um círculo num giro sem nenhum outro motivo além da vontade de fazer algo para expressar seu ânimo elevado.

Não ouviu nem sentiu o impacto do virote de besta que atingiu a parte de trás de sua couraça. O projétil resvalou na superfície curva do aço que revestia suas costas, causando uma mossa profunda no metal e arrancando da sela Will, que desabou desacordado no solo.

Recuperou a consciência momentos depois e abriu os olhos, mas não foi absolutamente capaz de inspirar, pois todo o seu fôlego havia sido tirado pela queda, por isso conseguiu apenas balbuciar e chiar em agonia, tentando em vão aspirar o ar através dos dutos aéreos sufocados em seu peito. Porém, sua visão estava aguçada como sempre, e ele viu cada fisionomia dos quatro homens que corriam na sua direção, com as armas desembainhadas. Estavam sem armaduras e pobremente vestidos, e ele os identificou instantaneamente como camponeses locais que haviam aproveitado uma oportunidade para atacar e roubar um cavaleiro sem escolta. Um deles carregava uma besta, inútil agora que o projétil havia sido disparado, mas dois outros traziam adagas, e o último deles, um punhal de lâmina longa e gume simples, como se fosse uma espada. Will tentou sacar a própria espada, mas, embora segurasse o cabo em sua mão, a bainha estava presa entre suas pernas, impedindo-o.

O tempo parecia suspenso, refletiu William mais tarde. Ele ouviu o bater dos cascos de um cavalo a toda carga se chocando contra os quatro corredores, mandando três deles para o ar. O jovem Henry Sinclair não tinha arma alguma, pois escudeiros não eram autorizados a carregar armas letais antes de serem sagrados cavaleiros, mas partiu para a luta como se estivesse completamente armado. Seu cavalo bufou e recuou após a colisão com os corredores, e o homem que portava a besta brandiu-a como uma clava e acertou na coxa o jovem escudeiro, que emitiu um agudo grito de dor. O mesmo homem atirou fora sua arma e agarrou Henry pelo calcanhar da bota, arrancando seu pé do estribo e empurrando-o para cima, tirando o rapaz da sela e fazendo-o cair pesadamente do outro lado do cavalo, e depois disso as coisas começaram a acontecer rápido demais para o gosto de Will.

Ele estava apenas começando a recuperar o fôlego. A dor intimidante no peito havia diminuído, e Will conseguira desembaraçar as pernas e a espada embainhada dentre elas, mas ainda não tinha forças suficientes para ficar de pé, por mais que lutasse para isso. Com as mãos entrelaçadas nas guardas da espada ainda embainhada e usando-a como uma muleta, impulsionou-se até ficar ereto. Os três homens derrubados se recompuseram rapidamente, pouco abalados por terem sido atirados para o lado. Dois deles se arrastaram em direção ao inerte Henry, enquanto os outros dois correram para Will, separando-se para pegá-lo de lados opostos, como ratos convergindo para um esquilo ferido.

Ainda se esforçando para respirar, Will conseguiu finalmente se levantar e pôr-se de pé o máximo que pôde, finalmente despindo a bainha da lâmina de sua espada e atirando-a para o lado. Ainda que estivesse vacilando e claramente fraco das pernas, a visão da longa arma letal foi suficiente para obrigar os atacantes a uma pausa. Eles olharam com insegurança um para o outro, e Will agradeceu em silêncio, pois pôde sentir as forças inundarem-no novamente a cada segundo, conforme sua respiração se estabilizava rumo à normalidade. Olhando ambos os homens sucessivamente, movia a ponta da arma de lado a lado em consonância com seus olhos, esperando durante todo esse tempo que sua respiração se firmasse, ainda que tentasse não dar qualquer indicação de que se recuperava. Os dois se demoraram ali, olhando um para o outro em busca de apoio e tornando-se cada vez mais apreensivos a cada momento. E então Will avistou os outros dois correrem sobre o garoto Henry com suas adagas erguidas.

O templário explodiu em movimento, saltando contra o homem à sua direita e caindo sobre ele com um único golpe cortante de cima para baixo antes de girar, com a espada novamente erguida, na direção do outro atacante. Enquanto o sujeito se virava para fugir, com braços dobrados sobre a cabeça por proteção, Will deu um talho circular e baixo, seccionando os tendões atrás do joelho do homem em fuga, derrubando-o como um boi abatido. Imediatamente saltou em direção aos outros dois homens e o corpo imóvel de seu jovem escudeiro.

Um dos dois o ouviu chegar e se virou para enfrentá-lo, erguendo-se em toda a sua altura, mas, enquanto fazia isso, Will ouviu um som rasgando o ar e três flechas atingiram o tórax do sujeito ao mesmo tempo, e as forças combinadas dos projéteis o abateram, lançando-o ao chão. Novamente Will não prestou atenção, pois todo o seu ser estava concentrado no que acontecia a Henry Sinclair. O rufião havia segurado o escudeiro pelos cabelos, e sua mão, agarrando a longa adaga, mergulhou para baixo no mesmo instante em que Will se atirava para a frente com um uivo desesperado e cravava fundo sua lâmina nas costas do assassino. Devastado de dor e descrença, arrancou o aço e golpeou novamente, dessa vez no pescoço do matador. Enquanto a cabeça decepada descia rebotando a encosta da colina, ele chutou o tórax com violência para o lado e caiu de joelhos ao lado do rapaz que havia salvado sua vida.

Will percebeu o som de cascos a galope vindo em sua direção, mas não podia tirar os olhos do jovem Henry, cuja face estava branca como leite, com uma das bochechas distorcida pela lâmina do punhal que se projetava para cima, gotejante de sangue, da gola da longa camisa de cota de malha do rapaz. Sentiu que mãos apertavam seu ombro e puxavam-no para o alto. Viu outra pessoa ocupar seu lugar, ajoelhando-se próximo ao corpo imóvel e cortando com uma lâmina afiada as amarras de couro que mantinham a camisa de malha de ferro em seu lugar do pescoço à cintura, despindo a veste antes de cortar a camisa rústica que estava por baixo e rasgá-la para expor a pele branca do rapaz e o orifício da espessura de um dedo em que o punhal estava alojado. O sangue minava espesso da ferida e se derramava morosamente pelo peito do garoto, recobrindo a pele e encharcando o tecido acolchoado por baixo da axila.

— Minha culpa, minha culpa. — Ele ouvia a voz repetir essas palavras e sabia que era a sua própria, mas não podia fazer nada além de continuar repetindo: — Minha culpa, minha culpa.

As mãos que o amparavam apertaram mais forte; ele sentiu que seu corpo era virado até ficar de frente para o homem que havia falado. Era o sobrinho do rei, Sir Malcolm Seton, e a face do jovem cavaleiro estava crestada por uma profunda ruga entre as sobrancelhas enquanto olhava para Will.

— Sir William, você foi ferido? Está coberto de sangue.

— Eu o matei.

— Você matou mais de um deles. Matou dois e poupou um para a forca.

— Não, o jovem Henry. Eu o matei. Trouxe-o até aqui às cegas, sem olhar antes.

— Sir William, o rapaz não está morto. Seriamente ferido, mas não morto, não ainda. Olhe para ele. Pessoas mortas não sangram.

As palavras penetraram o zumbido que preenchia a cabeça de Will. Ele franziu o cenho, depois se virou e olhou intensamente para seu escudeiro, vendo o sangue que ainda vertia. A vista trouxe seus sentidos imediatamente de volta, e o estranhamento se dissipou como uma capa jogada fora.

— Bom Deus, ele está vivo. — Will girou o corpo, examinando a encosta abaixo. As três carroças com o tesouro haviam se detido na estrada, guardada por cerca de metade dos homens que haviam partido; os outros dispararam colina acima assim que viram o que estava acontecendo. — Eu tenho que levá-lo daqui... até algum lugar onde possa ser tratado. Deixe-me carregá-lo.

— Não há necessidade disso. Nós faremos uma padiola. — Seton apontou para os dois homens mais próximos dele. — Vocês dois, usem suas lanças, rápido, e também seus cintos. Amarrem-nos entre as varas... tomem, peguem o meu também... e estendam uma capa sobre eles para envolver o rapaz. Não! — Ele havia se virado para onde um dos homens agachados sobre o garoto inerte segurava o cabo do punhal com firmeza. O sujeito hesitou, surpreendido pela urgência do grito do cavaleiro, enquanto o jovem Seton se ajoelhava ao lado e segurava seu pulso. — Deixe a lâmina onde está, Robbie. Se você puxá-la, ele sangrará até morrer. Deixe-a aí para alguém que saiba o que está fazendo. Apressem-se com a padiola, vocês dois.

Momentos depois, Will e Seton pararam lado a lado, observando enquanto quatro homens carregavam o garoto com cuidado, movendo-se vagarosamente e fazendo grande esforço para manter a padiola nivelada sobre a encosta íngreme. Will não falara desde que o jovem cavaleiro havia assumido o comando da operação, mas então expirou pelas narinas e olhou para o outro homem.

— Obrigado, Sir Malcolm, por seu auxílio.

— Não agradeça a mim, Sir William. Você deve seus agradecimentos aos olhos aguçados do meu escudeiro, que estava olhando para vocês quando o ataque começou. Eu nem mesmo sabia que estavam aqui, mas o jovem Donald o viu ser derrubado de seu cavalo e deu o alarme.

— Onde está ele agora? Eu gostaria de agradecer-lhe.

— Ele ainda está lá embaixo. Ordenei que ficasse. Ele verá amigos mortos de sobra depois que for sagrado cavaleiro, e duvidei que você ou seu escudeiro estivessem vivos quando nós os alcançássemos. Pensei em poupá-lo dessa visão.

— Então você é um bom mestre, além de um verdadeiro cavaleiro. Tem minha mais profunda gratidão, Sir Malcolm.

Seton inclinou a cabeça para o lado e olhou para Will com preocupação.

— E você? Está bem? Tem certeza? Está ensopado de sangue.

Will olhou para o próprio corpo e chacoalhou a cabeça.

— Não é meu, embora devesse ser. Eu deveria ser açoitado por negligência, cavalgando até aqui como um tolo, sem reservar um momento para revistar a floresta em busca de inimigos.

— Isso foi desastroso, mas compreensível. Aqueles não eram soldados.

— Não, mas eram inimigos. Eu devia...

— Perdoe-me por um momento.

Seton se virou de lado para onde dois de seus homens haviam amarrado à frente do corpo as mãos do sobrevivente que tivera o tendão cortado e o mantinham ereto com o cabo de uma lança atravessado às suas costas, entre os cotovelos. Ninguém fez qualquer tentativa de estancar o sangramento de sua perna ferida. Sir Malcolm olhou o homem de alto a baixo.

— Nós teremos um trabalho dos diabos levando este homem até o acampamento nessas condições, e você pode morrer antes de chegarmos lá. Por outro lado, certamente será enforcado quando chegarmos, e por um bom e grande motivo. Você é culpado de ser um salteador e de tentar assassinar um convidado de Robert, rei dos escoceses, e o escudeiro dele pode ainda vir a morrer.

Dirigiu-se, então, para os dois homens que flanqueavam o prisioneiro:

— Levem-no até a floresta e encontrem uma árvore forte o suficiente para enforcá-lo. E sejam rápidos. — Seton notou o olhar no rosto de Will. — Tem alguma objeção a isso, Sir William?

Will olhou para o prisioneiro, cuja face empalidecera ao ouvir a sentença de morte que Seton havia pronunciado. O homem ainda não havia começado a gritar em protesto, mas logo o faria, e então seus olhos se fixaram implorantes em sua pretendida vítima, que agora tinha o poder para poupar sua vida. Sinclair, porém, não estava propenso ao perdão. Ele olhou para o sujeito e viu novamente o corpo ensanguentado de seu jovem escudeiro, e soube que o homem seria enforcado, de um modo ou de outro.

— Duvido que haja lá uma árvore grande o bastante para pendurá-lo — disse. — Em sua maior parte, são espinheiros e arbustos. E acho que você tem esse direito, pois o homem poderia morrer se tentássemos descer a colina com ele... para ser enforcado lá de qualquer modo. Poderíamos deixá-lo aqui para morrer à míngua, uma vez que não pode andar, mas isso seria desumano. — Dirigiu-se ao prisioneiro: — Não há nada que eu possa fazer por você. Você se condenou quando decidiu nos matar numa emboscada, atirando em mim pelas costas e atacando meu escudeiro desarmado. Agora, seja qual for o caminho que as coisas tomarem, você é um homem morto. Que Deus tenha piedade de sua alma, pois não consigo ter nenhuma de você. — Virou-se para o mais graduado dos dois guardas: — Obedeça ao seu comandante. Enforque-o, mas, se não puder encontrar uma árvore adequada, decapite-o, de modo rápido e limpo.

A MULHER NO ESTÁBULO

Jessie Randolph estava aturdida. Havia caído no sono no sofá de seu quarto no meio da tarde. Algo raro, provocado por estar acordada e trabalhando desde o amanhecer na sua horta, combatendo as ervas daninhas que ameaçavam tomar sua tão cuidadosamente cultivada safra de mudas e hortaliças. Ela havia negligenciado terrivelmente o canteiro nas semanas anteriores, levada a ignorar suas preocupações pessoais pela urgência de um surto de febre que havia se espalhado pelo distrito, ameaçando as vidas dos idosos e dos muito jovens. A doença não era virulenta o bastante para ser chamada de peste, mas ainda assim se demonstrara uma potente e perigosa ameaça ao bem-estar de muitos de seus arrendatários, e obrigara a dama a percorrer o campo com suas duas criadas, Marie e Janette, fazendo o que pudesse pelas famílias que estavam sob seus cuidados, a maioria das quais havia perdido seus homens para a última e imperativa convocação do rei para que se agrupassem a fim de invadir os condados ao norte da Inglaterra.

A doença havia cessado ao longo dos dez dias anteriores, após ter tomado apenas a vida de uma mulher idosa por quem nada pôde ser feito. Jessie conseguira, por fim, retornar ao lar, onde passou um dia em repouso e recuperando forças antes de ceder ao impulso de sair e começar a inspecionar suas propriedades. O trabalho matinal na horta havia se estendido até muito além do meio-dia, e Lady Randolph estava a tal ponto exausta que, tendo sentado no sofá e depois deitado de costas e fechado os olhos para um momento de repouso, caiu num sono profundo.

Quase imediatamente depois disso, pareceu-lhe, foi despertada por sua protegida, Marjorie, que havia crescido para se tornar uma jovem mulher impressionantemente bela, de quase 16 anos, que vinha com a notícia de que havia pessoas se aproximando pelo sul. Alarmada, Jessie ficou primeiro surpresa e depois consternada ao reparar que seu cabelo estava em desalinho, as mãos se encontravam sujas e as unhas, enegrecidas de terra, mas rapidamente conteve o impulso de fugir dali para se tornar apresentável e foi, em vez disso, diretamente com Marjorie para o telhado, em cuja torre central fortificada vários dos serventes domésticos já estavam reunidos para observar a aproximação dos estranhos.

Ela reconheceu Will Sinclair de imediato, mesmo à distância de quase 2 quilômetros. A comitiva, e ela contou seis incluindo ele próprio, movia-se lentamente, a passo moderado, acompanhando uma carroça rebaixada puxada por uma parelha de robustos cavalos das planícies. Jessie rapidamente avaliou que teria tempo bastante, caso se apressasse, para se preparar para a chegada deles, mas justamente quando estava a ponto de voltar afobadamente para dentro da casa, percebeu que havia algo estranho no pequeno grupo: um ar de abatimento que ela jamais teria associado ao Will Sinclair que conhecera.

Ela entrou rapidamente, desceu da torre e atravessou a casa até a grande porta de madeira da entrada, que abriu bem antes de cruzar o pátio de acesso até os altos portões do muro fortificado. Todo pensamento sobre sua aparência havia sido banido pela preocupação sobre o que poderia estar errado. Os portões estavam abertos, então ela saiu em marcha até a estrada, onde parou, esperando que os recém-chegados a alcançassem. Só então se deu conta de que a jovem Marjorie a havia seguido. Mandou a garota voltar para dentro, dizendo que queria estar sozinha, e, embora fosse óbvio o desapontamento da moça, ela obedeceu com submissão suficiente, enquanto Jessie dirigia os olhos novamente para a estrada.

Will Sinclair avistou-a antes dos outros, e ela o viu se virar na sela para dizer algo ao primo Tam, a quem ela então reconhecia. O cavaleiro cravou as esporas no cavalo e veio a galope na direção da dama, puxando as rédeas até parar bem na sua frente. Jessie não disse nada, simplesmente ergueu os olhos para ele, e o cavaleiro fez um cumprimento de cabeça e despiu a capa preta simples que vestia.

— Lady baronesa — disse ele, enrugando o cenho, mas ela já o conhecia bem a essa altura para saber que aquele franzir de sobrancelhas em particular não era sua habitual expressão de desaprovação —, peço o seu perdão por perturbar a paz de maneira tão imprevista. Eu não teria feito isso se não houvesse grande necessidade.

— Sir William, eu sei disso. Qual é o problema?

— É meu escudeiro, minha dama. Henry Sinclair, meu sobrinho. Ele está gravemente ferido e necessita de cuidados. Nós estávamos na Inglaterra com o rei Robert, perto de Carlisle, quando o rapaz quase foi morto... por minha culpa, meu descuido. O rei pessoalmente me mandou procurá-la aqui e rogar por sua ajuda.

— Você não precisava do respaldo do rei para requisitar minha ajuda, Will Sinclair. Qual é a gravidade do ferimento do garoto?

Will não reagiu ao uso informal de seu prenome e simplesmente apontou por cima do ombro.

— Bem grave. Ele precisa de repouso e abrigo, está sofrendo muito. Nós fizemos um leito para ele na carroça, mas cada sacolejar provoca-lhe um grito, não importa com que bravura ele lute contra isso. Há um médico cuidando dele, o irmão Matthew, cedido a nós pelo próprio rei, mas mesmo assim os remédios que prescreve são inúteis contra a precariedade das estradas.

— Já entendi. Quando chegarem aqui, mande-os entrar e leve a carroça o mais perto da porta que ela puder chegar. Vejo que Tam está com você. Faça com que ele e seus companheiros estejam prontos para levantar o garoto. Nós temos uma padiola na casa. Eu mandarei Hector trazê-la para fora. Então você fará com que o deitem cuidadosamente sobre ela. Quando tiverem feito isso, já estarei com uma cama preparada no andar térreo.

Ela o deixou parado ali e seguiu de volta para a casa, onde mandou dois criados correrem para buscar um catre no andar de cima. Então ordenou que suas duas criadas buscassem roupas de cama limpas e as levassem ao salão principal da casa, onde montariam um leito para o jovem num dos cantos, entre a enorme fogueira e uma janela com venezianas. Nesse meio-tempo, ela e Marjorie começaram a abrir espaço para a cama, uma enfermaria temporária, separada da parte principal daquela sala longa e de teto baixo por uma combinação de biombos de cores vivas, feitos com molduras dotadas de dobradiças e juncos entrelaçados a partir de cima, de baixo e dos lados.

Dentro de um quarto de hora, tudo estava pronto, e Tam, Mungo MacDowal e dois outros homens carregaram o jovem Henry para dentro, inconsciente, e transferiram-no para o catre. O médico, um monge de olhar bondoso e aspecto jovial, cuidou do conforto do rapaz e depois pediu a Jessie água quente e panos limpos para lavar e atar as feridas do garoto. De imediato, Jessie despachou Marjorie para a cozinha. Em seguida, estendeu a mão para tocar o ombro do monge.

— Irmão Matthew, eu gostaria de conversar com você. — Então ela se virou para o local onde Will e seus homens observavam tudo, atendidos por Hector, o camareiro da baronesa. — Meus amigos — disse ela com voz calma —, posso ver que vocês têm feito um grande esforço para cuidar do bem-estar deste jovem, mas agora ele está aqui e ficará bem. Se tiverem a bondade de acompanhar Hector, ele lhes mostrará onde podem se revigorar após a jornada e lhes dará algo para comer e beber. Sir William, você e eu conversaremos mais tarde... Hector, você pode cuidar de nossos convidados?

Assim que os homens se retiraram, Jessie virou-se novamente para o monge:

— Agora, irmão Matthew, conte-me o que aconteceu e a real gravidade do ferimento. Ele sobreviverá ou vocês o trouxeram até aqui para morrer?

O monge, que ainda era jovem o bastante para se sentir intimidado na presença de uma baronesa, sacudiu a cabeça em protesto.

— Não, não, minha dama. Ele deve ficar bem agora que está aqui e pode repousar. A ferida não foi fatal, embora pudesse ter sido. O rapaz foi golpeado por um punhal, cravado por um homem que estava ajoelhado sobre ele. Mas o golpe foi apressado, pois creio que o assassino tinha consciência da investida de Sir William contra ele, e a lâmina resvalou no osso aqui. — Ele tocou a própria clavícula, depois comprimiu um dos dedos por trás dela. — A lâmina, desviada, deslizou para baixo e para trás, seccionando os músculos do ombro, e raspou na espádua do rapaz antes de emergir novamente. Fez um corte feio, fundo e irregular, que sangrou em abundância, mas nunca chegou a pôr a vida em risco, graças a Deus. — Sorriu, inseguro. — O maior perigo para a vida do rapaz foi o transporte de carroça, pois o choque de cada uma das rodas em todas as pedras e irregularidades desde Lanercost até aqui custou caro, abrindo seus ferimentos dolorosamente, antes que pudessem começar a cicatrizar.

— Mas por que não cuidaram dele em Lanercost?

— Nós fizemos isso o melhor que pudemos, mas não havia tempo, minha dama. O exército do rei estava partindo numa incursão contra Durham e não pôde esperar, pois a notícia de sua chegada poderia se antecipar. E eles não queriam deixar o rapaz para trás, entre os ingleses.

— Hmm. Entendo... Portanto, vocês vieram diretamente para cá?

— Sim, minha dama. Por ordem do rei. Sua Graça disse que aqui era o lugar mais próximo e seguro. Foi um trajeto difícil, mesmo quando atingimos a estrada do norte. Tomou-nos três dias. Por isso o jovem está exausto e angustiado, perdeu muito sangue. Mas com boa alimentação e um leito cômodo e estável, deve se recuperar bem rápido.

— Quanto tempo, você acredita?

O irmão Matthew fez um muxoxo.

— Não sei responder isso, minha dama. Está nas mãos de Deus. Um mês, talvez? Talvez até mais. Eu simplesmente não sei. Mas irá se recuperar. Seus ferimentos parecem ser apenas superficiais, mas só o tempo demonstrará a verdade ou falsidade disso. Ele deve recuperar o uso pleno do braço e do ombro... mas isso pode não acontecer. Está nas mãos de Deus, como eu disse, embora eu creia que deve ficar bem. Meu professor estudou os métodos dos antigos, e em particular o grande curandeiro Galeno, que acreditava que a grande ameaça à vida em tais casos não reside na ferida em si... a não ser, é claro, que elas sejam infligidas de maneira fatal... mas na inflamação e putrefação que com frequência se seguem. Por isso, recomendava enfaticamente a salubridade de manter os ferimentos bem-drenados e limpos, para evitar os perigos da purulência e da contaminação por maus humores. — Ele olhou de lado para o escudeiro com um sorriso gentil. — O menino deve pensar que está no Paraíso agora, aquecido e num leito macio e imóvel, depois de uma viagem tão longa e penosa. O sono é a cura abençoada do próprio Deus para muitas aflições. Vamos rezar que esta seja uma delas. Deixemos que durma.

— Obrigada, irmão Matthew. Marjorie, você levaria o irmão Matthew até onde os outros estão e depois voltaria até aqui?

Jessie ficou olhando para o jovem adormecido por algum tempo depois que Marjorie e o monge partiram. *Ora, mocinho, um outro Sinclair? Você tem a aparência de seu tio, parece-me, embora seja difícil dizer com certeza por baixo de toda essa sujeira. Mas tem os ombros dele, e os cabelos. Talvez os olhos estejam aí também quando você os abrir, mas estão fundos e enegrecidos pelas sombras agora, e seu rosto pálido demais, e esquelético... rugas entalhadas pela dor tão cedo, onde nenhuma deveria existir em alguém tão jovem...*

Foi interrompida pelo retorno da sobrinha, e indicou a ela uma cadeira ao lado do fogo.

— Quero que você fique aqui e olhe por este jovem enquanto eu estiver fora. Não é provável que ele acorde, mas, se isso acontecer, diga-lhe para que não se mexa e conte a ele onde está. Depois me procure imediatamente. Olhe para mim. — Ela exibiu as mãos, com os dedos esticados para mostrar a sujeira preta encrostada sob suas unhas. — Eu preciso pôr-me apresentável para os nossos convidados. Não levará muito tempo, mas, enquanto isso, preciso que você fique aqui.

— É claro, titia.

A garota nem olhou para ela; toda a sua atenção estava tomada pelo jovem pálido adormecido no catre.

DOIS

Enquanto retornava apressada ao salão principal, refrescada e renovada, parecendo totalmente a castelã de uma casa refinada, Jessie Randolph se surpreendeu sorrindo interiormente com o pensamento de que nenhum dos convidados — pois apenas Will Sinclair e Tam estavam lá — sequer pareceu ter percebido sua transformação. O vestido manchado e extremamente gasto que vestia no jardim fora substituído por seu mais fino traje, de lã macia e ricamente tecida à mão, de um tom de azul que quase se igualava à cor do céu noturno, mais azul do que negro, e seus cabelos haviam sido cuidadosamente penteados e presos, permitindo que apenas algumas mechas soltas caíssem em cachos sobre suas orelhas. Suas mãos, seus punhos e antebraços, esfregados até ficarem quase em carne viva, haviam-se suavizado com um unguento de aroma doce que ela trouxera da França, e ainda podia detectar um vestígio remanescente do fragrante óleo de cravo e canela com que pincelara o fundo da garganta antes de deixar seus aposentos.

Cumprimentou ambos os homens com vivacidade antes de ir diretamente olhar atrás do biombo que abrigava o catre do jovem Henry. Não havia sinal de Marjorie, o que a deixou um tanto surpresa, pois a garota não fora procurá-la. O rapaz ainda estava dormindo, com uma expressão pacífica e as profundas rugas de dor já suavizadas pelo repouso. Puxou a tela de vime de volta ao lugar e se voltou para os dois homens, que ainda estavam em uma calma porém intensa conversa, parados com as cabeças quase juntas.

— Eu esperava que minha sobrinha Marjorie estivesse aqui. Algum de vocês a viu?

Tam respondeu:

— Sim, minha dama, ela estava aqui quando nós chegamos há menos de cinco minutos. Foi nos buscar um pouco de cerveja, pois a jarra em cima da mesa estava vazia quando entramos.

— Ah, isso explica tudo. Obrigada, Tam. — Ela sorriu para o homem. — Vocês não vão se sentar? Está chegando o anoitecer, e logo estará frio aqui. Farei com que Hector acenda o fogo para nós.

— Obrigado, minha dama, mas não posso ficar. Um gole de cerveja para molhar minha garganta, e eu caio fora.

— A esta hora do dia? Para onde você vai? — Ela viu o levantar de sobrancelhas de Sir William e acrescentou, antes que qualquer um dos homens pudesse responder: — Perdoem-me, eu sei que não é da minha conta. Foi apenas curiosidade banal que me motivou. — *Ah, Will, ainda feroz e crítico, como sempre. Eu esperava que você tivesse se curado disso ao menos em parte.* — Saindo dentro de uma hora vocês ainda terão bem umas três horas de claridade para viajar.

— Sim, minha dama. Eu consigo chegar ao meu destino dentro de uma hora após o escurecer.

E para onde estão indo? Por que tanta pressa?

Will a surpreendeu ao falar em meio ao silêncio:

— Ele parte em missão para mim, baronesa... e para a graça do rei. O rei Robert me instruiu a...

Ele ficou em silêncio quando a jovem Marjorie entrou na sala, segurando com as mãos uma pesada jarra de madeira cheia de cerveja, claramente ameaçada pelo peso.

Tam foi rapidamente na direção dela.

— Aqui, moça, deixe-me segurar isso, e muito obrigado pela sua gentileza. — Ele sorriu. — Você podia ter trazido uma jarra menor, ou transportado menos nesta... o esforço teria sido menor.

A garota retribuiu o sorriso dele e fez uma mesura, segurando a saia com delicadeza.

— Eu não teria ousado, senhor — respondeu ela em escocês. — Mas não pude carregar mais. Os convidados desta casa jamais padecem de sede.

— Sim, nem de fome, também. — Tam levou a pesada jarra até a mesa e se incumbiu de servir a cerveja em copos de barro, um para Will e um para si próprio, antes de se virar para Jessie. — Minha dama, você tomará um copo?

Ela olhou de soslaio para Will.

— Vocês dois terminaram o que estavam discutindo ou devemos deixar que concluam seus assuntos sem interrupção?

Will meneou a cabeça, com uma expressão agradável e franca.

— Não, madame, nossos negócios estão concluídos.

— Excelente. Então obrigada, Tam, aceitarei um pouco de cerveja. — Virou-se para Marjorie, que estava parada olhando para a tia, com um pequenino sorriso repuxando a boca. — Mas você, jovem dama, tem assuntos a tratar. Nós teremos Sir William à mesa esta noite, e eu gostaria que você aparentasse o que é, uma jovem mulher respeitável. Marie está à sua espera lá em cima e irá ajudá-la a se preparar, por isso vá agora e, no caminho, mande Hector me procurar.

Marjorie fez uma nova mesura, dando um jeito de dirigir um sorriso a todos os três enquanto o fazia, e então se retirou sem dizer uma palavra.

Will lançou um olhar inquiridor para Jessie.

— Essa é a menina sobre a qual você escreveu? A sobrinha? — Jessie fez que sim. — Estou impressionado. Ela é uma jovem mulher. Eu esperava mais uma criança.

— Ela era uma criança quando veio a mim, mas isso foi há cinco anos, e os anos ao passarem têm um efeito envelhecedor sobre todos nós. Venham, senhores, sentem-se. — Ela parou, assaltada por um pensamento repentino. — O que aconteceu ao irmão Matthew, vocês sabem?

Will Sinclair sorriu espontaneamente, e Jessie teve de se conter para não fazer nenhum comentário a respeito enquanto ele apontava uma das mãos para os biombos atrás dela.

— Não faço ideia, mas presumo que esteja ali, adormecido, como seu paciente, exausto pela jornada. Ele dormiu ainda menos que o rapaz, por todo o trajeto desde Lanercost, por isso merece o repouso. Mas me permita terminar o que estava dizendo quando sua sobrinha entrou. — Ele olhou para Tam, que manteve os olhos calculadamente na borda do copo enquanto o levava novamente aos lábios. — O rei Robert pediu que eu visitasse St. Andrews para conversar com seu amigo e conselheiro, mestre Nicholas Balmyle.

— Ah, eu conheço o mestre Nicholas muito bem. Nós somos amigos, ele e eu. Você já o conhece? — Will fez que não. — Bem, vai gostar dele, acho. Ele é muito velho, muito digno e altamente conceituado, mas tem uma simpatia e um senso de humor extraordinários. Eu o considero singularmente agradável para um clérigo. Um homem que não tem medo de falar o que se passa em sua cabeça. O rei dá grande valor aos conselhos dele.

— Sim, foi o que Sua Graça me disse. Mas o problema é que mestre Nicholas não ficará muito tempo em St. Andrews. Ele partirá para Arbroath com certa urgência para se encontrar com o abade de lá, Bernard de Linton. Por isso estou despachando Tam e Mungo MacDowal para cavalgarem à frente e alertá-lo de minha chegada e das intenções do rei. Eles partirão imediatamente...

Will se deteve, franzindo o cenho.

— Você parece incerto sobre algo.

— Sim, madame, eu estou. Devo perguntar se você se opõe a ser sobrecarregada com meu jovem escudeiro enquanto eu sigo viagem. Isto me parece uma grande imposição.

— Não vale a pena nem pensar na alternativa. Você o deixará aqui, e nós cuidaremos dele com prazer, como parte de nosso dever para com o rei Robert, mesmo se não tivesse nos dado qualquer razão para sua partida. Você pode retornar quando ele estiver curado, ou quando seu assunto com mestre Balmyle estiver concluído. Quanto a isso, a questão está encerrada.

A porta se abriu mansamente após uma discreta batida, e Hector, o camareiro, enfiou a cabeça para dentro.

— Mandou me chamar, senhora? Devo acender a lareira? — Jessie fez que sim sem dizer nada, e o camareiro abriu bem as portas para admitir os dois homens que vinham atrás: um carregando uma grossa vela acesa num candeeiro; o outro portando um pesado fole.

Tam Sinclair bebeu sua cerveja de um trago e ficou de pé antes de pedir permissão a Will para partir. Ela foi dada, e Tam fez uma profunda reverência para Jessie, agradeceu pela hospitalidade e expressou a esperança de que pudesse vê-la novamente em breve. Depois fez um cordial cumprimento de cabeça a Will e saiu em busca de seu companheiro de viagem, Mungo.

Nem Jessie nem Will se levantaram quando Tam saiu. Ambos ficaram olhando em silêncio enquanto os homens de Hector cuidavam do fogo. Os dois haviam atravessado o recinto rapidamente até o consolo de pedra, onde o primeiro já havia acendido uma longa e fina vareta de madeira com a vela que trouxera e a usava para incendiar os finos gravetos empilhados na lareira, curvando-se para soprar gentilmente o ninho de palitos incandescentes até que ardessem em labaredas estáveis. O outro homem havia largado o fole junto à lareira e estava parado ociosamente naquele meio-tempo, com os punhos cheios de grandes achas, observando com atenção e esperando que as chamas pegassem o suficiente para permitir que acrescentasse seus pedaços maiores de lenha seca e pronta para o uso, empilhando-os com cuidado para permitir que o ar circulasse entre eles. Quando estes pegaram fogo, começou a usar seu fole com grande habilidade, soprando o ar para o meio do combustível em chamas apenas em quantidade suficiente para alimentar as labaredas famintas sem lançar fagulhas e cinzas para o ar.

— Isso bastará — disse Hector, quando ficou convencido de que o fogo não corria mais o risco de se apagar. — Muito bem. Agora acrescente a lenha e depois vamos sair daqui. Mais alguma coisa, senhora?

Jessie fez que não e depois observou os dois foguistas seguirem caminho de volta para as entranhas da casa, seguidos pelo camareiro. Quando a porta se fechou atrás deles, ela se virou para olhar novamente para Will.

— Venha, aqui fica muito frio. Puxe uma cadeira para perto do fogo, e eu me juntarei a você. Temos assuntos a discutir.

Jessie meio que esperava uma reação zangada a isso, mas novamente ele a surpreendeu ao simplesmente fazer o que ela pedia, levantando-se para puxar uma pesada cadeira até diante da lareira e depois trazendo uma segunda para a dama. Enquanto Will fazia isso, a baronesa apanhou a jarra de cerveja e serviu o copo do cavaleiro novamente, acrescentando um pouco para si própria antes de devolver a jarra à mesa. Ele tomou o copo das mãos dela e fez um cortês agradecimento de cabeça antes de sentar-se e sorver um bom gole de cerveja.

— Está ótima. Você tem um cervejeiro entre seus arrendatários?

— Sim, meu camareiro Hector. Esse é só um dos seus talentos. Mas, na verdade, ele é o camareiro deste lugar, não meu. Serve ao meu sobrinho, Sir Thomas Randolph, a quem pertence esta casa. Eu moro aqui e cuido do local por condescendência dele.

Will balançou a cabeça, amigavelmente. Por uma fração de segundo, Jessie pensou que ele tornaria a sorrir, mas a contração no canto da boca desapareceu antes que pudesse aumentar, embora seus olhos continuassem mais tolerantes do que jamais os vira em relação a ela.

— Diga-me, então, se lhe apraz, que assuntos nós temos para discutir?

Ela se virou de lado na cadeira para encará-lo, avaliando toda a aparência do cavaleiro antes de responder.

— Vários — falou com voz suave. — E o menos importante deles não é sua condição. Você parece abatido, Will Sinclair. Abatido, fatigado e preocupado. Quando nos encontramos pela primeira vez hoje, você me disse que o garoto havia sofrido o ferimento por sua culpa, e está claro, pelo seu aspecto, que acredita que isso seja verdade.

Ela se levantou rápido, pousando o copo de cerveja no assento da cadeira, depois quase se curvou para um dos lados enquanto escutava o silêncio por trás dos biombos de vime. Will não tinha ouvido nada, mas não prestava atenção. Ela ergueu um dedo de alerta antes de deslizar para trás do biombo mais próximo. Momentos depois, tornou a emergir, fechando a aba do anteparo com cuidado.

— Ele dorme profundamente. Pensei tê-lo ouvido se mexer, mas, se o fez, foi inconscientemente. — Ela apanhou o copo e sentou-se novamente, embalando-o entre as mãos. — Diga-me então, o que você fez para pôr o rapaz em perigo e quase provocar a morte dele?

Ele inspirou fundo e, sem preâmbulo, contou toda a história. Quando voltou a ficar em silêncio, claramente sem ter mais nada a acrescentar, Jessie inclinou a cabeça num gesto inconsciente de perplexidade.

— Por que você *deveria* ter pensado em vasculhar as árvores de lá? Você disse que elas eram esparsas.

— E eram, mas não tão esparsas. E estavam em território hostil. Escondiam homens, inimigos.

— Mas não soldados.

— Não, eram camponeses. Mas queriam nos fazer mal.

— E por que eles queriam atacar um rapaz desarmado?

— Não queriam. Era a mim que queriam atacar. Um cavaleiro sozinho, mal-armado. Bem valia matá-lo e roubá-lo.

— Se você tivesse ido averiguar, acha que os teria encontrado?

Ele negou com um brusco sacudir de cabeça.

— Talvez não. Eles estavam a pé, teriam se escondido quando me vissem chegando.

— Então, se você não os tivesse visto, eles poderiam tê-lo matado do esconderijo?

— Poderiam.

— E se tivessem feito isso, teriam matado também o rapaz, não é? Especialmente considerando que ele estava desarmado.

— Provavelmente.

— Então por que se censura? Estão ambos aqui, vivos, porque você *não* vasculhou aquelas árvores. E Henry vive porque você foi capaz de salvá-lo, depois que ele o salvou. Portanto, para mim, como uma simples mulher, parece que cada um de vocês tem grande motivo para ser grato ao outro pelo modo como as coisas transcorreram, e razão alguma para sentar aí se lamentando e se sentindo culpado. O garoto é forte, e você está em boa saúde, exceto por sua aparência, que clama por um bom

sono. — Fez uma pausa, aguardando uma reação, e depois acrescentou:
— Eu ainda não o convenci de que essa culpa que sente é tolice?

Bom Deus, o homem está sorrindo. Ele está sorrindo! O primeiro sorriso verdadeiro que eu já vi no seu rosto... E que mudança maravilhosa isso provoca nele, mesmo com a palidez e aquelas rugas amarguradas de preocupação vincadas na fisionomia. Por que, ah, por que, meu Deus, você não permite que esse homem sorria com mais frequência? Ele poderia banir tempestades, expulsar as nuvens e trazer o sol de volta.

Ele meneou a cabeça gentilmente.

— Talvez você tenha me convencido — disse ele. — Veremos... Agora, que mais devemos discutir?

— Nada de muito grave. Eu tenho algumas perguntas que gostaria de fazer. Isso o aborreceria?

O sorriso dele ficou ainda mais largo.

— Hoje, não. Duvido que qualquer coisa que você pergunte neste dia possa me aborrecer. A disposição com que assumiu o cuidado de meu sobrinho sem questionar valeu-lhe isso. Pergunte.

Jessie comprimiu os lábios, outro gesto inconsciente, e mordiscou a parte interna do inferior, pensando com cuidado antes de começar.

— Muito bem, então... alguém me disse... não importa quem, pois eu não direi o nome... que você liberou seus confrades do voto de castidade.

Ela viu a sobrancelha dele se arquear e preparou-se para uma brusca interrupção da pergunta não concluída, mas ele simplesmente olhou de lado para ela e assentiu.

— E foi mesmo o que fiz. De alguns dos meus confrades. Muitos deles, principalmente os mais velhos, não desejavam ser absolvidos de seus votos, e por isso continuaram como estavam. Outros fizeram uso da dispensa.

Ela o encarou com surpresa e espalmou as mãos.

— Por quê? Por que você fez isso? Logo você, entre todos os homens, o mais devoto e atado ao dever. Por que fez isso após uma vida de obediência obstinada ao dever a Deus?

— Talvez porque meu Deus não seja o mesmo que o seu.

As palavras foram entoadas num tom baixo, e eram tão indistintas que Jessie teve certeza de que havia entendido mal, pois não faziam sentido. Mas teve presença de espírito suficiente para não dizer nada, inexplicavelmente consciente de que William Sinclair podia estar prestes a dizer mais, e com mais substância, do que já o ouvira dizer antes sem hostilidade. Em vez de continuar, porém, ele ficou olhando-a fixamente, com olhos estranhamente distantes, como se não tivesse consciência de sua presença, mirando outras coisas.

Ah, Will Sinclair, eu não faço ideia do que passa por sua mente, mas darei graças a Deus esta noite pela ausência de caras feias no seu rosto, e pelos sorrisos que me mostrou, pelo brilho desses olhos. Pois só Ele pode saber de onde vem esse brilho, ou para onde e por que aquelas carrancas foram banidas. Eu não me importarei se você não disser mais uma palavra até a hora de deitar, se seu rosto continuar tão franco e livre de arrogância e desaprovação como agora.

Ele continuou a contemplá-la, e através dela, por tanto tempo que Jessie começou a suspeitar que o homem pudesse, de fato, não dizer outra palavra. No momento em que tomou fôlego para falar, ele irrompeu subitamente na língua francesa de Anjou, com os olhos focalizados nos dela.

— Sabe, quando nos encontramos pela primeira vez não confiei em você. — Ele levantou uma das mãos para o ar para interrompê-la antes que a dama pudesse reagir. — Não, perdoe-me. Isso não é verdade. Eu nunca desconfiei de você. Essa é uma palavra errada... e uma evasão. Eu creio... Eu creio que temia você. Essa é a verdade, e agora que está dito, reconheço a veracidade dessa afirmação. Sim, eu temia você. Eu a temia pelo que era e pelo que representava aos meus olhos... A ruína dos meus votos sagrados... E mesmo nisso eu estava me iludindo, embora talvez não lhe diga como nem por quê. Eu conheço o como *e* o porquê, mas é algo que não consigo explicar sem pôr em risco questões que são sacrossantas para mim. Seja como for, você me assustava porque eu a achava... atraente... E isso era contrário, e ameaçador, a todas as coisas a que eu havia dedicado minha vida.

Aí está o sorriso novamente, mas rapidamente reprimido, como se você pensasse em rir de si mesmo. Ah, Will Sinclair, não posso acreditar que estou ouvindo isso. Você me achou atraente! Ainda pensa isso de mim?

— E você não tem mais medo de mim, Sir William?

Havia um humor malicioso no tom dela, mas Will o ignorou e respondeu com franqueza:

— Não, Jessie, não tenho, nem um pouco. Nunca tive, para dizer a verdade. Era a mim mesmo que eu temia... a mim e as minhas próprias fraquezas que eu pensava que me levariam a pecar.

— Pecar comigo?

Jessie mal tinha consciência do que estava dizendo naquele momento, pois seu choque pela confissão dele foi amplificado pela deliciosa surpresa de ouvi-lo chamá-la por seu apelido pela primeira vez. Mas o prazer se multiplicou quando ele olhou para ela, arqueando uma das sobrancelhas.

— Pecar com você... Sim, por que não? Eu sou um homem, afinal, e você é... você. O simples ato de contemplá-la provoca a tentação, e os pecados da mente são tão potentes e destrutivos, dizem-nos, quanto os pecados da carne.

A admissão dele a deixou estupefata, emudecendo-a.

— Você uma vez chamou a si própria de minha amiga, na primeira carta sua que recebi. E me sinto honrado com sua amizade, imerecida que era a princípio. Mas eu era um cavaleiro templário na época, dedicando-me e vivendo numa irmandade que eu pensava imutável e sacrossanta... esta é a segunda vez que uso esta palavra em menos de uma hora... embora eu tenha passado a vê-la, atualmente, como imerecedora do alento que a maioria dos homens requer para pronunciá-la.

"No entanto, era nisso que eu acreditava quando você e eu nos encontramos pela primeira vez, e acreditava profunda e sinceramente. Os cavaleiros do Templo, como um dia foram conhecidos no mundo inteiro, eram proibidos de ter contato com mulheres, até mesmo com suas mães e irmãs, pois eram monges, destinados por juramento ao claustro, não obstante raramente pudessem viver nele. E por isso fiquei ultrajado... — Ele bufou, um riso abafado de desprezo, balançando a cabeça ao se lembrar da própria tolice. — Eu fiquei ultrajado e ofendido por ter sua companhia imposta a mim, não importando o perigo que você corria ou suas ligações familiares com o almirante St. Valéry, por isso decidi proteger minhas convicções evitando e ignorando você o máximo possível. Jamais pensei nisso como covardia, não naquela época, embora veja como tal atualmente, mas logo descobri a impossibilidade do que estava tentando alcançar."

— Ignorando-me e evitando-me? — Jessie sorriu gentilmente; ele retribuiu com um sorriso amargo.

— Sim. Você não é fácil de ignorar, e do modo como as coisas transcorreram, era igualmente difícil de evitar. Mas temo que a tenha tratado mal por tudo o que você representava, ainda que não tivesse qualquer culpa em ser quem é.

— E o que mudou isso? Posso perguntar?

— O tempo. O tempo e as aspirações de ímpios homens de Deus... E isso posteriormente levou à decisão, como mestre do Templo na Escócia, de liberar aqueles dentre meus homens que o desejassem das limitações impostas pelo voto de castidade.

Jessie o contemplou por um longo tempo antes de dizer:

— Isso é... isso é um salto vertiginoso. Nunca ouvi nada assim.

— Nunca *houve* nada assim desde a fundação da nossa Ordem. Mas foi necessário.

— Para quê, Will? Estou tentando entender o que você está dizendo, mas não sei nem mesmo por onde começar. O que trouxe tal coisa à sua mente? Não pode ter sido uma decisão instantânea.

— Não, não foi. Nem foi alcançada sem muito examinar minha alma e minha consciência. Mas foi a decisão certa, e os eventos das últimas semanas demonstraram isso. Jessie... o irmão de seu marido, o almirante St. Valéry, está morto.

— Eu sei disso. Sei disso há anos. Querido Charles. Eu esperei, por um ano ou mais, que ele pudesse retornar do lugar para onde navegou, mas, quando aquele ano se prolongou em dois, depois três anos, tornou-se óbvio que ele havia perecido em algum lugar... — Calou-se bruscamente, com a testa enrugada. — Mas como sabe disso com toda a certeza que acabei de ouvir em sua voz? Você *sabe* isso sem qualquer dúvida, não é? — Ele fez que sim, e ela o fitou com perplexidade. — O único modo seria se...

— Se algum outro homem cuja palavra não deixasse margem a dúvidas me trouxesse a notícia. — Ele hesitou, franzindo ligeiramente o cenho, depois tomou a decisão e falou com mais intensidade: — Jessie, eu falei que confiava em você. Agora confiarei ainda mais com um segredo conhecido por muito poucos... um segredo que poderia ser perigoso caso descoberto. Você se recorda para onde o almirante partiu?

— É claro. Ele foi em busca de alguma terra lendária além do mar Ocidental, algum lugar chamado... — Ela enrugou a testa.

— O nome não importa — disse Will com voz calma. — Mas o lugar está lá. O almirante o encontrou, um mês depois. E lá ele morreu no ano passado. A maioria dos seus homens permanece na terra, atualmente, vivendo entre os habitantes nativos, mas alguns retornaram em busca de homens para se juntar a eles. Seu navio chegou em Arran há menos de três semanas.

— Ele voltou... — Ela ouviu a incompreensão obtusa em sua própria voz, mas a ideia que ele havia posto em sua cabeça desafiava o pensamento lógico e mentalmente são. Limpou a garganta, subitamente insegura. — Essa terra... ela é desconhecida para a Cristandade? — Jessie o viu assentir. — Onde ela fica, então?

— Onde se disse que ficava, além do mar Ocidental.

Ela meneou a cabeça, tentando compreender a possibilidade de tal coisa.

— Ela é grande, essa terra?

— De acordo com o que nos disseram, é enorme. Poderia ser um mundo inteiramente novo, tão grande quanto a Cristandade.

— Mas isso é... Isso seria... Foi por isso que você falou que esse segredo é tão perigoso. Quem sabe disso?

— Eu sei. Você sabe. A tripulação que retornou sabe. E minha comunidade em Arran sabe. Ninguém mais.

— E mesmo assim você acredita que seu segredo está seguro? Sua comunidade é grande.

— Sim, mas também é sigilosa. Nós somos todos templários, comprometidos com segredo, silêncio e obediência... e com nossa própria sobrevivência. Se uma palavra do que nós sabemos se espalhasse, a Cristandade, com todas as suas perseguições e loucuras, correria em bandos para a nova terra.

— E os privaria da esperança de encontrar uma nova vida nesse novo mundo.

— Você falou a verdade. Um santuário desconhecido de qualquer alma na Cristandade, exceto nós, que temos grande necessidade dele.

— O voto de castidade. Foi por isso que você... para fazer com que seus confrades gerassem filhos.

— Filhos e filhas, sim.

— Porque monges, assim como vocês são, não podem ter esposas e por isso estão fadados a perecer, e sua Ordem desapareceria do mundo.

— É o que vem acontecendo em todos os lugares menos aqui. Não há mais um Templo na França. Agora os outros reis da Cristandade estão fazendo o jogo de Filipe, exatamente como mestre De Molay temia. Nossa comunidade em Arran parece ser o último contraforte templário que resta. Foi por isso que liberei os confrades do voto. Eu os deixei livres para se casarem e terem famílias, sob o juramento de que eles trariam essas famílias para residir em Arran.

— Mas isso não é... — Jessie não pôde dizer mais nada, ainda se debatendo com a ideia. Ficaram em silêncio por alguns momentos. Quando Jessie falou novamente, um meio sorriso repuxou sua boca: — E você, Will Sinclair, renunciou ao seu voto?

Ele olhou diretamente para ela, com expressão tão indecifrável quanto o tom de voz da resposta.

— Não, não renunciei. Eu sou muito... muito assentado no modo de ser que adotei ao longo de minha vida. — O lado direito de sua face se contraiu no que poderia ser o começo de um sorriso. — Não que eu me importasse minimamente em fazer isso, pelos motivos que mencionei. Mas tenho outro voto a me acossar aos olhos dos outros homens, e ele é muito mais problemático do que a minha castidade.

— E qual é?

— A obediência. Quando me juntei ao Templo, jurei um voto de obediência ao papa e, através dele, à Santa Igreja. Mas a quem devo obediência agora? O papa, e com ele a Santa Igreja, renegou e aviltou a nossa Ordem, com nenhum outro propósito a não ser seu ganho pessoal e os desejos de um déspota ganancioso que agora se autodenomina Filipe de França. Que absurdo arrogante! Que França é essa de que ele fala? É um território minúsculo ao norte do que era a Gália. Mas, em seus delírios, ele a vê como algo vasto e busca autenticar suas loucas ideias reivindi-

cando Flandres, Normandia, Bretanha, Anjou, Poitou, Borgonha e Aqui-
tânia. E com sua jactanciosa pretensão a um território vasto, subornou
um papa e dobrou a vontade da Santa Igreja às suas ambições perverti-
das. Agora... — Will ergueu uma das mãos, como se quisesse enfatizar
o que viria em seguida —, um voto, os sacerdotes lhe dirão, é um voto.
Portanto, em obediência, eu deveria submeter a mim mesmo e a todos os
meus confrades à mercê da Inquisição...

"Jessie, eu juro a você pelo amor de minha vida que arderia de bom
grado no inferno pelo que eles consideram minha soberba pecaminosa
antes de submeter a tais obscenidades as pessoas que são agora submis-
sas a mim. Portanto, estou condenado pelo meu orgulho e obstinação, só
com minha própria honra. Uma perda de castidade não me causaria um
só momento de preocupação, caso eu estivesse interessado."

Jessie ouviu a última referência dele à castidade, porém, por mais
surpreendente e cínica que parecesse, ela percebeu que isso tinha pouco significado em comparação às outras e mais fundamentais mudanças
que discernia no homem ao lado.

— Você mudou muito desde que conversamos pela última vez, Sir
William. — Ela própria identificou a formalidade do comentário, mas ele
pareceu não se importar, contemplando com os olhos apertados o crepitante coração da fogueira. — Eu mal posso acred...

— Mudei muito? — Ele produziu um som no fundo da garganta, um
som abafado de amarga autoironia reprimida. — Muito mudado... Sim,
suponho que eu deva parecer assim a você após um intervalo de tempo
tão longo. Os anos passam mais rápido hoje em dia, ao que parece, mas
os efeitos que eles provocam ao passar permanecem conosco. — Levantou-se de repente e caminhou em direção ao fogo, apoiando-se na cornija
da lareira com uma das mãos estendida, enquanto dirigia a fala para as
chamas. — Eu não mudei nada, Jessie, nem um pouquinho, mas o mundo em que eu vivia mudou, e fui espoliado. Tenho responsabilidades e

as cumpro com o melhor das minhas habilidades. Tenho minha honra e minhas crenças, e sou fiel a elas. Mas todos os deveres que um dia possuí encolheram até uma pequena esfera: o dever de proteger a comunidade de meus irmãos em Arran.

Ele se virou novamente de frente para ela, com um sorriso assimétrico e relutante no rosto, embora Jessie visse de imediato como os olhos dele estavam tristes.

— Essas mudanças a que você se referiu foram mudanças impostas a mim pelo mundo e pelo tratamento que ele dirigiu a mim e aos meus. Mudanças em meu modo de pensar e na maneira como percebo as coisas que não posso ignorar. Mudanças no modo como olho para reis ambiciosos e padres venais, e para o que eles fazem em sua interminável ganância e luxúria por poder, quer seja o poder sobre as almas dos homens ou sobre os homens em si, com suas posses. Porém, maiores do que estas, creio, são as mudanças que aceitei no modo como os homens ditam a moral e a moralidade e as impõem com a ameaça da contrariedade divina, ajustando-a aos seus desejos perversos... e sem dedicar um só pensamento ao Deus em cujo nome eles desgraçam a si próprios. E por isso os abjurei a todos e a tudo que representam. — Então ele deu de ombros, contorcendo a boca. — Se isso é o que os antigos chamavam *hubris*, o pecado do orgulho, então que seja. Mas sei em que acredito, e não posso aceitar que Deus verá muita coisa errada nas minhas crenças ou no meu comportamento. Quanto ao resto... nenhum padre pecaminoso poderá novamente alegar o direito de definir o pecado perante meus olhos. — Ele sorriu. — A única exceção que farei será para seus padres na Escócia, equilibrando-se à beira da danação juntamente com o rei deles. Pessoas como Davie Moray, a quem não consigo ver como padre, apesar de sua alta posição.

Jessie não respondeu, mergulhada em profundos pensamentos e de cabeça baixa. Will a observou, vendo a linha branca do couro cabeludo que dividia os cachos de seus cabelos. Como ela não fez qualquer movimento para olhá-lo novamente, o cavaleiro pigarreou.

— Em que você está pensando? — perguntou.

Ela suspirou e se endireitou.

— Na sua estranha nova terra. Quando vocês irão?

Will suspirou fundo.

— Não breve o suficiente para meu gosto. Há muito trabalho a ser feito primeiro.

Então Jessie voltou os olhos para ele.

— Que tipo de trabalho?

— Construir e reparar navios. O navio que retornou estava avariado demais para aguentar uma nova travessia. Ele havia sido reparado antes da viagem de retorno, e quando zarpou estava tão forte quanto era possível torná-lo, carecendo das ferramentas apropriadas. Os povos nativos que vivem lá não têm a habilidade de construir navios. Eles temem o mar. As únicas embarcações que têm são troncos escavados para uso nas águas do interior. Coisas desajeitadas e perigosas para os viajantes. Sem aço, ferro, habilidade para trabalhar o metal, eles não podem cortar árvores de maneira adequada e devem esperar que elas caiam naturalmente. Não sabem partir toras com cuidado, nem mesmo fazer tábuas. Portanto, não têm navios. Nossos homens levaram construtores navais com eles, mas não têm meios de fazer novas ferramentas e, dessa forma, não têm condições de ensinar outros a como usar as poucas que têm. Por isso, concentraram todos os esforços para reparar o único dos navios que ainda tinha condições de navegação, na esperança de voltar para casa. Ele resistiu, mas a custo. As histórias que ouvi sobre as tempestades que encontraram em alto-mar seriam quase inacreditáveis, se eu não tivesse visto os danos sofridos. — Ele meneou a cabeça ao lembrar. — Por isso nós precisamos de novos navios, construídos com solidez suficiente para resistir às tempestades oceânicas.

Isso consumirá anos, e mais recursos do que nós temos à mão. Não há carvalhos em Arran.

— Então, o que vocês farão?

Will deu um sorriso sem humor.

— Encontrá-los em outro lugar, suponho. Ainda não pensei inteiramente nisso... Na verdade, ainda não tive tempo de absorver a imensidão desse pensamento.

— Se encontrarem tais árvores, vocês têm homens com a habilidade para construir esses navios?

— Sim, nós temos o suficiente deles pelo menos, e eles podem treinar outros. Mas será vagaroso e tomará tempo.

— Quanto tempo?

— Um tempo longo como um cordame. — Ele sorriu ao ver a ruga de desconcerto na testa dela. — Não sei dizer quanto tempo, minha dama... Três anos, talvez quatro, se tivermos sorte.

— Jessie. Chame-me de Jessie. Eu sou sua amiga, Will, não sua dama. Vocês não podem simplesmente comprar novos navios? Vocês não estão sem dinheiro, estão?

— Não, nós não estamos. Mas isso não é... — Deteve-se, inclinando a cabeça para um lado como se pensasse no que ela tenha dito, e a baronesa viu uma mudança se manifestar no rosto dele. — Eu estava para zombar de você, mas essa ideia é ótima. Ela ainda não havia me ocorrido. Para comprar novos navios... Nós teríamos de ir a Gênova.

— Gênova? Por que lá?

Will sorriu novamente, agora com animação, e ela sentiu prazer ao ver essa novidade.

— Porque eles constroem os melhores navios de todo o mundo e vêm fazendo isso desde o tempo dos romanos. Até recentemente, construíam todos os navios templários, tanto galés quanto vasos mercantes. Pode ser até que tenham alguns agora, à venda, já que o Templo não precisa mais deles... exceto que precisa, aqui e agora. — O rosto dele ficou sombrio. — Mas isso poderia exigir todo o ouro que nós temos, e até mais. Eu não faço ideia de quanto custa um navio forte, mas deve ser uma soma vultosa.

— Quem *tem* conhecimento sobre isso?

— Hmm. O senescal da Ordem saberia, ou o negociante de tecidos. Todas as despesas desse tipo devem passar pelos escritórios deles e são... eram... sujeitas à sua aprovação. Mas o senescal está enterrado numa das cadeias de Filipe, e ouvi dizer que o negociante de tecidos, Sir Philip Estinguay, morreu das torturas que lhe foram infligidas pelos padres. Seus homens, os ajudantes que trabalhavam para eles, podem saber, mas todos se dispersaram e desapareceram como fumaça no vento. Portanto, ninguém sabe, e eu teria... terei... de descobrir por mim mesmo. — Ele sorriu novamente. — Uma coisa é certa: se pudermos cobrir o custo, nós o faremos, nem que isso nos torne mendigos, pois não precisaremos de ouro na nova terra.

Alguém bateu à porta, e Will ergueu a mão pedindo silêncio enquanto ela se abria para admitir o irmão Matthew, com o rosto inchado pelo sono. Ele piscou como uma coruja ao ver Will e depois se dirigiu a Jessie:

— Minha dama? O rapaz ainda dorme?

Como se numa resposta a essa pergunta, um gemido abafado partiu de trás dos biombos de vime, anunciando que o jovem Henry estava acordado. Por algum tempo, o silêncio que havia anteriormente na sala foi extinto, pois todos foram vê-lo.

TRÊS

Na manhã seguinte, antes que o sol nascesse, e por desejar fazer qualquer coisa que afastasse seus pensamentos das condições do jovem Henry, Will apanhou o arco, uma lança e uma aljava com flechas e foi caçar, acompanhado de seus dois sargentos restantes. Ele havia jantado com Jessie na noite anterior, mas não tiveram mais chances de falar em particular, rodeados que estavam por outras pessoas. E por isso haviam conversado sobre coisas normais, compartilhando do riso e das conversas dos que se encontravam à volta deles. Somente uma vez, no início do jantar, ela havia se inclinado para perto dele para dizer que lamentava a interrupção do encontro e que gostaria de falar mais sobre os assuntos que haviam discutido.

Will havia ficado surpreso, e encantado, ao descobrir que apreciara a noite e, até certo ponto, a novidade de estar em companhia de tantas mulheres — havia oito delas ao todo —, após tantos anos de convivência exclusivamente masculina. Quatro delas eram as esposas dos arrendatários de Jessie, simples, mas agradáveis fazendeiras que ela havia convidado à casa, juntamente com os maridos, num capricho travesso. Will havia surpreendido Jessie olhando-o disfarçadamente e sorrindo em diversas ocasiões, quando uma ou outra mulher entabulava conversa com ele. Em dado momento, começou a suspeitar do que ela estaria assistindo de camarote. A constatação, em vez de contrariá-lo como teria feito apenas alguns meses antes, agora simplesmente o divertia, e ele entrou no espírito do divertimento que ela obviamente obtinha por observá-lo. A despeito de sua determinação de ser menos rígido, uma vida de treino era difícil de abandonar, e sua desaprovação à companhia feminina estava muito profundamente arraigada para ser tão facilmente posta de lado. Achou a conversa das mulheres fútil, trivial, e com frequência desagradavelmente inquisitiva e pessoal, pontuada de risos espontâneos um tanto alarmantes, mas perseverou, embora suas bochechas às vezes doessem de tanto sorrir e tentar ser agradável. Quando aquilo acabou, sentiu-se grato ao ver Hector lhe mostrar seu leito para a noite.

Havia dormido bem, mas foi despertado em plena escuridão com a lembrança de Jessie dizendo que seus criados haviam ficado incapacitados de caçar recentemente, devido à doença que rondava os vales, em consequência disso estavam quase privados de carne fresca. Por isso, Will havia decidido dedicar o dia à caça.

Na metade da manhã, um dos dois sargentos, um borgonhês taciturno chamado Bernét, havia matado um belo gamo jovem com um longo disparo de besta que Will sabia que ele próprio jamais teria igualado. Logo depois, carregando o animal abatido ao local onde haviam amarrado seus cavalos, toparam por acaso com um javali fossando a terra, que prontamente investiu contra eles sem o típico cavoucar de solo preliminar. Bernét e seu companheiro estavam carregando a carcaça do veado e não tiveram tempo para reagir, exceto atirar a carne ao chão e tentar desembainhar as espadas, mas o animal furioso já estava sobre eles antes que qualquer um dos homens estivesse preparado.

Will estava carregando todas as três lanças de caça e mal teve tempo ou presença de espírito para largar duas delas e agarrar a terceira firmemente com as mãos antes de cair de joelhos e fincar a extremidade mais grossa da arma com força no solo, segurando-a ali com um dos braços esticado enquanto usava o outro para apontar para a fera atacante, gritando para atrair sua atenção. O javali ignorou-o, investindo diretamente contra Bernét e mantendo-se totalmente fora do alcance da ponta da lança, mas, por alguma razão inexplicável, fez uma pausa para atacar a carcaça ensanguentada do veado, dando tempo a Bernét para pular para o lado e libertar a espada, enquanto Will saltava sobre os pés e arremessava a pesada lança. Não teve tempo de mirar com cuidado, mas o javali era bastante grande, e o templário estava perto o suficiente para que seu alvo fosse impossível de errar. A ponta farpada da lança cravou fundo no flanco da criatura, desequilibrando o animal por um segundo, antes que seus olhos suínos se focalizassem em Will como o gerador do novo tormento, e então deu um bote contra o cavaleiro, arrastando a lança maciça como se fosse desprovida de peso.

A essa altura, porém, Will havia apanhado uma segunda lança e a posicionado da maneira certa. O animal enraivecido correu diretamente para ela, chocando-se contra a larga ponta e transfixando-se com a boca aberta, engolindo a cabeça de metal com todo o seu impulso de ataque e conduzindo a lâmina ampla e afiada através de sua espinha.

Quando o fôlego deles retornou ao normal, os três homens decidiram que haviam caçado o suficiente para um dia, e os dois sargentos se puseram a esfolar o javali enquanto Will ia reunir os cavalos e trazê-los até eles para carregá-los com a carne fresca.

Estavam de volta à casa por volta de meio-dia e levaram a carne diretamente à cozinha, onde encontraram um padre visitante sentado junto ao fogo do forno, devorando uma tigela de ensopado que havia sobrado da noite anterior. Ao ver Will, o padre largou a tigela e ficou de pé, perguntando se ele seria o cavaleiro Sir William Sinclair. Will admitiu que sim, e o padre disse que mestre Balmyle o esperava em St. Andrews, mas pedia que Sir William se dirigisse para lá sem demora, pois a urgência dos assuntos do rei era grande e Balmyle deveria partir para se encontrar com o abade de Arbroath o mais brevemente possível.

Will sorriu ao ouvir isso, pensando que, se soubesse que aquele sujeito viria, poderia ter mantido Tam e Mungo consigo. Eles deviam ter se cruzado no caminho. Teria de viajar por terras desconhecidas com apenas dois homens, quando estariam muito mais seguros num grupo de cinco. Agradeceu ao padre por entregar o chamado e rapidamente comeu uma pequena tigela de ensopado, pois não ingeria nada havia horas. Depois, deixou os dois sargentos com o grato cozinheiro, alertando-os para que preparassem seu cavalo e estivessem prontos para partir dentro de uma hora. Foi procurar Jessie e obter um relatório do progresso do jovem Henry.

Henry Sinclair estava reagindo bem, disse o solícito irmão Matthew, que Will encontrou nos aposentos do enfermo depois de uma breve e infrutífera busca por Jessie. O monge o chamou para o lado e, numa voz baixa, claramente destinada a evitar perturbar o paciente adormecido, falou que o rapaz dormira profundamente a noite inteira. As feridas haviam sido lavadas e as roupas trocadas na noite anterior, e novamente quando acordou pela manhã. O irmão Matthew estava feliz com a ausência de pus nos tecidos imundos. O ferimento ainda sangrava, porém, não mais que uma leve umidade agora, e a inflamação em volta dos pontos de entrada e saída da lâmina havia diminuído visivelmente, indicando que o perigo de putrefação e doença havia se reduzido bastante.

— Ele dorme profundamente depois de uma noite de bom descanso — murmurou Will para o monge. — Isso não é incomum?

— Não neste caso. Isso significa que ele está sarando. Se fosse diferente, significaria dor, ele ainda estaria sofrendo e não indo bem. — O monge deu um sorriso oblíquo. — Como eu disse à baronesa na noite passada, o sono é o maior de todos os curandeiros.

Will fez que sim.

— Que assim seja, então. Eu aceitarei sua palavra quanto a isso e oferecerei minha gratidão em retorno. — Tirou um pequeno saco de moedas de sua algibeira e atirou-o para o monge, que o apanhou com destreza e avaliou seu peso disfarçadamente, agradecendo com um sorriso. — E agora devo partir. Você sabe, por acaso, onde encontrar a baronesa?

O irmão Matthew levantou alto as sobrancelhas e balançou a cabeça.

— Não, Sir William, eu não sei. Eu a vi mais cedo. Ela também veio ver o rapaz e perguntar pela saúde dele, mas não faço ideia de aonde foi depois disso.

— Bem, devo me despedir dela. Diga ao garoto, se ele acordar, que deve ficar aqui e recuperar as forças. Eu voltarei para buscá-lo quando estiver curado. *Adieu, mon frère.*

Ouviu Jessie chamá-lo assim que saiu para o pátio e viu que ela o observava junto aos portões, acompanhada de suas duas criadas e de sua sobrinha. Como as outras três, segurava uma grande cesta de vime apoiada contra o quadril e sustentada por um braço estendido.

— Fui informada de que estou profundamente em débito com você, Sir William — gritou ela —, por ter reabastecido minha despensa. Você caminhará conosco?

Ele foi rapidamente até onde ela o esperava e fez uma reverência às quatro mulheres antes de se dirigir à baronesa:

— Temo que não, minha dama. Eu fui chamado às pressas até St. Andrews, onde mestre Balmyle me aguarda com urgência. Por isso devo estar na estrada dentro de uma hora.

— Tão cedo? Que pena. — Ela inclinou a cabeça. — Presumo que já foi ver o jovem Henry? O irmão Matthew disse que ele está bem.

— Sim, graças a Deus, ele parece estar.

— Há algo que eu queria lhe mostrar. Você tem algum tempo? Não demorará mais do que alguns minutos. — Ele curvou novamente a cabeça e ela largou a cesta, impulsionando-a com o quadril e deixando-a cair pesadamente ao solo antes de se virar para as outras. — Vão sem mim e comecem. Eu irei logo.

Chamou Will com um gesto do dedo indicador, e ele a seguiu até um longo e baixo edifício de pedra com grossas paredes, que parecia e cheirava ao que de fato era: um estábulo para o gado. Ao entrar, ele teve de abaixar a cabeça para evitar o lintel baixo, mas encontrou espaço suficiente para se posicionar ereto depois do umbral. As baias estavam vazias, pois fazia tempo que as vacas haviam sido levadas para o pasto, e a vala de escoamento central fora raspada recentemente. De cada um dos lados do canal lavado, o chão de lajes também havia sido varrido e coberto de palha fresca. No canto mais à direita do estábulo, elevada acima do piso, ele viu uma plataforma reforçada de madeira, cheia até as vigas com pilhas de fardos de feno bem-feitos. A porta no fundo do estábulo estava aberta, permitindo que o brilhante sol do final de julho entrasse, lançando as baias laterais em sombras. Will piscou os olhos até que se ajustassem à fraca luz mosqueada e à escuridão, depois olhou de lado para Jessie.

— Você me trouxe até aqui para me mostrar isto? — Havia um riso no seu tom de voz. — É um estábulo, um abrigo para vacas. Nós temos desses em Anjou também.

— Venha. — Ela nem mesmo reagiu à zombaria dele, liderando-o aos fardos de feno empilhados no canto. Ele a acompanhou com obediência, subindo com facilidade para a plataforma de madeira. Jessie apontou para os fardos. — Você consegue movê-los? Não todos. Os do meio. Há um forcado ali.

Curioso, mas sem dizer nada, ele apanhou o pesado forcado de feno e o mergulhou no fardo de cima.

— Onde ponho isto?

— Empilhe-os no chão. Nós os poremos de volta depois.

Ele trabalhou com esforço e silenciosamente por vários minutos, depois viu o que estavam procurando. Enterrado sob os fardos, havia um longo e estreito cofre de madeira que ele reconheceu de imediato.

— Puxe-o para fora, mas tenha cuidado. Foram necessários quatro de nós para empurrá-lo até ali.

Will se agachou com cautela e agarrou a grossa alça de corda numa das extremidades da caixa com as mãos. Respirou fundo algumas vezes, depois o ergueu com firmeza, fazendo um esforço para cima com as coxas e mantendo a coluna reta enquanto sustentava o peso do objeto. Ele levantou a borda frontal do chão e o arrastou para si, produzindo um alto raspar enquanto se movia, resistindo à tração a cada centímetro do trajeto até ele ser capaz de baixá-lo novamente ao chão.

Endireitou vagarosamente o corpo, com a respiração pesada e enxugando o suor da testa com as costas da mão.

— Isso aí, madame — falou ele com uma voz arrastada —, é pesado. Eu não preciso nem mesmo perguntar o que contém... Parte do tesouro que você trouxe para o rei Robert?

— Sim, mas a minha parte. Eu pensei em conservá-la a salvo para alguma necessidade súbita. O rei tem todo o restante. Abra.

— Eu não preciso abrir. Ele tem sacos com moedas de ouro. O peso torna isso óbvio.

— Quantos sacos você acha que tem?

Ele olhou para a caixa, cutucando-a com a bota. Tinha a largura de um palmo, uns 22 centímetros. Estimou que os lados tivessem 1,5 centímetro de espessura cada, reduzindo a largura do interior a 20 centímetros. Quanto à altura, era metade disso, e o comprimento era o dobro. Ficou coçando o queixo, tentando visualizar o tamanho e o volume dos sacos recheados que aquilo conteria. Por fim, balançou a cabeça.

— Quatro sacos, cada um com 15 centímetros de lado a lado... Quatro sacos *pesados*.

— Abra, então. Aqui está a chave.

O cadeado bem-lubrificado abriu com facilidade, mas, quando levantou a tampa, Will inspirou bruscamente e ficou imóvel em sua posição agachada, assombrado.

— Está vendo? Você errou por quatro.

— Bom Deus! Não admira que esta coisa seja tão pesada.

Não havia sacos no baú. Em vez disso, estava completamente abarrotado por camadas de tubos de pano, cada um cuidadosamente embrulhado e lacrado em ambas as extremidades com um tampão de cera. Um dos tubos de cima havia sido cortado no sentido do comprimento com uma lâmina afiada, e o brilho baço do ouro se revelava através do corte. Will ficou agachado ao lado da caixa, segurando a tampa aberta e tentando estimar seu conteúdo.

— Besantes de ouro — sussurrou Jessie, inclinando-se para olhar com ele. — Cinquenta besantes em cada rolo, 15 rolos em cada camada e cinco camadas de profundidade. Eu não os contei, mas tenho a contagem expressa por escrito pelo judeu Yeshua Bar Simeon, de Béziers. Ele era um homem honesto e escrupuloso. Etienne não poderia ter encontrado um sócio melhor ou mais confiável. E pensar que ninguém sabia de seus negócios, sendo eles tão prósperos...

Will ainda contemplava o cofre.

— Eu ouvi esses números, mas quanto eles somam? É demais para meu conhecimento limitado.

— Três mil, setecentos e cinquenta besantes.

— Três *mi*... Santo Deus no Paraíso... Valendo quanto? Cinco marcos de prata escoceses cada um, pelo menos.

— Perto de dez, talvez mais.

— E havia mais cinco baús como este. Aqueles que você deu ao rei. E cinco de prata.

— Correto, mas aqueles cinco não estavam todos abarrotados como este e não eram todos de ouro. Alguns estavam misturados com prata.

Will se virou para olhar para ela.

— Por que você guardou este? Este em particular, quero dizer.

Jessie levantou as mãos, um gesto quase de desamparo.

— Porque era de Bar Simeon. Dele próprio, sem ligação com a sociedade com Etienne. Ele não tinha família e, ao saber que estava morrendo, pôs em ordem seus negócios e deixou este único cofre para Etienne, em quem depositava grande confiança. Eu tenho a carta que mandou junto com a caixa, contida entre os documentos que Sir Charles passou para mim. Por isso, deduzi que este parecia mais pessoal, de algum modo... o último presente de um velho prestes a morrer para o pobre Etienne, que já estava morto... Por isso eu o conservei. Achei que, recebendo dez partes do tesouro, o rei não me invejaria pela décima primeira, e se ela pesava mais do que as outras, isso era circunstancial... Eu não tinha conhecimento na época do que este baú continha. Isso eu descobri apenas mais tarde, quando li todos os documentos. Além disso, eu ainda não havia pensado no que fazer com ele, além de conservá-lo como uma reserva para outro dia de necessidade... do rei, quero dizer. Dinheiro na mão sempre acaba sendo gasto de mãos abertas. Eu achei que poderia chegar um momento em que um fundo extra seria bem-vindo.

— Bem-vindo? — Ele balançou a cabeça, espantado. — Jessie, só este baú poderia pagar o resgate de um reino. Ele contém mais riqueza do que todo o dinheiro que eu trouxe do nosso Comando de La Rochelle... muito mais.

Ela sorriu, um rápido lampejo de dentes fortes e brancos.

— Talvez. Pode ser, de fato, se você diz, o resgate de um reino. Mas com o próprio rei na Inglaterra cobrando resgates das cidades e abadias inglesas, este reino não deve ter necessidade disso. Ao passo que eu tenho.

Will pestanejou.

— Você tem? Que necessidade é essa? — Ele retribuiu o sorriso dela, abaixando um dos joelhos até o chão para facilitar a posição agachada. — Você pretende comprar um reino para si, então? Ser uma rainha?

— Não, não um reino. Nós temos reinos suficientes aqui na Cristandade. Mas talvez eu possa comprar um navio como aqueles de que você falou ontem, em Gênova. Ou mesmo dois deles, dependendo do preço.

— Você poderia comprar uma esquadra com este pequeno baú... mas de Gênova? O que você faria com um navio genovês?

Ela sorriu novamente, um brilho da mais pura travessura no olhar.

— Eu posso fazer como meu falecido esposo e me tornar mercadora. Ou poderia até mesmo navegar em busca de alguma nova terra além do mar Ocidental. — Ela viu a súbita consternação nos olhos do cavaleiro, o rápido enrijecimento da postura, e riu alto. — Ah, Will, Will Sinclair, como você às vezes pode ser cabeça-dura e fácil de prever. Eu pretendo comprar o navio para você... ou uma esquadra, se for possível.

A boca do cavaleiro se escancarou e os dedos perderam a força, deixando escapar a tampa do baú, que caiu com um baque sólido e pesado.

— Você é muito gentil, baronesa, mas eu não poderia aceitar tamanho presente. É demais.

— Bobagem. É claro que você poderia, e aceitará. Você mesmo disse na noite passada que não precisará de dinheiro no lugar para onde está indo. Portanto, este cofre é sem valor, exceto como um meio para alcançar o local... E, além disso, não é um presente. É um pagamento.

Ele franziu ligeiramente o cenho, sentindo uma cautela súbita.

— Em troca de quê?

— Para me levar com vocês à sua nova terra selvagem... a mim e aos meus.

O queixo dele caiu mais uma vez.

— Você está louca — sussurrou ele.

— Por quê? Acho que estou sendo racional.

— Aquele não é um lugar para mulheres, e pelo santo cotovelo de Deus, não é lugar para uma dama da fidalguia.

— Will Sinclair, essa deve ser a coisa mais estúpida que já ouvi de sua boca. Vocês irão levar mulheres, as esposas dos seguidores. Não é esse o objetivo de toda essa expedição?

— Sim, mas...

— Mas nada, Will. Eu quero ir com vocês. Fiquei acordada durante horas na noite passada, pensando em tudo isso, e tomei a decisão. Eu comprarei a frota, ou parte dela, se isto não for suficiente. Em troca, vocês me levarão a essa Merica. Eu lembrei o nome.

A boca de Will se moveu, mas nenhuma palavra emergiu dela por algum tempo até que, frustrado além da conta, irrompeu do francês para o escocês:

— Mas... mas, Jessie, como você pode sequer pensar em tal coisa? Ir sozinha para um mundo desconhecido? O povo que vive lá é selvagem... bárbaro. Eles nem mesmo vestem roupas, pelo menos não o tipo de roupa que você veste. Eles não se cobrem com nada além de couro e peles de animais.

— Assim como faziam os dinamarqueses e os próprios ingleses há não tanto tempo. E você já visitou as terras Altas daqui? Gente corre nua por lá, às vezes; grande parte do tempo, na verdade, ou isso foi o que me disseram. Homens lutam nus e não têm vergonha disso.

— Mas essa gente do outro lado do mar é primitiva, você não me ouviu? Eles são bárbaros... ímpios.

— Bárbaros ímpios? Você quer dizer como o nobre rei da França, que matou meu marido por simples cobiça, depois mandou Nogaret me caçar e me matar também pela mesma razão? O mesmo rei que alega ser ungido por Deus, enquanto expulsa você e os seus da terra natal para satisfazer a própria sede de poder, e cujos homens agora torturam, mutilam e matam seus confrades? Ou talvez você se refira ao rei inglês, o velho, que pendurou mulheres da fidalguia nuas em gaiolas abertas sobre os muros da cidade, somente para destilar sua raiva? Isso não é barbárie? — E acrescentou em tom definitivo: — Além disso, não estarei por minha própria conta.

— Com suas mulheres, você quer dizer. Sim, foi o que *eu* quis dizer, também. Quem as protegeria lá, a você e suas criadas? Vocês não têm *homens*, Jessie, e precisariam de um forte, e valente.

— Eu terei um homem, e dos fortes, Will Sinclair. Você será meu homem.

Will se encolheu como se ela o tivesse estapeado, depois olhou para Jessie com olhos convulsos, por alguns segundos, para então apertar os lados de sua cabeça com as mãos e ficar de pé, girando o corpo para ficar de costas para ela.

— Em nome de Deus, mulher! — rugiu. — Você perdeu completamente o juízo?

Mas então parou, com os pulsos ainda comprimindo as têmporas, e Jessica viu a tensão escoar dele enquanto se virava novamente de frente para ela. A baronesa esperou, sem dizer nada, e ele meneou a cabeça e lentamente abaixou as mãos.

— Eu gritei com você, em nome de Cristo.

— Eu sei. — Ela estava quase sorrindo. — Eu ouvi. Esse foi um tipo especial de pecado para você?

— Não... não, não foi, mas... faz com que eu veja como um homem pode ser impulsivo e falso consigo mesmo quando está irritado.

— Não entendo.

— Eu sei que não. Você não poderia entender. Mas significa muito para mim. Você acha que alguém nos ouviu? — Ele olhou em volta, como se esperasse ver pessoas à escuta em algum lugar, depois balançou a cabeça novamente. — Eu não tenho tempo para isso. Deveria estar longe daqui agora. — Deu um profundo suspiro, depois olhou novamente para ela e abaixou a voz: — Ouça, moça, eu cuidaria de você. Não tenho dúvidas quanto a isso, além de qualquer promessa. Mas é perigoso demais, inteiramente desconhecido. Eu jamais me perdoaria se algo de ruim lhe acontecesse...

Quando tornou a falar, a dama se exprimiu em francês:

— E aqui, Will? — A voz dela agora estava calma para se equiparar à dele. — Como você se sentiria se algum mal me atingisse aqui? Nós estamos em guerra, e esta casa foi construída na principal estrada entre a Inglaterra e a Escócia. Eu poderia ser assassinada no meu leito, bem aqui, a qualquer momento, assassinada e estuprada pela soldadesca de passagem vinda de qualquer um dos lados. Você acha que me deixaria a salvo, se partisse sem mim?

— *Sem* você? Eu nunca pensei em nós dessa forma até você dizer essas palavras!

— Se isso é verdade, então você é um tolo, Will Sinclair. Um belo tolo, mas um tolo ainda assim. Preste atenção em si mesmo. Você se tornou um navio sem vela, uma embarcação sem destino, traído e enganado por todos os lados por homens indignos de olhá-lo nos olhos. Mas você liberou seus confrades do voto deles depois de pensar profundamente no assunto e decidir que era justo. Isso exige liderança, determinação. E agora você irá liderá-los rumo a outra terra, outra vida, em busca de um novo destino. E, portanto, você agora tem um propósito renovado. Mas incompleto, até mudar a si próprio... Olhe para mim e me ouça, pois eu sei que você deve ir agora.

Ela respirou fundo e posicionou-se mais ereta, olhando-o nos olhos.

— Nós dissemos muita coisa neste dia, talvez demais, embora eu duvide disso. Mas o resumo é o seguinte: eu quero ajudá-lo a comprar uma frota, e os meios estão aqui, aos seus pés. Pense nisso... o como, o porquê e o para quê de tudo. Será necessário muito tempo e um longo planejamento. Você precisará de um agente para as negociações em Gênova. Moray pode ajudá-lo nisso. Ele tem muitos contatos por toda parte. Nesse meio-tempo, pense nisso... Eu pagarei pelos navios, quantos este cofre puder proporcionar. Você então usará seus próprios recursos para carregá-los e equipá-los com tudo o que irá necessitar na sua nova terra... incluindo tecidos para roupas. E pense também na minha oferta, Will, a oferta de mim mesma, minha companhia, minha lealdade. Eu não a fiz de maneira leviana. Sei que será difícil para você sequer pensar a respeito sendo quem você é. Mas tente, Will. Tente ver como poderia ser... — Ela sorriu novamente, com gentileza. — Você fará isso por mim, senhor cavaleiro?

Ele ficou olhando para ela, com a mão direita segurando o cabo da longa espada, com lábios comprimidos. E então assentiu.

— Certo, eu pensarei nisso. E nós conversaremos em outra oportunidade... Mas agora é melhor eu esconder este baú novamente e partir. É seguro aqui?

— Tão seguro quanto seria em qualquer outro lugar, exceto seus cofres em Arran. Ele estará seguro até você voltar para buscá-lo. Agora, apresse-se, e vá. — Ela se virou para se retirar, depois hesitou e olhou novamente para ele. — E, quando pensar em tudo isso, pense também em mim... e com carinho, Will Sinclair.

Ele emitiu um som gutural na garganta, incapaz de encontrar palavras para responder àquilo, e ela o deixou ali para enterrar a caixa sob os fardos novamente.

BISPOS E CARDEAIS

Will não conhecia a cidade de St. Andrews, e ao entrar nela ficou assombrado pela vista, dominada pela grande catedral inacabada, em construção havia mais de 150 anos. Ele sabia que estava perto de ser completada, avultando-se sobre as construções circundantes, perto da orla marítima, sua estatura parecendo diminuir até mesmo a poderosa torre de St. Rule, de cuja sede compartilhava, pois se erguia bem acima de seus pináculos. A cidade era também o principal centro da Igreja Católica da Escócia e parecia tomada por sacerdotes de todos os tipos. Havia soldados ali, claro, e burgueses, mercadores e suas famílias, juntamente com negociantes e os vadios usuais que se encontram em todas as cidades de qualquer tamanho, mas a impressão predominante era de uma pletora de padres e clérigos. Monges e frades, padres, abades e bispos se alvoroçavam por toda parte, a maioria carregando rolos de pergaminho e materiais de escrita. Will inspirou profundamente mais de uma vez, com a esperança de sentir o aroma de incenso no ar.

Foram necessários, para Will e seus dois sargentos, quatro dias de dura cavalgada num clima horrível para percorrer a distância desde Nithsdale, viajando para o norte ao longo da orla ocidental da floresta de Ettrick até Lanark, e de lá para Stirling, onde atravessaram o rio Forth antes de virar para leste no último trecho de sua jornada. Mas isso havia ficado para trás, e o sol brilhava novamente na costa leste, e a perspectiva de passar a noite numa cama quente debaixo de um teto seguro era uma alegria, exigindo apenas a descoberta de uma hospedaria tolerável.

Eles encontraram uma hospedagem de aparência próspera na larga rua principal, de frente para a fachada oeste da Igreja de St. Rule. Will entrou ali com seus homens e arranjou alojamentos para os três e estábulos para os cavalos. Assegurou-lhes a estada entregando 1 marco de prata para o proprietário, depois despiu a couraça e a camisa de malha de aço e deixou-as, juntamente com escudo, lança e elmo, no quarto que havia alugado, sabendo que estariam a salvo aos cuidados de seus dois companheiros, que tratariam dos animais antes de relaxarem nos aposentos que ambos compartilhavam. Então ele saiu para procurar o mestre Nicholas Balmyle, aproveitando a sensação de caminhar pela rua sem a restrição da cota de malha, embora ainda usasse o cinto com suas armas.

Assombrado pelo tamanho e o burburinho do lugar, e pelas fileiras cerradas de magníficos prédios de pedra cinzenta, rapidamente se deu conta de que não fazia ideia de por onde começar a procura, mas a primeira pergunta feita a um soldado passante forneceu a resposta. Ele se dirigiu ao Convento Cartuxo da nova catedral, nas proximidades. O primeiro pensamento ao ver a grande entrada e os lustrosos soldados de libré que montavam guarda foi que poderia estar vestido de maneira imprópria, mas então se lembrou do modo como Davie de Moray se vestia e decidiu que mestre Balmyle estaria muito ocupado para notar o que um homem convocado às pressas poderia estar trajando.

Ele se apresentou aos guardas e perguntou em que lugar poderia encontrar o bispo. Eles o dirigiram, com cortesia, ao local onde poderia se anunciar a um dos oficiais clericais da catedral. Feito isso, um monge de batina preta rapidamente o conduziu ao longo de uma série de corredores idênticos. Por fim, pararam do lado de fora de um magnífico par de portas com o dobro da altura de Will, e seu guia bateu duas vezes e abriu uma delas para permitir que o cavaleiro entrasse.

A sala imensa, suntuosa sob todos os padrões, tinha o pé-direito alto e era iluminada por janelas que iam do chão ao teto, com vitrais claros. O chão era de largas tábuas de carvalho, tingidas de cor escura. Uma enorme mesa da mesma madeira, com um leitoril numa das pontas, tomava o espaço central, rodeada por cadeiras combinando. O frio da grande câmara o atingiu de imediato, e o lugar parecia estar deserto, mas então olhou à sua direita e viu um trio de homens reunidos em discussão, de pé diante de uma gigantesca fogueira numa lareira de pedra que poderia abrigar uma família inteira. Então todos os três se voltaram em silêncio, e ele os distinguiu apenas como perfis distantes, delineados contra as grandes chamas às suas costas. Começou a caminhar na direção deles; parecia um longo trajeto, e a cada passo sentia que aqueles homens o mediam e o pesavam. Mas então um deles veio em sua direção, chamando-o pelo nome e desejando boas-vindas. Will sorriu com alívio ao reconhecer David de Moray.

Em questão de momentos, sentindo o braço de Davie em volta de seus ombros, a apreensão de Will havia desaparecido. Então foi ele quem, ao se aproximar, mediu e pesou os outros dois homens. Não havia como confundir o antigo chanceler. Além disso, Will já o vira antes, embora não tivessem sido apresentados, no parlamento de Ayr, havia algumas semanas. Mestre Balmyle usava uma barba chamativa e cheia, de um branco como a neve, e cabelos longos da mesma cor chegavam aos seus ombros, mas esse era o único alívio ao preto uniforme das suas vestes. Ele trajava uma longa capa preta sobre uma sotaina de padre, uma faixa de tecido preto lustroso em volta da cintura, e uma cruz peitoral polida de puro azeviche pendia de um cordão negro ao redor do pescoço.

O acompanhante, vestido com menos suntuosidade, alcançava de algum modo o mesmo ar de distinção sem fazer qualquer esforço para isso.

Também se vestia de preto, mas sua sotaina era de lã rústica, com as bainhas muito manchadas e rotas. Não usava capa nem crucifixo, por isso Will o tomou por um mero padre, embora sem dúvida poderoso, a julgar pela companhia. Era imponente, alto e tinha as costas retas, de cabelos grisalhos aparados curtos e com entradas nas têmporas. Estava bem-barbeado e tinha olhos impressionantes, fundos e de um azul-cinzento, e um grande e formidável nariz aquilino.

Will fez um afável cumprimento de cabeça para o padre ao se aproximar, depois fez uma profunda reverência a Balmyle, cuja idade e reputação por si sós exigiam reconhecimento.

— Mestre Balmyle — disse ele —, sou William Sinclair. Perdoe-me por minha demora, mas vim o mais rápido que pude. Meu mensageiro veio antes de mim? Espero que sim.

O velho sorriu em boas-vindas e apertou a mão de Will entre as suas.

— Ele veio — assegurou numa profunda voz retumbante que contradizia sua idade avançada. — Ele e seu companheiro chegaram na noite passada com a notícia de que você os seguiria, mas não o esperávamos até amanhã. Bem-vindo, bem-vindo.

— E de fato nós teríamos vindo amanhã, se seu padre não tivesse me procurado em Nithsdale e instado para que eu me apressasse. Por isso, parti imediatamente e fiz o percurso em curto tempo.

— E como está seu jovem escudeiro?

— Melhorando, meu senhor chanceler. Eu o deixei bem, aos cuidados da baronesa St. Valéry.

— Ah, uma ótima mulher. Mas não sou mais chanceler nem tenho sido nos últimos muitos anos. Simplesmente mestre Nicholas é o único título que tenho hoje. — Ele voltou-se ao padre esquálido com a sotaina manchada. — Este é o cavaleiro de quem você tanto ouviu falar, monsenhor, e me alegro que esteja aqui para se encontrar com ele.

Monsenhor?

Antes que Will pudesse conter a surpresa, mestre Nicholas falou novamente:

— Sir William Sinclair, quero apresentá-lo a Sua Excelência William Lamberton, arcebispo de St. Andrews e primaz do reino.

Novamente! Ele conseguiu burlar a liberdade condicional novamente!

Lamberton sorriu, e sua face austera e esquelética se transformou em algo de uma luminosidade bela e resplandecente ao estender a mão para Will. Sinclair foi de tal modo tomado de surpresa que se apanhou a ponto de curvar-se para beijar o anel arquiepiscopal. Hesitou, espantado consigo mesmo, pois nunca havia beijado espontaneamente nem mesmo o anel de um bispo, mas então, vendo o radiante sorriso naquela face desgastada, curvou-se e beijou o anel assim mesmo, como um gesto feito para o homem mais do que em obediência à sua posição.

O arcebispo segurou a mão dele calorosamente e pressionou-a na sua, depois falou no fluido idioma angevino do antigo lar de Will:

— Obrigado pela sua preocupação — disse ele, ainda sorrindo.

— Preocupação, monsenhor?

O sorriso fulgurante se alargou.

— Pela minha alma imortal, sobre a questão desta quebra de minha liberdade condicional.

Will sentiu a face corar.

— Monsenhor, eu não tive...

— Eu vi nos seus olhos, meu filho. — A face de Lamberton tornou a ficar solene. — Eu tive de quantificar meus pecados e pesar o de deixar meu confinamento temporário em comparação ao outro, de negligenciar os deveres que jurei cumprir à minha Igreja, ao meu rei e a este nosso reino. Partir foi, assim, uma mentira menor, um pecado venial com o qual posso conviver. A alternativa era muito mais grave. E por isso estou aqui, para me encontrar com você.

— Para se encontrar comigo? — A confusão fez com que Will falasse de maneira mais direta do que poderia ter falado. — Por que o senhor deseja se encontrar comigo? Quero dizer, sinto-me honrado por estar aqui, mas com que propósito? Eu sou um simples cavaleiro. Vivo na obscuridade e não desejo me envolver em assuntos de Estado. Na verdade, não posso, pois jurei um voto de nunca dobrar meu joelho em submissão a qualquer rei.

Novamente Lamberton sorriu, olhando dessa vez para Balmyle e Moray.

— Era precisamente por isso que eu queria encontrá-lo — disse ele. — Por causa de quem e do que você é. E aqui estamos nós, de pé, quando poderíamos estar sentados, e em jejum, quando poderíamos estar restaurando nossas forças. Davie, você mandaria um dos irmãos nos trazer comida e bebida? Nós nos sentaremos naquela ponta da mesa, mais perto do fogo. Venha, Sir William.

Enquanto Will soltava o cinto que continha a espada e o largava, juntamente com suas armas, do outro lado da mesa mais à direita, o arcebispo perguntou a ele:

— Você se oporia se eu o chamasse de Will, Sir William?

— Não, monsenhor, é claro que não.

— Ótimo, então irei fazê-lo. É um bom nome; o meu próprio, antes de o terem aumentado para William e depois para arcebispo e monsenhor. E em retribuição, você pode me chamar de William.

Will deu um meio sorriso.

— Isso não seria fácil, monsenhor. Sua fama e reputação me desencorajam. Seria o mesmo que chamar Sua Graça real de Rob.

As sobrancelhas do primaz se ergueram.

— E por que você não faz isso? Ele não se ofenderia. Você provou ser um excelente amigo e por demais digno de respeito para que ele considerasse um desrespeito algo tão pequeno. Portanto, você me chamará de William.

— E eu sou Nicholas para você — disse Balmyle, tomando assento em frente de Will. — Você mereceu esse direito, e quando nós quatro sairmos daqui, talvez você tenha nomes mais duros para nós.

— Talvez eu tenha? Por quê? — Os olhos de Will agora estavam apertados.

Moray retornou após ter dado as ordens e olhou sucessivamente Will e os colegas.

— Eu perdi algo? Vocês todos parecem um tanto sérios.

— O jovem Will está preocupado com razão sobre o que nós podemos estar esperando dele — explicou Balmyle —, já que não ouviu nada que indique nossos motivos para convocá-lo até aqui. Nós falaríamos disso quando você voltasse.

— Ah! Bem, então falem, antes que eles nos tragam algo de comer. Eu só vou escutar e resmungar alguma coisa de tempos em tempos para provar que não estou dormindo. Vocês dois sabem da minha posição a respeito disso.

Ele cruzou os braços sobre o peito e se deixou cair na cadeira, remexendo-se até se sentir o mais confortável possível. Essa foi a primeira vez que Will viu Moray com a indumentária de bispo, sem as armas e livre da cota de malha. Ficou surpreso ao ver que o prelado era menos desajeitado, menos corpulento do que ele havia suposto. O homem tinha ombros musculosos, mas sua barriga era plana e seu peito fundo e forte — parecia estar no auge de sua capacidade guerreira.

— Bem — disse o arcebispo com calma —, vamos começar?

Mas, nem bem a pergunta foi feita, as portas se abriram e uma fileira de servidores entrou na sala, cada um trazendo consigo uma pesada bandeja carregada de comida e bebida.

— Isso veio rápido — observou Balmyle. Moray resmungou.

A comida era farta e quente, um jantar completo, apesar de ainda ser de tarde, com pão fresco e crocante e cerveja fermentada na adega da própria catedral, que estava em uso havia décadas, enquanto se esperava a finalização do telhado e da fachada. Will escolheu leitão assado com torresmo temperado para sua refeição, acompanhada de framboesas e amoras frescas e de um queijo de sabor rico e forte. Devorou tudo, ciente de que seus companheiros de mesa comiam com a mesma devoção. Lamberton também escolheu o leitão, enquanto Moray devorou um pato assado recheado com maçãs, farinha de rosca e frutas picadas. Balmyle, talvez por sua idade avançada, comeu com parcimônia, restringindo sua refeição a frutas frescas acompanhadas de pão e queijo, e bebeu leite, que lhe havia sido providenciado em lugar da cerveja.

O arcebispo foi o mais demorado dos quatro comensais, mas por fim afastou o prato de madeira. Reparando que os outros haviam acabado, convocou o camareiro para limpar os restos da refeição. O criado chamou seus subordinados com um gesto e, dentro de breves instantes, pelo que pareceu a Will, já haviam se retirado. O próprio camareiro apanhou um pano limpo para esfregar o tampo da mesa antes de sair, deixando os quatro homens com suas bebidas.

Por um momento depois que as portas se fecharam após a saída dos monges, tudo ficou em silêncio, e o arcebispo Lamberton se recostou satisfeito na cadeira, levando o caneco de cerveja aos lábios, embora não tomasse um grande gole profundo. Pousou o caneco de novo na mesa e olhou para Will.

— Então, vamos começar. Você disse, Will, que fez o juramento de jamais dobrar seu joelho em vassalagem a rei algum, não foi?

Will enrugou as sobrancelhas, perguntando-se o que estaria por vir.

— É verdade — respondeu.

— E a quem você fez esse juramento?

— Ao nosso grão-mestre. Eu tinha 18 anos, e já vivo por esse voto há mais de duas vintenas de anos.

O arcebispo balançou a cabeça.

— Perdoe-me pelas perguntas que tenho de fazer, pois não há a mais leve sugestão de julgamento ou condenação implicada em nenhuma delas. Mas em nome de quem você jurou seu voto?

— Em nome de Deus.

— Tirando isso, quero dizer, uma vez que todo voto é feito para Deus. Em que nome *terreno* você o jurou?

— Em nome do mestre da nossa Ordem, a dos cavaleiros do Templo.

— Certo. E através dele, ao papa, não é?

Um gesto breve de cabeça foi a única resposta que Will ofereceu.

— Você algum dia esperou que o que ocorreu pudesse acontecer? Que sua Ordem pudesse ser destituída e seus confrades excomungados? — Ergueu os olhos para examinar a reação de Will.

— Não, monsenhor — respondeu o cavaleiro, esforçando-se intensamente para manter o rosto inexpressivo. — Nenhum pensamento desse tipo jamais passou pela minha cabeça.

— Por que não?

Will falou com lentidão, com calma, cravando as unhas nas palmas de seus punhos cerrados sob a mesa.

— Porque até o momento em que uma infâmia tão blasfema transbordasse dos esgotos que passam pelas mentes dos serviçais caluniadores do rei da França, nenhum pensamento como esse jamais teria sido possível. Por quase duzentos anos nossa Ordem se apresentou como a campeã da Santa Igreja. A principal força por trás da presença cristã na Terra Santa e aquela que jamais faltou com seu dever e sua dedicação. Seu histórico é impecável, sua reputação e integridade, inquestionáveis. Mas ela se tornou forte demais, rica demais, próspera demais: um alvo grande demais para que um abutre de rapina como Filipe Capeto pudesse resistir... — Perguntou-se se havia ido longe demais, mas nenhum dos outros três fez qualquer tentativa de interrompê-lo, por isso, prosseguiu: — Ele procurou nos controlar primeiramente com a tentativa de entrar na nossa irmandade, pensando que poderia assim ganhar acesso ao nosso tesouro. Algum de vocês conhece e expressão "bola preta"?

Lamberton fez que sim.

— Uma votação secreta. Uma bola branca significa aprovação; a preta, recusa. Uma única preta define a votação.

— Precisamente, monsenhor. Capeto passou pelo mesmo exame criterioso de caráter e moralidade que todos os candidatos à nossa Ordem devem passar. Eu estive no conselho que votou sua possível admissão. Oito entre 11 votaram pela sua rejeição. — O cavaleiro fez uma careta. — Eu conheço uma mulher sábia que, ao ouvir essa história, definiu essa votação como o início da ruína do Templo. Ela disse que o Templo foi destruído por oito bolas pretas...

— Ela bem poderia estar certa — concordou mestre Balmyle. — Quem foi essa mulher?

— A baronesa St. Valéry, cujo marido foi morto pela ganância e pela traição de Filipe.

O arcebispo Lamberton pigarreou.

— E por isso você considera que o malfeitor nessa tramoia foi o rei da França? E quanto ao papa?

Agora chegou o momento em que eu pratico a ofensa, pensou Will, e endireitou os ombros.

— O que tem ele? O que eu poderia dizer a vocês, como príncipes da Igreja, para expressar meu desprezo e desdém por um homem que se curva como um covarde ao rancor obstinado de um rei anticristão e permite que ele cometa um crime tão ultrajante? O abençoado Clemente oscila como um balão inflado ao vento. Muda de opinião a cada hora que passa. E lançou a Inquisição contra a nossa Ordem para sustentar as indefensáveis acusações vomitadas contra nós por Nogaret, ele próprio um assassino de papas. Quanto ao papa, você pergunta? Ele é uma desgraça para a nossa fé e para seu cargo, um alcoviteiro pusilânime para

um monstro ambicioso a quem teme que possa se voltar contra ele e elimi-
ná-lo caso seja contrariado... e tem razão quanto a isso. Capeto provocou a
morte de um papa que o havia desagradado, talvez de dois. E não hesitará
uma terceira vez, se isso lhe parecer justificável por direito divino.

— Você não ouvirá contra-argumentação da minha parte quanto a
esse assunto — disse o arcebispo —, mas Filipe Capeto não é uma preocupação grave neste momento. Por enquanto, vamos nos ater à questão
de seu voto, e dos outros. Ouvi dizer que você liberou seus homens do
voto de castidade. — Will fez que sim, e Lamberton olhou-o fixamente,
girando o anel no dedo. — Sob que autoridade você fez isso?

— Sob a minha própria autoridade, pois fui ordenado mestre na
Escócia.

— Sua autoridade é tão forte?

— Claro que é. Sou o mestre em exercício, e até que nosso grão-mestre
De Molay seja libertado e reintegrado, tenho total responsabilidade por
aqueles confrades que estão sob meu cuidado. Eu não tomei a decisão de
maneira leviana ou súbita.

— Não achei que tivesse, mas você me contaria por que fez isso?
Parece uma atitude intemperada liberar toda uma Ordem de um voto
sagrado.

— Perdoe-me se o contradigo, monsenhor, mas estamos falando dos
últimos remanescentes vivos de uma ordem que um dia foi grande. Ao
libertar meus homens casadouros de seu voto, eu criei a possibilidade,
a esperança ao menos, de que nossa Ordem possa sobreviver às nossas
mortes.

— Isso não é fantasioso? — Dessa vez foi Balmyle quem falou. David
de Moray ouvia sentado, com olhos se movendo de um rosto para outro.

Will devolveu o olhar para o antigo chanceler e inclinou ligeiramente
a cabeça.

— Talvez, mestre Nicholas — respondeu ele —, mas a alternativa de não fazer nada significa a morte predeterminada de nossa Ordem. Portanto, aproveitei a chance para contrariar as probabilidades.

— Entendo. Então agora há mulheres em Arran? Mulheres casadas?

— Há algumas, e também crianças.

— Diga-me — interrompeu Lamberton —, a quem você deve obediência agora?

— Não ao papa Clemente. Eu devo minha obediência a mestre De Molay, ainda que ele esteja enterrado em alguma prisão ignorada. E além dele, minha obediência vai diretamente ao meu Deus.

O arcebispo Lamberton apoiou o cotovelo no braço de sua cadeira e beliscou a parte superior de seu grande nariz ossudo. Mas depois tornou a se endireitar.

— Disseram-me que há mercenários franceses em Arran. Sir Edward Bruce confia muito neles.

— É mesmo? Bem, monsenhor, isso tinha de acontecer cedo ou tarde.

— Sim, tinha mesmo, e me sinto gratificado por ter levado o tempo que levou... Estou ainda mais surpreso, porém, por não ouvir um só relato, nem o mais discreto sussurrar, sobre templários em Arran. De ninguém. Tenho a confiança de que você aceitará meu profundo agradecimento quanto a isso.

— Eu aceito, monsenhor arcebispo. Faz quase cinco anos ao todo desde a última vez em que alguém pôde nos reconhecer como pertencentes ao Templo. Agora somos apenas ilhéus, mercenários franceses que vivem nas ilhas, mantidos por perto para serem úteis, mas longe o bastante para que não representem ameaça a nenhum escocês honesto. — Parou de súbito, acometido por um pensamento que deveria ter mencionado antes. — O bispo Moray falou sobre a assembleia que pretendemos convocar para lá em breve?

— É claro que falou, e é por isso que estou aqui. Precisamos planejar tudo com cuidado, nós quatro, pois este é um evento de importância maior do que Davie poderia ter percebido quando o arranjou por meio da sua boa vontade.

Will se virou de lado em sua cadeira para olhar Moray, mas o bispo das terras Altas simplesmente deu de ombros e fez um aceno de mão, como se dissesse "como eu poderia saber?", e Will se voltou novamente para o arcebispo.

— Como ele pode ser de maior importância? Eu entendi a urgência do que nos era pedido. A necessidade do rei era importantíssima.

Lamberton inclinou a cabeça.

— E de fato ela era, mas adquiriu importância muito maior ultimamente. — Ele sentou-se mais ereto e alisou com uma das mãos o tecido da sotaina, pressionando-o bem contra a barriga esguia, antes de olhar diretamente nos olhos de Will. — Davie me contou tudo o que sabe sobre você, Will Sinclair, mas embora eu tenha gostado do que ouvi, senti que tinha de vê-lo pessoalmente, julgá-lo com meus próprios olhos.

Will contemplou a face séria do arcebispo, indeciso sobre como reagir àquilo, mas por fim meneou a cabeça.

— E eu passei no seu escrutínio, monsenhor arcebispo?

O sorriso assombrosamente luminoso irrompeu nele novamente.

— Ninguém aqui pensaria em lhe dar uma bola preta, se é o que você está imaginando.

— Então... — Will coçou o lado esquerdo do queixo com a barba por fazer. — Agora você vai me contar do que se trata tudo isso?

O sorriso radiante se apagou, substituído por um ar solene.

— Sim, e com prazer, sem mais tumultos. Trata-se de política e da luta pelas almas e pela liberdade dos homens... Questões pesadas, Will. Quando você veio para cá pela primeira vez, não havia a hipótese de recusar refúgio. Mas o bispo Moray lhes falou das nossas preocupações quanto à sua presença em nosso reino; as dificuldades associadas com o édito de excomunhão contra o rei Robert e os perigos caso a presença de vocês aqui chegasse ao conhecimento do rei da França, e, portanto, ao papa. E vocês resolveram isso para grande satisfação de todos, portanto nada mais precisa ser dito a respeito.

"Agora, eu ouvi a sua opinião sobre o nosso Santo Padre e, *grosso modo*, suas inquietações ecoam as minhas, em todos os aspectos menos um... um aspecto altamente distintivo. Como primaz deste reino, minha responsabilidade primeira é com o povo. Se o rei dos escoceses está excomungado, assim também está toda a Escócia. Se a excomunhão dele se confirmar, então toda a terra descerá com ele rumo à perdição. Nenhum sacramento poderá ser administrado a ninguém que não abjure o reinado de Robert instantaneamente, e haverá muitos que o abjurarão nesse caso... alguns temendo por sua alma imortal, outros por ciúmes e inveja, ou por seus próprios objetivos. E, se isso acontecer, a Escócia cairá. — O tom de voz dele diminuiu. — Isso é impensável, mas a ameaça é muito real e fica mais forte a cada dia."

Will tinha o cenho franzido, pois já ouvira aquilo tudo antes, mas nunca expresso de maneira tão brusca e passional, por isso ele ergueu a mão.

— Perdoe-me, monsenhor arcebispo, mas o édito não está supostamente em vigor? Eu sei que ele está em suspenso, mas não é um fato?

Lamberton respirou fundo, e Will se surpreendeu prendendo o fôlego enquanto esperava que o arcebispo respondesse.

— Ele existe, sim, mas não em suspenso... não se trata realmente disso. A questão está sob disputa canônica, por minha própria instigação e dos prelados superiores da Escócia, entre os quais se conta Wishart de Glasgow, hoje um prisioneiro, como eu, em mãos inglesas. Mas Robert Wishart é um homem muito velho e doente, de quem não se espera que vá viver muito... — Ele fez o sinal da cruz antes de prosseguir: — Porém, a disputa está chegando a uma resolução. Mestre Nicholas pode lhe contar mais a respeito, uma vez que a coordenação do nosso caso diante do papa e da cúria se encontra em grande parte nas mãos dele hoje, uma vez que agora estou incapacitado de cuidar disso pessoalmente. Ele e mestre Linton de Arboath dividem a responsabilidade por conduzir o caso. Nicholas?

O ex-chanceler produziu um profundo ronco em seu peito e continuou de onde Lamberton havia parado, com a sonora voz modulada num tom solene, e palavras claras e precisas:

— A excomunhão original se deu pelo pecado do assassinato; um assassinato agravado por ter sido cometido numa igreja, nos degraus do próprio altar consagrado. Mas sempre houve a dúvida sobre a intenção e a culpabilidade. As acusações partiram dos inimigos de Bruce, dos parentes do homem que ele supostamente matou, John Comyn, senhor de Badenoch. A Casa dos Comyn, como você sabe, Sir William, era muito poderosa há seis anos, de longe mais poderosa do que a facção de Bruce, e muito bem-relacionada, com vários bispos na família, os quais acrescentaram vozes oficiais às queixas enviadas a Roma. E eles agiram rápido, apresentando acusações enquanto a confusão aqui ainda estava sem resolução. Eles consideraram Bruce um rebelde contra o verdadeiro rei, John Balliol.

"Isso foi uma insensatez enganosa, pois John Balliol a essa altura já havia abdicado e se retirado para a França e pedido proteção ao rei Filipe, e a verdade era que eles tinham uma alegação de direito ao trono quase tão forte quanto a de Bruce. Seja como for, ganharam a atenção do pontífice. O édito foi emitido, e nós o contestamos imediatamente. E não estávamos privados de nossa própria influência. Nós também fomos ouvidos, se não pelo papa em pessoa, ao menos por alguns de seus cardeais mais poderosos. E o debate vem se prolongando desde então, possibilitando que a Igreja da Escócia continue sua missão."

— Então, perdoe-me, mestre Nicholas — disse Will —, se pareço ignorante, mas tudo isso aconteceu antes que eu viesse para a Escócia. Sobre que bases vocês poderiam legitimar a contestação ao veredito do papa?

Balmyle roncou novamente, quase sorrindo.

— Você tem uma boa cabeça para perguntas, Sir William. Sobre as bases da moralidade e do direito comum, em primeiro e mais importante lugar. Há teologia envolvida, mas a maior parte é jargão, obscuro e denso para a gente comum. Nós decidimos desde o início tomar o direito comum em nossa defesa. William?

Lamberton já estava de prontidão.

— Intenção e culpabilidade na morte de John Comyn, o Vermelho. Nossa defesa do rei está construída sobre esses elementos e as dúvidas que os cercam. Não há como questionar que o assassinato aconteceu. Mas há amplo espaço para questionar que o rei Robert o tenha cometido... Você nunca conheceu John Comyn, certo? — Will fez que não. — Foi o que pensei. Se o tivesse encontrado ao menos uma vez, não haveria necessidade de que eu lhe dissesse isto. Ele era... um homem difícil, em todos os aspectos: difícil de se gostar e duro de se lidar. Era arrogante. Bem, quem entre todos esses nobres não é? Mas era também empedernido e cheio de orgulho rancoroso e egocentrismo, muito ambicioso, com uma firme crença de que ele próprio deveria ser o rei dos escoceses. E, nos últimos tempos, havia se mostrado traiçoeiro, quase ao custo da vida de Bruce nas mãos de Eduardo da Inglaterra. Bruce foi alertado por um amigo inglês e por pouco escapou com vida da Abadia de Lanercost, onde Eduardo tentou agarrá-lo. Ele fugiu, mal conseguindo alguma vantagem sobre seus executores, e atravessou a fronteira ao sul de Dumfries, onde confrontou John Comyn com a prova de sua perfídia. Você conhece a história?

— Não, eu não a ouvi.

— Certo. Bem, os dois, como você sabe, eram os Guardiões do Reino naquele tempo. E firmaram um pacto, por escrito, para defendê-lo contra as alegações de Eduardo. Havia apenas duas cópias desse pacto, cada uma em poder de um deles e assinada pelo outro. Mas quando Bruce foi chamado à Abadia de Lanercost, alertaram-no de que Eduardo possuía sua cópia assinada do pacto. Ela só podia ter partido de Comyn, com a intenção de causar a morte de Bruce, pois sabia do temperamento do Plantageneta. De qualquer forma, os guardiões se encontraram em Dumfries, ambos enraivecidos e temerosos do que havia sido feito, e foram juntos à igreja para conversar em particular, a sós...

"Nós não podemos saber verdadeiramente o que ocorreu entre eles, pois não houve testemunhas, mas os temperamentos se inflamaram e golpes foram desferidos. Então Bruce saiu cambaleando da igreja, transtornado, para o local onde seus companheiros o esperavam. A partir desse momento há testemunhas que juram que ele disse que temia que pudesse ter matado Comyn. Ele *temia* que *pudesse* ter matado. A essa altura, um dos apoiadores de Bruce gritou algo como: '*Pode* ter matado? Então vamos garantir', e correu para dentro da igreja com uma espada em punho. E quando os outros o seguiram para dentro, encontraram-no de pé sobre o cadáver de Comyn, com a arma ensanguentada."

O arcebispo ficou em silêncio novamente, com o olhar focalizado em outro lugar, depois sacudiu a cabeça como se tentasse esvaziá-la.

— O que aconteceu depois é bem conhecido. Bruce foi retirado às pressas pelos seus homens, e quando recobrou suficientemente as faculdades, viu que a sorte estava lançada. Ele capturou o Castelo de Dumfries, expulsou os Comyn da cidade e reivindicou o trono.

"O bispo Wishart e eu fomos inteirados disso logo depois, e nosso dever, por desagradável que fosse, estava claro. Coube a nós, como bispos superiores da sé escocesa, investigar o ocorrido por inteiro, discernindo o que verdadeiramente acontecera. Logo se tornou óbvio que havia margem razoável de dúvida sobre a culpa do conde de Carrick pelo crime de assassinato. Era um período de caos, com o destino do próprio reino em risco, pois Eduardo Plantageneta, nós sabíamos, iria invadi-lo no momento em que soubesse do incidente e declararia a coroa da Escócia vaga e a confiscaria sob sua própria soberania. Foi então que decidimos que nosso único caminho, o único curso de ação apropriado, era apoiar o conde de Carrick e garantir que ele se tornasse o nosso rei, ungido com as bênçãos da Santa Igreja. Isso mal havia sido feito quando o édito de excomunhão se apresentou, mas a essa altura nós já havíamos iniciado a nossa contra-argumentação, e o debate começou."

— E agora?

— Sim, e agora... Nos últimos três meses, nosso processo recebeu grande apoio em Roma. Nossos bispos lá, entre eles seu tio William Sinclair, bispo de Dunkeld, fizeram várias incursões pelo terreno pantanoso das alegações e contra-argumentações, das mentiras flagrantes e verdades obscuras que cercam esse caso, e estão confiantes de que nós teremos um veredito favorável em questão de meses.

— Então, isso é excelente — disse Will, olhando de soslaio para a expressão indecifrável no rosto do bispo Moray antes de se voltar novamente para Lamberton. — Mas o que isso tem a ver comigo e meus templários?

— Nada, a princípio, mas nós temos nossos próprios templários aqui na Escócia, e eles não sabem de sua presença entre nós. Esses templários escoceses se tornaram eles próprios um problema.

— Um constrangimento, você quer dizer, assim como nós.

— Um potencial constrangimento, porque, como você sabe, o papa Clemente conclamou a prisão dos templários em toda parte.

— Isso era esperado.

— Eu sei. Mas o que não era esperado era a teimosa relutância do rei Robert, sua recusa a repudiar a Ordem aqui na Escócia. Ele vem sendo obstinado quanto a isso, e embora eu possa compreender por que assuma o ponto de vista que adotou, isso aumenta nossos temores pelo sucesso da nossa causa com o papa. Caso Clemente, e com ele Filipe de França, suspeite da recalcitrância por parte de nosso rei nessa questão dos templários, ele não se sentirá inclinado à clemência na questão do édito.

— O rei certamente vê esse perigo.

— Ele vê. Mas recebeu leal apoio de seus templários escoceses, e por poucos que sejam... os templários combatentes, pelo menos... não deseja renegá-los. E o fato de que as penalidades por deixar de tomar tal ação pairem como uma ameaça sobre sua cabeça, por parte de pessoas que não sabem nada sobre a situação na Escócia, torna-o ainda mais teimoso. Como nós dizemos nesta terra: ele não aceita isso.

— Então... aí é que está o X da questão. — Will se levantou da mesa e se esticou para trás, aliviando um nó na base da coluna. — Perdoem-me. Uma sela eu posso dominar, mas uma cadeira de madeira é coisa bem diferente... Bispo Moray, você ainda não disse uma palavra.

Moray olhou para ele e sorriu.

— Eu terei coisas de sobra a dizer quando vocês tiverem acabado. Não se esqueça de que o conheço há anos. Para meus colegas aqui, você e o seu modo de pensar são novidades, por isso me contento em ficar quieto no meu canto, com meus próprios pensamentos.

— Certo, eu não duvido. E isso nos traz de volta ao que você disse, arcebispo: essa questão é muito mais importante agora do que no início. Estou vendo o porquê disso, mas não o como. O que você gostaria que eu fizesse de diferente agora?

As achas queimadas na grande lareira atrás de Will desabaram em brasas, lançando fagulhas e volutas de fumaça. Lamberton virou a cabeça para observá-las.

— Isso — disse ele, apontando para o fogo.

Will olhou para ver o que ele estava apontando.

— O quê?

— Quando você entrou, aquelas toras eram amieiro duro. Agora são cinzas incandescentes. — Ele sorriu. — Você fez o mesmo com sua gente em Arran.

Will olhou para Lamberton e Balmyle sucessivamente.

— Perdoe-me, monsenhor, mas ainda não entendo seu ponto de vista.

— É muito simples, Will. Nós queremos que você ajude a fazer os templários escoceses desaparecerem, assim como fez em Arran. É algo que nós não podemos fazer, pois carecemos da autoridade que só você possui como mestre daqui. Aí reside a importância aumentada da convocação a ser feita. Originalmente, ela deveria reviver um sentimento de comunidade entre os cavaleiros escoceses para reassegurá-los de que não estão sós. Mas agora o próprio destino do rei, e o deste reino, podem depender disso.

— Hmm. Suponho que todos os seus templários devam usar barbas e tonsura.

— Todos. E cavalgam sob o gonfalão preto e branco, desafiadores, sabendo que são os únicos de sua espécie, ou pensando serem. Eles ostentam os emblemas templários... chamam-nos joias, não é?... e a cruz pátea. Eles não usam mais a cruz vermelha das campanhas na Terra Santa, mas se orgulham por serem vistos como o que são.

— E isso vocês não podem permitir. Entendo... — Ele pensou por um momento. — Então, digam-me o seguinte: se nós conseguirmos realizar o que desejam, o que aconteceria com esses cavaleiros escoceses?

Então Lamberton franziu o cenho, o olhar esvoaçando para seus dois companheiros.

— O que aconteceria a eles? Nada. Continuariam como antes, mas simplesmente deixariam de ser vistos... ou ao menos de ser reconhecidos. Não mais.

— Mas as pessoas daqui já sabem que eles são templários.

— Sim, mas as pessoas esquecem rápido. Dentro de um ano, uma vez que eles tenham mudado seu aspecto exterior, ninguém se dará ao trabalho de recordar o que eles um dia foram. Nem eles próprios falarão disso, falarão?

Will deu um sorriso amargo.

— Não, eles não falarão. Vocês podem ficar tranquilos quanto a isso. Eles são templários, duplamente comprometidos por juramento ao sigilo e à obediência.

— Então você nos ajudará? Isso aumentaria sua comunidade, talvez de maneira substancial... E nós ficaríamos em grande débito.

— Eu não tenho interesse em atrair débitos, nem necessidade de acrescentar membros à nossa comunidade. — Will voltou para sua cadeira e afundou nela, pensando profundamente. Os outros esperaram, observando-o com atenção, até que ele se endireitou um pouco e ergueu um dedo. — No entanto, nós podemos concordar com um *quid pro quo*.

— Um *quid pro quo* envolvendo o quê? — Foi mestre Nicholas quem fez a pergunta, e Will respondeu diretamente a ele:

— Ajuda por parte de vocês, em troca de ajuda por minha parte. — Will mal pôde acreditar que estava para dizer o que se passava em sua mente, pois a decisão havia-lhe ocorrido na íntegra, baseada numa recordação súbita do que Jessie Randolph dissera sobre a ajuda que ele poderia obter de Davie de Moray. — Algum de vocês tem contatos na área de Gênova?

— Eu tenho um amigo em Gênova — respondeu Lamberton. — O cardeal arcebispo de lá, Giacomo Bellini. Nós frequentamos o seminário em Roma juntos e continuamos íntimos, a despeito da distância que nos separa. Ele é um dos nossos mais fortes aliados na cúria. Que interesse você tem em Gênova?

— Eles têm os melhores estaleiros do mundo, monsenhor, e até recentemente construíam a maioria dos navios da frota do Templo. Eu necessito de navios agora, mas não sei nada sobre como comprá-los. Portanto, preciso encontrar um agente lá para me representar. Um agente honesto, o que pode ser difícil de encontrar de tão longe. Ocorreu-me que vocês, com todas as suas ligações com a Cristandade, poderiam ser capazes de me ajudar.

Lamberton comprimiu os lábios, claramente sem compreender.

— Vocês necessitam de galés templárias?

— Não, não galés. Navios mercantes. Navios resistentes e de casco forte, os melhores que eu puder encontrar, e o mais brevemente possível. Pode ser que os genoveses tenham de construí-los para mim, o que demandará tempo, e não tenho nenhum a perder. Por outro lado, podem ter os navios já construídos, à espera de serem comprados pelo Templo, que não mais existe. Eu preciso descobrir. — Will olhou ao redor da mesa, para cada um dos três homens. — Logo deixarei Arran com meus homens e os levarei a um local seguro, o que deverá tranquilizar suas preocupações no que diz respeito à possibilidade de sermos descobertos aqui.

— Deixar Arran? — Lamberton pareceu consternado. — Mas vocês estão seguros aqui, Sir William.

— Eu sei disso, monsenhor, mas nossa presença oferece risco para vocês e para o rei Robert. Por isso iremos para outro lugar.

— Mas não há outro lugar... Não há nenhum que seja seguro para vocês, não em toda a Cristandade.

— Isso é verdade. E, no entanto, tenho um lugar em mente, monsenhor. Um lugar onde estaremos a salvo e em segurança para viver nossas vidas com honra. — Ele olhou de soslaio para Moray, que o observava fixamente, com uma das sobrancelhas levantadas em surpresa. — O bispo Moray sabe de onde eu falo. Nós discutimos isso. Mas ele não pode comentar com vocês. Ele jurou mantê-lo em segredo.

O arcebispo coçou o longo nariz ossudo com um indicador e depois contemplou Will com os olhos apertados, seu dedo pressionando casualmente a ponta do nariz, achatando-o ligeiramente.

— E se eu fizesse o mesmo juramento de silêncio confessional, você confiaria a mim a mesma confidência que fez a Davie?

Will fez que sim.

— De bom grado, e ao mestre Nicholas também, se ele jurar o mesmo.

— Então o meu juramento está dado de boa-fé, testemunhado pelos meus irmãos aqui.

— E também o meu — acrescentou mestre Nicholas. — Embora o local do seu pretendido santuário deva estar além do meu entendimento.

Will olhou novamente todos os homens em sucessão, e depois contou a eles a história de Merica e de como o almirante havia partido à sua procura. Enlevou-os com o relato das histórias que os marinheiros haviam trazido. Quando acabou, ninguém disse nada, cada um perdido em pensamentos. Como de costume, Lamberton foi o primeiro a falar:

— Você foi sábio ao impor o selo do segredo confessional. Esse lugar do qual você fala, essa enorme terra com um litoral tão extenso e climas diversificados, pode ser um mundo inteiramente novo. Se essa notícia se espalhasse, guerras sangrentas poderiam ser travadas para conquistá-lo. — Ficou em silêncio novamente, depois acrescentou: — Mas como você pretende mantê-lo em segredo depois que se for?

A face de Will se abriu num gentil sorriso.

— Nós não deixaremos ninguém que possa falar dele para trás. Toda a nossa comunidade levará o segredo consigo. As pessoas podem se perguntar para onde nós fomos, mas ninguém saberá, exceto vocês três.

— E quanto ao rei?

— O rei já tem muito com o que se preocupar, mesmo sem saber sobre isso, pondo esta terra em ordem e construindo um reino estável. Depois que partirmos, vocês podem contar a ele, se acharem necessário. Até lá, a essa altura, ninguém poderá nos encontrar, e nós estaremos a salvo. Mas continuará sendo um segredo. O conhecimento dele ainda pode disparar uma corrida para encontrar o lugar, com todas as ameaças de guerra de que você falou.

— Hmm. Você acha que retornariam algum dia?

Will fez que sim.

— Isso é quase certo. Nossos homens já estiveram lá e retornaram, em busca de ajuda. Tenho quase certeza de que faremos o mesmo no futuro.

— E você retornaria para cá?

— Para a Escócia? Com toda a certeza. — O sorriso de Will se alargou. — Você acha que nós poderíamos retornar à França de Filipe para provocar a ganância dele? — O cavaleiro negou com a cabeça. — Nós viremos para cá, em busca de informações sobre nossa Ordem e o destino dela. Quando isso acontecer, se Deus sorrir sobre todos nós, o rei Robert deverá estar assegurado no trono e, portanto, possibilitado de enviar mais pessoas conosco, oficialmente... Quem pode prever tais coisas? Mas se isso vier a acontecer, nós já estaremos estabelecidos em nosso novo lar.

— Quando vocês irão?

Essa foi a primeira vez que o bispo Moray se juntou à conversa; e Will encolheu os ombros.

— Assim que tivermos novos navios. Os poucos que temos são muito velhos e gastos para a viagem que faremos. O navio que regressou mal conseguiu sobreviver às tempestades oceânicas na rota para casa. Eu não quero correr tais riscos na nossa travessia.

Balmyle pigarreou.

— Vocês têm os recursos para comprar esses novos navios?

— Temos. Nós dispomos do nosso próprio erário, trazido de La Rochelle para que o mantivéssemos longe das garras ávidas de Filipe. Nós temos o suficiente. — Decidiu não dizer nada sobre a oferta de Jessie Randolph.

Lamberton ficou refletindo, com a cabeça balançando levemente para a frente e para trás enquanto ele pensava no que estava envolvido. Por fim, assentiu de maneira decidida.

— Eu posso enviar um emissário ao cardeal Bellini imediatamente, mas nós teremos de saber de quantos navios vocês precisarão.

— Quatro, pelo menos... seis, se pudermos pagar. Esse é o ponto delicado no momento. Eu não faço a menor ideia dos custos envolvidos. Por isso, a primeira coisa que precisarei saber é o preço de um navio novo da melhor qualidade, e as escolhas disponíveis para nós. Quando soubermos isso, então simplesmente dividiremos nosso tesouro entre os navios.

— Isso poderia deixá-los sem um tostão.

— Sim, poderia. — Novamente, Will sorriu, recordando de como Jessie Randolph chamara o lugar. — Mas na nossa nova terra selvagem nós não precisaremos de dinheiro. As pessoas que vivem lá, pelo que me disseram, não fazem uso algum dele. Elas negociam e trocam o que têm pelo que necessitam, mas não fazem uso de ouro ou prata. Portanto, sem um tostão é como iremos.

— Você não poderia comprar seus navios aqui na Escócia? Nós temos ótimos estaleiros em Aberdeen, e eles constroem navios grandes e bons.

— Sim, é verdade, mestre Balmyle, mas para águas locais, os mares da Cristandade. Eu preciso de navios que vão para onde apenas quatro foram antes. Os genoveses vêm construindo o tipo de navio de que preciso há mais de duzentos anos, desde que o Templo foi ao mar com seus negociantes.

— Que assim seja, então. — O tom de Lamberton foi incisivo. — Escreverei a Giacomo esta noite e mandarei a missiva a ele por um navio rápido zarpando de Leith. Meu mensageiro esperará uma resposta e a trará diretamente de volta para cá. Isso deverá estar concluído no mês que vem, e você terá sua informação fundamental. — Ele balançou a cabeça, encerrando o assunto. — Agora, de volta aos nossos templários escoceses. Quais seriam as suas recomendações?

— Muitas. — Will pensou profundamente em sua cadeira, ciente de que os três homens o observavam e aguardavam. — Há muito a ser feito, mas não deve ser difícil. A única coisa de que precisamos é tempo, e esse tempo começará com nossa convocação para Arran. Em certo sentido, nós somos afortunados. Os confrades que serão convidados a Arran já sabem que serão banidos e na ilegalidade. Eles não esperarão encontrar uma comunidade estabelecida dos seus. Quando virem as mudanças que nós conquistamos, como o desaparecimento das barbas distintivas e dos outros sinais, todos se juntarão a nós por obediência à minha vontade como mestre, se não por outras razões. Isso não me preocupa. Tudo que vocês precisam deles será alcançado assim que nos reunirmos no capítulo. A partir daí, o vindouro desaparecimento dos templários da Escócia será simples e progressivo...

— Mas você ainda parece preocupado — apontou Lamberton. — Por quê?

— Porque estou preocupado, e seriamente, com o futuro deles. Quando deixarmos Arran, esses cavaleiros escoceses serão novamente abandonados. E, no entanto, não poderei levá-los conosco. O número de homens seria grande demais. E pequenas demais as chances de sobrevivência aqui, a não ser que vocês me ofereçam seu apoio na minha empreitada. Em primeiro lugar, por que o rei Robert está tão preocupado com esses confrades?

— Porque se sente obrigado em relação a eles, obrigação que eles fizeram por merecer. Apoiaram-no com lealdade, e o rei não deseja recompensá-los colocando-os fora da lei, muito menos prendendo-os por exigência de pessoas estranhas ao reino, independentemente de estas serem clérigos.

— Todos eles são apoiadores de Bruce?

— Sim, são. Os que estavam no acampamento de Comyn se retiraram para a Inglaterra com os outros cavaleiros quando o Templo foi fechado. Os que permaneceram estão ligados à causa de Bruce, e o rei tem plena consciência disso.

Will assentiu.

— Mas e depois, quando essas guerras forem resolvidas, se um dia elas forem? O que será desses homens então? Fizeram voto de pobreza, sob a proteção da Ordem deles, mas essa Ordem se foi, e com ela a proteção, o que os deixa incapazes de sobreviver por si mesmos como cavaleiros e como guerreiros.

Lamberton levantou a mão.

— Eles conseguiram até agora. Por que isso mudaria?

— Porque os tempos mudam, monsenhor arcebispo. Esses homens têm armaduras, cavalos e armas, mas tudo providenciado pelo Templo. O que acontecerá quando os cavalos morrerem, as armaduras enferrujarem e as armas precisarem ser substituídas? Os Comandos que os forneciam não existem mais, e o custo será demasiado para homens pobres. Nós, em Arran, sobrevivemos porque trouxemos conosco as riquezas do Comando de La Rochelle. Sem uma assistência renovada, esses seus templários escoceses passarão fome. Você entende minha preocupação agora?

— Sim, posto dessa forma, é claro que entendo. O que, então, você propõe?

— Uma resolução, mas, como eu disse antes, preciso de seu apoio. Como mestre na Escócia, eu devo liberar os templários escoceses de seus votos, de castidade *e* de pobreza por boas e amplas razões de necessidade e exigência moral. Mas esses homens talvez não aceitem uma mudança tão radical; portanto, pediria seu apoio para apaziguar as mentes e as consciências deles.

Lamberton olhou para o mestre Balmyle e depois franziu o cenho.

— Eu não sei se posso fazer isso, Will — disse ele por fim. — Duvido que eu tenha a autoridade para tal coisa. Como você próprio observou, os templários juraram obedecer ao grão-mestre e, por intermédio dele, ao papa, não a um arcebispo consideravelmente herético.

— Perdoe-me, monsenhor, mas discordo. Você é o primaz da Escócia, e este é um assunto escocês. Os homens envolvidos são escoceses, e sua preocupação é capacitá-los a se esconderem aos olhos de outros que poderiam usar o conhecimento sobre a liberdade deles para causar futuras discórdias para Sua Graça Real. Você já estabeleceu sua primazia, sua autoridade e sua liderança espiritual neste reino por ser um campeão da causa do rei Robert em face da oposição do próprio papa. Por que, então, deveria estar impotente neste caso? Você duvida da moralidade envolvida?

O arcebispo estivera encarando Will enquanto ele falava. Ao fim, meneou a cabeça vagarosamente.

— Não, Will, eu não duvido. O que você precisa de mim?

— Uma carta escrita do seu ponto de vista como primaz, ou talvez um delegado para falar em seu nome no nosso encontro, declarando sua compreensão e compaixão nessa questão dos votos revogados. Seu reconhecimento oficial de que, em certas situações, passos drásticos devem ser tomados para corrigir graves males. Apenas isso: o reconhecimento de que poderiam cuidar de si mesmos posteriormente faria com que seus seguidores templários aceitassem melhor as mudanças que eu decretar. Não falariam mais nisso... são templários, afinal... de forma que você não precisaria temer qualquer constrangimento posterior.

— Um delegado, então, pois eu deveria estar na Inglaterra. Nicholas, você faria isso por mim?

— Com alegria, monsenhor arcebispo. A causa é justa. E deixarei claro que sua aprovação é autêntica.

— Obrigado, velho amigo. — Sentou-se ainda mais ereto. — Então estamos de acordo. Isso será feito. Quando a convocação ocorrerá?

— Assim que ela puder ser arranjada — respondeu Will. — De quanto tempo você precisa para entrar em contato com os homens do rei? Dê-me uma lista daqueles que você deseja que eu mesmo aborde, e cui-

darei disso assim que retornar a Arran. — Então virou-se para Moray:
— Davie, você fez algum progresso naquilo?

— Sim, totalmente. Nós teremos a coisa toda resolvida dentro de um mês a partir de agora, incluindo sua parte. Eu já tenho sua lista preparada, cerca de vinte homens. Eles trarão seus próprios sargentos. Então, vamos convocar a assembleia para daqui a um mês?

— Um mês a partir de hoje, então. No salão de Brodick. Que assim seja.

Lamberton bateu palmas.

— Excelente! Nós tivemos bons resultados aqui, meus amigos, e estou ansioso por melhores coisas vindouras. Estamos conversados, então? Pobre Nicholas, terá uma longa viagem antes de poder dormir.

Moray interveio:

— Eu tenho algumas perguntas que gostaria de fazer a Will, se nós pudermos dispor de algum tempo.

— Pode perguntar — assentiu Will.

— Seu amigo Berenger, o almirante, ele ainda está em Arran?

— Na maior parte do tempo, sim. Ele se encontra na França agora, em Aix-en-Provence, coletando informações, mas deve retornar em breve.

— Você confia nele?

— Sem reservas.

— E como almirante, ele entende da sua ocupação, eu suponho.

— Isso é inquestionável. Não há ninguém melhor. Por que você pergunta?

— Acompanhe meu raciocínio: vocês têm navios em Arran também, não têm?

— Às vezes. Nós temos navios ao mar, transportando mercadorias, e eles regressam de tempos em tempos. E temos galés, como vocês sabem.

— Eu sei, mas estava pensando nos navios. O arcebispo Lamberton e você falaram sobre uma carta a ser enviada ao cardeal Bellini, que deve aguardar uma resposta. Mas você disse que não tem tempo a perder. Será necessário um mês para receber a resposta do cardeal, e então terá que vir até aqui para recebê-la e depois decidir o que fazer. — O bispo abriu bem os braços. — Leve a carta para Gênova pessoalmente num dos seus navios, com seu almirante, e fale de própria voz com o cardeal. Veja por si mesmo quanto custará comprar uma frota, depois faça com que Berenger consume a compra, já que ele é um homem do mar. Você economizará meses.

Will estava com o corpo virado para o lado na cadeira, olhando boquiaberto para Moray, e então riu alto.

— Davie, você teve uma inspiração! Será isso que faremos. É claro. — Voltou-se novamente para Lamberton: — Podemos agir assim, monsenhor? Você escreverá a carta para que eu a leve pessoalmente?

— É claro que sim. Eu farei isso logo, assim que terminarmos este nosso encontro. Você a terá pela manhã. E agora, creio que estamos resolvidos, e com muito a fazer.

William Sinclair voltou à hospedaria para dormir e alertar seus homens para que estivessem prontos para partir ao raiar do dia, quando retornariam a Nithsdale, a fim de ver como estava o jovem Henry e levá-lo de volta a Arran, se estivesse bem o suficiente. E também para contar a Jessie Randolph o que se havia decidido quanto à compra dos navios. E pela primeira vez, sentiu-se ansioso para vê-la novamente.

Isso o fez parar para pensar. A própria consciência do prazer que estava sentindo chegou a ser ligeiramente alarmante. Ficou deitado de costas por um longo tempo. *O que havia mudado?*, perguntou-se ele. E a resposta que imediatamente veio à mente foi que a própria mulher havia precipitado tudo, por seu próprio ser e pela certeza pragmática de que ele estaria disposto a levá-la consigo à nova terra. Nenhum pensamento sobre os perigos e os riscos de navegar rumo a um oceano desconhecido, mas simplesmente a franca aceitação da verdade das coisas: que ele iria e que a levaria consigo. Aquela conversa no estábulo, tão assombrosa no momento, posteriormente havia produzido um encanto sobre ele, pois em momento algum parara de refletir a respeito — mesmo, agora admitia, quando não se dava conta de ponderar sobre aquilo.

Deitado na escuridão sem qualquer intenção de dormir, ele se surpreendeu sorrindo pela indisfarçada insolência da demanda daquela mulher, até lhe ocorrer que não havia insolência alguma. Reconhecia para si próprio, um tanto pesarosamente, que a "insolência" não passava de mais uma manifestação da franqueza e da resoluta ausência de malícia que o havia fascinado desde a primeira vez que encontrara aquela mulher em La Rochelle, anos antes.

Lembrou-se também da culpa que o havia assolado na época, pela simples percepção da feminilidade — da beleza dela, reconhecia. Lembrou-se de inalar o cálido e perturbador aroma do perfume sutil que ela havia usado naquela noite, um olor pairante e embriagador tomado de sugestões de calor corporal e de indistintas intimidades femininas. Também recordou-se de ter contemplado o modo como as roupas se moviam sobre os membros e todo o corpo dela, e de como se forçara a não prestar atenção nisso. Porém só então conseguia admitir para si próprio que a missão de ignorar a presença dela era semelhante à do legendário rei dinamarquês Cnut, que havia ordenado à maré enchente que mudasse o próprio rumo e refluísse diante de seu real comando.

Deitado sozinho no escuro, a razão por trás das mudanças operadas desabou sobre ele como uma daquelas mesmas ondas da maré crescente. A pura verdade daquilo era tão incontestável que ficou perplexo por não ter conseguido vê-la antes, quando era tão evidente quanto uma espada desembainhada na mão de um homem enraivecido. A culpa que o atormentara desde o início em relação àquela mulher era falsa, estabelecida sobre bases precárias. Era uma culpa inteiramente cristã. Mas ele nunca havia sido um cristão! Sentiu desejo de rir alto e berrar. Embora sua afiliação exterior fosse com a Ordem do Templo, sua fidelidade mais profunda havia sido jurada à Ordem do Sião. E esta, fundada poucas décadas após as mortes de Jesus e seu irmão Tiago, não era, e nunca havia sido, uma ordem cristã. Possuía raízes judaicas, e seus antigos rituais e doutrinas, seus ensinamentos e crenças eram da seita judaica a que tanto Jesus quanto seu irmão pertenceram — a seita conhecida algumas vezes como dos nazarenos, mas chamada por toda a Irmandade da Ordem do Sião como os essênios, os que buscam o Caminho para o conhecimento e a presença de Deus, o Caminho tantas vezes mencionado, mas nunca explicado, nos evangelhos cristãos.

Will deu um grunhido súbito e sentou-se na cama, contemplando de olhos bem abertos a escuridão que o circundava, a mente em turbilhão. Havia feito apenas dois grandes votos ao se juntar à Ordem do Sião: não possuir bens pessoais, mas compartilhar todas as coisas em comunidade com seus confrades, e levar uma vida de obediência aos seus superiores dentro da Ordem. Esses votos eram essencialmente os mesmos juramentos monásticos cristãos de pobreza e obediência. O terceiro voto monástico, o de castidade, ele havia feito ao se juntar aos monges cavaleiros da Ordem do Templo, e não lhe custara um só pensamento na época, pois o ascetismo e o celibato estavam enraizados nele por escolha e dedicação — independentemente do fato de a Ordem do Sião não depositar qualquer expectativa de celibato ou castidade sobre os membros da irmandade.

Sentiu como se alguém tivesse retirado o peso de toda a Terra de seus ombros. Estava livre para reconhecer, e seguir, sua atração por Jessie Randolph — talvez não sem suas costumeiras falta de jeito e dificuldade, nascidas de uma vida de abstinência, mas certamente sem culpa. Sabia agora que não havia impedimento, moral ou de qualquer outra natureza, a barrar a aceitação da proposta que ela lhe havia feito.

UM COLÓQUIO EM NITHSDALE

Fizeram a cavalgada de volta ao longo do rio Nith alguns dias mais tarde. Will sentiu-se surpreendentemente despreocupado, considerando tudo o que teria de fazer nas semanas seguintes. A jornada para o sul a partir de St. Andrews, muito mais vagarosa e com um dia inteiro de duração a mais do que seu trajeto de ida, havia transcorrido sem incidentes, o que não era grande surpresa; cinco homens montados e armados, com o ar de confiança que projetavam, podiam esperar percorrer a estrada aberta sem serem desafiados. Então, sob um ensolarado céu de tarde de final de julho, com pássaros cantando por toda a volta, cavalgaram tranquilamente ao longo da margem do rio, atravessando o capim à altura das quartelas dos cavalos, conversando sem preocupação e olhando de tempos em tempos para a borda ocidental da grande floresta de Ettrick, que começava na margem oposta e se estendia por dezenas de quilômetros a partir dali. As árvores que se podia ver de onde se encontravam, na margem oeste do rio, eram pequenas, principalmente amieiros, pilriteiros e pequenos olmos, pois a mata ainda se expandia, e os poderosos gigantes da floresta, a maioria deles carvalhos e olmos, encontravam-se mais para leste. Seguiram uma apertada curva destra no rio, e a encosta coberta de capim à direita deles se erguia abruptamente, lançando um punho rochoso para o alto diretamente à frente, que reduzia a íngreme subida a pouco mais que uma trilha de cabras, forçando-os a cavalgar em fila indiana. Will cavalgava adiante, sozinho e mergulhado em pensamentos, com Tam Sinclair atrás, os dois sargentos o seguindo e Mungo MacDowal fechando a retaguarda.

Minutos depois, perto do topo da trilha, Will se virou em sua sela para analisar o caminho por onde tinham vindo. Lembrava-se bem dele, porque havia sido ali, a menos de 3 quilômetros de seu ponto de partida, quando alcançaram o início da longa descida na jornada de ida, que os primeiros pesados pingos de chuva caíram das nuvens que haviam se formado naquela manhã. Dali em diante, havia despencado um temporal incessante, de forma que ficaram encharcados e gélidos numa cavalgada que durou quatro miseráveis dias, com roupas ensopadas pela chuva soprada pelos ventos, armaduras, cotas de malha e até mesmo as túnicas acolchoadas sob elas esfolando-os lastimavelmente sempre que as bordas tocavam a pele desprotegida. Havia sido uma espécie de purgatório, e eles caíam no sono a cada noite, entorpecidos, exaustos, e quase congelando, onde quer que conseguissem encontrar algum local que oferecesse o mais precário abrigo.

Naquele momento, aproximando-se do ponto culminante da subida e sabendo que o destino estava próximo, Will sentiu um pequeno arrepio de prazer e esporeou o cavalo a um meio-galope, sem se importar se os homens atrás dele o seguiam ou não. Depois da crista da encosta, a terra subia novamente adiante, começando um suave declínio antes de retomar a escalada para o alto, embora em nada tão íngreme quanto antes, por mais 1,5 quilômetro em direção a uma segunda crista, da qual ele sabia que seria possível enxergar a casa Randolph de Nithsdale. Will tomou o cuidado de não se permitir pensar especificamente em Jessie, pois o pensamento sobre o que diria a ela fazia seu peito latejar em pânico, mas o sentimento de antecipação não cedeu, e ele não fez qualquer esforço para puxar as rédeas do cavalo, permitindo que o animal começasse a descer a depressão imediatamente.

À sua esquerda, a menos de 1 metro da trilha, a encosta relvosa caía de forma íngreme até onde o rio Nith agora corria rápido entre margens fundas, a cerca de 12 a 15 metros abaixo. Atingiram o fundo do declive e começaram a subir novamente. Will esporeou o animal, ciente de que abria distância entre ele e os outros, mas presumindo que tentariam acompanhá-lo. O templário tomou consciência de outro estranho sentimento no peito e reconheceu que era algo próximo da alegria e que sentia vontade de gritar alto para liberar a pressão provocada pela sensação.

O sentimento teve vida curta, porém, pois tão logo o cavalo enfrentou a crista da elevação, ele viu fumaça a distância, onde a casa Randolph estava. Sinclair era soldado havia tempo suficiente para saber ao primeiro olhar que o que estava vendo não provinha de uma fonte pacífica.

— Tam, venha até aqui!

Virou-se na sela a tempo de ver o primo disparar para o alto. Momentos depois, os outros chegaram num tropel de cascos.

Sem que nem mais uma palavra fosse dita, lançaram-se de novo em frente, e o caminho se alargava adiante deles à medida que descia rumo ao vale do Nith. Will manteve a dianteira, mas agora os outros cavalgavam num grupo coeso às suas costas, abrindo-se ligeiramente em leque à medida que a estrada se ampliava, até conseguirem cavalgar colina abaixo a pleno galope. A distância entre eles e a casa Randolph encurtava-se rapidamente até que puderam ver a atividade em torno dela.

O fogo parecia ser num dos anexos, e Will pensou que provavelmente seriam os estábulos com seus palheiros, mas a atividade febril diante da casa não tinha nada a ver com um combate ao fogo. Enxergou o reflexo do sol numa lâmina brandida, ou talvez num machado, e no mesmo instante ouviu os primeiros gritos tênues e distantes de homens furiosos.

— Os portões ainda estão abertos. Entramos direto? — Tam cavalgava joelho a joelho com Will agora, olhando para o rosto deste à espera de instruções.

O cavaleiro fez que sim, erguendo a voz para que todos pudessem ouvi-lo:

— Sim, direto para dentro dos portões principais! Eles ainda não nos viram, portanto, talvez possamos entrar antes que consigam fechá-los. Quantos você contou?

— Menos de vinte, pelo que eu pude ver... três ou quatro para cada um.

— Então vamos pegá-los. — Will ergueu a voz novamente: — Espalhem-se assim que atravessarmos os portões! Mungo, vá com Tam pela direita. Vocês outros, venham comigo, pela minha esquerda. Não sejam gentis. Sinclair! — A última invocação foi um grito de batalha enquanto irrompiam portões adentro e encontravam o inimigo pelas costas.

Ninguém os vira chegar, e os invasores mais próximos caíram antes que alguém soubesse o que estava acontecendo. Os homens que atacavam a casa estavam todos a pé, e, a julgar pela aparência rude e maltrapilha, Will imediatamente supôs que fossem bandidos, mas estavam bem-armados e não demonstraram medo, apesar de terem sido surpreendidos. Eram mais numerosos que o grupo de Will, mas este era uma força montada, com o peso e a velocidade a seu favor.

William cavalgou diretamente contra dois homens à sua frente, decepando um deles no pescoço com um talho de sua espada, depois se inclinando para a frente a fim de espetar a ponta da arma na boca do segundo homem com todo o impulso de seu cavalo a galope reforçando o golpe. Depois, sem que houvesse ninguém mais ao alcance, puxou as rédeas do cavalo, avaliando a situação. No alto dos degraus de pedra junto à entrada principal, vários dos saqueadores estavam ocupados empilhando arbustos contra a porta reforçada por cravos de ferro, e a fumaça já começava a formar volutas, que partiam do fundo da pilha à medida que as labaredas aumentavam. Havia três deles, e estavam tão concentrados no que faziam que o ruído do ataque às suas costas só foi percebido naquele momento.

Sinclair esporeou o cavalo com força numa arrancada, volteou a perna esquerda por sobre o arco da sela e apoiou o pé direito no estribo para então se lançar sobre os degraus, caindo sobre os homens antes que pudessem pegar em armas. Ele empurrou o primeiro homem, desequilibrando-o, e o chutou com força atrás do joelho direito, usando o peso em queda do próprio sujeito para impulsioná-lo de lado para fora da escada, fazendo-o cair de cabeça sobre as pedras do calçamento, onde aterrissou quase sob os cascos do cavalo de Will. Depois abateu o segundo com um ferimento desferido da frente para trás, atravessando-lhe a garganta, e voltou-se para perfurar o terceiro, mas o sujeito saltou do degrau de cima, evitando por pouco a estocada da lâmina longa, e correu dali para se salvar.

Will o deixou ir, depois embainhou a espada e se pôs a afastar a pilha de arbustos acesos da porta, gritando para que os defensores do lado de dentro a abrissem para deixá-lo entrar. Ouviu alguém gritar seu nome e olhou por sobre o ombro para ver Mungo acenando com urgência do canto direito do edifício. Viu que outro dos atacantes avançava por trás de Mungo para atacá-lo, mas antes mesmo que pudesse começar um grito de alerta, o agressor foi lançado para trás em plena corrida e se estatelou de lado, com a ponta emplumada de um virote de besta projetando-se como uma flor brotada repentinamente do tórax.

Will sabia que o virote só poderia ter partido do telhado, por isso saltou dos degraus e correu para onde seria possível olhar para o alto da pequena torre no canto da casa. Jessie Randolph estava lá, com um aglomerado de quatro homens, todos armados com bestas e alvejando os poucos bandidos remanescentes no pátio. No mesmo momento em que Will olhou para cima e os viu, escutou o clangor de aço sobre pedra quando primeiro um e depois os outros atacantes lançaram fora suas armas. Desviou os olhos de Jessie e acenou para Tam, que estava parado em algum lugar à sua direita, ordenando-lhe que capturasse os bandidos sobreviventes. Depois voltou a olhar para a torre.

— Bem-vindo, Sir William! — gritou Jessie Randolph para ele. — Você não poderia ter chegado num momento mais oportuno.

— Fico feliz por vê-la bem, minha dama! — esbravejou ele em resposta. — Ilesa, eu espero.

— Sim, e em plena segurança agora, graças a você.

— O restante da casa está a salvo?

— Sim. Nós os vimos chegar, graças a Deus, e reunimos todo mundo aqui dentro. Eles tentaram forçar a entrada pelos fundos, mas a porta de lá é igual a essa aí embaixo. — Olhou atrás de Will, onde Tam e os outros estavam reunindo os prisioneiros. — Tam! Há um estábulo nos fundos, com uma porta firme e um cadeado com corrente. Ponha-os lá, por enquanto. Sir William, venha para dentro. Hector já deve ter descido agora.

Enquanto ela gritava essas palavras, Will viu a pesada porta da frente se abrir e o camareiro da residência esticar a cabeça para fora, correndo os olhos pelo pátio e observando os corpos espalhados.

— Vá para dentro — falou Tam a Will. — Eu cuidarei destes bandidos e farei com que removam estes corpos antes de trancá-los, pois *nós* não vamos carregá-los. Quer que eu os amarre?

Will achou fácil sorrir, agora que o perigo havia passado.

— Só os vivos, Tam. Os outros não vão longe, mas terão de ser enterrados, por isso tome cuidado para não causar ferimento nos prisioneiros com nós apertados demais. Eles precisarão ser capazes de cavar.

Ele deixou os outros trabalhando e retirou o elmo pesado e as luvas de cota de malha, largando-as dentro do elmo virado para cima e depois carregando tudo debaixo do braço enquanto entrava na casa, dirigindo um cumprimento a Hector ao passar. Chegou bem a tempo de encontrar Jessie Randolph descendo para o corredor pelas escadas que vinham do telhado. Notou com aprovação, quase sem perceber, que, exceto pelo intenso rubor em suas faces, ela mostrava poucos sinais da agitação da última hora. Quase sem perceber, mas, de fato, Will notou; e seu coração se acelerou quando ela sorriu e acenou para que a seguisse até a sala principal.

A primeira coisa que ele reparou foi a ausência do catre que fora ocupado pelo jovem Henry. O espaço junto à parede ao lado da lareira estava vazio, e os biombos da repartição haviam retornado à sua posição original, no canto mais afastado da longa câmara. Havia aparas postas recentemente na grande lareira e duas pilhas de lenha flanqueavam-na. Jessie, ainda sem falar, acenou para que Will ocupasse uma das grandes cadeiras estofadas. Ele hesitou para se sentar, depositando o elmo com as luvas cuidadosamente numa mesa lateral antes de olhar novamente para a parede vazia junto ao fogo.

— Onde você pôs o garoto?

Havia falado em francês, sem pensar, mas ela respondeu na língua dos escoceses:

— Ah, ele está muito melhor, por isso nós o transferimos para um dos pequenos quartos de dormir do andar de cima. Está acomodado lá, agora. Ainda acamado, mas já consegue sentar e olhar à sua volta. É um belo homem.

— Homem? — A ideia pareceu estranha a Will. — Sim, creio que sim. Já é bem homem.

— Sim, bem homem, como você diz... e sortudo. O irmão Matthew agora acha que ele vai recuperar plenamente os movimentos do braço e do ombro. Não hoje, veja bem, nem amanhã, mas a ferida está cicatrizando rápido, e, assim que estiver fechada e curada, ele poderá começar a fortalecer os músculos novamente.

Will mal a ouvia, olhando para as altas janelas estreitas na parede lateral. Então arrastou uma cadeira de madeira sob uma delas, na qual pudesse subir para observar o pátio abaixo, onde Mungo e outro homem que não reconheceu estavam puxando um morto pelos tornozelos.

— Nós temos corpos para enterrar — disse ele por cima do ombro. — Onde você os enterraria?

— Enterrar? — Ficou claro que ela não havia pensado nem um pouco sobre isso, mas respondeu decididamente mesmo assim: — O mais longe possível da casa, eu creio, mas vou ter que pensar. Não é algo que temos de resolver todas as semanas.

— Não, acredito que não. Mas estes não são os primeiros, por certo?

— Os primeiros desde que estou aqui, isso é certo. Mas pode ter havido outros. Antes que eu viesse para cá, quero dizer. Esta estrada é muito percorrida por homens belicosos, eu temo. Se não forem os primeiros a serem enterrados aqui, Hector saberá para onde devem ser levados. É possível que haja algum lugar para isso, eu perguntarei a ele.

Virou-se e observou-a, vendo a larga e alva curva dos ombros da dama acima do decote cavado do vestido. A luz, do ângulo em que ele estava, incidia sobre a superfície alta dos pômulos proeminentes e salientava o brilho surpreendente daqueles olhos. Então, antes que Jessie pudesse notar o olhar fixo, ele desceu da cadeira e aterrissou com leveza sobre os calcanhares.

— Quem eram eles, essas pessoas? Você sabe?

— Não tenho ideia. Mas não representam ameaça agora, e nós não temos motivos para lamentá-los ou ter pena, pois, ao ameaçar gente honesta, provocaram as próprias mortes. Por isso, sente-se e fique à vontade. Eu mandarei acender a lareira, se você quiser.

Will não fez caso da sugestão.

— Então eles não são desta região? Você não reconheceu nenhum deles?

— Não, e conheço de vista cada homem que vive nas redondezas. Esses vieram de fora destes vales, mas de que direção, seu palpite seria tão válido quanto o meu. Só o que eu poderia dizer, vendo do telhado, é que estavam famintos e desesperados, e eram muitos para que nós pudéssemos rechaçá-los. Deviam estar nos espionando, pois avançaram sorrateiramente. Não vimos nada até que um deles se deixou ver por acidente, e alguém dos nossos o avistou por acaso. Caso contrário, teriam nos apanhado desprevenidos e nos dominado sem qualquer dificuldade... Do modo como aconteceu, o alarme foi dado, e tivemos tempo de trazer todo mundo para dentro da casa e trancar as portas, mas havia pouca coisa mais que pudéssemos fazer. E por isso todos nós devemos nossas vidas a vocês. Se não tivessem chegado naquele momento, talvez não tivessem encontrado nada nem ninguém.

— É verdade. Bem, nós chegamos a tempo, por isso graças sejam dadas a Deus. Sou eu que estou agradecido. Você não vai se sentar?

Ela inclinou a cabeça para um lado, sorrindo para ele.

— Eu me sentarei se você sentar. Mas você nem me perguntou se seu tesouro está em segurança.

Will sorriu.

— *Seu* tesouro, e não há necessidade de perguntar. Deve estar a salvo, caso contrário você não teria dito a Tam para alojar os prisioneiros no estábulo.

— Eles não estão *naquele* estábulo. Há outro nos fundos.

— Mas ainda assim, o ouro está bastante seguro, tenho certeza. Seus convidados não tiveram tempo de entrar aqui, que dirá vasculhar os estábulos à procura de mealheiros escondidos, por isso seu cofre estará exatamente onde o deixamos. — Ele se largou na poltrona grande e macia, e Jessie sentou-se na cadeira oposta, dobrando as pernas com afetado recato sob si, embora a volumosa saia do vestido não oferecesse mais do que a mais leve sugestão do que havia feito. Ele enxergou o ligeiro retesamento do tecido onde os joelhos dela estavam, mas então se deu conta do que fazia e sentiu o rubor subir às bochechas quando ergueu o olhar até encontrar o dela.

— Então — disse ela, parecendo não ter notado —, sua viagem foi proveitosa? Devo admitir minha curiosidade, pois mestre Nicholas

Balmyle é um homem de grande renome, e suspeito que ele convoque poucas pessoas pessoalmente, exceto por interesse do próprio rei. Você pode me contar algo sobre a visita?

Will ficou moderadamente surpreso ao descobrir que podia, e sem hesitar, quando apenas pouco tempo antes teria se recusado e sentido ressentimento por ter de admitir qualquer coisa sobre o Templo para Jessie Randolph ou qualquer outra mulher. Então se viu respondendo sem titubear, e contou a ela o que havia descoberto em St. Andrews sobre a hesitação do papa em assinar e depois revogar o perdão, e sobre a lealdade dos templários escoceses.

— Então, o que mestre Balmyle deseja que você faça?

Não era a face de Nicholas Balmyle que Will via em sua mente, mas a de William Lamberton, porém, respondeu de forma direta, atribuindo a vontade do arcebispo ao antigo chanceler.

— Ele quer que eu fortaleça e encoraje os confrades escoceses.

— E você pode fazer isso? Quero dizer, sei que pode, mas como irá fazê-lo sem quebrar a promessa de manter sua presença aqui em segredo?

Will então explicou o plano de reunir os templários escoceses em Arran, para liberá-los de seus votos de castidade e de pobreza, e de remover todas as evidências exteriores de suas identidades pertencentes aos templários, como ele havia feito com seus próprios homens.

— Mas e depois? — inquiriu Jessie. — Quando você e os outros tiverem partido para Merica... como eles conseguirão prosseguir com os rituais? Ou eles não mais os farão?

— Eles retornarão para as terras continentais e estabelecerão um novo capítulo para a Escócia... talvez mais de um. Eu saberei a resposta a esse enigma quando tiver descoberto a composição e a distribuição da irmandade. Então, um capítulo e uma sede para reuniões, inicialmente. Mais, se for necessário.

Jessie franziu o cenho com mais força.

— Mas como você fará isso sem trair a existência deles? Por que mudá-los externamente, tornando-os invisíveis, se você os convoca abertamente como cavaleiros do Templo?

— E sargentos. Não se esqueça dos sargentos. Mas eu não disse nada sobre fazer isso abertamente. A nossa Ordem é fechada e secreta. Ninguém jamais saberá que ela está aqui, embora opere quase à vista de todos. As pessoas veem o que querem ver, minha dama.

— Jessie. Por favor, não me chame de "minha dama".

— Jessie, então. Se as pessoas virem homens reunidos de barba bifurcada e cruzes de braços equiláteros, então concluirão que se trata de um encontro templário. Se virem fazendeiros, enxergarão uma feira. No nosso caso, verão apenas cavaleiros e soldados reunidos abertamente por seja lá que propósitos os soldados se reúnam... E este país está em guerra, portanto, ninguém pensará muito a respeito. E sob esse véu de normalidade, os novos templários escoceses conduzirão seus negócios, como sempre, em segredo, mas livres de serem reconhecidos como pertencentes à Ordem do Templo. Vai funcionar, acredite em mim.

Ela ficou em silêncio por algum tempo, absorvendo tudo, depois assentiu.

— Eu acredito. E se alguém consegue tornar isso possível, é você. Então vocês vão promover esse encontro dentro de um mês?

— Sim.

— E depois disso? Você perguntou como encontrar um agente em Gênova?

— Sim, e recebi uma resposta inesperada. — Ela franziu o cenho novamente, e ele sorriu. — Fui aconselhado a chamar o almirante Berenger e ir eu mesmo a Gênova para fazer minha própria negociação e minhas próprias compras, com o benefício do profundo conhecimento de Edward.

As sobrancelhas de Jessie imediatamente se arquearam.

— Essa é uma ideia maravilhosa. Balmyle aconselhou isso?

— Bem, o bispo Moray mencionou primeiro, e todos concordaram que era a coisa mais sensata a se fazer. Eu levarei cartas de apresentação ao cardeal arcebispo Bellini, em Gênova, que é amigo de longa data do arcebispo Lamberton e um firme apoiador da causa escocesa na corte papal. O auxílio dele deverá garantir o meu acesso às melhores pessoas para atingir meu propósito.

— Quando você vai?

— Tão logo eu puder. Imediatamente após o encontro de Arran, espero.

— E quanto tempo ficará fora?

Will contraiu os cantos da boca.

— O tempo que for necessário, ou que eu achar necessário, mas duvido que seja muito mais do que um mês... Certamente não demorará dois meses, a não ser que algo saia errado. Nós podemos encontrar os navios que estamos procurando imediatamente, prontos e à espera de serem comprados, mas isso pode ser um pensamento muito otimista. É mais provável que tenhamos de encomendar um navio, ou mais de um, dependendo do que pudermos pagar, a ser construído desde a quilha. Se for esse o caso, deixarei Berenger lá para supervisionar a construção e equipagem, enquanto retorno a Arran e despacho mais tripulantes para testar as novas embarcações. Desse modo, eles já estarão acostumados aos novos navios antes de voltarem para casa. Há uma imensidão de detalhes a serem considerados antes de deixarmos Arran, mas, graças a Deus, a maioria desses arranjos caberá à área de Berenger. Eu também terei muito a fazer de minha parte, é claro.

— É claro. — Ela estava quase sorrindo. — Então você partirá em algum momento durante o mês que vem e ficará ausente por alguns meses depois disso. Partindo em setembro e talvez retornando em novembro.

— Correto. Por que está tão curiosa?

— Porque novembro é um mês tenebroso, e você estará cruzando o mar do Norte, o mais tempestuoso de toda a Cristandade. Talvez nem mesmo consiga voltar nessa época.

— Eu voltarei de algum modo. Acredite em mim. Mas, se for realmente impossível, então passarei o inverno em Gênova e retornarei na primavera. O jovem Henry apreciaria o inverno em Gênova, eu acho.

— Henry? Henry não vai com você.

Will inclinou a cabeça para o lado.

— Não vai? Isso me surpreende. Ele é meu escudeiro, afinal. Por que, então, ele não irá comigo?

Ela abanou as mãos na direção de Will, como se ele fosse uma galinha importunando seu sossego.

— Ora, homem! Porque ele ainda não está recuperado para aguentar a viagem... não chega nem perto disso. Eu não vou nem dar ouvidos a tal absurdo.

— Mas... mas eu não posso simplesmente deixá-lo aqui com você, Jessie. Isso seria impróprio...

— *Impróprio?* — O olhar que ela lhe lançou por baixo de uma sobrancelha arqueada estava tomado de um desprezo desmoralizante. — Por que seria impróprio, Will Sinclair? Você mesmo disse que ele não passa de um garoto. Suponho que quis dizer que ele ainda não é um touro no cio. Você acredita que eu poderia corrompê-lo na sua ausência?

— Jessie!

Ela levantou a cabeça e olhou-o com desprezo.

— *Jessie!* — arremedou ela. — Por quem você me toma, senhor?

Will, que nunca recuara diante de um atacante armado, tremeu diante do desdém da mulher. Ela imediatamente se compadeceu dele, e sua voz desceu de tom até voltar à rouquidão gentil.

— Will, o garoto está fraco demais para viajar, por isso ele ficará aqui, e há um motivo para tanto. Você tem muito com o que se preocupar, muitas outras coisas para ver e organizar para que eu tenha coragem de encarregá-lo do bem-estar do rapaz acima de tudo. Ele estará seguro. O ataque de hoje foi o primeiro que enfrentamos desde que cheguei aqui, e espalharei a notícia entre os outros habitantes do vale. Nós estaremos preparados se acontecer novamente. Pode acreditar nisso.

— Eu acredito. O que não posso acreditar é que não acontecerá novamente. Os ingleses, ao menos, irão voltar, e é mais provável que seja mais cedo que mais tarde. A ganância dos barões cuidaria disso mesmo que Edward Bruce não tivesse feito um desafio direto ao rei deles.

— O que você está dizendo? Eu não sei de nenhum desafio ao rei inglês, e Robert mantém seu irmão esquentado sob rédea curta.

— Não suficientemente curta — resmungou Will. — Eu ouvi falar disso em Arbroath. É o assunto das tavernas por lá. O rei mandou Edward ao cerco de Stirling, meses atrás, pensando em mantê-lo ocupado tomando um dos dois únicos castelos escoceses que ainda estão nas mãos dos ingleses. Mas, em vez de fazer o que lhe foi ordenado e apertar o cerco, o galante conde de Carrick ficou entediado e bancou o tolo esquentado e imprudente, como de costume. Ele optou pelo caminho da cavalaria, ignorando o fato de que seu irmão havia lutado uma guerra de guerrilhas nestes últimos oito anos, desprezando a cavalaria inglesa e as batalhas cavalheirescas em favor do estilo selvagem e eficiente do falecido William Wallace.

— Por Deus, o que ele fez?

— Ele negociou uma trégua com Moubray, o governador inglês do Castelo de Stirling, cujos termos serão um tapa na face da Inglaterra. Robert está furioso, mas não pode fazer nada. O estrago está feito.

— Que termos são esses, em nome de Deus?

— Uma trégua de um ano, a ser concluída pela rendição do castelo no próximo dia de são João, caso ele ainda não tenha sido desocupado.

— Caso ele...? Deus do Céu! O homem deve estar louco.

— Louco como um cão raivoso.

— Ele deu um ano para que a Inglaterra reúna um exército.

— Pior do que isso. Ele deu a Eduardo da Inglaterra um motivo para reunir seus barões amotinados e terminar a guerra civil que o tem mantido ocupado. Causou uma afronta à própria honra de todos os ingleses que se julgam superiores aos escoceses. Edward Bruce garantiu uma nova invasão, e esta sua casa está exatamente na única rota para o oeste da Escócia.

Jessie não disse mais nada por um longo tempo, mas, enquanto Will a observava, endireitou os ombros e, por fim, levantou a cabeça.

— Certo. Bem, talvez ela esteja — disse ela em tom desafiador. — Mas essa é mais uma razão perfeitamente sólida para que você me leve quando zarpar para sua nova terra.

Havia a mais leve sugestão de humor no olhar dela, apesar da gravidade da ameaça que Will havia esboçado, mas a objetividade não atenuada do descaramento o deixou novamente sem fôlego, tornando sem sentido sua resolução de aceitar a franqueza de Jessie no futuro. A única coisa que ele pôde fazer foi encará-la, pasmo, ciente de que sua boca pendia aberta, mas incapaz de fazer nada a respeito. Ela emitiu um riso deselegante.

— Recomponha-se, Will Sinclair! Temo que você esteja a ponto de perder o juízo. Isso foi uma piada. Eu só estava brincando com você.

Ele engoliu em seco.

— Uma hora estranha para piadas — murmurou ele. — E um assunto estranho para tal. Perdoe-me, minha dama, não estou acostumado com as mulheres e o humor delas, como você sabe, por isso me pegou em desvantagem... A tal ponto, de fato, que me vejo perguntando a mim mesmo com que frequência você se divertiu comigo antes, sem o meu conhecimento ou suspeita.

— Então eu sou a "sua dama" novamente, não é? — Ela balançou a cabeça, em exasperação. — Ah, Will, eu não me divertiria com você de maneira descortês, e é claro que essas notícias são terríveis, mas às vezes nós temos de rir de nós mesmos e do destino, ou acabamos completamente loucos. Perdoe-me. Só que você pode ser tão... tão previsível algumas vezes que não consigo resistir ao impulso de fazer seus olhos se arregalarem desse jeito. — Levantou-se e olhou para a porta. — Será que a casa ainda não voltou ao normal? Se me permitir um momento, retornarei em seguida.

Enquanto ela estava fora, ele saltou da cadeira e movimentou os ombros, olhando ao redor da sala. Deu-se conta, num átimo, de como havia ficado escura e de como o ar estava frio, ainda que o exterior da casa ainda estivesse aquecido pelo forte sol da tarde do final de julho.

Jessie voltou para a sala e tornou a ocupar sua cadeira, acenando para que Will fizesse o mesmo.

— Hector mandará comida num instante, mas, enquanto isso, você ainda está vestindo sua armadura. — Sorriu. — Eu sei que está acostumado a usá-la em todos os momentos, mas me sinto sufocada só de vê-lo.

Will franziu o cenho e olhou para si próprio, então compreendeu imediatamente a que ela se referia, reconhecendo, de maneira atípica e talvez pela primeira vez, como estava deslocado naquela sala confortavelmente ordenada e inconfundivelmente feminina. De fato, usava armadura completa, exceto pelo elmo. De súbito, inexplicavelmente, tomou ciência do próprio suor misturado ao de seu cavalo longamente cavalgado, e o peso de seus pés fortemente calçados de botas e reforçados pela armadura pareceu de chumbo quando os moveu desconfortavelmente. Vestia um traje completo de cota de malha: uma veste com capuz, feita de aros de ferro pesados e polidos, que descia até os tornozelos e era atada na frente por tiras de couro, e um robusto cinto de couro para a espada, atravessado sobre uma couraça completa de aço, enquanto nas costas o traje se dividia da cintura para baixo a fim de permitir que ele cavalgasse com conforto. Sob a couraça, trajava um grosso colete de couro estofado com fustão, e sob este uma camisa de lã fina, sua única concessão ao próprio conforto, vestida unicamente porque achava a coceira causada pelo contato do fustão sobre a pele nua intolerável. Vestia calças de lã em estilo saxão sob pesadas perneiras de malha de ferro, cujas barras estavam enfiadas por dentro das altas botas de couro espesso. Pela primeira vez em sua vida adulta, sentiu-se desajeitado e ligeiramente ridículo, grotescamente deslocado.

Jessie ainda sorria para ele.

— Espero que você não se ofenda, mas sabendo que leva poucas roupas quando viaja, tomei a liberdade de deixar algumas peças do meu falecido marido no catre do quarto que fica acima desta sala, ao lado daquele que você ocupou quando esteve aqui anteriormente. Etienne, que Deus o tenha, era do seu tamanho, eu acho... talvez de peito e ombros um pouco mais estreitos. Você verá que elas se ajustam com facilidade, e garanto que serão mais macias e quentes do que essa cota de malha. — Jessie esperou uma reação, mas, como não veio, acrescentou com um sorriso de pura travessura: — Eu juro, você pode caminhar por aqui sem armadura com plena confiança. É pouco provável que sejamos atacados de novo. Duas vezes num mesmo dia seria impensável e inaceitável.

Will estava completamente sem palavras. Sabia que Jessie estava se divertindo com ele, mas ainda sentia-se inseguro demais naquele repentino novo relacionamento e incapaz de conceber uma resposta adequada, temendo fazer papel de bobo ao dizer algo fútil, ou ainda mais uma vez causar a impressão errada por deixar escapar algo que pudesse soar rude ou mal-humorado. No entanto, o riso que dançava nos olhos dela era inconfundível, e ele se viu impelido a responder na mesma moeda. Por isso, obrigou-se a tentar um sorriso.

— Está zombando de mim novamente, eu vejo, madame — conseguiu dizer Will, por fim, mantendo a educação em sua voz. — Mas sinto que não o faz por maldade, e, portanto, em reconhecimento a isso, aceitarei sua gentileza e farei um esforço para caber nas roupas que você me destinou. Disse que elas estão no quarto ao lado do que ocupei antes?

— Sim — respondeu ela, e então a zombaria havia desaparecido de sua voz e de seus olhos, substituída por um caloroso sorriso. — E há três conjuntos para você escolher. Devo mandar um dos seus homens subir para ajudá-lo?

Ele conseguiu levantar uma sobrancelha irônica.

— Não, madame — disse em tom formal. — Em todos os meus anos como monge e cavaleiro, aprendi muito bem a me vestir e me despir, e até mesmo a me armar e desarmar sozinho, sem assistência. Portanto, se você me dá licença...

— Espere, você vai precisar de luz. Está escuro lá em cima. Leve uma destas velas... E prove as vestes verdes. Acho que a cor vai ficar bem em você.

Sinclair fez uma mesura sem dizer mais uma palavra e foi até um círio alto que estava aceso ao lado de uma caixa de velas, sobre a mesa. Escolheu uma delas e acendeu-a, depois protegeu a chama com a mão em concha enquanto seguia para fora da sala, consciente a cada passo dos olhos da baronesa sobre ele.

Bom Deus no Paraíso, pensou Jessie quando ele saiu. *Temos aqui realmente uma mudança. Quem poderia acreditar?! E de onde veio isso? Ver o grande William Sinclair ruborizado e boquiaberto como um coroinha repreendido. É quase demais para acreditar, mas agradeço aos céus por isso e rogo a Deus para que ele não mude de ideia nem de humor. Apresse-se, Will Sinclair, apresse-se.*

No andar de cima, Will despiu a armadura, a túnica acolchoada e as perneiras até não estar vestindo nada além do avental de pele de cordeiro.

Passou o que lhe pareceu um tempo inconvenientemente longo curvado sobre a cama, examinando atentamente, à luz da única vela, os três conjuntos separados de roupas que estavam ali e testando o tecido dos vários trajes com os dedos. Eram finos, macios e magníficos ao tato. Por fim, decidiu em favor das roupas verdes, simplesmente porque o tom parecia de algum modo mais vivo, mesmo à luz da vela, e ele sentia um impulso difuso por usar algo claro.

Foi apenas quando levantou a delicada camisa de baixo, de colarinho quadrado, tecida em fina lã verde-clara, perguntando-se se de fato serviria nele, que notou a bacia e a jarra com água limpa num lavatório aos pés da cama. Aproximou-se ressabiado dos objetos e viu que estavam ladeados por uma toalha pendurada, feita de um tecido felpudo que ele conhecia como algodão egípcio, e um retalho quadrado menor e dobrado do mesmo tecido, semelhante ao que ele vira sua irmã Peggy usar para lavar o rosto, além de uma pequena barra de um sabão rico e magnificamente perfumado que ele sabia não ter sido feito na Escócia. Testou o sabão com os dedos, maravilhando-se com a textura cremosa, e num impulso de momento, decidiu usá-lo. Verteu a água na bacia, molhou o pano de banho e depois esfregou-o com o sabão, inalando profundamente o aroma que a substância umectante exalava, ameaçando embriagá-lo de prazer. Uma vez em ação, não perdeu tempo em lavar toda a parte superior do corpo, esfregando o tecido sob as axilas e deliciando-se com o frescor da água fria de encontro ao seu tronco acalorado. Depois se secou com a refinada toalha e borrifou mais água sobre a cabeça, esfregando o couro cabeludo. Em seguida, enxugou os cabelos até estarem quase secos e ajeitou-os com os dedos em garras até que ficassem minimamente ordenados. Quase inacreditavelmente refrescado e revigorado, ele se pôs a entender as roupas que deveria vestir.

Enfiou o par mais macio de calções folgados que jamais vestira, acomodando-os de maneira quase confortável sobre o avental de pele de cordeiro, notando que, por mais folgados que fossem, pareciam esticados sobre suas coxas e panturrilhas musculosas. Amarrou-os com firmeza, usando o cordão preso à cintura, e depois vestiu a camisa de baixo correspondente, sentindo como se ela o abraçasse, mas também se esticasse com facilidade sobre o peito. Enquanto atava o único cordão da veste no pescoço, olhou para os trajes restantes na cama ao lado dele. Havia ceroulas com laços nos joelhos, e ele percebeu tão logo as olhou que deveria tê-las posto antes dos calções. Por isso, removeu-os e enfiou as calças justas verde-claro, esticando-as sobre as panturrilhas salientes para que não houvesse necessidade de amarrá-las para mantê-las no lugar. Então vestiu novamente os calções, acomodando-os por cima das ceroulas, até abaixo dos joelhos, antes de tornar a amarrá-los na cintura. Em seguida, calçou o mais macio par de botas à altura da canela que ele jamais havia manuseado. Eram de um couro verde-escuro flexível, que ele sabia se chamar *chamois*, um pergaminho fino e escovado até atingir a suavidade da seda. Elas serviam-lhe com perfeição. Encorajado pelo sucesso com as botas, enfiou-se rapidamente numa camisa folgada com uma ampla e funda gola em V, muitos tons mais clara que a de gola quadrada que aparecia por baixo, e concluiu a transformação vestindo um traje exterior aberto na frente, que chegava à altura dos joelhos, como uma sobrecota aberta e sem mangas. Puxou-o sobre o peito e atou-o com um longo cinturão confeccionado do mesmo tecido. Ele não tinha meios para ver sua figura, mas sentiu-se mais à vontade e liberto do que podia se lembrar de ter se sentido. Reuniu suas roupas e armadura com cuidado, pendurando o cinto afivelado da espada sobre um ombro, e carregou a pesada e deselegante pilha sob um dos braços até o aposento vizinho. Ali, largou-a sobre o catre, mantendo o tempo todo uma aguda consciência de como se sentia estranhamente tímido e inseguro em suas espalhafatosas roupas emprestadas.

No alto da escada, ouviu risos vindos por trás de uma porta aberta nas proximidades, no final do corredor. Foi até ela e enfiou a cabeça dentro do quarto bem-iluminado para encontrar o garoto Henry re-costado na cama e sendo alimentado de colher com uma tigela de sopa apoiada por uma das criadas de Jessie, a que se chamava Marie. Ao lado dela, numa cadeira junto aos pés da cama, a menina Marjorie tagarelava alegremente, com olhos postos no vívido bordado no qual parecia estar trabalhando laboriosamente. Enquanto Will entrava, ela olhou para o jovem Henry, com olhos dançando jovialmente, e acrescentou algum gracejo que fez o rapaz rir, no mesmo momento em que avistava seu senhor e mentor. O riso desapareceu rapidamente, e ele tentou se levantar mais, fazendo uma careta ao tensionar o ombro, mas Will o deteve com um gesto da mão erguida e lhe disse para ficar como estava. O repentino silêncio do quarto tinha um caráter estranho, como se todos os três ocupantes houvessem congelado em pleno movimento: Marie apanhada com a mão que segurava a colher erguida no ar, Marjorie suspensa em espantada surpresa, sorriso fixo no rosto, e Henry posicionado como se estivesse prestes a cair para um dos lados. Will fez um cumprimento de cabeça cordial e saudou a mulher e a garota, depois falou brevemente ao rapaz, querendo saber como se sentia e constrangendo-o ao perguntar se ele estava feliz com a qualidade da atenção que lhe era dada.

O garoto parece bem, pensou. *Ainda pálido e macilento, com olheiras fundas e arroxeadas, mas olhos brilhantes e cabelos limpos e lustrosos de saúde.* Embora permanecesse todo envolvido em bandagens, o ombro ferido parecia em posição normal, e os braços estavam relaxados sobre a superfície do leito. Will falou um pouco mais, tentando pô-los à vontade, embora sem muito sucesso, pelo que sentiu, depois se retirou, dirigindo-se resolutamente degraus abaixo com um profundo sentimento de alívio ao ver que o escudeiro estava progredindo.

DOIS

Sentada diante do fogo que agora crepitava na lareira aberta, Jessie Randolph tinha a cabeça abaixada e fingia estar absorta remendando o pedaço de tecido pousado sobre os joelhos, mas teve de reprimir o impulso de erguer ansiosamente os olhos quando Will bateu e entrou.

Agora entre, Will Sinclair, e assuma seu lugar sem parar para questionar cada impulso que lhe ocorrer. Em nome de Deus, aja como homem e não como monge, como campeão e não como cavaleiro. Invoque aquela sua famosa bravura e deixe que ela o fortaleça a ponto de me enxergar como uma mulher e uma amiga, e não como a Mulher Ameaçadora. E, quando eu olhar para você, que Deus me ajude e me deixe ver uma mudança no homem que seja condizente com a mudança nos trajes que ele veste agora.

Will se postou em silêncio na soleira e ficou olhando para Jessica, com o fôlego preso e esperando que ela erguesse os olhos.

— Venha se sentar — disse ela em voz calma, sem levantar o olhar. — Se você puder ter paciência comigo, não levarei mais do que alguns momentos para terminar o que estou fazendo.

Ele atravessou a sala em silêncio até a cadeira em frente a ela, depois se sentou, sentindo-se estranhamente tímido e ilogicamente desajeitado sem a proteção da armadura, mas como ela não demonstrou reação alguma à sua proximidade, assentou-se vagarosamente, observando os dedos dela no trabalho de costura. Por fim, Will começou a relaxar, embalado pelo ar de calma concentração da baronesa, e viu-se apreciando o calor da lareira enquanto este se derramava sobre eles. Jessie continuou costurando, sem trair qualquer noção da presença do homem. Estava de cabeça descoberta, e seus cabelos repartidos desciam esticados até o meio da cabeça abaixada, arrumados em duas tranças impecáveis, por sua vez enroladas em espirais perfeitas e presas por alfinetes, de modo que cobriam as orelhas. Na imobilidade da sala, quebrada apenas pelo adejar das labaredas e sombras e pelos rápidos e destros movimentos dos dedos atarefados da dama, Will imaginou que podia sentir o perfume dela, uma sensação flutuante de calidez e limpeza docemente aromática. Enquanto a observava, momento a momento, percebeu que a rigidez e a tensão que o haviam mantido em suspenso escoavam de si a cada respirar.

Jessie teve de lutar intensamente para manter a concentração na costura, mas pelo canto do olho pôde ver os pés e tornozelos dele calçados com as elegantes botas verdes e notou como eles se cruzavam e descruzavam, até que finalmente repousaram numa posição confortável, um nivelado no chão, o outro inclinado para o lado, apoiado tranquilamente sobre o calcanhar. Desse ponto em diante, ela quase pôde sentir a tensão o deixando, e, quando a certeza disso aumentou, a alegria intensamente contida dentro dela ardeu com mais brilho. No entanto, manteve a cabeça curvada sobre a costura, desejando que ele entendesse pouco do processo para não perceber que o que ela fazia era despropositado.

Will, felizmente, não entendia nada de costura. Mas havia algo estranho acontecendo ali, isso sabia, e soube também que, fosse o que fosse, sentia-se à vontade com isso, por razões que não fez esforço algum para definir. Enquanto olhava para Jessie de cabeça baixa, ele se deu conta indistintamente de uma pequena, tênue, agitação em algum lugar no fundo de sua mente, que remetia a ideias profundamente assentadas de lealdades e conflitos, mas ignorou-a deliberadamente, contentando-se naquele momento em confiar nos seus instintos, como sempre fizera, em contemplar o que se encontrava diante de si e em acreditar que tudo estava como deveria estar.

Foi somente quando Jessie levantou a cabeça repentinamente e sorriu que sua atenção despertou num sobressalto, alarmada porque ele estivera próximo de cochilar, embalado pelo calor do fogo e pela sensação de bem-estar. Endireitou-se com uma sensação de culpa, olhando à volta e dando-se conta pela primeira vez de que os dois estavam sozinhos num confortável ambiente iluminado pelo fogo, numa situação que só poderia ser descrita como íntima. Constrangido por ser surpreendido tão desarmado, e agudamente incomodado, ele se viu olhando quase com raiva para a anfitriã.

— Onde estão todos?

Jessie simplesmente piscou para ele, com uma expressão séria e ligeiramente intrigada.

— Todos? Ah, você se refere a Tam. Eu disse a ele que tirasse uma noite de folga.

Ela se levantou, com a costura ainda agarrada numa das mãos, e foi até uma grande mesa lateral posta junto à parede num dos lados da lareira. Ele reparou no modo como as roupas dela se mexiam à sua volta, ficou surpreso ao perceber que, apesar de todo seu repentino desconforto, não prestara atenção ao corpo dela até aquele momento.

Jessie, incapaz de ver o rosto dele, ainda estava conversando, falando por sobre o ombro enquanto vasculhava a mesa diante dela.

— Aquele pobre homem não tem nenhuma vida própria, sabe? Ele passa tempo demais com você, à espera de cumprir cada vontade e capricho seu. E por isso o libertei por esta noite, como forma de agradecer por ter-nos salvado hoje. Ele provavelmente está se divertindo com Mungo e os outros, pois tenho certeza de que Hector deve tê-los suprido bem de bebida e comida, se é que ele próprio não se juntou aos seus homens.

Will pigarreou e despejou o que tinha em mente:

— Eu não estava pensando em Tam, Lady Jessica. Estava me perguntando sobre as suas... companhias: sua protegida e suas duas damas. Elas não deveriam estar conosco?

— E por que as minhas damas deveriam estar aqui? — Virou-se para encará-lo de frente, segurando a costura com as mãos, e ele não conseguiu decifrar a expressão no rosto dela ou em seus olhos, embora ela não lhe desse tempo para nada disso. — Para assegurar o decoro? Você está preocupado com sua segurança por estar sozinho aqui comigo?

— Não, não foi nada disso o que eu quis dizer. — Ele jogou as mãos para o alto, depois as deixou cair de lado, balançando a cabeça. — É claro que eu não me referia a tais coisas. Mas nunca vi você por tanto tempo sem elas. A menina Marjorie raramente sai do seu lado, e as duas damas estão sempre por perto, uma ou outra, quando não ambas.

— As coisas mudaram por aqui desde a chegada de seu jovem escudeiro. Eu acabei me acostumando a ser negligenciada, passando a figurar em segundo lugar após as necessidades dele. Ele enfeitiçou minha protegida, você sabe. Ela se designou sua guardiã e manda em todos nós como uma tirana para suprir a menor das necessidades do rapaz. E por isso as mulheres desta casa cuidam de Henry, entretêm Henry e se debruçam sobre Henry constantemente, incluindo eu própria, na maior parte do tempo. — A ternura na expressão afastou qualquer possível aresta das palavras. — Portanto, é lá que todas estão... cuidando de Henry, enquanto eu supostamente deveria estar cuidando de você. Mas o estive negligenciando, eu temo.

Ela ficou de lado, largou a costura e retirou a toalha que cobria as iguarias sobre a mesa.

— Você deve estar faminto. — Ela indicou com uma das mãos os itens expostos, e ele sentiu a saliva brotar em sua boca enquanto ela prosseguia: — Isto é carne de veado fria coberta por uma magnífica massa preparada por Hector, e este salmão, assado e sem pele para seu prazer, também foi cozido por Hector... sem ele, eu morreria à míngua. Mas, se nada disso agradar você, esta travessa contém leitão assado, ainda quente, e ao lado dele a pele, intacta e suculenta, coberta de farinha e sal e grelhada até ficar crocante à perfeição, a tal ponto que ouvi Hector dizer que faria um morto babar. — Ela desvirou as bordas de um tecido alvo que cobria um trio de pequenas vasilhas de barro. — Queijo da casa, doces maçãs das nossas árvores e pão fresco, crocante e ainda com o calor do forno. E para beber, temos o restante de um suprimento de vinho trazido há dois anos de Bordeaux, tanto branco quanto tinto.

Will se levantou, boquiaberto, deslumbrado pela variedade de comida e completamente desarmado pelo prazer que ela demonstrava com a presença dele. Balançou lentamente a cabeça, depois foi até os pratos expostos, junto aos quais Jessie oferecia um prato de madeira para que ele usasse.

— O porco está maravilhoso. Eu provei um pouco da pele torrada quando Hector o trouxe e você estava no andar de cima.

Ela sorria, obviamente muito satisfeita com algo, embora ele não fizesse ideia do que poderia ser. Will meramente assentiu e tomou o prato das mãos dela.

— Tome. Deixe que eu corte um pouco para você.

Ela golpeou com precisão a crosta de pele crocante com uma faca de lâmina reforçada, partindo-a em vários pedaços, e depositou dois deles no prato de Will, depois cortou uma fina fatia de pão e guarneceu-a com nacos duplos da espessura de um dedo da carne de leitão de aspecto suculento, antes de repartir uma maçã de um vivo tom vermelho em oito segmentos e empilhar metade deles ao lado da pele de porco. Ainda ligeiramente arrebatado, dispensou com um gesto a oferta de algo mais, depois ficou olhando à sua volta.

— Sente-se à mesa. Ela está posta para dois, com facas, colheres e sal. Que tipo de vinho você prefere?

Ele optou pelo branco, depois foi sentar-se enquanto ela o servia numa magnífica taça de vidro e levava até ele. Jessie retornou para se servir de uma fatia de torta fria de carne de veado e outra de salmão, sobre a qual verteu uma generosa porção de um molho grumoso, dourado e cremoso que disse ser outro dos segredos de Hector, feito de ovos, creme de leite e ervas. Por fim, foi sentar-se diante dele e invocou uma bênção sobre a refeição de ambos antes de começar a comer com o apetite de um menino de 12 anos. Observando-a fazer isso, Will se deu conta de que estava faminto, pois o dia inteiro não havia comido nada além de um punhado de aveia e frutas secas com que fizera o desjejum pela manhã. Alimentaram-se num silêncio amigável, prestando um tributo quase reverencial à excelência da cozinha de Hector, até os pratos de ambos estarem vazios, assim como as taças.

Will se recostou e afastou o prato; Jessie inclinou a cabeça para o lado, sorrindo novamente. Foi uma medida do quanto sua confiança nela — e em si próprio — havia crescido o fato de que simplesmente a contemplou com curiosidade moderada, uma das sobrancelhas erguida numa indagação sem palavras.

— Agrada-me que você tenha escolhido o verde — elogiou ela. — Eu estava certa, a cor fica bem em você. E as roupas parecem mesmo ter sido feitas para você.

Will sentiu a face corar, mas foi de prazer, e conseguiu responder com graça:

— Estou em débito com você... — Ele se conteve antes que as palavras "minha dama" pudessem escapar, perguntando-se pelo que substituí-las e descobrindo-se ainda pouco à vontade para usar o apelido. Mas então, antes que ela pudesse se interpor, as palavras vieram e ele sorriu com alívio: — Você me apresentou aqui, nesta noite, o mundo dos homens singelos e contentes que vivem suas vidas diárias sem se prenderem às demandas constantes do dever e a uma rígida regra de conduta.

Ela baixou a cabeça num pequeno gesto de compreensão.

— Homens singelos e contentes... Eu me pergunto se tais criaturas verdadeiramente existem neste nosso mundo. A singeleza é menos singela do que pode parecer à primeira vista, e você mesmo está longe de ser singelo... Você mudou muito, sabe, desde que nós nos conhecemos. Há um ano, você nunca teria dito tal coisa, jamais teria nem mesmo pensado isso. Mas, para ser sincera, eu própria não teria acreditado, há um mês, que você e eu pudéssemos nos sentar por tanto tempo juntos e à vontade deste jeito. O severo templário Sir William Sinclair jamais teria permitido, com receio de encontrar prazer nisso. — Deu um sorriso súbito; seus olhos se iluminaram de travessura. — Estou feliz que meu amigo Will esteja aqui hoje no lugar dele. Will é muito mais... humano... muito menos previsível e mal-humorado. — O sorriso desapareceu enquanto ela sentava mais ereta e observava através das janelas no alto da parede. — Eu perdi a noção do tempo, mas vejo o céu azul lá fora, então o sol ainda não se pôs, e, caso tenha se posto, o anoitecer ainda não está completo. — Então se levantou. — Se você já está satisfeito, venha caminhar comigo até o estábulo para verificar se o baú do tesouro continua em segurança, pois confesso que não penso nele desde sua chegada, nem mesmo para lembrar de conferir se ele não foi violado pelos nossos visitantes. Eu farei com que alguém tire a mesa depois que nós sairmos.

— Mas não o vinho.

Ela olhou para ele com surpresa, admirada pela sugestão de frivolidade.

— Não, o vinho não. Ele fica. Farei com que o fogo seja reaceso, também.

TRÊS

Will e Jessie pararam juntos na escuridão que se formava no estábulo, diante dos fardos de forragem que cobriam o cofre com as moedas de ouro, olhando para a simetria intocada da pilha. Do lado de fora, no anoitecer que avançava, o gado que retornava do pasto fazia um tropel no calçamento de pedra do pátio nos fundos do estábulo. As manjedouras nas baias estavam cheias de forragem fresca para a noite que chegava, mas o feno na plataforma que continha o tesouro parecia intocado.

— Você acha que está suficientemente seguro, ou deveríamos desencavá-lo para nos certificarmos?

Will respondeu com o mais leve menear de cabeça, pois seus pensamentos estavam em outro lugar. Ele e Jessie haviam sido vistos por várias pessoas dentro da casa e a caminho dali, e, embora ninguém parecesse prestar qualquer atenção, uma ideia importuna havia surgido em sua mente, de que, sendo vistos abertamente daquele jeito, podiam ser alvo de suspeitas de comportamento impróprio. O pensamento da impropriedade havia provocado nele vagos sentimentos de deslealdade e angústia, uma vez que sua anfitriã não havia lhe dado o menor motivo de preocupação quanto à propriedade e lhe parecia que o mais leve pensamento a esse respeito era degradante para ambos. Havia tentado pôr isso de lado, mas quanto mais tentava, mais obstinadamente a ideia se firmava, de modo que agora estava tomado de preocupações sobre o que os criados de Jessie poderiam pensar dela, passando tanto tempo sozinha e sem vigilância em companhia de um homem que não era seu parente.

— Em que você está pensando aí, senhor cavaleiro, com uma carranca tão profunda no rosto?

Ele se recompôs com esforço e dispensou a pergunta com um gesto, murmurando algo ininteligível em resposta enquanto dava um passo adiante para pôr as mãos na pilha intocada de forragem, mas, ao fazê-lo, lembrou-se de suas botas verdes limpas e do edifício onde se encontravam. O canal central tinha sido varrido havia muito, e sua superfície estava seca, mas ele viu o volume assomado das bestas que se aproximavam além da porta baixa, e imediatamente as narinas dele pareceram se encher do acre e pungente fedor de esterco liquefeito misturado com urina. Uma imagem lampejou na sua mente: como o chão daquele lugar ficaria momentos depois que seus ocupantes retornassem, e ele recuou rapidamente, levantando cada pé com exagerada cautela. Quando se virou para ficar de frente para Jessie, porém, havia recuperado a voz.

— Perdoe-me, baronesa, eu estava divagando. É claramente visível, mesmo no escuro, que nada aqui foi violado, exceto pela nossa própria presença, e agora seus ocupantes retornaram. Devemos prosseguir?

O céu havia se descolorido para um tom escuro e purpúreo, e os últimos raios do sol desaparecido incendiavam as nuvens no extremo oeste com vivos tons incandescentes e fulgurantes tonalidades de laranja, dourado e vermelho. Jessie parou de andar e olhou o espetáculo.

— Como pode alguém olhar para isso e não acreditar em Deus? É diferente a cada noite, nunca o mesmo de um dia para o outro, nem mesmo de uma hora para outra, mas jamais é feio. Mesmo em seus piores momentos, o céu é sempre magnificamente belo. E tudo muda constantemente, para todo lugar que olhamos. — Ela olhou de soslaio para Will, parado calmamente ao lado dela como se também contemplasse o panorama a oeste. — Vou admitir, porém, senhor cavaleiro, que as mudanças que vi em você nestas últimas semanas me assombraram. Eu acredito que a mudança, como parte da vida, é inevitável, do mesmo modo como a noite sucede o dia, mas ainda assim você me surpreende.

— Surpreendo? Como assim, madame?

— Deixe-me ver... você me surpreende numa multiplicidade de maneiras, e tenho de dizer que seria difícil apontar uma sequer... Mas, não, isso não é verdade. Eu tenho uma: você aprendeu a ouvir.

A boca de Will alargou-se num sorriso.

— Eu lhe asseguro, baronesa...

— *Jessie*.

— Jessie, sim... Eu lhe asseguro, *Jessie*, que nunca tive o menor problema de audição.

— Nem eu disse que você tinha. Eu disse que você aprendeu a *ouvir*, não a *escutar*. Escutar é uma habilidade, mas ouvir é uma conquista. Eu conheço poucos homens que realmente ouvem alguém ou algo, que dirá a uma mulher. Seu amigo Tam é um deles.

— Tam...?! Você vai me explicar isso, eu espero.

Foi a vez de Jessie sorrir, e ele sentiu seu espírito se elevar com aquela pronta jovialidade.

— Eu vou, e farei isso devagar, para o bem dos seus ouvidos masculinos. Mas podemos caminhar enquanto eu o faço? Está ficando frio.

Ela ficou em silêncio quando começaram a caminhar novamente, e, antes que pudesse retomar o que dizia, Will virou a cabeça para os portões, atraído pelo som de vozes.

— Você não disse que tinha dado uma noite de folga para Tam?

Jessie ergueu os olhos rapidamente para o cavaleiro, e ele riu alto e voltou o rosto novamente, deixando de notar a expressão na face dela enquanto ele gritava.

— Bem, então parece que ele não lhe deu ouvidos. Tam! Sargento Sinclair! Venha até aqui!

Um grande grupo de homens havia acabado de entrar na área murada, indistintos na escuridão que rapidamente se adensava, um mero bloco de escuros perfis masculinos, alguns carregando pás de cabo longo, mas não havia como confundir a forma ereta de Tam à frente ou o volumoso corpanzil de Mungo MacDowal ao lado. Pararam de imediato, e Will ouviu que Tam dizia algo aos demais. Acenou ligeiramente enquanto o outro se aproximava, mas Tam Sinclair estava longe de ser o mais bêbado. Quando estava perto o bastante para vê-los com clareza, parou de repente, com olhos arregalados e queixo caído perante o espetáculo de seu primo vestindo o traje suntuoso de um nobre francês.

— Em nome de Deus — murmurou ele, mais para si próprio que para qualquer outra pessoa. — Que diab...?

— Boa noite, Tam. — Jessie interrompeu-o antes que o homem pudesse deixar escapar algo mais, e ele se voltou para ela, piscando como uma coruja.

— Noite pra você, baronesa — murmurou ele, com a áspera pronúncia escocesa engrossada pela bebida. — Uma bela noite. — Ele girou a cabeça com truculência para olhar novamente para Will, mas este já estava preparado.

— O que você estava fazendo lá fora numa hora tão avançada do dia?

— Hora avançada do dia? Ficamos lá o dia inteiro! O que acha que estávamos fazendo? Enterrando cadáveres. Deve lembrar que havia um montão deles caídos por aí.

— Eu lembro. — Will olhou na direção do grupo distante que desaparecia ao contornar o canto da casa. — Quantos vocês eram?

— Seis para cavar... os prisioneiros... e oito de nós para guardá-los. Nós quatro e quatro dos homens de Lady Jessie.

— E quantos corpos?

— Nove, e cada um deles era pesado como uma puta gorda... Perdão, baronesa.

Will assentiu.

— Muito bem. Mas a baronesa estava me dizendo ainda agora que deixou você livre para tirar o dia de folga.

— E deixou mesmo. — Tam franziu o cenho. — Está me dizendo que não?

— Não, de jeito nenhum. Eu só estava me perguntando por que você não acatou a palavra dela.

— Eu acatei e agradeci a ela por isso. Não foi, baronesa? Sim. Esta noite, eu pretendo ficar muito bêbado. Nós temos bebida na cabana. E comida para forrar, graças ao camareiro, Hector McBean. Portanto, se me permitem, eu vou...

Parou novamente, examinando o primo vagarosamente da cabeça aos pés, sem deixar escapar o mais leve detalhe. Depois se voltou para Jessie, apontando um polegar para Will.

— Isso é obra sua, eu desconfio? — Jessie sorriu, um tanto delicadamente, mas não disse nada, e Tam meneou a cabeça. — Nunca vi nada igual. E não ia acreditar se não visse por mim mesmo. — Novamente, analisou Will de alto a baixo, devagar. — Botas verdes! Botas verdes e sem armadura... Nem mesmo uma faquinha. — Encarou Jessie novamente e depois se ergueu em toda a sua altura, pigarreando alto. — Bem, está parecendo grande, Will Sinclair. Grande, bonitão e... não só *diferente*, mas... *bem*, sabia? Devia usar verde sempre. — Ele deu um riso malicioso. — Fica bem em você.

E com isso deu meia-volta e se afastou.

Quanto tempo Will pode ter ficado parado ali sem palavras ele não chegou a saber, mas ao seu lado ouviu Jessie conter um arrepio súbito e viu-a agarrar os próprios cotovelos, abraçando o próprio peito.

— Está frio — murmurou ela. — Eu quero voltar para dentro agora.

Atravessaram o pátio rapidamente dessa vez, caminhando a passos largos até a casa. Ambos estavam tremendo quando entraram na sala de estar e foram diretamente postar-se o mais perto possível do fogo crepitante. Pararam lado a lado, olhando para as chamas, cada um perdido em pensamentos, até que Jessie quebrou o silêncio, rindo com doçura.

— Viu só? Tam aprovou minha escolha. Isso o surpreende?

— Estou sem palavras até agora.

Ambos se viraram para dizer algo mais, e, de repente, estavam face a face, não mais do que um palmo os separando. Nenhum dos dois disse uma palavra por alguns momentos, até que Jessie levou a mão à boca como se estivesse surpresa.

— Eu nunca tinha ouvido você rir antes desta noite. Sabia disso?

Will recuou um passo e sentou-se numa das duas grandes poltronas que haviam sido reposicionadas de frente para o fogo durante a ausência deles, e Jessie se acomodou na outra.

— Nunca? Isso é difícil de acreditar — retrucou ele, resistindo à vontade de chamá-la pelo nome. — Há quanto tempo nós já nos conhecemos? Você deve ter me ouvido rir uma vez ou outra.

— Faz seis anos desde que nos vimos pela primeira vez, naquela noite em La Rochelle. E você nunca havia rido. Não na minha presença. Até esta noite.

— Isso é ridículo — reclamou ele. — Você me faz parecer... você faz parecer como se eu... Bah! — Ele jogou as mãos para o alto.

— Eu faço você parecer o cavaleiro severo e intolerante que uma vez conheci, um cavaleiro templário chamado Guillaume de St. Clair... um homem que nunca sorria, até onde eu pude ver, que dirá rir. Vamos, seja sincero. Quando foi a última vez que você se lembra de ter rido, rido de verdade, até doerem as costelas? Você consegue se lembrar?

Will ficou imóvel, pensando, e sua expressão se tornava mais sóbria à medida que os momentos se prolongavam, e então seus olhos se iluminaram e ele golpeou o braço da sua cadeira.

— Consigo! Foi na vez em que Tam caiu num rio, de armadura completa, e não conseguia sair. Eu caí da minha sela de tanto rir, e, quanto mais zangado ele ficava, mais engraçado parecia. — Will tornou a rir, moderadamente, recordando a cena. — Havia chovido forte naquele dia... o céu vindo abaixo, sem parar, e a ribanceira do rio ficou encharcada. Tam escorregou e derrubou a espada na lama... não me lembro por que ele a havia desembainhado, nem por que estava a pé... mas ficou zangado consigo mesmo e foi lavá-la no rio. Ele se curvou e se esticou até que perdeu o equilíbrio e caiu de costas... e então girou o corpo até ficar de frente para mim, com o rosto enfurecido pelo ultraje... e foi escorregando lentamente para trás, arrastando-se na lama, com as pernas para o ar, para baixo e para dentro d'água. E uma vez dentro dela, totalmente armado, ele não conseguia sair.

Will estava realmente rindo nesse momento, apertando o nariz com o polegar e o indicador, e resfolegando com jovialidade, os olhos vertendo lágrimas.

— Não era fundo, mas era escorregadio. Vou lhe dizer, Jessie, ele uivava, latia de raiva, e foi a coisa mais engraçada que eu já vi. — Recompôs-se, então, meneando a cabeça e pestanejando para remover as lágrimas dos olhos. — Levou um bom tempo para ele nos desculpar, mas acabou desculpando. Bom Deus, aquilo foi engraçado.

Jessie estava sorrindo com ele, e, quando as gargalhadas cessaram, ela disse:

— Estou feliz por ter perguntado isso a você. Onde aconteceu? Foi em Arran?

A face dele ficou mais sombria e a voz mudou, tornando-se mais calma.

— Não. Foi em Languedoc, perto dos Pireneus, a caminho de Navarra, para lutar contra os mouros. Foi... há quinze anos.

Jessie ficou emudecida, pois não havia nada que pudesse dizer que não parecesse trivial, mas depois de alguns momentos ela respirou fundo e falou com vivacidade:

— Muito bem! Podemos ficar felizes porque isso aconteceu, pois trouxe o riso de volta a você, para meu prazer, depois de todo esse tempo.

— É, pode ser, Jessie. — A voz dele mal podia ser ouvida. — Mas você estava certa. Duvido que eu tenha realmente rido desde aquela tarde, pois nós perdemos mais da metade dos nossos homens no duro combate que se seguiu naquele dia. Quinze anos!

Um silêncio se prolongou depois disso; ela o observava. *Ah, Will Sinclair, homem tão querido, como eu gostaria de poder lhe mostrar o que o riso faz com seu rosto, com você todo... Ele remove anos de você, anos e anos e anos, e revela o menino que existe aí dentro...*

Uma acha de lenha partiu e estalou na lareira, e as chamas diminuíram, lançando fagulhas e espirais de fumaça para a chaminé abobadada.

— No que você está pensando?

A pergunta pegou-a de surpresa, e ela respondeu sem refletir:

— Eu estava vendo você, pensando que deveria rir com mais frequência... o tempo todo... e desejando que eu pudesse lhe mostrar como você muda quando ri...

Ele a contemplou, e depois um pequeno sorriso repuxou-lhe a boca.

— Isso seria uma engenhosa...

Uma aguda gargalhada feminina partiu de algum lugar atrás da porta e tirou ambos do estado de humor que compartilhavam.

— Marjorie! Aquela menina é... — Jessie já estava de pé, sem se dar conta de ter se movido, e ficou olhando para Will enquanto ambos ouviam o tropel de pés correndo. Os olhos da baronesa chispavam com uma emoção que ele não podia definir. — Eu juro, desde que aquele garoto entrou nesta casa, todo senso de decoro foi posto de lado. E Marie e Janette não são melhores que a minha pupila. Espere-me aqui, se lhe apraz. Eu tenho que ir impor alguma autoridade.

De olhos arregalados, Will a observou partir com a saia rodopiando à sua volta, ainda incerto se a expressão nos olhos dela era de raiva ou de perplexo divertimento. Jessie deixou a porta aberta ao sair, e ele a ouviu subir as escadas, elevando a voz em exasperação até sair do alcance dos ouvidos. Só então, quando não podia escutar mais nada além do silêncio, ele se recostou na cadeira, segurando os braços do móvel e olhando absorto à sua volta enquanto começava a avaliar aquele dia incomum. *Incomum não é a palavra*, pensou; aquele havia sido um dia além da imaginação. Aquele era o lugar dela, o lugar de Jessie Randolph, a despeito de qualquer alegação de direito que seu cunhado pudesse ter. A influência, os sinais da presença dela, seu domínio sobre a criadagem eram visíveis por toda parte: brilhavam nas cores da sala, nas pilhas de velas habilmente organizadas, nas mantas e almofadas sobre os móveis e nas jarras e vasos de flores frescas sobre praticamente todas as superfícies planas. E, no meio disso tudo, ele se perguntou o que estava fazendo ali... Como havia chegado ali, e o que estava acontecendo consigo?

Houve um tempo em que eu poderia ter acreditado que a mulher me havia enfeitiçado, pensou ele. Quando esse pensamento lhe ocorreu, reconheceu que ela o havia, de fato, enfeitiçado, lenta e certeiramente. Mas, se anos antes ele poderia ter corrido em confusão até algum padre, procurando absolvição, agora se contentava em ficar sentado e esperar o próximo desenrolar. Havia se tornado um homem diferente daquele que era no ano anterior, ou mesmo no mês anterior, e tinha plena consciência de que o rigoroso e inflexível cavaleiro do Templo de uma década antes morrera havia muito. Mas o processo daquela morte cavaleiresca em particular havia sido assiduamente executado por homens, por aqueles mesmos homens a quem ele dedicara sua vida, jurando servi-los, honrá-los e obedecê-los. Não havia feitiçaria nisso... Exorcismo, talvez, no sentido de que o espírito que havia se apoderado dele quando era um cavaleiro mais jovem fora expelido, expulso para sempre. Mas isso não havia acontecido por qualquer culpa ou influência de Jessie Randolph. A única coisa que ela fizera foi assustá-lo com pensamentos pouco castos e sonhos luxuriosos, fenômenos que, em sua dedicação obstinada ao cumprimento do dever para e pelo Templo, havia esquecido serem inofensivos aos olhos de sua verdadeira Ordem, a Irmandade do Sião. Nas semanas precedentes, todo o seu aprendizado se combinara a tudo o que havia decidido nos anos recentes para gerar um novo Sir William Sinclair, um homem completamente diverso: maduro em anos e endurecido pela batalha, mas possuindo todos os terrores de um garoto virgem e alheio às coisas do mundo.

* * *

Na quietude, o longo uivo de um lobo distante chegou com clareza pela alta janela sem vidros acima de sua cabeça, seguido pelo som de botas em marcha e um grito alto de alerta que marcou a mudança de turno da guarda noturna. O fogo baixou novamente, e ele notou que várias das velas enfileiradas sobre a mesa e o aparador haviam derretido, próximas de se apagar. Perdera a noção de quanto tempo passara desde que Jessie saíra, mas sentiu-se completamente à vontade quando se pôs de pé e foi apagar as velas derretidas, apertando-as entre o polegar e o indicador molhados e sentindo o odor do pavio chamuscado enquanto esfregava a cera solidificada no dedo. Somente algumas haviam se extinguido, e ele deixou as outras quando foi reabastecer o fogo, depositando novas achas no lugar e lembrando apenas no último momento de não empurrá-las com suas reluzentes botas novas sem manchas. Parou ali por um momento, contemplando o fogo e franzindo ligeiramente o cenho, e depois tornou a se acomodar, beliscando o lábio inferior, e deixou que os pensamentos corressem livremente, ciente apenas de que nunca havia sido indeciso e que precisava ser construtivamente decidido agora.

Estava mergulhado em pensamentos quando Jessie entrou novamente na sala e parou perto da porta, observando-o. Mas, quando ela falou, ele se virou imediatamente, sem demonstrar sinal de surpresa.

— Você ainda está aqui! Pensei que tivesse se cansado de ficar sozinho e tivesse ido para a cama.

— De modo algum. Eu estive sentado aqui pensando, em muitas coisas... coisas a serem feitas, decisões a serem tomadas. Você está indo para a cama?

— Não, não ainda, a não ser que você queira ficar sozinho.

— Não, eu estou contente. Venha se sentar, então, se estiver disposta a compartilhar o fogo. — Observou-a vindo sentar-se de novo diante dele, e, quando estava acomodada, estendendo as mãos para as chamas, ele sorriu. — Você abafou o motim lá em cima?

— Ah, sim, faz tempo. Espíritos elevados são uma bênção divina, mas eles precisam ser podados de vez em quando. Agora Marjorie e Henry estão deitados, com as luzes apagadas, e Marie e Janette estão cuidando dos trabalhos domésticos, preparando as coisas para amanhã, enrolando a lã no tear... Você me permite perguntar sobre o que esteve pensando?

— Na sua própria casa, você pode perguntar tudo o que quiser, Jessie... — Ele hesitou, depois foi em frente: — Eu estive pensando em mim mesmo, principalmente sobre a minha vida e no que deve ser feito com ela. Nunca tive de fazer isso antes, você consegue imaginar? Aqui estou eu, já ficando velho, e passei minha vida ouvindo me dizerem o que fazer e quando fazê-lo, por isso pensar no que tenho de fazer é uma preocupação nova para mim... muito nova... e estranha... Mas você falou em mudanças mais cedo, e isso me motivou. Meu mundo inteiro mudou nos últimos seis anos, desde que deixei mestre De Molay, em Paris. Ainda tenho deveres, Deus sabe, missões a cumprir e resoluções a tomar que influenciarão muitas outras vidas além da minha. Mas agora estou pensando por mim mesmo, comandando outros a obedecerem minhas vontades e deliberações.

Will mordiscou o interior da bochecha, franzindo as sobrancelhas, e depois olhou diretamente para Jessie.

— Eu estive pensando em você, também. Sobre esse seu desejo de navegar conosco quando partirmos. Como chegou a essa decisão?

Ela o fitou por um longo momento.

— Não *conosco*, Will. Com *você*.

Ele pestanejou.

—· Você precisa se mudar daqui, disso não tenho dúvida, mas ir conosco é loucura. O lugar para onde vamos é desconhecido, Jessie, ele é...

— O quê? Perigoso? Bárbaro? Selvagem? Cheio de perigos e incertezas, com homens selvagens e brutais por toda parte, ansiosos para saquear, roubar, espoliar, matar e destruir? Não será nada parecido com a terra pacífica e plácida em que vivemos agora, será? Totalmente diferente desta Escócia civilizada. Era isso o que você ia dizer?

— Não, não era isso...

— Ótimo, então, pois eu preferiria viver na incerteza de sua Merica desconhecida a viver aqui, com o seguro e certo conhecimento de que serei morta e na tola esperança perdida de que minha morte, quando vier, seja rápida e indolor. — Suspirou agudamente. — Em nome de Deus, Will Sinclair, para onde eu irei se partir daqui e não for com você para a sua Merica?

— Para Arran. Nós temos lugar para você lá. Estará segura no Castelo de Lochranza, assim como toda a sua gente.

— No Castelo de Lochranza. — Ela quase cuspiu as palavras. — E quando você for embora, o que será? O senhor de lá é Menteith.

— Não é mais. Ele caiu em desgraça.

— *Ele* pode ter caído, mas o lugar é um feudo Menteith, e não terei segurança lá. Leve-me com você, Will.

— Eu não posso.

— Por que não, em nome de Deus? Vocês levarão padres?

Os olhos de Will se abriram ainda mais.

— Eu não tinha pensado nisso. Aquilo não será lugar para clérigos. Mesmo assim, todos os nossos clérigos continuam excomungados, como o restante de nós. Por outro lado... alguns são bons homens, sãos e saudáveis, que gozam da confiança dos confrades. Sim, nós levaremos alguns que já foram padres.

— Ótimo. Então um deles pode nos casar.

— *Casar?* Eu... — Ele a fitou, depois passou a mão pelo rosto, pressionando forte, como se alisasse as rugas.

Jessie observou-o com tensão enquanto ele afastou o rosto, os olhos fechados, os ombros largos rígidos, como se estivesse ultrajado. Mas então os ombros caíram e ele se virou de novo para ela.

— Eu estava a ponto de dizer a você que sou um monge — falou ele com calma —, mas isso é outra bobagem. Eu não sou monge, não mais. Eles roubaram isso de mim quando tomaram minha vida e cuspiram nela. Agora eu sou um homem, nem mais, nem menos.

— Você é um cavaleiro. Ninguém pode lhe tirar isso.

— É verdade, moça, e eu tenho plena ciência disso. Mas continuo sendo um homem. E um homem, no final das contas, com pouco a oferecer a alguém, Deus sabe. Mas quanto a ser um esposo, um marido... — Inspirou profundamente. — Você gostaria... Você está realmente propondo se casar comigo... ser minha esposa?

Ele viu o rubor subir pelo rosto dela antes da resposta.

— Esposa, consorte, companheira, concubina... qualquer coisa que Deus nos mandar. Sim, Will Sinclair, e com satisfação. — Ela levantou uma das mãos e sorriu. — Até mesmo conselheira, caso tal necessidade surja na sua nova terra, e caso você precise do modo de pensar de uma mulher.

Uma solene quietude se estabeleceu quando eles se recostaram novamente nas cadeiras, olhando um para o outro na claridade das brasas que pouco tempo antes flamejavam e crepitavam.

— Conselheira... — Will sorriu com mais facilidade do que ela podia lembrar tê-lo visto fazer. — Essa agora é nova. Uma mulher aconselhando um cavaleiro templário, e por meio dele uma comunidade templária. Mudanças, de fato!

— Mas somente se você vir que tal necessidade se apresenta, num novo mundo.

— É claro... Mas me deixe testá-la, como mulher e como conselheira. Dê-me algum conselho.

— Agora? Sobre o quê?

— Você disse esta noite que eu aprendi a ouvir. Bem, estou ouvindo agora, e o respeito que tenho por você é suficiente para que eu não duvide das opiniões que você detém sobre algumas coisas que eu deveria fazer. Portanto, estou pedindo, sinceramente, seu conselho.

Novamente, ficaram em silêncio, olhando um para o outro.

O homem acabou de me falar abertamente em casamento. Eu seria uma tola se arriscasse essa conquista falando algo que ele possa considerar bobo por algum motivo. O que eu deveria dizer a ele, afinal?

Ele estava esperando com paciência, e ela notou isso como outra mudança significativa. Mas, quando ele ergueu uma sobrancelha indagadora, ela falou, surpreendendo a si mesma:

— A questão de Gênova. Você pretende ir, mas precisa realmente?

Ele jogou a cabeça para trás e encolheu o queixo, e ela se distraiu por um momento pelo vigor do pescoço dele. Ao olhar novamente para a expressão do homem, ele já tinha o cenho franzido.

— Se eu preciso ir? É claro que preciso. Eu tenho negócios lá, compras a fazer.

— Eu sei que as compras devem ser feitas, mas tem de ser você a fazê-las? Sir Edward não poderia fazê-las por conta própria? A carta de apresentação do arcebispo poderia facilmente ser feita para ele tanto quanto para você, não poderia?

— Sim, poderia, mas...

— Responda-me, então. Na compra desses navios, sejam eles quantos forem, você tomará as decisões sobre o projeto, o tamanho e a construção ou pedirá a orientação de Sir Edward?

— Eu pedirei a orientação dele, é claro.

— É claro que sim, então me deixe perguntar o seguinte: você confiaria nesse homem com sua própria vida?

— Em Berenger? Inteiramente. Eu já confiei, com todas as nossas vidas, incluindo a sua. Ele é o meu almirante.

— O guardião, defensor, condutor e capitão de sua esquadra. Então por que não confia a ele a missão de Gênova? Você tem muito com que se ocupar em Arran, e os navios são a vida de Edward. Ele entende de navios destinados ao alto-mar e todos os seus requisitos, assim como você conhece e ama as coisas que o fazem ser quem você é: liderar os esquadrões montados, treinar seus homens, administrar a comunidade, planejar campanhas. E, como você mesmo admite, essa viagem a Gênova levará meses, talvez meio ano, dependendo do clima. O que fará se Eduardo da Inglaterra nos invadir antes de você ter concluído o que espera alcançar em Arran?

Jessie ficou em silêncio; Will desabou de lado em sua poltrona, apoiando um dos ombros no braço do móvel numa posição que ela havia muito passara a reconhecer como o sinal de que ele refletia sobre um problema, com o polegar posicionado em gancho sob o queixo e o nó do indicador pressionado contra o lábio superior. Olhos fixos, penetrando-a. Ela começou a contar o tempo em silêncio, cruzando seu olhar com o dele e ensinando a própria expressão a ser tão indecifrável quanto a dele, mas perdeu a contagem na segunda centena, distraída por algum pensamento aleatório. Ele ainda a fitava. Jessica nunca havia se dado conta de como ele era grande. Sempre *parecera* enorme, corpulento e envolvido em pesados metais que conferiam um tamanho próprio, mas agora que estava sem armadura e vestindo as roupas de seu falecido marido, ela podia ver a profundidade e a largura do peito, a amplidão dos ombros e a grossa coluna do pescoço, com um cacho de cabelo desalinhado sobre a gola da camisa. Ela manteve os olhos sem vacilar sobre a parte superior do corpo dele, não ousando olhar para as coxas.

— Eu deveria ter começado a ouvi-la há anos, Jess.

Um arrepio súbito a fez estremecer quando ele usou esse apelido, e ela sentiu o coração disparar.

— Você está certa — continuou ele, mais para si mesmo que para ela, supôs Jessie. — É uma tolice para mim até mesmo pensar em ir a Gênova quando Berenger pode fazer tudo por conta própria. Ele não precisa de mim. Meu lugar é em Arran. Não há dúvida quanto a isso. Eu devo voltar para lá, e rápido. Berenger sabe do que nós precisamos melhor do que eu. E ele pode avaliar melhor do que você e eu o valor do seu ouro acumulado. — Ele a olhou diretamente nos olhos. — E essa é outra questão. Aquele cofre é desajeitado demais para ser escondido com facilidade. É muito evidente e demasiadamente pesado. Atrairia a atenção de outras pessoas como uma rosa atrai abelhas, e essa é a última coisa de que nós precisamos. Por isso, amanhã, nós dividiremos o ouro em partes menores, mais fáceis de carregar, mais fáceis de esconder. Você tem sacolas de couro?

— Pequenas e apropriadas para guardar moedas? Não... — Ela balançou a cabeça, mas depois sua expressão se iluminou. — Mas nós temos três velhas tendas de couro num dos barracões. Costumávamos usá-las para cobrir o chão para a debulha. Estão velhas e emboloradas, mas são suficientemente fortes para serem cortadas em pedaços, a fim de fazer sacos de cordão resistentes. Eu posso designar alguém para essa tarefa amanhã.

— Alguém em quem você confie. E o mande fazer isso num lugar onde ninguém possa ver. Tenha cuidado, Jessie. Uma afobação repentina para fazer sacolas de couro... *pequenas* sacolas de couro... irá atrair atenção, pois não há nada que se possa fazer com tais coisas além de usá-las para guardar moedas.

— Hector fará isso.

— Você confia nele tanto assim?

— E até mais. Como você acha que o cofre foi parar onde está? Hector me ajudou a levá-lo e ocultá-lo ali.

— Ótimo. Que assim seja. — Levantou-se de súbito e começou a caminhar pela sala, esfregando as mãos, depois parou e se posicionou de costas para o fogo, de frente para ela. — Quanto a essa coisa de casamento. Sua decisão está tomada?

— Completamente.

— Hmm. — Os lábios dele se contraíram. — E se eu lhe pedisse conselho sobre isso, o que não é o caso, você me aconselharia a seguir em frente?

Ela sorriu.

— Sim.

— Certo. Bem, vou pensar no caso, embora ache que você está louca. Mas vou pensar. Eu tenho uma condição, porém, a ser estabelecida aqui e agora. O garoto não pode viajar ainda. Nisso nós estamos de acordo. Mas ele foi o único motivo para que eu voltasse para cá no dia de hoje, para apanhá-lo e levá-lo de volta. Quanto tempo mais você acha necessário para que ele retorne a Arran?

— Um mês, pelo menos; três, no máximo.

— Três é muito. Muito e perigoso demais. Eu mandarei buscar vocês em dois meses, na terceira semana de setembro: você, o garoto, suas duas damas e quem mais quiser levar junto.

— E quanto a Marjorie?

Ele pareceu surpreso.

— Sua pupila é a sobrinha do rei, Jessie.

— Mas ela é ilegítima.

— Legítima ou não, o nome dela é Bruce, e foi gerada pelo irmão favorito de Robert. Você não pode simplesmente arrebatá-la sem a permissão do rei. Isso seria rapto. E a sobrinha de um rei não tem vontade própria em tais questões. Ela pertence ao reino, um bem móvel, destinado a se casar, caso seja necessário, para o bem do reino. Isso está além da minha ou da sua habilidade para exercer influência.

Jessie não perdeu tempo protestando. Sabia que ele estava certo, e simplesmente assentiu.

— Então eu devo procurar o rei pessoalmente, em algum momento desses dois meses, e obter a bênção dele.

— Para levar a criança, talvez à morte, em alguma terra desconhecida? Ele nunca concordará com tal coisa.

— Pode ser que não. Mas eu devo tentar.

— Ótimo. Mas estará pronta para embarcar para Arran em setembro?

— Eu estarei pronta, e mais pronta ainda para embarcar para Merica. Mande seus negociantes comprarem tecidos.

— Tecidos? Que tipo de tecidos?

— De qualquer tipo, e o máximo que você puder comprar. Não haverá fabricantes de roupas em Merica, mas todos que forem para lá precisarão se proteger contra o clima.

Surpreso, ele assentiu.

— Eu cuidarei disso. Há algo mais que você consiga lembrar?

— Não. Mas pode ser que eu lembre mais tarde. Espere! Rodas de fiar e teares. Quantas mulheres irão conosco?

— Não faço ideia.

— Então é melhor você descobrir e me avisar, assim que puder. Nós precisaremos de um plano para elas, e, se eu souber a quantidade, posso me preparar para começar a organizá-las quando chegar em Arran.

— Você tem muita certeza de que me casarei com você, mulher. — O sorriso dele era pequeno, mas generoso. — Mas eu ainda não concordei.

Ela correspondeu ao sorriso.

— Você concordará. Agora, até quando você ficará aqui?

Will encolheu os ombros.

— Parto depois de amanhã. Uma das nossas galés estará à espera na costa de Galloway. Eu não tenho tempo a perder.

— Então é melhor você ir dormir um pouco, pois nós conversamos o dia inteiro e parte da noite. Suba, então, e vá para a cama. Eu vou apagar estas velas e abafar o fogo antes de ir para a minha.

— Certo... — Ele parou por um momento, beliscando o lábio superior. — Este foi um dia estranho e surpreendente, Jessie, cheio de coisas que eu não poderia ter imaginado quando parti daqui, semana passada, para ir a Arbroath. Conseguimos progredir muito, entre nós dois... Você tem certeza de que está de acordo com isso tudo?

Jessie avançou rapidamente na direção dele e levantou a mão, pousando a palma na face dele, tocando-o abertamente pela primeira vez, e ele ergueu a sua para segurá-la ali, aninhando-a.

— Eu tenho certeza, Will, mesmo que você não tenha.

Ele se inclinou, com os lábios ligeiramente separados, mas ela soube o que aconteceria se ele a beijasse ali, por isso respirou fundo e rápido, e deu-lhe um decidido tapinha no rosto.

— Agora vá para a cama — ordenou com voz suave. — Você tem muito a fazer amanhã.

QUATRO

Ele despertou vagarosamente e com grande relutância, resistindo a abandonar o voluptuoso prazer do sonho que o havia envolvido e a mulher sonhada, cuja boca cobrira a sua, sugando sua alma com um agonizante prazer. Mas, quando finalmente abriu os olhos e encontrou a boca ainda ali, ainda o beijando, e levantou a mão para tocar a pele despida e tépida, despertou alarmado, levantando-se com sobressalto. Teria gritado se a mão não estivesse apertando com firmeza sua boca, e a voz não ciciasse categoricamente em seu ouvido:

— Shh, William, shh! Fique quieto. Você vai acordar a casa toda e nos denunciar.

O cavaleiro congelou, parcialmente erguido sobre os cotovelos, piscando intensamente na escuridão de breu e consciente do outro corpo inclinado sobre o dele no catre estreito. Sua pele se arrepiou num terror supersticioso, até que ouviu a dama rir e sentiu o hálito dela em seu ouvido.

— Sou eu, sou eu, e não queria assustá-lo. Só vim lhe dar um beijo de boa noite. Encolha-se e me deixe entrar.

Ainda atordoado, mas começando agora a compreender o que estava acontecendo, ele se ergueu mais.

— Jessie? O que foi? Há algo errado?

Ela riu novamente, em voz baixa e perto do ouvido dele, causando-lhe um novo arrepio.

— É claro que há algo errado, seu grande e completo bobo. Está gelado, e a sua cama já está quente. Levante as cobertas e me deixe entrar. Vamos! Afaste-se!

Ele fez o que ela ordenava, passando seu peso para um dos cotovelos e levantando as cobertas. Sentiu a suave e quente investida dela subindo na cama e depois abraçando-o apertado, puxando-o para a sua nudez macia enquanto os dedos dela se enroscavam nos cabelos de sua nuca e puxavam seu rosto para o dela. Por um longo tempo depois disso, ele vivenciou um turbilhão de sabor, toque e aromas inéditos, até que congelou novamente, vendo-se de algum modo apoiado sobre os braços esticados e atento à forma feminina debaixo dele, agarrando-o com seus dedos.

— Você não me deseja, Will Sinclair? Venha, homem, e seja meu marido.

Os dedos puxaram-no, insistentes, guiando-o. Will fechou os olhos e suspirou, estremecendo, e penetrou no seu novo mundo.

DA MORTE PARA A MORTE

Parecia a Jessie Randolph que o mundo inteiro estava chegando a Arran naquela primeira semana de maio do ano de Nosso Senhor de 1314. O porto a noroeste de Lochranza estava abarrotado de tantas galés que o impensável havia acontecido: o porto fora fechado, incapaz de acomodar um só vaso a mais. Quatro das oito galés restantes do Templo estavam ancoradas ali, mas eram invisíveis em meio às outras, embarcações visitantes das ilhas e estuários do norte, muitas das quais portavam o brasão MacDonald do novo Senhor das Ilhas em suas velas ao se aproximarem da ancoragem sob o rochedo. Contudo, havia mais vasos que os de Mac-Donald ali. Ela também vira os emblemas dos clãs Campbell, MacRuary e MacNeil, juntamente com vários outros que lhe eram desconhecidos e que Will explicara que vinham das ilhas distantes ao norte. Haviam lotado o porto, que nunca parecera pequeno antes, ocupando cada metro dos molhes perfilados sobre a água. Em certos lugares, tantos deles estavam amarrados uns aos outros lado a lado que pareciam formar uma série de pontes flutuantes pelas águas diretamente abaixo dos muros do castelo.

Jessie estava em Lochranza havia quase um ano e meio — o tempo havia passado quase sem que ela percebesse. Como castelã, havia se acostumado ao porto sempre movimentado além dos muros, com uma constante procissão de navios e galés indo e vindo, mas nunca vira nada como o que estava acontecendo naquele momento. A estreita faixa de terra entre o cais e o castelo estava coalhada de homens, todos se movimentando apressados como formigas, mas ela sabia que o que via não era nada. Além de onde se podia enxergar, os pátios e os edifícios da área cercada do castelo estavam ainda mais lotados, e a turba de homens se derramava pelo portão dos fundos para tomar os campos da retaguarda.

A baronesa quase riu quando a palavra *turba* lhe ocorreu, pois, embora os homens lá embaixo não guardassem qualquer semelhança ao tipo de soldados que ela havia conhecido na maior parte de sua vida na Escócia, na França e na Inglaterra, chamá-los de turba era um erro. Ainda que não houvesse qualquer tipo de uniformidade entre os gaélicos, nem sombra das limitações impostas pela cavalaria, cada homem era um guerreiro, todo equipado e seguro de si, presente por iniciativa própria para apoiar seu chefe. E, se os desejos de seu chefe entrassem em conflito com os de qualquer outro, cada um decidiria por si mesmo se continuaria ou não a oferecer esse apoio. Ela sabia que não eram uma turba, uma mera plebe desordenada. Ouvira o suficiente de várias fontes para saber que aqueles homens ferozmente independentes, aparentemente tão indisciplinados, eram combatentes selvagens e incansáveis que poderiam arrasar formações militares convencionais e subjugar fortificações com facilidade, impondo sua própria forma de disciplina a si mesmos quando a necessidade se apresentava. Ilhéus e montanheses, todos viviam de acordo com seus próprios padrões, sem obrigações a homem algum.

Abaixo dela, à distância de dois andares, os líderes estavam reunidos com os representantes do rei Robert, Sir Robert Keith, o marechal da Escócia, e Sir James Douglas, parecendo mais velho e muito mais austero do que quando ela o encontrara pela primeira vez, apenas cinco anos antes. Dois proeminentes membros do clero escocês completavam a delegação real: William Sinclair; o bispo de Dunkel, tio de Will; e o formidável bispo David Moray, vestido como sempre com a armadura de malha e a couraça de aço de um soldado combatente, não se parecendo em nada com um senhor da Santa Igreja. Reunidos com esses quatro estavam Angus Og MacDonald, autointitulado Príncipe das Ilhas; Fergus MacNeil, o Senhor de Barra; MacGregor de Glenorchy, chefe do clã Alpine; e uma dupla de taciturnos chefes de clã das ilhas de Lewis e Uist, cujos nomes não sabia, embora suspeitasse que fossem primos de MacNeil. Estavam em discussões havia três dias, ocupando o salão principal no segundo andar do castelo e desalojando a castelã, de forma que ela passava a maior parte do tempo agora em seus próprios aposentos com suas damas, incluindo a jovem Marjorie, ou nas ameias, assistindo do alto às atividades no porto sempre que o imprevisível clima da primavera permitia.

Jessie, envolvida num peludo manto de macia pele de foca, não se perturbava pela perda de seu domínio, contente em deixar que os visitantes fossem os senhores do lugar. Ela entendia a urgência daquele encontro e por isso simplesmente os deixou tratarem de seus assuntos, confiante de que o fiel Hector e a equipe de Nithsdale os mantivessem bem-supridos de comida e bebida. Jessie tinha outras questões de maior peso sobre as quais pensar.

Will, o seu Will, a quem ela agora glorificava e chamava de seu homem, estava profundamente envolvido na reunião de outro encontro, completamente diferente, no Castelo de Brodick. Lá também, ela sabia, haveria uma grande reunião de navios no porto próximo de Lamlash, a sota-vento da ilha Sagrada, Eilean Molaise, porque em quatro dias o último capítulo formal congregando os cavaleiros e sargentos da Ordem do Templo dentro do reino da Escócia deveria se reunir ali, e os confrades já estariam chegando, abertamente ou em segredo, vindos de todos os domínios do rei Robert. E, quando aquilo estivesse concluído, a comunidade dos templários de Arran iria se dispersar, alguns na expedição para a nova terra, outros como voluntários a serviço do rei Robert, baseados numa quantidade de centros comunais que haviam sido estabelecidos na Escócia continental durante os meses anteriores. Esses centros eram poucos, mas adequados, amplamente distribuídos pelo reino, e seriam designados dali em diante como lojas — nenhum seria jamais chamado de preceptoria ou Comando — e serviriam como pontos de reunião e locais de refúgio para aqueles que desejassem manter suas identidades fraternais dali por diante, e tacitamente reconhecidos pela autoridade real. Os homens baseados ali, indistinguíveis dos homens comuns, continuariam a funcionar como templários, mas num sigilo mais profundo do que qualquer coisa que tivessem conhecido ou necessitado no passado. Nos dias vindouros, observariam seus rituais e ritos, cultivando e passando os segredos e símbolos de sua um dia grande Ordem a outros homens mais jovens.

Claro que a permissão real para que os templários escoceses comparecessem ao encontro capitular não havia sido concedida sem condições, e Will as havia discutido com Jessie, buscando conselho. O rei sabia dos recursos que Will havia desenvolvido em Arran e estava mais do que ciente da fartura de montarias, particularmente os cavalos pesados, sob o comando de Will. Em toda a Escócia de Bruce, havia menos de quarenta *destriers*, os enormes cavalos de guerra que tornavam as cavalarias da Inglaterra e da França tão poderosas, e o valor de cada um era incalculável. A pequena força de cavalaria que a Escócia podia pôr em campo, raramente com um contingente superior a quinhentos, era inteiramente composta de cavalos leves: batedores, escaramuçadores e soldados e arqueiros a cavalo, bastante apropriados para táticas diversivas e incursões para perturbar o inimigo, mas completamente ineficazes contra a temível e avassaladora corpulência da compacta cavalaria inglesa. Portanto, era natural que o rei cobiçasse os *destriers* do Templo. Sabendo das necessidades de Robert e dos perigos com que seu reino se defrontava, Will não tivera dificuldade para concordar em fornecê-los. Afinal, como tinha dito a Jessie, não podiam levar os animais para Merica. Eles possuíam mais de setenta daquelas imensas montarias e teriam dificuldades para transportá-las até mesmo através do estreito canal até a Escócia continental, pois os navios que os levaram da França até ali haviam sido adaptados para outro tipo de carga.

Jessie havia concordado com tudo o que Will dissera, aconselhando-o a iniciar imediatamente a nova reconfiguração dos navios para mais uma vez acomodar a pesada tropa. Mas então ela lhe perguntara sobre as armaduras dos cavaleiros. O rei Robert designaria os *destriers* aos cavaleiros, ela apontou, mas esses cavaleiros teriam armaduras suficientemente pesadas e fortes para as missões que teriam de enfrentar sobre suas novas e corpulentas montarias? Muito poucos deles teriam, ela sugeriu, uma vez que os cavaleiros escoceses, menos abastados que seus correlatos ingleses, eram tradicionalmente incapazes de custear, ou até mesmo de encontrar, montarias tão enormes. Consequentemente, não tinham emprego para armaduras tão volumosas e reforçadas. Suas necessidades sempre haviam sido por armaduras mais leves e fortes, cotas de malha mais maleáveis e menos restritivas que as sólidas e inflexíveis armaduras de placas usadas pelos cavaleiros ingleses. Além disso, ela acrescentou, ele havia pensado em quantos dos templários desejariam oferecer voluntariamente seus serviços como cavaleiros para a Escócia?

Isso deixou Will perplexo, pois ele não havia pensado em nada daquilo. Sua preocupação predominante nos meses recentes havia sido a composição do grupo que cruzaria o mar até a nova terra, certificando-se de que apenas os melhores, mais versáteis e adaptáveis dos seus homens fossem incluídos. Berenger havia feito a travessia até Gênova, no final do mês de julho do ano anterior, sem percalços, evitando o bloqueio inglês na costa do mar do Norte, e conseguira comprar dois navios recém-construídos, ambos encomendados e parcialmente pagos pelo Templo antes da sua dissolução, juntamente com duas embarcações semelhantes que estavam inacabadas quando ele chegou, cuja construção havia sido suspensa na ausência de um comprador. Todos os quatro, ele havia reportado, eram adequados para a expedição — na verdade, melhores do que havia esperado encontrar. Prometera levar os quatro novos navios para Arran na metade de junho, e todos os esforços de Will haviam sido postos em movimento com o objetivo de estar preparado para zarpar nessa época.

Por isso, no rebuliço das atividades em andamento, Will havia cometido um erro fundamental nos cálculos. Por mais de cinco anos, turnos rotativos de homens armados e montados de sua comunidade em Arran haviam lutado ao lado dos exércitos de Bruce, e Will tomara por certo que eles continuariam fazendo isso após serem realocados para o continente. Mas aqueles homens, tanto cavaleiros quanto sargentos, haviam todos usado cavalos menores e mais leves e cotas de malha, mais fáceis de transportar por via marítima. Ele não havia considerado os grandes *destriers*, ou o fato de que muitos de seus homens, os cavaleiros franceses mais seguramente, desejariam rearmar-se com seus próprios imensos cavalos de guerra e armaduras de placas assim que possível. Então teria de planejar presentear o rei Robert não apenas com cavalos, mas também com cavaleiros armados para cavalgá-los. Inicialmente mortificado por ter deixado passar um desenrolar tão óbvio, ainda assim logo encontrou graça e humor ao reconhecer, mais uma vez, o valor de sua consorte, recém-desposada, como conselheira. Imediatamente emitiu ordens para que todas as armaduras pesadas e armas dos templários fossem tiradas de seus depósitos e polidas para serem usadas na iminente invasão inglesa.

E assim, tão logo o encontro capitular fosse encerrado, a atividade da transferência dos cavalos, armaduras e armas para a Escócia iniciaria, pois não tinham tempo a perder. A própria Jessie estaria naquele momento em Brodick, organizando as trinta mulheres que partiriam com a expedição à nova terra, caso Will não lhe tivesse pedido para permanecer em Lochranza e agir como castelã e anfitriã do encontro que ocorreria ali. Na opinião de Jessie, aquilo era um desperdício de tempo — embora tivesse guardado silêncio —, pois não havia contribuído com nada além de sua presença, e esta havia sido amplamente ignorada, como sabia que aconteceria.

Uma súbita elevação do ruído vindo de baixo atraiu sua atenção. A multidão fervilhando aparentemente a esmo lá embaixo havia se alterado desde a última vez que ela tinha olhado. Homens se moviam de maneira resoluta, precipitando-se para dentro das galés, transbordando de uma para outra enquanto procuravam seus próprios locais de ancoragem.

Uma tosse discreta soou atrás dela, e a baronesa se virou para encontrar Hector postado na porta da pequena torre, mantendo-a aberta para Sir James Douglas, que estava inclinado na entrada, sorrindo.

— Sir James! Aconteceu algo errado? Vocês precisam de algo? Eu...

Douglas tirou seu chapéu e curvou-se numa profunda mesura, gesto que ela passara a associar ao homem, mas o sorriso continuou naquela face de pele morena, estranhamente atraente.

— Não, baronesa, não há nada errado. Nós concluímos nossos trabalhos, e não preciso de nada... exceto de tempo. Mais alguns meses entre hoje e a semana que vem, se você pudesse conseguir isso?

Jessie riu para ele.

— Eu o faria se pudesse, Sir James. Mas vocês estão partindo?

— Sim, na maré alta, supondo que possamos subir a bordo e evacuar o cais a tempo. Está bem apertado lá embaixo. — Foi posicionar-se ao lado da mulher, e ambos ficaram juntos por algum momento, observando a atividade ainda crescente no porto. — MacNeil, ali no fundo, irá primeiro — informou Douglas —, e isso liberará a boca do porto. Assim que tiverem espaço para mergulhar os remos, os outros os seguirão. Eu arriscaria dizer, embora isso pareça impossível quando se olha para aquilo, que seu porto estará novamente vazio dentro de uma hora. Esses bandoleiros conhecem seu trabalho.

Ele olhou novamente para Jessie e recuou um passo, inclinando a cabeça.

— Eu vim para agradecer-lhe, baronesa, em nome de todos nós que nos reunimos aqui nestes últimos dias, privando-a de sua casa e lar. Sua hospitalidade e paciência foram muito apreciadas, e nós realizamos tudo o que esperávamos. Os homens das ilhas do oeste ficarão ao lado de Sua Graça quando a Inglaterra vier derrubar nossa porta, e essas notícias farão muito para acalmar as preocupações do nosso nobre Robert. Mas devo agora viajar com empenho e rapidez para contar a ele, pois está a caminho de Stirling para se reunir com o nosso anfitrião, seja ele quem for. Por isso, desde que você me permita partir desta maneira tão rude, eu devo me retirar imediatamente. Os outros estão à minha espera.

— Vá, então, e boa viagem, Sir James. Leve minhas bênçãos e bons votos ao rei, e diga a ele que manterei sua sobrinha em segurança.

— Direi. *Adieu*, então, *madame la baronne*. — James fez uma nova mesura, varrendo o chão com a pluma do casquete, e depois se foi, enquanto o som de suas botas diminuía rapidamente degraus abaixo pela estreita escada em espiral.

Jessie ficou olhando para o ponto por onde ele havia desaparecido, com olhos apertados enquanto se entregava aos pensamentos. Não havia sido inteiramente sincera com o rei no que dizia respeito à sua sobrinha, pois não dissera nada sobre levar a garota com ela para além-mar, e mesmo naquele momento não tinha certeza do que faria quando chegasse a hora de decidir. Tudo dependeria do que acontecesse nas semanas e meses que se seguiriam, e, se ela decidisse que a vida de Marjorie estaria segura na nova terra, então levaria a menina sem um lampejo de hesitação.

Que a Escócia seria invadida era uma certeza. Edward Bruce garantira isso ao firmar a estúpida trégua com o governador inglês de Stirling, no verão anterior. O rei da Inglaterra havia aproveitado o ano que se seguiu para resolver suas próprias guerras internas com seus barões e instigá-los a um frenesi de cobiça e honra cavaleiresca ofendida, agindo sobre a luxúria deles por terras e fortunas escocesas. A única questão em aberto era o momento exato e a força da incursão, e até mesmo isso era finito. O dia de são João, a data limite da trégua de Stirling, seria 24 de junho. A Inglaterra tinha até essa data, dali a seis semanas, para socorrer Stirling ou perder a Escócia.

Eduardo da Inglaterra tinha começado a convocar seus condes e barões havia meses, pouco antes do Natal. A notícia logo chegou aos ouvidos de Bruce, gerando a urgência que motivara aquele encontro dos escoceses e gaélicos ali em Lochranza, forjando uma aliança entre o rei Robert e os relutantes e independentes ilhéus e montanheses, pois, se a Escócia de Robert caísse para os ingleses, isso também aconteceria com as ilhas Ocidentais e as terras Altas.

Um coro de trompas e gritos vindo de baixo trouxe a atenção de Jessie de volta ao presente, e ela olhou por sobre as ameias e viu, para seu assombro, que o porto de fato esvaziava rapidamente, e que o mar além da sua entrada estava pontilhado de galés de partida, todas usando vento e remos para chegar aos diversos destinos o mais rápido possível. Outro bramido de aprovação alcançou-a, e ela olhou diretamente para baixo, reconhecendo Douglas e seus três companheiros enquanto eles e seus assistentes se deslocavam rapidamente para bordo de suas embarcações, as imponentes galés emprestadas ao rei dos escoceses pelos templários de Arran.

Quanto tempo Jessie ficou olhando para a galé real enquanto esta era rebocada de seu local de ancoragem e conduzida mar afora ela não saberia dizer mais tarde, pois sua mente estava tomada por preocupações de outra natureza enquanto se perguntava o que seu homem faria. Will havia lhe dito que ficaria em Arran para completar sua obra; que os assuntos da Escócia eram da própria Escócia; que ele dera e continuaria dando sua contribuição à causa do rei Robert em homens, cavalos e armamentos; mas que sua responsabilidade predominante era com seu próprio povo e a jornada dele para a nova terra. Jessie acreditara nele na época, mas isso fora há um mês completo, e agora não tinha a mesma certeza. Sir William Sinclair não era do tipo de homem que poderia virar as costas aos amigos em tempos de necessidade, e Robert Bruce e seus apoiadores mais próximos haviam se tornado amigos. Tendo conhecimento disso, ela sabia também, do fundo do coração, que, quando a ameaça de invasão se aproximasse, seu homem passaria por um tormento causado por responsabilidades conflitantes.

Ele faria o que era certo. Disso ela não duvidava. Mas a incerteza sobre o que isso poderia ser, a decisão que ele poderia tomar, mantivera-a acordada a cada noite desde que Will partira para Brodick. Jessie havia esperado por tempo demais para que ele se aproximasse dela, e, agora que isso havia se concretizado, mal conseguia tolerar o pensamento de que poderia perdê-lo para a sordidez de algum campo de batalha lamacento, massacrado no lodo porque seu senso de honra e sua consciência não permitiriam que ficasse para trás e cuidasse de seus próprios interesses.

Ela ainda estava parada ali, olhando para o mar sem enxergá-lo e abraçada a si mesma por sob seu manto de pele de foca, quando sentiu as mãos dele se fecharem sobre seus braços. Reconheceu-as instantaneamente e girou o corpo, atirando-se no abraço e beijando Will desenfreadamente, sentindo-o inicialmente se enrijecer diante do ardor inesperado dela e depois envolvê-la, puxando-a com força para si ao lhe retribuir os beijos.

Por fim, depois de um tempo que ela julgou muito curto, Will se separou do abraço e virou-a nos seus braços de modo que se apoiasse de costas contra ele, mas, ao dar essa volta, ela teve tempo de ver as rugas no rosto dele, e a expressão profundamente conflituosa naquele olhar. Jess sentiu seu coração se encher de apreensão, sabendo que ele não deveria estar ali.

— Então, eles se foram — sussurrou ele no ouvido dela, segurando-a com firmeza enquanto olhava para o restante dos navios de partida. — Eles chegaram a um acordo?

A pergunta foi retórica, mas ela respondeu mesmo assim:

— Sim, eles se foram. Sir James me disse que os homens do oeste ficarão ao lado do rei quando o momento chegar.

— Eu não tinha dúvida quanto a isso. Eles não tinham opção.

A voz dele era baixa, um mero murmúrio, e ela se desprendeu do abraço.

— O que há, Will? Por que você está aqui?

Os olhos do cavaleiro examinaram a totalidade do rosto dela, e depois ele encolheu os ombros e sorriu com tristeza.

— Eu estou aqui para vê-la, Jess... para olhá-la e senti-la nos meus braços, macia e quente de encontro a mim... e para falar com você... para compartilhar notícias.

— Más notícias.

William Sinclair hesitou, apertando os olhos, mas depois balançou a cabeça em confirmação.

— Sim. As piores possíveis.

— Venha, então, pois aqui não é lugar para contá-las.

Ela lhe tomou a mão e o guiou para fora do telhado, mantendo o toque enquanto o conduzia pela escada estreita e sinuosa até o quarto deles no andar de baixo. A jovem Marjorie estava ali, sentada diante do fogo com Marie e Janette. As três levantaram a cabeça com surpresa quando Jessie entrou, ainda conduzindo Will. Ela lhes disse para saírem, para irem ajudar Hector e sua equipe a limpar e arrumar o grande salão do andar de baixo e para ficarem lá até serem chamadas novamente. Quando saíram, a dama tornou a se virar para Will, tocando-lhe o rosto, sentindo com os dedos a barba por fazer no queixo.

— Eu quero você — disse ela —, aqui e agora, nesta cama, mas você tem mais necessidade de falar que de fazer amor. Posso ver isso nos seus olhos.

Ela se desvencilhou dele, apontando para a cadeira à direita da grande lareira.

— Sente-se, então, e me conte, e depois que tiver me contado uma vez, não importa o quanto essa notícia seja ruim, você pode me contar novamente, na cama. Eu ouvirei com atenção ambas as vezes, prometo. E depois direi o que acho.

Will foi sentar-se com obediência; Jessie se acomodou diante dele, com os olhos postos nos dele, esperando que estivesse pronto.

— Agora, conte-me.

Will fez que sim, de um modo bastante complacente, mas então ficou em silêncio, e ela pôde ver que o olhar do cavaleiro estava sem foco, os pensamentos distantes enquanto ele procurava as palavras. Jessica esperou, e, depois de algum tempo, o homem pestanejou como se despertasse e deixou cair uma das mãos até afagar o cabo da adaga em sua cintura.

— Eu acabei de receber notícias da França — começou, com uma voz sem vida. — Jacques de Molay está morto após sete anos na prisão. A esta altura, ele teria 72, talvez 73 anos. Um homem velho e acabado, destruído por sete anos de abominações e abusos. Mandaram cardeais para interrogá-lo e aos seus três companheiros remanescentes mais uma vez, mas ele rejeitou a autoridade deles. Falaria apenas com o papa Clemente, disse, e em pessoa, de acordo com o voto que havia jurado tanto tempo antes. Mas Clemente estava em Avignon, em divergências com Filipe novamente, e não quis ir a Paris. Por isso, De Molay rescindiu sua confissão uma vez mais. Ela havia sido extraída dele sob tortura, ele proclamou, e por isso a abjurou, denunciando Filipe Capeto como o ladrão ganancioso que é...

Will exalou um longo e trêmulo suspiro.

— Capeto estava em Paris e reagiu com rapidez. Queimaram o homem amarrado a um poste naquela mesma noite, numa ilha no meio do Sena, junto à Igreja de Notre-Dame. A data foi 18 de março. Meu velho amigo Antoine de St. Omer estava lá entre as centenas que testemunharam. Disse que nosso grão-mestre morreu bem, amaldiçoando tanto o papa quanto o rei do meio da fumaça e das chamas e invocando Deus por testemunha de que ele e sua Ordem eram inocentes das acusações apresentadas.

Jessie ficou de pé e caminhou até ele, aninhando a cabeça de Will nos seios, e não disse nada. Ele ficou sentado com o rosto junto a ela por vários momentos mais, depois afastou-a com delicadeza.

— Foi isso o que aconteceu, Jessie. A traição derradeira contra um grande homem e tudo o que ele representava, pelo papa a quem ele serviu fielmente e pelo rei a quem ele não serviria.

"Ele não morreu sozinho, porém. O preceptor da Normandia, Geoffrey de Charney, foi queimado com ele, bem perto. Tampouco morreu sem ser ouvido, e o último grito que deu foi um chamado para que tanto o papa quanto o rei se encontrem com ele diante do trono de Deus dentro de um ano. St. Omer contou isso, e ele não mentiria sobre tal coisa."

— Oh, meu Deus, Will, eu lamento muito.

Ele olhou para sua mulher e contorceu a boca com amargura, inclinando a cabeça em agradecimento. Jessie perguntou:

— Como as notícias foram recebidas pelos confrades em Brodick?

— Ninguém sabe ainda. Estas são más notícias, meu amor, e o momento delas não poderia ser mais inoportuno. Por isso eu tinha decidido retê-las até chegar o momento certo de divulgá-las... embora Deus saiba que tal momento nunca chegará.

— Entendo... Então, o que acontecerá agora?

Ele expirou lentamente, com cansaço.

— Agora, Jess? Agora tenho de contar aos confrades reunidos em Brodick. Agora eu sou o grão-mestre de fato, que Deus me ajude, sem nada mais sobre o que ser mestre. E agora devo designar um mestre na Escócia para guiar os confrades que ficarem depois que nós partirmos. Tudo isso soa tão fútil a você quanto soa a mim?

— Shh. Agora, quieto. Venha.

Ela tomou a mão dele e o levou para a cama.

Mais tarde, enquanto seu marido dormia ao lado, ela pensou sobre o que ele poderia fazer, e chegou a uma decisão. Era uma decisão grave, e inicialmente se recusou a considerá-la, mas sabia que não tinha escolha senão aceitá-la, embora pudesse ser algo como a morte para ela.

Jessie sentou-se e ficou de lado para despertá-lo. Ele parecia encabulado quando se deu conta de que havia rolado de cima dela e depois caído imediatamente no sono, mas ela simplesmente sorriu e passou os dedos por entre os pelos macios que desciam do seu peito até o umbigo, mal chegando a tocá-los. Depois deu um tapa na barriga plana de Will e disse-lhe que se levantasse e se vestisse.

Quando ele estava novamente vestido e sentado ao lado do fogo, Jessie sentou-se de pernas cruzadas na cadeira à sua frente.

— Conte-me agora sobre os ingleses. Vocês souberam alguma coisa nova?

— Sim, nova e cada vez maior desde que Eduardo emitiu ordens, chamando oito condes e 87 barões a se reunirem em Berwick com todos os seus exércitos. O dia 10 de junho foi a data de reunião estabelecida por ele, porém mais de 2.500 cavaleiros montados, fortemente encouraçados e armados, já se encontravam lá em março. E cada um levou dois ou três soldados a cavalo para lhe dar apoio. Em março, Jess, com dois meses de antecedência! Os abutres ingleses estão famintos por carne escocesa...

"Nesse mesmo mês, chegaram notícias de Lamberton, numa carta trazida clandestinamente de onde ele é mantido na Inglaterra, dando conta de que Eduardo aumentou suas tropas. Ele convocou 15 mil soldados de infantaria adicionais do norte e das Midlands e 3 mil arqueiros de Gales, e requisitou mais de duzentas carretas pesadas e carroças para o comboio de suprimentos. Enquanto eu partia para Brodick quatro dias atrás, Douglas pessoalmente me contou os últimos números indicando que há mais de 20 mil homens em Berwick, todos bem-equipados e obcecados por pensamentos de vitória e saques."

— *Vinte mil?*

— Sim, moça, foi o que eu disse. Vinte mil. E em toda a Escócia de Bruce, mesmo que ele conseguisse recrutar cada braço capacitado no reino, haveria menos da metade desse número, talvez até menos de um quarto, para enfrentá-los.

Ambos contemplaram o fogo que se apagava, até que Jessie perguntou:

— Você gostaria de ouvir meu conselho?

Ele quase sorriu.

— Você me aconselharia até mesmo nisso? Sim, eu gostaria. Até hoje você nunca falhou.

— Nem falharei, pois eu o amo mais do que a própria vida, e por isso lhe direi o que se passa na minha mente. — Ela olhou para os dedos da própria mão, que dobravam o tecido do vestido. — Eu pensei longa e seriamente nisso, Will, e creio que sei o que você deveria fazer... *tem* de fazer. Por isso, ouça-me bem, meu amor, e preste muita atenção, pois posso mudar de ideia mais tarde e tentar dizer que estava errada. Mas, neste momento, sei que estou certa.

DOIS

O grande salão de Brodick, a Casa Capitular, como era agora conhecida entre os confrades, estava cheio, com homens aglomerados ombro a ombro até mesmo sobre os quadrados alternados de preto e branco da área cerimonial pintada no centro do piso. Apenas dois corredores abertos, delimitados por cordas e formando uma cruz, permitiam o acesso às quatro tribunas que continham as cadeiras nos quatro pontos cardeais da rosa dos ventos. O pódio oriental era o maior destes, ostentando a Cátedra do Mestre, e formava a frente da assembleia, o foco dos olhares de todos os homens.

Os ritos mais fechados dos confrades cavaleiros estavam completos, conduzidos de acordo com a Regra, na escuridão da noite, e agora, com a chegada da luz diurna, os sargentos se juntavam aos cavaleiros para a etapa menos formal das cerimônias. Havia um profundo e quase palpável ar de solenidade na ocasião, pois todos sabiam que esse seria o último encontro daquele gênero — a última plenária reunindo os membros sobreviventes da Ordem do Templo em Arran, talvez a última em qualquer parte. Todos os encontros dali por diante seriam clandestinos, privativos, inevitavelmente — e essa constatação conferia uma dolorosa pungência aos sons retumbantes das vozes reunidas entoando os cânones da Regra.

Will estava posicionado bem acima da assembleia, olhando para baixo através de uma janela acortinada no tabique de madeira lavrada que ocultava o conjunto de salas às suas costas e esperando que o último dos cânones chegasse ao fim. Ele havia planejado aquele evento com cuidado, tendo em mente tudo o que Jessie tinha dito. Ainda encontrava-se atônito com o grau de discernimento que sua mulher havia demonstrado a respeito de eventos sobre os quais não podia saber nada. Ela havia adivinhado o ânimo daquela assembleia, se não o conteúdo, e considerado aspectos daquele dia que talvez nunca tivessem ocorrido a ele.

Os cânticos chegaram ao ponto que estivera esperando — havia-o escutado um milhar de vezes ou mais ao longo dos anos —, e ele se voltou para os homens perfilados à sua direita, fazendo um sinal de cabeça, depois os viu se virarem em uníssono e começarem a caminhar em procissão em direção à porta no alto das amplas escadarias que desciam rentes à parede leste até o piso cerimonial. Todos os quatro estavam vestidos com alvos mantos de lã, sobre os quais cada um usava o emblema — a joia — de seu posto individual. Ao alcançarem a porta, cada homem batia alto, e quando a porta era aberta pelo guarda do lado de dentro, o que havia batido se inclinava para a frente e fornecia a senha numa voz que somente o guarda podia ouvir, depois atravessava-a, fechando a passagem atrás de si.

Will observou-os saírem, sentindo o amor e a admiração dedicados a todos se dilatar em seu peito. Richard de Montrichard, preceptor dali desde a chegada deles, foi primeiro. Dele era a Cátedra do Norte, e nenhum dos homens reunidos lá embaixo contestaria seu direito a ocupá-la. Montrichard havia sido um ótimo preceptor, e Will sentiu a familiar pontada de constrangimento ao recordar as dúvidas sobre a adequabilidade do homem para o cargo quando aportaram pela primeira vez ali. Montrichard havia florescido em seu posto e comandado desde o início com mão segura e firme.

Depois de Montrichard, o veterano capitão de galé, L'Armentière, bateu e atravessou a porta. No piso de baixo, ocuparia a Cátedra Sul, representando o almirante Berenger, que ainda não havia retornado de Gênova. E atrás dele, dirigindo-se à Cátedra Oeste, os dois homens restantes buscaram a entrada por sua vez. Primeiramente, o bispo Formadieu, o bispo superior da comunidade de Arran e o ocupante por direito da Cátedra Oeste. Mas ele havia recusado a cátedra mais de um ano antes, alegando não ter condições de representar a irmandade por causa de sua incapacidade de influenciar na decisão da Igreja de fazer o que havia feito à Ordem. Ninguém na comunidade queria que ele abandonasse a cátedra, e ninguém acreditava que tivesse qualquer parcela de culpa, mas o velho havia sido irredutível, e Will cedera com relutância à sua vontade com a única, mas absoluta, condição de que Formadieu continuasse no pódio oeste, atrás do ombro do homem escolhido para substituí-lo. Obviamente, a escolha desse sucessor havia sido de Will, e ele decidiu designar Sir Reynald de Pairaud, agora um homem velho e enrugado, em reconhecimento ao firme, ainda que inesperado, entusiasmo do cavaleiro veterano pelo que haviam conseguido realizar desde a chegada à ilha.

O som da porta se fechando atrás de Pairaud trouxe Will de volta à consciência de que agora era a sua vez de requisitar a entrada nos trabalhos que ocorriam abaixo. Ele baixou os olhos para si próprio e para a sacola de couro preto que trazia debaixo do braço, conferindo se tudo estava de acordo, depois caminhou em frente e bateu à porta, que se abriu de imediato. Ele sussurrou a senha no ouvido do porteiro, depois atravessou o umbral até onde os outros quatro, já em ordem de precedência, esperavam por ele no lance estreito sobre os degraus íngremes de madeira.

Abaixo deles, no momento em que Will murmurava para os confrades de manto branco que começassem a descer, a última nota prolongada do cantochão profundo diminuía até silenciar. Ele próprio estava vestido de preto dos pés à cabeça, com o hábito com capuz de um frade mendicante, com a diferença de que o hábito era feito de uma rica e densa lã, não suavizada por qualquer adorno, e cingido por um grosso cinto pregueado de fibra de linho lustrosa e também tingida de preto. Esperou até que os outros começassem a descer os degraus, depois segurou mais alto sua sacola de couro e os seguiu, atento agora às faces silenciosas que o fitavam e à imobilidade expectante que aguardava aquela chegada.

Ele fez uma pausa no final do último lance, depois caminhou diretamente até a Cátedra do Mestre sobre o pódio leste, um passo à esquerda. Seus quatro companheiros esperaram que tomasse seu assento, depois se moveram até a junção dos corredores cruciformes, onde L'Armentière virou à esquerda e Montrichard à direita, sul e norte respectivamente, deixando que Pairaud e o bispo Formadieu seguissem juntos até o pódio oeste. Quando todos os quatro estavam em seus lugares, Will se posicionou olhando para os confrades reunidos, sentindo o silêncio se tornar ainda mais profundo, como se todos na multidão prendessem a respiração.

Contou vagarosamente até dez, prolongando a quietude, depois depositou a sacola sobre a mesa diante de si e a desafivelou antes de erguer novamente a cabeça e começar a falar, modulando a voz com cuidado para que ela ressoasse no salão abarrotado, e articulando as palavras com lentidão e clareza:

— Irmãos, nós estamos juntos aqui para assinalar uma ocasião momentosa, uma ocasião que nenhum de nós poderia ter imaginado quando deixamos La Rochelle há sete anos. Desde então, construímos uma vida para nós aqui nesta pequena ilha, e lutamos com diligência para viver de acordo com a Regra da nossa Ordem e para preservar nossos modos de vida e nossas responsabilidades, à espera do dia que todos acreditávamos que certamente deveria chegar... O dia em que seríamos redimidos e retornaríamos à França, com nossos nomes e o da nossa Ordem restituídos ao seu lugar de honra, as acusações espúrias apresentadas contra nós finalmente suprimidas. Vivemos aqui em esperança e em irmandade e, durante o último ano, fomos acrescidos e fortalecidos por nossos confrades vindos da Escócia continental.

"Mas nesses mesmos sete anos, nossas esperanças de justiça e reintegração honrosa à nossa Ordem foram esmagadas, minguando incessantemente diante das sempre crescentes notícias de dor e desastre, traição e malícia que emanavam da França e de seu rei."

Deteve-se nesse ponto, dando aos ouvintes tempo para aceitar o que dizia. Tão logo as cabeças começaram a balançar em assentimento, retomou na mesma voz:

— E por isso fizemos mudanças... mudanças temerárias, é verdade, mas necessárias num mundo em rápida mudança. — Ele inspirou fundo e audivelmente. — Agora fui inteirado de mais uma última e temível mudança, que fez de todos nós exilados, para sempre...

O silêncio no recinto era absoluto, e ele olhou à volta antes de recomeçar, fazendo contato visual com o máximo de homens reunidos que lhe era possível. Notou a mesma tensão de incerteza e temor em todas as faces.

— No dia 18 de março deste ano, o ano de Nosso Senhor de 1314, nosso adorado mestre, Sir Jacques de Molay, foi queimado vivo em Paris. O assassinato, pois não foi nada menos do que isso, foi executado como um espetáculo público por ordem direta de Filipe Capeto. Uma atrocidade obscena foi tratada como uma festividade.

Foi como se um vendaval silencioso tivesse soprado pelo salão, sua força balançando visivelmente a multidão compacta. Antes que pudessem reagir, Will se pôs a narrar a história que ouvira de St. Omer, sem omitir nada e terminando com o desafio, que chegava às dimensões de uma maldição, que De Molay proferira em meio às labaredas, convocando tanto o rei quanto o papa a se juntarem a ele diante do trono do próprio Deus no decorrer de um ano. Então, quando concluiu, levantou uma das mãos em meio ao profundo silêncio.

— Então, agora vocês sabem. Nossa nobre Ordem cessou de existir fora deste reino da Escócia. Ela está acabada, finada com a morte de nosso nobre mestre e as mortes simultâneas da honra, da justiça e da nobreza na nossa triste terra. E com o falecimento de nosso mestre, de acordo com seu próprio comando por escrito, eu agora me torno o grão-mestre do que resta. — Seu olhar varreu a multidão. — O mestre do que resta.

"E o que é isso? O *que* nos resta, o que *pode* restar, após tanta infâmia e injustiça grosseira? O que *resta*, irmãos, está aqui conosco agora, dentro deste salão capitular. É o nosso espírito de resistência, nossa honra e nossos ideais, nosso claro entendimento, não maculado pela venalidade ou pela inveja, de nossos deveres como cavaleiros e homens, e nossa responsabilidade para conosco mesmos e aqueles que estão do nosso lado. Conservamos esses princípios intocados entre nós, não conspurcados nem diminuídos pelas traições da Igreja e do Estado e pelos horrores perpetrados pela Santa Inquisição contra nossos irmãos inocentes.

"Aos olhos do mundo, então, nossa Ordem está morta, mas nós sabemos, todos nós, que isso não é verdade. Enquanto um permanecer vivo para cultivar a memória dela e servir aos seus propósitos, a nossa Ordem continuará a existir, e esta se tornou a minha maior responsabilidade como mestre agora: proteger e fomentar o que resta. Nós devemos mudar, adaptar-nos, reformarmo-nos por completo. Nós *mudamos* muito, mas ainda não o suficiente. E agora estamos prestes a nos ocultar por completo dos olhos e da compreensão dos homens comuns. Passaremos a ser como espectros e fantasmas. Mas continuaremos a observar nossos ritos e cerimônias, a conservar nossas crenças e a coexistir em harmonia, como irmãos, iguais aos olhos onividentes de Deus. Daqui por diante, perseguiremos nossos objetivos e sonhos em completo segredo, mantendo nossa existência velada e oculta; nossas verdadeiras identidades, desconhecidas. Este é o meu juramento a vocês: nós sobreviveremos e prosperaremos, ainda que de maneira oculta aos olhos dos outros, e chegará o dia em que esta Ordem se erguerá novamente, partindo deste reino da Escócia para honrar a memória do último e verdadeiro grão-mestre do Templo, que morreu na ilha do Sena no último mês de março. E por isso eu creio que seria apropriado, como nosso último ato neste nosso último encontro, cantar o '*Dies Irae*', o 'Dia de Ira', para marcar o passamento de um grande e nobre homem."

Do lado oposto a Will, no pódio oeste, o bispo Formadieu deu um passo adiante e começou a cantar o primeiro verso do cântico solene e

sonoro do hino fúnebre. Ao final da primeira frase, a ele haviam se juntado as vozes reunidas da congregação, cantando com um fervor e uma solenidade que Will não se recordava de jamais ter ouvido. Ficou escutando atentamente, sem sentir qualquer necessidade de aderir, ainda que os
cabelos de sua nuca se arrepiassem enquanto as ondas sonoras cresciam
e se derramavam sobre ele. Sempre preferira ouvir a música a se unir a
ela com sua própria contribuição desafinada, e então visualizou o falecido homem como o vira pela última vez, grave, digno e profundamente
perturbado pelos alertas aparentemente infundados que havia recebido.
Recordando a decisão relutante do mestre para agir em resposta aos avi-
sos, Will agora constatava como eram apropriadas as palavras daquele
réquiem a tal lembrança: "Dia de ira! Oh, dia de pranto! Vê cumprir-se o
alerta dos profetas. O céu e a terra ardem até as cinzas!"

Quando o hino acabou, Will puxou a sacola para si. Então depositou
as mãos sobre ela.

— Este não seria um dia de celebração, mesmo sem essas notícias
lamentáveis, mas não deve, e não irá, terminar em desespero. Poucos de
vocês, eu suspeito, puseram os olhos em mestre De Molay, pois ele viveu
a maior parte de sua vida longe da França, no além-mar, trabalhando
sem cessar para o bem da nossa Ordem. Mas eu sei que não há um só
homem entre vocês que não tenha consciência da reverência, até mesmo
do assombro, que ele despertava em todos que o conheciam. Era um cavaleiro sem igual, e foi, infelizmente, seu destino morrer em serviço, o
último de uma linhagem de 23 grão-mestres da nossa Ordem, iniciando
com Hugh de Payens em 1118.

"Vinte e três homens, irmãos, e 196 anos de retidão e devoção ao dever, tudo isso destruído por um rei ganancioso e corrupto. Filipe Capeto,
conhecido como *le Bel*, o Belo. Tal *beleza* traz à mente o sepulcro caiado
das Escrituras... Porém, não falemos mais nele. Esse homem não é digno
de nosso tempo ou de nossos pensamentos. Pensem, em vez disso, em

Jacques de Molay pelo restante deste dia, enquanto trabalham nas tarefas que lhes foram designadas.

"Antes de encerrarmos, porém, eu tenho algumas coisas... coisas pessoais... que quero lhes dizer como mestre daqui. Não os deterei por muito tempo, pois a maior parte do nosso trabalho foi cumprida na preparação para este dia."

Percorreu com os olhos os rostos que o observavam enquanto falava, notando, não pela primeira vez, que poucos deles podiam ser descritos como tendo uma aparência jovem.

— Hoje, quando partirmos daqui, começaremos os estágios finais dos nossos preparativos para deixar este lugar para sempre. Cavalos, armaduras, armas e provisões, juntamente com a maior parte das nossas posses pessoais, para aqueles de vocês que têm alguma, tudo está em seu lugar nas praias junto ao porto lá embaixo, e os navios, esperando para recebê-los a bordo. Vocês todos sabem o que fazer e também sabem que não temos tempo a perder. Eu quero acrescentar um lembrete, se lhes apraz.

"Quando viemos para cá, éramos exilados, fugitivos sem lar que ainda não conseguiam acreditar no que havia acontecido ao mundo ordenado. Estávamos confusos e descrentes, sem saber o que pensar e esperando, como cegos e surdos, que chegassem notícias nos dizendo que tudo havia sido um erro e que deveríamos retornar para casa. Mas tais notícias nunca vieram, e o mundo que havíamos conhecido desabou em ruínas.

"No entanto, ficamos seguros aqui, nesta ilha, abrigados do caos pela boa vontade de um homem, Robert da Escócia, e seus amigos. É claro que tivemos oportunidade de retribuir ao apoio com nossas forças, por mais limitadas que fossem. E, quando partirmos daqui no dia de hoje, a maioria de vocês continuará a apoiá-lo em seus novos lares, nas lojas que fundamos na Escócia, e sua força irá encorajá-lo em seu tempo de necessidade, como o entendimento e a boa vontade dele nos encorajou no nosso. — Ele bateu com o punho fechado na palma da outra mão. — Mas agora o rei dos escoceses enfrenta o maior desafio de seu reinado: a Inglaterra está decidida a destruí-lo por completo, assim como a todos que ficarem ao lado dele. Eu sei que vocês têm ciência disso. Não é novidade. A Inglaterra vem manifestando a determinação de destruir os escoceses há anos, ainda que estes continuem inquebrantáveis. Eu sei também que vocês todos têm conhecimento da nova invasão que está sendo preparada neste momento. Eu me pergunto, porém, se sabem da verdadeira extensão do que está em curso.

"Eduardo de Caernarvon reuniu mais de 2.500 guerreiros de cavalaria pesada em Berwick. Dois mil e quinhentos cavaleiros armados, cada um apoiado por soldados a cavalo. Recrutou 4 mil arqueiros e 15 mil soldados de infantaria. Ele tem um comboio de suprimentos com centenas de carroças, todas posicionadas e prontas para avançar para o norte a uma ordem sua. E tem uma frota de navios já zarpando da costa rumo ao rio Forth, onde esperarão, com provisões e suprimentos frescos, até que seus exércitos os alcancem.

"Vinte mil homens, numa contagem otimista, prontos para atacar a Escócia. E o rei Robert irá enfrentá-los perto de Stirling, a passagem mais estreita de sua rota de invasão e talvez o único ponto onde podem ser detidos. As chances contrárias ao exército de Bruce, incluindo aqueles que decidirem ficar ao lado dele, serão de pelo menos quatro para um, talvez maiores."

Sinclair puxou a sacola preta mais para si, levantando a aba com uma das mãos enquanto introduzia a outra e tirava a grande joia resplandecente de metal esmaltado vermelho e branco representando o olho que tudo vê no topo de uma pirâmide, o símbolo que demarcava sua posição como membro do Conselho Governante do Templo. Segurou-a no alto para que vissem, suspensa por sua pesada corrente de elos de prata.

— Eu separei este objeto na noite passada, no capítulo, pela última vez, deixando meu papel e meu posto de cavaleiro comandante do

Conselho do Templo. Não tornarei a usá-lo porque agora o Conselho Governante cessou de existir, e não vejo motivo para reconstituí-lo, uma vez que somos tão poucos. Por isso, falo a vocês simplesmente como Sir William Sinclair, um de vocês... nem mais nem menos. Cumpri meu dever como foi determinado, com a ajuda de meus próprios conselheiros, e todos os preparativos estão prontos para que nos dispersemos como uma comunidade, tudo conforme o planejado, e para o bem de todos.

"Mas agora eu descubro que, como homem, estou longe de me sentir feliz, e ainda mais longe de estar satisfeito. Tenho, na verdade, o coração enfermo. Nós nos modificamos exteriormente, disfarçando quem éramos. Fomos submissos e demos a outra face, aceitando a vergonha e a degradação imerecidas das mãos daqueles aos quais um dia nos orgulhamos de servir. Bem, estou farto disso!

"O orgulho é um pecado, eles nos dizem. Mas os mesmos que dizem isso, em sua arrogância, soberba e ganância, despiram-nos de tudo o que nos fazia homens e monges cumpridores de seus deveres. Então, se o orgulho é um pecado, estou disposto a morrer em pecado, em vez de viver em vergonha."

Quando se curvou sobre a sacola novamente, ouviu um murmúrio de discussão se erguer dentre os ouvintes, chocantemente alto naquele recinto onde o silêncio era uma regra inviolável, mas ele não fez caso, tirando um quadrado de tecido dobrado, que abriu com um safanão e estendeu para que contemplassem.

— Duvido que algum de vocês reconheça isto, portanto eu lhes direi o que é. — Então ele segurou o objeto mais alto, acima da cabeça, esticando-o entre as mãos para lhes mostrar com clareza: uma ampla faixa preta formando a metade superior, em contraste com a metade inferior do mais puro branco. — Este foi o primeiro gonfalão a ornar nossas bandeiras, antes de adotarmos a cruz pátea. Este foi o estandarte do Templo em nossos primeiros dias. Ele representa as escolhas e as mudanças que fizemos ao abraçar a irmandade da nossa Ordem: o negro da antiga ignorância substituído pelo branco da iluminação. Esta bandeira simboliza tudo o que fomos e assinala o progresso que conquistamos ao assumir as responsabilidades da irmandade: da escuridão para a luz, da ignorância para a consciência, do desespero para a esperança, da ignomínia para a honra. Um simples estandarte, mas contendo mais do que nós próprios poderíamos jamais expressar.

Ele abaixou os braços e parou por um momento olhando para a bandeira, depois ergueu-a novamente, estendendo-a em sua amplitude mais uma vez.

— Eu obtive isto das mãos de mestre De Molay em pessoa, do último de seu gênero para o último de seu gênero. Ele me deu esta bandeira quando nós dois nos encontramos pela última vez, há sete anos, e me ordenou que cuidasse muito bem dela e a levasse comigo para onde quer que fosse. Olhem bem para ela, pois talvez nunca tornem a vê-la. Eu a estou levando para Stirling, para levantá-la pela causa de Robert Bruce. E irei para lá como templário, totalmente armado e encouraçado com as minhas verdadeiras cores: o branco do conhecimento e a cruz pátea preta que é a glória de minha Ordem. Eu já estou farto de disfarces e dissimulações! Basta de nos esquivarmos de cabeça baixa! Este rei da Escócia pretende opor uma última e desafiadora resistência, e ficarei ao seu lado, em desafio ao papa, à Igreja e ao rei da França.

O rugido de aprovação havia começado antes que ele terminasse de falar, submergindo sua voz elevada, e ele esperou, imóvel, com os braços ainda levantados, até que o bramido cedesse.

— Vocês irão comigo?

Dessa vez o ruído foi um pandemônio, e a multidão começou a se agitar, enquanto os homens se viravam para todos os lados, esmurrando uns aos outros, urrando de entusiasmo. Ele ficou sorrindo, aguardando, e, por fim, eles se imobilizaram novamente, fitando-o com olhar faminto.

— Que assim seja, então. Mas ouçam-me! Nada de cruzes vermelhas, pois isto não é uma cruzada. — Ele abaixou os braços, dobrando o gonfalão novamente com calculada cautela, depois pendurando-o no sentido do comprimento sobre seu ombro esquerdo. — Nós cavalgaremos como templários, cavaleiros e sargentos, vestidos de branco e preto, e pela última vez. Como quem e o que somos, com orgulho e em desafio a todos aqueles que nos desonraram e nos traíram. Cavaleiros vestirão seus mantos brancos com armadura preta. Sargentos vestirão sobrecotas pretas com a cruz pátea branca. Para todos os escudos, vale o mesmo: cruz branca sobre fundo preto. E o mesmo para os arreios dos cavalos. Os dois prédios de pedra nos fundos desta casa contêm tudo isso, e há tinta, tanto preta quanto branca, para ser usada como se deve.

Ele olhou para seus homens, percebendo que estavam tensos como cães presos em suas coleiras.

Enquanto respondia às poucas perguntas, Will tinha consciência de que o encontro formal havia se transformado num conselho de guerra estendido, o planejamento de uma campanha. Tratou rapidamente do tempo que tinham para preparar tudo — estavam na terceira semana de maio, a data-limite do dia de são João seria dali a poucas semanas. Mas tudo havia mudado. Em vez de cavalgar aos poucos para apoiar Bruce como indivíduos montados, agora agiriam como uma poderosa e unida força de cavalaria pesada, reforçada por uma disciplinada cavalaria leve. Das quatro semanas que transcorreriam até o dia de são João, portanto, duas seriam gastas em treinamentos renovados em Arran, recuperando suas antigas habilidades de batalha como uma única entidade coesa. No início da segunda semana de junho, eles transportariam as várias unidades, sob o comando de L'Armentière como vice-almirante, de Arran para a Escócia continental. A rota de navegação os levaria em dois dias, subindo o estuário de Clyde, até Dumbarton, onde desembarcariam e se deslocariam por terra, dirigindo-se para leste através dos 50 quilômetros até Stirling, evitando, nesse meio-tempo, serem vistos por quaisquer forças inglesas que pudessem estar naquela área. Dois dias por mar e quatro dias de marcha sobre o rude terreno entre Dumbarton e Stirling: tempo suficiente para pô-los com facilidade ao alcance do rei Robert bem antes da chegada dos ingleses.

Will ergueu as mãos.

— Então, irmãos, está decidido, e que assim seja. Nós cavalgaremos como templários uma última vez, em honra da antiga glória da nossa Ordem, e tornaremos nossa presença vista e conhecida, em apoio ao homem, ao único rei que nos tratou com honra e compaixão, Robert Bruce, o rei deste reino escocês. E se morrermos no que estamos para fazer, que importa isso? Nossa Ordem já está morta, e, portanto, nós apenas cavalgaremos da morte para a morte. Vão, então, e façam seus preparativos.

Ele havia falado em francês, e, quando ficou em silêncio, uma voz solitária, cujo portador era invisível em meio à multidão, absorveu o que ele disse, repetindo numa cadência calculada: "Da morte para a morte." Enquanto gritava isso, outros se juntaram a ele, até que todos os homens reunidos ali estavam gritando o mesmo. "Da morte para a morte!"

— Vão, então! — Will deu a volta e foi até a escada junto à parede do fundo, sem olhar para trás. Caminhou ouvindo os sons de pés em movimento enquanto a assembleia se desfazia, o cantochão gritado finalmente cessando no silêncio. Não tinha noção de que havia acabado de testemunhar, de fato, o nascimento de uma lenda que seria recontada ao longo dos anos, a história de como uma companhia de cavaleiros desconhecidos, como um *deus ex machina* de alguma improvável tragédia grega, havia surgido do nada, no momento de maior necessidade da Escócia, para virar o jogo da maior batalha do rei Robert Bruce, de uma derrota certa para uma gloriosa vitória. Em vez disso, enquanto subia a escada até a galeria no andar de cima, estava pensando que vestiria su armadura mais uma vez e mandaria Tam Sinclair a Lochranza para buscar Jessie.

EPÍLOGO

O Castelo de Stirling se assentava solidamente em seu grande penhasco de rocha, dominando as vastas planícies abaixo, onde o rio Forth serpenteava em grandes curvas através das extensas e traiçoeiras charnecas conhecidas como o *Carse* de Stirling. Numa clara noite de luar, as sentinelas nas suas altas ameias poderiam, se decidissem olhar, distinguir o arvoredo escuro da distante floresta de Tor, sabendo que ao lado e além dela estendia-se o terreno ainda devastado ao longo do Bannock Burn, e, se suas imaginações de algum modo se animassem, poderiam recordar o caos e a carnificina que haviam ocorrido ali alguns meses antes, quando o rei Robert espalhara a destruição sobre os números esmagadores dos invasores ingleses.

Eles haviam pensado nisso antes e conversado a respeito em minuciosos detalhes — cada homem na Escócia fizera o mesmo — regozijando-se, porém incapazes de acreditar no milagre que havia acontecido ali, às margens do Bannock, naquele dia de são João, quando parecia que a massa concentrada de lanceiros escoceses seria incapaz de deter as vagas implacáveis do avanço inglês. Quando o próprio rei Robert, atacado e desafiado a combater sozinho entre os exércitos, chegara próximo da morte, salvando-se unicamente por suas intrépidas habilidades e pela trajetória infalível de um poderoso arremesso do machado de guerra que era sua única arma.

E eles haviam se recordado da súbita, imprevista aparição de um novo exército escocês, chegando pelo oeste sob a liderança de um corpo de cavalaria pesada, uma carga irresistível de cavaleiros templários — mais templários do que já se vira na Escócia — que haviam virado o equilíbrio do dia e atirado as massas densamente compactas dos ingleses, cavaleiros e soldados comuns, num pânico fugitivo e destrutivo, pisoteando e obstruindo seus próprios homens, matando uns aos outros em desesperada tentativa de encontrar algum terreno sólido e seguro nas charnecas escorregadias e mortíferas entre o Bannock Burn e as margens do Forth. Soçobraram no lodo assassino, afogando-se e morrendo aos milhares na aglomeração causada pelo pânico e deixando a vitória a Bruce e seus homens...

Mas isso havia acontecido no solstício de verão, meses antes, quando a vitória surpreendente estava ainda viva e fresca nas mentes de todo escocês e parecia que a luminosidade dourada do júbilo jamais se apagaria. Naquela noite, porém, não havia esperança de uma coisa assim. Os homens tinham a realidade do inverno enregelante para mantê-los alheios a tais pensamentos. A massa de nuvens estava tão baixa que transbordava por cima e pelo meio das ameias, como um nevoeiro em torvelinhos, gelado e incômodo, indiferente ao vento e à chuva que investiam pelo meio dele para fustigar os muros fortificados do castelo. As pobres sentinelas se postavam encolhidas em qualquer abrigo que conseguissem encontrar nas ameias ao longo da abrupta queda da encosta do rochedo gigantesco, cada um medindo a vagarosa passagem do tempo restante até o fim de seu turno, quando poderia largar a capa ensopada e escapar da brutalidade que uivava através dos quilômetros planos e em campo aberto desde o fiorde do Forth até o excessivamente próximo e gelado mar do Norte.

Dentro dos muros de pedra da fortaleza central, porém, ninguém sabia ou se importava com o clima do lado de fora. O interior do Castelo de Stirling naquela noite de final de outono era mais quente e mais claro, a atmosfera mais alegre e despreocupada do que jamais havia sido na memória de qualquer um dos que estavam ali. Tochas queimavam por todas as paredes internas, iluminando cada entrada, corredor e lance de escadas, e dentro das enormes dependências do salão principal, a escuridão havia sido banida por grupos concentrados de velas ardentes, acrescendo-se ao fogaréu das tochas nas paredes e às fogueiras gigantes que se incendiavam em todas as lareiras. Pessoas se aglomeravam por toda parte, vestidas com as mais finas roupas. Apenas aqui e ali se podia ver alguma peça de armadura. Músicas se avolumavam em todas as direções, algumas ferozes e bélicas, outras joviais e vívidas, mas todas fundindo-se e misturando-se distraidamente nos lugares onde diferentes sons se sobrepunham.

Um desses lugares era o amplo corredor de lajes que levava de um conjunto de antessalas menores até as imponentes portas de carvalho cravejadas de ferro do salão real, a maior e de acabamento mais ornamental das salas do castelo. Will Sinclair havia ido buscar Jessie numa das antessalas destinadas ao uso das damas, e mais particularmente das criadas e crianças, amas-secas e bebês lactentes. Havia um harpista tocando ali, acalentando os choros dos bebês com música suave, mas enquanto Will e Jessie se afastavam, dirigindo-se então ao salão real, os sons da harpa foram rapidamente abafados pela selvagem melodia gaélica de gaitas de foles que se derramava da estreita abertura entre as portas da grande câmara.

Os dois estavam a sós no corredor, caminhando sossegadamente, Will com uma das mãos protetora e possessiva sobre a cintura de Jessie, quando as grandes portas à frente deles se abriram e a música ululante repentinamente explodiu através do espaço aberto, envolvendo o casal. Will parou de súbito, com olhos arregalados de surpresa, e, sem pensar, segurou o braço de Jessie gentilmente acima do cotovelo e puxou-a de lado para se posicionar junto a ela, que tinha as costas à parede, observando o que acontecia.

Um bloco compacto de gaélicos com cores espalhafatosas preencheu a soleira aberta, cinco homens de lado a lado, ocupando todo o espaço por trás da figura alta do homem vestido de açafrão e escarlate que ia na frente. Todos sopravam intensamente as bravias gaitas escocesas que tanto se identificavam com seu antigo e tradicional modo de vida. Will não podia ver como eram densas as fileiras dos membros de clãs que estavam por trás da linha de frente, mas pôde avistar a fumaça se revolvendo acima e por trás das cabeças, proveniente das lareiras no fundo do grande salão. Teve a impressão de que massas humanas rodopiavam por trás deles, rindo e gritando de júbilo e encorajamento.

O homem que liderava os músicos começou a dar passadas no lugar, erguendo alto o joelho direito e batendo ritmicamente um dos pés para marcar o compasso enquanto a música que tocavam se alterava. Por seis vezes, bateu o pé no piso, depois começou a marchar adiante, com as bochechas intumescidas com o esforço de manter cheio o fole de sua gaita, franzindo o cenho em concentração enquanto os dedos esvoaçavam sobre os furos do longo tubo que produzia as notas da melodia. Quando passou diante de Will e Jessie, o cavaleiro ficou maravilhado ao ouvir que todos os homens atrás dele estavam tocando o mesmo tom, observando e sustentando o ritmo com perfeição. Enquanto passavam marchando por ele numa formação solene, Will contou vinte indivíduos no bloco que vinha atrás do alto líder, e, quando o restante da fileira passou, virou-se para observá-los enquanto se afastavam, atento ao fato de que atrás dele a multidão agora se derramava porta afora, gritando, comemorando e assobiando.

Quando o som das gaitas esmoreceu, Jessie sorriu para ele.

— Eu nunca consegui convencer os franceses de que o som das gaitas de foles é música — comentou ela. — Quem são aqueles homens? Obviamente praticaram para tocar juntos desse jeito. Meus guardas na França jamais seriam capazes de fazer isso.

Will dirigiu um sorriso para ela, abaixando a voz para que somente Jess pudesse ouvi-lo:

— Seus guardas na França tinham outras coisas com que se ocupar, meu amor. Mas você está certa, mesmo assim. Eu não sabia que era possível fazer isso Vinte homens... todos tocando juntos e mantendo o tom. Nunca pensei que ouviria algo assim. Mas, afinal, disseram-me que os romanos usavam o mesmo tipo de gaitas, porém menores. Aparentemente, usavam-nas para manter o ânimo de seus homens nas longas marchas, portanto. deviam saber como tocar em uníssono como estes, agora que paro para pensar a respeito. — Endireitou-se e examinou a multidão à sua volta, vendo poucos conhecidos. — Seja como for, eles eram todos MacDonald. O sujeito grande à frente era Calum MacDonald de Skye, e é companheiro inseparável de Angus Og, o que significa que o próprio Angus deve estar lá dentro com o rei. — Ele estendeu a mão e tomou a mão dela na sua, pondo-a sobre seu braço. — Então, minha esposa, vamos entrar?

Lady Jessica Sinclair não via em seu novo marido nenhum vestígio do cavaleiro templário sisudo e proibitivo que havia encontrado naquele distante dia em La Rochelle. O William Sinclair que caminhava ao seu lado naquele momento era por inteiro outro homem, alto e imponente como sempre, mas vestindo túnica e calções justos no último estilo francês, de um veludo azul-claro dos estoques dela e feitos pelas próprias mãos da esposa. A pala e as ombreiras tornavam sua largura imensa, e a túnica guarnecida, na frente e atrás, por cravos de prata costurados em losangos de cetim de uma tonalidade que era apenas um leve vestígio mais escura que a túnica em si, enquanto de seus ombros, descendo pelas costas, havia uma capa magnífica de seda azul-clara reluzente, que ela comprara anos antes de um mercador que viajava por toda a Ásia e trazia de lá os mais maravilhosos tecidos que ela já vira. Jessie sabia que igualava Will em esplendor, porque ainda estava usando a roupa com a qual havia se casado mais cedo naquele dia: um vestido decotado azul-escuro, com os punhos e o corpete orlados de laços franceses idênticos aos delicados laços que formavam o véu agora erguido sobre seu penteado alto.

Will, por sua vez, tinha consciência da presença de Jessie ao seu lado, e da realidade ainda não inteiramente aceita de que ela era agora sua esposa e consorte, pois o casamento deles havia sido santificado pelos ritos da Igreja naquela mesma tarde. Ele segurou a mão de Jessica com mais firmeza enquanto seguiam caminho até a porta. As pessoas afastavam-se para deixá-los passar, muitos analisando-os com franca curiosidade. Will não sabia nada sobre aquela gente, mas sabia que grande parte da curiosidade devia brotar do fato de que eles também não sabiam nada sobre ele, exceto que de algum modo havia emergido da obscuridade como um sólido amigo do rei Robert, gozando de consideração bastante alta por parte do monarca, pois até mesmo havia se casado no Castelo de Stirling, com a presença do rei em pessoa para testemunhar o evento e participar das celebrações.

Will e Jessie pararam logo ao atravessar a porta, examinando a imensa sala abarrotada. Um corredor aberto, delimitado por cordas de ambos os lados, estendia-se de onde eles estavam até a extremidade oposta do salão, onde terminava num estreito lance de escadas que dava para uma ampla plataforma. Acima deles, o alto teto abobadado com elevados vigamentos martelados mal podia ser visto, coberto de escuridão e bruxuleantes sombras nebulosas projetadas pelas luzes abaixo por entre nuvens errantes de fumaça. Mas foi a plataforma distante que atraiu a atenção, pois ali, acima da multidão, encontrava-se Robert I, rei dos escoceses pela graça de Deus, rodeado, ainda que distinguindo-se de todos, por um grupo de pessoas que o atendiam, e tendo às costas uma fila de solícitos arautos e suas trombetas.

Até aquela tarde, quando o rei havia comparecido ao seu casamento, Will não via o homem desde a Batalha de Bannock Burn, e mesmo então, com mil detalhes para tratar após a miraculosa vitória, o rei tivera tempo apenas para um firme aperto de mão, um sorriso de reconhecimento e uma ou duas palavras de gratidão acompanhadas da promessa de se encontrarem para conversar mais tarde, com tempo livre. Desde então, quatro meses ou mais haviam se passado, e aquele grande encontro ali em Stirling, o primeiro evento puramente alegre do reinado de Robert, era uma celebração histórica para saudar o retorno de sua rainha, Elizabeth, recentemente libertada da prisão inglesa na qual fora confinada durante oito anos. Jessie tinha dito que a rainha sobrevivera àqueles anos intacta e incólume unicamente por ser quem era: seu marido podia ser um cão traidor e rebelde aos olhos de seu captor impiedoso, Eduardo Plantageneta, e isso por si só poderia tê-la condenado como acontecera aos irmãos de Bruce, mas o pai dela era Richard de Burgh, o conde de Ulster, um dos maiores nobres ingleses e o mais velho e leal amigo do rei Eduardo. Naquele momento, a rainha Elizabeth se encontrava ao lado e ligeiramente atrás do marido, ela própria uma alta e imponente visão ruiva de dignidade régia, trajando um vestido verde-escuro que cintilava, mesmo visto de onde Will se encontrava, com fios de ouro e pérolas.

O primaz da Escócia, arcebispo Lamberton de St. Andrews, estava posicionado à esquerda de Bruce, e ao lado dele perfilava-se outro grupo de faces bem conhecidas, entre elas a de David Moray e a de Angus Og MacDonald. Will correu os olhos pela plataforma abarrotada à procura de Douglas, mas nem ele nem Sir Thomas Randolph estavam ali.

Hesitou, depois segurou os dedos de Jessie com mais firmeza e começou a seguir caminho pelo longo corredor até a extremidade oposta. No momento em que começou a se mover, viu que o rei olhava para ele e levantava um braço estendido, com os dedos bem abertos, para detê-lo.

Will parou no meio de um passo, quase perdendo o equilíbrio, e sentiu sua confusão ecoar no súbito aumento da pressão da mão de Jessie sobre seu braço enquanto ela também parava. O cenho repentinamente fechado do rei se dirigia a eles? Will olhou rapidamente para a esposa e viu que ela o encarava do mesmo modo, com a testa enrugada, e então ambos olharam novamente para o pódio distante, onde uma movimentação agitada havia desfeito o grupo ao redor do rei. Dois homens se adiantaram, segurando entre eles o tabardo do rei, a imponente, ritualística e rigidamente ornamentada vestimenta que era o símbolo armorial da posição e da presença real.

Ele pôde ver que poucos dos comensais que abarrotavam o piso haviam sequer notado quando o rei Robert estendeu o braço e vestiu o majestoso tabardo, com o leão rampante escarlate incrustado de ouro sobre um campo do mais puro amarelo, num bordado tão denso e com tamanha variedade de tons e nuanças de fios coloridos que parecia feito inteiramente em metal. Mas todos perceberam, congelando em silêncio, quando os arautos reais perfilados na parede do fundo deram um passo à frente, levantaram as trombetas em uníssono e sopraram as notas iniciais de uma estridente fanfarra aguda.

No momento em que os tons finais cessaram e os arautos tornaram a recuar lepidamente de volta à fila junto à parede, a imobilidade no grande salão era absoluta. Todos os olhos estavam apontados para a falange sobre a plataforma real, onde o rei Robert, com a sobrecota formal, segurava a mão da rainha, olhando para a multidão reunida e respaldado por uma formação dos mais poderosos homens do reino. Ele ergueu a mão direita, segurando alto a da rainha.

— Meus amigos — iniciou ele, preenchendo o salão com sua voz profunda e sonora —, ouçam-me e guardem minhas palavras. Esta noite é uma ocasião alegre para nosso reino, a primeira celebração isenta de ameaças que jamais conhecemos desde o momento em que assumi as rédeas desta triste terra e me incumbi de expulsar a Inglaterra das nossas fronteiras. Mas esta noite, esta noite o nosso território já não está triste... pois somos *livres*!

A multidão rugiu.

Bruce levantou a mão novamente.

— E estamos aqui neste dia, nesta noite, em paz e em unidade, para oferecer nossos agradecimentos a Deus e uns aos outros pela força que descobrimos, a força que usamos com tanto *vigor* para limpar nossa terra da imundície da invasão e da ocupação estrangeira.

Alguém assobiou alto e começou a aplaudir, mas era evidente que o rei não havia acabado, e o som morreu rápido.

— Essa força, a determinação massiva da comunidade da Escócia, representada por todos vocês que estão aqui, nobres, clérigos, burgueses e povo comum, combinados, tornou este encontro, esta celebração, possível. Nossa rainha está aqui esta noite, conferindo seu encanto à nossa festividade, pela graça de Deus, assim como minha amada filha Marjory, aprisionada num convento inglês nestes longos anos pelos pecados de seu pai. E aqui estão os nossos muito reverenciados bispos de St. Andrews e Glasgow, amigos leais e à toda prova, tão recentemente libertados das prisões inglesas.

Dessa vez, não fez nenhuma tentativa de inibir o aplauso e a aprovação, e a rainha, o arcebispo Lamberton e vários outros, cujas faces eram desconhecidas a Will, agradeceram os aplausos, sorrindo e acenando para o meio da multidão. Mas tão logo o bramido prolongado diminuiu, o monarca levantou os braços bem alto, silenciando-os novamente, depois falou num tom mais medido, menos formal:

— Porém, há algo mais para celebrar nesta noite, uma ocasião já começada, mas ainda a se completar. Alguns de vocês já sabem que tivemos um casamento aqui, neste dia. Um serviço nupcial planejado há meses, porém a ser realizado longe daqui, mas pedi aos dois celebrantes, amigos íntimos e de confiança, o que significa, vocês todos devem saber, amigos íntimos e de confiança deste reino da Escócia, que adiassem suas núpcias e se juntassem a nós aqui em Stirling para a feliz e longamente esperada ocasião de seu enlace.

Will sentiu a mão de Jessie apertar seu braço novamente. O casamento deles anteriormente no mesmo dia havia sido discreto e privado, oficiado pelo arcebispo Lamberton em pessoa, auxiliado pelo bispo William Sinclair de Dunkeld e pelo pitoresco bispo David Moray, vestido, pelo menos dessa vez, com o hábito episcopal do ofício. Mas exceto pelo resplandecente grupo de celebrantes, a cerimônia havia sido presenciada apenas pelos parentes mais próximos do par nupcial e pelo casal real, o rei Robert e a rainha Elizabeth, e seus mais íntimos amigos e conselheiros, entre eles Sir James Douglas e Sir Thomas Randolph, o augusto mestre Nicholas Balmyle e Angus Og MacDonald, o Senhor das Ilhas. Ele apertou também a mão dela, sentindo o alívio se expandir dentro de si quando começou a discernir os motivos do rei para deter a aproximação deles. Podia ver as pessoas diante dele começando a inquirir os vizinhos, perguntando-se do que o rei estava falando e a quem ele poderia estar se referindo. Ninguém se virou para contemplar a parte mais afastada do recinto.

— Há anos, quando eu acabara de ser coroado rei e tive de fugir para as montanhas após a Batalha de Methven, no que agora posso ver como o mais desolador e severo período de nossa luta, uma dama veio da França até mim trazendo uma grande fortuna de sua propriedade para oferecê-la em nome dos interesses da Escócia. Dádiva maravilhosa e, naquele momento, aparentemente milagrosa. Baús de tesouro real quando nossos cofres não tinham nada: moedas e barras de ouro e prata que me sustentaram, sustentaram a todos nós, durante aqueles anos sombrios. — Ele levantou um dedo solitário. — Poucos de vocês aqui reunidos a conhecem, mas ela é a nossa noiva de hoje, e merece toda a nossa afeição e gratidão.

O rei ergueu as mãos num sinal de comando para suprimir os crescentes murmúrios de comentários e curiosidade, e, quando obteve a atenção novamente, continuou:

— Seu esposo se equipara a ela em nossa estima, abençoado e unido a ela em matrimônio pelo nosso bom arcebispo aqui presente, mas é outro desconhecido da maioria de vocês. Contudo, acreditem quando digo que se trata de um dos verdadeiros heróis de Bannock Burn... e talvez o mais importante entre eles, pois foi ele quem liderou o ataque inesperado naquele dia, a carga de cavalaria que se atirou pela colina de Coxet e lançou os ingleses em pânico e confusão, pensando que teriam de enfrentar um segundo e novo exército escocês.

O rei esperou que o burburinho se aquietasse, depois falou novamente, numa fluência poderosa e rítmica que manteve os ouvintes hipnotizados:

— Não fosse por este homem e seus companheiros, pelo momento perfeito e pela surpresa do ataque deles à frente de um novo exército que não era exército algum, nós poderíamos ter perdido a Batalha em Bannock Burn. Mas ele veio, e por isso nós vencemos naquele dia, descarregando uma tempestade sobre os ingleses da qual não se esquecerão tão cedo, e mandando-os para casa com o rabo entre as pernas, desprovidos da flor de sua vangloriada cavalaria e deixando-nos com prisioneiros para resgate em número suficiente para nos manter com comida e armas... e em paz... durante os anos que virão.

"Este homem também está conosco, aqui, esta noite, vindo da França, mas trata-se de um cavaleiro escocês, homônimo e sobrinho de nosso amado William Sinclair, bispo de Dunkeld."

Fez uma pausa dramática, depois acenou para que Will e Jessie se aproximassem, erguendo a voz quase num grito:

— Escócia! Junte-se a mim para desejar as boas-vindas ao nosso mais novo e mais belo casal nupcial. Sir William e Lady Jessica Sinclair de Roslin!

A multidão explodiu numa tempestade de aplausos. Aos poucos, as pessoas viravam-se à medida que ficava claro que Will e Jessie se aproximavam pelo fundo, ao longo do corredor central. E quando Will sentiu as unhas da esposa se cravarem na dobra do seu cotovelo, aproximando-se do pódio real e da acolhedora comitiva que o aplaudia ali, sua mente percorreu num átimo todos os anos e todas as ocasiões importantes desde que fora sagrado cavaleiro, não sendo capaz de se lembrar de nada que o tivesse feito sentir-se tão orgulhoso ou tão grato pela sorte que lhe coubera.

DOIS

Mais tarde, horas mais tarde, depois de uma longa e maravilhosa noite da qual ele se lembrava de muito pouca coisa que não fosse a total satisfação por estar ali e experimentar aquilo como um homem casado, Will sentou-se tranquilamente diante de um fogo crepitante numa pequena sala coberta de tapeçarias com o rei dos escoceses e alguns de seus amigos mais íntimos. Nenhum deles estava bebendo, pois se encontravam ali ostensivamente para discutir assuntos de Estado. A rainha e suas damas haviam se retirado, e Jessie saíra com elas, depois de sussurrar ao marido, com unhas afiadas e admoestadoras cravadas no lado interno do pulso dele, que, embora soubesse que ele tinha de passar algum tempo conversando com o rei, era melhor não se esquecer de que aquela era a noite de núpcias deles, e ela o estaria esperando com avidez.

Will sorriu de contentamento, ciente de que, na poltrona ao lado, o rei contemplava o fogo, com o queixo apoiado sobre um dos pulsos. Do outro lado do cavaleiro, Douglas e Randolph conversavam tranquilamente entre si, enquanto do outro lado do rei, Lamberton, Angus Og e um dos outros chefes de clã gaélicos — MacNeil, Will diria — pareciam estar discutindo seriamente e com grande solenidade sobre um possível novo bispado das ilhas. Balmyle, um homem velho, havia se aposentado muito antes, e os dois outros bispos, Moray e Dunkeld, tratavam de alguns interesses do rei.

Will endireitou as costas, e, quando o fez, o rei falou com ele:

— Eu estive a noite inteira pensando em perguntar como vocês conseguiram sincronizar sua chegada com tanta perfeição naquela tarde.

— Sincronizar? — Will achava fácil sorrir e ser ele próprio com Robert Bruce, afinal, encontrara com ele pela primeira vez em Arran, disfarçado como um cavaleiro comum. O homem que se dirigia a ele agora podia ser o temido e renomado rei dos escoceses, cuja estatura já se aproximava de dimensões lendárias, mas pessoalmente continuava o mesmo homem de fala mansa, agradável, porém incisivo, daquele primeiro encontro. — Sincronizar... Sim... — O sorriso dele se alargou até se tornar uma risada. — Bem, Majestade, dificilmente caberia a mim...

— *Majestade?* — Bruce inclinou a cabeça para o lado a fim de olhar na direção de Will, com uma das sobrancelhas erguida. — Você me chamou de Majestade apenas em uma ocasião, quando chegou pela primeira vez à nossa terra. De onde vem isso agora?

Will hesitou, tomado de surpresa.

— Bem... foi... — Ele respirou fundo. — Perdoe-me, Vossa Graça. Eu não podia fazer isso no passado. Não enquanto era... enquanto conservava verdadeiramente meus votos como templário. Mas o Templo já não existe, e agora sou livre para depositar minha fidelidade onde escolher.

— Não me peça para perdoá-lo, Will Sinclair. Não há nada a perdoar. Então agora você me oferece sua fidelidade livremente?

— Sim, meu senhor, e de bom grado.

— Aceita, então, embora eu nunca tenha duvidado dela. Ocorre-me que você seria um ótimo barão de Roslin. O que me diz disso, arcebispo?

Nosso fiel amigo aqui deve ser recompensado com as propriedades e o título de uma baronia por seus serviços?

O arcebispo, interrompido, inclinou-se para a frente e olhou para Will, com lábios torcidos para cima num dos cantos em um pequeno sorriso.

— Aparentemente não, eu diria, a julgar pela reação dele.

O rei, que não estava olhando para Will quando o arcebispo falou, então virou-se rapidamente para ele.

— O que foi, homem? Você está branco como um fantasma. Eu o ofendi?

Will conseguiu sacudir a cabeça, levantando uma das mãos num pedido silencioso de paciência e esperando que Bruce ficasse zangado, mas o rei demonstrou apenas bom humor, sorrindo com descrença.

— O que é, então?

— Perdoe... Desculpe-me, Majestade, sua oferta me pegou desprevenido, mas não desejo ser um barão. O título, caso queira transmiti-lo, deveria ser usado pelo meu sobrinho, o jovem Henry Sinclair.

O rei riu, dando um tapa no joelho de tanto divertimento.

— Você despreza um baronato e entrega-o a outra pessoa? Quem é esse modelo de perfeição e por que eu não o conheço?

Will sentiu a face enrubescer.

— Vossa Graça o conhece. É o meu escudeiro.

— Seu escudeiro? O garoto que foi ferido? Ele não passa de um rapaz. Eu não posso entregar uma baronia a um *escudeiro*, Will.

— Eu sei, Majestade, mas a baronia de Roslin deveria ser dele, por direito de nascimento. E ele vai se tornar cavaleiro, e bem o merece.

— Então o sagrarei com minha própria mão, usando sua espada. Traga-o a mim amanhã e nós faremos os arranjos necessários. Mas ele ainda é jovem demais para ser um barão.

— Eu sei disso, Majestade. Mas crescerá rápido. O rapaz que partir comigo para nossa nova terra retornará para você como um homem, digno de honra.

— Então... você ainda pretende procurar essa sua nova e fabulosa terra?

— Não fabulosa, Majestade. Nós sabemos que está lá. Mas, sim, eu pretendo, com a permissão de Vossa Graça.

— Você a tem, embora eu fizesse mais proveito de você aqui na Escócia. Mas como chegará até lá? Vocês têm navios?

— Nós temos, Majestade. Quatro novos navios, construídos em Gênova.

— E quanto à sua nova esposa? Você a deixará para trás?

Will sorriu.

— Só na morte, Vossa Graça. Jessie irá comigo, assim como mais de quarenta outras mulheres, esposas e mães de meus homens.

— Hmm... E então, ao que parece, também a minha sobrinha, a jovem Marjorie. Ela veio até mim hoje e só faltou se atirar aos meus pés, implorando pela minha permissão para acompanhar sua esposa nessa aventura de vocês. O que acha disso?

A frivolidade na atitude de Will foi imediatamente banida, substituída por um franzir de sobrancelhas.

— Desculpe-me, Majestade. Eu não tinha conhecimento disso. Já havia alertado Lady Jessica em diversas ocasiões para não alimentar as esperanças da garota. As duas são próximas, mais como mãe e filha do que qualquer outra coisa, mas pensei ter deixado claro a Jess que a jovem é uma princesa do reino, com os deveres da posição. Eu chamarei a atenção dela novamente quando me retirar.

— Você não fará tal coisa. Eu não serei a causa de uma discussão entre vocês dois na noite de núpcias, portanto, é minha vontade fortemente expressa que você não faça qualquer menção disso à sua esposa. Fui claro sobre isso?

— Sim, Majestade.

— Ótimo. — O rei olhou ao redor e chegou mais perto de Will, depois falou em voz baixa: — No curso normal das coisas, o seu modo de pensar estaria perfeitamente correto. Mas os tempos de hoje não são normais. Poucas coisas são como há dez anos. A criança não é realmente uma princesa da Escócia. Ela é a filha ilegítima de meu irmão favorito, Nigel, e me é querida, assim como era seu pai, mas a presença dela aqui, sob as circunstâncias presentes, é um tanto problemática.

O rosto de Will deve ter revelado sua perplexidade, pois o monarca se inclinou para ainda mais perto e explicou:

— A Escócia já tem uma princesa Marjory, minha própria filha, Will, e ela já passou por problemas suficientes para fazer a mente de um homem crescido balançar, que dirá uma mocinha frágil. Eles a mantiveram num convento por seis anos, afastada de qualquer gentileza e convívio social, quando mal tinha idade suficiente para saber o que eu havia feito. Elas a puniram, uma inocente, por ser minha filha, e parte meu coração ver como chegaram perto de destruir a mente da menina. Ela mal fala... não dirigiu uma só palavra a mim desde que veio para casa. Mas Elizabeth acredita que nossa filha irá recobrar o juízo, com o tempo, a paciência e a compreensão de nós todos. Lamberton, por outro lado, embora concorde com a rainha, tem a forte opinião de que a presença de outra Marjory Bruce, da mesma idade, mas de temperamento completamente diverso, despreocupada, sorridente e popular, poderia talvez, e eu disse apenas talvez, afetar a recuperação de minha filha. Você está me entendendo?

— Sim, Vossa Graça, eu estou...

— Então, diga-me, você sabe por que eu estou lhe falando isso?

— Isso? — Will meneou a cabeça, arregalando os olhos à medida que seu fracasso em compreender aumentava. — Não, Majestade.

— É porque você é o único homem que eu conheço que não quer nada de mim... nenhuma promoção, recompensa ou vantagem, nem patronato ou favor. E, acima de tudo isso, você nunca me fala de política, ou de assuntos de Estado, ou de meus malditos deveres reais. Você não quer nada de mim, Sir William Sinclair, e isso torna-o único aos meus olhos, e singularmente confiável.

Bruce se reclinou em sua cadeira.

— Uma nova terra, é o que você busca. Uma vida desconhecida num lugar desconhecido. E você levará sua esposa consigo. Isso é admirável, Will... e bravo, de ambas as partes. — O rei fez uma pausa pelo intervalo de poucos instantes. — Você falou anteriormente que seu escudeiro retornará como um homem. Ele retornará *mesmo*?

Will fez que sim, perguntando-se aonde aquilo levaria.

— Com toda certeza, Vossa Graça. Nós mandaremos emissários de volta, e recrutadores para aumentar nosso número de tempos em tempos, se tudo correr como desejamos.

— E você realmente não teme por sua esposa nesse lugar?

O sorriso retornou à face de Will.

— Não mais do que temeria por ela aqui, Majestade. Terras desconhecidas podem ser lugares perigosos, mas as bem conhecidas também. Minha Jess viveu alguns períodos e circunstâncias verdadeiramente perigosos e conheceu sua parcela de riscos. A vida que encontraremos no lugar para onde vamos talvez não seja fácil, mas será diferente e emocionante, e nós dois cuidaremos um do outro lá tanto quanto em qualquer outro lugar, aconteça o que acontecer. Desde que estejamos juntos, isso é tudo o que poderíamos desejar.

— Diga-me, então, se vocês levarem minha sobrinha, poderiam se comprometer a trazê-la de volta algum dia?

Will desviou os olhos para o fogo, intensamente consciente da atenção do monarca sobre ele. Eles estavam a sós, rodeados de outros homens, no que parecia uma ilha de silêncio envolvida pelo burburinho de conversas. A pergunta formulada de maneira tão simples apresentava camadas de complexidade que se aglomeravam e cresciam quanto mais meditava sobre ela. Por fim, ele falou num murmúrio:

— Essa pergunta não é simples de responder, Vossa Graça.

— Esqueça a minha graça, então, e responda como meu amigo. Sim ou não?

— Eu sei que ficaríamos felizes por levá-la conosco, Jess ainda mais do que eu, mas não, não posso prometer que a traremos de volta. Em primeiro lugar, ela não é mais uma criança, e, quando nos estabelecermos lá, muito antes de podermos sequer sonhar em voltar, ela será uma mulher, com a mente e a vontade de uma mulher adulta. Eu poderia dizer sim e me comprometer a mandá-la de volta algum dia, mas, quando esse dia chegar, ela pode não querer voltar. E nós estaremos num estranho novo mundo, sem nenhuma das regras e convenções que governam as pessoas daqui.

— Mas você a levaria e cuidaria dela como de sua própria filha.

— É claro que sim, e de bom grado. Mas isso é tudo que posso afirmar com certeza. Ela pode ficar doente ou...

— Crescer e se tornar uma mulher. Sim. E quando ela crescer, e então? Vocês terão homens qualificados para desposá-la, condizentes com a posição dela?

Will sorriu novamente, a despeito do tom sério da conversa.

— Não haverá "posição" lá, no sentido a que você se refere, Majestade. Ela será como minha própria filha, desse modo partilhará de qualquer privilégio que tivermos, porém, mais do que isso, não posso dizer. Quanto a homens qualificados, haverá os que estiverem lá. Jessie diz que hoje em dia o jovem Henry daria sua vida de livre vontade pela moça. Não passa de namorico juvenil, com olhos sonhadores e suspiros extasiados, mas ele logo atingirá a maioridade também e será sagrado cavaleiro pela sua própria mão. E eu poderia recomendar o rapaz. Ele tem todo o necessário para ser um cavaleiro belo, nobre e honrado.

O rei ficou pensando por um momento, beliscando o lábio inferior entre o polegar e o indicador enquanto refletia sobre as palavras de Will, mas depois assentiu.

— Que assim seja, então. Você tem minha fé, minha confiança e minha amizade. Eu direi à jovem Marjorie que ela pode ir com vocês e darei a guarda dela, se vocês concordarem, a você e a Lady Jessica. — A voz do rei subiu ligeiramente de volume. — Você estava para me contar como conseguiu sincronizar sua investida no Bannock Burn. Conte-me, então, e também por que sorriu quando eu lhe perguntei isso.

Ligeiramente desconcertado pela mudança abrupta de assunto, Will de súbito sentiu que havia agora alguém parado logo atrás dele. Ergueu os olhos e viu que seu tio, o bispo Sinclair de Dunkeld, juntara-se a eles e inclinava a cabeça cortesmente enquanto o rei Robert acenava para que se sentasse.

Will encolheu os ombros, decidindo ser direto.

— Eu sorri pela sua escolha de palavras, Majestade. O momento da nossa chegada foi perfeito, como diz, mas puramente acidental... nenhuma genialidade estratégica de minha parte, eu temo.

As sobrancelhas do rei se ergueram novamente, e ele olhou um tanto perplexo para Dunkeld.

— Isso é fato? Conte-me sobre a parte acidental, então, se lhe apraz.

Will encolheu os ombros novamente, ciente de que todos os outros estavam agora ouvindo.

— Nós deveríamos estar lá mais cedo... fomos atrasados... e por isso chegamos mais tarde do que pretendíamos.

— O que os atrasou?

— Os ingleses. Encontramos um destacamento deles no caminho, um corpo de infantaria, talvez seiscentos homens, comandados por cavaleiros montados. Atravessamos uma colina e lá estavam eles, abaixo de nós, nas encostas.

— Vocês não mandaram batedores na frente?

— Nós mandamos, Majestade, mas eles não viram nada. Os ingleses estavam num desfiladeiro profundo, uma ravina de bordas íngremes. Quando nossos batedores passaram por ali, eram invisíveis a qualquer pessoa que não estivesse diretamente acima deles.

— E então vocês lutaram e evidentemente venceram. Você teve uma conversa com os seus batedores depois disso, eu espero?

— Não, Majestade, ambos foram mortos no combate que se seguiu. Nós perdemos cinco homens, e dois eram os batedores em questão. Mas destruímos a infantaria inimiga e despojamos os sobreviventes, espalhando-os de modo que não pudessem se reagrupar.

— Hmm. E quanto aos cavaleiros que os comandavam?

— Havia cinco deles, Vossa Graça, todos mortos, menos um. O quinto fugiu pelo caminho por onde tinham vindo. A luta foi fácil, mas nos custou quase meio dia no final das contas.

— E evitou que seiscentos ingleses revigorados atacassem nossos flancos pelo oeste. Quantos vocês eram?

— Quarenta cavaleiros, Majestade, e uma vez e meia esse número na cavalaria ligeira.

No fundo da sala, uma porta rangeu ao abrir. Todos se voltaram para ver o bispo Moray entrando, segurando um documento. Ele fez um cumprimento de cabeça para o rei e, murmurando um pedido de desculpas, mostrou o documento para o arcebispo Lamberton, chamando-o com um gesto de dedo. O arcebispo resmungou um pedido de licença e se levantou, depois acompanhou Moray a um canto afastado da sala, onde ficaram parados muito próximos um ao outro, murmurando em voz baixa.

O rei Robert olhou novamente para Will.

— Então, cem homens contra seiscentos.

Will meneou a cabeça, contorcendo a boca.

— Cem templários a cavalo, Vossa Graça. Pequena vantagem.

— Hmm. É verdade. Mas eu estava pensando mais na investida que você liderou depois. De onde veio aquele exército? Eu sei quem eles eram, mas como você os recrutou?

Will deu um novo sorriso, dessa vez mais amplo.

— Do seu próprio acampamento, Majestade. Eram cavalariços e carroceiros, tratadores de cavalos, cozinheiros e aguadeiros, até mesmo mulheres... porém, valentes, todos. Pensaram que fôssemos ingleses quando nos aproximamos pela primeira vez e teriam resistido contra nós para proteger sua retaguarda, mesmo com a certeza de que teriam sido todos mortos contra uma força como a nossa. Depois, quando nos identificamos como templários que estavam ali para lutar ao lado de Vossa Graça, nos disseram que a batalha já estava em curso, além das colinas que os abrigavam, ao longo da estrada elevada para Stirling e do vale de Bannock Burn. Ao ouvir isso, um dos meus homens, um parente meu chamado Tam Sinclair, teve a inspiração de dizer que deveríamos usá-los como o que tentaram parecer inicialmente para nós, como combatentes. Nós rapidamente os formamos em fileiras e blocos, catamos algumas de suas bandeiras do comboio de carroças, fornecemos-lhes mais algumas das nossas e depois os fizemos marchar atrás de nós enquanto avançávamos por sobre a colina.

— Sim. Todos notamos sua chegada, não duvide disso. Por mais acidental que essa sincronia possa ter sido, foi de qualquer modo uma casualidade mandada pelos céus. A visão de seu avanço por lá, um corpo de cavalaria preto e branco, um exército de templários quando nenhum templário deveria estar ali, foi como... o que foi que o arcebispo disse? Como a chegada de uma hoste de anjos vingadores. E foi disso que se tratou: uma intervenção dos céus. Deu nova força aos nossos homens e acabou com o moral dos ingleses. Eles já estavam sem saber o que fazer a essa altura, Deus sabe, chapinhando naquela charneca mortífera, mas a visão da chegada de um novo exército descendo sobre eles fez com que entrassem completamente em pânico, e assim eles ruíram. Quando você trouxer seu escudeiro até mim amanhã, não esqueça de trazer também esse primo, esse Tam Sinclair. A Escócia aparentemente deve muito à agilidade do raciocínio dele. O título de cavaleiro serve para ele, você acha?

— Se serve? Para Tam? Meu senhor, ele me acompanha desde que eu era um garoto e é um honrado e digno cavaleiro em tudo, menos no título. Mas Tam não é de nascimento nobre.

— Isso não quer dizer nada hoje em dia. William Wallace foi sagrado cavaleiro por méritos, não por nascimento. Por que não esse seu campeão? Se foi ideia dele recrutar os serviçais do acampamento, então tem toda a iniciativa e visão que se requer de um cavaleiro. Ele também irá com vocês para essa sua nova terra?

A mente de Will estava irrequieta, pensando no efeito que aquela honra inesperada teria no seu despretensioso primo.

— Sim, ele irá, Vossa Graça — disse ele, sabendo agora que falava para todos ali. — Ele e quase duzentos outros. Mas, se eu puder falar mais a respeito, Majestade, não há incerteza nas nossas mentes sobre esse empreendimento. Nós sabemos que a terra está lá. O almirante St. Valéry a encontrou, que Deus dê repouso à sua alma, e mandou a notícia para nós. E dessa vez, quando chegarmos lá, teremos amigos à nossa espera, para nos dar as boas-vindas. E aproveitaremos ao máximo a nossa descoberta e mandaremos notícias a vocês. Isso acontecerá quando o jovem Sir Henry Sinclair retornar, triunfante, como o meu mensageiro para você, a fim de receber o baronato de suas mãos e para preparar outra expedição, ainda maior.

O rei pôs as mãos sobre o rosto e passou os dedos de cima para baixo até que pousassem na ponta do nariz. Ficou contemplando o espaço acima do fogo por alguns momentos, depois assentiu.

— Que assim seja. Não há nada que eu possa fazer para persuadi-los a ficar. Seus homens são franceses e livres. Quando vocês partem?

— Assim que as tempestades de inverno cessarem, Vossa Graça. Em abril, ou no início de maio.

— Vocês conseguirão estar prontos até lá?

— Nós já estamos, meu senhor.

— Hmm... Você deveria ir como barão. Há pessoas vivendo lá, você disse, além dos seus? Se sim, eles terão reis.

— Não há reis, Vossa Graça. Ou nenhum que a nossa gente tenha encontrado.

Robert Bruce olhou para Will com ar cansado e contorceu o rosto.

— Você foi um templário, Will. Deveria pensar melhor antes de dizer tais coisas. Onde há grupamentos de homens, sempre haverá reis, e outros que querem ser reis. É da natureza humana. Homens *geram* reis, não importa que nome deem a eles. Portanto, tenha cuidado na sua nova terra... Como é mesmo que ela se chama?

— Merica, Vossa Graça.

— Isso, Merica. Um nome estranho, e soa antigo, nada novo. — Ele se pôs mais ereto e flexionou os ombros. — Foi um longo dia... e o dia de seu casamento. Você deveria estar na cama agora, abraçado à sua mulher, assim como eu deveria estar abraçado à minha. Mas você pode ir fazer isso agora, enquanto eu ainda tenho trabalho a concluir aqui. Boa noite então, Sir William Sinclair, e que você prospere em todos os seus empreendimentos. — O rei sorriu e estendeu a mão. — Este reino está em dívida com você, meu amigo, por acidente ou não. Por isso, agora vá. Nós conversaremos amanhã.

— Majestade, se me dá licença? — O arcebispo Lamberton se aproximou novamente do fogo e levantou uma das mãos como se pretendesse deter Will. — Eu preciso dizer mais uma coisa sobre sua investida, Sir William.

Will negou com a cabeça.

— Não, mestre Lamberton, você não precisa, pois eu sei o que iria dizer. Essa nossa investida no Bannock Burn foi um derradeiro ato de orgulho pelo que um dia nós fomos, por isso eu presumo que me dirá que haverá uma negação formal de qualquer envolvimento templário na batalha.

O arcebispo sorriu.

— Não, Sir William, não. Não haverá negações. Como poderíamos negar isso? Os homens viram o que viram, e havia muitas testemunhas lá naquele dia. Por isso, não haverá negações, embora possamos, no futuro, omitir sua presença dos nossos relatórios finais, afirmando que a aparição sobre a colina de Coxet foi, como você nos disse, um exército de serviçais de acampamento. Uma omissão, portanto, feita em termos políticos, mas não uma negação. Eu simplesmente pensei em tranquilizar sua mente e oferecer algum conforto no conhecimento de que os homens que deixará para trás quando partir deste reino não conhecerão privações ou impedimentos depois que você se for, pois a Escócia deve muito a eles. Esses homens podem continuar como antes, observando os ritos e cerimônias que desejarem preservar, em segredo, dentro de nossas fronteiras. Isso eu posso assegurar, sob minha palavra como primaz deste reino. — Pausa. — Você levará representantes da Santa Igreja consigo, não é?

Will olhou dentro dos olhos do arcebispo com franqueza, sentindo uma tensão na mandíbula ao assentir.

— Sim, monsenhor. Nossos próprios bispos e irmãos clérigos navegarão conosco, preparados para zelar por nossas almas e levar a palavra de Deus aos povos que encontrarmos vivendo lá.

Não apreciou mentir para o clérigo, mesmo de maneira oblíqua, mas não poderia deixar passar qualquer sugestão de que a palavra de Deus que sua gente levaria a nova terra seria diferente daquela pregada pela

Igreja Católica. Os bispos e clérigos a quem ele se referia eram todos irmãos da Ordem do Sião, e, na sua nova terra, a palavra que seria disseminada era a verdade da antiga fraternidade: o Caminho para a comunhão com Deus, que foi buscado pelo homem Jesus e seus amigos na Assembleia de Jerusalém.

O arcebispo Lamberton assentiu, depois olhou para o rei e levantou o documento que havia recebido do bispo Moray, que agora se sentava para escutar num canto.

— Vossa Graça, este despacho contém notícias que eu penso que Sir William talvez queira ouvir antes de deixar este recinto.

Bruce inclinou a cabeça, solenemente, e o arcebispo devolveu o gesto, depois contemplou o documento em mãos e respirou fundo.

— Sir William — disse ele —, isto confirma que o seu grão-mestre, Jacques de Molay, teve uma morte horrível e desumana...

— Eu já sabia disso — respondeu Will.

— Este documento diz que mestre De Molay advertiu seus perseguidores... alguns dizem que ele os amaldiçoou, mas prefiro crer que ele os advertiu... conclamando o rei Filipe e o papa Clemente a se juntarem a ele para serem julgados diante do trono de Deus dentro de um ano. Você tinha ciência disso, Sir William?

Will fez que sim, fechando o cenho.

— Bem, então saiba agora disto, como uma espécie de satisfação pela dor que a notícia deve ter causado. Parece que seu grão-mestre possuía mais poder na sua advertência do que os perseguidores dele, combinados, detinham em seu desejo de vê-lo, e ao seu nome, destruído.

Ele segurou o pergaminho com as mãos e olhou-o em silêncio enquanto todos os homens ali estavam em suspense pelas próximas palavras.

— Tenho aqui notícias que me informam que o papa Clemente está morto, em Avignon. — Houve um arfar coletivo dos ouvintes. Lamberton tornou a falar em meio ao silêncio chocado: — Contudo, essa notícia, por mais solene que seja, é eclipsada pela informação posterior de que o rei Filipe de França também morreu, mais recentemente... três semanas atrás, de fato. Ambos se foram, em obediência à convocação do nobre grão-mestre, dentro do ano previsto.

As palavras queimaram na cabeça de Will enquanto o arcebispo prosseguia:

— E, portanto, ambos os seus perseguidores se foram, convocados ao Julgamento pelo Deus em cujo nome ousaram pecar de maneira tão clamorosa. — Ele ergueu o documento para que todos pudessem ver. — Nenhum homem sabe dizer quem os sucederá, mas este mundo que conhecemos está mudado, e só o tempo exporá o que pode vir em seguida. Uma coisa mais, porém, é certa: com o rei Filipe morto, parece que Nogaret não terá vida longa na França... não quando tantos o odeiam. — O arcebispo estendeu a mão para oferecer o documento ao rei, mas seus olhos continuaram sobre os de Will. — Achei que você poderia apreciar levar essas notícias consigo quando saísse daqui nesta noite. — Aguardou um momento, mas, como Will nada falou, acenou gentilmente com a cabeça. — Vá em paz, Sir William, e com a nossa bênção.

Will tinha ciência, em certo nível, da reação dos outros às notícias do arcebispo, e sabia que havia se comportado com propriedade ao desejar adequadamente a todos que estavam ali uma boa noite. Mas, enquanto caminhava pelos corredores em direção aos seus aposentos, passando pelos guardas imóveis de cada lado, sua mente oscilava com o que lhe havia sido dito e com o que teria a oportunidade de contar aos seus confrades mais tarde: Capeto e Clemente ardendo no inferno; seu grão-mestre vingado por meio disso; e uma nova ordem raiando no mundo.

William Sinclair chegou em seu quarto e encontrou uma lâmpada solitária queimando em chama baixa, com o pavio gotejando e produzindo fumaça. Apagou-o com os dedos e deixou cair rapidamente as roupas que vestia, sentindo o frio na escuridão enquanto apalpava as cobertas para erguê-las e deslizar nu para dentro do calor acolhedor proporcionado pelo corpo de sua esposa, que se virou sonolenta para puxá-lo para junto de si e abraçá-lo: sua nova esposa; uma nova vida; e a promessa radiante de uma nova terra.

AGRADECIMENTOS

A tarefa de agradecer o auxílio e a boa vontade de colaboradores em qualquer obra de ficção histórica é sempre amedrontadora, criando temores de ofensa por omissão, simplesmente porque o número de pessoas que contribuíram para a conclusão do trabalho, quer por conhecimento pessoal ou pesquisas, quer por oferecerem ideias ou encorajamento, é sempre vasto. Eu sempre começo cada um dos meus livros cheio de boas intenções, resolvido a anotar todos aqueles a quem deveria estar grato, mas, no calor da escritura da obra em si, invariavelmente deixo de fazer isso e acabo me perguntando quem terei esquecido.

Há algumas pessoas, porém, cujas contribuições ao que eu faço são inestimáveis, e a maioria delas são escritores e acadêmicos cujas obras proporcionaram inspiração e informação aos meus esforços de me embater com o trabalho de separar fato de fantasia e de extrapolar minha própria narrativa, com todas suas especulações, interpretações e completos voos de devaneio autoral. Não tenho qualquer dúvida de que muitas das licenças que tomei ao construir minhas histórias devem ferir algumas das pessoas que originalmente conduziram meus pensamentos nas direções que eu procurava, mas os erros e omissões que cometo aqui são meus e, muito enfaticamente, não deles. Eu li muito nos anos de preparação e integralização desta trilogia, e meus sinceros agradecimentos vão para vários autores distintos que me fizeram parar para pensar, comparar eventos e opiniões, e depois prosseguir nas direções ficcionais que me indicaram, em sua maioria não intencionalmente. Acima de todos estes estiveram Piers Paul Read (*Os templários*), Barbara W. Tuchman (*Bible and Sword*) e Malcolm Barber (*The New Knighthood*).

Também reconheço, livremente e com gratidão, a valiosa colaboração e assistência dos meus ativos editores, Catherine Marjoribanks e Shaun Oakey, cujas perícias individuais, após anos de trabalho com eles, nunca deixam de me assombrar e impressionar. A eles, e a todos os outros pinguins do Penguin Group Canadá, meus sinceros agradecimentos.

Este livro foi composto na tipologia Palatino LT Std,
em corpo 10,5/17, impresso em papel off-white
no Sistema Cameron da Divisão Gráfica
da Distribuidora Record.